Dale Brown

Phantomjäger

Roman

Ins Deutsche übertrag…
von Wulf Bergner

BLANVALET

Die Originalausgabe erschien unter dem Titel »Air Battle Force«
2003 by William Morrow/HarperCollins Publishers, New York.

Umwelthinweis:
Alle bedruckten Materialien dieses Taschenbuches
sind chlorfrei und umweltschonend.

Blanvalet Taschenbücher erscheinen im
Goldmann Verlag, einem Unternehmen
der Verlagsgruppe Random House GmbH.

1. Auflage
Deutsche Erstveröffentlichung

Umschlaggestaltung: Design Team München
Umschlagfoto: Zefa/Grummann
Satz: Uhl + Massopust, Aalen
Druck: GGP Media GmbH, Pößneck
Titelnummer: 36061
Redaktion: Rainer Michael Rahn
V. B. · Herstellung: Heidrun Nawrot
Printed in Germany
ISBN 3-442-36061-7
www.blanvalet-verlag.de

Dieses Buch ist den Opfern der Terrorangriffe auf Amerika am 11. September 2001 gewidmet…

…und den mutigen Männern und Frauen in aller Welt, die ihren Tod unerbittlich rächen werden.

Anmerkung des Verfassers

Ihre Kommentare sind willkommen! Bitte schicken Sie sie an *readermail@air-battle-force.com.* Individuelle Antworten sind nicht immer möglich, aber ich lese jede einzelne Nachricht. Danke!

Die Personen der Handlung

AMERIKANER

Generalmajor Patrick McLanahan, Kommandeur,
First Air Battle Force 1 ABF

Brigadegeneral David Luger, stellv. Kommandeur,
First Air Battle Force

Brigadegeneral Rebecca Furness, Kommodore,
111. Kampfgeschwader;
Chef der Operationsabteilung (Luft), 1 ABF

Oberst Hal Briggs, Kommandeur
Operationsabteilung (Boden), 1 ABF

Sergeant Major Chris Wohl,
Erster Unteroffizier der OA (Boden), 1 ABF

Oberleutnant Mark Bastian,
Staffelchef, OA (Boden)

Gunnery Sergeant Matthew Wilde, OA (Boden)

Oberst John Long, Kommandeur,
Operationsabteilung, 111. KG

Oberst Daren Mace, Staffelchef,
51. Bomberstaffel (EB-1C)

Hauptmann William »Wonka« Weathers,
Waffenchef

Major Samuel »Flamer« Pogue,
AC (Flugzeugkommandant)

Oberleutnant Dean »Zane« Grey,
AC (Flugzeugkommandant)

Staff Sergeant Marty Banyan,
Waffenwart

Senior Airman Todd Meadows,
Waffentechniker

Oberst Nancy Cheshire, Staffelchef,
52. Bomberstaffel (EB-52 und AL-52C)

Oberst Kelvin Carter, Operationsoffizier,
52. Bomberstaffel (AL-52C)

Major Frankie »Zipper« Tarantino
MC (Mission Commander)

Thomas Nathaniel Thorn,
Präsident der Vereinigten Staaten

Robert Goff, Verteidigungsminister

Richard W. Venti, USAF-General,
Vorsitzender der Vereinten Stabschefs

Douglas R. Morton, Direktor,
Central Intelligence Agency

Edward Kercheval, Außenminister

Darrow Horton, Justizminister

Franklin Sellers, Finanzminister

Maureen Hershel, stellv. Außenministerin,
nach Kerchevals Rücktritt amtierende Außenministerin

Isadora Meiling, Assistentin der stellv. Außenministerin,
Hershels Mitarbeiterin

Kevin Martindale
Expräsident der Vereinigten Staaten

Afghanen

General (ursprünglich Hauptmann) Wakil Mohammad Zarazi,
Angehöriger der Hisbollah-Sekte der Taliban,
Warlord im östlichen Turkmenistan

Oberst (ursprünglich Leutnant) Jalaluddin Turabi,
Zarazis Stellvertreter

Sergeant Abdul Dendara, sein Adjutant

Hauptmann (ursprünglich Leutnant) Aman Orasow,
turkmenische Armee, Zarazis Scherge

Turkmenen

Kurban Gurisow, Präsident von Turkmenistan,
ehemals Vorsitzender des Obersten Rats (Majlis oder Legislative)

Saparmurad Nijasow,
ehemaliger Präsident von Turkmenistan

Russen

Walentin Gennadijewitsch Senkow,
Präsident der Russischen Föderation

Iwan Iwanowitsch Filippow, Außenminister

Sergeij Pawlowitsch Jejsk,
nationaler Sicherheitsberater, Sekretär des Sicherheitsrats

Armeegeneral Nikolai Denissowitsch Stepaschin,
Ministerium für Staatssicherheit (Chef aller Geheimdienste)

Wladimir Kusmitsch Rafikowitsch,
Minister für föderative und innere Angelegenheiten

Alexander Michailowitsch Bukajow,
Verteidigungsminister

General Anatolij Fedorowitsch Grislow,
Chef des Generalstabs

Major Boris Alexandrowitsch Bolkeim,
Navigator/Bombenschütze, Tu-160

Hauptmann Michail Grigorjewitsch Ossipow,
Abwehroffizier, TU-160

Generalleutnant Juri Petrowitsch Kudrin, Kommandant,
2. Schwere Bomberdivision,
Luftwaffenstützpunkt Friedrich Engels

Generaloberst Boris Sergejewitsch Kasimow,
russischer Verbindungsoffizier bei der turkmenischen Regierung

Waffen

AGM-211 »Mini-Maverick«, Luft-Boden-Lenkwaffe mit Fernsehsteuerung, 12,5-kg-Gefechtskopf mit Thermium-Nitrat (TN), raketenunterstützter Gleitflug, Reichweite 10 km

AGM-165 Longhorn, Luft-Boden-Lenkwaffe mit Fernseh- und Infrarotsteuerung, 90-kg-Gefechtskopf mit TN, MMW-Radarsteuerung, Reichweite 100 km

AIM-120 Scorpion, AMRAAM Luft-Luft-Lenkwaffe, 22,5-kg-Gefechtskopf, aktives Dreifachmodus-Radar passives Radar oder Infrarot, Reichweite 55 km, Höchstgeschwindigkeit Mach 3

AIM-154 Anaconda, Luft-Luft-Lenkwaffe für große Entfernungen, aktive und passive Radar/IR-Steuerung, 22,5-kg-Gefechtskopf mit TN, Staustrahltriebwerk, Reichweite 240 km, Höchstgeschwindigkeit Mach 5

AGM-177 Wolverine, Marschflugkörper mit Düsentriebwerk, Reichweite 80 km, 3 Waffenkammern, Zielansteuerung mit IIR- oder MMW-Radarführung, Reichweite 80 km

ABM Lancelot, bordgestützte Lenkwaffe zur Abwehr ballistischer Raketen, Plasmafeld- oder konventioneller Gefechtskopf, Reichweite 320 km

Tatsächlich Veröffentlichte Meldungen

Feldzug beweist, wie weit der Arm der US-Streitkräfte reicht
19. November 2001, *International Herald Tribune*

Die erste Phase des Afghanistankriegs beweist, dass die amerikanische Militärmacht, einschließlich ihrer vernichtenden Feuerkraft, gegen Ziele eingesetzt werden kann, die tausende von Meilen vom nächsten Militärstützpunkt auf befreundetem Gebiet entfernt liegen. Diese Fähigkeit des US-Militärs ist die wichtigste Erkenntnis, zu der Analysten gelangt sind, nachdem die Angriffe der vergangenen Woche die Machtbasis der Taliban zerstört haben …

Gegenangriff mit Wissenschaft und Technologie
21. November 2001, Evan Thomas, *Washington Post*

Amerika steht vor einem Rüstungswettlauf neuer Art. Wir müssen unser gesamtes wissenschaftliches und technologisches Fachwissen aufbieten, um die Mächte zu bekämpfen, die Amerika vernichten wollen …

Turkmenistan
Defense & Foreign Affairs Handbook (ISSA, Alexandria, Va., 2001)

Die U.S. Trade and Development Agency erklärte sich am 23. April 1998 bereit, eine Machbarkeitsstudie über eine Erdgaspipeline zu finanzieren, die unter dem Kaspischen Meer hindurchführen und Turkmenistan Zugang zum türkischen Erdgasmarkt verschaffen würde, ohne russisches oder iranisches Gebiet durchqueren zu müssen. Bei der Unterzeichnung war Präsident Nijasow als Ehrengast im Weißen Haus zugegen …

Am 23. September 1998 wiederholte Verteidigungsminister Chikmatulla Tursunow die von Präsident Karimow ausgesprochenen Warnungen vor einer Bedrohung aus Afghanistan, weil von dort Terrorismus, religiöser Extremismus und weltweiter Drogenhandel auf benachbarte Staaten übergreifen könnten …

High-Tech-Waffen verändern Dynamik und Taktik auf dem Gefechtsfeld

28. Dezember 2001, *International Herald Tribune*

Die wichtigste aus dem Afghanistankrieg zu ziehende militärische Lehre ist, dass kleine US-Kampfgruppen am Boden und Hochleistungsflugzeuge mit präzise gelenkten Waffen unter fast allen Umständen zusammenwirken können. Die vernichtenden Luftangriffe auf Taliban- und Al-Qaida-Ziele beweisen, wie effektiv die von den US-Streitkräften praktizierte High-Tech-Kriegsführung ist …

Die Position Turkmenistans im Licht einer internationalen Koalition gegen den Terrorismus

26. Januar 2002, Majsa Mamedowa – *www.gundogar.com*

Das US-Außenministerium räumte ein, eine hochrangige US-Delegation unter Führung von Staatssekretär John Bolton habe Zentralasien bereist, während der US-Außenminister mit dem kasachischen Außenminister zusammengetroffen sei und mit den Präsidenten von Turkmenistan und Usbekistan telefonisch konferiert habe. Diese Bemühungen führten zu folgendem Übereinkommen: alle betroffenen Staaten (ausgenommen Turkmenistan) würden die USA unterstützen, indem sie ihnen die Benutzung von Stützpunkten ausschließlich für humanitäre Einsätze bis hin zur Nutzung ihres Luftraums und weiterer Bodeneinrichtungen gestatteten …

James Roche, US-Luftwaffenminister
11. Februar 2002, *BusinessWeek*

USAF-Minister James Roche hat im Krieg gegen den Terrorismus mehrfach Einfallsreichtum bewiesen. Er ließ Schlachtflugzeuge AC-130 elektronisch mit Drohnen des Baumusters Predator vernetzen und schuf damit eine noch vernichtendere Waffe. Zu seinen Endzielen gehört die Schaffung einer Air Force, die imstande ist, ein einzelnes bewegliches Ziel wie einen Panzer aufzuspüren, zu verfolgen und durch Präzisionsbomben augenblicklich zu vernichten. Das würde mit dazu beitragen, die Zahl der bei jedem Krieg unvermeidlichen Toten unter der Zivilbevölkerung zu verringern...

USA leiten Generationswechsel bei Waffensystemen ein
3. Mai 2002, STRATFOR, *www.stratfor.com*

Eine vor kurzem getroffene Entscheidung des Verteidigungsministeriums, die Entwicklung eines teuren Artilleriesystems zu stoppen, markiert den Beginn eines Generationswechsels bei Waffensystemen...

Die wichtigsten Vertreter dieser neuartigen Systeme sind Marschflugkörper und wieder verwendbare unbemannte Flugkörper. In dem Maß, in dem Reichweite und Geschwindigkeit dieser Systeme gesteigert werden, lässt sich der Kampfauftrag ohne massiven vorgeschobenen Einsatz von Männern und Material erfüllen...

Meldung über Absturz von Spionageflugzeug schlechtes Omen für USA
12. Juni 2002, STRATFOR, *www.stratfor.com*

Nach irakischen Medienberichten vom 12. Juni ist Ende Mai ein amerikanisches Unmanned Aerial Vehicle (UAV) bei Qorveh in der irakischen Nordwestprovinz Kurdistan abgestürzt...

Ersetzen die Vereinigten Staaten ihre Satellitenüberwachung dieser Anlagen, indem sie unbemannte Flugkörper zur Echtzeit-Aufklärung in niedrigen Höhen einsetzen, könnte das ein Anzeichen dafür sein, dass die US-Regierung bereit ist, ihre im Entstehen begriffene strategische Doktrin, die auf »Präventivschlägen« und »defensiver Intervention« basiert, zu widerrufen, und Vorbereitungen für einen Angriff auf iranische WMD-Anlagen trifft …

USA unterstützen turkmenische Opposition, um Präsident unter Druck zu setzen

25. Juni 2002, STRATFOR, *www.stratfor.com*

US-Regierungskreise scheinen turkmenische Oppositionsführer, die Präsident Saparmurad Nijasow aus dem Amt drängen wollen, vorsichtig zu unterstützen. Washington versucht wahrscheinlich, den autoritären Herrscher über Turkmenistan dazu zu bewegen, US-Truppen und -Firmen ins Land zu lassen. Nijasow dürfte seinem Überlebenstrieb folgen und einigen amerikanischen Forderungen nachkommen, um sein Regime zu retten …

Die US-Unterstützung für die Opposition spiegelt jedoch ein tieferes amerikanisches Interesse an den turkmenischen Erdgas- und Ölvorkommen wider. Dieses Interesse dürfte kaum abflauen, was Veränderungen innerhalb des Regimes wahrscheinlich macht. Nijasow weiß, was er tun muss, um sein Überleben zu sichern, und wenn der amerikanische Druck zunimmt, dürfte er einen Kompromiss mit Washington schließen. Ein Übergang zur Demokratie wäre sicher nicht zu erreichen, aber eine gewisse US-Militärpräsenz und Konzessionen an westliche Investoren müssten sich durchsetzen lassen.

»Schwergewichtiger Herausforderer«

Juli 2002, John A. Tirpak, *Air Force Magazine*

Nach Auffassung von Luftwaffenminister James G. Roche könnte ein sehr großes UCAV (Unmanned Combat Air Vehicle) – von der Größe eines Bombers – nützlich sein, da Bomber typischerweise festgelegte Ziele angreifen, für die sich Drohnen leicht programmieren lassen. Darüber hinaus haben Bomber in Afghanistan über dem Schlachtfeld gekreist und darauf gewartet, bis Präzisionsangriffe angefordert wurden. Solche Einsätze könnten für Luftbetankung eingerichtete große Drohnen ohne weiteres übernehmen, schlug Roche vor …

Rumsfeld erwägt neue verdeckte Einsätze militärischer Einheiten

12. August 2002, Thomas Shanker und James Risen, *New York Times*

Verteidigungsminister Donald H. Rumsfeld erwägt Möglichkeiten, die Rolle amerikanischer Special Operations Forces im weltweiten Kampf gegen den Terrorismus erheblich auszuweiten …

Planungen, die gegenwärtig zwischen Mr. Rumsfeld und hohen Militärs diskutiert werden, könnten letztlich dazu führen, dass Special Forces verstärkt für langfristige verdeckte Operationen in Ländern eingesetzt werden, mit denen die Vereinigten Staaten sich nicht offen im Krieg befinden – und in manchen Fällen, ohne dass die dortige Regierung über ihre Anwesenheit informiert würde …

Prolog

Grenzübergang Ghowrmach bei Andchwoy, Provinz Faryab, nördliches Afghanistan

Januar 2003

Hauptmann Wakil Mohammad Zarazi postierte zwei seiner jüngsten, unerfahrensten – und deshalb entbehrlichsten – Soldaten in einem Hinterhalt dicht neben der Straße und versprach ihnen Beförderungen und hohe Ehren, wenn sie überlebten – und einen Platz zur Rechten Allahs, wenn sie fielen. Die beiden hofften natürlich, befördert und geehrt zu werden.

Die Jungen versteckten sich hinter Schneewehen und Felsen, bis das Führungsfahrzeug, ein alter BMP aus russischer Produktion, an ihnen vorbeirollte, und warfen dann panzerbrechende Handgranaten RKG-3 unter das Fahrzeug. Die Handgranaten richteten sich selbständig auf und schossen Hohlladungen mit Kupfermantel in den Innenraum des Mannschaftstransportwagens. Die Hohlladung stanzte ein Loch in die zehn Millimeter starke Bodenpanzerung, durch das geschmolzenes Kupfer drang, das den Innenraum ausfüllte und die Besatzung augenblicklich tötete. Der BMP blieb liegen und war sofort erledigt – und seine Insassen auch, das hoffte Zarazi jedenfalls.

Seine durch den Erfolg dieses ersten Angriffs ermutigten Männer stürmten aus ihren Verstecken, gingen zum Angriff über und beschossen die übrigen Fahrzeuge der Kolonne mit ihren Handfeuerwaffen. Für Zarazi, den Kompaniechef der Guerilla-Einheiten, die diese kleine Abteilung von UN-Truppen überfallen hatten, kam der offensichtliche Erfolg seines hastig geplanten Hinterhalts überraschend. Seine Männer waren seit Monaten im rauen Klima Nordafghanistans unterwegs; sie litten unter Kälte, Überanstrengung und Hunger; ihr Munitionsvorrat, ihre Kampfmoral und ihr Mut waren fast erschöpft, und sie wurden durch ständige Angriffe von US- oder UN-Flugzeugen zermürbt.

Vielleicht war ihr eindeutiger Erfolg darauf zurückzuführen, dass Verhungernde wilder kämpften – siegten sie nicht, waren sie tot.

Entsprechend ihren Informationen hatten sie erwartet, dass diese Abteilung, die erst seit dem Vortag von Andchwoy nach Westen unterwegs war, um irgendwo entlang der Grenze eine Relaisstation für Fernmeldedienste zu errichten, mit stärkerem Begleitschutz marschieren würde. Obwohl Zarazis Kompanie bei weitem nicht über ihre volle Mannschafsstärke verfügte, war sie hastig für diesen Hinterhalt in Stellung gegangen, um die Chance zu nutzen, bessere Fahrzeuge und Waffen für ihren Guerillakrieg gegen die Nordallianz zu erbeuten. Die geringe Größe der Abteilung enttäuschte Zarazi – er hatte auf mehr Waffen und mehr Gefangene gehofft. Diese Kolonne würde ihm vielleicht nur fünfzig Gefangene mit ihren Waffen und Verpflegung für ein paar Wochen einbringen, aber selbst das war besser als gar nichts.

Zarazi war auch misstrauisch – eine Eigenschaft, die dazu beigetragen hatte, dass er mit seinen achtunddreißig Jahren – davon zweiundzwanzig als Freiheitskämpfer der Taliban – noch lebte. Der Hauptmann stammte aus dem Gebiet um Scheberghan im Nordwesten Afghanistans. Sein Stamm, der ursprünglich zu den Mudschaheddin gehört hatte, die gegen die russischen Invasoren kämpften, hatte sich geweigert, der hauptsächlich aus Usbeken, Tadschiken und Pakistani bestehenden so genannten Nordallianz beizutreten. Stattdessen hatte er sich mit großen Mengen erbeuteter russischer Waffen und Fahrzeuge in sein historisches Stammesgebiet im Nordwesten zurückgezogen. Zarazi wurde einer der Provinzkommandeure der Hisbollah, der »Armee Allahs«, einer radikalen, fundamentalistischen Sekte der Taliban, und führte einen unablässigen Kleinkrieg gegen die Truppen der Nordallianz.

Diese größere und offenbar wichtige Abteilung, die dreißig Kilometer westlich von Andchwoy zum Rand des wüstenartigen Bedentlik-Gebiets an der afghanisch-turkmenischen Grenze marschierte, gab ihnen die Chance, einen schweren Schlag gegen die Nordallianz und ihre westlichen Drahtzieher zu führen. Trotzdem war es merkwürdig, dass die Kolonne nicht von Panzern oder Kampfhubschraubern gesichert wurde. Der nächste Hubschrauberstützpunkt war zwanzig Flugminuten entfernt; bis zum nächsten größeren Militärlager benötigte ein Hubschrauber über eine Stunde. Und da eine Wetterverschlechterung bevorstand, würde es noch länger dauern, bis angeforderte Unterstützung eintreffen konnte.

Auch waren ihre Informationen bemerkenswert detailliert und aktuell gewesen – vielleicht zu detailliert und aktuell. Obwohl die von den Amerikanern unterstützten Truppen der Nordallianz die Talibanmilizen faktisch aus diesem Gebiet vertrieben hatten, erschien es Zarazi merkwürdig, dass die Vereinten Nationen es wagen sollten, eine so wichtige Abteilung ohne starken Begleitschutz durch ein Gebiet so weit abseits ihrer Stützpunkte marschieren zu lassen. Die Taliban verfügten weiter über große und im Allgemeinen gut ausgerüstete und kampfstarke Guerilla-Einheiten, vor allem an den Grenzen zu Usbekistan und Tadschikistan, wo sie mehr Rückhalt in der Bevölkerung fanden und sich in günstigerem Gelände bewegten. Da die afghanisch-turkmenische Grenze über tausend Kilometer hinweg durch ein Wüstengebiet verlief, hatten die UN-Truppen offenbar nicht damit gerechnet, sie könnten in dieser Einöde überfallen werden.

Die Erfolgsgewissheit der Ungläubigen würde ihr Verderben sein.

Die vor der Kolonne zur Erkundung vorausgeschickten Fahrzeuge waren russische BTR-40 und größere BTR-60, schnelle, wendige und sehr gut bewaffnete Radspähpanzer. Als der erste BTM explodierte, kehrten sie um und lösten dabei ihre Formation auf. Zarazis Männer begannen Nebelkerzen zu werfen – bei dem ständig wehenden böigen Wind waren Dutzende dieser Dinger erforderlich, um einen Rauchvorhang zu erzeugen, aber binnen weniger Sekunden betrug die Sichtweite nur noch wenige Meter. Die Luken der Panzerspähwagen standen bereits offen, weil ihre Besatzungen Ausschau nach Zielen hielten.

Genau darauf hatte Zarazi gewartet. Seine Männer stürmten im Schutz des künstlichen Nebels aus ihren Verstecken, kletterten wieselflink auf die BTRs und warfen Tränengasgranaten in die offenen Luken. Wenige Augenblicke später mussten die Fahrer anhalten und die Soldaten aus dem Inneren ins Freie flüchten lassen, bevor sie an dem Reizgas erstickten. Bald waren alle Fahrzeuge der Kolonne, von Tränengasschwaden eingehüllt, zum Stehen gekommen. Ihre Luken standen weit offen, und verängstigte, dem Ersticken nahe UN-Soldaten und -Mitarbeiter, retteten sich hustend und mit brennenden, heftig tränenden Augen ins Freie. Das Gefecht hatte nicht einmal fünf Minuten gedauert. Zarazis Männer hatten einen BMP und einen BTR zerstört und einen Mannschaftstransportwagen, vier Radspähpanzer und vier Fünftonner mit Nachschub erbeutet. Das Ganze ohne Verluste. Perfekt.

»Wir sind auf eine Goldader gestoßen, Hauptmann«, meldete Jalaluddin Turabi, Zarazis Leutnant, kurze Zeit später, als die letzten Soldaten und UN-Mitarbeiter zusammengetrieben wurden. »Offenbar sollten sie einen ständig besetzten Vorposten einrichten. Sie haben Verpflegung für etwa fünfzig Mann für zwei Wochen und Unmengen von Kisten mit Fernmeldegerät dabei. Außerdem sehe ich Stromaggregate, Benzinkanister, Winterzelte, warme Bekleidung und Stacheldrahtrollen. Das alles bringt auf dem schwarzen Markt Millionen!«

»Gafft nicht, sondern fangt an, die Lastwagen zu entladen, Jala«, knurrte Zarazi. »Hat der Kolonnenführer noch Luftunterstützung anfordern können, kann diese jeden Augenblick hier sein. Wir müssen schnellstens verschwinden.«

Die UN-Soldaten mussten ihre Hände auf die Köpfe legen und wurden im Schnee kniend aufgereiht. Hauptmann Zarazi ging langsam vor ihnen auf und ab und studierte jeden Mann und jede Frau sorgfältig. Sie kamen aus mehreren Staaten, die hauptsächlich auf der Nordhalbkugel lagen: Irland, Kanada, Norwegen und Südkorea. Zarazi gestattete seinen Leuten, den Soldaten der Friedenstruppe ihre Handschuhe, Schals und Parkas abzunehmen – viele seiner Männer waren in den Bergen Turkestans und dem Selselehje-Gebirge an Unterkühlung gestorben, und die meisten brauchten warme Kleidung dringender als Verpflegung.

»Ich bin Hauptmann Wakil Mohammad Zarazi, ein Diener Allahs

und Kommandeur des Balch-Regiments für bewaffneten Widerstand«, sagte Zarazi auf Paschtu. Als er die verständnislosen Blicke der Gefangenen sah, fragte er in stockendem Englisch: »Wer ist Dolmetscher?« Keine Antwort. Der Hauptmann suchte die lange Reihe der Knienden ab, bis er auf einen bärtigen Blauhelm stieß, der Afghane zu sein schien. Er riss ihn hoch. »Verstehen Sie mich?« Der Mann nickte. »Wer ist der Kommandeur?« Der Mann gab keine Antwort. Zarazi zog seinen Dolch und setzte dem Dolmetscher die scharfe Klinge an die Kehle.

»Stopp!«, sagte eine Stimme. Als Zarazi sich umsah, stand einer der Offiziere, der gleich neben dem Dolmetscher gekniet hatte, mit weiter auf seinem Barett liegenden bloßen Händen auf. »Ich bin Major Dermot O'Rourke, Republic of Ireland, Kommandeur dieser Abteilung. Wir sind mit friedlichem Auftrag für den Hilfs- und Wiederaufbaurat der Vereinten Nationen für Afghanistan unterwegs.«

Nachdem der Dolmetscher das übersetzt hatte, sagte Zarazi: »Ihr seid Spione der Nordallianz und ihrer verbrecherischen amerikanischen Verbündeten! Ihr seid Invasoren in einem Gebiet, das von Seiner Heiligkeit Mullah Mohammad Omar und seinem Schwert der Rache, General Tachir Joldaschow, beansprucht wird.«

»Wir sind keine Spione«, widersprach O'Rourke. »Wir sind hier, um eine Relaisstation für Mobil- und Rundfunk zu errichten, das ist alles.«

»Ihr seid Spione und werdet alle nach islamischem Recht und auf Befehl von General Joldaschow hingerichtet«, sagte Zarazi. »Ihr ...«

In diesem Augenblick kam sein Leutnant herangerannt. »Wakil, wir haben ein Problem«, sagte Turabi. Er lief an Zarazi vorbei zu O'Rourke, riss ihm das Barett vom Kopf, zerrte ihm die Jacke seines Kampfanzugs vom Leib und durchsuchte sie. Schon nach wenigen Sekunden zog er einen kleinen schwarzen Kasten mit einer kurzen Stabantenne aus einer Rückentasche in O'Rourkes Jacke.

»Was ist das, Jala?«, fragte Zarazi.

»Unser Fernmeldeoffizier empfängt ein Hochfrequenzsignal wie von einem Transponder«, meldete Turabi. »Dies scheint irgendeine Art Peilsender zu sein. Er muss ihn bei Beginn des Überfalls eingeschaltet haben.«

»Ein Alarmsignal?«, fragte Zarazi. »Wir haben in diesem Gebiet keine weiteren Truppen festgestellt. Und eine Hubschrauberpatrouille aus Andchwoy oder Masar-i-Scharif würde sehr lange brauchen. Was hätten wir also zu befürchten?«

»Einen Luftangriff durch einen Jagdbomber, der schon irgendwo in der Nähe kreist«, sagte Turabi. »Deshalb waren unsere Informationen so gut, deshalb war diese Kolonne kaum geschützt. Vielleicht wird sogar eine amerikanische Predator eingesetzt – eines der unbemannten kleinen Flugzeuge, die Maverick-Lenkwaffen verschießen können. Vielleicht beginnt sie ihren Angriff *in diesem Augenblick!*«

Zarazi starrte seinen Leutnant verwirrt an, dann machte er große Augen und bekam den Mund kaum noch zu. »Unsere Männer sollen sich bereithalten, dieses Gebiet zu räumen und in Deckung zu gehen.« Er trat auf O'Rourke zu. »Wer beobachtet uns? Was geht hier vor?«

»Ich rate Ihnen, sich zu ergeben, Hauptmann«, antwortete O'Rourke. »Legen Sie einfach die Waffen nieder, nehmen Sie die Hände hoch und knien Sie sich hin. Sie greifen nicht an, wenn Sie sich ergeben.«

»Wer sind ›sie‹? *Was* sind sie?«

»Für Fragen bleibt jetzt keine Zeit, Hauptmann. Sie müssen sich sofort ergeben.«

»Hundesohn! Verfluchter Hundesohn!« Zarazi zog seine Pistole und schoss O'Rourke in die Stirn. Der Major brach tot zusammen.

Die meisten seiner Männer waren damit beschäftigt, die Lastwagen zu entladen, Kisten aufzubrechen und Planen von Paletten zu entfernen. »Sofort weg von den Lastwagen! Rennt um euer Leben! *Rennt!*«

Sechshundertfünfzig Kilometer entfernt kreiste eine EB-1C Vampire in 28 000 Fuß achtzig Kilometer südlich der pakistanischen Küste über dem Arabischen Meer und beobachtete und horchte. Die EB-1C war ein Mitte der achtziger Jahre gebauter Langstreckenbomber B-1B Lancer der U.S. Air Force, der jedoch so aufgerüstet und modifiziert worden war, dass seine Konstrukteure ihn vermutlich nicht wieder erkannt hätten. Aber wenn die Vampire unglaublich war, waren die Flugkörper, die sie einsetzen konnte, noch unglaublicher – tatsächlich verkörperten sie Patrick McLanahans Vorstellungen vom Luftkrieg der Zukunft.

»Mein Gott, sie haben Major O'Rourke erschossen!«, sagte USAF-Generalmajor Patrick McLanahan ungläubig. Er studierte das hochauflösende digitale Videodisplay auf seinem großen multifunktionellen »Supercockpit«-Monitor. »Dieses Schwein! O'Rourke war unbewaffnet! Er hatte sich ergeben…« Patrick schloss kurz die Augen, als hoffe er, das Bild vor ihm werde sich verflüchtigen. Als es das nicht tat, verwandelte seine Empörung sich in kalte Wut. »Ich zähle ungefähr hundert Mann mit rund zwei Dutzend Toyota Pickups in einer Senke abseits der Straße. Achtung, wir greifen an.«

Die Flugzeugkommandantin, Brigadegeneral Rebecca Furness, U.S. Air National Guard, rutschte unruhig auf ihrem Sitz hin und her. »Also los, zeigen wir's den Kerlen, Sir!«, fauchte sie.

Die Bilder, die Patrick und Rebecca sahen, übermittelte ein unbemannter Flugkörper vom Typ StealthHawk: ein Unmanned Combat Air Vehicle (UCAV). Er war vor mehreren Stunden aus der vorderen Bombenkammer der EB-1C gestartet worden und hatte das Gebiet um O'Rourkes Fahrzeugkolonne mit Infrarotsensoren und hochauflösenden Digitalkameras überwacht. Der StealthHawk erinnerte an ein großes, breites, dickes Surfbrett, dessen Auftrieb erzeugender Rumpf im Querschnitt ein flaches Dreieck bildete. Um den Radarquerschnitt des Flugkörpers zu verringern, war der große Lufteinlass seines einzelnen Düsentriebwerks auf der Rumpfoberseite angeordnet. Der StealthHawk hatte keine Tragflächen, sondern besaß eine nach den Erfordernissen des jeweiligen Einsatzes verformbare Außenhaut, die sich mithilfe von Computern und winzigen hydraulischen Stellmotoren so verändern ließ, dass sie je nach Bedarf mehr oder weniger Auftrieb erzeugte. In ihren Bombenkammern konnte die EB-1C drei StealthHawks tragen: eine in der vorderen und zwei in der mittleren Kammer. Außer dem Treibstoff für einen mehrstündigen Einsatz konnte jeder StealthHawk fast zweihundertdreißig Kilo Nutzlast mitführen.

Der Angriff begann, sobald Patrick eine Taste drückte und »Ziel mit

StealthHawk angreifen!« befahl. In zehntausend Fuß Höhe kreiste ein zweiter StealthHawk aus der mittleren Bombenkammer der EB-1C über der Fahrzeugkolonne. Statt Sensoren trug dieser Waffen – sechs AGM-211 »Mini-Mavericks«, fünfzig Kilo schwere Luft-Boden-Lenkwaffen für Präzisionsangriffe aus geringen Entfernungen.

»*Achtung, Angriff mit StealthHawk, Angriff stoppen*«, antwortete der Computer. Als Patrick seinen Befehl nicht widerrief, fuhr der Computer fort: »*StealthHawk greift an.*«

»Ausgezeichnet«, sagte Patrick. »StealthHawk meldet bisher Kode eins.«

»Das wäre eine Premiere für eine von Masters' Erfindungen«, meinte Furness trocken. Rebecca Furness kommandierte das weltweit einzige Geschwader, das die EB-1C Vampire flog: das 111. Bombergeschwader der Nevada Air National Guard auf dem Stützpunkt Battle Mountain in Nevada. Obwohl der Bomber Vampire in den vergangenen Jahren bei mehreren Konflikten und Scharmützeln von Korea über Russland bis Libyen im Einsatz gewesen war, galt er weiter als Experimentalflugzeug. Deshalb arbeitete sein Konstrukteur, Dr. Jon Masters, eng mit Furness' Geschwader zusammen, um das hochmoderne Waffensystem zu verbessern und zu optimieren, damit die EB-1C irgendwann in Dienst gestellt werden konnte.

Aber Jon Masters, der mit dreizehn Jahren promoviert hatte und ein erstklassiger Luft- und Raumfahrtingenieur war, war auch eine erstklassige Nervensäge – kein sehr umgänglicher Typ. Rebeccas Job war schwierig genug – sie hatte ein neues Geschwader mit einem experimentellen High-Tech-Bomber auf einem neu erbauten Stützpunkt in einem völlig abgelegenen Gebiet im Norden Mittelnevadas aufzustellen –, auch ohne dass der affige und eingebildete Dr. Masters ihr das Leben schwer machte.

Obwohl Patrick die Sensordaten des StealthHawk auf dem Supercockpit-MFD der Vampire dargestellt bekam, hatte das UCAV während seiner Überwachung die meisten Fahrzeuge im Zielgebiet bereits identifiziert und ihm ständig in einer nach Wichtigkeit geordneten Liste präsentiert. »Auf einem der Pick-ups hat der StealthHawk eine 23-mm-Flak entdeckt«, sagte Patrick. »Die ist das erste Ziel.«

Sogar Rebecca musste zugeben, dass die Fähigkeit dieses Waffensystems, Ziele zu orten und zu klassifizieren, eindrucksvoll war – sie war es gewohnt, Bomben auf Gruppen von Fahrzeugen oder ein ganzes Gebiet zu werfen, statt nur eines von vielen ähnlichen Fahrzeugen für einen Präzisionsangriff auszuwählen.

»Ich zähle insgesamt zehn Fahrzeuge im Zielgebiet... nein, es sind zwölf. Zwei sind bereits abgehauen.«

»Worauf wartet er noch? Er soll loslegen und ein bisschen Schrott produzieren!«

»Er ist schon dabei«, sagte Patrick. Im selben Augenblick warf der StealthHawk aus seiner Bombenkammer eine einzelne Mini-Maverick ab. Die Lenkwaffe fiel aus dem UCAV und flog ihr Ziel im Gleitflug an, während sie ihren Kurs mithilfe von Steuerdaten und Windkorrekturfaktoren anpasste, die ihr der Angriffscomputer der Vampire übermittelte. Etwas über eineinhalb Kilometer vor dem Ziel wurde der kleine Raketenmotor der Lenkwaffe gezündet, und sie legte die letzten siebentausend Fuß ihres Zielanflugs in weniger als zwei Sekunden zurück. Der Gefechtskopf der Mini-Maverick enthielt zwölfeinhalb Kilo Thermium-Nitrat, dessen Sprengkraft der zehnfachen Menge TNT entsprach. Der Pick-up und seine sechs Insassen verschwanden in einer Wolke aus Staub, Rauch und gelbroten Detonationen.

Das Laser-Radar des StealthHawk hielt das Ziel weiterhin erfasst, um die Angriffswirkung analysieren zu können, aber die von Flammen und Rauchwolken begleiteten starken Sekundärdetonationen ließen schon im nächsten Augenblick erkennen, dass der Pick-up vernichtet war. »Ziel scheint zerstört zu sein«, sagte Patrick.

»Verdammt«, flüsterte Rebecca, als sie sich auf Patricks MFD die letzten Augenblicke der Schadensanalyse des StealthHawk ansah. Da sie viel Erfahrung mit Thermium-Nitrat hatte, wusste sie, dass dieselbe Mini-Maverick einen Panzer hätte erledigen können. Die Bezeichnung »Overkill« war weit untertrieben, wenn ein TN-Gefechtskopf gegen einen kleinen Toyota Pick-up eingesetzt wurde. »Echt eindrucksvolle Waffe.«

»StealthHawk greift weiter an«, sagte Patrick. »Lenkwaffe zwo abgeworfen...«

Der StealthHawk ging in zweitausend Fuß über Grund in den Horizontalflug über und steuerte als nächstes Ziel zwei mit Guerillas besetzte Pick-ups an. Diesmal sahen die Männer ihn kommen. »*Lauft auseinander! Auseinander!*«, brüllte Zarazi. Er hob sein Sturmgewehr AK74 und eröffnete das Feuer. Auch die hinten auf der Ladefläche hockenden fünf Männer ballerten wie wild drauflos.

Es war, als blickte man in die Mündung einer Waffe kurz bevor der Abzug betätigt wurde... und erkannte dann, dass ihr Lauf im allerletzten Augenblick zur Seite geschwenkt worden war. Kurz nachdem Zarazis Fahrer das Steuer herumgerissen hatte, verschwand der erste Pick-up in einer gewaltigen Explosion. Zarazi und seine Männer sahen ihn aus Flammen und Rauch auftauchen, als sei er von einer riesigen Schrotflinte durchsiebt, in Brand geschossen und sich überschlagend fortgeschleudert worden. »Allah sei uns gnädig«, murmelte Zarazi. »Allah, hilf uns hier raus, dann verspreche ich dir, mich an den Ungläubigen zu rächen, die diese teuflischen Roboterflugzeuge entsenden, um deine treuen Diener zu ermorden – ich schwör's dir!«

»Klasse gemacht, Baby!«, rief Patrick aus. Der Infrarotsensor der Mini-Maverick zeigte ihm ein deutliches Bild des zweiten Toyotas, als die Lenkwaffe ihn ansteuerte. Mindestens sechs Sturmgewehre nahmen die Mini-Maverick und den zweiten StealthHawk unter Dauerfeuer, ohne jedoch etwas ausrichten zu können. Patrick schaltete auf die Infrarotkamera des ersten StealthHawk um, als die Lenkwaffe einschlug, wobei ihr Bild verschwand. Reifen, Motor, Dieseltank und Munition explodierten gleichzeitig, und der Pick-up überschlug sich mehrmals in einem Feuerball. »Den hat's erwischt!«

»Da versucht noch ein Pick-up abzuhauen!«, rief Furness. »Er weiß, dass wir hinter ihm her sind, und gibt Vollgas!«

»Keine Sorge, der StealthHawk hat noch reichlich Waffen und Treibstoff«, sagte Patrick. »Dieser dritte Pick-up ist erledigt.« Er gab kurze Befehle ein, um eine dritte Mini-Maverick abwerfen zu lassen...

Aber statt einer Lenkwaffe, die im Gleitflug ihr Ziel ansteuerte, fing der StealthHawk an, selbst zu sinken. »Höhe kontrollieren… nicht unter zwotausend… Höhe halten, nicht unter zwotausend… Scheiße, ich glaube, die Verbindung zum UCAV ist abgerissen!«

»Nun, wenigstens sitzen wir in der ersten Reihe, wenn es einschlägt«, sagte Rebecca. Aber das UCAV schlug nicht ein – stattdessen ging es in zweihundert Fuß über Grund, praktisch vor den Augen der Taliban, in den Horizontalflug über und flog nach Westen davon. »Okay, General, wohin zum Teufel ist es jetzt unterwegs?«, fragte Rebecca.

»Keine Ahnung«, gab Patrick ehrlich zu. »Aber in vierzig Minuten ist sein Treibstoff verbraucht.«

»Und wieder beißt eines in den Staub.«

»Vielleicht beißt es auch *nicht* in den Staub. Vielleicht macht es eine schöne weiche Landung in der Wüste«, sagte Patrick besorgt. »Und in diesem Fall…«

»Dann besitzen die Taliban – oder wem es sonst in die Hände fällt – ein Muster für neueste amerikanische UCAV-Technologie«, sagte Rebecca. »In vierzig Minuten ist der StealthHawk schon fast am Persischen Golf. Können Sie nicht veranlassen, dass er sich selbst zerstört?«

»Ich habe keinerlei Kontrolle über ihn«, sagte Patrick. Er überlegte kurz, dann befahl er: »Folgen Sie ihm.«

»*Was?*«

»Vielleicht reagiert er auf direkt übertragene Befehle, wenn wir näher an ihn herankommen.« Er erteilte dem Computer einige Sprachbefehle, und der Kurszeiger auf Rebeccas MFD schwenkte nach Westen. »Ihr Kurs ist angezeigt. Zentrieren!«

»Ausgeschlossen, General«, sagte Rebecca. »So kommen wir über… verdammt, General, auf diesem Kurs kämen wir über den *Iran!*«

»Wir bleiben in den Bergen, fliegen im Terrainfolgemodus«, sagte Patrick. »Wir müssen das UCAV einholen, bevor wir es ganz verlieren.«

»Wir haben keine Überflugerlaubnis für Pakistan und erst recht keine für den Iran«, stellte Furness fest. Seit die Vereinigten Staaten gezwungen gewesen waren, den »Krieg gegen den Terrorismus« auf das Staatsgebiet ihres ehemaligen Verbündeten Pakistan auszuweiten, um die letzten verbliebenen Taliban- und Al-Qaida-Zellen aufzuspüren, hatten sich die Beziehungen zwischen den beiden Staaten verschlechtert. Pakistan verbot jetzt Überflüge von Militärmaschinen und betrachtete alle Militärflugzeuge, die über Afghanistan im Einsatz waren, als feindlich.

Trotz dieses Überflugverbots war McLanahan von Präsident Thomas Thorn ermächtigt worden, eine Drohne des Baumusters StealthHawk über Afghanistan einzusetzen, obwohl sie logischerweise Pakistan überfliegen musste, um ihr Einsatzgebiet zu erreichen. Ein oder zwei UCAVs, die den äußersten Westen Pakistans überflogen, stellten keine Bedrohung dar – zumindest würde Amerika so argumentieren, falls die StealthHawks jemals entdeckt wurden.

Aber ein High-Tech-Bomber EB-1C war etwas ganz anderes.

»General, wir können uns nicht lange genug verstecken«, wandte Furness ein. »Wir bleiben kurze Zeit in den Bergen, aber dann kommt die Wüste, über der wir uns nirgends verstecken können …«

»Rebecca, wir müssen diese Chance nutzen«, sagte Patrick nachdrücklich. »Wenn wir dünn besiedelte Gebiete mit mehr als Mach eins überfliegen und über Ballungsräumen im Unterschallbereich bleiben, können wir den StealthHawk in ungefähr zwanzig Minuten einholen. Wir haben gerade noch Zeit, ihn auf Gegenkurs zu bringen, bevor wir abbrechen und zum Nachtanken fliegen müssen.«

»Holen Sie erst die Genehmigung des Pentagons ein.«

»Keine Zeit«, sagte Patrick knapp. »Sie steuern den angezeigten Kurs, beschleunigen auf Mach 0,9 und gehen für den Überflug der Küste auf COLA runter. Ich rufe die letzten Informationen via Satellit ab, und wir legen gemeinsam den besten Kurs fest.«

»O Gott, jetzt geht *das* wieder los«, murmelte Rebecca, bevor sie den Bomber anwies, Fahrt aufzunehmen und auf COLA, die vom Computer erzeugte niedrigste Flughöhe, hinunterzugehen. Der Flugregler senkte den Bug der Maschine um zwanzig Grad und stellte die Tragflächen automatisch auf maximale Pfeilung ein, damit die EB-1C möglichst rasch Fahrt aufnahm.

Sobald sie Kurs nach Norden nahmen, plärrte der Gefahrenwarner los: »*Achtung, SA-10 im Suchmodus, zehn Uhr, hundertzehn Meilen, nicht im Erfassungsbereich.*«

»Die iranische Küstenverteidigung bei Char Bahar«, sagte Patrick. »Kein Faktor.«

»›Kein Faktor‹, was?«, wiederholte Rebecca. »Können diese Dinger bombergroße Flugzeuge nicht noch aus Baumhöhe runterholen?«

»Aber nicht *diesen* Bomber.« Während sie nur fünfzig Meilen östlich der iranischen Grenze die pakistanische Küste zwischen Kapper und Gwadar ansteuerten, befanden sie sich durchaus im Wirkungsbereich des sehr leistungsfähigen Fla-Raketensystems SA-10, aber die Computer des Gefahrenwarners maßen die Signalstärke des Suchradars und stellten fest, dass sie nicht ausreichte, um den Stealthbomber EB-1C Vampire deutlich zu erfassen. »Weiter Kurs halten.« Er drückte die Sprechtaste, um über ihre abhörsichere Satellitenverbindung zu sprechen. »Leitstelle, hier Puppenspieler.«

»Wir sehen's auch«, antwortete Brigadegeneral David Luger, Patricks Freund und Stellvertreter. Luger, der ebenfalls Navigator war, aber auch Flugzeugbau studiert hatte und seit ihrer gemeinsamen B-52-Zeit Patricks Partner war, verfolgte den Einsatz von dem »virtuellen Cockpit« aus, das sämtliche Fluginformationen der EB-1C Vampire auf Bildschirmen in der Leitstelle in den USA darstellte und Piloten und Technikern die Möglichkeit gab, von dort aus tatsächliche Einsätze zu überwachen und teilweise sogar zu steuern. »Den Überwachungs-StealthHawk habe ich bereits zurückgerufen – er geht im Arabischen Meer nieder, und die Navy fischt ihn für uns heraus. Weiter keine Verbindung zu dem Angriffs-StealthHawk – er funktioniert weiterhin normal, sucht weiterhin Ziele, reagiert aber nicht auf Satellitensteuerbefehle.

Ich stehe in ständigem telefonischen Kontakt mit dem Außenministerium«, fuhr Luger fort. »Ich empfehle euch *dringend*, die pakistanische Grenze nicht zu überfliegen, bevor ihr die Genehmigung dazu habt. Muss ich dich an deinen Russlandeinsatz erinnern?»

»Danke, nicht nötig«, wehrte Patrick ab. Bei seinem letzten Flug mit einem Bomber, einer EB-52 Megafortress, hatte er sich über dem Südwesten Russlands dafür entschieden, Befehle zu ignorieren, um einem Special-Ops-Team aus der Patsche zu helfen – ein Entschluss, der ihn fast das Leben gekostet hätte. »Am besten rufst du auch Hal und Chris an«, fügte er hinzu.

»Sie hören alles mit und sind dabei, einen Bergungseinsatz zu planen«, sagte Luger. Auf einem im Golf von Oman liegenden großen Bergungsschiff stand für alle Fälle Patricks Rettungsteam bereit: Hal Briggs, Chris Wohl und durchtrainierte Kommandosoldaten, die alle über elektronische Ganzkörperpanzer vom Typ Zinnsoldat verfügten. Im Laderaum des Bergungsschiffs war ein Schwenkrotorflugzeug MV-32 Pave Dasher versteckt: eine MV-22 Osprey, die Düsentriebwerke erhalten hatte, um Reichweite, Geschwindigkeit und Nutzlast zu steigern. Mit einer Reichweite von über zweitausend Meilen, der Möglichkeit zur Luftbetankung und ihrer Fähigkeit, feindliches Radar zu unterfliegen, war die Pave Dasher das ideale Flugzeug, wenn es darum ging, Rettungs- oder Kommandoteams tief im Feindesland abzusetzen. »Dabei gibt's mehrere Probleme: Sie würden sich an der Grenze der äußersten Reichweite der Pave Dasher bewegen – je tiefer der StealthHawk nach Turkmenistan hineinfliegt, desto problematischer wird die Situation –, und fürs Zielgebiet wird ziemlich schlechtes Wetter vorhergesagt.«

»Lass mich wissen, was sie meinen«, antwortete Patrick. »Sehen sie irgendeine Chance, es zu versuchen, sollen sie's unbedingt tun.«

»Bitte warten«, sagte Luger.

Rebecca Furness verdrehte irritiert die Augen. »Wir können nicht warten«, sagte sie. »Wir überfliegen die Küste in ...« Sie warf einen Blick auf ihr Navigationsdisplay. »Wir haben sie gerade überflogen. Damit verstoßen wir gegen jede Menge internationaler Gesetze.«

»Das SA-10-Suchradar ist abgeschaltet«, teilte Patrick ihr mit. »Es hat uns verloren. Keine weiteren Gefahren, nur Suchradare, alle unterhalb der Erfassungsschwelle.«

»Schlechte Nachrichten, Muck«, sagte Luger einige Minuten später über Funk. »Das Wetter im Osten Turkmenistans verschlechtert sich weiter. Hal sagt, dass er die Entscheidung dir überlässt.«

»Was hältst du davon, Texas?«

»Müssten wir dort Leute von uns rausholen, keine Frage«, antwortete Luger. »Aber um ein neunhundert Kilo schweres UCAV in

Turkmenistan zu bergen, von Pakistanis, Iranern und vielleicht auch Russen beobachtet? Sorry, Muck, aber ich glaube nicht, dass dieses Risiko sich lohnt.«

»General?«, fragte Rebecca Furness. »Das gilt auch für uns. Ich schlage vor, dass wir aufs Arabische Meer zurückfliegen, unseren Tanker anfordern und heimfliegen.«

»Kurs halten«, befahl Patrick. »Die pakistanischen Luftabwehrstellungen an der Küste liegen hinter uns – auf Mach 1,5 beschleunigen, Mindesthöhe fünftausend Fuß.«

»Das ist keine gute Idee«, widersprach Rebecca, aber sie schob die Leistungshebel trotzdem nach vorn.

»Ich habe mir euren Treibstoffverbrauch angesehen«, sagte Luger, der alle via Satellit übermittelten Betriebsparameter der Vampire vor sich hatte. »Beim gegenwärtigen Verbrauch – und unter der Voraussetzung, dass ihr nicht zusätzlich Flugzeit braucht, um den StealthHawk unter Kontrolle zu bringen oder Luftabwehrstellungen zu umfliegen – erreicht ihr den vorgesehenen Betankungspunkt mit nur sehr geringer Reserve. Könnt ihr nicht tanken, habt ihr vielleicht nicht mehr genug Sprit, um Diego Garcia zu erreichen.«

»Verstanden«, antwortete Patrick nur.

Sie folgten der iranisch-pakistanischen Grenze, gingen im Terrainfolgemodus auf nur dreihundert Fuß herunter und machten einen sehr weiten Bogen um die iranische Grenzstadt Zahedan, in der das größte Jagdgeschwader ganz Zentralasiens stationiert war. Entlang der Grenze entdeckten sie weitere Fla-Raketenstellungen mit SA-10 und mehrere Stellungen mit radargesteuerter Flak, deren Zielsuchradare alle mit voller Leistung arbeiteten. Bald orteten sie auch iranische Jäger – über ein Dutzend, eine Mischung aus französischen, russischen und sogar amerikanischen Typen. »Verdammt, anscheinend sucht die gesamte iranische Luftwaffe nach uns«, sagte Rebecca.

»Der nächste Jäger ist vierzig Meilen entfernt«, antwortete Patrick, »und er hat uns nicht. Die Iraner bleiben jenseits der Grenze.«

Im nächsten Augenblick überraschte eine iranische MiG-29 sie – der Pilot kurvte plötzlich genau auf sie zu, beleuchtete sie mit seinem Radar und flog rasch nach Osten, wobei er die Grenze in der Nähe der pakistanischen Stadt Saindak überquerte. »*Achtung, MiG-29 im Suchmodus, neun Uhr, dreiunddreißig Meilen, hoch, unter Erfassungsschwelle*«, meldete der Gefahrenwarner.

»General …« Aber das Abwehrsystem der Vampire hatte bereits reagiert: Es hatte seine Störsender aktiviert und den an einem Glasfaserkabel nachgeschleppten Köder ALE-55 aus seinem Heckbehälter ausgestoßen. Das ALE-55 war ein kleines stromlinienförmiges Gerät, das Stör- und Täuschungssignale sendete, um den Bomber zu tarnen und anfliegende Lenkwaffen von ihm abzulenken. Es war ein sehr effektives, aber eindeutig letztes Mittel zum Schutz des Bombers vor direkten Angriffen. »In Zukunft fliegen wir *keinen* Einsatz mehr ohne Abwehrbewaffnung, das garantiere ich Ihnen«, fuhr Rebecca fort. Die EB-1C konnte alle möglichen Luft-Luft-Lenkwaffen – von der Stinger für Kurzstrecken bis zur Anaconda für extreme Reichweiten – mitführen, aber für heute war kein Kampfeinsatz geplant gewesen.

»Pakistanisches Suchradar, drei Uhr, vierzig Meilen«, berichtete Patrick. »Weit unter der Erfassungsschwelle.«

»*Warnung, MiG-29 im Zielverfolgungsmodus, neun Uhr, fünfundzwanzig Meilen.*«

»Störsender aktiv«, meldete Patrick und fügte einen Fluch hinzu. Ihre Störsender konnten das Zielverfolgungsradar des Jägers verwirren, aber sie signalisierten zugleich in weitem Umkreis, dass hier ein Militärflugzeug unterwegs war. Und feindliche Jäger konnten imstande sein, die Position der Störsender genau zu bestimmen oder eine Lenkwaffe abzuschießen, die sie direkt ansteuerte.

»Puppenspieler, hier Leitstelle«, sagte Luger über Funk. »Geht stufenweise auf COLA runter und nehmt Kurs nach Nordosten. Er hat euch noch nicht richtig erfasst.«

Patrick studierte das große Supercockpit-Display vor seinem Platz. Das im Nordosten vor ihnen liegende Gelände nahe der afghanisch-pakistanischen Grenze war bis auf einige ausgetrocknete Seen weiter im Norden völlig flach. Ein Bomber von der Größe der B-1 würde trotz seiner Stealth-Eigenschaften von einer MiG-29, die ihn mit großer Überhöhung verfolgte, über flachem Wüstengelände leicht zu orten sein. Und die MiG-29 besaß einen hochempfindlichen Infrarotsensor, der die rot glühenden Triebwerksauslässe der Vampire aus über zwanzig Meilen Entfernung orten konnte – sie würde auch ohne ihr Radar angreifen können.

»Steilkurve links, neunzig Grad«, befahl Patrick.

»*Was?* Ich soll *in Richtung Iran* einkurven?«

»Schließt er über freiem Gelände zu uns auf, sind wir erledigt«, sagte Patrick. »Wir bleiben über dem Bergland im Westen.« Rebecca widersprach nicht länger, sondern flog eine steile Linkskurve. Diese Taktik ging auf. Sobald sie rechtwinklig zum Kurs der MiG-29 abflogen, entdeckte das Impuls-Doppler-Radar des Jägers keinen relativen Fahrtunterschied mehr und unterdrückte das Radarecho. »Die MiG hat uns nicht mehr«, berichtete Patrick. »Sie ist jetzt bei sieben Uhr, fünfundzwanzig Meilen. Wir sind außerhalb ihrer Radarkeule.«

Sie waren noch nicht in Sicherheit, ließen die Jäger aus Zahedan jedoch bald hinter sich. Entlang der Grenze standen weitere Luftabwehrstellungen mit Kurz- und Langstreckenraketen, aber da sie übers Mighand-Hochland nach Norden weiterflogen, flogen sie tatsächlich *hinter* ihnen vorbei. Sobald sie die Trockenseen passiert hatten, gab Patrick einen Kurs an, der die EB-1C über die afghanische Grenze führte. Nun konnten sie auf 15 000 Fuß steigen – hoch genug, um nicht mehr gesichtet werden zu können und außerhalb des Wirkungsbereichs unerwartet auftauchender Flakbatterien zu sein.

»Puppenspieler, hier Leitstelle«, sagte David Luger über Funk. »Wie ich sehe, überfliegt ihr bald die turkmenische Grenze. Die Turkmenen haben jede Menge russischer Luftabwehrsysteme, und viel von diesem Zeug steht genau vor euch.«

»Ich werde einen Versuch machen, den StealthHawk wieder unter Kontrolle zu bekommen, danach hauen wir ab«, antwortete Patrick.

Einige Minuten später erfasste Patrick das verschlüsselte Peilsignal des StealthHawk mit seinem Laserradar, und nun begann die Verfolgungsjagd auf die Drohne, die sich bereits über Turkmenistan befand. Rebecca steuerte den Bomber nach Nordosten und verringerte den Abstand mit voller Triebwerksleistung sehr schnell. »So verbrauchen wir verdammt viel Sprit«, stellte sie fest. »Wie lange dauert's noch, bis wir in Übertragungsreichweite sind?«

»Etwa fünf Minuten«, sagte Patrick, »wenn die angenommene Reichweite stimmt…« Sobald sie auf zehn Meilen herangekommen waren, gelang es ihm, die Verbindung zu dem StealthHawk wieder herzustellen. »Ich hab ihn!«, rief Patrick aus. »Er reagiert!«

Im selben Augenblick erwachte der Gefahrenwarner zu neuem Leben. *»Achtung, SA-4-Überwachungsradar, zwölf Uhr, achtunddreißig Meilen, weit unter Erfassungsschwelle«*, meldete der Computer. Die SA-4 war eine leistungsfähige mobile Fla-Rakete, die sie selbst bei einem Start aus dieser Entfernung in weniger als zwei Minuten erreichen konnte.

»Um Himmels willen, General, wir fliegen direkt auf diese SA-4 zu…!«

»Kurs halten, Rebecca. Wir sind gleich da.«

»Warnung, SA-4 im Zielerfassungsmodus, zwölf Uhr, zwanzig Meilen.« Das System aktivierte selbständig ihre Abwehrmaßnahmen, auch den nachgeschleppten Köder – sie waren wieder in Gefahr. Aber dagegen ließ sich nichts tun, bevor sie den StealthHawk auf Gegenkurs gebracht hatten.

»Verdammt… vielleicht peilen die Turkmenen unser Übertragungssignal an«, sagte Patrick. Obwohl der Datenaustausch zwischen dem Bomber und der Drohne verschlüsselt stattfand, konnte das Trägersignal entdeckt werden. Das bedeutete, dass die Turkmenen die Position des Stealthbombers genau bestimmen konnten.

»Los, wir hauen ab, McLanahan!«

»Gleich hab ich ihn…« Patrick schickte den StealthHawk rasch auf Gegenkurs, und die Drohne reagierte. »StealthHawk reagiert!«, sagte er. Rebecca kurve sofort scharf links weg. *»Horizontalflug, Pilot…«*

»Ausgeschlossen – dann schießt uns diese SA-4 mitten ins Gesicht!«

»Näher ran, Rebecca«, drängte Patrick. »Er dreht von der SA-4 weg. So kann uns nichts passieren. Steuern Sie ihn wieder an, geben sie mir wenigstens noch eine Chance, ihn ganz auf Gegenkurs zu bringen.»

»Kommt nicht in Frage.«

»Dann gehen Sie tiefer«, sagte Patrick. »So sind wir vor der SA-4 sicher. Unter zweitausend Fuß kann sie uns nicht mehr erfassen.«

»Zweitausend Fuß! Ich soll auf *unter* zweitausend Fuß runtergehen?«

»Verlieren wir den StealthHawk, ist das der diplomatische und militärische Eklat des Jahrzehnts«, sagte Patrick. »Nur noch ein paar Minuten, mehr nicht, Rebecca.«

Furness starrte Patrick mit einer Mischung aus Angst und Zorn im Blick an – aber sie ging im Geradeausflug tiefer. »Verdammt, General, diesmal muss es klappen … und zwar *schnell!*«

Das tat es. Sobald sie wieder näher als zehn Meilen an den StealthHawk herankamen, gelang es Patrick, ihn nochmals auf Gegenkurs zu bringen. Sie waren fünfzehn Meilen tief im turkmenischen Luftraum, entfernten sich aber wenigstens von den Fla-Lenkwaffen SA-4 mit großer Reichweite. Die Warnung vor dem Überwachungsradar »Lange Bahn« der Luftabwehrstellung gellte weiter in ihren Ohren – sie wurden weiterhin erfasst, vielleicht sogar von einem Zielverfolgungsradar. Patrick gab dem Steuercomputer des UCAV Befehle ein, und der StealthHawk schloss zu der EB-1C Vampire auf.

Plötzlich hörten sie das hohe Alarmsignal, dann sagte eine synthetische Frauenstimme gelassen: »*Warnung, Start Lenkwaffe SA-4, vier Uhr, achtundzwanzig Meilen. Zeit bis zum Einschlag: fünfzig Sekunden … Warnung, zweiter Start Lenkwaffe SA-4, achtundzwanzig Meilen. Zeit bis zum Einschlag: achtundfünfzig Sekunden.*« Die Stimme klang so ruhig und angenehm, dass man fast erwartete, sie würde »*Schönen Tag noch*« hinzufügen.

»Verdammt, jetzt haben sie uns, General!«

»Wir haben noch Zeit«, behauptete Patrick. »Sobald der StealthHawk wirklich auf Gegenkurs ist, hauen wir ab.«

»Puppenspieler, *was ist bei euch los?*«, funkte David Luger besorgt. »Eben sind zwei SA-4 auf euch abgeschossen worden!«

»Noch dreißig Sekunden, dann verschwinden wir.«

»Ihr *habt* keine dreißig Sekunden!«

»Hauptsache, wir haben den Hawk, Dave. In fünfundzwanzig Sekunden hauen wir ab.«

»Du bist verrückt, Mann«, sagte Luger ernst. »Euch bleibt keine Zeit, um genügend zu beschleunigen.«

»Abwehrmaßnahmen sind eingeleitet... Störsender aktiv... Schleppköder ausgebracht«, sagte Patrick.

»*Vierzig Sekunden bis zum Einschlag.*«

»Hauen wir nicht sofort ab, werden wir abgeschossen, General!«

»Wir schaffen's. Fünfzehn Sekunden.«

»*Dreißig Sekunden bis zum Einschlag.*«

»Los, wir müssen abhauen, Rebecca!«, sagte Patrick plötzlich. »Ich stelle COLA ein. Wir brauchen *sofort* Stufe fünf!«

»General...?«

»Die SA-4 beschleunigen – sie stoßen im Sturzflug auf *uns* herab«, sagte Patrick. »Nachbrenner *sofort* in Stufe fünf! Flugregler in Terrainfolgemodus, Mindesthöhe COLA, neunzig links!«

Rebecca reagierte sofort: Sie drückte die vier Leistungshebel bis zum Anschlag nach vorn, während die EB-1C in steilem Sturzflug dem flachen, mondähnlichen Wüstengelände unter ihnen entgegenraste. Als Mindesthöhe hatte Patrick inzwischen COLA gewählt, und da es hier kaum Bodenerhebungen gab, bedeutete das, dass ihre Flughöhe weniger als die Spannweite des Bombers betragen würde. Patrick befahl dem StealthHawk, sämtliche Radarsensoren zu aktivieren und seine Waffenkammern zu öffnen – alles, was ihm nur einfiel, um den Radarquerschnitt der Drohne zu vergrößern, damit sie fürs Zielverfolgungsradar der anfliegenden SA-4 größer als die Vampire aussah...

Sekunden später meldete Patrick: »Kontakt zum StealthHawk abgerissen! Die erste SA-4 hat ihn erwischt. Noch mal neunzig links, rasche Höhenänderungen! *Schnell!*« Rebecca legte die EB-1C in eine steile Linkskurve, sodass der Bomber mit dem kleinstmöglichen Radarquerschnitt direkt auf das Radar der SA-4 zuflog, und fing dann an, den Steuerknüppel mit kleinen, kräftigen Rucken schnell vor und zurück zu reißen. Sie hofften, die zweite SA-4 werde versuchen, ihren schnellen Höhenwechseln zu folgen, und dabei von ihrem geraden Abfangkurs abkommen. »Störsender ein... Düppel... Scheiße, *Vorsicht!*«

Die zweite SA-4 verfehlte sie, aber der hundertfünfunddreißig

Kilo schwere Gefechtskopf der Lenkwaffe detonierte nur etwas mehr als hundert Meter links vor dem Bug der Vampire. Der dabei entstehende Feuerball erfüllte das Cockpit mit einem grellen rot-gelben Lichtblitz. Patrick schloss rechtzeitig die Augen, aber Rebecca sah zufällig direkt hin, als der Gefechtskopf detonierte. Sie schrie laut auf, während eine Riesenfaust den Bug ihrer Maschine traf, die außer Kontrolle und ins Trudeln zu geraten schien …

Aber als Patrick sich wieder orientieren konnte, stellte er zu seiner Überraschung fest, dass sie sich noch immer in normaler Fluglage befanden. Ein MFD vor dem linken Sitz war ausgefallen, und zwei Generatoren auf der linken Seite arbeiteten nicht mehr, aber alles andere schien in Ordnung zu sein.

Nur Rebecca nicht. »*Scheiße!*«, rief sie. »Verdammt, ich kann nichts sehen! Haben Sie die Maschine, MC?«

»Ich hab sie«, bestätigte Patrick. Er erteilte dem Autopiloten Sprachbefehle, damit er die EB-1C in fünfhundert Fuß Höhe von der Fla-Raketenstellung weg und zur afghanischen Grenze steuerte, die sie nur drei Minuten später überflogen. Zwischen der turkmenischen Grenze und der Stadt Andchwoy ließ Patrick die Maschine steigen, und zehn Minuten später waren sie in sicherer Marschflughöhe über Afghanistan nach Süden unterwegs, wo die gefährliche pakistanische Grenze vor ihnen lag.

»Patrick, die Generatoren sind wieder am Netz«, berichtete David Luger, während er gemeinsam mit einigen Technikern die in Echtzeit übermittelten Betriebsdaten der Vampire studierte. »Triebwerke, Hydraulik, Druckluft und Elektrizität – alle im grünen Bereich. Wir haben die Maschine. Wie geht's Rebecca?«

»Wird schon wieder«, murmelte sie. Patrick untersuchte ihre Augen sorgfältig, ohne sichtbare Schäden finden zu können. »Der Lichtblitz hat mich nur geblendet, das ist alles. Ich kann schon wieder ein bisschen erkennen. Geben Sie mir zwei Aspirin aus dem Erste-Hilfe-Kasten und sehen Sie nach, ob Sie Augentropfen oder eine Salbe finden können.« Rebecca starrte ihre Windschutzscheibe an. »Hey, hier stimmt irgendwas nicht. Ich kann nicht nach draußen sehen. Liegt das an mir oder an der Scheibe?«

Patrick beugte sich zu ihr hinüber. »Die Scheibe ist völlig schwarz und von feinen Rissen durchzogen – die Detonation der SA-4 hat sie anscheinend blitzartig entlaminiert.« Er leuchtete mit seiner Stablampe nach draußen in Richtung Bug. »Ich fürchte, dort vorn gibt's Probleme. Überprüft mal das Betankungssystem, Dave.«

»Augenblick.« Die Überprüfung dauerte nur wenige Sekunden. »Richtig, da gibt's offenbar ein Problem – der Selbsttest des Betankungssystems ist negativ. Sieht so aus, als wären die Klappen über dem Füllstutzen beschädigt.«

Patrick leuchtete mit der starken Stablampe erneut nach draußen. »Ich sehe alle möglichen losen Metallteile«, berichtete er. »Die Klappen scheinen abgerissen zu sein und haben sich im Füllstutzen verkeilt oder stecken jedenfalls darin.«

»Können wir nicht tanken, stecken wir echt in der Scheiße, Jungs«, sagte Rebecca.

Mit Unterstützung der Techniker in Battle Mountain begann Patrick die Klarliste für das Betankungssystem im Betriebshandbuch durchzuarbeiten. Darin wurde er zum Schluss aufgefordert, den Elektroantrieb der Abdeckklappen abzuschalten. »Letzter Punkt – Griff für manuelle Klappenbetätigung ziehen«, las er vor.

»Versuch's also, Muck«, sagte Luger. »Mehr kannst du ohnehin nicht tun.«

Patrick zog fest und nachdrücklich an dem kleinen T-förmigen Griff in der oberen Instrumentenkonsole, dann leuchtete er wieder mit der großen Stablampe nach draußen. »Nun?«, fragte Rebecca.

»Sieht unverändert aus. Die Klappen scheinen halb abgerissen im Füllstutzen zu stecken. Dave …«

»Wir sind schon dabei, die besten Reichweiten auszurechnen«, antwortete Luger.

Patrick tauschte die Plätze mit Rebecca – sie konnte noch immer nicht richtig sehen, deshalb war es besser, wenn sie nicht auf dem Pilotensitz saß – und stellte den Flugregler der Vampire sofort auf maximale Reichweite ein. Die EB-1C benutzte eine je nach Einsatzart veränderbare Technologie: winzige Stellmotoren im Rumpf, die das gesamte Rumpf- und Tragflächenprofil verändern konnten, um es aerodynamisch zu optimieren. Das System ließ sich wahlweise so einstellen, dass es die Geschwindigkeit erhöhte, die Langsamflugeigenschaften verbesserte, Querwindlandungen erleichterte oder die Wirkung von Turbulenzen verringerte.

Patrik wies den Flugregler an, möglichst wenig Treibstoff zu verbrauchen. Daraufhin ging ihre Fahrt merklich zurück, und die Maschine begann einen sehr langsamen Steigflug. Um den Luftwiderstand zu minimieren, machten die Stellmotoren die Ruderflächen so flach wie irgend möglich – damit war der Bomber kaum mehr steuerbar, verbrauchte aber nur noch das absolute Minimum an Treibstoff. Als sie stiegen, nahm ihre Geschwindigkeit in der dünneren Luft zu, sodass sie mit der gleichen Treibstoffmenge weiter kamen. Aus den vier Stunden, die ihr Rückflug hätte dauern sollen, wurden erst fünf, dann fünfeinhalb Stunden bei sparsamstem Verbrauch.

Und ihnen stand noch das Fegefeuer der jetzt voll alarmierten pakistanischen Luftabwehr bevor.

»Wir haben die Verbrauchswerte für euch durchgerechnet, Muck«, berichtete David Luger, »und es könnte verdammt knapp werden. Die Winde helfen euch nicht – ihr habt ein Defizit von zwanzig Minuten. Aber wenn ihr auf mindestens neununddreißigtausend Fuß steigen könnt und dann in sehr flachem Sinkflug tiefer geht, müsstet ihr dieses Defizit ausgleichen können. Wie sieht der Füllstutzen aus? Ist schon etwas weggeflogen?«

»Er sieht noch immer aus, als habe jemand ein zusammengeknülltes Stück Blech reingestopft. Auch das linke Seitenteil des Radoms scheint locker zu sein.«

»Verstanden. Ist der Füllstutzen weiter blockiert, müssen wir den Tanker heimschicken. Er hat nicht genug Sprit, um auf euch zu warten.«

»Schick ihn nach Hause«, entschied Patrick. »Er soll tanken und uns dann wieder entgegenkommen. Vielleicht steuern wir ihn im Sinkflug an, damit der Sondenoperator sich unseren Füllstutzen genauer ansehen kann.«

An der afghanisch-iranischen Grenze herrschte ein Durcheinander aus Suchradaren und hektischen Funksprüchen in mehreren Sprachen. »Vielleicht haben wir Glück«, sagte Patrick. »Mir kommt's so vor, als hätten alle keinen Sprit mehr und seien auf dem Rückflug. Die iranischen SA-10 sind weiter aktiv, aber nur intermittierend. Wahrscheinlich fürchten sie, sie könnten eine eigene Maschine oder einen pakistanischen Jäger jenseits der Grenze abschießen.«

»Großartig«, meinte Rebecca, während sie nochmals Augentropfen nahm. »Vielleicht können wir's lange genug vermeiden, ins Kreuzfeuer zu geraten, bis wir im Indischen Ozean notwassern müssen.«

»Augenblick, sie fliegen nicht nach Hause – sie verfolgen ein anderes Ziel!«, rief Patrick aus, nachdem er das Taktikbild auf seinem MFD studiert hatte. Er schaltete das Laserradar ein und machte einen zwei Sekunden langen Schnappschuss. »Ich sehe ein großes Ziel bei ein Uhr, dreiundachtzig Meilen, tief. Es ist riesig – viel größer als eine 747 – und sendet auf mehreren VHF-, UHF- und Seefunkfrequenzen.« Er schaltete auf einen anderen Kanal um. »Zinnsoldat, hier Puppenspieler.«

»Hi, Boss«, antwortete Hal Briggs. Der Luftwaffenoberst Briggs, ein bei Heer und Luftwaffe ausgebildeter Kommandosoldat und Sicherheitsexperte, arbeitete seit vielen Jahren eng mit McLanahan zusammen. Gegenwärtig war er Kommandeur einer auf dem Luftwaffenstützpunkt Battle Mountain stationierten Geheimtruppe, die aus hervorragend ausgebildeten und schwer bewaffneten Kommandosoldaten bestand und unter dem Namen Battle Force weltweit im Einsatz war.

»Was macht ihr da, verdammt noch mal?«, fragte Patrick.

»Wir versuchen nur, euch den Weg zu bahnen«, antwortete Hal. Er war mit dem Schwenkrotor-Flugzeug MV-32 Pave Dasher vom Deck ihres umgebauten Bergungsschiffs gestartet, als er sah, dass die EB-1C landeinwärts flog, um den vom Kurs abgekommenen StealthHawk zu verfolgen. Hal und seine Besatzung waren, mit zusätzlichem Treibstoff und Geräten zur elektronischen Kampfführung beladen, die iranisch-pakistanische Grenze entlanggeflogen und hatten mit eingeschalteten Ködern und Störsendern im Grenzgebiet zu kreisen begonnen. Durch die Köder erschien die MV-32 auf den iranischen und pakistanischen Radarschirmen hundertmal größer, als sie tatsächlich war – ein sehr verlockendes Ziel, das man unmöglich ignorieren konnte.

»Dafür sind wir euch dankbar, Zinnsoldat«, sagte Patrick, »aber in dreißig Meilen Umkreis um euch sehe ich mindestens ein halbes Dutzend iranischer und pakistanischer Jäger – und in weniger als zwanzig Meilen Entfernung einen, der euch geortet haben könnte. Geht so tief wie möglich und verschwindet nach Südosten.«

»Wir hauen ab, Puppenspieler, aber nicht nach Südosten«, antwortete Hal. »*Ihr* bleibt auf Südostkurs. Wir lenken die bösen Kerle ab, bis ihr in Sicherheit seid. Das spart euch eine Menge Treibstoff.«

»Seid ihr bewaffnet?«

»Negativ«, sagte Hal. Normalerweise trug die MV-32 zwei einziehbare Waffenbehälter mit Hellfires (lasergesteuerte Abwurflenkwaffen), Mavericks (fernsehgesteuerte Luft-Boden-Lenkwaffen), Stingers (Jagdraketen mit IR-Suchkopf), Sidearms (Lenkwaffen zur Radaransteuerung) oder 20-mm-Maschinenkanonen; aber die Behälter konnten auch Zusatztanks mit je zwölfhundert Liter Treibstoff enthalten, und darauf kam es bei diesem Einsatz an. Die MV-32 hatte einen Kinnturm mit einer 20-mm-Revolverkanone von Gatling; das war ihre ganze Abwehrbewaffnung, die gegen schnelle Flugzeuge praktisch wirkungslos war. »Wir brauchen genaue Angaben über die Positionen der bösen Kerle, Puppenspieler – und denkt dabei an die dritte Dimension.«

»Verstanden, Zinnsoldat«, bestätigte Patrick. Er schaltete auf eine Darstellung um, die alle Geländeformationen noch mehr betonte – das Laserradarbild war so scharf, dass es wie ein bei Tageslicht gemachtes Foto aussah. »Am besten fliegt ihr nach Süden und bleibt so tief wie irgend möglich. Der nächste Bandit ist von euch aus gesehen bei vier Uhr, jetzt nur noch fünfzehn Meilen, hoch. Er beleuchtet euch mit seinem Radar. Sind eure Störsender eingeschaltet?«

»Positiv.«

»Bei ein Uhr vor euch liegt eine ziemlich tiefe Schlucht, acht Meilen. Seht ihr sie schon?«

»Negativ.«

»Er stört seinerseits zur Eigenmaskierung ... scheint euch erfasst zu haben«, sagte Patrick. »*Sofort* Rechtskurve zwanzig Grad!« Er wusste, dass die MV-32 mit Infrarotdämpfern an den Schubdüsen ihrer Triebwerke ausgerüstet war, aber sie stellten trotzdem noch sehr heiße Punkte am Nachthimmel dar, die leichte Ziele für Lenkwaffen mit IR-Suchkopf waren. Deshalb war es wichtig, als Erstes diese heißen Düsen von den Infrarotsensoren des irakischen Jägers wegzudrehen. »Er geht tiefer und wird langsamer. Er versucht, in Schussposition zu gelangen.«

»Klasse.«

»Er ist zu weit von uns entfernt, als dass wir ihn noch erreichen könnten, um ihn abzulenken, Zinnsoldat«, sagte Patrick. »Noch mal zehn Grad rechts. Er kommt auf maximale IR-Lenkwaffenentfernung heran. Haltet euch bereit, notfalls …«

»Er hat geschossen!«, rief Briggs. »Und noch mal! Zwei im Anflug!« Im Heck der MV-32 befand sich ein Infrarotsensor, der die Wärme von hinten anfliegender feindlicher Flugzeuge registrierte, und sobald das System einen vom Ziel ausgehenden Hitzeblitz registrierte, nahm es an, das Ziel habe eine Lenkwaffe abgeschossen und warnte vor einem Lenkwaffenstart. »Wir manövrieren … stoßen Leuchtkörper aus.« Patrick konnte den Stress in Hals Stimme hören, konnte ihn grunzen hören, als der Pilot der Pave Dasher steil einkurvte, um den Lenkwaffen entgegenzufliegen. Sobald die MV-32 auf Gegenkurs war, würden ihre Leuchtkörper die heißesten Punkte am Himmel sein, und die feindlichen Lenkwaffen würden sie ansteuern … hoffentlich.

»Senkrechtflug!«, rief Patrick. »Sofort!«

Die Pave Dasher konnte etwas, das kein iranischer Jäger konnte: sie besaß die Fähigkeit, wie ein Hubschrauber senkrecht zu steigen. Während Patrick die Szene auf seinem MFD beobachtete, schien die MV-32 Pave Dasher plötzlich in der Luft stillzustehen, wandte sich den anfliegenden Lenkwaffen zu und stieg dann mit zweieinhalb Sekundenmetern senkrecht in die Höhe. Am Nachthimmel gab es jetzt zwei Objekte , die noch auffälliger als die Leuchtkörper waren: zwei dicke, glühend heiße, aber unsichtbare Schubstrahlen. Allzu verlockende Ziele. Beide Lenkwaffen steuerten sofort die Hitzesäulen an und detonierten gut dreißig Meter unter der MV-22, ohne sie zu beschädigen.

Das sah Patrick nicht mehr. Stattdessen beobachtete er, dass der iranische Jäger weiter genau auf die MV-32 zuhielt. Der Iraner war entweder »zielfixiert« – so aufs Ziel konzentriert, dass er vergaß, dass er vor allem seine Maschine zu fliegen hatte – oder flog näher heran, um die MV-32 mit Bordwaffen anzugreifen. »Bandit bei zwölf Uhr, fünf Meilen, etwas höher, kommt schnell näher!«, funkte Patrick. »Erfasst ihn und schießt ihn ab!«

Der Pilot der MV-32 aktivierte sofort seinen IR-Zielsuchsensor und richtete ihn wie von Patrick angegeben nach vorn. Bei weniger als sechs Meilen erschien der Jäger als riesiger grüner Punkt auf dem Zielbildschirm des Piloten. Er ließ den Angriffscomputer das Ziel übernehmen, kuppelte die 20-mm-Revolverkanone von Gatling damit und eröffnete aus drei Meilen Entfernung das Feuer.

Der iranische Pilot hatte offenbar beschlossen, das Feuer mit seiner 30-mm-MK erst aus drei Kilometern Entfernung zu eröffnen – der letzte Fehler, den er in seinem Leben machte. Nur Zehntelsekunden bevor der Iraner den Feuerknopf drückte, durchsiebten die Geschosse der MV-32 Rumpf und Triebwerke seiner Maschine. Der Jäger explodierte in einem Feuerball und beschrieb eine glühende Bahn am Nachthimmel, bis er keine Meile vor der Pave Dasher in bergigem Gelände aufschlug.

»Klasse gemacht, Jungs«, sagte Patrick, als der Jäger von seinem Taktikdisplay verschwand. »Jetzt nach Südwesten abfliegen. Hinter euch ist alles frei. Der nächste Bandit bei fünf Uhr, siebenunddreißig Meilen, hat euch nicht erfasst.«

»Danke für die Hilfe, Boss«, funkte Hal Briggs. »Wir sehen uns zu Hause.«

»Wartet lieber nicht mit dem Frühstück. Wir sind bestimmt noch eine Weile unterwegs«, antwortete Patrick. Rebecca Furness ächzte, hielt aber den Mund.

Fünf Stunden später, als der Bomber noch immer über dreihundert Meilen von Diego Garcia entfernt war, setzte das Versorgungsflugzeug von Sky Masters – eine DC-10 in Privatbesitz, die der Konstrukteur des StealthHawk, Jon Masters von Sky Masters Inc., zu einer fliegenden Startplattform umgebaut hatte – sich mit leichter Überhöhung vor die Vampire. Der DC-10-Pilot, sein Flugingenieur und der Sondenoperator, der von seinem Arbeitsplatz im Heck aus durch das große »Panoramafenster« unter der Sonde sah, gelangten alle zu demselben Schluss. »Sorry, Puppenspieler«, meldete der Sondenoperator. »Die ganze linke Seite des Füllstutzens ist eingedrückt, und die halbe Abdeckklappe steckt zerquetscht drin.«

»Können Sie versuchen, die Klappe mit der Sonde rauszuziehen?«, fragte Patrick.

»Ein Versuch kann nicht schaden«, meinte der Sondenmann. Er benützte seine Sonde, um das zusammengequetschte Metallteil mit langsamen, vorsichtigen Bewegungen aus dem Trichter oberhalb des eigentlichen Füllstutzens zu ziehen. Zwanzig Minuten später prallte ein großes Metallstück von der Windschutzscheibe ab, die aber zum Glück heil blieb. »Okay, versuchen wir's mal, Puppenspieler.«

Patrick saß weiter auf dem linken Sitz – Rebecca sah noch immer zu schlecht, um diese delikate Aufnahme übernehmen zu können. Er stellte die Flugregler auf Luftbetankung um und schob sich mit der EB-1C in Kontaktposition. Der Sondenoperator fuhr seine Sonde aus. Sie sahen ihre Spitze mehrmals abgleiten, bis sie endlich im Trichter gegen den Füllstutzen rammte. »Kein Kontaktsignal«, meldete der Sondenmann. »Die Klauen rasten nicht ein. Aber ich bin weit genug drin.«

»Pumpen ein«, verlangte Patrick.

Sobald der Sondenoperator die Förderpumpen einschaltete, vereiste die Windschutzscheibe, weil hunderte von Litern Treibstoff aus dem Trichter schossen, nach hinten über die Windschutzscheibe strömten und auf ihr gefroren. »Ich habe den Kontakt zu Ihnen verloren«, sagte Patrick, während er die Enteisungsanlage der Windschutzscheibe einschaltete. »Aber ich glaube, wir haben etwas Sprit in die Tanks bekommen. Ich halte die Maschine so stabil wie möglich – und Sie drücken die Sonde immer wieder rein.«

Daraus entwickelte sich die verrückteste, unheimlichste und gewalttätigste Luftbetankung, die Patrick je erlebt hatte. Die Treibstoffsonde stieß immer wieder in den Trichter, und der Sondenmann drückte sie gegen den Füllansatz, während er die Pumpen langsam laufen ließ. Bei jedem Mal ging viel Treibstoff verloren – aber *etwas* davon gelangte in die Tanks der Vampire.

Hundert Meilen vor Diego Garcia, einer kleinen Insel im Indischen Ozean, die Großbritannien der U.S. Navy als vorgeschobenen Stützpunkt vermietet hat, löste die DC-10 sich zum letzten Mal von dem Bomber. »Wir haben neunzig Tonnen abgegeben, Leute – aber ich habe keine Ahnung, wie viel tatsächlich in euren Tanks ist.«

»Wenigstens stehen die Nadeln nicht mehr ganz so knapp über ›L‹«, antwortete Patrick. »Danke, Jungs. Wir sehen uns nach der Landung.«

»Alles Gute, Puppenspieler.«

Nachdem Patrick den Flugregler wieder auf geringsten Verbrauch umgestellt hatte, besprach er mit Rebecca den Landeanflug und die Landung. Ihnen blieb nur eine Möglichkeit: mit Rückenwind geradeaus zur Landung einzuschweben. Die Winde auf Diego Garcia würden sie in Richtung Inselinneres drücken, aber die Vampire hatte nicht genug Sprit, um versuchen zu können, gegen den Wind zur Landung einzukurven. Patrick würde die EB-1C fliegen müssen – und nur eine einzige Landechance haben.

Patrick stellte auf seinem ersten Funkgerät die Frequenz der Anflugkontrolle der U.S. Navy ein. »Regenbogen, hier Puppenspieler.«

»Puppenspieler, hier Charlie«, sagte der für den Flugbetrieb auf der Diego Garcia Naval Air Station verantwortliche Offizier, ein Kapitän zur See. »Wir haben Ihren Anflug verfolgt. Melden Sie Ihre Absichten.«

»Direktanflug zur Landebahn eins-vier, Landung mit Vollbremsung auf der Bahn.«

»Wird das eine kontrollierte Landung?«

»Unbekannt, Charlie.«

»Bitte warten.« Aber Patrick brauchte nicht lange zu warten. »Genehmigung verweigert«, sagte der Kapitän. »Sorry, Puppenspieler, aber wir dürfen nicht riskieren, dass Sie den Platz mit einer Bruchlandung blockieren – zu viele andere Maschinen sind darauf angewiesen, bei uns zu landen. Wir können Sie zur Notlandezone oder einem Gebiet führen, über dem Sie aussteigen können, und dort Rettungs- und Bergungsteams bereitstellen. Melden Sie Ihre Absichten.«

»Charlie, wir können's schaffen«, antwortete Patrick sofort.

»Sieht's nach einer unkontrollierten Landung aus, starten wir durch und fliegen von der Insel weg. Aber ich glaube, dass wir's schaffen. Bitte um Landeerlaubnis.«

»Genehmigung verweigert, Puppenspieler«, wiederholte der Kapitän. »Tut mir Leid, aber dieser Befehl kommt von Hemingway.« Das war der Viersternegeneral im U.S. Central Command, der den Oberbefehl für diesen Einsatz hatte.

»Sir, Puppenspieler erklärt einen Notfall«, kündigte Patrick an. »Wir haben noch Treibstoff für fünfzehn Minuten und sind zu zweit an Bord. Ich beabsichtige eine Rückenwindlandung mit Vollbremsung. Bitte alarmieren Sie den Rettungdienst und die Feuerwehr.«

Charlie sprach – nein, *plärrte* – bereits ins Mikrofon, als Patrick die Sprechtaste losließ. »... wiederhole, Sie werden keine Landung auf Diego Garcia versuchen, Puppenspieler! Haben Sie das verstanden? Ihr Flugzeug stellt eine extreme Gefahr für diesen Stützpunkt dar. Lassen Sie sich zur Notlandezone führen. Bestätigen!«

»Verstanden, Regenbogen«, sagte Patrick. Ihm war klar: Der Operationsoffizier auf Diego Garcia wusste, dass er beabsichtigte, sich über das Landeverbot hinwegzusetzen. Aber das war ihm egal. Er konnte die Vampire nicht mehr lange in der Luft halten, und sie würden's nicht schaffen, wenn sie keine Landeerlaubnis auf Diego Garcia bekamen.

Wenige Minuten später erhielt Patrick jedoch einen Befehl direkt vom Verteidigungsminister, der ihm die Landung untersagte. Das Risiko, diesen wichtigen Stützpunkt im Indischen Ozean zu blockieren, war zu groß.

»Was machen wir jetzt, General?«, fragte Rebecca erstaunlich gelassen für eine Flugzeugkommandantin, die in wenigen Minuten ihre Maschine verlieren würde. »Vor solchen Einsätzen erhalten wir stundenlang Anweisungen für Notfälle dieser Art. Ich kann's einfach nicht glauben, dass wir's wirklich tun müssen.«

Zwei Jagdbomber F/A-18 Hornet der U.S. Navy setzten sich neben die Vampire, um den Bomber zu begutachten und zu fotografieren. Patrick dachte, die Jägerpiloten würden versuchen, sie im Endanflug abzudrängen; sie schlossen dicht auf, machten aber keinen Versuch, die schwerere EB-1C zu einer Kursänderung zu zwingen. »Puppenspieler, tun Sie's nicht«, funkte einer der Marineflieger. »Blockieren Sie die Landebahn, muss *ich* vielleicht aussteigen. Dann wäre ich verdammt sauer – und meine Frau und meine Kinder auch.« Patrick gab keine Antwort.

»General, denken Sie an Ihre Familie«, sagte eine andere Stimme. »Setzen Sie nicht Ihr Leben aufs Spiel. Ihr Bomber ist nur eine Maschine. Der Einsatz lohnt sich nicht.«

Patrick antwortete noch immer nicht. Tatsächlich hatte er auf ihrem fünfeinhalbstündigen Flug von Zentralasien hierher an praktisch nichts anderes gedacht – an seinen Sohn Bradley, der zu Hause in Nevada auf ihn wartete. Bradleys Mutter Wendy war während eines Einsatzes in Libyen, bei dem auch Patricks jüngerer Bruder Paul gefallen war, brutal ermordet worden. Patrick war heimgekehrt, um seinen Sohn zu sehen und seinen Bruder zu begraben, und dann wieder losgezogen, um zu versuchen, seine Frau zu retten, die der im Exil lebende libysche König in einem libyschen Gefängnis aufgespürt hatte.

Der Rettungsversuch schlug fehl: Wendy fand den Tod, und Patrick kam nur mit knapper Not mit dem Leben davon. Nachdem der libysche König in seinem Land eine konstitutionelle Monarchie ausgerufen hatte, gelang es Patrick schließlich, ihren Leichnam in die Heimat überführen zu lassen; dort wurde er eingeäschert, und sie streuten ihre Asche in den Pazifik. In Zukunft, das hatte Patrick sich geschworen, würde er nie mehr von Bradleys Seite weichen …

Aber er brach dieses Versprechen wenig später, als Präsident Thomas Thorn ihn zum Generalmajor der Air Force befördert und ihm das Kommando über die Air Battle Force auf dem Luftwaffenstützpunkt Battle Mountain übertragen hatte. Anfangs hatte er nur kurze Dienstreisen machen müssen: zur Tonopah Test Range, nach Dreamland, vielleicht nach Washington. Um Bradley kümmerten sich dann Patricks Schwestern in Battle Mountain oder bei sich zu Hause in Sacramento; oft nahm Patrick seinen Sohn auch mit. Bradley fand überall Freunde, mit denen er T-Ball spielte, schien sich zu freuen, wenn sein Vater heimkam, und wirkte nicht traumatisiert oder krampfhaft anhänglich. Er war ein zäher kleiner Bursche, fand

Patrick. Allerdings hatte er in seinem jungen Leben schon ziemlich viel mitmachen müssen.

Diesmal befand Patrick sich jedoch auf einem einwöchigen Einsatz mit Flügen von Diego Garcia im Indischen Ozean aus. Als Rechtfertigung legte er sich die Erklärung zurecht, hier handle es sich nur darum, Einsätze von StealthHawks zu überwachen; Flüge über feindliches Gebiet waren nicht vorgesehen, deshalb würde er so sicher sein, wie man an Bord eines zweihundertfünfzehn Tonnen schweren Bombers überhaupt sein konnte. Jetzt war selbst dieser schwache Rechtfertigungsversuch geplatzt. Im schlimmsten Fall hatte er eine sehr gute Chance, seinen kleinen Sohn zur Vollwaise zu machen; im besten Fall würde er wahrscheinlich gegen seinen Willen entlassen werden. Wie schon einmal.

Endlich verließen die Hornets, deren Piloten vermutlich erleichtert aufatmeten, die enge Formation, in der sie ständig in Gefahr gewesen waren, mit der EB-1C zusammenzustoßen, und der Bomber war wieder allein.

Die Vampire war mehrere Meilen nördlich der Insel Diego Garcia, als das erste Triebwerk wegen Treibstoffmangels ausfiel. »Das gegenüberliegende Triebwerk auch stilllegen, bevor zwei auf einer Seite ausfallen«, sagte Rebecca sofort, aber Patrick hatte die Computer bereits angewiesen, genau das zu tun. Rebecca starrte angestrengt durch ihre Windschutzscheibe nach vorn, sah jedoch alles nur verschwommen. »Wie sieht's aus?« Keine Antwort. »Patrick? Alles in Ordnung?«

»Ich... ich habe an meinen Sohn gedacht«, sagte Patrick. »Nach dem katastrophalen Einsatz in Libyen und dem Tod seiner Mutter bin ich nur mit knapper Not davongekommen, und jetzt könnte ich ihn durch eine verpatzte Landung zur Vollwaise machen.«

»Wir können immer noch aussteigen. Ich bin jederzeit bereit. Sie brauchen nur den Befehl zu geben.«

Patrick zögerte – aber nur einige Sekunden lang. »Nein, wir können's schaffen.«

»Puppenspieler, Sie sind zu tief«, sagte der Fluglotse im Kontrollturm. »Kurven Sie sofort langsam vom Gleitpfad weg, sonst schaffen Sie's nicht mehr.«

»Für uns heißt's jetzt oder nie, Patrick«, sagte Rebecca mit fester, gleichmäßiger Stimme. »Warten Sie zu, und versuchen Sie später, zu eng wegzukurven, überziehen Sie und stürzen ab. Fällt ein weiteres Triebwerk aus, schaffen wir's nicht. Und fällt im Kurvenflug eines aus, trudeln wir so schnell ins Meer, dass sie ein Schleppnetz brauchen werden, um uns vom Meeresboden raufzuholen. Kurven Sie *jetzt* weg.«

»Nein. Wir können's schaffen.«

»General, das ist verrückt …«

»Bei einer Notwasserung verlieren wir ein Flugzeug für dreihundert Millionen Dollar, Rebecca«, sagte Patrick. »Versuchen wir zu landen und machen auf der Landebahn Bruch, machen sie vielleicht sogar unbenutzbar … na und? Ich bezweifle, dass der Schaden höher als dreihundert Millionen Dollar wäre.«

»Sie spinnen!«, sagte Furness. »Sie haben nicht nur ein Problem damit, Befehle auszuführen, sondern anscheinend auch einen verrückten Todeswunsch. Muss ich Sie daran erinnern, Sir, was letztes Mal passiert ist, als Sie einen klaren Befehl der National Command Authority verweigert haben?«

»Ich musste innerhalb von achtundvierzig Stunden aus der Air Force ausscheiden.«

»Stimmt genau, Sir«, sagte Rebecca. »Und mich hätten Sie fast mitgerissen.«

»Wir schaffen's«, sagte Patrick. Er drückte seine Sprechtaste. »Diego Tower, Vampire drei-eins im Endanflug zu Landebahn einsvier.« Im unverschlüsselten Funkverkehr benützte er ihr offizielles Rufzeichen.

»Vampire drei-eins, hier Diego Tower«, sagte der britische Fluglotse. »Sie haben keine Landefreigabe.«

»Diego Tower, Vampire drei-eins erklärt einen Notfall aus technischen Gründen, habe noch Treibstoff für fünf Minuten, bitte um Bereitstellung von Feuerwehr und Rettungsdiensten.«

»Vampire drei-eins, Sie haben *keine* Landefreigabe!«, rief der Fluglotse, dessen britischer Akzent ausgeprägter wurde, je mehr er sich aufregte. »Anflug abbrechen, Platzrunde nach Osten verlassen und diesen Luftraum freihalten!«

»Puppenspieler, hier Regenbogen«, meldete der US-Operationsoffizier sich auf der abhörsicheren Frequenz. »Ich befehle Ihnen, den Anflug abzubrechen und diesen Luftraum zu verlassen, sonst sorge ich dafür, dass Sie von Glück sagen können, wenn Sie auf Ihrem Stützpunkt noch Reifen im Fuhrpark montieren dürfen, statt dort Kommandeur zu sein.«

Patrick ignorierte ihn. Ja, er gefährdete nicht nur seine Karriere – die jetzt wahrscheinlich beendet war –, sondern auch das gesamte Personal des Stützpunkts. Das war verrückt. Warum riskierte er das? Warum …?

»Puppenspieler, ich befehle Ihnen, diesen Anflug *sofort* abzubrechen!«

In diesem Augenblick sagte der Computer: »*Konfigurationswarnung.*«

»Ignorieren«, befahl Patrick. »Das Fahrwerk bleibt eingefahren.«

»General …?«

»Ich habe mich festgelegt«, antwortete Patrick auf Rebeccas unausgesprochene Frage. Sie würden's nicht schaffen. Sie waren schon so tief, dass Patrick die Landebahn nicht mehr sehen konnte.

Kurz bevor sie aufs Wasser niedergingen, zog Patrick beide Leistungshebel in Leerlaufstellung zurück, hob sie an und zog sie in AUS-Stellung. Dann schaltete er auch Zündung, Stromversorgung und Batterie ab. Jetzt waren sie nur noch als Passagiere an Bord.

Der große Bomber fiel wie ein Stein vom Himmel, klatschte dann keine halbe Meile vom Aufsetzpunkt der Landebahn entfernt ins Meer. Er prallte von der Wasserfläche ab, sprang wieder hoch und begann nach links zu rollen – aber in diesem Augenblick traf er auf festen Boden; er schlitterte über den Strand, walzte die Landebahnbefeuerung nieder, durchbrach den Sicherheitszaun, rollte nun nach rechts und schoss auf die Maschinen zu, die auf einer Abstellfläche nördlich der Landebahn standen. Die Vampire rutschte auf dem Bauch weiter und blieb nur wenige Dutzend Meter vor mehreren abgestellten Flugzeugen liegen.

Die Flugplatzfeuerwehr war sofort da und hüllte die EB-1C mit Löschschaum und Wasser ein, aber sie hatte ohnehin keinen Treibstoff mehr in ihren Tanks, sie brach nicht auseinander, und ihre Systeme waren schon lange vor der Notwasserung abgeschaltet worden. Sie sah wie eine verletzte Ente aus, die ein Jäger abgeschossen hat, aber sie war intakt.

»O Gott – wir haben's geschafft!«, sagte Rebecca atemlos. »Ich kann's nicht glauben!«

»Wir haben's geschafft«, wiederholte Patrick leise. »Mein Gott ...« Er überzeugte sich davon, dass wirklich alles abgeschaltet war, dann sicherte er ihre Schleudersitze, entriegelte die obere Ausstiegsluke und kletterte auf den Rumpf der Maschine. Männer des Rettungsdiensts halfen ihnen herunter und brachten sie ins Lazarett des Stützpunkts. Eine riesige Menge von Seeleuten und Fliegern hatte sich versammelt, um zu beobachten, wie der Bomber auf ihrer kleinen Insel eine Bauchlandung hinlegte.

Als sie ins Lazarett gerollt wurden, konnte Patrick mehrere hohe Marineoffiziere sehen, die mit großen Schritten und wütenden Mienen auf ihn zukamen, um ihn zusammenzustauchen. Die Neugierigen machten ihnen hastig Platz, als seien sie radioaktiv. Patrick ignorierte sie vorläufig. Stattdessen sah er auf und sagte: »Luger für Patrick.«

»Ich höre, Muck«, antwortete David Luger. Über ihre subkutanen Sender und Empfänger standen sie weltweit in Sprechverbindung – selbst auf dieser winzigen Insel mitten im Indischen Ozean. »Freut mich, dass ihr's geschafft habt. Mit Rebecca alles in Ordnung?«

»Ja, ihr fehlt nichts.«

»Gut. Der dortige Kommandeur will mit dir reden. Auch der Oberbefehlshaber der Luftwaffe und der Verteidigungsminister werden vermutlich bald anrufen.«

»Verstanden«, sagte Patrick. »Aber ich möchte, dass du mich erst mit zu Hause verbindest.«

»Mit *zu Hause?* Patrick, der Admiral will ...«

»Dave, du verbindest mich *sofort* mit meinem Sohn; das ist ein Befehl«, unterbrach Patrick ihn. »Ich muss Bradley hallo sagen.«

Am Ortsrand von Tabadkan, zwanzig Kilometer westlich von Andchwoy, an der afghanisch-turkmenischen Grenze

In derselben Nacht

Auch nach der Einsetzung einer neuen Regierung in Kabul waren die Grenzübergänge auf afghanischer Seite nicht allzu gut bemannt – selbst an den größeren Straßen stand meistens nur ein kleines Abfertigungsgebäude mit einem Schlagbaum, der die eigentliche Grenze markierte. Eindringlinge benützten ohnehin nie die Grenzübergänge; niemand wollte Afghanistan besuchen, und der Staat wollte bestimmt niemanden daran hindern, das Land zu *verlassen* – wozu brauchte Afghanistan also bewachte Grenzübergänge?

Jenseits der Grenze sah es jedoch anders aus. Keiner der Nachbarn Afghanistans wollte, dass Flüchtlinge oder mutmaßliche Terroristen ungehindert ins Land kamen, deshalb waren die Grenzübergänge auf ihrer Seite im Allgemeinen stark besetzt und bewaffnet. So hielt es auch die Republik Turkmenistan.

Tabadkan war typisch für fast alle turkmenischen Grenzübergänge: eine kleine, aber schwer befestigte Grenzstation mit mehreren Nebengebäuden, einem großen Zeltlager für die Mannschaften, einem Wohncontainer für die Offiziere, einem Versorgungshof mit Diesel- und Wassertanks … und einem Gefangenenlager. Die Republik Turkmenistan wies routinemäßig jeden ab – Flüchtlinge ebenso wie reiche Leute, das machte keinen Unterschied –, der kein Visum, Empfehlungsschreiben oder keine Unterlagen des staatlichen turkmenischen Reisebüros vorlegen konnte; wer jedoch ohne Pass oder gültige Papiere aufgegriffen wurde, blieb an der Grenze in Haft, bis seine Identität geklärt werden konnte. Die afghanische Regierung schickte im Allgemeinen einmal pro Woche Beamte zur Grenze, damit sie mithalfen, ihre Bürger zu identifizieren und aus turkmenischer Haft freizubekommen, aber bei schlechtem Wetter – oder aus vielen anderen Gründen – verging oft ein Monat oder mehr, ohne dass jemand diesen abgelegenen Außenposten aufsuchte.

So war es auch jetzt: Das Gefangenenlager war mit fast hundert

Häftlingen weit über seine Kapazität hinaus belegt. Frauen und Jungen unter zehn Jahren waren im überdachten Teil des Lagers untergebracht und wurden im Allgemeinen gut behandelt; ältere Jungen und die Männer befanden sich in einem Wind und Wetter ausgesetzten Bereich. Jeder Mann bekam zwei Decken und einen Blechbecher; vier Eimer mit einem Brei aus Bohnen und Reis und vier Eimer Wasser waren die gesamte Tagesration für ungefähr sechzig Mann. Abwechselnd wärmten die Männer sich an einem Becken, in dem unter einem Vorhang aus Tierhäuten ein Torffeuer gloste, an dem die glücklichen unter ihnen gefangene Sandratten, Springmäuse, Schlangen oder Sandkrokodile braten und verzehren konnten.

Das alles beobachtete Zarazi durch sein Fernglas von einer relativ sicheren Sanddüne ungefähr einen Kilometer östlich des Grenzübergangs aus. Der Wind heulte jetzt mit mindestens sechzig Stundenkilometern und trug Sand mit sich, der ungeschützte Gesichter wie feines Sandpapier abschmirgelte. »Diese Hundesöhne«, knurrte er. »Sie haben mehrere Dutzend unserer Leute wie Tiere eingesperrt.« Er überließ das Fernglas auch seinem Stellvertreter Jalaluddin Turabi. In der Tat schienen viele der Häftlinge Taliban-Kämpfer zu sein, obwohl sich das aus dieser Entfernung und wegen des vom Wind aufgewirbelten Sandes schwer beurteilen ließ.

»Heute Nacht sind keine Patrouillen unterwegs«, sagte Zarazi zu Turabi, der neben ihm im Sand ausgestreckt lag und sein Kopftuch so über Mund und Nase gezogen hatte, dass nur ein schmaler Sehschlitz frei blieb. »Wir könnten's tatsächlich schaffen, Jala.«

»Wir können diesen Posten leicht umgehen, Wakil«, meinte Turabi besorgt. »Unsere Vorräte reichen noch für zwei bis drei Tage – Zeit genug, Jusof Mirzoi zu erreichen oder nach Andchwoy zurückzumarschieren. Sobald wir mehr Waffen und Munition haben, können wir zurückkommen, um diese Männer zu befreien.«

»Aber der Feind erwartet, dass wir in Richtung Stadt zurückgehen«, sagte Zarazi. »Er rechnet nicht damit, dass wir uns über die Grenze nach Turkmenistan absetzen.«

»Aus gutem Grund – dort gibt's über hunderte von Kilometern nur unbemannte Ölquellen, Skorpione und Sandstürme«, stellte

Turabi fest. »Erreichen wir den Karakum-Kanal, können wir vielleicht überleben, aber bis nach Chalatsch wimmelt's von turkmenischen Grenzwachen. Welchen Plan hast du, Wakil?«

»Wir müssen lange genug überleben, um uns an den Blauhelmen und den Amerikanern zu rächen, die uns aus unserer Heimat vertrieben haben«, antwortete Zarazi verbittert. »Rache ist der Grund, weshalb wir überleben müssen.«

»In der Karakum-Wüste lebt niemand, an dem wir uns rächen könnten, Wakil«, sagte Turabi. »Todsicher keine Amerikaner. Die sitzen sicher und warm in ihren überschallschnellen Stealthbombern oder zu Hause und steuern die Angriffe ihrer Roboterflugzeuge über Satelliten.«

»Sie sind alle Feiglinge und müssen wie Feiglinge sterben«, sagte Zarazi. »Als wir angegriffen wurden, habe ich zu Allah gebetet und ein Abkommen mit ihm getroffen – lässt er mich leben, werde ich in Zukunft sein Schwert der Rache sein. Er hat meine Gebete erhört, Jala. Er weist mir den Weg, und dieser Weg führt in die Wüste hinaus – durch den Grenzübergang, nicht um ihn herum.« Er wandte sich seinem Freund und Kameraden im Freiheitskampf zu. »Wir hissen die Fahne der Vereinten Nationen auf unseren erbeuteten Fahrzeugen und fahren mit eingeschalteten Scheinwerfern. Wir müssen nett und freundlich wirken. Dann werden wir sehen, was Allah uns für heute Abend zugedacht hat.« Er tätschelte Turabis Wange. »Es wird Zeit, dass wir uns von unseren Bärten trennen, mein Freund.«

»Militärfahrzeuge!«, rief ein Wachposten. »Da kommt jemand!«

Der Kommandeur hatte sich eben für die Nacht hingelegt, als dieser Warnruf ertönte. Er stand fluchend auf und trat neben seinen Sergeanten an das zum Kontrollposten hinausführende kleine Fenster. Der Unteroffizier versuchte, die näher Kommenden durch sein Fernglas zu identifizieren. »Nun, Sergeant?«

»Im Sandsturm schwer zu erkennen, Major«, antwortete der Unteroffizier. »Sieht wie ein BTR aus, der einen Pick-up schleppt… Augenblick, jetzt sehe ich eine Flagge. Eine Patrouille der Vereinten Nationen. Sie scheint ein erbeutetes Fahrzeug der Taliban zu schleppen.«

»Warum haben sie sich nicht über Funk angemeldet?«, überlegte der Kommandeur laut. »Das kommt mir alles sehr verdächtig vor. Warum zum Teufel bringen sie dieses Fahrzeug zu uns?«

»Ich sehe den Kommandanten im Turm. Er trägt einen blauen Helm«, sagte der Sergeant. Als die Fahrzeuge ins Scheinwerferlicht des Kontrollpostens rollten, konnte er weitere Details erkennen. »Sieht so aus, als wären sie in ein Feuergefecht geraten, Major. Ihre Funkantenne ist weggeschossen. Wahrscheinlich haben sie sich deshalb nicht angemeldet. Der Pick-up scheint Verwundete zu transportieren. Vielleicht haben sie sich im Sandsturm verirrt.«

»Unfähige Trottel! Die Blauhelme glauben alle, mit ihren kostbaren kleinen GPS-Empfängern könnte ihnen nichts passieren. So geht's einem, wenn man nur auf Technik vertraut und sie einen im Stich lässt.«

»Sie fahren mit Licht, Major. Also versuchen sie jedenfalls nicht, sich heimlich anzunähern.« Im nächsten Augenblick meldete der Sergeant: »Der Kommandant und ein weiterer Mann steigen aus. Sie sehen wie UN-Soldaten aus, finde ich. Ihre Nationalität lässt sich nicht feststellen.«

»Der T-72 soll ans Tor vorfahren. Ich will, dass sie direkt in die Mündung seiner Kanone sehen«, befahl der Kommandeur. »Ich will den Blauhelmen eine Lektion erteilen. Man kann nicht einfach mit einem bewaffneten Fahrzeug an einem Grenzübergang vorfahren. Jemand könnte sie für Terroristen halten und in die Luft jagen.«

»Aber, Major…«

»Ich weiß, ich weiß. Wir haben keine Munition für die Kanone«, sagte der Kommandeur. »Aber das brauchen *sie* nicht zu erfahren.« Niemand im UN-Hauptquartier rechnete mit einem Panzer mitten in der Wüste – vor allem nicht, seit die regierungstreuen Truppen der Nordallianz wieder Afghanistan kontrollierten; deshalb blieb Panzermunition, die sowieso nur beschränkt zur Verfügung stand, ausschließlich für Heereseinheiten in Städten und den Häfen am Kaspischen Meer reserviert. Die Besatzung des Grenzpostens konnte von Glück sagen, dass sie Munition für Gewehre hatte. »Ich will den Führer dieser Abteilung sofort sprechen. Dann stauche ich ihn ein paar Minuten lang zusammen, während Sie Essen und eine Übernachtungsmöglichkeit für sie organisieren.«

Obwohl der Kommandeur wegen dieser Störung seiner Nachtruhe wütend war, wäre kein Turkmene jemals auf den Gedanken gekommen, Wüstenreisenden gegenüber ungastlich zu sein. Auch ein Berufsoffizier in der turkmenischen Armee des 21. Jahrhunderts war nur wenige Generationen von seinen nomadischen Wurzeln entfernt. Jeder wahre Turkmene kannte die Anstands- und Überlebensregeln in der Wüste, die vor allem erforderten, dass jeder Mann, der unbewaffnet in eine Oase kam – auch in eine künstliche wie diesen Grenzposten – willkommen geheißen werden musste.

»Wakil, sie lassen einen Panzer am Tor auffahren!«, funkte Turabi. »Wir sind enttarnt!«

»Nicht aufregen, Jala«, sagte Zarazi. »Der Panzer macht mir vorerst keine Sorgen. Sorgen machen mir die Mannschaftsunterkünfte. Sehen wir Soldaten aus den Zelten stürmen, müssen wir uns auf einen Kampf gefasst machen.«

Bald tauchten Soldaten aus den Zelten auf – aber nur ungefähr ein halbes Dutzend. Zarazi konnte beobachten, dass sie zu einem der Lagergebäude liefen, aus dem sie wenig später mit Armen voller Decken zum Vorschein kamen. Amüsiert und überrascht erkannte er, dass sie Vorbereitungen trafen, um die Neuankömmlinge für die Nacht unterzubringen. »Ganz ruhig. Ich glaube, sie wollen uns willkommen heißen.«

Einige Minuten später wurde das Tor aufgestoßen, und ein Offizier kam heraus und begrüßte Zarazi. Anfangs sprach er Turkmenisch, das Zarazi jedoch nicht zu verstehen vorgab. »Sdrastwuj«, sagte er auf Russisch, »Guten Tag«, und hob dabei die Rechte. Der Offizier deutete lächelnd eine Verbeugung an – als Turkmenische Sozialistische Sowjetrepublik war das Land stark russifiziert worden, und Turkmenisch hatte Russisch erst vor kurzem als Nationalsprache abgelöst. Zarazi stellte mit einem raschen Blick fest, dass sein Gegenüber ein Oberleutnant der Grenztruppen war, und fuhr fort: »Ich bin Oberst Petrowitsch aus der Ukraine, Vertreter des UN-Hochkommissars für Flüchtlinge. Banditen haben unsere Kolonne außerhalb von Andchwoy überfallen, und wir haben mehrere Verwundete. Können Sie uns helfen?«

»Da. Ja panimaju«, antwortete der Offizier, »Ja. Ich verstehe.« Er streifte den rechten Handschuh ab und streckte die Hand aus.

Zarazi schüttelte ihm die Hand, umarmte ihn dann kurz und klopfte ihm auf die Schulter.

»Wir haben über Funk etwas über eine Schießerei östlich von hier gehört, wussten aber nicht, was passiert war.« Der Oberleutnant deutete auf den Toyota Pick-up. »Waren das Taliban?«

»Unsinn!«, knurrte Zarazi und drehte den Kopf zur Seite, um in den Sand zu spucken. »Sie haben uns überfallen, bevor wir wussten, dass sie in der Nähe waren. Zu unserem Glück waren wir auf dieser Patrouille bewaffnet. Trotzdem hatten wir Verluste, bevor die Feiglinge geflüchtet sind.« Er zeigte auf das Gefangenenlager, in dem einige Männer aufgestanden und neugierig an den Stacheldrahtzaun getreten waren. »Haben Sie in den letzten Stunden Gefangene gemacht?«

»Seit heute Morgen nicht mehr«, sagte der Offizier. »Aber Sie können sich die Männer gern selbst ansehen und befragen. Beherrschen Sie Paschtu?«

»*Njet*«, log Zarazi. »Aber von meinen Männern können es einige.«

»Der Kommandant möchte Sie sprechen. Sie sind uns willkommen. Ihre Fahrzeuge müssen außerhalb des Lagers bleiben, bis unsere Spezialisten sie untersucht haben, aber wir können Ihnen sofort helfen, Ihre Gefallenen und Verwundeten zu versorgen. Kommen Sie!«

»Spassibo balschoje. – Vielen Dank«, antwortete Zarazi. Er wandte sich dem BTR zu, entfernte sich außer Hörweite von dem turkmenischen Offizier – bei diesem Wetter nicht allzu weit – und sprach auf Paschtu in sein Funkgerät: »Kommt wie besprochen rein. Aber lasst den Panzer unbeschädigt. Schaltet die Lagerwachen aus und seht nach, ob unter den Gefangenen Männer aus unserem Stamm sind. Danach haltet ihr euch zum Abmarsch bereit.«

Wenig später wurde Zarazi vor den Kommandeur geführt, einen älteren Major, der Mühe zu haben schien, die Augen offen zu halten. Er sprach noch besser Russisch als sein Stellvertreter. Nach kurzer, angestrengt höflicher Begrüßung stellte der Kommandeur fest: »Sie können von Glück sagen, Oberst, dass Überlieferung und Gewissen es mir verbieten, Sie abzuweisen und in die Wüste zurückzuschicken. Bekommt ihr Blauhelme nicht gesagt, wie man sich einem Grenzübergang mit Militärfahrzeugen nähert? Wir hätten euch jederzeit vernichten können.«

»Iswinitje. – Entschuldigen Sie«, sagte Zarazi. Er setzte Helm und Schutzbrille nicht ab, was seinen Gastgeber sichtlich irritierte. »Wir haben einen langen Tag hinter uns, Major. Soll nicht wieder vorkommen.«

Der Kommandeur kniff die Augen noch enger zusammen, als er Zarazi sprechen hörte. Der afghanische Terrorist wusste, dass seine Zeit rasch ablief. Es war ein Fehler gewesen, sich dem Oberleutnant gegenüber als Ukrainer auszugeben, denn die Turkmenen hatten früher bestimmt viel Umgang mit Ukrainern gehabt – und Zarazi sprach ganz entschieden nicht wie einer. Der Major bemühte sich, seine Besorgnis zu verbergen, und rang sich sogar ein leichtes Lächeln und ein Nicken ab. »Nun, bei diesem Wetter und nach allem, was Sie mitgemacht haben, war das ein verzeihlicher Fehler. Sie und Ihre Männer sind uns willkommen.« Er nahm den Telefonhörer ab. »Ich will nur rasch sicherstellen, dass wir geeignete Unterkünfte für …«

Zarazi zog seine Pistole. »Ich bin sicher, dass Ihre Unterkünfte völlig für uns ausreichen«, sagte er. »Legen Sie den Hörer auf, drehen Sie sich um und stützen Sie sich mit den Händen an die Wand. *Ausführung!*«

Der alte Offizier wirkte nicht überrascht, als er den Hörer auflegte und dann tat, was Zarazi verlangte.

»Sie dummer alter Kerl! Gesetz der Wüste hin oder her … man öffnet sein Tor niemals einer unbekannten militärischen Abteilung. Haben die Russen Ihnen überhaupt nichts beigebracht?«

»Die Russen haben mich gelehrt, die Mudschaheddin zu hassen. Aber bis heute hatte ich keinen Grund, das zu tun«, sagte der Major verbittert.

Wie um seine Worte zu unterstreichen, fielen draußen mehrere Schüsse. Der Kommandeur drehte sich nach dem Telefon auf seinem

Schreibtisch um, weil er hoffte, die Meldung zu erhalten, seine Männer hätten einige Terroristen festgenommen oder erschossen. Als die Schießerei jedoch aufhörte und sein Telefon nicht klingelte, ließ er sichtlich enttäuscht die Schultern hängen.

»Was wollen Sie? Wasser? Diesel? Verpflegung? Das alles ist bei uns knapp.«

»Dann ist's umso besser, wenn wir weniger Männer in dem Stützpunkt haben«, stellte Zarazi gelassen fest... und schoss dem alten Major in die Stirn. Dann setzte er einen seiner Männer, der Turkmenisch sprach, ins Büro, damit er das Telefon überwachte, und ging mit schussbereiter Pistole nach draußen, um zu sehen, wie Turabi vorankam.

»Es hat viel besser geklappt als erwartet«, berichtete Turabi. »Die Grenzwachen hier sind alles Wehrpflichtige, keiner älter als zwanzig. Den Oberleutnant und den einzigen Sergeanten haben wir an die Wand gestellt. Dafür haben uns die Wehrpflichtigen praktisch die Füße geküsst. Mit ihnen dürfte es keine Schwierigkeiten geben. Sie sind jetzt dabei, unsere Fahrzeuge zu betanken.«

»Ausgezeichnet.« Zarazi deutete auf das Gefangenenlager. »Wen haben wir da?«

»Frauen und Kinder dort drinnen, die Männer unter freiem Himmel, kaum besser untergebracht als eine Viehherde«, sagte Turabi angewidert. »Diese verdammten Turkmenen – sie halten ihr Land für etwas ganz Besonderes. Was sollen wir mit den Gefangenen machen?«

»Die Frauen und Kinder lässt du frei und gibst ihnen genügend Verpflegung für ein paar Tage mit. Sie werden sicher von UN-Truppen aufgelesen oder kommen zu Fuß bis Andchwoy.« Turabi nickte. »Was die Männer betrifft – wer sich uns anschließen will, kann es tun.«

»Das werden sie *alle* tun wollen, Wakil. Tun sie's nicht, verhungern sie.«

»Dann sonderst du alle aus, die feindlichen Stämmen angehören, Ausländer oder Ungläubige sind oder sich uns nicht anschließen wollen, und stellst sie an die Wand«, entschied Zarazi. »Zwei oder drei der älteren Männer lässt du hier, damit sie den Abmarsch der

Frauen und Kinder organisieren. Alle sollen wissen, dass ich zurückkomme und sie mit ihrer gesamten Familie ausrotte, wenn sie jemandem erzählen, was hier passiert ist. Die anderen lässt du unsere Gefallenen begraben und Waffen, Munition, Wasser und Verpflegung zusammentragen. Je früher wir von hier verschwinden, desto besser.«

»Wohin marschieren wir?« Turabi machte eine Pause, dann fügte er lächelnd hinzu: »Oberst?«

»Oberst klingt gut… Major«, antwortete Zarazi ebenfalls lächelnd. »Nach Norden, in Richtung Kerki.«

»Wir bleiben in Turkmenistan? Warum marschieren wir nicht nach Osten, in Richtung Heimat?«

»Weil die Nordallianz, die UN-Truppen und die Amerikaner uns unerbittlich verfolgen werden, bis wir vernichtet sind«, sagte Zarazi. »In der turkmenischen Garnison in Kerki gibt's mehr Waffen, Munition und Verpflegung zu erbeuten, und dort sind wir vor unseren Verfolgern sicher.«

»Aber was ist mit der turkmenischen Armee? Die wird uns noch unerbittlicher verfolgen als die Amerikaner.«

»Ist der Zustand dieses Grenzpostens typisch für den der turkmenischen Armee, macht mir das keine Sorgen«, stellte Zarazi fest. »Die hiesige Regierung ist schwach und korrupt. Zu erbeuten, was wir brauchen, sollte nicht allzu schwierig sein. Selbst wenn wir diesen Grenzposten hätten angreifen müssen, wären wir mühelos Sieger geblieben.«

Zarazi starrte nach Norden ins nächtliche Dunkel und versank in langes Schweigen. Turabi hatte den Eindruck, sein Freund und Vorgesetzter sei in eine Art Trance verfallen. Als er eben fragen wollte, ob ihm irgendetwas fehle, sprach Zarazi weiter. »Und ich bin von Allah dazu auserwählt worden, sein Werkzeug der Rache gegen die Ungläubigen zu sein«, sagte er. »Allah hat mich vor den amerikanischen Roboterflugzeugen gerettet. Er will etwas von mir, Jala. Das weiß ich. Etwas Großes. Etwas sehr Wichtiges. Ich werde nicht zu kämpfen aufhören, bis ich es erreicht habe.«

1

Nationalfriedhof Arlington

Am nächsten Morgen

»Ich muss mich bei Ihnen dafür entschuldigen, dass ich diese Pressekonferenz bei solchem Wetter unter freiem Himmel gebe«, begann der amerikanische Expräsident Kevin Martindale. Während er das sagte, schien der frühmorgendliche Regenguss sich zu verstärken. »Aus Respekt vor diesem Ort habe ich bewusst darauf verzichtet, Zelte oder Regendächer errichten zu lassen und die zirkusartige Atmosphäre, die hier bereits entstanden ist, noch mehr zu steigern. Deshalb stehe ich auch nicht auf dem Friedhof selbst, sondern hier auf dem Besucherparkplatz, und habe Anweisung gegeben, dass keine Kameras auf den Friedhof gerichtet werden. Aber ich bin aus einem bestimmten Grund nach Arlington gekommen.«

Trotz des Regenwetters wirkte Kevin Martindale, der auf dem Trittbrett seines gepanzerten Suburbans stand, gepflegt und elegant wie in einem Fernsehstudio. Der hoch gewachsene, blendend aussehende Mittfünfziger Martindale, der zweimal Vizepräsident und einmal US-Präsident gewesen war, sah noch immer Zoll für Zoll wie ein Politprofi und Oberbefehlshaber aus. Er hielt sich körperlich in Form; er kleidete sich noch immer elegant; er hatte sich für diesen Auftritt Bart und Haare schneiden lassen. Auch der berühmte »Fotografentraum« war noch da, sogar im Regen: zwei silberne Locken die automatisch seine Stimmung widerspiegelten. War Martindale zornig, schlängelten sie sich wie jetzt bedrohlich über seine Stirn; war er in gelöster Stimmung, lagen sie in elegantem Bogen auf seiner grau melierten Mähne.

»Ich habe Sie heute hierher gebeten, weil ich etwas anmerken und etwas anderes ankündigen möchte«, sagte Martindale. »Zufällig entspricht das Wetter meiner Stimmung ziemlich gut.

Heute begehen wir einen tristen Jahrestag: Heute vor zwölf Jahren sind die letzten Männer des Unternehmens Wüstensturm gefallen. Zwei Wochen nach der Zerschlagung der irakischen Streitkräfte und der Ausrufung eines Waffenstillstands stürzte ein Blackhawk-Hubschrauber der U.S. Army bei schlechtem Wetter über Kuwait ab, wobei sechs tapfere Soldaten den Tod fanden. Einige dieser Helden sind hier auf dem Nationalfriedhof Arlington im Sektor H beigesetzt. Dass sie überhaupt sterben mussten, ist eine Tragödie, aber dass dieser Verlust nach einem so großen Sieg über die irakischen Streitkräfte eintrat, macht ihn umso betrüblicher.

Trotzdem *war* dies ein großer Sieg für die Freiheit. Der Auftrag, Kuwait aus Saddam Husseins Klauen zu retten, wurde in nur sechs Wochen ausgeführt; der Irak kapitulierte nur hundert *Stunden* nach Beginn des Landkriegs, nachdem er durch vierzigtägige ununterbrochene Luftangriffe zermürbt worden war. Die Verbündeten verloren nur fünfhundert tapfere Soldaten, während es auf der anderen Seite fast hunderttausend irakische Gefallene gab. Dies war eindeutig einer der einseitigsten Kriege der Weltgeschichte. Der Tod unserer Soldaten war tragisch, aber meiner Überzeugung nach konnten die Vereinigten Staaten sich dieser Aufgabe nicht entziehen. Unsere Männer sind nicht vergebens gestorben.

Das alles möchte ich Ihnen heute in Erinnerung rufen, um auf eine Besorgnis erregende Tatsache aufmerksam zu machen: dass die Vereinigten Staaten gegenwärtig nicht die Fähigkeit besitzen, einen ähnlichen Kampf für die Freiheit zu führen«, fuhr Martindale fort. »Im Golfkrieg haben die Vereinigten Staaten in sechs Monaten zweihundertfünfzigtausend Soldaten, Seeleute, Marineinfanteristen und Flieger aufgeboten. Heute würden wir Jahre brauchen, um eine ähnlich große Streitmacht zu mobilisieren und auf einem anderen Kontinent in den Kampf zu schicken. Wir haben keine Bodentruppen im Ausland stationiert – keinen einzigen Mann. Wir haben insgesamt fünfzigtausend Marineinfanteristen auf Schiffen, die Trägerkampfgruppen auf allen Weltmeeren begleiten. Das sind unsere einzigen Bodentruppen, die in Notfällen eingesetzt werden können.

Dazu kommt, dass die Zahl der einsatzbereiten Trägerkampfgruppen sich um zwei verringert hat, was im Prinzip bedeutet, dass auf jeweils einem Fünftel der Weltmeere keine US-Seestreitkräfte patrouillieren.

Darüber hinaus war es dem einundvierzigsten Präsidenten gelungen, für den Krieg gegen Saddam Hussein weitere zweihundertfünfzigtausend Soldaten – darunter Einheiten aus sechs arabischen Staaten und siebzehn weiteren islamischen Nationen – zu organisieren, zu mobilisieren und einzusetzen«, stellte Martindale fest. »Dagegen hat es die jetzige Regierung geschafft, Dutzende von Verträgen zu ignorieren, zu kündigen, zu brechen oder aufzuheben; sie hat sich den meisten unserer Verbündeten entfremdet, bei den blockfreien Staaten Misstrauen gesät und unsere Feinde noch mehr gegen uns aufgebracht.

Thomas Thorn ist weiter dabei, die Größe der Streitkräfte der Vereinigten Staaten, vor allem unserer Army, in geradezu erschreckendem Ausmaß zu reduzieren«, sagte Martindale mit zornig erhobener Stimme. »Die Army ist nur noch halb so groß wie vor zwei Jahren, und sie schrumpft weiter. Die Reserven und die Nationalgarde sind verstärkt worden, aber insgesamt sind unsere Streitkräfte heute trotzdem ein Drittel kleiner. Wir haben zahlreiche Beistands- und Kooperationsverträge mit Dutzenden von Staaten aufgekündigt – vor allem unsere Zusammenarbeit mit der NATO, die meiner Überzeugung nach fast ein halbes Jahrhundert lang den Weltfrieden gesichert hat. Thomas Thorns politischer Kurzsichtigkeit ist es zu verdanken, dass die Vereinigten Staaten heute eine Insel ohne Freunde, ohne Zukunft sind, die im Meer der Weltpolitik isoliert in Vergessenheit zu geraten drohen. Wir gestalten das weltweite Geschehen nicht mehr mit, sondern ignorieren bewusst alle Krisen, alle Tragödien und jegliche Verantwortung – und das alles im Namen einer neuen Politik unrealistischer Bündnislosigkeit. Es wird höchste Zeit, diese *splendid isolation* zu beenden.

Nun zu meiner Ankündigung: Ich gebe hiermit die Bildung eines Komitees bekannt, das meine Aufstellung als Präsidentschaftskandidat der Republikanischen Partei betreiben soll.«

Selbst bei den hier versammelten Washingtoner Journalisten, die seit Wochen gerüchteweise von einer bevorstehenden Mitteilung dieser Art gehört hatten, rief Martindales Ankündigung erstauntes Murmeln hervor. Ein Mitarbeiter des ehemaligen Präsidenten trat an ihn heran und flüsterte ihm zu, mehrere Fernsehgesellschaften wollten seine Pressekonferenz ab sofort live übertragen. Martindale wandte sich kurz von seinen Zuhörern ab, als wolle er seinen Trenchcoat zurechtrücken, aber das war eigentlich überflüssig, denn alle Anwesenden wussten ohnehin, was passieren würde. Keine zehn Sekunden später signalisierten die Fernsehleute, sie seien bereit.

»Ich bin mir darüber im Klaren: Dass ein abgewählter ehemaliger Präsident sich nochmals mit Erfolg um dieses Amt bewirbt, ist nicht mehr geschehen, seit Grover Cleveland das in den achtziger Jahren des neunzehnten Jahrhunderts geschafft hat«, fuhr Martindale fort, nachdem er seine Ankündigung wiederholt hatte. »Seit dem Ende des Zweiten Weltkriegs wird von ehemaligen US-Präsidenten erwartet, dass sie sich würdevoll zurückziehen, nicht mehr politisch aktiv sind, auf Vortragsreisen gehen, bei denen sie für jeden Auftritt eine Million Dollar kassieren, eine Bibliothek für ihren Nachlass erbauen, ihre Memoiren schreiben und bis an ihr Lebensende kommentarlos hinnehmen, was ihnen an Lob und Tadel zugedacht wird.

Nun, das ist nicht meine Art. Seit ich nicht mehr im Weißen Haus bin, habe ich auf republikanischen Foren im ganzen Land und auf zahlreichen Veranstaltungen in aller Welt gesprochen und die unorthodoxe und ehrlich gesagt ziemlich bizarre Politik Thomas Thorns verurteilt. Aber ich habe zu erkennen begonnen, dass ehemalige Präsidenten, die den Amtsinhaber kritisieren – vor allem, wenn sie die Wahl gegen den Kritisierten verloren haben –, bestenfalls als schlechte Verlierer gelten. Die Öffentlichkeit hört ihnen höflich zu, ignoriert sie dann aber völlig. Mir ist klar geworden, dass ich aus dem Ruhestand ins politische Tagesgeschehen zurückkehren muss, wenn ich Gehör finden will.

Meine Qualifikationen und meine Berufserfahrung sprechen für sich. Als ehemaliger Justizminister und US-Senator des großen Bundesstaates Texas habe ich eine Politik des Engagements und des offenen Dialogs in Bezug auf sämtliche Aspekte des Lebens und der

Politik in Amerika vertreten. Als Verteidigungsminister habe ich mich stets dafür eingesetzt, die Verteidigungsfähigkeit Amerikas zu stärken und unerschrocken gegen jeden Feind vorzugehen – sei es gegen eine Hand voll Terroristen, sei es gegen eine Supermacht. Als Vizepräsident habe ich mich dafür ausgesprochen, die Militärmacht der Vereinigten Staaten für zahlreiche innen- und außenpolitische Zwecke einzusetzen, die von der Eindämmung des Drogenschmuggels über die Nichtweitergabe von Atomwaffen bis zum Kampf gegen den internationalen Terrorismus reichen. Als ehemaliger Präsident habe ich mich bemüht, unserem Land trotz sinkender Verteidigungsausgaben die modernsten und bestgerüsteten Streitkräfte der Welt zu erhalten.

Nun stehe ich vor Ihnen und verpflichte mich, die amerikanischen Streitkräfte wieder zur gewaltigsten Militärmacht in Friedenszeiten auszubauen. Unter meiner Führung wird Amerika sich seinen Verpflichtungen nicht entziehen. Amerika wird sich nicht zurückziehen. Wir werden unsere technologische Überlegenheit, unsere Vielfalt, unsere Werte und unseren Elan nutzen, um wieder unseren rechtmäßigen Platz als Führer und Verteidiger der freien Welt einzunehmen. Werde ich nominiert und gewählt, verspreche ich, mit Gottes Segen und der Unterstützung des amerikanischen Volkes für die Wiederherstellung der alten Größe Amerikas zu kämpfen.«

Martindale zeigte auf den vor ihm liegenden Friedhof. Der Regen hatte aufgehört, und als er sein Schlusswort sprach, schien tatsächlich die Sonne durch einige Wolkenlücken. Seine PR-Mitarbeiter hätten auf keinen wirkungsvolleren Schluss für diese Pressekonferenz hoffen können. »Die Geister der Helden, die hier in Arlington liegen, erwarten vom Oberkommandierenden nichts weniger als Stärke, Führungskraft, Mut und Ehrgefühl«, sagte er. »Ich bitte Sie um Ihre Mithilfe bei meiner Kampagne mit dem Ziel, Führungskraft und Ehrgefühl wieder ins Weiße Haus einziehen zu lassen, und danke Ihnen schon jetzt für Ihre Unterstützung. Gott segne Amerika.«

Die Reporter begannen impulsiv Beifall zu klatschen, was für abgebrühte Presseleute völlig untypisch war. Martindales Silberlocken fielen ihm wieder in die Stirn – der ehemalige Präsident war wieder auf dem Kriegspfad.

Pentagon, Washington, D.C.

Zur gleichen Zeit

»Ich glaube wirklich, Sie sollten sich auf Ihren Geisteszustand untersuchen lassen, General«, sagte Verteidigungsminister Robert Goff. Er war damit beschäftigt, Papiere mit ruckartigen, zornigen Bewegungen in seinen Aktenkoffer zu stopfen. Der stämmige, weißhaarige, manchmal fast koboldhaft wirkende Robert Goff gehörte zu den führenden amerikanischen Fachleuten für militärische und internationale Fragen. Selbst wenn er nicht bereits der enge Freund, Wahlkampfmanager und Berater von Präsident Thomas Thorn gewesen wäre, wäre er als möglicher Verteidigungsminister für Thorn oder jeden anderen Präsidenten allererste Wahl gewesen. »Sie haben diesen Job erst seit ein paar Monaten, und jetzt muss ich ins Weiße Haus fahren und erklären, was zum Teufel Sie über Turkmenistan zu suchen hatten und weshalb Sie es für nötig gehalten haben, mit einer B-1 auf Diego Garcia notzulanden, nachdem Ihnen ausdrücklich befohlen worden war, über dem Indischen Ozean aus Ihrem Bomber auszusteigen.

Mitten in Goffs Dienstzimmer standen Generalmajor Patrick McLanahan und Brigadegeneral Rebecca Furness in strammer Haltung. Beide trugen noch ihre verschwitzten Fliegerkombis. Sie hatten nicht einmal Zeit gehabt, frische Uniformen anzuziehen. Keine dreißig Minuten nach ihrer Notlandung auf Diego Garcia hatten sie sich bereits an Bord einer Militärmaschine wiedergefunden, die sie in weniger als achtzehn Stunden nach Washington zurückgebracht hatte. Rechts neben Goffs Schreibtisch stand Luftwaffengeneral Richard Venti, der Vorsitzende der Vereinten Stabschefs, mit einem neutralen, völlig unergründlichen Ausdruck auf seinem jungenhaften Jagdfliegergesicht.

»Ich habe mich in dieser Sache für Sie eingesetzt, Patrick«, fuhr Goff angewidert fort. »Der Präsident hat Ihnen unser modernstes

Kampfgeschwader anvertraut, obwohl Sie nur wenige Wochen zuvor in Libyen beinahe einen Atomkrieg ausgelöst hätten ...« Er ging nicht näher auf die dortigen Ereignisse ein, weil Patrick bei den Kämpfen in Nordafrika seinen Bruder und seine Ehefrau verloren hatte. »Da wir in Zentralasien keine vorgeschobenen Stützpunkte besitzen, haben wir uns darauf verlassen, dass Sie Ihre unbemannten Flugzeuge über Afghanistan einsetzen – ohne bewohnte Gebiete zu überfliegen oder sonst wie Aufmerksamkeit auf sich zu lenken –, um die Taliban niederzukämpfen, die den UN-Truppen durch Guerillaüberfälle zusetzen. Sie haben mir versichert, keines unserer bemannten Flugzeuge würde den Luftraum irgendeines anderen Staats verletzen.

Stattdessen verletzten Sie nicht nur den pakistanischen Luftraum, sondern überfliegen auch gleich noch den Iran, Afghanistan und Turkmenistan! Und um alles noch schlimmer zu machen, ignorieren Sie direkte Befehle, die von Ihren Vorgesetzten und von *mir* kommen und knallen Ihren Bomber mit einer Notlandung auf eine wichtige Landebahn, statt wie befohlen auszusteigen. Raus mit der Sprache, McLanahan – was zum Teufel soll ich dem Präsidenten erzählen?«

»Sir, melden Sie ihm, dass wir unseren Auftrag ausgeführt haben: Wir haben alle unsere Maschinen zurückgebracht oder bis zur Unkenntlichkeit zerstört, und alle Besatzungsmitglieder sind praktisch unverletzt zurückgekehrt«, antwortete McLanahan.

»Soll das ein Witz sein?«, fragte Goff aufgebracht. »Wollen Sie mich als Idioten hinstellen? Erwarten Sie wirklich, dass ich vor den National Security Council trete und dem Präsidenten der Vereinigten Staaten *das* erzähle? Glauben Sie etwa, dass er meine Darstellung witzig findet, wenn er den Bericht liest, den der CIA-Direktor ihm zweifellos vorlegen wird, und daraus erfährt, was *wirklich* passiert ist?« Goff starrte McLanahan durchdringend an, aber der General sah angestrengt geradeaus. »Nun? In zwei Minuten muss ich fahren. Also reden Sie schon – und das gefälligst *schnell!*«

»Sir, unser Einsatz war erfolgreich«, antwortete McLanahan. »Wir hatten den Auftrag, die Gruppe von Talibanguerillas, die in letzter Zeit Mitarbeiter von UN-Hilfsorganisationen und afghanisches Sicherheitspersonal überfallen hat, aufzuspüren, zu identifizieren, zu verfolgen und notfalls zu bekämpfen. Damit hatten wir Erfolg, und die von uns eingesetzten Systeme haben einwandfrei gearbeitet, bis eines der unbemannten Flugzeuge durch Flakfeuer beschädigt wurde, außer Kontrolle geriet und in Gefahr war, fast intakt in Turkmenistan niederzugehen. Um das zu verhindern, mussten wir auf Direktsteuerung umschalten, für die Sichtverbindung Voraussetzung ist.« Weitere Erklärungen waren überflüssig, denn als Ingenieur und Industrieller wusste Robert Goff fast so gut wie jeder Luft- und Raumfahrtwissenschaftler Bescheid.

»Der StealthHawk sollte selbständig umkehren, sobald ein Problem auftritt«, stellte Goff fest. »Er sollte selbständig zurückkehren, wenn er beschädigt wird oder keine Verbindung mehr zu Ihnen hat.«

»Warum das nicht geklappt hat, weiß ich nicht, Sir – ich hatte leider noch keine Zeit, die Daten auszuwerten, die uns die Flugregler des UCAVs überspielt haben«, sagte Patrick. »Wir konnten die Drohne nicht zurückrufen oder ihr den Befehl zur Selbstzerstörung erteilen, und ich wusste, dass wir sie nicht einfach in Turkmenistan niedergehen lassen durften – dann wäre unser modernstes unbemanntes Flugzeug den Russen in die Hände gefallen oder auf dem schwarzen Markt verkauft worden. Unsere Special Forces hätten es unmöglich rechtzeitig bergen können. Also musste ich Pakistan und Afghanistan eiligst überfliegen, den StealthHawk erreichen, solange er noch Treibstoff hatte, und hoffen, dass er auf direkte Funkbefehle eher reagieren würde als auf Befehle, die ihn über Satellit erreichten. Dass wir dabei auch den Iran überflogen haben, war nicht zu vermeiden. Wir haben die Drohne erreicht und zum Umkehren veranlasst, sind dabei aber ins Feuer der turkmenischen Luftabwehr geraten. Der StealthHawk wurde abgeschossen, und bei unserem Bomber wurde die Luftbetankungsanlage beschädigt. Ich dachte, wir hätten noch genug Sprit, um die Landebahn sicher zu erreichen.« Er machte eine Pause, dann fügte er hinzu: »Damit hatte ich Recht.«

»Werden Sie ja nicht frech, Mister«, knurrte Goff. *»Ich* habe Ihnen befohlen, aus der Maschine auszusteigen. Weshalb haben Sie diesen Befehl ignoriert?«

»Sir, meiner Ansicht nach hätte ein Aussteigen über dem Meer unter diesen Umständen meine Besatzung gefährdet, Flugzeuge und Schiffe in der Umgebung der Insel in Gefahr gebracht, die Sicherheit der Vereinigten Staaten gefährdet, ihnen negative Publicity beschert und zum vermeidbaren Verlust eines wertvollen Waffensystems geführt«, antwortete Patrick McLanahan. »Als ranghöchster Offizier an Bord des Flugzeugs habe ich mich dafür entschieden, eine Landung zu versuchen. Meiner Ansicht nach war das damit verbundene Risiko im Vergleich zu einem unkontrollierten Absturz ins Meer minimal.«

»Was Sie gedacht oder entschieden haben, ist mir egal – Sie haben ausdrückliche Befehle mehrerer Vorgesetzter missachtet«, sagte der Minister. »Sie hätten auf dem Flugplatz oder an den dort abgestellten Flugzeugen unermessliche Schäden anrichten können. Sie hätten beide umkommen können.« Er sah zu Venti hinüber, der bisher noch kein Wort gesagt hatte. »Nun, General Venti? Was sollen wir Ihrer Meinung nach mit diesen beiden machen?«

»Sir, ich schlage vor, den Generalen McLanahan und Furness die Air Medal zu verleihen, weil sie einen gefährlichen Einsatz über feindlichem Gebiet erfolgreich durchgeführt, ihr beschädigtes Flugzeug zurückgebracht und für die Geheimhaltung ihres Auftrags sogar ihr Leben riskiert haben«, antwortete Venti mit breitem Grinsen.

»Ich bin für die Airman's Medal. Die können wir in Friedenszeiten verleihen, nicht wahr, General?«

»Allerdings, Sir«, bestätigte Venti zufrieden.

»Gut«, sagte Goff. »Ich würde beide mit dem Distinguished Flying Cross auszeichnen, aber ich weiß genau, dass *das* nur im Krieg verliehen werden kann.« Er schüttelte McLanahan und Furness begeistert die Hand. »Stehen Sie bequem. Verdammt gut gemacht, von allen beiden. Wäre die Drohne oder ihre B-1 irgendwo in Zentralasien – sogar in Afghanistan – niedergegangen, hätte das den Präsidenten in solche Bedrängnis gebracht, dass er an Rücktritt hätte denken müssen. Er würde natürlich nie zurücktreten, aber er hätte darüber zum Besten des Landes nachgedacht. Das hätte bedeutet, dass *ich* hätte zurücktreten müssen. Wer weiß, was angesichts der verfahrenen Lage dort drüben noch alles passiert wäre? Gut gemacht!«

»Danke, Sir.«

»General Venti sagt, dass Sie ein Team losschicken wollen, das die Überreste der Drohne begutachtet, wichtige Komponenten ausbaut und den Rest zerstört?«

»Ja, Sir. Das Team ist bereits auf einem Bergungsschiff im Arabischen Meer in Position...«

»Sind das die Leute, die über Pakistan unterwegs waren, um die Gegner abzulenken, damit Sie entkommen konnten?«

»Ja, Sir. Wir haben die Überreste des StealthHawk durch Satellitenbeobachtung ziemlich genau geortet – etwa fünfundfünfzig Meilen südwestlich von Kerki und etwa zwanzig Meilen südlich des Karakum-Kanals. Das Gebiet ist nahezu unbewohnt, aber es liegt Kerki so nahe, dass eine Patrouille entsandt werden könnte, um das Wrack zu suchen. Wir müssen ihr zuvorkommen.«

»Wie bald kann das Team vor Ort sein?«

»Das Bergungsteam ist einsatzbereit, Sir. Es wird sofort in Marsch gesetzt, wenn unsere Satelliten in der Umgebung des Absturzorts irgendwelche Aktivitäten feststellen«, antwortete Patrick. »Der Rest unseres Teams ist binnen vierundzwanzig Stunden einsatzbereit.«

»Sie wollen schon in vierundzwanzig Stunden wieder dorthin? Das ist ausgeschlossen. Wie die CIA berichtet, befinden die iranische und die pakistanische Luftabwehr sich noch immer im Alarmzustand... Teufel, sogar CNN hat noch Reporter in diesem Gebiet. Ein Bergungsversuch zu diesem Zeitpunkt wäre zu riskant. Damit müssen Sie warten, bis die Aufregung sich etwas gelegt hat.«

»Unser Plan berücksichtigt alle diese Faktoren, Sir«, erklärte Patrick ihm. »Wir setzen drei Maschinen und Tankflugzeuge der Air Force ein. Zwei der drei sind Schwenkrotorflugzeuge CV-32 Pave Dasher, die auf unserem Bergungsschiff im Arabischen Meer stationiert sind. Eines dieser Flugzeuge fungiert nur als Tanker – es begleitet die Führungsmaschine dreihundert Meilen weit landeinwärts, betankt sie und fliegt zum Schiff zurück. Die erste CV-32 hat das Bergungsteam an Bord: Sergeant Major Chris Wohl und drei Kommandosoldaten.«

»*Vier* Kommandosoldaten? Nicht *mehr?*«

»Vier Zinnsoldaten, Sir«, warf Venti ein.

Robert Goff nickte – er wusste recht gut, wozu schon *ein* Zinnsoldat imstande war. »Das klingt fast nach einem Overkill«, witzelte er. »Ich traue mich kaum zu fragen, aber … welche Maschine haben Sie als drittes Flugzeug vorgesehen?«

»Ein Kampfflugzeug EB-1C Vampire mit Raketen und Abwurflenkwaffen«, antwortete Patrick.

»Eine Vampire? Ein Bomber desselben Typs, mit dem Sie über Turkmenistan beinahe abgeschossen worden wären?«, fragte Goff ungläubig.

»Mit den richtigen Waffen an Bord kann die Vampire alle möglichen Luft- und Bodenziele angreifen«, sagte Patrick. »Sie bleibt in großer Höhe und überwacht den Einsatz des gesamten Bergungsteams vom Start bis zur Landung. Dank ihrer Stealth-Eigenschaften ist sie von Suchradaren nicht zu orten und kann sich selbst verteidigen, falls es einem Jäger gelingt, sie mit seinem Radar zu erfassen und anzugreifen.«

»Um Himmels willen …«, murmelte Goff. Er starrte Patrick forschend an. »Sie haben diese Vampire vermutlich schon im Krisengebiet stationiert?«

»Bisher noch nicht, Sir«, antwortete Patrick. »Ich habe veranlasst, dass ein Kampfflugzeug EB-52 Megafortress in ungefähr zwölf Stunden auf Diego Garcia bereitsteht, um eingreifen zu können, falls unser Bergungsschiff bedroht wird. Und binnen achtundvierzig Stunden möchte ich eine EB-1C Vampire in Alarmbereitschaft haben, um sie das Bergungsunternehmen im Absturzgebiet überwachen zu lassen.«

Goff sah zu General Venti hinüber. »Welche weiteren Kräfte können wir im dortigen Gebiet einsetzen, General?«

»Das Sechsundzwanzigste Expeditionskorps der Marineinfanterie könnte binnen achtundvierzig Stunden vor Ort sein«, meldete Venti. »Aber ein neunhundert Meilen langer Flug über vier feindliche Staaten wäre ziemlich riskant, weil als Begleitjäger nur Maschinen ohne Stealth-Eigenschaften zur Verfügung stehen. Die Marines könnten den abgestürzten StealthHawk binnen achtundvierzig

Stunden bergen, aber ich schätze ihre Erfolgsaussichten geringer ein als die von General McLanahans Männern.«

Goff schüttelte den Kopf, gab dann aber nach. »Also gut, der Einsatz ist genehmigt. Aber lassen Sie mich eines ganz deutlich sagen, General McLanahan: Diese Drohne ist keinen Kratzer am kleinen Finger eines Ihrer Leute wert. Wird das Bergungsunternehmen zu gefährlich, ziehen Sie Ihre Leute ab, verstanden? Keine abgeschossenen Flugzeuge, keine gefangen genommenen Soldaten, keine Pannen, die der Präsident in den Abendnachrichten einräumen muss. Das Unternehmen wird ein voller Erfolg – oder Sie lassen die Finger davon. Kapiert?«

»Ja, Sir.«

»Von General Venti höre ich, dass Sie ein Projekt ausgearbeitet haben, das Sie mir zur Entscheidung vorlegen wollen – irgendeine neue Einheit, die Sie draußen in Battle Mountain aufstellen wollen«, sagte Goff. »Nun, alles der Reihe nach. Haben Sie mit diesem Einsatz Erfolg, General, bekommen Sie Ihre Chance, mir und dem Weißen Haus Ihre Ideen vorzutragen. Natürlich müssen wir auch im Verteidigungssektor gewaltig sparen, aber Sie wissen, was dem Präsidenten und mir gefällt: modernstes, fortschrittlichstes Zeug. Entwicklungen, die Neuland erschließen. Sorgen Sie für reichliche Redundanz, machen Sie diese neue Einheit zuverlässig und schlagkräftig, sorgen Sie dafür, dass sie ein eindeutiger Kräftemultiplikator ist, und verblüffen Sie uns vor allem mit revolutionären Ideen. Können Sie das, haben Sie eine gute Chance.«

»Danke, Sir.«

Goff sah auf seine Uhr. »Halten Sie mich auf dem Laufenden, General. Ich gratuliere Ihnen beiden nochmals dazu, dass Sie Ihre beschädigte Maschine glücklich zurückgebracht haben.« Er ging zur Tür, blieb stehen und drehte sich um. »Ich brauche Ihnen nicht zu sagen, dass Sie innerhalb der Regierung und auf dem Kapitol viele Feinde haben«, sagte er. »Leider wird Ihre Notlandung auf Diego Garcia nicht als Erfolg, sondern als schwere Panne gewertet werden. Geht mit diesem Bergungsunternehmen etwas schief, würde das vermutlich das Ende aller Ihrer Planungen und Ihrer Karriere bedeuten. Können Sie unter diesem Druck arbeiten, Patrick?«

»Ja, Sir«, antwortete McLanahan lächelnd.

Aber der Verteidigungsminister lächelte ganz entschieden *nicht*. »Geben Sie sich echt Mühe, diesmal keinen Mist zu bauen, General«, sagte Goff ernst, bevor er hinausbastete.

»Ihren Vorschlag, eine Air Battle Force aufzustellen, habe ich hier«, sagte Richard Venti, indem er auf die Mappe unter seinem Arm klopfte. »Ich möchte ihn erst von meinem Stab begutachten lassen – das dauert ein paar Tage. Wir reden in einer Videokonferenz darüber, sobald Sie wieder zurück sind.«

»Ich würde Ihnen gern zeigen, was wir schon verwirklicht haben, Sir«, sagte Patrick. »Ich schlage vor, dass Sie statt einer Videokonferenz selbst nach Battle Mountain kommen, um sich ein Bild davon zu machen.«

»Wie viel Zeit brauchen Sie?«

»Einen Monat, Sir.«

Venti hielt Patricks Informationsmappe hoch. »Einen Monat für das alles?«

»Die Vorarbeiten sind längst erledigt, Sir«, erklärte Patrick ihm. »Wir werden Ihnen eine unglaubliche Show vorführen. Ich brauche nur noch ein paar Leute, dann werden wir Sie verblüffen.«

»Woher haben Sie das Geld dafür?«

»Den größten Teil steuert das HAWC bei, Sir«, antwortete Patrick. Das High Technology Aerospace Weapons Center auf der Elliott Air Force Base in Nevada erprobt High-Tech-Waffen vor ihrer Indienststellung. »Die meisten Flugzeuge und Waffen gehören noch dem HAWC. Sollte die Neuaufstellung genehmigt werden, müsste ich versuchen, ein eigenes Budget für die neue Einheit zu bekommen.«

»Woher stammt der Rest?«

»Ich dachte, den würde das Hundertelfte Geschwader beisteuern«, sagte Patrick, indem er sich Rebecca Furness zuwandte. »Ihrer Einheit gehören die EB-1C Vampire, und auf ihrem Stützpunkt in Battle Mountain wäre reichlich Platz für uns.«

»General Furness? Sind Sie ebenfalls in diese Planungen eingebunden?«

Rebecca sah Patrick fragend an, schaffte es jedoch, ohne erkennbares Zögern zu beteuern: »Hundertprozentig, Sir. Wir sind bereit, auf jede nur mögliche Weise zu helfen.«

»Okay, wenn Sie's sagen«, meinte Venti kopfschüttelnd. »Ich trage dem Verteidigungsminister Ihre Vorschläge in der zweiten Wochenhälfte vor – wenn der NSC bis dahin nicht lärmend Ihre Skalps fordert. Der Präsident will in ein paar Wochen eine große Reise an die Westküste machen. Ich werde ihm vorschlagen, Ihre Vorführung in seinem Reiseplan zu berücksichtigen. Und der Verteidigungsminister wird sie natürlich auch miterleben wollen. Können Sie den Präsidenten überzeugen, haben Sie's geschafft.« Venti griff nach seinem neben dem Schreibtisch stehenden Aktenkoffer; McLanahan und Furness nahmen Haltung an, als er ebenfalls aus dem Dienstzimmer des Verteidigungsministers hastete.

Rebecca Furness wirkte sichtlich mitgenommen. »Scheiße, ich dachte, wir seien erledigt – wieder mal«, sagte sie aufatmend. »Jesus, McLanahan, wie zum Teufel schaffen Sie's bloß, mich immer wieder reinzureiten? Und was zum Teufel hat es mit dieser neuen Air Battle Force auf sich? Ich bin Kommodore des in Battle Mountain stationierten Geschwaders, haben Sie das vergessen? Hier stehen meine Leute, meine Flugzeuge, mein Budget und meine Karriere auf dem Spiel, und ich weiß nicht mal, was Sie vorhaben!«

»Wollen Sie bei dieser neuen großen Sache mitmachen, Rebecca, oder nicht?«, fragte Patrick.

»Wäre ich in Ihre Pläne eingeweiht, bevor die Schießerei losgeht oder wir zum Rapport befohlen werden, könnte ich vielleicht mithelfen, damit Sie nicht wieder in die Scheiße geraten.«

»Wenn Sie bei dieser Sache mitmachen, Rebecca, verspreche ich Ihnen, mein Bestes zu tun, damit diesmal die bösen Kerle in die Scheiße geraten«, sagte Patrick.

»Na ja, wenn Sie's so ausdrücken ...« Rebecca verdrehte ungläubig – und vielleicht auch in schlimmer Vorahnung – die Augen. »... wie könnte ich da nein sagen?«

Weißes Haus, Washington, D.C.

Kurze Zeit später

Seit seiner Bildung im Jahr 1947 war der National Security Council sehr unterschiedlich behandelt worden. Manche Präsidenten wie Kennedy oder Johnson hatten den NSC außer in schlimmsten Krisensituationen weitgehend ignoriert; andere wie Eisenhower hatten ihn als eine Art militärisches Gremium gesehen; andere Präsidenten hatten den NSC als Sammelstelle für Informationen aus allen Ministerien benützt; wieder andere hatten versucht, mit seiner Hilfe die wichtigsten Ministerien im Zaum zu halten. Vielfach hatte der NSC die US-Außenpolitik maßgeblich mitbestimmt; zu anderen Zeiten war er nur als Hemmschuh erschienen, der die Regierungsmaschinerie bremste.

Im Jahr 1961 ernannte Präsident Kennedy McGeorge Bundy zum ersten nationalen Sicherheitsberater und etablierte ihn im Lageraum im Keller des Weißen Hauses, um ihn die mit einem Fiasko endende Invasion in der Schweinebucht überwachen zu lassen. Obwohl der National Security Council in Kennedys Amtszeit nur 49-mal zusammentrat und von Kennedys »Wunderknaben« und Johnsons »Küchenkabinett« bald zur Bedeutungslosigkeit verurteilt wurde, blieb die Position des nationalen Sicherheitsberaters weitgehend unangetastet...

Bis zur Jahrtausendwende und der Amtszeit von Präsident Thomas Nathaniel Thorn. Dieser Präsident verzichtete auf die Ernennung eines nationalen Sicherheitsberaters; die Zahl der NSC-Mitarbeiter schrumpfte von über zweihundert auf nur vier Dutzend. Die satzungsgemäßen NSC-Mitglieder – Präsident, Vizepräsident, Außenminister, Finanzminister, Verteidigungsminister, Vorsitzender der Vereinten Stabschefs und CIA-Direktor – setzten ihre eigenen Mitarbeiter ein, um die Unmengen von Informationen, die stündlich ins Weiße Haus gelangten, zu sammeln, zu destillieren und zu analysieren.

Die Position des nationalen Sicherheitsberaters war keineswegs der einzige Posten mit Kabinettsrang, auf dessen Besetzung Thomas

Thorn verzichtet hatte. Vizepräsident Lester Busick fungierte zugleich als Stabschef und Pressesprecher des Präsidenten; Verteidigungsminister Robert Goff war auch Direktor für innere Sicherheit und galt als De-facto-Sicherheitsberater des Präsidenten. Mehrere Ministerien waren zusammengelegt worden: dem Gesundheitsministerium waren die Ministerien für Erziehung, Veteranenangelegenheiten und Arbeit sowie die nationale Behörde für Drogenkontrolle zugeschlagen worden; das Finanzministerium umfasste jetzt auch das Handelsministerium, die Haushaltsbehörde und das Amt des US-Handelsbeauftragten; das Innenministerium war um die Ministerien für Landwirtschaft, Energie sowie Verkehr, Wohnungsbau und Stadtentwicklung und die Umweltschutzbehörde erweitert worden. Wegen dieser gestrafften Organisation und weil alle Kabinettsmitglieder sehr eng in die Regierungsarbeit eingebunden waren, stand der Präsident in engem täglichen Kontakt zu seinen Ministern.

Präsident Thomas Thorn war mit Ende vierzig ein noch jugendlicher Mann, ruhig und zurückhaltend. Der fünffache Vater Thorn war ehemaliger Gouverneur von Vermont, der zuvor als Offizier bei den Green Berets der U.S. Army gedient hatte und im Golfkrieg mit kleinen Trupps tief in den Irak vorgestoßen war, um Ziele für die Stealthbomber F-117 zu markieren, die die ersten Angriffe gegen Bagdad geflogen hatten. Als Gründer und Vorsitzender der Jeffersonian Party war Thorn der erste Kandidat einer dritten Partei, der seit Abraham Lincoln ins Weiße Haus gewählt worden war – und das war erst der Anfang der ungewöhnlichsten Präsidentschaft seit Menschengedenken gewesen.

Thomas Thorn war ein echter »Technokrat«, der Computer, E-Mail und drahtlose Verbindungen nutzte, um Informationen zu sammeln, zu analysieren und zu verbreiten. Seine Arbeitsmethode bestand darin, die täglich als sicher verschlüsselte E-Mails eingehenden Berichte seiner Minister und des Militärs auszuwerten, Kommentare und Fragen zurückzuschicken und dann seine Entscheidungen zu treffen. Alle Minister hatten jederzeit Zugang zum Präsidenten, aber die Regierungsarbeit war jetzt so dezentralisiert, dass jeder Minister nach den von Thorn vorgegebenen Richtlinien selbständig handeln und entscheiden musste. Der Stabschef des Weißen Hauses besaß nicht annähernd die Machtfülle seiner Vorgänger in dieser Position: Er war kaum mehr als ein Assistent, der damit ausgelastet war, den übervollen Terminkalender des Präsidenten zu verwalten und Thorns unersättlichen Informationshunger zu stillen.

Thomas Thorn behandelte das Amt des Präsidenten der Vereinigten Staaten als kostbares Vermächtnis und siedelte seine Amtspflichten nur wenig unterhalb der Hingabe an seine Familie an. Er machte niemals Urlaub, betrieb keinen Sport, hatte keine Hobbys und verbrachte nur selten ein Wochenende in Camp David, dem Landsitz der US-Präsidenten. Da die Jeffersonian Party kaum mehr als eine Philosophie, eine von Thomas Thorn persönlich entworfene, verwaltete und praktizierte Denkweise war, hatte er so gut wie keinen politischen Apparat hinter sich, hielt deshalb kaum Wahlreden und unternahm keine Reisen, um Spendengelder einzutreiben.

Der National Security Council trat jeden Donnerstagmorgen um neun Uhr zusammen – im Oval Office, um Routinedinge zu besprechen, im Cabinet Room, wenn Außenstehende hinzugezogen wurden, oder im Lageraum des Weißen Hauses, wenn es um Krisenmanagement ging; die heutige Sitzung fand im Oval Office statt. Die Vorzimmerdame ließ alle Teilnehmer gleichzeitig eintreten, und Thorn begrüßte sie mit einem Lächeln, während er noch etwas auf seinem drahtlosen Personal Digital Assistant eintrug. »Bitte nehmt alle Platz«, sagte er. »Willkommen.« Die NSC-Mitglieder nahmen ihre gewohnten Plätze in den Sesseln und auf den Sofas vor dem Schreibtisch des Präsidenten ein, und ein Steward servierte Tee, Kaffee und Erfrischungsgetränke. Bei solchen Beratungen ging Thorn meistens im Oval Office auf und ab – obwohl praktisch sein gesamtes Leben in dem PDA gespeichert war, warf er bei Besprechungen nur selten einen Blick darauf.

»Habt ihr Martindales Pressekonferenz von heute Morgen gesehen?«, fragte Außenminister Edward Kercheval die Runde. »Das Fernsehen hat sie als ›Sondermeldung‹ angekündigt – ich dachte schon, wir hätten eine Atombombe auf China geworfen oder sonst was Schlimmes gemacht.«

»Brutal«, sagte Vizepräsident Lester Busick. »Der Kerl ist ein Spinner. Aber es dauert nicht lange, dann lacht ganz Washington über ihn.«

»Meines Wissens ist es nicht zulässig, den Nationalfriedhof Arlington für politische Zwecke zu nutzen«, sagte Justizminister Darrow Horton. »Vielleicht sollte ich das mal prüfen lassen.«

Verteidigungsminister Robert Goff, de facto der oberste politische Berater des Präsidenten, nickte zustimmend. »Gute Idee«, sagte er. »Aber ich glaube, dass wir uns wegen Martindale keine allzu großen Sorgen machen müssen. Wird einiges von dem bekannt, was er in den letzten Jahren getrieben hat, bleibt ihm nichts anderes übrig, als seine Kandidatur zurückzuziehen. Der amerikanische Wähler unterstützt keinen Expräsidenten, der von Söldnern durchgeführte Geheimunternehmen organisiert.«

»Okay, können wir anfangen?«, fragte der Präsident und legte seinen PDA weg. »In den Morgennachrichten wurden neue Kämpfe in Tschetschenien gemeldet. Was steckt dahinter?«

»Eine aggressivere Reaktion der Russen auf den aus ihrer Sicht eskalierenden Extremismus der Tschetschenen, Sir«, antwortete CIA-Direktor Douglas Morgan. Er wusste aus Erfahrung, dass die erste Frage meistens an ihn gerichtet wurde. »Die beobachten wir schon seit vielen Wochen – seit den Umwälzungen in Moskau nach der Verhaftung von General Schurbenko und den Vorwürfen, Präsident Senkow habe sich mit russischen Gangstern eingelassen. Fazit: Senkow geht energisch gegen Abweichler innerhalb der Russischen Föderation vor und versucht mit nackter Gewalt, Russland größtmögliche Vorteile zu verschaffen.«

»Senkow will im Jahr 2005 wiedergewählt werden«, fügte Kercheval hinzu. »Er scheint sich schon im Wahlkampf zu befinden.«

»Ich wollte nur, er würde ihn weniger blutrünstig führen«, warf der Vizepräsident ein. »Die Presse meldet siebenundzwanzig Tote …«

»Wir glauben, dass die tatsächlichen Verluste höher liegen – und das sind nur die Zahlen von dieser Woche«, antwortete Morgan. »Wir gehen von ungefähr fünfzig Toten unter der Zivilbevölkerung aus. Die Tschetschenen melden ähnlich hohe russische Verluste: bis zu vierzig Gefallene, bis zu hundert bei ihren Angriffen verwundete

Soldaten. Also ist damit zu rechnen, dass das russische Militär seine Repressalien noch verstärken wird.«

»Die Frage ist nur, wo«, sagte Busick.

»Wo und wann sich eine Möglichkeit dazu bietet«, vermutete Morgan. »Die Russen täten nichts lieber, als ihr zerfallenes Imperium wieder zusammenzuschweißen.«

»Das glaube ich auch«, sagte Präsident Thorn. Er hörte, wie der Außenminister still seufzte, bevor er angelegentlich seine Fingernägel betrachtete. »Kommentar, Edward?«, fragte Thorn ihn.

»Sie kennen die Frage, Mr. President: Was würden wir dagegen tun, selbst wenn wir wüssten, was die Russen vorhaben?«, sagte er. Dass Kercheval kein großer Anhänger des Präsidenten und seiner Politik war, war kein Geheimnis und überraschte niemanden. Die große Überraschung *war* jedoch, dass Thorn ihn in seinem Kabinett behielt – oder dass Kercheval geruhte, ihm weiter anzugehören. Edward Kercheval, der oft undiplomatisch und voreingenommen war, galt als der beste US-Außenminister seit fünfzig Jahren und beherrschte sein Metier ausgezeichnet. Viele spekulierten, Thorn behalte ihn nur in seinem Kabinett, damit Kercheval keine Zeit bleibe, vor den nächsten Wahlen eine Kampagne gegen ihn zu führen. »Im libysch-ägyptischen Konflikt haben Sie nicht interveniert, und Ihre Rolle bei der Abwehr des russischen Vorstoßes auf den Balkan ist nahezu unbemerkt geblieben. Tschetschenien scheint weit außerhalb Ihrer Interessensphäre zu liegen, Sir.«

»Sie haben Recht – ich würde niemals in Tschetschenien intervenieren«, sagte Thorn. »Ich werde mich nie einmischen, wenn Russland Unruhen oder Aufstände innerhalb seiner Föderation zu unterdrücken versucht.«

»Das ist zweifellos Ihr Vorrecht, Sir.« Kercheval s Tonfall ließ erkennen, dass er diese Antwort des Präsidenten erwartet hatte und nicht mit ihr einverstanden war. »Sollten Sie jedoch besorgt sein, Sir, die russische Aggression gegen ethnische Minderheiten könnte auf andere Länder übergreifen, wäre es vielleicht doch ratsam, einen Aktionsplan zu haben.«

»Ich weiß, Sie sind der Ansicht, dass ich nicht genug tue, um eine Führungsrolle in der Weltpolitik zu übernehmen, Edward«, sagte der Präsident. »Aber ich halte es für wenig sinnvoll zu versuchen, die tschetschenischen Rebellen zu unterstützen, wenn wir gerade entdeckt haben, dass eben diese Rebellen schon mehrmals Lastwagenkolonnen der UN-Friedenstruppen in Zentralasien überfallen haben. Das sind genau die sich gegenseitig aufhebenden Maßnahmen, die ich um jeden Preis vermeiden möchte.« Thorn wandte sich an Morgan und fragte: »Weil wir gerade bei Zentralasien sind, Douglas – was gibt's dort für Neuigkeiten? Wir haben dort noch ein paar Unternehmen zur Überwachung und Terroristenbekämpfung laufen, nicht wahr?«

»In Zentralasien haben wir im Augenblick keine militärischen oder geheimdienstlichen Unternehmen laufen, Sir«, antwortete Morgan. »Unsere letzte Operation war das Unternehmen Berggipfel mit unbemannten Kampfflugzeugen, die die Aktivitäten der Taliban-Guerillas im Norden Afghanistans aufklären und bekämpfen sollten.«

»Durchgeführt haben dieses Unternehmen Luftwaffengeneral Patrick McLanahan und General Rebecca Furness von ihrem neuen Stützpunkt Battle Mountain in Nevada aus«, warf General Richard Venti, der Vorsitzende der Vereinten Stabschefs, ein. »Dabei wurde eine ungefähr zweihundert Mann starke Kampfgruppe der Taliban entdeckt, die eine UN-Fahrzeugkolonne überfallen hatte, und erfolgreich angegriffen. Das Unternehmen wurde nur aus der Luft durchgeführt – ausschließlich mit Lenkwaffen, die von einer einzigen Vampire kontrolliert wurden.«

»McLanahan hat sich also endlich dafür entschieden, sich dem richtigen Team anzuschließen?«, fragte Busick. Er sah zu Thorn hinüber, der jedoch nicht auf seine Bemerkung einging. Busick wusste, dass der Präsident McLanahan und vielen seiner Leute ihre Dienstgrade und Privilegien zurückgegeben und sie sogar befördert hatte, obwohl sie an mehreren privat organisierten und finanzierten Militäreinsätzen teilgenommen hatten. Nach Überzeugung des Präsidenten war McLanahan eine starke Führungspersönlichkeit, während Busick ihn nur für einen schießwütigen Draufgänger hielt.

»General McLanahan hat einen Verband aufgestellt, der im Wesentlichen aus Langstreckenbombern und bewaffneten Drohnen besteht«, fuhr General Venti fort. »Alles auf dem neuesten Stand der Technik.«

»Ich höre ein Aber heraus, General Venti«, sagte Busick.

»McLanahans Angriff war erfolgreich, hat aber die Taliban-Kämpfer nicht völlig außer Gefecht gesetzt«, sagte CIA-Direktor Morgan. »Es waren offenbar Überlebende dieser Gruppe, die einen turkmenischen Militärstützpunkt an der Grenze überfallen, den Kommandeur und eine Anzahl seiner Soldaten erschossen und Waffen und Fahrzeuge erbeutet haben.

Anschließend sind diese Kämpfer nach Norden marschiert, haben eine Patrouille der turkmenischen Armee aufgerieben und danach den Stützpunkt einer Kampfhubschrauberstaffel bei der Stadt Kerki überfallen. Fast zweitausend turkmenische Soldaten sind desertiert und haben sich den Taliban angeschlossen. Dann ist die Kampfgruppe nach Osten marschiert, hat bei Gaurdak einen weiteren Militärstützpunkt erobert, große Mengen von Waffen erbeutet – Panzer, Geschütze, gepanzerte Mannschaftstransportwagen und Infanteriewaffen – und sich durch weitere drei- bis fünftausend Freiwillige und Deserteure verstärkt. Sie hat mehrere Ölpumpstationen, Kraftwerke und Staudämme besetzt, die für das dortige Gebiet lebenswichtig sind. Gegenwärtig marschiert die Kampfgruppe den Fluss entlang nach Westen, rundet ihre Geländegewinne ab und richtet sehr effektive Versorgungslinien ein. Ihre Marschroute folgt ziemlich genau den TransCal-Pipelines für Rohöl und Erdgas, die dort entlang des Flusses verlegt sind.«

»Das ist clever«, warf General Venti ein. »In den Gebieten entlang des Flusses können sie sich nicht nur leichter versorgen, sondern sind auch vor Angriffen sicher. Wer sie angreift, riskiert dabei, die Pipelines in die Luft zu jagen.«

»Vielleicht wird's Zeit, Turkmenistan zu helfen, diese Taliban-Kämpfer auszuradieren«, schlug Vizepräsident Busick vor. »Schließlich war's teilweise unsere Schuld, dass die Taliban an die Macht gekommen sind.«

»Ich glaube nicht, dass Turkmenistan in irgendeiner Form kooperationsbereit ist«, sagte Außenminister Kercheval. »Bei uns haben mehrere Staaten – Pakistan, der Iran, Turkmenistan, sogar Afghanistan – offiziell gegen ungenehmigte Überflüge amerikanischer Militärmaschinen protestiert. Sie alle verlangen eine Erklärung.«

Busick wandte sich an Robert Goff. »Uns ist versichert worden, dieser Einsatz werde völlig unsichtbar und narrensicher ablaufen, Robert. Was ist schief gegangen?«

»Wie McLanahan berichtet«, antwortete Verteidigungsminister Goff, «hat er aus ungeklärten Gründen die Kontrolle über eine seiner Drohnen verloren. Um sie wieder steuern zu können, musste er sehr nahe an sie herangehen – leider war das erst einige Meilen jenseits der turkmenischen Grenze möglich. Er wurde von der turkmenischen Luftabwehr beschossen, wobei eine Maschine Schäden erlitt, schaffte es aber, sie nach Diego Garcia zurückzubringen. Unbedeutende Verletzungen, unbedeutende Schäden.«

»Und weshalb beschwert der Iran sich?«

»Um seine Drohne schnell einzuholen, musste er den Osten des Irans überfliegen«, antwortete Goff. »Die Vampire wurde von iranischen und pakistanischen Radaren kurz beleuchtet, aber nicht entdeckt oder angegriffen.«

»Großer Gott!«, ächzte Busick. »Alles wegen einer einzigen beschissenen Drohne?«

»Diese Drohne war ein mehrere Millionen Dollar teures Unmanned Combat Air Vehicle, das in Bezug auf Sensoren, Satellitenkommunikation und Waffen auf dem absolut neuesten Stand der Technik war«, stellte General Venti fest. »General McLanahan befürchtete, das UCAV könnte intakt landen, wenn sein Treibstoff aufgebraucht war, deshalb hat er das Risiko auf sich genommen und versucht, es wieder unter Kontrolle zu bekommen.«

»›Versucht‹?«

»Die Drohne wurde von der turkmenischen Luftabwehr abgeschossen«, sagte Venti, »aber anscheinend nicht völlig zerstört.»

»McLanahan will ein Special-Operations-Team hinschicken, das wichtige intakte Bauteile bergen und den Rest sprengen soll«, fügte Goff hinzu. »Ich habe diesen Einsatz genehmigt. Er soll in den nächsten Tagen stattfinden.«

»Halten Sie mich auf dem Laufenden, Robert«, verlangte der Präsident.

»Das ist *Wahnsinn!*«, sagte Außenminister Kercheval aufgebracht. »Nichts von alledem war von uns genehmigt. Diesem McLanahan muss endlich das Handwerk gelegt werden! Was haben Sie mit ihm vor, Robert?«

»Ich werde Furness und ihm eine Auszeichnung verleihen, Edward«, antwortete der Verteidigungsminister. Als Kerchevals Augen aus ihren Höhlen zu quellen drohten, sprach Goff rasch weiter. »Die Flugzeugbesatzung hat ihr Leben riskiert, um ein wichtiges Waffensystem zu bergen und zu verhindern, dass es in falsche Hände gerät. Ihre Maschine ist dabei beschädigt worden, aber sie haben es geschafft, sie ohne Verluste zurückzubringen. Das ist Begründung genug für die Ordensverleihung.«

»Sie werden diesem Verrückten *keinen* Orden dafür verleihen, dass er gegen das Völkerrecht verstoßen hat!«, verlangte Kercheval.

Der Präsident hob beide Hände. »Genug, genug«, sagte er. »Die Entscheidung über eine Ordensverleihung wird später getroffen. Und was den Vorfall mit dem ungenehmigten Flug über das Hoheitsgebiet mehrerer Staaten betrifft... ich habe vor, alles zuzugeben.«

»Mein Gott, Mr. President!«, sagte Kercheval. »Das... das können Sie nicht tun...!«

»Ich kann und werde es tun«, antwortete Thorn. »Ich werde sagen, dass die Vereinigten Staaten vom Arabischen Meer aus bewaffnete Drohnen entsandt haben, um zu versuchen, Taliban-Guerillas im Norden Afghanistans daran zu hindern, Einheiten der UN-Friedenstruppe anzugreifen und zu vernichten. Als eine der Drohnen beschädigt wurde, hat der zuständige Kommandant sich für eine Luftraumverletzung entschieden, um das teure Waffensystem zurückzuholen und dadurch zu verhindern, dass Unbeteiligte bei seinem Absturz gefährdet werden könnten. Er hat mit seinem unbewaffneten Kommandoflugzeug Pakistan, den Iran, Afghanistan und Turkmenistan überflogen, um so zu versuchen, die Drohne wieder unter Kontrolle zu bekommen.« Der Präsident wandte sich an Goff: »Die Maschine *war* unbewaffnet, nicht wahr, Robert?«

»Ja, Sir. Sie hatte nur defensive Störsender an Bord.«

»Keine Laser, Partikelwaffen, Plasmabomben oder sonst etwas

aus dem futuristischen Arsenal, mit dem McLanahan immer herumspielt?«

»Meines Wissens benutzt er Laser, um anfliegende Jagdraketen zu blenden«, sagte Venti, »aber Angriffswaffen waren keine an Bord.«

»Was für ein Flugzeug war das überhaupt?«, fragte Kercheval.

»Eine Vampire – ein modifizierter Bomber B-1 Lancer.«

»O Gott«, murmelte Kercheval. »Das gleiche Flugzeug, das wir in Russland verloren haben?« Als Goff zustimmend nickte, schloss er entsetzt die Augen, bevor er sich an Thorn wandte. »*Das* werden Sie hoffentlich nicht zugeben wollen ...«

»Doch, das werde ich«, sagte Thorn gelassen. »Für alle Botschaften oder Außenministerien, die eine Erklärung fordern, bereite ich eine Mitteilung vor, und sobald die Medien über den Vorfall berichten, stellen wir Argumentationshilfen für die Pressestelle zusammen – aber erst *nach* Abschluss von McLanahans Bergungsunternehmen.« Kercheval schüttelte verwirrt den Kopf, schien aber einzusehen, dass er den Präsidenten nicht von seinem Entschluss abbringen konnte. »Gut, machen wir also weiter.« Thorn wandte sich erneut an seinen CIA-Direktor. »Douglas, Sie haben mir Anfang dieser Woche mitgeteilt, bestimmte Faktoren sprächen für ein verstärktes Engagement in Zentralasien, vor allem in Turkmenistan. Erzählen Sie uns mehr darüber.«

»Ja, Sir«, sagte Morgan und nahm einen dünnen Ordner aus seinem Aktenkoffer. »Turkmenistan hat das Potenzial, ein gigantisches Pulverfass zu werden. Es gleicht Staaten wie Saudi-Arabien, Kuwait, dem Irak und Libyen unmittelbar nach der Entdeckung großer Ölvorkommen: Turkmenistans wahrer Reichtum und strategische Bedeutung werden erst jetzt allmählich erkannt, und das Land könnte zu einem Schlachtfeld werden, weil es im Schnittpunkt der Interessen mehrerer religiöser, politischer und ethnischer Fraktionen liegt. Turkmenistans Öl- und Erdgasvorkommen sind wahrscheinlich so groß wie die jedes einzelnen Golfstaats, und das Land könnte in wenigen Jahren zum größten Öllieferanten der Welt aufsteigen.«

»Ist das Ihr *Ernst*, Douglas?«, warf Vizepräsident Busick ein. »Mehr Öl als Saudi-Arabien? Das hätte ich nie für möglich gehalten.«

»Darüber sind unsere Analysten sich einig«, bestätigte Morgan.

»Sie halten die turkmenischen Öl- und Erdgasvorkommen für ebenso groß wie die Saudi-Arabiens, aber die gegenwärtig erschlossenen saudi-arabischen Lagerstätten dürften in zehn Jahren ausgebeutet sein, während die Ausbeutung der Lagerstätten in Turkmenistan noch nicht einmal richtig begonnen hat. Das Land könnte noch Öl und Erdgas exportieren, wenn die saudi-arabischen Vorkommen schon jahrzehntelang erschöpft sind. Mindestens vier Fünftel der Öl- und Erdgasreserven dieses Landes sind zum gegenwärtigen Zeitpunkt noch *unerschlossen.*«

»Die Russen *müssen* erkennen, was sie verloren haben, als Turkmenistan beim Zerfall der Sowjetunion souverän geworden ist.«

»Das glaube ich auch«, stimmte Morgan zu. »Die Russen haben noch ein paar Luftwaffenstützpunkte in Turkmenistan, und die dortige Regierung beschäftigt russische Offiziere in ihren Streitkräften. Aber in Turkmenistan leben und arbeiten zu müssen, ist den Russen immer als harte Fron erschienen: der russische Bevölkerungsanteil war nie höher als zehn Prozent, und wir wissen, dass das Klima Turkmenistans so unwirtlich ist, dass selbst die Russen Schwierigkeiten mit der Öl- und Erdgasförderung hatten – und dabei haben die Russen immerhin die sibirischen Ölfelder erschlossen.«

»Öl hat die seltsame Eigenschaft, die schlimmsten Charakterzüge von Regierenden zu verstärken«, meinte der Präsident nachdenklich. »Bitte weiter, Douglas.«

»In den Jahren 1985 bis 2002 stand Saparmurad Nijasow an der Staatsspitze, erst als Generalsekretär der Kommunistischen Partei, dann als Staatspräsident«, fuhr Morgan fort. »Er war unglaublich wendig und hat sich rascher mit dem Wind gedreht als eine Wetterfahne in einem Tornado. Als Turkmenistan noch von den Russen kontrolliert wurde, war er ein eifriger Anhänger der Russen; als die Sowjetunion zerfiel und die nationalistischen Kräfte stärker wurden, verwandelte Nijasow sich in einen Nationalisten – er führte Turkmenisch als Amtssprache ein, ließ Koranschulen errichten und so weiter. Als die Taliban in Afghanistan die Macht übernahmen und mit der Besetzung der fundamentalistischen Ostprovinzen Turkmenistans drohten, nahm Nijasow einige Mullahs, die Taliban-Anhänger waren, in seine Regierung auf. Er herrschte mit eiserner Faust. Jeder Abgeordnete des turkmenischen Parlaments musste vom Präsidenten genehmigt werden; der Präsident ernannte eigene Zensoren und Chefredakteure für sämtliche Medien des Landes – die Liste ließe sich endlos weiterführen. Nijasow persönlich unterzeichnete den großen Deal mit TransCal, das erste große Ölförderabkommen Turkmenistans und potenziell einer der lukrativsten jemals im Ölgeschäft unterzeichneten Verträge.

Im Jahr 2001 zog Nijasow sich endlich aus der Politik zurück und ließ so genannte Wahlen abhalten, bei denen es aber nur einen Kandidaten gab: Kurban Gurisow, Parlamentsvorsitzender und stellvertretender Vorsitzender der aus der Kommunistischen Partei hervorgegangenen Demokratischen Partei. Wie Nijasow herrscht er absolut autokratisch. Oppositionsparteien sind weiterhin verboten, alle Kandidaten für öffentliche Ämter müssen ihm genehm sein, und er hat buchstäblich einen Polizeistaat geschaffen. Gurisow ist entschieden ausländerfeindlich, gegen Muslime und nachdrücklich russenfreundlich.«

»Das Militär muss ihn hassen«, meinte Goff.

»Es gibt dort praktisch kein Militär«, sagte Morgan. »Mit paramilitärischen Einheiten und Reserven vielleicht insgesamt vierzigtausend Mann; vier Fünftel Wehrpflichtige; altes sowjetisches Kriegsmaterial in sehr schlechtem Zustand. Das Offizierskorps besteht überwiegend aus Russen – Offiziere, die bleiben wollten, behielten einfach ihre Posten und werden jetzt von der turkmenischen Regierung besoldet. Natürlich haben sie die beste Ausrüstung.«

»Von wem würden sie wohl Befehle annehmen, wenn's zu einer Krise käme?«, fragte Busick.

»Ich tippe auf Russland«, bestätigte Morgan. »Kurban Gurisow ist von Geburt Russe und nicht in Turkmenistan, sondern in Russland aufgewachsen – wir vermuten, dass er seinen turkmenischen Vornamen nur als Konzession an Nijasows nationalistische Bewegung angenommen hat. Er spricht kein Turkmenisch. Wir wissen, dass er wegen des Kurses bei der Erschließung der Öl- und Erdgasvorkommen gelegentlich mit Nijasow aneinander geraten ist.

Gurisow hielt es für ratsam, auf enge Bindungen zwischen Turkmenistan und der russischen Ölförderindustrie zu setzen; Nijasow unterzeichnete dagegen Verträge mit mehreren ausländischen Explorationsfirmen. Turkmenistan hat Verträge mit westlichen Firmen für den Transport von Öl und Gas durch Afghanistan nach Pakistan, mit Aserbeidschan für den Öltransport zum Schwarzen Meer, mit Russland für den Öltransport dorthin und sogar mit dem Iran für die Durchleitung von Öl zum Persischen Golf. Auf den ersten Blick scheint das recht clever zu sein. Turkmenistan bekommt Geld aus verschiedenen Quellen und kann auch in Krisenzeiten immer irgendwohin liefern. Aber obwohl in Turkmenistan alle möglichen Entwicklungsprojekte in allen möglichen Stadien laufen, exportiert das Land im Augenblick sein Öl nur nach Russland – und das zu Schleuderpreisen.«

»Ich denke, es wäre zweckmäßig, die Ereignisse in Turkmenistan genauer zu beobachten, vielleicht sogar durch eingeschleuste Agenten«, sagte Kercheval. »Ich mache mir Sorgen wegen der laufenden Ölförderprojekte westlicher, vor allem amerikanischer Firmen. Wir wollen nicht, dass sie zwischen die Fronten geraten, wenn die Russen beschließen, sich wieder in Turkmenistan zu engagieren – oder vielleicht dort einzumarschieren, wie sie's auf dem Balkan versucht haben.« Er wandte sich an Finanzminister Franklin Sellers, der in der Regierung Thorn auch Handelsminister und US-Handelsbeauftragter war. »Kann ich eine Aufstellung der genehmigten Projekte in Zentralasien bekommen, Franklin?«

»Natürlich Edward.« Sellers, ein ehemaliger Nasdaq-Vorsitzender, war einer der jüngsten Finanzminister, die Amerika jemals gehabt hatte; mit Verteidigungsminister Robert Goff gehörte er zu den wenigen Mitgliedern der Jeffersonian Party, die einen Kabinettsposten bekleideten. »Das größte Projekt, das mir spontan einfällt, ist die Öl- und Erdgaspipeline, die TransCal Petroleum für drei Milliarden Dollar bauen will, um turkmenisches Öl und Erdgas durch Afghanistan bis in die pakistanischen Häfen zu pumpen. Seit dem Ende der Talibanherrschaft in Afghanistan wird dieses Projekt wieder vorangetrieben. Die TransCal plant auch, für eine Milliarde Dollar eine Pipeline zu bauen, die turkmenisches Erdgas nach Usbekistan leiten soll, um Zentralasien und Indien zu versorgen – damit soll Indien beschwichtigt werden, das gegen ein US-Projekt protestiert hat, das Pakistan erhebliche Einnahmen garantiert.« Er machte eine Pause, dann wandte er sich an den Präsidenten. »Aus politischer Sicht könnte es nicht schaden, diese beiden Projekte zu unterstützen, Sir. Im kommenden Wahlkampf für Ihre Wiederwahl könnte die TransCal zu den wichtigsten Geldgebern gehören.«

»Der Wahlkampf interessiert mich nicht, Franklin«, knurrte Thorn. »Ich habe die Interessen Amerikas zu wahren, nicht die einer Ölgesellschaft.«

Sellers nickte, sah dann aber mit einer unausgesprochenen Frage im Blick zu Robert Goff hinüber, der ihm mit einem kurzen Nicken bedeutete, dass er seine Frage verstanden habe, aber noch warten wolle. »Andererseits finde ich«, warf der Verteidigungsminister ein, »dass jede amerikanische Regierung intervenieren muss, wenn eine ausländische Regierung einen Vertrag nicht einhält oder seine Ausführung behindert, oder wenn diese Regierung nicht imstande ist, eine amerikanische Firma vor Einmischungen von außen zu schützen oder die Sicherheit von im Ausland arbeitenden US-Bürgern zu garantieren. Und vom Außenministerium und den Geheimdiensten höre ich, dass Übergriffe der Taliban oder mögliche russische Reaktionen amerikanische Bürger und Interessen in Turkmenistan gefährden könnten.«

»Das ist eine ziemlich weit hergeholte Begründung, denke ich«, sagte Thorn. »Firmen wie TransCal gehen ein kalkuliertes Risiko ein, wenn sie in Staaten wie Turkmenistan investieren. Ich habe nicht die Absicht, automatisch Truppen in Marsch zu setzen, nur um eine riskante Auslandsinvestition einer amerikanischen Firma zu schützen. Kündigt Gurisow den Vertrag auf oder holt russische Truppen ins Land, die TransCal daran hindern, ihre Pipelines weiterzubauen, entsende ich keine Marineinfanteristen, um der Firma zu ihrem Recht zu verhelfen. Und nun bitte weiter. Als Nächstes möchte ich hören, was …«

»Entschuldigung, Mr. President, aber soll *das* Ihre offizielle Position sein: dass die Vereinigten Staaten nicht daran denken, amerikanische Interessen in Turkmenistan oder sonst wo auf der Welt zu schützen?«, fragte Außenminister Kercheval ungläubig. »Bei allem Respekt, Sir – was für eine Art Politik wäre das?«

»Eine realistische Politik«, antwortete Thorn. »Eine verantwortliche Politik. Ich werde kein Land dazu zwingen, den Vereinigten Staaten Öl zu verkaufen, und ich werde keine amerikanischen Soldatinnen und Soldaten in Marsch setzen, um das Recht einer US-Firma, im Ausland Geld zu verdienen, zu verteidigen. Ist es zu gefährlich, in Turkmenistan Erdöl zu fördern und zu transportieren, sollten wir vielleicht lieber die Finger davon lassen.«

»Sir, das ist nur gefährlich, weil Terroristen oder autoritäre Regierungen sich einmischen«, wandte Kercheval ein. »Amerikanische Firmen geben Milliarden Dollar dafür aus, um sich in Staaten wie Turkmenistan neue Geschäftsfelder zu erschließen – sie erwarten und verdienen, dass ihre Investitionen sich rentieren; und sie erwarten und verdienen ein Mindestmaß an Schutz von ihrer eigenen Regierung. Das steht in der Verfassung, die Sie so gern zitieren, Mr. President: ›Leben, Freiheit und das Streben nach Glück …‹«

»Das steht in der Unabhängigkeitserklärung, Mr. Kercheval, nicht in der Verfassung«, verbesserte Thorn ihn.

»Wo auch immer«, sagte Kercheval. Thorn blinzelte überrascht, als sein Außenminister so flapsig antwortete – für Thorn war es eine ernste Sache, die Unabhängigkeitserklärung mit der Verfassung zu verwechseln –, aber er unterbrach ihn nicht. Kercheval wusste, dass es sinnlos war, sich mit Thomas Nathaniel Thorn auf eine Diskussion über die Inhalte historischer amerikanischer Dokumente einzulassen. »Der springende Punkt ist, Sir, dass die amerikanische Regierung verpflichtet ist, ihre Bürger zu schützen, für Stabilität zu sorgen und freies Unternehmertum zu fördern.«

»Darüber haben wir in der Vergangenheit schon oft diskutiert, Edward«, wehrte der Präsident hörbar irritiert ab. Das überraschte Robert Goff, der Thomas Thorn besser als alle übrigen Anwesenden kannte. Normalerweise war Thorn der geduldigste Mann, den man sich vorstellen konnte. Er war imstande, jederzeit und in jeder Umgebung über jedes Thema zu diskutieren und dabei seinen Standpunkt fast immer durchzusetzen. Aber im gegenwärtigen Forum, in dem Diskussion und Übereinstimmung am wichtigsten waren, wirkte er ungeduldig und wortkarg. »Als Oberbefehlshaber bin ich nicht daran interessiert, Truppen nach Übersee zu schicken, um irgendeinen Staatschef oder irgendein Regime dazu zu zwingen, Geschäfte mit amerikanischen Firmen zu machen. Kommt Turkmenistan seinen vertraglichen Verpflichtungen nicht nach, sollte TransCal sich aus dem dortigen Ölgeschäft zurückziehen...«

»›Zurückziehen‹? Mr. President, TransCal hat Milliarden Dollar in den Bau dieser Öl- und Erdgaspipelines in Turkmenistan investiert«, stellte Kercheval fest. »Das gesamte Kapital wäre verloren, wenn die turkmenische Regierung ihren vertraglichen Verpflichtungen plötzlich nicht mehr nachkommen würde...«

»Lassen wir diese Diskussion vorläufig, Edward«, schlug der Präsident vor. »Ich denke nicht daran, militärisch in Turkmenistan einzugreifen. Werden Verträge zwischen amerikanischen Firmen und der turkmenischen Regierung nicht eingehalten, weise ich das Justizministerium an, Klagen auf Schadenersatz zügig zu behandeln und Wirtschaftssanktionen vorzuschlagen. Mehr können und werden wir nicht tun. Ich wünsche, dass die betroffenen Ministerien dem Vizepräsidenten möglichst rasch Positionspapiere zu diesem Thema vorlegen. Schluss der Debatte.«

»Meine Einwände sind zur Kenntnis genommen, Sir?«, fragte Kercheval.

»Ja. Das nächste Thema: chinesische Vorhaben im Südchinesischen Meer. Was wissen wir darüber?«

Die Besprechung dauerte eine weitere Stunde und verlief nach demselben Schema: erst die neuesten Geheimdienstinformationen, dann eine meist lebhafte, gelegentlich hitzige Diskussion und zuletzt eine allgemein gehaltene Weisung des Präsidenten. Im Verlauf der Besprechung wurde Edward Kercheval stiller und stiller.

Präsident, Vizepräsident und Verteidigungsminister erfuhren den Grund dafür, als die übrigen Besprechungsteilnehmer eben erst gegangen waren.

»Mr. President, ich bedaure, Ihnen mitteilen zu müssen, dass ich Ihre Regierung und Ihre Politik nicht länger unterstützen kann und deshalb mit sofortiger Wirkung mein Amt zur Verfügung stellen möchte«, sagte Kercheval förmlich, während er in fast militärischer Haltung vor Thorns Schreibtisch stand.

Busick und Goff waren wie vor den Kopf geschlagen. »Mein Gott, Edward«, fragte der Vizepräsident entgeistert, »warum zum Teufel wollen Sie das Handtuch werfen?«

»Edward, Sie brauchen nicht zurückzutreten«, sagte Präsident Thorn, indem er eine Hand hob, um Busick zum Schweigen zu bringen. »Ich habe durchaus die Absicht, etwas zum Schutz unserer Interessen in Zentralasien zu tun – sobald wir uns darüber einig sind, wo unsere Interessen liegen. Vorläufig werde ich jedoch nichts unternehmen. Ich erwarte, dass alle sich an der Diskussion beteiligen. Lester stellt die Argumente für mich zusammen, und ich treffe dann eine Entscheidung. Aber ich will nicht ohne sorgfältige Abwägung aller Punkte handeln.«

»Mr. President, ich erwarte keineswegs, dass Sie voreilig handeln«, stellte Kercheval fest. »Aber ich erwarte eine Art Absichtserklärung, aus der hervorgeht, dass Sie die amerikanischen Interessen in Turkmenistan schützen wollen.«

»Der Präsident *schützt* amerikanische Interessen in Turkmenistan und anderswo auf der Welt«, warf Robert Goff ein. »Wozu also eine speziell auf Turkmenistan bezogene gesonderte Erklärung?«

»Robert hat Recht, Ed. In Turkmenistan passiert vorerst noch nichts, was Besorgnis erregen müsste«, betonte Vizepräsident Busick. »Sie haben gehört, was Morgan gesagt hat – dass dort ein paar Taliban herumlaufen, bedeutet noch lange nicht, dass TransCals Investitionen sich in Rauch aufgelöst haben. Regen Sie sich um Himmels willen wieder ab. Diese Sache ist nicht wichtig genug, um ihretwegen zurückzutreten.«

Kercheval ignorierte sie alle. »Mr. President, es ist mir einfach nicht möglich, Ihre außenpolitischen Entscheidungen noch länger mitzutragen. Hier geht's nicht nur um Turkmenistan, sondern um Ihre Politik in Bezug auf unsere Bündnispartner, unsere vertraglichen Verpflichtungen, unser Militär und unsere allgemeine Verantwortung für den Weltfrieden. In den ersten Monaten meiner Amtszeit habe ich mich damit begnügt, Ihnen nach dem Mund zu reden, statt eigene Argumente vorzubringen. Aber das kann ich nicht mehr.«

Thomas Thorn musterte Kercheval prüfend. Dann nickte er langsam. »Ich verstehe, Edward«, sagte er.

»Wie soll mein Rücktritt ablaufen, Sir?«

»Nominieren Sie einen Nachfolger, Edward. Lassen Sie uns Zeit, mit ihm zu reden, ihn kennen zu lernen, und geben Sie ihm Gelegenheit, sich im Senat vorzustellen«, sagte der Präsident. »Sobald eine genügend große Gruppe wichtiger Senatoren sich für ihn ausspricht, können Sie zurücktreten.«

»Yeah, und Sie können den Medien mitteilen, dass Sie wegen eines ungeklärten Gehirnleidens ausscheiden«, murmelte Busick.

»Mr. Busick...«

»Schon gut, Mr. President, das habe ich wahrscheinlich verdient«, sagte Kercheval. Er funkelte Busick an und fügte hinzu: »Ich hatte nichts anderes erwartet.« Busick machte ein finsteres Gesicht, hielt aber den Mund. »Und von Ihnen hatte ich nicht weniger erwartet, Sir. Sie sind auch in kritischen Situationen immer ein Gentleman. Ich habe vor, meine Stellvertreterin Maureen Hershel als meine Nachfolgerin zu nominieren, und werde einen völlig plausiblen und vernünftigen Grund für mein Ausscheiden nennen.« Er schüttelte Thorn die Hand, nickte Goff und Busick zu und verließ den Raum.

»Falscher Hund«, murmelte Busick halblaut.

»Lester, Sie sorgen dafür, dass Miss Hershel mich sofort aufsucht.« Der Vizepräsident nickte. Er kannte Maureen Hershel gut. Sie hatte im Außenministerium Karriere gemacht und kannte sämtliche Aspekte ihres Hauses vom Verwaltungsapparat bis zur Operationsabteilung.

»Dieser Scheißkerl!«, sagte Busick, während er nach dem Telefonhörer griff.

»Schluss mit solchen Kommentaren«, wies Thorn ihn scharf zurecht. »Behalten Sie sie für sich. Edward Kercheval war ein wertvolles und vertrauenswürdiges Mitglied dieser Regierung und bleibt ein guter Freund und großer Amerikaner. Er folgt seinem Herzen und seinem Gewissen, wie wir alle es tun, aber das ändert nichts an seiner Loyalität gegenüber seinem Land oder den wertvollen Diensten, die er dieser Regierung geleistet hat.«

»Mr. President, wer einmal seinen Amtseid abgelegt hat, tritt nur wegen zwingender persönlicher Umstände zurück«, sagte Busick, während er darauf wartete, mit Hershel verbunden zu werden. »Mit anderen Worten: Man muss auf dem Totenbett liegen oder als Axtmörder verurteilt sein, wenn man daran denkt, vor dem Ende der Legislaturperiode auszusteigen. Man dient nach dem Ermessen des Präsidenten, nicht nach den eigenen persönlichen Wünschen. Man erklärt nur seinen Rücktritt, um der Regierung die Peinlichkeit zu ersparen, einen hinauswerfen oder vor Gericht stellen zu müssen. Diese Washingtoner Mechanismen kennt Edward genau – er weiß also, was er tut. Er wird schlecht dastehen, aber wir werden noch viel schlechter dastehen.«

»Hershel ist eine gute Wahl«, sagte Goff. »Ursprünglich beim FBI, gute Ausbildung, erstklassige Referenzen, viel internationale Erfahrung.«

»Sieht klasse aus, das steht fest«, warf Busick ein. Goff nickte zustimmend, obwohl er wusste, dass der Präsident solches Machogerede im Allgemeinen missbilligte. »Nun, damit hat Kercheval wenigstens *etwas* richtig gemacht. Aber, Jesus… nächstes Jahr sind Wahlen, und Kercheval steigt vorzeitig aus. Politisch sind wir nur dann nicht erledigt, wenn er sich einen Gehirntumor oder Darmkrebs oder irgendwas in dieser Art zulegt.«

»Reden wir nicht mehr darüber, Lester«, sagte Thorn. »Edward ist zurückgetreten. Wir haben eine gute, erfahrene Frau als Ersatz für ihn. Der politische Fallout macht mir vorläufig keine Sorgen. Vielleicht denke ich heute Abend, wenn der Papierkram erledigt ist und das Telefon zu klingeln aufhört, über die politischen Aspekte nach.«

Robert Goff blieb noch da, als der Vizepräsident das Oval Office verließ. Er ging mit Thorn in sein Arbeitszimmer neben dem Oval Office. »Mr. President, ich denke, wir müssen vernünftig mit Kercheval reden«, sagte er. »Laden Sie ihn zum Abendessen bei sich ein. Horchen Sie ihn aus, stellen Sie fest, was er wirklich will.«

»Ich denke, ich weiß, was er will, Robert«, sagte Thorn. »Er möchte, dass ich mich mehr wie ein herkömmlicher Präsident verhalte. Er möchte, dass ich in der Weltpolitik statt einer passiven eine aktive Rolle spiele. Das respektiere ich. Aber ich kann ihm diesen Gefallen nicht tun. Also ist es sein gutes Recht zurückzutreten.«

»Nein, er hat kein Recht dazu«, widersprach Goff. »Der Vizepräsident hat ganz richtig betont, dass ein Kabinettsposten eine Vertrauensposition ist, in der man nicht nur Ihnen gegenüber, sondern der gesamten Regierung gegenüber Verantwortung trägt. Es gibt Zeiten und Methoden, diesen Posten zu verlassen – zum Beispiel bei Krankheit oder zur Halbzeit einer Amtperiode. Ein Rücktritt wegen einer politischen Meinungsverschiedenheit ist *nicht* in Ordnung.«

»Mir tut's Leid, dass Kercheval zurückgetreten ist, und ich weiß, dass wir darunter leiden werden, besonders weil Wahlen bevorstehen«, sagte Thorn, »aber das lässt sich nicht ändern. Wir müssen dafür sorgen, dass Hershel sich möglichst schnell in ihrem neuen Amt zurechtfindet, und ich möchte mit den Fraktionsvorsitzenden reden, damit die Kongressanhörungen vor ihrem Amtsantritt möglichst schnell über die Bühne gehen.«

»Die warten auf Sie, das steht fest«, sagte Goff. »Thomas, ich schlage vor, dass Sie ...«

»Also gut, Robert, ich rufe Edward an und lade ihn zu einer Aussprache ein«, sagte der Präsident resigniert. »Aber ich glaube nicht, dass das etwas nützt.«

»Ich wollte etwas anderes vorschlagen«, sagte Goff. »Morgan scheint sich ziemlich sicher zu sein, dass sich in Zentralasien etwas zusammenbraut. Ich weiß, dass Sie gesagt haben, Ihrer Überzeugung nach rechtfertigten die Ereignisse in Turkmenistan keine Entsendung amerikanischer Truppen ...«

»Richtig. Das glaube ich weiterhin.« Der Präsident musterte Goff prüfend. »Aber Sie reden nicht von Truppen, sondern von etwas anderem. Vielleicht von unbemannten Flugzeugen?«

Geradezu unheimlich, dachte Goff, wie intelligent Thomas Thorn ist. Ein Kerl, der geistig und körperlich so auf Draht war, musste ein sehr, sehr gefährlicher Gegner sein. »Für nächste Woche ist ohnehin eine Wahlkampfreise an die Westküste geplant – erst eine Ansprache vor dem Umweltforum am Lake Tahoe, dann Auftritte in Reno, San Francisco, Monterey, Santa Barbara, Las Vegas und L.A. Ich würde Ihnen raten, vor dem Auftritt in Reno einen Abstecher zu machen.«

»Nach Battle Mountain?«

Robert Goff nickte. »General McLanahan hat großartige Arbeit geleistet, als er diesen neuen Verband so rasch aufgestellt hat«, sagte er. »Sein Einsatz über Afghanistan war erfolgreich, auch wenn Morgan daran herumgemäkelt hat. Ich habe ein Unternehmen zur Bergung der Wrackteile der dort draußen abgeschossenen Drohne genehmigt und wette, dass es ebenfalls ein Erfolg wird.«

»Das glaube ich auch, und ich bin stolz auf McLanahan«, sagte der Präsident. »Er hat auf tragische Weise seine Frau verloren, er ist plötzlich allein erziehender Vater, aber trotzdem hat er fleißig und erfolgreich gearbeitet.«

»Ich weiß, dass der Reiseplan bereits steht«, fuhr Goff fort, »aber McLanahan kann Ihnen für den Fall, dass wir dort drüben eingreifen müssen, vielleicht ein paar Optionen aufzeigen.«

»Ich sehe keine Notwendigkeit für ein militärisches Eingreifen, Robert«, sagte der Präsident abwehrend. »Aber ... Sie denken daran, McLanahans Einrichtungen alternativ als nationales Befehlszentrum zu benutzen, stimmt's? Battle Mountain ist der unterirdische Luftwaffenstützpunkt, nicht wahr?«

»Allerdings«, bestätigte Goff lächelnd. »Und er besitzt ein hochmodernes Kommunikationssystem – eigene Bodenstationen für Satelliten, Mikrowellen- und VLF-Verbindungen – für die Steuerung seiner Drohnen. Er liegt weit genug von wichtigen Zielen oder Bevölkerungszentren entfernt und hat eine über zwei Meilen lange Landebahn, die außer dem Airborne National Command Center auch die Air Force One aufnehmen kann. Ich denke, dass Battle Mountain ein ideales Ausweichquartier darstellt.«

»Dann setzen Sie sich mit Lester zusammen, um den Besuch einzuplanen«, sagte der Präsident. »Ich denke, dass er Sie zuvor über sein Afghanistanunternehmen und seine Auffassung von der Situation in Zentralasien informieren wird. Finden Sie, dass ich seine Einschätzung der Lage ebenfalls hören sollte, dann planen Sie diese Unterrichtung ebenfalls ein.«

»Ja, Sir«, antwortete Goff. Er machte eine Pause, in der er seinen Freund nachdenklich musterte. »Sie brauchen keine Ausrede, um das Gespräch mit der Truppe zu suchen.«

»Das weiß ich.«

»Und Sie brauchen keine Ausreden für den Besuch eines Militärstützpunkts, nur damit es nicht so aussieht, als wollten Sie Edward Kercheval beschwichtigen.«

»Glauben Sie, dass ich das tue?«

»Ich glaube, dass Sie über sein Ausscheiden enttäuschter sind, als Sie es sich anmerken lassen«, stellte Goff fest. »Sie legen großen Wert darauf, Ihren Ministern viel Verantwortung zu übertragen, aber Sie wollen auch deutlich machen, wer den Oberbefehl hat.«

»Finden Sie, dass ich Kercheval an einem zu kurzen Zügel geführt habe?«

»Kercheval ist ein Alpha-Tier, ein tatkräftiger Mann, Thomas«, antwortete Goff. »Und er ist es gewohnt, Befehle zu erteilen. Viele seiner Vorgänger waren sehr mächtige Persönlichkeiten. Kercheval wünscht sich vermutlich, er wäre so mächtig und einflussreich wie Madeline Albright, James Baker oder …«

»Oder Robert Goff.«

»Oder Robert Goff«, bestätigte der Verteidigungsminister. »Ich bitte Sie dringend, mit Kercheval zu reden, Sir, obwohl ich weiß, dass Sie's nicht tun werden. Es gibt genügend Leute, die ebenso qualifiziert sind wie er. Mir wär's nur lieber, wir gerieten nicht so unter Beschuss, wie ich's bei seinem Rücktritt für unvermeidlich halte.«

Über Wedeno, Provinz Tschetscheno-Ingursskaja, Russische Föderation

Zur gleichen Zeit

Verdammt, so macht das Leben Spaß!, dachte Anatolij Fedorowitsch Grislow zufrieden. Er schlug seinem Piloten auf die Schulter und ging nach hinten, um sich zu strecken, eine Zigarette zu rauchen und sich etwas zu entspannen, bevor sie in Aktion treten mussten.

Luftwaffengeneral Grislow verließ sein Dienstzimmer nach Möglichkeit mindestens einmal im Monat, um fliegen zu gehen. Da Übungsstunden kostbar waren, war das ein Luxus, der sogar für die meisten russischen Generale unerreichbar blieb. Aber bei Grislow war das anders: Als stellvertretender russischer Verteidigungsminister und Chef des Generalstabs der Streitkräfte der Russischen Föderation bekam er alles, was er nur wollte. Die Truppe liebte es, den ehemaligen Bomberpiloten, Testpiloten und Kosmonauten auf ihrem Stützpunkt zu sehen, und war begeistert, wenn der 59-jährige Generalstabschef einen Einsatz leitete.

Im Gegensatz zu vielen russischen Offizieren war Grislow schlank, sehnig und flink, mit kurz geschnittenem hellbraunen Haar – er sah in einer Fliegerkombi, auch in der unförmigen Winterausführung, tatsächlich gut aus. Ihm fiel es leicht, sich in seinem Lieblingsflugzeug zu bewegen: dem schweren strategischen Bomber Tupolew Tu-160 mit der NATO-Kodebezeichnung »Blackjack«. Die ursprünglich für Einsätze mit Atomwaffen gegen die Vereinigten Staaten gebaute Tu-160 war noch immer das bei weitem größte Kampfflugzeug der Welt. Die in elftausend Meter Höhe über zweitausend Stundenkilometer schnelle Tu-160, die im Terrainfolgemodus fast Schallgeschwindigkeit erreichte, hatte mit bis zu zwölf Marschflugkörpern oder einer Waffenlast von mehr als vierzigtausend Kilogramm einen Aktionsradius von siebentausenddreihundert Kilometern, ohne in der Luft betankt werden zu müssen. Nur etwa vierzig Schwenkflügelbomber dieses Typs waren gebaut worden, aber das mit ihnen ausgerüstete Geschwader auf dem Luftwaffenstützpunkt Friedrich Engels bei Saratow, sechshundert Kilometer südöstlich von Moskau, war der Stolz der russischen Luftwaffe.

Grislow ging nach hinten, zum Abteil für Systemoffiziere. Obwohl die Tu-160 traumhaft zu fliegen war und die besten Plätze sich eindeutig im Cockpit befanden – außer bei der Landung, die wegen des langen Bugs und der sehr hohen Aufsetzgeschwindigkeit der Blackjack immer haarsträubend war –, fand die eigentliche Action hier hinten statt. Zuvor suchte Grislow noch die Chemietoilette zwischen dem Cockpit und dem Abteil der Systemoffiziere auf und warf einen nachdenklichen Blick auf den an der Zwischenwand mit einem Stück Draht befestigten Toilettenpapierhalter – angeblich das einzige Stück Holz, das irgendein russisches Kampfflugzeug an Bord hatte.

Das Abteil der Systemoffiziere war düster, aber geräumig – auf Langstreckenflügen bot es sogar Platz für Liegestühle und Kühlschränke, die aber diesmal nicht an Bord waren. »Wie sieht's aus, Major?«, fragte Grislow quer durch den Raum.

»Sehr gut, General«, meldete Major Boris Alexandrowitsch Bolkeim, der Navigator/Bombenschütze. Er stieß den Abwehroffizier an, der hastig seinen Schleudersitz sicherte und seine Gurte zu lösen begann, um Grislow seinen Platz zu überlassen. Der General winkte jedoch ab und nahm stattdessen auf dem Klappsitz zwischen den beiden Platz. »Zwanzig Minuten bis zum Ausgangspunkt. Das System arbeitet einwandfrei.«

»Irgendwelche Warnungen über Funk, Hauptmann?«

»Keine, General«, berichtete Hauptmann Michail Grigorjewitsch Ossipow, der Abwehroffizier. »Auf allen bekannten Kanälen herrscht Schweigen. Das überrascht mich etwas.«

»Es bedeutet hoffentlich, dass jeder seine Pflicht getan hat«, sagte Grislow. Bolkeim bot ihm eine russische Zigarette an, aber der Generalstabschef zog eine Schachtel Marlboro heraus, bot diese an und ließ sich Feuer geben. Während die drei rauchten, sprachen sie über den bevorstehenden Einsatz, das Militär, ihre Familien daheim. Genau wie in der guten alten Zeit, dachte Grislow – man machte eine Pause, bevor der Angriff losging, und plauderte dabei über alles Mögliche und nichts Spezielles. Dies war der Teil seines Berufs, den er wirklich genoss: mit der Truppe im Einsatz zu sein, etwas Spaß zu haben und gleichzeitig einen Kampfauftrag zu erfüllen. Gewiss, er zeigte dabei auch seine Generalssterne her, aber das war nicht der Hauptgrund für solche Unternehmungen.

Dies war keine besonders gute Zeit, Chef des Generalstabs zu sein. Anatolij Grislow hatte das Pech gehabt, Nachfolger des geschassten und zu einer Haftstrafe verurteilten Waleri Schurbenko zu werden, der als Komplize des russischen Gangsters Pawel Kasakow versucht hatte, mehrere Balkanstaaten dazu zu zwingen, Kasakow den Bau einer Pipeline durch ihr Gebiet zu gestatten. Grislow war nur eine politisch zweckmäßige Wahl gewesen: Er war ein mit hohen Orden ausgezeichneter und fähiger, aber völlig unpolitischer Luftwaffenoffizier – genau der Mann, den die Duma sich wünschte.

Leider bedeutete das auch, dass er im Kreml keine Freunde hatte und in Staatspräsident Walentin Gennadijewitsch Senkow keinen

Freund besaß. Bisher hatte das noch keinen großen Unterschied gemacht. Senkow war abgetaucht und hatte Angst, seine Nase aus dem Kreml zu stecken, weil er fürchtete, irgendein eifriger – oder neidischer – Politiker könnte sie ihm abbeißen. In Moskau stagnierte heutzutage alles. Es gab kein Geld, um irgendwas zu tun – was den meisten Leuten nur recht war, weil ohnehin niemand den Wunsch hatte, etwas Besonderes zu unternehmen.

Aber Grislow, ein ehemaliger Bomberpilot, Testpilot und Kosmonaut, wollte mehr. Seine sportliche Gestalt strahlte Energie aus, aber er sah den größten Teil dieser Energie wirkungslos verpuffen.

Ein perfektes Beispiel für Mangel an russischer Durchsetzungskraft: Tschetschenien. Obwohl Moskau der kleinen Republik in Südrussland, zwischen Schwarzem Meer und Kaspischem Meer, schon beschränkte Autonomie gewährt hatte, besaßen die dortigen muslimischen Separatisten weiterhin beträchtliche Macht und verübten in ganz Russland, besonders jedoch in der benachbarten Republik Dagestan, weiter Terroranschläge. Offen unterstützt wurden die Separatisten von der muslimischen Regierung Aserbeidschans, die ihrerseits vom Iran und der Türkei finanzielle Unterstützung erhielt.

Dabei war Tschetschenien noch immer eine russische Provinz, verdammt noch mal. Und ganz Tschetschenien hatte nur eineinviertel Millionen Einwohner, darunter zwanzig Prozent Russen, von denen die meisten in den Städten Grosny und Gudermes lebten, und besaß außer den fruchtbaren Gebieten im Osten des Landes nur sehr wenige Ressourcen. Also musste es ganz leicht sein, dachte Grislow, den Aufstand der tschetschenischen Rebellen niederzuschlagen, selbst wenn sie noch so viel Unterstützung aus dem Ausland erhielten. Aber der Süden der Provinz war sehr unwegsam, sodass es für Guerillas und Terroristen ein Leichtes war, nach Dagestan oder in die ehemalige Sowjetrepublik Georgien auszuweichen.

Deshalb war es wichtig, schnell zu reagieren, sobald verlässliche Geheimdienstmeldungen über Bewegungen der Aufständischen vorlagen. Bodentruppen in Marsch zu setzen, war fast immer Zeitvergeudung, denn die Rebellen kannten die Berge besser als das Militär. Kampfhubschrauber waren eine wirkungsvolle Waffe, aber die Aufständischen überwachten alle bekannten und vermuteten Hubschrauberstützpunkte in fünfhundert Kilometer Umkreis bei Tag und Nacht. Startete dort auch nur ein einziger Hubschrauber, erfuhren die Rebellen sofort davon.

Die beste Methode, den Aufständischen beizukommen, waren Luftangriffe mit Flugzeugen, die auf weit entfernten Plätzen starteten. Für diese Einsätze bevorzugte Anatolij Grislow die schweren strategischen Bomber. Nicht weil er ein ehemaliger Bomberpilot war, sondern weil sie das effektivste Waffensystem für solche Angriffe waren – solange der politische Wille, sie dafür einzusetzen, noch existierte. Und er war entschlossen, diesen politischen Willen anzufeuern. Ihm schwebte nichts Geringeres vor als die militärische Vorherrschaft Russlands über ganz Zentralasien und Europa – beginnend mit der Rebellenprovinz Tschetschenien.

»Zehn Minuten bis zum Ausgangspunkt«, kündigte der Navigator/Bombenschütze an.

»General?«, fragte der Pilot über die Bordsprechanlage.

»Ich bleibe hier hinten«, entschied Grislow. Der Reservepilot tauschte mit dem Kopiloten die Plätze. Grislow zog auf dem Notsitz seine Schultergurte fest und machte sich für den Angriff bereit.

Eine beträchtliche Streitmacht der Rebellen war entdeckt worden, die sich, aus Georgien kommend, im Grenzgebiet zwischen Dagestan und Tschetschenien bewegte. Sie war erst aufzuspüren gewesen, als sie den Schutz der Berge verlassen hatte – zweifellos wegen der unerträglichen Winterkälte im Gebirge – und in der Bergwerkssiedlung Wedeno, keine zwanzig Kilometer jenseits der Provinzgrenze, Quartier bezogen hatte. Der Truppenverband wurde auf zwei- bis dreitausend Mann geschätzt: eine für die Aufständischen ungewöhnlich große Streitmacht. Allerdings machten die Kämpfer unter ihnen nur vier- bis fünfhundert Mann aus; der Rest des Verbands bestand aus Familienangehörigen und Versorgungspersonal.

»Ausgangspunkt in einer Minute«, sagte der Navigator/Bombenschütze. Er kontrollierte die Abdriftrate seines Trägheitsnavigationssystems – weniger als drei Kilometer in der Stunde, was für dieses System ziemlich gut war. Er machte mit dem Seitensichtradar der Tu-160 eine letzte Aufnahme, eliminierte alle Geschwindigkeitsfehler des Systems und übermittelte die neuesten Informationen über Synchronisation, Kurs, Position und Geschwindigkeit an die vierundzwanzig Abwurflenkwaffen Kh-15 – taktische Lenkflugkörper Luft-Boden –, die sie in den beiden riesigen Bombenkammern ihrer Maschine mitführten.

Der Angriffsplan war einfach: erst abschneiden, dann erledigen.

Am Ausgangspunkt begann der Navigator/Bombenschütze die Lenkflugkörper Luft-Boden zu starten. Eine der zwölfhundert Kilogramm schweren Abwurflenkwaffen nach der anderen fiel aus dem Revolvermagazin, zündete ihr Feststofftriebwerk und raste in den Nachthimmel davon. Eine spezielle Beschichtung hielt die Lenkwaffe intakt, als sie mit mehr als doppelter Schallgeschwindigkeit auf fünfzehntausend Meter stieg, bevor sie sich ins Ziel stürzte.

Die ersten zwölf Lenkflugkörper, von denen jede einen Gefechtskopf mit hundertfünfzig Kilogramm Sprengstoff trug, trafen Brücken und wichtige Straßenkreuzungen in der Umgebung des Rebellenstützpunkts Wedeno. Da die Kh-15 fast neunzig Kilometer Reichweite hatten, kam dieser Luftangriff völlig unerwartet. Zur gleichen Zeit griffen fünf weitere Bomber Tu-160 Blackjack mit Abwurflenkwaffen Ziele in und um Wedeno an und zerstörten Fahrzeugparks, Treibstoff- und Munitionslager, Unterkünfte und ein Zeltlager am Stadtrand.

Die zweite Phase des Angriffs begann erst zehn Minuten später. Das hatte einen einleuchtenden Grund: Wurden die Rebellen angegriffen, ließen sie im Allgemeinen ihre Familien zurück und versuchten, in die Berge zu flüchten. In zehn Minuten würden sie feststellen, dass ihre Fluchtrouten unpassierbar waren, und sich schutzlos im Freien befinden. In diesem Augenblick öffneten die Tu-160 erneut ihre Bombenkammern.

Damit begann das eigentliche Blutbad.

In allen hinteren Bombenkammern befanden sich je zwölf Abwurflenkwaffen Kh-15 in Revolvermagazinen, deren Gefechtsköpfe jedoch mit Flammöl gefüllt waren. Ungefähr zweihundert Meter über Grund wurde das Flammöl ausgestoßen und bildete eine große Wolke, die anschließend gezündet wurde, wobei ein Feuerball mit über dreihundert Meter Durchmesser entstand, der alles Brennbare augenblicklich in Brand setzte. Und die Zielpunkte dieser Lenkflugkörper lagen nicht außerhalb von Wedeno, sondern in der Kleinstadt selbst.

In Sekundenschnelle stand die gesamte Bergwerkssiedlung in Flammen. Sämtliche Gebäude in einem über vier Quadratkilometer großen Gebiet wurden eingeebnet und verglühten augenblicklich, und die durch zahlreiche Flammölexplosionen erzeugte Druckwelle zerstörte in sechs bis sieben Kilometer Umkreis alle oberirdischen Bauten. Stehen blieben nur die unter dem weggeschmolzenen Schnee von aller Vegetation entblößten Kaukasus-Vorberge, über denen gewaltige Dampf- und Rauchwolken in den Nachthimmel aufstiegen.

»Gut gemacht von allen«, sagte Grislow. Er schüttelte den Systemoffizieren die Hand, dann kehrte er auf den Kopilotensitz zurück. Der Pilot war eben dabei, Statusmeldungen von den anderen Maschinen ihres Verbands entgegenzunehmen – alle Flugzeuge im grünen Bereich, alle Flugzeuge hatten ihre Waffen erfolgreich eingesetzt, alle Flugzeuge befanden sich auf dem Rückflug zum Stützpunkt. »Von allen sehr gut gemacht«, funkte Grislow auf der abhörsicheren Führungsfrequenz. »Die erste Runde zu Hause geht auf mich.«

Battle Mountain, Nevada

Am gleichen Abend

Luftwaffenoberst Daren Mace beschloss, mit seinem klapprigen Ford Pick-up eine Runde durch die »Stadt« zu drehen und sich ein bisschen umzusehen, bevor er zum Stützpunkt hinausfuhr. Die Kleinstadt Battle Mountain bestand nur aus einigen hundert Häusern abseits der Interstate 80 im Norden Nevadas. Gleichzeitig mit dem Ausbau der Air Reserve Base waren auch mehrere zivile Bauvorhaben in Angriff genommen worden – ein großes Hotel mit Spielkasino, das eine Hotelkette errichtete, eine Raststätte für Fernfahrer, mehrere Apartmentgebäude und eine Wohnsiedlung mit Einfamilienhäusern –, aber selbst im dritten Jahr nach dem Baubeginn auf dem Stützpunkt hatte die Stadt sich nur sehr wenig verändert.

Daren Mace, der auf die Fünfzig zuging, hatte sich in letzter Zeit in den größten Gesundheitsfreak der Welt verwandelt, was für ihn eine völlige Abkehr von seinem bisherigen Lebensstil bedeutete. Noch vor kurzem hatte er sich zu allen Anlässen – von der Einsatzplanung über Verabredungen bis zum Ausfüllen seiner Steuererklärung – am liebsten in irgendeiner Bar herumgetrieben; in einigen seiner Stammlokale hatte er so sehr zur Einrichtung gehört, dass er dort in seiner Freizeit Drinks servierte oder kleine Instandsetzungsarbeiten ausführte. Aber als er dann festgestellt hatte, dass er eine Lesebrille brauchte und seine Fliegerkombi um die Taille herum etwas spannte, hatte er mit energischem Fitnesstraining begonnen. Jetzt begann er jeden Tag damit, dass er zwei Meilen joggte. Als sein Verbrauch an Bier, Zigaretten und Pizza zurückging, sanken auch sein Blutdruck und seine Cholesterinwerte, und Mace hatte bald wieder die sportlich schlanke Figur, die er sich als Erwachsener meistens bewahrt hatte, obwohl sein Beruf im Lauf seiner Karriere immer mehr zu einem Schreibtischjob geworden war.

Gewiss, sein Haar wurde grauer, und er schluckte fast jeden Morgen zwei Aspirin gegen die unerwarteten kleinen Wehwehchen, mit denen er aufwachte. Aber das waren Zeichen von Reife, nicht wahr?

In der Vergangenheit hatte Reife allerdings nie zu seinen Stärken gehört. Der in Jackpot, Nevada, einige Autostunden nordöstlich von Battle Mountain geborene und aufgewachsene junge Mace war frühzeitig damit beschäftigt gewesen, seinen strengen Eltern, den Wildhütern bei seinen illegalen Jagdausflügen im Wüstenhochland und den Vätern seiner zahlreichen Freundinnen immer einen Schritt voraus zu sein und dann schnellstens aus diesem verschlafenen Nest in Nevada rauszukommen. Die Air Force hatte ihm die Möglichkeit dazu geboten.

Seine 23-jährige Offizierslaufbahn hatte beneidenswert erfolgreich begonnen. Wegen seines umfangreichen Fachwissens, seiner wachen Intelligenz und seiner Fähigkeit, rasch zu denken, zu planen und seine Überlegungen in die Tat umzusetzen, gehörte Mace zu den jüngsten Fliegern, die jemals den überschallschnellen strategischen Bomber FB-111A Aardvark hatten fliegen dürfen – zu einem Zeitpunkt, als die U.S. Air Force erst vierzig dieser strategischen Atombomber besaß und jedes Jahr nur sechs Navigatoren als neue Besatzungsmitglieder auswählte. Mace enttäuschte seine Vorgesetzten nicht. Er war nicht nur ein ausgezeichneter und belastbarer Navigator und Bombenschütze, sondern nahm sich auch die Zeit, das Flugzeug, alle seine Systeme und ihre unglaublichen Möglichkeiten eingehend zu studieren. So machte er sich rasch einen Namen als *der* Experte für alle Aspekte dieses Schwenkflügelbombers.

Als im Jahr 1990 das Unternehmen Wüstensturm begann, war Daren Mace daher der natürliche Kandidat für einen der wichtigsten und gefährlichsten Einsätze, die als Folge des irakischen Einmarsches in Kuwait und der Spannungen im Nahen Osten geplant wurden – die amerikanische Reaktion auf einen irakischen Großangriff mit ABC-Waffen. Falls es zu einem Angriff dieser Art kam, sollte Mace mit seinem Bomber FB-111A von einem geheimen Stützpunkt in der Osttürkei starten und die vier wichtigsten unterirdischen Befehlszentren der Iraker mit Atomraketen ausschalten – alles bei einem einzigen Einsatz.

Am 17. Januar 1991 griffen die Iraker Israel mit einer Scud-Rakete an, deren Gefechtskopf chemische Kampfstoffe zu enthalten schien, und mehrere andere Scuds schlugen in der Nähe amerikanischer Truppenlager in Saudi-Arabien ein. Mace und sein Staffelchef starteten von der Batman Air Base in der Türkei, um die irakische Kriegsmaschinerie daran zu hindern, weitere Massenvernichtungswaffen einzusetzen. Der Bomber trug vier Zusatztanks mit je elftausend Liter Treibstoff und vier taktische Abwurflenkwaffen AGM-69A mit Atomsprengköpfen zu je dreihundert Kilotonnen Sprengkraft, als sie im Schutz der Dunkelheit mit voller Leistung im Tiefstflug in den Irak vorstießen. Unterwegs wurde ihr Angriffsbefehl bestätigt: Dies würde Amerikas erster Atomwaffeneinsatz seit dem Zweiten Weltkrieg sein.

Aber die Iraker hatten keine Chemiewaffen eingesetzt. Wie sich zeigte, hatte der Gefechtskopf der Scud keine biologischen oder chemischen Kampfstoffe enthalten, sondern eine chemische Reinigung getroffen, wobei die freigesetzten Stoffe zunächst einen Chemiewaffenangriff hatten vermuten lassen. Binnen Minuten wurde der Kode übermittelt, der dem Bomber befahl, seinen Angriff abzubrechen.

Unmittelbar vor Angriffsbeginn erhielt die Besatzung die verschlüsselte Nachricht. Die Zeit reichte nicht aus, um sie noch vor dem Angriff zu entschlüsseln, und sie hatten bereits einen bestätigten Angriffsbefehl – aber Mace brach den Angriff trotzdem ab. Rein formell, streng nach Vorschrift, hätte er seine Atomwaffen einsetzen müssen. Stattdessen benützte Mace seinen gesunden Menschenverstand, folgte einer Intuition und brach den Angriff ab.

Die Besatzung, die sich jetzt tief im Irak befand und einige der am besten verteidigten Gebiete des Landes überflog, hatte damit gerechnet, nach den Atomschlägen leicht entkommen zu können. Ohne sie stand ihnen der schwerste Kampf ihres Lebens bevor. Ohne Jagdschutz, mit knappem Treibstoffvorrat und schwer mit gefährlichen Waffen beladen, wurden sie von der irakischen Luftabwehr mit allen verfügbaren Waffen angegriffen. Der Flugzeugkommandant wurde schwer verwundet, als die FB-111A mehrere Treffer abbekam, die ein Triebwerk ausfallen ließen. Mace schaffte eine Notbetankung, zu der ein Tanker KC-10 in den Irak vorstieß, bevor der Bomber wegen Treibstoffmangels abstürzte, und anschließend eine Notlandung auf einem Autobahnstück im Norden Saudi-Arabiens.

In jeder anderen Situation wäre Mace ein Held gewesen. Stattdessen wurde er als der Bombenschütze geächtet, der einen Befehl nicht ausgeführt und die Nerven verloren hatte. Er wurde von einem Posten auf den anderen versetzt, tat auf abgelegenen Stützpunkten Dienst und landete schließlich bei der Air Force Reserve. Auf fachlichem Gebiet erhielt er stets hervorragende Beurteilungen, aber er wurde nie für Führungsaufgaben berücksichtigt und galt immer als jemand, der nicht das Zeug dazu hatte, eine taktische Einheit zu kommandieren. Zuletzt war er Protokolloffizier im Büro des Verteidigungsministers gewesen und hatte sich damit begnügen müssen, wichtige Besucher zu betreuen und Laufbursche für die Bonzen im Pentagon zu spielen.

Und jetzt hatte man ihn offenbar nach Battle Mountain abgeschoben.

An diesem Abend trieb sich Daren wieder einmal in Bars und Tavernen herum. In Battle Mountain gab es vier winzige Spielkasinos, ein Tag und Nacht geöffnetes Restaurant, fünf weitere Restaurants, acht Motels, vier Tankstellen und eine Raststätte für Fernfahrer. In dem Fernfahrerlokal gab es Billardtische, freundliche Bedienungen, gute Hamburger… und nebenan stand ein Bordell.

Donatella's hatte keinerlei Ähnlichkeit mit den hunderten von Antiquitätengeschäften, Mineralienläden und sonstigen Touristenfallen, die in Nevada alle Highways säumten. Eine blinkende Leuchtreklame mit einer eleganten schwarzen Katze war die einzige sichtbare Werbung. Die lange, breite Rampe – Donatella's war behindertengerecht ausgebaut – war überdacht und hell beleuchtet. Unten an einem Gittertor mit elektrischem Toröffner stand ein junger Mann bereit, um die Autos von Gästen auf den Parkplatz zu fahren; oben an der schweren Tür, die ebenfalls elektrisch geöffnet wurde, empfing ein Türsteher die Besucher. Diese Anordnung erinnerte Daren an den Eingang des unterirdischen Shelters, in dem er mit anderen FB-111-Besatzungen Alarmdienst geschoben hatte. Hier gab es sogar überdachte Parkplätze für Motorräder. Daren war beeindruckt. Er war noch nie in einem Bordell gewesen, deshalb beschloss er, es sich anzusehen.

Als die Haustür sich summend öffnete, trat Daren in eine geräumige, behaglich möblierte Eingangshalle mit zwei Salons auf der linken Seite, einer langen Bar mit Mahagonitheke an der Rückwand und einem Speisezimmer mit mehreren Tischen auf der rechten Seite. Den Blick auf die Bar versperrten ihm jedoch sechs bildhübsche Frauen in Abendkleidern, die sich vor ihm aufgereiht hatten. Daren vermutete, dass ein Summersignal vom Fuß der Rampe den nicht anderweitig beschäftigten Ladys das Zeichen gab, sich zum »Kennenlernen« hier einzufinden.

»Guten Abend, Sir«, sagte die Bordellwirtin, die sich als Miss Lacey vorstellte. Sie reichte ihm mit leicht altmodischer Südstaatengrazie die Hand. «Wie schön, Sie bei uns zu sehen.«

»Guten Abend, Miss Lacey«, antwortete Daren. Er nahm sich die

Zeit für einen kurzen Blickkontakt mit jeder der vor ihm aufgereihten Ladys. »Wie geht's Ihnen allen?« Sie murmelten irgendwas, während sie ihre verführerischen Posen beibehielten und weiter einladend lächelten. Obwohl er in Nevada aufgewachsen war, hatte er so was noch nie gesehen. Für Jugendliche unter achtzehn Jahren waren Bordelle verboten – darauf achteten seine Eltern streng, und Jackpot war zu klein, als dass er sich irgendwo hätte einschleichen können –, und er hatte Nevada vor seinem achtzehnten Geburtstag verlassen.

»Ich möchte Sie mit den Ladys bekannt machen.« Miss Lacey stellte sie nacheinander vor, wobei sie ihre »Künstlernamen« benutzte. »Bitte fühlen Sie sich wie zu Hause. Möchten Sie unsere Einrichtungen besichtigen, brauchen Sie's mir nur zu sagen. Viel Vergnügen heute Abend.« Die Ladys gingen langsam auseinander, wobei sie nochmals Blickkontakt aufnahmen – die letzte Verlockung, bevor sie wieder die Räume im Erdgeschoss abzugrasen begannen.

Daren ging an die Bar. Wie zuvor im Fernfahrerlokal griff er automatisch nach der Speisekarte und stellte verblüfft fest, dass diese Karte keine Speisenauswahl, sondern eine Auswahl von Sexspielarten enthielt. Der große Kerl, der in einem bunten Hawaiihemd hinter der Bar stand, trat auf ihn zu. »Guten Abend Sir«, sagte der Barkeeper. »Ich bin Tommy. Was darf's sein?«

Daren legte einen Zehner auf die Theke. »Mineralwasser. Wie geht das Geschäft heute Abend?«

»Nicht schlecht, nicht schlecht.« Der Barkeeper brachte ihm eine Flasche Pellegrino und ein kaltes Glas. »Sind Sie beim Militär?«, fragte er, während er einschenkte.

»Ja.«

»Darf ich Sie was fragen?«

»Sind Sie ein Spion oder was?« Daren grinste ihn über das Glas hinweg an, bevor er einen Schluck nahm.

»Nein. Ich wollte bloß fragen, ob Sie wissen, wie lange Rekruten in der Grundausbildung keine Verbindung zur Außenwelt gestattet wird?«

»Sie haben einen Jungen in der Grundausbildung?«

»Mein ältester Sohn. Ich hab erst neulich erfahren, dass er zur Army gegangen ist. Seine Mutter und ich haben uns getrennt – sie war dagegen, dass ich hier im Donatella's arbeite, obwohl die Bezahlung gut ist –, und sie ist mit den Kindern nach Reno abgehauen. Ich hab nur gehört, dass er in San Antonio ist.«

»Das einzige Telefon, das Rekruten normalerweise benützen dürfen, steht in der Schreibstube«, erläuterte Daren. »Dort dürfen sie erst am Wochenende rumhängen – und erst, wenn sie sonst nichts mehr zu erledigen haben, was äußerst selten der Fall ist. Und selbst wenn sie alles schaffen, was ihnen aufgetragen wird, sind sie nach der ersten Woche meist zu erledigt, um mehr zu tun, als zu essen und zu schlafen.«

»Was soll ich also machen?«

»Bis zum kommenden Wochenende warten. Die Ausbilder ermahnen normalerweise die Rekruten, zu Hause anzurufen. Manche Kompaniefeldwebel behalten sogar einen Teil des Wehrsolds ihrer Schützlinge ein – für Telefongebühren, Porto, Briefpapier, Friseur und dergleichen.«

»Tatsächlich? Danke«, sagte Tommy. »Er ist mein Ältester, und ich hab ihn praktisch nicht mehr gesehen, seit seine Mutter mit den Kindern nach Reno gezogen ist. Ich hätte mir die Zeit nehmen und die Abschlussfeier seiner High School besuchen sollen – ich hab nicht gewusst, dass er sich zur Army gemeldet hatte und sofort nach der Abschlussfeier einrücken musste.«

»Ich kann Ihnen behilflich sein rauszukriegen, wann seine Grundausbildung zu Ende ist. Dann können Sie ihn in Texas besuchen«, schlug Daren vor. »Aber Sie werden ihn nicht wiedererkennen. Er wird eine Menge Gewicht verloren haben, Sie ›Sir‹ nennen, bis es Ihnen zum Hals raushängt, und steinharte Muskeln haben.«

Tommy machte ein erstauntes Gesicht, weil er selbst über eins neunzig groß war und bestimmt über hundertdreißig Kilo wog – und sein Ältester hatte vermutlich ein ähnliches Format. »Ohne Scheiß? Das möchte ich sehen! Noch mal besten Dank.« Er fing wieder an, Gläser zu polieren.

Im nächsten Augenblick machte sich eine der Ladys an Daren heran. »Hallo, Süßer«, sagte sie. »Ich bin Amber.«

»Wie geht's dir heute Abend, Amber?«

»Oh, mir geht's gut, echt gut.« Amber schien etwa Mitte zwanzig zu sein. Ihr blondes Haar war echt, aber es wirkte leblos, und sie hatte offenbar mit Haarspray übertrieben, um es einigermaßen in Form zu bringen. Sie war sehr schlank, fast hager, aber mit zwei fabelhaften Brustimplantaten geschmückt, die vermutlich fast so viel wogen wie ihr gesamter übriger Körper.

»Möchtest du etwas trinken?«

»Ja, danke. Was du auch trinkst.« Während ihr Mineralwasser serviert wurde, trat sie hinter Daren, ließ ihre Fingerspitzen über seine Brust gleiten und begann seine Schultern zu kneten. Sie hatte wirklich *sehr* kräftige Hände – vielleicht hatte sie früher sogar als Masseurin gearbeitet, aber Daren vermutete, dass sie diese kräftigen Finger allen möglichen anderen Tätigkeiten verdankte. »Du hattest wohl einen anstrengenden Tag, Süßer?«

»Bin erst heute angekommen.«

»Neuer Job?«

»Stimmt.«

»Neuer Boss, neue Stadt – viel nervöse Anspannung, was?«

»Du sagst es.«

Amber schnalzte mit den Fingern. »Ich kann die ganze Anspannung wegzaubern, einfach *so!*«

»Wie?«

»Wie wär's mit einem heißen Bad und einer Massage? Willst du mir Gesellschaft leisten?«

»Ein heißes Bad, was? Das entspannt bestimmt?« Er hatte keine Erfahrung mit solchen Dingen und keine Vorstellung davon, was ihn erwartete – aber er wusste, dass es ihn einen Haufen Geld kosten konnte. »Wie viel würden mich ein heißes Bad und eine Massage von dir kosten?«

»Komm, wir machen erst mal einen kleinen Rundgang.« Daren bildete sich ein, sie habe ihn praktisch von der Bar weg in einen langen Flur geschoben, aber in Wirklichkeit war er freiwillig mitgegangen.

Amber führte ihn in ein Zimmer mit einem riesigen französischen Bett, einem bequemen Sofa, auf dem sich Kissen türmten, einem Bad mit einer großen Duschkabine samt zwei Duschköpfen und einem hoch an der Wand festgeschraubten Fernseher mit Videorekorder, auf dem CNN lief. Tommy, der Barkeeper, hatte bereits eine eisgekühlte Flasche Pellegrino auf den Couchtisch vor dem Sofa gestellt, zu dem Amber jetzt Daren dirigierte.

Wann genau sie ihm ein Glas Pellegrino einschenkte, bekam Daren nicht mit, denn ihre Bewegungen waren so verführerisch und verlockend, dass er nicht auf das Glas achtete. »Ich möchte, dass du dich einfach zurücklehnst, dich entspannst und zur Ruhe kommst«, sagte Amber. Sie trank einen kleinen Schluck und setzte sich neben ihn. »Ich bin für alles da, was du tun möchtest.« Sie beobachtete ihn, während er trank. »Zum ersten Mal im Bordell?«

»Stimmt.«

»Die Sache ist ganz einfach: Wir sind hier, um dafür zu sorgen, dass du dich wohl fühlst und Spaß hast«, erklärte Amber ihm.

»Ich habe die Karte mit den Sexmenüs gesehen – bin fast vom Hocker gefallen.«

»Oh, die ist hauptsächlich für Touristen«, sagte sie lächelnd. Sie stand auf, trat hinter ihn und knetete wieder seine Schultern. »Aber daran brauchst du dich nicht zu halten. Heute Abend geht's nur danach, was du möchtest. Willst du nur eine Rückenmassage, kann ich dir eine ziemlich gute machen. Möchtest du ein heißes Bad nehmen oder mit mir duschen oder eine Ganzkörpermassage bekommen, können wir das machen. Und möchtest du das volle Programm, können wir das auch machen.«

»Diese Rückenmassage ist ein guter Anfang. Was bekommst du für eine Rückenmassage?«

»Dafür erwarte ich nur ein Trinkgeld«, sagte Amber. »Aber meine Spezialität sind andere Massagen – Ganzkörpermassagen ohne Hände.«

»Massagen ›ohne Hände‹? Wie soll das gehen?«

Amber kam nach vorn und trat zwischen seine Knie; sie hob die Arme und löste einen Verschluss hinter ihrem Nacken. Ihr Abendkleid fiel sanft raschelnd von ihr ab.

»Ohhh…«

Dies musste zu ihrer Verkaufsargumentation gehören: ein Köder,

der ihn anlocken sollte. Okay, sagte Daren sich, mal sehen, wie's weitergeht.

Als Amber die Hüften schwenkte, schienen ihre schwellenden Brüste vor seinen Augen Kreise zu beschreiben. »Na, was sagst du dazu, Baby?«

»Das ist das beste Verkaufsargument, das ich je gesehen habe.«

»Danke.« Sie schenkte sich Pellegrino nach, trank einen Schluck, ging hinters Sofa zurück und setzte die Rückenmassage fort, wobei sie sich auf die Knoten konzentrierte, die sie ertastet hatte. Dabei streiften ihre nackten Brüste immer wieder seinen Rücken. Sie ist gut, dachte Daren, echt *verdammt* gut. »Du bist ein lieber Kerl…« Amber ließ die Hände über seine Brust gleiten und zwickte ihn sanft in die Brustwarzen unter seinem Hemd. »…das hab ich dir sofort angesehen.«

»Danke, Amber.«

»Bist du beim Militär?«

»Ja.«

»Flieger?«

Er nickte.

»Draußen auf dem Stützpunkt ist ziemlich viel los, aber Battle Mountain bleibt trotzdem ein schrecklich langweiliges Nest.«

»Gehört das auch zum Verkaufsgespräch?«

»Ich tue alles, was ich kann, um dich noch eine Weile länger hier zu halten.« Sie ließ ihre Brüste erneut seinen Nacken berühren. »Wirklich *alles*.« Ihre Erfahrung riet ihr, ihn zum Teufel zu schicken, bevor er sie an diesem Abend noch mehr Geld kostete. »Also, was sagst du, Fliegerass? Ein entspannendes heißes Bad, dann meine De-luxe-Ganzkörpermassage ohne Hände – eine Stunde, zweihundert Dollar. Fällt dir was anderes ein, das du möchtest, brauchst du's mir nur zu sagen, und wir verhandeln neu.«

Ihr Instinkt hatte sie nicht getrogen. »Vielleicht ein andermal«, sagte Daren. Er trank sein Mineralwasser aus. »Du bist eine erstklassige Masseuse und könntest in jedem Hotel in San Francisco oder Honolulu arbeiten, Amber.«

»Oh, vielen Dank!«, sagte sie lachend. »Ich bin erstklassig, das steht fest. Davon musst du dich gelegentlich selbst überzeugen.«

»Vielleicht tue ich das.«

»Du hast keine besonders gute Meinung vom ältesten Gewerbe der Welt?«

»Darüber habe ich noch nie nachgedacht.«

»Dies ist ein Job wie jeder andere – von der eigenen Einstellung hängt es ab, was er einem bringt«, sagte Amber, während sie wieder in ihr Abendkleid schlüpfte. »Tatsache ist, dass ich viel mehr verdiene als du, meine Arbeitszeit kürzer ist, ich ein selbstbestimmtes Leben führe und mir hier in Nevada niemand Vorschriften machen kann. Ich bin eine freie Unternehmerin. Im großen Staat Nevada gibt es siebenunddreißig legale Bordelle, und wenn's mir in Battle Mountain zu langweilig wird, kann ich weiterziehen und schon morgen problemlos in einem der anderen anfangen. Ich habe viele Freunde und Freundinnen und bin nie einsam, wenn ich nicht allein sein will. Solange ich clean bleibe, nicht trinke oder kokse, ist alles in bester Ordnung. Oh, und habe ich das schon erwähnt? Ich verdiene einen Haufen mehr Geld als du.«

»Auf der Jagd nach dem allmächtigen Dollar.«

»Da hast du verdammt Recht«, sagte Amber. »Irgendwann habe ich genug Geld zurückgelegt, und dann steige ich aus.«

»Hoffentlich bevor du dir AIDS oder sonst was holst.«

»Du fliegst Bombenangriffe, bei den tausende von Kanonen, Raketen und Jägern hinter dir her sind und dich vom Himmel zu holen versuchen – und du glaubst, dass *mein* Beruf gefährlich ist? Gib mir 'ne Chance! Außerdem werde ich jeden Monat öfter untersucht und muss mehr Blutproben abgeben als du in zwei Jahren. Und wir gehen hier kein Risiko ein: Ich sehe mir alle meine Kunden jedes Mal genau an, sonst dürfen sie nicht auf dem Pony reiten. Und ausnahmslos *jeder* benutzt ein Kondom – auch meine Freunde, die ich schon seit Jahren kenne. Wie nennt ihr Flieger das? ›Kontrolliertes Risiko‹? Daran halten wir uns. Daran halten wir uns alle.«

Sie bedachte ihn nochmals mit ihrem patentierten Verführerinnenblick. »Bitte denke nicht schlecht von mir oder von dir selbst. Ich bin zufrieden – du solltest es auch sein. Du musst das Leben genießen lernen. Dazu bin ich hier. Stört dich die Vorstellung, Sex mit einer Nutte zu haben … nun, es gibt vieles, was ich mit dir tun kann, um dich zu erfreuen und zu unterhalten, selbst wenn du das volle Programm nicht willst. Ein schönes heißes Bad, eine Massage, dann … wir reden darüber, was alles ansteht?«

Daren musste unwillkürlich über diesen uralten Scherz lachen. Er hätte nie erwartet, hier jemandem wie Amber zu begegnen.

»Irgendwas scheint dir Sorgen zu machen.«

»Neuer Job, neuer Boss … alte Flamme.«

»Dein neuer Boss in deinem neuen Job ist eine alte Flamme von dir? Jesus, kein Wunder, dass du verspannt bist, Baby.« Sie massierte weiter seine Schultern. »Und wer hat wen verlassen?«

»Sie hat sich von mir getrennt. Hat Karriere gemacht, ist aufgestiegen. Ich habe mich eher … seitlich bewegt.«

»Und jetzt ist sie deine Vorgesetzte? Autsch!«

»Genau.«

Amber unternahm einen letzten Versuch, indem sie beide Hände über Darens Schultern nach unten und über seine Brust gleiten ließ, bevor sie diesen Kerl wegschickte und sich dem nächsten Freier widmete. »Das braucht dir keine Sorgen zu machen, Tiger. Ich habe das Gefühl, dass die Falsche befördert worden ist. Jetzt erkennt sie, dass sie dich wieder braucht. Aber sie hofft, dass du weiter den alten Ballast mit dir herumschleppst, weil sie dich dann emotional unter Kontrolle hat und noch dazu ihren höheren Dienstgrad ausspielen kann. Tu's nicht. Lass dir nicht anmerken, was du noch immer für sie empfindest.« Sie beugte sich nach vorn und knabberte an seinem Ohr. »Lass dir von Amber helfen, diesen Stress abzubauen. Besorg's mir, Tiger. Gleich jetzt.«

Daren empfand sexuelle Erregung, aber er war in Gedanken nicht bei dem, was Amber vorschlug. »Du bist ein Schatz, Amber. Vielleicht ein andermal.« Er stand auf und ließ mehrere Zwanziger auf dem Couchtisch liegen.

»Hoffentlich sehen wir uns bald wieder«, sagte Amber, indem sie ihn von Kopf bis Fuß musterte und mit einem weiteren Lächeln bedachte. Daren erwiderte ihr Lächeln, betrachtete sie ebenfalls, nickte anerkennend und ging dann.

Draußen war es noch nicht völlig dunkel. Darens Pick-up stand auf der gegenüberliegenden Straßenseite auf dem Parkplatz des

Fernfahrerlokals. Während er vor Donatella's am Randstein der staubigen Straße aus Betonfertigteilen wartete, um einen Geländewagen vorbeifahren zu lassen, überlegte er sich, dass dies eine der interessantesten und zugleich fremdartigsten Örtlichkeiten sein musste, die er in seiner Dienstzeit bei der Air Force zu sehen bekommen hatte. Er war schon an vielen seltsamen Orten gewesen, aber …

Als er aus seinen Überlegungen aufschreckte, merkte er, dass der Wagen, den er hatte vorbeifahren lassen wollen, angehalten hatte. Er hob den Kopf, um zu sehen, ob der Fahrer vielleicht darauf wartete, dass er endlich die Straße überquerte.

Und stellte zu seiner Überraschung fest, dass er die Frau am Steuer kannte – ausgerechnet Rebecca Furness, Kommodore seines neuen Geschwaders. Oh, *Scheiße …*

Vor neun Jahren hatten Mace und Furness gemeinsam beim 349. Geschwader der Air Force Reserve auf der Plattsburgh Air Force Base im Norden des Staats New York gedient und dort den Aufklärer und Jagdbomber RF-111G Vampire geflogen. Rebecca Furness, die schon hohe Auszeichnungen erhalten hatte, war damals noch Major gewesen. Oberstleutnant Daren Mace war der neue Kommandeur der Instandsetzungsgruppe des Geschwaders. Als Reservisten hatten beide einen Nebenjob außerhalb der Air Force: Rebecca betrieb einen kleinen Flugdienst für eilige Kuriersendungen, Daren arbeitete in einer Biker Bar in der Stadt als Mädchen für alles. Irgendwie – vielleicht weil sie beide Einzelgänger waren, die sich nach Achtung und Anerkennung von Gleichgestellten sehnten – fühlten sie sich zueinander hingezogen, woraus sich nach einiger Zeit eine leidenschaftliche Affäre entwickelte.

Nur wenige Monate nach Darens Versetzung zu dem Geschwader wurde dieses überraschend in die Türkei verlegt. Russland war in die Ukraine eingefallen, die einen Aufnahmeantrag in die NATO gestellt hatte. Der damalige Präsident der Vereinigten Staaten misstraute dem Militär und wollte in keinen Krieg verwickelt werden, auch wenn er Amerika dadurch in Gefahr brachte, deshalb begnügte er sich damit, ein einziges Aufklärungsgeschwader in die Türkei zu entsenden, das den Konflikt lediglich überwachen und der Türkei helfen sollte, seine sich bekriegenden Nachbarn im Auge zu behalten. Rebecca und ihre Kameraden sollten nicht kämpfen – sie waren nur aus Prestigegründen in der Türkei, um zu demonstrieren, dass die Vereinigten Staaten ihre Bündnisverpflichtungen erfüllten, auch wenn ihr Präsident in keinen Krieg hineingezogen werden wollte.

Wie es der Zufall wollte, wurden Rebecca und ihre Staffel die Helden dieses Krieges, indem sie eine ukrainisch-amerikanisch-türkische Luftflotte anführten, der es gelang, die gesamte Befehls- und Führungsstruktur im Südwesten Russlands vorübergehend lahm zu legen. Russland blieb nichts anderes übrig, als die Offensive abzubrechen und seine Truppen aus der Ukraine und anderen Nachbarstaaten abzuziehen.

Danach wurde Rebecca Furness, die ein aufsteigender Stern gewesen war, ein Shooting Star, den offenbar nichts aufhalten konnte. Sie erhielt die begehrtesten Posten und wurde bei jeder sich bietenden Gelegenheit befördert. Ihr Beispiel bestimmte die Struktur der U.S. Air Force im folgenden Jahrzehnt: Die aktiven Verbände wurden immer mehr verkleinert, während Einheiten der Reserve mehr und mehr Kampfaufgaben übertragen wurden. Sie wurde rasch zum Oberst befördert und befehligte als erste Frau ein Kampfgeschwader: das 111. Bombergeschwader der Nevada Air National Guard, das mit Überschallbombern B-1B Lancer auf dem Reno-Tahoe International Airport stationiert war. Nach erfolgreichen Einsätzen gegen chinesische und nordkoreanische Kräfte während der Wiedervereinigung der beiden Koreas und unter Berücksichtigung ihrer Erfolge über Russland und dem Balkan wurde Rebecca zum Brigadegeneral befördert.

Darens Karriere führte weniger steil nach oben – sie dümpelte eher vor sich hin. Obwohl er mit Rebecca die RF-111G geflogen hatte und für Planung und Ausführung des erfolgreichen Angriffs auf das unterirdische Befehlszentrum Domodedowo südlich von Moskau verantwortlich gewesen war, stand er weiter in dem Ruf, immer beteiligt zu sein, wenn irgendetwas schief ging. Als man das RF-111G-Programm kurz nach dem russisch-ukrainischen Krieg einstellte, wurde er von einem ruhigen, unauffälligen Posten zum nächsten abgeschoben. Irgendwann wurde Daren ohne großes Tamtam sogar Oberst. Er schaffte es, alle Studiengänge am Air War College, dem Joint Forces Warfighting College und dem Industrial College der Air Force zu absolvieren, die Voraussetzung für die Übernahme einer fliegenden Einheit gewesen wären. Aber ihm fehlte weiterhin operative Kommandoerfahrung.

Jetzt trat er ans Beifahrerfenster ihres GMC Yukon, und sie ließ das Fenster herunter. »Heiliger Strohsack, Rebecca«, sagte er. »Das nenne ich eine Überraschung!«

»Daren Mace. Das ist allerdings eine Überraschung.« Sie sah über seine Schulter zu der blinkenden schwarzen Katze hinüber, die für Donatella's Reklame machte. »Wie ich sehe, hängen Sie nicht mehr in Biker Bars herum. Sie haben wohl ein bisschen fraternisiert?«

Daren war wie vor den Kopf geschlagen, als ihm plötzlich klar wurde, was sie vermutete. »Ich... nein, ich habe nicht... ich meine, ich war drin, aber ich habe nicht...«

»Schon gut, Oberst«, unterbrach sie ihn scharf. »Für Sex mit fremden Frauen zu zahlen, ist im Lander County völlig legal – erbärmlich und traurig, aber trotzdem legal.« Sie schloss das Fenster, gab Gas und fuhr schnell davon.

Mein neuer Job fängt großartig an, sagte er sich trübselig. Einfach großartig.

Von Donatella's bis zum Stützpunkt war es nicht weit. Bei Versetzungen an einen neuen Dienstort traf Daren Mace gern ein paar Tage zu früh ein, um sich anonym umzusehen, sich einen Überblick über den Stützpunkt zu verschaffen und ein Gefühl für die Atmosphäre, das Tempo und die Stimmung seiner neuen Einheit zu bekommen. Aber er merkte rasch, dass es hier keine Atmosphäre, kein Tempo und keine Stimmung gab – übrigens auch nicht sehr viele asphaltierte Straßen, kein bewachtes Tor und nicht einmal sehr viele Menschen.

Am Stützpunkt Battle Mountain der Air National Guard nahe der Kleinstadt Battle Mountain im Staat Nevada wurde seit drei Jahren gearbeitet, aber davon war praktisch nichts zu erkennen. Daren sah lediglich ein paar steril wirkende mehrstöckige Gebäude, die scheinbar willkürlich über die kahle Hochebene verteilt waren. Und natürlich gab es hier eine Start- und Landebahn: gut dreieinhalb Kilometer lang, das wusste er, hundert Meter breit und für Flugzeuge bis zu vierhundertfünfzig Tonnen zugelassen –, aber sie war nicht zu sehen. Er erinnerte sich an Internetartikel über diese sinnlose Geldverschwendung: eine dreieinhalb Kilometer lange Runway, die ohne dazugehörigen Stützpunkt mitten in der Wüste lag. Der Standort des Kontrollturms lieferte keinen Hinweis auf die Position der Bahn, denn in Battle Mountain gab es keinen Kontrollturm.

Außerdem sah es nicht so aus, als würde hier viel gearbeitet – Daren hatte erwartet, dass überall Horden von Bauarbeitern herumlaufen würden. Was war hier in den vergangenen drei Jahren geschehen? Würde dieser Stützpunkt jemals wirklich in Betrieb gehen? In der Ferne waren ein paar Hangars zu erkennen; dort musste seine neue Einheit zu finden sein.

Wie sich zeigte, gab es auf der Battle Mountain Air Force Base einen Sicherheitsdienst: Als Daren aufs Gelände des Stützpunkts fuhr, wurde er schon nach wenigen Minuten von einem Streifenwagen angehalten. »Guten Abend, Oberst Mace«, sagte der Militärpolizist, indem er sich vor seinem Fenster aufbaute und zackig grüßte. »Ich bin Sergeant Rollins vom Sicherheitsdienst des Hundertelften Kampfgeschwaders. Willkommen auf der Battle Mountain Air Force Base.«

Mace erwiderte den Gruß. »Woher wissen Sie, wer ich bin, Sergeant?«

»Wir haben Ihre Ankunft überwacht, Sir«, antwortete Rollins. »Ich habe den Auftrag, mit der Bearbeitung Ihrer Anmeldung zu beginnen.«

»Jetzt?«, fragte Mace ungläubig. Er sah auf seine Timex für Jogger. »Es ist sieben Uhr abends. Tut in der Standortverwaltung noch jemand Dienst?»

»Ich brauche nur Ihren Dienstausweis und den Versetzungsbefehl, Sir«, sagte Rollins. Nachdem Mace beides aus seinem Aktenkoffer geholt hatte, hielt der Sergeant ihm ein Gerät hin und forderte Mace auf, seine Daumenabdrücke wie auf einem elektronischen Stempelkissen zu hinterlassen. »Danke. Bitte warten Sie einen Augenblick,

Sir«, sagte der Militärpolizist und ging mit Maces Ausweis und dem Versetzungsbefehl zu seinem Streifenwagen zurück. Mace musste fast zehn Minuten warten und wollte schon aussteigen, um sich über die Verzögerung zu beschweren – aber dann war er angenehm überrascht, als der Sergeant mit einem Autoaufkleber für den Stützpunkt, einem neuen Dienstausweis, einem Ausweis fürs Vorfeld und einem Sonderausweis für Sperrgebiete zurückkam. Mace betrachtete die Ausweise ehrlich verblüfft. »Woher haben Sie mein Foto?«, fragte er mit einem Blick auf seinen Dienstausweis.

»Ich hab's vorhin gemacht, Sir.«

»Wann?«

»Als ich an Ihren Wagen getreten bin, Sir«, erklärte ihm der Sergeant. Tatsächlich musste in seine Stablampe eine winzige Digitalkamera eingebaut sein, denn das Foto zeigte Mace am Steuer seines Pick-ups sitzend.

»Aber dieses Foto können Sie nicht für meine Ausweise verwenden, Sergeant«, protestierte Mace. »Ich bin nicht in Uniform. Ich bin nicht mal rasiert.«

»Das spielt keine Rolle, Sir«, antwortete der Militärpolizist. »Wir verwenden jetzt Geräte zur biometrischen Identifizierung – damit könnten wie Sie auch mit einem Vierwochenbart identifizieren. Seit Sie hier auf dem Stützpunkt herumfahren, haben wir Sie bereits ein Dutzend Mal fotografiert. Wir haben den Pick-up und seine Zulassung überprüft; wir haben Sie und den Wagen unter die Lupe genommen und sogar festgestellt, dass Sie ungeladene Waffen mitführen. Wenn Sie möchten, kann ich sie gleich für Sie registrieren.« Mace holte seinen Waffenkoffer hinter dem Fahrersitz hervor, sperrte ihn auf und nahm die Waffen heraus. Der Sergeant fotografierte sie mit seiner Minikamera und brauchte keine Minute, um die registrierten Waffen elektronisch in Maces Dienstausweis einzutragen. »Ihre Anmeldung ist abgeschlossen, Sir«, meldete er dann.

»Sie ist *was?*«

»Unsere Fahrzeuge sind so mit dem Computersystem des Geschwaders vernetzt, dass wir Neuankömmlinge gleich bei ihrer Ankunft auf dem Stützpunkt erfassen können, Sir«, erklärte Rollins. »Damit ist alles auf einmal erledigt – Unterkunft, Gehalt und Zuschüsse, Stammakte, Krankenakte, Ausweise, Uniformen – sogar Ihre Funktion im Alarmfall. Sie werden per E-Mail benachrichtigt, falls jemand wie der Fliegerarzt oder der Zahnarzt Sie persönlich sehen muss. Orientierungshilfen erhalten Sie via Videokonferenzen oder am Computer. Auch der Offizier vom Dienst Ihrer Einheit und die Dienststelle des Kommodore sind von Ihrer Ankunft informiert worden. Kann ich Ihnen sonst noch irgendwelche Fragen beantworten, Sir?«

»Gibt's auf dem Stützpunkt ein Fitnesscenter?«

»Leider nicht, Sir. Jede der hier stationierten Einheiten muss sich selbst eines einrichten, bis ein größeres gebaut wird. Der Sicherheitsdienst hat ein ziemlich gutes, das Sie gern benützen können, bis die Einundfünfzigste sich eines baut.«

»Die Einundfünfzigste?«

»Ihre Staffel, Sir.« Der Sergeant grinste leicht, als er Maces Überraschung sah. »Das kommt häufig vor, Sir – mein System weiß mehr über Sie als Sie selbst. Ihr Offizier vom Dienst hat eine Liste von Motels in der näheren Umgebung, die Ihren Versetzungsbefehl als Gutschein akzeptieren, bis Sie eine dauerhafte Unterkunft gefunden haben.«

»Schon erledigt«, sagte Daren. »Was dagegen, wenn ich ein bisschen herumfahre?«

»Keineswegs, Sir«, sagte der Militärpolizist. »Ihr Offizier vom Dienst kann Ihnen Erläuterungen geben und wird verhindern, dass Sie in Sperrgebiete geraten. Damit können Sie sie anrufen.« Er gab Mace ein Kunststoffetui von der Größe eines Handys. »Das ist Ihr Komlink. Damit haben Sie ständig Verbindung. Brauchen Sie etwas, rufen Sie einfach Ihren Offizier vom Dienst. Er erwartet Ihren Anruf. Und jetzt möchte ich Sie als Erster willkommen heißen.« Er schüttelte Mace die Hand, dann grüßte er zackig. »Schönen Abend noch, Sir.«

Daren Mace saß in seinem Wagen und staunte über die Ereignisse der vergangenen Viertelstunde. Im Umkreis von mehreren Meilen schien sich außer ihm und einem Sky Cop niemand aufzuhalten – und trotzdem war er bereits bei seiner neuen Einheit registriert. Erstaunlich. Dieser Vorgang dauerte normalerweise mehrere Tage, die mit Besprechungen, Einweisungen und Aktenkram angefüllt waren. Hier war er nach nur zehn Minuten abgeschlossen gewesen. Das kleine Komlink legte er vorerst weg. Wie es funktionierte, würde er sich später erklären lassen müssen.

Statt eine Wegbeschreibung einzuholen, wollte Daren einfach ein bisschen herumfahren. Überall standen nur sehr wenige Gebäude, aber der Nordostsektor des Stützpunkts schien völlig unbebaut zu sein. Dort standen nur Baumaschinen, zwischen denen Sand, Kies und Ziegelsteine zu hohen Bergen aufgeschüttet waren. Im Vorbeifahren fiel ihm ein Vierzig-Fuß-Container mit Wüstentarnanstrich auf, der von einigen parkenden Autos und Pick-ups umgeben am Ende einer etwa hundert Meter langen Stichstraße stand. Da auf der unbefestigten Straße keine Sattelschlepperspuren zu erkennen waren, musste der Stahlcontainer von einem Hubschrauber abgesetzt oder vor sehr langer Zeit hergebracht worden sein.

Um sich selbst davon zu überzeugen, stieg Daren aus seinem Pick-up und ging die Stichstraße entlang auf den großen Container zu. Dort lief ein Stromaggregat, das er hören, aber noch nicht sehen konnte. Als er näher kam, sah er auf dem Container eine kleine Satellitenschüssel, eine Mikrowellenantenne und mehrere kleine Antennen. Was zum Teufel …?

Er hörte ein lautes Fauchen, und plötzlich blockierte eine Art Androide, der ganz in Schwarz gekleidet war, seinen Weg. Die Gestalt war aus dem Nichts aufgetaucht. Sie trug einen nahtlosen schwarzen Anzug, einen Vollhelm mit getöntem Visier, einen schmalen Tornister und klobige Stiefel.

»Dies ist Sperrgebiet, Sir«, sagte die bedrohliche Gestalt mit elektronischer Kunststimme. Daren stolperte völlig überrascht zurück, warf sich herum und begann zu seinem Pick-up zurückzurennen. »Stehen bleiben, Oberst Mace!«, befahl der Androide ihm.

Daren blieb jedoch nicht stehen, sondern rannte nur noch schneller – bis er mit etwas zusammenprallte, das hart wie eine Stahlsäule war. Es erwies sich als der Androide, der erneut wie aus dem Nichts vor ihm aufgetaucht war.

»Keine Panik, Oberst«, sagte der Androide. Daren überlegte, ob er einen weiteren Fluchtversuch unternehmen sollte, aber die Gestalt hielt seinen linken Unterarm mit der rechten Hand umklammert, und er spürte, dass sie nicht mehr loslassen würde. »Kommen Sie, Sir.«

Der Androide führte ihn zu dem Container. Dahinter waren zwei Tarnzelte aufgebaut, die Daren von der Straße aus nicht hatte sehen können, und in ihrer Nähe standen zwei Humvees geparkt. Der Androide begleitete ihn zu dem kleineren Zelt, dann ließ er Darens Arm los. »Er erwartet Sie drinnen, Sir«, sagte er noch. Dann machte er drei oder vier Schritte … und verschwand mit lautem, scharfen Zischen in einer großen Wolke aus Wüstenstaub.

Daren öffnete die Zeltklappe und sah einen Mann, der wohl einige Jahre jünger war als er, an einem kleinen Klapptisch saß und an einem Laptop arbeitete. Notizbücher und Computerausdrucke bedeckten den ganzen Tisch. Ein kleiner olivgrüner Gasofen hielt das Zelt einigermaßen warm, und auf einem zweiflammigen Gaskocher standen ein Topf mit Makkaroni und Käse, halb aufgegessen, und ein Wassertopf.

»Herein mit Ihnen, Oberst«, sagte der Mann. »Ich wusste nicht, dass Sie so früh auf den Stützpunkt kommen würden. Ein Glück für mich, dass Sie heute Abend zufällig auf uns gestoßen sind.« Er stand auf und streckte seine Rechte aus. »Ich bin …«

»Ich weiß, wer Sie sind. Generalmajor Patrick McLanahan«, sagte Daren. »Ich kenne Sie aus dem Fernsehen – Präsident Thorns erster nationaler Sicherheitsberater.«

»Das bezweifle ich«, sagte Patrick ausdruckslos. »Freut mich, Sie kennen zu lernen.«

»Freut mich, *Sie* kennen zu lernen, Sir«, antwortete Mace. Sie schüttelten sich die Hand. »Sie waren in den Koreakrieg vor einigen Jahren verwickelt – Sie haben eine Staffel mit B-1-Bombern aufgestellt, die ballistische Raketen mit Lenkwaffen abgefangen hat.«

»Richtig.« Was ungesagt blieb, war der Rest der Story: dass McLanahan als Folge des kürzlichen Konflikts mit Russland wegen der russischen Aktivitäten auf dem Balkan und des Absturzes einer B-1B Lancer über Russland, der großes Aufsehen erregt hatte, die U.S. Air Force hatte verlassen müssen. Auch davor war sein Name schon mehrmals aufgetaucht: Seine Erfahrungen mit der nicht mehr existierenden Border Security Force (die jedoch bald wieder aufgestellt werden sollte) und bei der Verteidigung Koreas unmittelbar nach der Wiedervereinigung des Landes hatten ihn zum aussichtsreichsten Kandidaten für den Posten des nationalen Sicherheitsberaters in den Regierungen Martindale und Thorn gemacht.

McLanahan hatte eine von Geheimhaltung, Gerüchten und Legenden geprägte Karriere gemacht. Immer wenn eine explosive, rasch eskalierende internationale Krise entstand, die zu einem Atomkrieg führen konnte, war plötzlich sein Name aufgetaucht. »Ich vermute, dass Sie auch an dem vor kurzem aus Zentralasien gemeldeten Vorfall beteiligt waren. Der Iran behauptet, einer unserer Bomber habe widerrechtlich muslimische Kräfte in Turkmenistan angegriffen… und dann musste am selben Tag eine B-1 auf Diego Garcia notlanden. Die Iraner behaupten, diese Maschine habe ihren Luftraum verletzt.«

McLanahan zuckte mit den Schultern. »Was der Iran behauptet, ist mir ziemlich egal«, sagte er trocken. Er sank auf seinen Stuhl zurück und starrte wieder den Bildschirm seines Laptops an. Mace fiel auf, dass dies kein Dementi war, aber er hütete sich, diesen Kerl auszufragen, der vermutlich sein neuer Boss oder zumindest einer der hiesigen Bonzen war. »Wie kommen Sie darauf, dass ich mit irgendetwas in Turkmenistan zu tun gehabt haben könnte, Oberst?«

»Ihr Ruf eilt Ihnen jedenfalls voraus, Sir«, antwortete Mace freimütig. McLanahan sah auf, aber Daren konnte nicht beurteilen, ob sein Blick irritiert oder amüsiert war. »Jedenfalls denke ich, dass das eine Art Ruf ist, den *ich* gern hätte, Sir«, fügte Daren hinzu.

»Sollten Sie Wert darauf legen, hier zu arbeiten und beim Militär Karriere zu machen, Oberst, kann ich ihn nicht empfehlen«, stellte McLanahan fest. Danach entstand eine unbehagliche Pause. Dann fuhr der General fort: »Mich hat Ihre Arbeit mit den Global Hawks auf der Beale Air Force Base beeindruckt. Obwohl diese Drohnen seit Jahren im Einsatz waren, hat's ständig Probleme mit ihnen gegeben. Sie haben sie erfolgreich gelöst und das Geschwader in erstaunlich kurzer Zeit aufgestellt – das allererste unbemannte Geschwader. Ich hatte erwartet, dass Sie dort Kommodore werden würden, aber der Verlust anderer ist mein Gewinn.«

»Danke, Sir. Ich hatte zum Glück sehr gute Mitarbeiter. Tatsächlich habe ich einen großen Teil der Technologie, mit der ich die Hawks online gebracht habe, von Zen Stockard und Ihren Leuten im HAWC geklaut – vor allem das von Ihnen entwickelte ›virtuelle Cockpit‹.«

»Freut mich, dass es Ihnen geholfen hat. Wir haben das VC erheblich verbessert und sind dabei, es in einem modernen Neubau unterzubringen, um es noch besser nutzen zu können. Und jetzt brauchen wir jemanden mit Einsatz- und Ingenieurerfahrung. Sie sollen hier das Gleiche wie mit den Global Hawks in Beale tun – unsere Flugzeuge und unsere Organisation so schnell wie möglich einsatzbereit machen. Dazu arbeiten Sie mit dem Geschwaderkommodore und dem Technikerstab der Tonopah Test Range zusammen.«

Daren schüttelte den Kopf. »Das verblüfft mich etwas, Sir«, sagte er. »Ich dachte, dies sei ein Tankergeschwader.«

»Wir haben hier auch Tanker, ja.«

»Welche anderen Flugzeuge sind hier stationiert?«

»Sie haben noch mit niemandem vom Geschwaderstab gesprochen?«

»Nun… ich bin General Furness heute Abend in der Stadt begegnet, aber wir haben nur kurz miteinander gesprochen.«

Patrick zog die Augenbrauen hoch. »Ich dachte, Sie seien alte Bekannte.«

»Für ein längeres Gespräch war keine Zeit«, sagte Daren hölzern. Zu seiner Erleichterung nickte McLanahan, als sei das Thema damit für ihn abgeschlossen. »Ich bin erst heute Abend angekommen. Eigentlich sollte ich mich erst Anfang nächster Woche zum Dienstantritt melden, aber ich wollte die Gelegenheit nutzen und mich hier ein bisschen umsehen. Ich hätte nie gedacht, dass die nötigen Formalitäten nur zehn Minuten dauern würden.«

»Kein Wunder, dass Sie im Dunkeln tappen«, sagte McLanahan mit schwachem Lächeln. »Sie haben unsere Besichtigungstour noch nicht mitgemacht. Aber ich denke, die überlasse ich General Furness oder Oberst Long.«

»Was machen Sie heute Abend hier draußen, General?«

»Ich versuche, alle Interferenzparameter zwischen meinem Flugzeug und dem virtuellen Cockpit zu analysieren«, antwortete McLanahan, »aber irgendwas entgeht uns bisher. Wir können den Fehler nicht im VC finden. Er muss im Flugzeug stecken, aber es gelingt uns trotzdem nicht, ihn zu isolieren.«

»Von welchem Flugzeug reden wir, General?« fragte Daren. »Ich habe hier noch kein einziges gesehen. Und warum zum Teufel sind Sie…«

»Psst! Nicht so laut. Und achten Sie auf Ihre Ausdrucksweise.« Patrick wies mit einer Kopfbewegung nach rechts. Daren bemerkte erst jetzt, dass dort ein kleiner Junge in einem Schlafsack auf einer Luftmatratze lag.

»Ist das… ist das Ihr *Sohn*, General?«, flüsterte Daren ungläubig.

Patrick nickte. »Bradley James. Ich hatte in den letzten Tagen so viel zu tun, dass ich kaum Zeit für ihn hatte. Deshalb habe ich ihm erzählt, wir würden einen Campingausflug machen. Ich weiß, dass die Temperatur heute Nacht unter null Grad sinken soll und er eigentlich Schule hat, aber ich hab's trotzdem getan. Wir haben Würstchen und Makkaroni mit Käse gekocht – seine Leibgerichte – und mit einem Teleskop die Sterne beobachtet, bis er vor Müdigkeit umgekippt ist.«

»Sie haben Ihren Sohn in die Wüste mitgenommen, während Sie an einem Projekt arbeiten?«

»Mir ist nichts Besseres eingefallen«, sagte Patrick. Er betrachtete seinen Sohn und seufzte. »Ich wollte schon immer einen Campingausflug mit ihm machen, aber seine Mutter war dagegen. Er schläft nicht gut, wenn wir etwas tun, das wir früher zu dritt gemacht haben, also dachte ich, mit diesem Ausflug könnte ich zwei Fliegen…« Er schluckte, dann korrigierte er sich. »…ich meine, ein Campingausflug ist mir als gute Alternative erschienen.«

Mace hatte von einer großen Tragödie in McLanahans Leben gehört, aber aus Respekt vor dem Mann nie versucht, Näheres in Erfahrung zu bringen. Sie hing offenbar mit seiner Frau, Bradleys Mutter, zusammen. Dies war eine ziemlich surreale Szene: ein junger kommandierender General, der persönlich ein wichtiges High-Tech-Projekt überwachte, aber zugleich besorgt genug war, um seinen kleinen Sohn bei sich im Zelt im Schlafsack schlafen zu lassen. War das nicht verrückt?

»Kann ich Ihnen irgendwie behilflich sein, Sir?«

»Das hoffe ich sehr. Deshalb habe ich Sie hierher versetzen lassen«, sagte Patrick. Er rieb sich müde das Gesicht und fuhr sich mit einer Hand über sein kurz geschnittenes Haar. »Dies ist kein offizielles Projekt des Geschwaders, Daren. Ich habe kein Budget – keinen einzigen Cent. Ich bin darauf angewiesen, Treibstoff und Flugzeit vom Geschwader zu schnorren. Aber ich habe dem Präsidenten versprochen, etwas auf die Beine zu stellen, das ich ihm vorführen kann.«

»Das verstehe ich nicht, Sir«, gab Daren zu. »Sind Sie denn nicht der Kommandeur dieses Stützpunkts?«

»Offiziell, Daren, existiere ich hier gar nicht«, gab McLanahan zu. »Die First Air Battle Force wurde hier aufgestellt, aber wir haben keinen Einsatzauftrag. Ich soll erst einen definieren. Offiziell ist hier nur das Hundertelfte Geschwader stationiert. Die geringen mir zur Verfügung gestellten Mittel reichen noch bis dreißigsten September dieses Jahres. Ich habe den Präsidenten und den Verteidigungsminister dazu überredet, das Hundertelfte hierher zu verlegen, damit wir versuchen können, es in einen einsatzfähigen Verband zu integrieren, aber ich habe keinen Stab und kein Budget. Ist unser Geld aufgebraucht, müssen wir den Laden dichtmachen.«

»Entschuldigung, Sir, aber woran arbeiten Sie eigentlich genau?«, fragte Daren.

McLanahan speicherte seine Arbeit ab, stand auf, überzeugte sich davon, dass Bradley es warm genug hatte, und nickte dann Mace zu. »Kommen Sie, Oberst.«

Daren folgte McLanahan aus dem Zelt. Im Freien fiel sein Blick als Erstes auf die große androidenartige Gestalt, die jetzt mit einer riesigen, futuristisch aussehenden Waffe in den Händen vor dem Zelt Wache hielt. »Entschuldigung, Sir, aber was zum Teufel ist das?«

»Sie meinen ›wer‹«, verbesserte McLanahan ihn. »Gunnery Sergeant Matthew Wilde, Air Battle Force, Operationsabteilung Boden.«

»Operationsabteilung Boden? Eine *Kampftruppe?*«

»Das ist die Idee.«

»Was trägt er? Womit ist er bewaffnet?«

»Er trägt einen elektronischen Ganzkörperpanzer; seine Waffe ist eine elektromagnetische Rail Gun.«

»Eine *was*…?«

»Das erkläre ich Ihnen später.« Sie gingen rasch zu dem Stahlcontainer hinüber. McLanahan öffnete die Tür, indem er seinen Daumen auf ein Sensorfeld drückte; die Tür öffnete sich mit dem Zischen entweichender Druckluft. In dem mit elektronischen Geräten voll gepackten Container standen zwei Pilotensitze vor einfachen Konsolen, beide mit Leistungshebeln links und Seitengriffsteuer rechts. Außen neben den Sitzen waren Computerterminals angeordnet; links außen stand eine nach vorn orientierte fünfte Konsole, an der ein Techniker auf einer Tastatur herumhackte. Wegen der auf Hochtouren laufenden Klimaanlage war es in dem Container so laut, dass der Techniker Gehörschutz tragen musste. Diese ganzen Einrichtungen nahmen jedoch nur etwa ein Drittel des verfügbaren Raums ein. Der Rest war mit elektronischen Geräten, Stromaggregaten, Funkanlagen und Klimageräten voll gestopft.

Daren erkannte sofort, was er vor sich hatte. »Ein transportables virtuelles Cockpit«, sagte er hörbar überrascht. »Es ist viel größer, als ich gedacht hätte.«

»Wie viel größer?«, fragte Patrick McLanahan.

»Die gesamte Fernsteuerung eines Global Hawk würde hinten in einen Humvee passen«, antwortete Daren.

»Das hier ist eindeutig die erste Generation«, sagte McLanahan. »Wir haben diesen Trailer vor fünf Jahren in Dreamland entwickelt, und es war erstaunlich, dass wir alles in ihm unterbringen konnten. Ich habe ihn erst heute herfliegen lassen, aber die Satellitenverbindung ist irgendwie defekt.«

»Die Satellitenverbindung war der einfachste Teil des Global-Hawk-Systems«, sagte Daren. »Sie ist normalerweise narrensicher. Wir hatten eine einfache Verbindung über Satellitentelefon, über die Flugzeug und Bodenstation Befehle oder Informationen ausgetauscht haben.« Er trat an den linken mittleren Sitz. Dies war offenbar ein Pilotensitz mit Leistungshebeln und Seitengriffsteuer, aber auf der Konsole waren keine Instrumente zu sehen – nicht mal ein Bildschirm. »Was soll überhaupt von hier aus gesteuert werden?«

»Setzen Sie sich und sehen Sie's sich an«, schlug Patrick vor. Als Mace vor der Konsole saß, gab er ihm einen Kopfhörer, der bis auf einige dornenartige Auswüchse auf dem Tragebügel wie ein Standardkopfhörer aussah. Daren wollte die spitzen Sonden, die sich leicht in seine Kopfhaut bohrten, zur Seite biegen, aber Patrick hielt seine Hand fest. »Nein, nicht anfassen«, sagte er. »An die gewöhnen Sie sich bald.«

Daren saß mit aufgesetztem Kopfhörer da und wartete... und plötzlich stand er bei hellem Tageslicht im Freien neben dem Zelt in der Wüste und blickte über die Start- und Landebahn hinweg! Überlagert war dieses Bild mit allen möglichen elektronischen Informationen und Symbolen: Kompasskurs, Entfernungsanzeigen, Fadenkreuz und blinkende Leuchtpfeile. Als er sich verblüfft den Kopfhörer herunterriss, verschwand das Bild augenblicklich. »*Was zum Teufel...?* Das war kein projiziertes Bild oder ein Hologramm – ich habe alles so deutlich gesehen, wie ich Sie vor mir sehe! Wie haben Sie das geschafft?«

»Dies ist ein Nebenprodukt der ANTARES-Technologie, die wir vor ungefähr sieben Jahren entwickelt haben«, antwortete Patrick. »ANTARES ist die Abkürzung für...«

»Ich weiß: *Advanced Neural Transfer and Response System*«, warf Daren ein. »Zen Stockard und ich sind alte Freunde. Ich weiß, dass er das damals wiederbelebte Projekt geleitet hat. Ich habe mich selbst darum beworben, daran mitarbeiten zu dürfen.« Jeff »Zen« Stockard war Testpilot im High Technology Aerospace Weapons Center; mit Patrick McLanahan, der hier neben ihm stand, gehörte Stockard zu den wenigen lebenden Menschen, die das durch Gedanken gesteuerte Kontrollsystem ANTARES vollkommen gemeistert hatten. Daren hatte sich mehrmals darum beworben, zu dem Forschungsprojekt ANTARES in Dreamland versetzt zu werden, weil er glaubte, dem Pentagon müsse die Vorstellung gefallen, ihn in diese supergeheime Forschungseinrichtung in der Wüste abzuschieben – aber wie seine meisten Versetzungsgesuche auf interessante Posten war auch dieses abgelehnt worden.

»Zen hat in Dreamland an praktisch allen Programmen mitgearbeitet, die dazu beitragen konnten, aus erfahrenen Fliegern bessere Piloten zu machen«, sagte Patrick. Am deutlichsten hatte sich das in Zens eigenem Fall gezeigt: Er war seit einem Flugunfall in Dreamland querschnittsgelähmt. »Das System sendet neurale Bilder ins Gehirn des Nutzers, der dann alle möglichen übermittelten Bilder ›sieht‹ – Fernsehbilder, Sensordaten, Informationstexte, Computerdaten, tausenderlei Dinge –, als ob dem Gehirn elektrische Signale vom Sehnerv übermittelt würden.

Das Problem, das wir bei ANTARES immer hatten, entstand daraus, dass wir ein System zu entwerfen versuchten, mit dem sich ein ganzes Flugzeug durch Gedankenkraft steuern ließ«, fuhr Patrick fort. »Visuelle oder Sensor- und Computerdaten ins Gehirn einzuspeisen, ist verhältnismäßig einfach – das erfordert kein spezielles Theta-Alpha-Training. Statt Blickfelddarstellungen oder komplizierte Hologramme zu benützen, um ein Cockpit nachzubilden, versorgen wir das Gehirn direkt mit von außen übertragenen Bildern. Welche Darstellungen der Nutzer sieht, kann er mühelos kontrollieren … so einfach und mühelos, als dächte man daran, was man als Nächstes sehen will. Und alles bleibt simpel, solange wir nicht darauf bestehen, das Flugzeug mit ANTARES zu steuern.«

Mace setzte den Spezialkopfhörer wieder auf, und wenige Sekunden später kehrten die Bilder zurück. Er konnte den Kopf drehen und nach allen Seiten über den Flugplatz sehen. Als er das Fadenkreuz auf einen der Hangars jenseits der Start- und Landebahn richtete, wurden sofort Peilung und Entfernung angezeigt. Und als er den Kopf bewegte, um den blinkenden Leuchtpfeilen zu folgen, gelangte er zu einem exakt vierhundert Meter entfernten Holzquader mit ungefähr drei Metern Seitenlänge. »Was sehe ich jetzt?«, fragte Daren.

»Eines der Übungsziele, die wir südlich des Platzes aufgestellt haben.«

»Wo steht die Kamera?«

»Sie sehen, was Sergeant Wilde sich angesehen hat.«

»Der große Kerl mit dem elektronischen Ganzkörperpanzer und der Rail Gun?«

McLanahan nickte. »Der Computer speichert alles Gesehene als Bilddateien; nutzt man sein visuelles System, kann man sich die letzten übermittelten Bilder ansehen, als sähe man sie selbst. Sie können auch in Echtzeit verfolgen, was Wilde gerade sieht, aber diese Funktion kann er unterdrücken.«

»Cool. Wie schalte ich wieder ab?« Aber sobald er daran dachte, dass er das Bild nicht mehr sehen wollte, verschwand es, und er hatte wieder das Innere des VC-Trailers vor sich. »Hey, ich hab umgeschaltet! Echt cool!« Daren wechselte mühelos zwischen den Bildern hin und her. »Das funktioniert großartig. Aber was lässt sich damit anfangen?«

»Schalten Sie zu dem virtuellen Bild zurück.« Das gelang sofort. »Sehen Sie sich den Zielquader an. Haben Sie ihn?«

»Ja.«

»Bezeichnen Sie ihn als Ziel.«

»Wie soll ich …?« Aber sobald er nur daran dachte, blinkte das Zielkreuz dreimal, und der Holzquader wurde mit einem roten Dreieck überlagert. »Aha! Ich hab's.«

»Sie haben einen FlightHawk mit Mini-Mavericks an Bord in der Luft«, erklärte Patrick ihm. »Greifen Sie dieses Ziel an!« Das war ganz einfach: Sobald er daran dachte, das Ziel anzugreifen, sagte eine Stimme in seinem Kopf: *»Bodenziel angreifen, Angriff stoppen.«*

»Warum hat sie ›Angriff stoppen‹ gesagt?«

»Mit diesem Befehl würden *Sie* den Angriff abbrechen«, erklärte McLanahan ihm. Er sah auf den Bildschirm neben sich und stellte fest, dass das ursprüngliche Problem nach wie vor existierte. »Aber hier macht unser Problem sich bemerkbar: Die Datenübertragung via Satellit funktioniert nicht. Der FlightHawk empfängt entweder keine Befehle oder empfängt sie und führt sie nicht aus. Genau dieses Problem hatten wir bei einer praktischen Erprobung vor ein paar Wochen. Er hat erst wieder reagiert, als wir eine Sichtverbindung zwischen UCAV und Flugzeug hergestellt haben.«

»Echt cool – einen FlightHawk mithilfe dieser virtuellen Gedankenübertragung vom Boden aus zu steuern«, sagte Daren. »Jedenfalls ein ziemlich kompliziertes Verfahren, bei dem große Datenmengen über große Entfernungen übermittelt werden müssen.«

»Aber das haben Sie mit den Global Hawks geschafft, nicht wahr?«

»Nun... einen unbemannten Aufklärer vom Typ Global Hawk können wir nicht wirklich vom Boden aus *fliegen,* Sir«, erklärte Daren ihm. »Er muss erst einen genauen Flugplan in seinem Speicher haben. Dieser Flugplan lässt sich in vielen Punkten abändern, aber er braucht erst mal einen.«

»Ich *will* das UCAV fliegen können, Daren«, sagte Patrick. »Ich verstehe, wie die Sache mit dem Global Hawk funktioniert, aber die Beteiligung von Menschen, die jederzeit eingreifen können, ist bei jedem Kampfeinsatz unerlässlich. Außerdem müssen wir weiterhin imstande sein, das UCAV in bestimmten Phasen seines Fluges manuell zu steuern.«

»In welchen Phasen, Sir? Doch bestimmt nicht bei Start und Landung?«

»Wie wär's mit einem Rendezvous mit einem anderen Flugzeug?«

»Um einen FlightHawk in der Luft zu betanken?«

»Wie wär's damit, wenn er in die Bombenkammer eines B-1-Bombers zurückkehren soll?«

»In einen B-1-Bomber!«, rief Daren aus. Er war sichtlich überrascht, aber dann zuckte er mit den Schultern. »Warum nicht? Ich glaube, dass Sie schon jetzt über die dafür nötige Technologie verfügen. Ein Computer von der Größe meiner Armbanduhr kann eine B-1 besser fliegen als jeder Pilot, den ich je gekannt habe.« Er machte eine kurze Pause, dann sagte er: »Es gibt sogar eine bessere Lösung, Sir.«

»Welche?«

»Wie wär's, wenn Sie den FlightHawk *und* den B-1-Bomber von hier, von Ihrem virtuellen Cockpit aus fliegen würden?«

»Sie wollen das Trägerflugzeug *und* das Kampfflugzeug *unbemannt* losschicken?«

»Warum nicht?«, fragte Daren Mace. »Ich weiß, dass Sie schon jetzt praktisch alle Systeme der B-1 vom virtuellen Cockpit aus überwachen und steuern. Da kann's nicht allzu schwierig sein, die Vampire dazu zu bringen, sich *selbst* zu fliegen.«

»Aber weshalb sollten wir daran interessiert sein, das Trägerflugzeug unbemannt einzusetzen?«, erkundigte Patrick sich. Er hätte diese Frage selbst beantworten können, aber er wollte hören, wie Mace darüber dachte.

»Ich habe das Gefühl, offene Türen einzurennen, Sir, aber ich will trotzdem versuchen, Ihre Frage zu beantworten«, sagte Daren. »Erstens: Kostenersparnis. Fachleute wissen, dass die Ausbildungs- und Unterhaltskosten der Besatzung eines Bombers wie der B-1 die Anschaffungskosten des Flugzeugs im Lauf seiner Einsatzjahre ums Zehnfache übersteigen. Lässt man die Bomber von Computern gesteuert unbemannt fliegen, braucht man kein teures fliegendes Personal mehr – Techniker überwachen ihre Computersysteme, und Nachrichtendienstoffiziere legen die Angriffsziele fest.

Zweitens: Vereinfachung. Könnte man die Lebenserhaltungssysteme aus den Flugzeugen ausbauen, würde man Unmengen von Gewicht sparen, alle Systeme weniger kompliziert machen, die Leistung steigern, weniger Strom verbrauchen und Dutzende von weiteren Vorteilen erzielen«, fuhr Mace fort. »Allein ein Schleudersitz wiegt mit allen dazugehörigen Systemen und Leitungen fünfmal mehr als der Kerl, der darin sitzt. Wir bräuchten keine Luft von den Triebwerken abzuzapfen, um den Druck im Cockpit aufrechtzuerhalten – allein das würde die Triebwerksleistung um mindestens zwanzig Prozent, vielleicht sogar mehr steigern. Müsste das Cockpit nicht mehr beleuchtet sein, hätten wir so viel überschüssige elektrische Energie an Bord, dass wir dafür neuere, schnellere Computer einbauen könnten.

Drittens: Einsatzdauer«, fuhr Daren fort. »Auch mit einer Reservebesatzung an Bord kann man ein Flugzeug nicht immer wieder betanken und tagelang in der Luft lassen – irgendwann muss die Besatzung landen und wieder festen Boden unter die Füße bekommen. Im Gegensatz dazu kann ein Roboterflugzeug tage- oder sogar wochenlang im Einsatzraum bleiben. Man braucht nicht mehr darauf zu achten, dass Besatzungen die vorgeschriebenen Ruhezeiten einhalten, vergeudet keine Flugzeit für Überprüfungsflüge von Besatzungen und braucht keine komplizierten Bereitschafts- und Alarmpläne für Besatzungen. Und vor allem setzt man bei riskanten Einsätzen keine Besatzungen mehr aufs Spiel.«

»Wir müssen zusehen, dass wir das auf die Reihe kriegen, und dann die Umrüstung mit diesen Argumenten dem Pentagon verkaufen.«

»Ich habe über ein Jahr im Büro des Verteidigungsministers gearbeitet, Sir«, sagte Daren hörbar aufgebracht. »Ich habe erlebt, wie wirklich hervorragende Projekte nur aus einer Laune heraus abgewürgt wurden. Der Auftragnehmer kam aus dem falschen Bundesstaat und wollte nicht in einen bestimmten Wahlbezirk umziehen oder dort wenigstens ein Zweigwerk eröffnen. In einer über dreihundert Seiten langen Projektbeschreibung fehlten durch ein Versehen ein paar Seiten. Oder jemand aus dem Ministerium hatte beim Besuch einer Fabrik oder eines Stützpunkts keine Luxussuite bekommen. Man kann sich den Arsch abarbeiten und ein großartiges Projekt entwickeln, das dann vielleicht aus dem dämlichen Grund abgelehnt wird, weil jemandem im Ministerium die Farbgebung nicht gefällt.

Die Vergabe von Verteidigungsaufträgen ist das reinste Lotteriespiel, Sir. Die besten Programme werden abgeschossen, während die minderwertigen finanziert werden. Jahre später bekommt das gute Programm endlich grünes Licht, obwohl es dann doppelt so viel kostet, wie ursprünglich veranschlagt war.« Mace wies mit dem Daumen nach draußen, wo das Zelt stand, in dem McLanahans Sohn auf einer Luftmatratze schlief. »Entschuldigen Sie, dass ich das so deutlich sage, Sir, aber ich habe in meiner gesamten Dienstzeit in der Air Force kein Projekt gesehen, das es wert gewesen wäre, einen kleinen Jungen im Winter auf dem Boden schlafen zu lassen, nur damit man daran arbeiten kann. Glauben Sie, dass es außerhalb dieses Stützpunkts irgendjemanden interessiert, ob Sie Erfolg haben oder nicht? Ich kann's Ihnen ehrlich sagen, Sir: Das interessiert niemanden. Kein Projekt ist's wert, dass ein kleiner Junge seinetwegen auch nur einen Schnupfen bekommt.«

In diesem Augenblick sah Daren etwas in McLanahans Blick aufblitzen. Hoppla, dachte er, jetzt ist er sauer auf dich.

Dann lächelte Patrick ein tödliches Lächeln, wenn Daren jemals eines gesehen hatte. »Sie irren sich, Oberst – und haben andererseits Recht.«, sagte er. »Sie irren sich, weil ich dieses Projekt trotz allem für so wichtig halte. Ich habe keinen Einfluss darauf, was das Pentagon davon halten, ob der Kongress die Mittel dafür bewilligen und ob der Präsident seine Einführung anordnen wird – ich kann nur dafür sorgen, dass es funktioniert, und genau das werde ich tun. Andererseits haben Sie Recht, wenn Sie sagen, dass dieses Projekt es nicht wert ist, dass mein Sohn oder ein anderes Kind darunter leidet. Deshalb werden *Sie* die Weiterentwicklung übernehmen. Trauen Sie sich zu, das System so zu verfeinern, dass es komplexe Manöver wie eine Luftbetankung bewältigen kann?«

»Entschuldigung, Sir, aber wir sind beide Navigatoren«, sagte Daren. »Wir wissen verdammt genau, dass man Schimpansen dazu abrichten könnte, einen B-1-Bomber zu fliegen.«

Patrick lachte, und sein Lachen schien das düstere, stickige, laute Innere des kleinen Trailers aufzuhellen. »Sie haben mir in fünf Minuten mehr Hoffnung gemacht, Oberst, als alles andere, was ich in der vergangenen Woche gehört habe. Können Sie mir bei dieser Sache helfen?«

»Ich will's gern versuchen, Sir.«

»Gut.« Er zeigte auf die fünfte Konsole mit dem Techniker, der noch immer mit einem Fehlersuchprogramm kämpfte. »Sehen Sie sich das mal an, Daren. Wir mühen uns schon den ganzen Abend mit diesem Programm ab.«

Mace warf einen kurzen Blick auf den Bildschirm und kniff die Augen zusammen, während er die Anzeigen überflog. »Welches Programm ist das, Sir? Wo haben Sie das her?«

»Meine Leute in Dreamland haben es vor ein paar Jahren geschrieben.«

»Bei allem Respekt, Sir, aber ich glaube, Sie haben sich zu lange in Dreamland herumgetrieben«, sagte Daren. »Dieses Programm ist nicht nur einige Jahre alt – es ist eine Generation zu alt. Die Arbeit in einer supergeheimen Forschungsstätte hat vermutlich den Nachteil, dass man nie erfährt, wenn in der Außenwelt ein wirklich gutes Tool entwickelt wird. Im Rahmen des Global-Hawk-Projekts haben meine Jungs in Beale für die Datenübertragung via Satellit ein Überwachungs- und Synchronisationsprogramm geschrieben, das Ihnen die Schuhe ausziehen wird. Ich bin sicher, dass wir es für die FlightHawks und später auch die B-1 ummodeln können.«

Patrick McLanahan schlug Mace auf die Schulter. »Ausgezeichnet, Daren. Fangen Sie gleich morgen früh damit an.« Er sah auf seine Armbanduhr und verbesserte sich: »Nein, ich meine noch *heute Morgen*. Ich weiß, dass John Long, der Chef der Operationsabteilung, ein recht umfangreiches Einweisungsprogramm für Sie vorgesehen hat. Aber ich werde versuchen, Sie dort möglichst schnell rauszuholen.«

»Kein Problem, Sir. Hier scheint's außerdienstlich ohnehin nicht allzu viel zu tun zu geben.«

»Nicht mal im Donatella's?«

Daren lächelte und merkte dabei, dass er rot wurde.

»Wir behalten unsere Leute ziemlich gut im Auge, Daren.«

»Das war ein interessanter Besuch, Sir, aber ich glaube nicht, dass ich bald wieder hingehen werde«, sagte Daren. »Ich rufe das Pentagon an und beantrage offiziell, dass wir die Software zur Verfügung gestellt bekommen. Dieser Antrag wird natürlich abgelehnt, aber dann telefoniere ich mit meinen Leuten in den Computerlabors in Beale, Palmdale und Wright-Patterson und habe die neuste Version der Software bis mittags überspielt und installiert. Den Dialog zwischen Bodenstation und Flugzeug überlassen wir einfach der Software. Sie sagt uns, wo's hakt und was wir tun müssen, um die Schwachstellen zu beseitigen, und in ein, zwei Tagen läuft dann alles – oder wir müssen irgendwo Geld für neue Computer auftreiben. Aber nach allem, was ich hier gesehen habe, ist die nötige Hardware vorhanden – wir müssen sie nur richtig nutzen und die Fehler ausmerzen. Das dauert wie gesagt ein bis zwei Tage.«

»Ausgezeichnet«, sagte Patrick. Er ging zur Tür und ließ Daren mit einer Handbewegung den Vortritt. »Ich fahre jetzt mit meinem Jungen nach Hause«, fügte er hinzu, »und denke, dass wir zur Abwechslung mal wieder durchschlafen werden.«

»Bestimmt nicht einfach«, meinte Daren, »ein Zweisternegeneral *und* ein allein erziehender Vater zu sein.«

»Mir helfen viele Leute – Freunde, Angehörige, Kindermädchen –, aber ich hätte nie gedacht, dass es so schwierig sein würde«, gab

Patrick zu. »Und noch schwieriger wird alles, wenn meine Schwestern und meine Mutter immer wieder sagen, Bradley sei am besten bei ihnen aufgehoben. Das zerreißt mich förmlich, und ich arbeite noch verbissener an der Lösung irgendwelcher Probleme, um möglichst viel Zeit für ihn zu haben – und grabe mir dadurch nur ein noch tieferes Loch.« Er betrachtete Mace nachdenklich. »Ich wollte, ich hätte Sie von Anfang an für dieses Projekt an Bord geholt, Daren. Bei vernünftiger Überlegung hätte ich früher auf Sie kommen müssen. Und ich hätte Sie anders einplanen sollen. Ich wusste, dass Sie die Global Hawks einsatzfähig gemacht haben – das war der Grund dafür, dass ich Sie überhaupt angefordert habe –, aber dann habe ich leider zugelassen, dass Furness und Long das für Neuzugänge übliche Einweisungsprogramm für Sie ansetzten. Dabei treten wir hier schon seit Wochen auf der Stelle.«

»Ich kann keine Erfolge garantieren, Sir«, antwortete Daren, »aber wir fangen damit an, dass wir uns alle Dialoge zwischen Ihren Systemen und Ihren Flugkörpern ansehen, die Schwachstellen aufspüren und sie eliminieren. Vielleicht haben wir dabei Glück.«

»Mir kommt's schon vor, als hätte ich Glück gehabt«, sagte Patrick. Er schüttelte Daren die Hand. »Ich schlage vor, dass wir uns morgen Nachmittag treffen, damit Sie mich über die ersten Fortschritte informieren können. Und sollten Sie irgendwas benötigen, rufen Sie mich einfach an. Ich beschaffe Ihnen, was Sie brauchen.«

»Ja, Sir.« Mace beobachtete, wie Patrick McLanahan in dem Zelt verschwand, aus dem er wenige Sekunden später mit seinem schlafenden Sohn wieder auftauchte, den er im Schlafsack eingehüllt an seine Brust gedrückt hielt. Der große bewaffnete Androide – Gunnery Sergeant Wilde, hatte McLanahan gesagt – tauchte mit umgehängter »elektromagnetischer Rail Gun« auf und erbot sich, dem General den Jungen abzunehmen, aber Patrick lehnte sein Angebot lächelnd ab.

Das Leben in dieser verdammten Air Force ist manchmal ganz schön beschissen, dachte Mace, als er zu seinem Pick-up zurückging, aber in dieser Sekunde fühlte er sich wie der glücklichste Mann der gesamten US-Streitkräfte. Zum ersten Mal seit vielen, vielen Jahren hatte er wieder das Gefühl, an etwas ganz Besonderem teilzuhaben.

Er konnte es kaum erwarten, sich in die Arbeit zu stürzen. Wahrscheinlich würde er in dieser Nacht kaum ein Auge zutun. Ursprünglich hatte er geglaubt, er werde von Amber und seiner lange zurückliegenden Affäre mit Rebecca Furness träumen. Jetzt vermutete Daren, er werde im Traum Roboterflugzeuge entwickeln.

2

Außerhalb der Stadt Kerki, Westturkmenistan

Zur gleichen Zeit

Nun waren sie wieder so weit wie vor zwei Tagen: knapp an Verpflegung, Wasser und Treibstoff – und allmählich ziemlich verzweifelt.

Einige Dinge hatten sich verändert. Wakil Mohammad Zarazi nannte sich jetzt »General«, und Jalaluddin Turabi nannte sich jetzt »Oberst«. Sie waren mit einer viel größeren Truppe unterwegs, die mindestens zweieinhalb Kompanien, vielleicht sogar ein ganzes Bataillon stark war. Der erbeutete Panzer T-72 fuhr weiter gut, und sie hatten noch reichlich Munition für sein MG, obwohl es ihnen noch immer nicht gelungen war, Granaten für seine Kanone aufzutreiben – was aber keine Rolle spielte, weil ohnehin niemand genau wusste, wie man die Kanone richtete und abfeuerte. Aber ihre Truppe sah jetzt wirklich wie eine kämpfende Einheit aus.

Und sie war jetzt auch kampferprobt. Am Tag zuvor war Zarazis kleine Truppe ungefähr dreißig Kilometer südlich von Kerki von einer turkmenischen Militärpatrouille angegriffen worden. Der Angriff war schlecht vorbereitet gewesen – der junge Leutnant, der die Patrouille führte, hatte offenbar geglaubt, der Anblick von ein paar Panzern, die mit Unterstützung turkmenischer Infanterie vorgingen, würde ausreichen, um sie in die Flucht zu schlagen. In weniger als einer Stunde hatte Zarazi drei Panzer T-55, mehrere gepanzerte Mannschaftstransportwagen, modernere und viel zuverlässigere Handfeuerwaffen und Unmengen von Munition erbeutet, mehrere loyale Kämpfer hinzugewonnen und vor allem einen klaren Sieg errungen.

Aber nun stand die eigentliche Feuerprobe bevor. Zarazi und sein Bataillon marschierten auf der Fernstraße Qarschi-Andchwoy, die Usbekistan, Turkmenistan und Afghanistan miteinander verband, standen kurz vor der Kleinstadt Kisyl-Arwat und waren noch rund fünfzehn Kilometer von ihrem eigentlichen Ziel entfernt: dem turkmenischen Heeresfliegerplatz in Kerki. Spähtrupps hatten gemeldet, an der Brücke über den Fluss Amudarja und dem dortigen Hafen würden reguläre Truppen zusammengezogen. Offenbar wollte die turkmenische Armee sich ihnen bei Kisyl-Arwat entgegenstellen.

Den ganzen Tag waren Militärhubschrauber unterwegs gewesen, um Zarazis Streitmacht zu beobachten. Einen Hubschrauber, der sich zu nahe herangewagt hatte, hatte Zarazi mit einer von der Schulter abgefeuerten Fla-Rakete SA-7 angreifen lassen, die ihn jedoch verfehlt hatte. Seither blieben die turkmenischen Hubschrauber knapp außer Reichweite. Sie griffen nicht an, sondern machten wahrscheinlich nur Fotos und sammelten Informationen, aber ihre Anwesenheit machte jedermann nervös. Zarazi musste irgendwas unternehmen, bevor seine Streitmacht in kleine Trupps zerfiel, die ihr Heil in der Flucht suchten.

Zarazi und Turabi arbeiteten gemeinsam einen Angriffsplan aus. Sie ließen zwei doppelläufige 23-mm-Fla-MKs auf Tieflader hieven und so mit Balken und Planen abdecken, dass ihre Konturen verwischt waren. Dann fuhren sie mit den Tiefladern von mehreren Pick-ups mit Soldaten begleitet am Südufer des Flusses Amudarja die Straße nach Kisyl-Arwat und Kerki entlang.

Es dauerte nicht lange, bis eine Mil Mi-8 der turkmenischen Armee die Kolonne etwa sieben Kilometer östlich von Kerki abfing. Anfangs hielt der Hubschrauber ungefähr zwei Kilometer Abstand und beobachtete die kleine Kolonne nur. Durchs Fernglas konnte Zarazi an der offenen Seitentür den Bordschützen mit seinem 12,3-mm-MG sehen, aber die Mi-8 schien nicht mit Raketen bewaffnet zu sein. Zarazis Männer trugen ihre Gewehre, die jedoch die einzigen sichtbaren Waffen waren. Der Hubschrauber blieb weiter vorsichtig, flog ungefähr vier Kilometer voraus und setzte dort zwölf bis fünfzehn Infanteristen ab, die offenbar eine Straßensperre errichten sollten. Nach einigen weiteren Vorbeiflügen kam die Mi-8 näher heran, wobei der Bordschütze sich an der linken Seitentür bereithielt.

Zarazi wusste, dass sie in Schussweite waren, als der turkmenische MG-Schütze seine Waffe schwenkte und auf das erste Fahrzeug ihrer Kolonne zielte. »Jetzt!«, rief Zarazi laut. »Feuer frei!«

Je zwei Seile, die mit den hinter den Tiefladern herfahrenden Pick-ups verbunden waren, zogen die Planen weg und legten die Fla-MKs frei. Bevor der Pilot reagieren konnte, eröffneten diese das Feuer. Beide Maschinenkanonen hatten schon nach wenigen Sekunden Ladehemmung, aber bei einer Feuergeschwindigkeit von hundert Schuss pro Sekunde genügte dieser kurze Feuerstoß aus vier Läufen. Die beiden Triebwerke des Mi-8 Hubschraubers explodierten; er stürzte ab und bohrte sich mit dem Bug voraus in den Wüstenboden. Sekunden später starben die dreiköpfige Besatzung und zehn weitere Infanteristen bei dem Aufschlagbrand.

Die Hälfte der turkmenischen Soldaten an der Straßensperre – vor allem die Wehrpflichtigen und die Offiziere – ergriffen die Flucht, als sie die am Absturzort aufsteigende Rauch- und Flammensäule sahen; die anderen, vor allem junge Berufssoldaten, hielten die Stellung. Zarazi ließ seinen bewaffneten Mannschaftstransportwagen ungefähr einen Kilometer vor ihnen anhalten, stellte sich auf das Fahrzeug, damit sie ihn sehen konnten und auch wussten, dass er sich nicht vor Scharfschützen fürchtete, und benutzte den Lautsprecher des MTW: »Hier spricht General Wakil Mohammad Zarazi, Diener Allahs und Kommandeur der Ostdivision der Hisbollah. Meine Worte gelten den tapferen Soldaten der Islamischen Republik Turkmenistan, die ihre Befehle befolgt haben … die auf ihrem Posten geblieben sind, um ihre Heimat als Soldaten und echte Männer zu verteidigen. Die anderen von euch, die wie feige Hunde die Flucht ergriffen haben, verdienen es, wie Hunde zu sterben.

Den Tapferen, die standgehalten haben, sage ich Folgendes: Seid ihr wahre Gläubige, die Allah dienen und ihre Heimat und ihre Familien schützen wollen, habt ihr nichts zu befürchten. Weil ihr heute euren Mut und eure Tapferkeit bewiesen habt, lasse ich euch die Wahl: Ihr könnt ungehindert abziehen, zu eurer Einheit zurückkehren und das Schicksal erleiden, das eure feigen Offiziere euch bereiten werden. Ihr könnt bleiben und kämpfen und vernichtet werden. Oder ihr könnt mir und der Hisbollah Treue schwören und euch meiner Armee anschließen. Wir werden euch mit offenen Armen empfangen und euch gestatten, gegen die Feiglinge und Unterdrücker zu kämpfen, die es gewagt haben, sich als eure Vorgesetzten aufzuspielen.

Meine Mission ist einfach: Allah zu dienen, indem ich für seine treuen Kämpfer einen Zufluchtsort in der Wüste erobere, an dem wir üben und uns auf den Dschihad vorbereiten können. Die Kreuzfahrer, die Ungläubigen, die Gottlosen haben unsere bisherigen Ausbildungslager in Afghanistan und Pakistan zerstört. Aber Allah hat mir befohlen, mit meiner Armee eine neue Moschee und ein neues Ausbildungszentrum zu erbauen, und das werde ich tun.

Viele von euch machen sich Sorgen wegen ihrer Familien. Ihnen sage ich: Schließt ihr euch mir an, werde ich eure Angehörigen vor Vergeltungsmaßnahmen schützen. Und kann ich sie nicht retten, werde ich sie rächen. Vergreifen die Feiglinge sich an der Familie eines wahren Dieners Allahs, sollen die Angehörigen der Gerechten ins Paradies kommen, während die Feiglinge ins Höllenfeuer wandern. Das schwöre ich, so wahr Allah mein Zeuge ist. Wählt also klug. Ich gebe euch fünf Minuten Zeit, eure Straßensperre zu beseitigen. Allah sei euch gnädig.«

Turabi grinste anerkennend, als Zarazi sich wieder nach unten in den MTW gleiten ließ. »Dieses ›Preiset-Allah-Zeug‹ hast du allmählich gut drauf, Wakil …«

»Kein Wort mehr, Oberst«, knurrte Zarazi. »Entehren Sie sich nicht, indem Sie Allah lästern!«

Turabi hörte sofort auf zu grinsen. In den letzten Tagen war ihm aufgefallen, welche Veränderung in seinem Freund vorgegangen war. Zarazi glaubte wirklich, Allah habe ihn vom Tode errettet und ihm den Auftrag erteilt, diese Armee aufzubauen und diesen Krieg zu führen. Er war dabei, sich in einen Eiferer zu verwandeln, und Eiferer, das wusste Turabi recht gut, waren Furcht erregende Führer und manchmal gewaltige Kämpfer, aber selten gute Soldaten.

Unabhängig davon, was Zarazi wirklich glaubte, hatte seine kurze Ansprache gewirkt. Bis auf zwei Männer ergaben die an der Straßensperre Zurückgebliebenen sich und schworen der Hisbollah Treue. Die beiden Soldaten, die sich Zarazi nicht anschließen wollten, wurden auf der Stelle erschossen. »Verdammt, General«, sagte Turabi, nachdem Zarazi die Männer persönlich hingerichtet hatte. »Sie hatten versprochen, sie laufen zu lassen, wenn sie sich ergeben. Jetzt haben unsere neuen Männer gesehen, wie Sie Ihr Wort brechen.«

»Ich habe gesagt, dass ich sie leben lasse, wenn sie sich zurückziehen«, stellte Zarazi fest. »Diese beiden waren keine wahren Gläubigen.«

»Sie haben sich ergeben. Wir haben sie entwaffnet. Sie haben vor Ihnen gekniet. Sie wollten sich Ihnen nicht anschließen, aber sie wollten auch nicht kämpfen. Sie wollten nur weiterleben.«

»Oberst, sie haben standgehalten, um ihren Vorgesetzten zu beweisen, dass sie keine Feiglinge sind, aber sie haben nicht gekämpft, weil sie Angst vor dem Tod hatten«, sagte Zarazi aufgebracht. »Woran glauben solche Männer eigentlich? Sind sie Mäuse oder Menschen?«

»Wakil …« Turabi verstummte, als er sah, dass Zarazi ihn warnend anfunkelte. »Äh, General … ich frage Sie nur eines: Wie wollen Sie diese Männer führen – durch Angst oder durch den Glauben an Ihren Auftrag und Ihre Führerqualitäten?«

»Ob sie mich lieben oder fürchten, ist mir egal, Oberst«, antwortete Zarazi. »Folgen sie mir, führe ich sie in die Schlacht. Widersetzen sie sich mir, sterben sie. So einfach ist das.«

»Für uns, die wir Angehörige Ihres Stammes sind, ist das in Ordnung, General«, sagte Turabi. »Wie es seit tausend Jahren bei uns der Brauch ist, sind Sie durch Geburt und das Votum der Stammesältesten unser Führer. Aber jetzt unterstehen Ihnen auch Freiwillige, die an Ihren Auftrag glauben – Männer, die Berufssoldaten sind, viele aus anderen Ländern. Sie erwarten bestimmte Dinge von ihren Führern: Vertrauen, Führungsstärke, Tapferkeit …«

»Alle diese Dinge besitze ich.«

»Sie beweisen weder Vertrauen noch Führungsstärke, wenn Sie

jemanden hinrichten, der sich Ihnen ergeben hat, ganz gleich aus welchem Grund«, stellte Turabi fest. »Sie können ihn gefangen nehmen, ihn freilassen, Lösgeld für ihn verlangen, ihn zu bekehren versuchen – aber Sie dürfen keinen unbewaffneten Mann erschießen.«

»Schluss jetzt, Oberst«, sagte Zarazi scharf. »Ich führe diese Truppe, weil Allah es so will. Mehr gibt's dazu nicht zu sagen. Wir kehren zum Bataillon zurück und planen unseren Angriff auf Kerki. Wir greifen heute Nacht an.«

Turabi blieb nichts anderes übrig, als zu gehorchen. Widerspruch wäre zwecklos gewesen.

Auch wenn ihm Zarazis Führungsstil nicht gefiel, konnte Jaladdin Turabi nicht leugnen, dass er sehr effektiv war. Es war leicht, ihre anfänglichen Erfolge auf die laschen Sicherheitsmaßnahmen an der turkmenischen Ostgrenze, das Überraschungsmoment oder Zarazis zupackende Kühnheit zurückzuführen, aber die Belagerung von Kerki war etwas völlig anderes. Der Heeresfliegerplatz hatte reichlich Zeit, sich auf einen Angriff vorzubereiten; er hatte bereits eine Mil Mi-8 und ihre Besatzung durch feindliches Feuer verloren. Aber die Verantwortlichen glaubten offenbar, der Hubschrauber sei wegen eines technischen Defekts abgestürzt, denn sie richteten den Stützpunkt nicht zur Verteidigung ein.

Bei Einbruch der Dunkelheit schickte Zarazi einen Spähtrupp los, der drei Stunden später zurückkam. »Die Turkmenen bereiten einen Angriff vor«, meldete der Spähtruppführer. »Auf dem Vorfeld stehen acht Transporthubschrauber Mi-8, die offenbar für einen Einsatz vorbereitet werden. Sie tragen Zusatztanks und Waffenbehälter mit Raketen zur Zielmarkierung.«

»Das sind über zweihundertdreißig Mann Infanterie, General«, sagte Turabi. Er hatte es sich vorsichtshalber angewöhnt, Zarazi – auch wenn sie allein waren – nur noch mit seinem selbst verliehenen Dienstgrad anzureden.

»Und hier handelt es sich nicht um Grenzwachen oder eine leichte Infanteriepatrouille – das sind reguläre Soldaten, General«, ergänzte der Spähtruppführer. »Bewaffnet sind sie mit Sturmgewehren, schweren MGs und Granatwerfern. Sie bereiten sich mit starken Kräften auf einen massiven Angriff vor.«

»Wann dürfte er Ihrer Ansicht nach stattfinden?«

»Wahrscheinlich bei Morgengrauen oder kurz danach«, sagte der Spähtruppführer. »Laut Wettervorhersage könnte es morgen früh einen kleinen Sturm, vielleicht einen Sandsturm geben.«

»Habt ihr weitere Maschinen gesehen?«

»An die anderen Hubschrauber sind wir nicht rangekommen«, meldete der Spähtruppführer. »Aber sie sind da und stehen gut bewacht in den Hallen: vier Kampfhubschrauber Mi-24. Wir haben panzerbrechende Raketen, Bomben und MGs in Waffenbehältern gesehen – sie werden schwer bewaffnet.«

Die Mil Mi-24 war der gefährlichste Kampfhubschrauber der ehemaligen Sowjetunion: schnell, schwer bewaffnet und sehr treffsicher. Während der sowjetischen Besetzung Afghanistans hatten die Paschtunen ihm den Spitznamen *Krascha* – Totengräber – gegeben, weil er einen erledigen und gleichzeitig ein Loch hinterlassen konnte, das groß genug war, um als Grab zu dienen. »Bringen sie diese Kampfhubschrauber in die Luft, General«, sagte Turabi ernst, »sind wir tot. So einfach ist das.«

Die Männer starrten Zarazi unverkennbar ängstlich an. Der Osten Turkmenistans war flach und deckungslos – auf diesen freien Flächen hatten sie keine Chance gegen einen Kampfhubschrauber wie die Mi-24. Früher hatten manche von ihnen ähnliche Angriffe nur überlebt, weil sie sich in die Berge hatten flüchten können, wo der Hubschrauber sie nicht aufspüren konnte; in den Bergen musste die Mi-24 landen und die Infanteristen absetzen oder aufgeben und heimfliegen. Aber hier in freiem Gelände wäre ein Marsch auf Kerki Selbstmord gewesen. Selbst ihre 23-mm-Fla-MKs konnten nichts gegen Mi-24 ausrichten, die aus großer Entfernung mit Lenkwaffen, Raketen und Bug-MGs angriffen.

»Anscheinend haben wir nur noch eine einzige Chance – wir müssen uns ergeben«, sagte Zarazi. Turabi starrte ihn entsetzt an, aber dann sah er, dass sein alter Freund schon dabei war, mit Hochdruck einen Schlachtplan auszuarbeiten. »Oberst, lassen Sie Ihre Männer absitzen und die Fahrzeuge entladen. Wir haben in Kerki etwas zu erledigen. Aber zuerst müssen Sie etwas für mich erledigen …«

Battle Mountain Air Force Base, Nevada
Später am selben Morgen

Daren Mace war bei Tagesanbruch auf den Beinen und aus seinem kleinen Motel in der Nähe der Raststätte zum Stützpunkt unterwegs. Obwohl es noch sehr früh war, beschloss er, zu seiner neuen Staffel zu fahren. Er öffnete das kleine Kunststoffetui und fand darin ein Gerät, das hinters Ohr geklemmt wurde: einen winzigen hinter dem Ohr getragenen Sender und Empfänger. In dem Etui lag keine Gebrauchsanweisung. Daren wusste nicht, ob das Ding funktionierte, deshalb fragte er versuchsweise: »Offizier vom Dienst?«

»Hier ist der Offizier vom Dienst, Oberst Mace«, antwortete eine Frauenstimme sofort. »Willkommen auf der Battle Mountain Air Force Base.«

»Danke«, sagte Daren. Die Luft über dem gesamten Gelände musste vor Datenströmen vibrieren, die ständig drahtlos übermittelt wurden – er hatte noch keinen Stützpunkt erlebt, der so eng vernetzt gewesen war. »Wie komme ich zur Einundfünfzigsten Bomberstaffel?«

»Geradeaus weiter, an der Powell Street rechts, an der Ormack Street links und am Seaver Circle wieder rechts«, antwortete die freundliche, aber doch etwas ausdruckslose Stimme. »Vor dem Staffelgebäude finden Sie den für Sie reservierten Parkplatz.«

»Danke. Ich bin gleich da.«

Der Seaver Circle erwies sich als die parallel zu den Abstellflächen verlaufende Hauptstraße. Was er aus der Ferne für Hangars gehalten hatte, waren in Wirklichkeit Alarmshelter für Flugzeuge – riesige, an beiden Enden offene Schutzbauten, durch die selbst große Flugzeuge rollen konnten. Er sah acht Tankflugzeuge KC-125R Stratotanker in ihren Sheltern aufgereiht stehen. Das enttäuschte ihn etwas – die 51. Staffel war anscheinend eine Luftbetankungsstaffel. Obwohl er in seiner Laufbahn mit allen möglichen Flugzeugmustern zu tun gehabt hatte, hatte er eine Vorliebe für Kampfflugzeuge, vor allem für die ganz schnellen Maschinen. Tanker waren ein großartiger und wichtiger Teil der Air Force, aber die Versetzung zu ihnen würde eine ziemliche Umstellung bedeuten. Und wo standen die B-1-Bomber, an denen McLanahan arbeitete?

Die einzigen Soldaten, die er sah, gehörten zu einem Reinigungskommando, das mit einem großen Staubsauger auf einem Lastwagen unterwegs war, um Rollwege und Runway von Fremdkörpern zu befreien. Da solche Fremdkörper mehr Militärflugzeuge beschädigten als feindlicher Beschuss, war es wichtig, die Rollflächen regelmäßig abzusaugen, aber das war die einzige Aktivität, die Mace entdecken konnte. Wo zum Teufel steckten die Wartungsmannschaften?

Außerhalb des hohen Zauns, der das Vorfeld umgab, stand ein einstöckiges Gebäude, vor dem er den für ihn reservierten Parkplatz fand. Der Eingang des fast quadratischen Gebäudes aus Ziegeln und Hohlblocksteinen war unbewacht, aber die massive Tür war abgesperrt. Mace öffnete den Metallkasten neben der Tür, in dem er ein Telefon vermutete, und sah darin nur ein Kameraobjektiv und eine kleine Glasplatte mit ungefähr fünf Zentimetern Seitenlänge. Er wollte den Kasten schon wieder schließen und einen anderen Eingang suchen – oder erneut den Offizier vom Dienst rufen –, als ihm das Gerät einfiel, mit dem der Sky Cop seine Daumenabdrücke registriert hatte. Als er einen Daumen auf die Glasplatte legte, hörte er tatsächlich einen elektrischen Türöffner und konnte die Tür aufziehen. Dahinter lag ein kleiner Raum, eine Art Sicherheitsschleuse, die nur Platz genug für eine Person mit etwas Gepäck bot. Sobald die äußere Tür sich hinter ihm schloss, hörte er ein leises Summen, das ihn an ein Röntgengerät erinnerte – und vermutlich auch eines war. Als dieser Ton verstummte, ging die innere Tür auf.

Die kleine Eingangshalle dahinter sah wie der Empfangsbereich jedes Staffelgebäudes aus: sauber und ordentlich, nur noch aufgeräumter. Tatsächlich wirkte sie fast unbenutzt. An beiden Seitenwänden stand je eine Trophäenvitrine, beide jedoch leer. Der Raum roch nach frischer Farbe und neuem Teppichboden, als sei er erst vor kurzem renoviert worden.

Als er den Eingangsbereich betrat, sagte die Frauenstimme von vorhin in seinem Ohrhörer: »Willkommen, Oberst Mace. Ihr Besuch wartet in Ihrem Dienstzimmer. Ich werde ihm melden, dass Sie hier sind.«

Mace sah sich um. Außer ihm war niemand in der Eingangshalle. »Wo sind Sie?«, fragte er laut. »Offizier vom Dienst, wie heißen Sie? Warum sind Sie nicht hier draußen?«

»Ich bin ein elektronischer Offizier vom Dienst, Sir«, antwortete die Stimme. »Kann ich Ihnen irgendwie behilflich sein, können Sie mich immer und jederzeit über Ihr Komlink erreichen, indem Sie Ihrer Frage meinen Namen voranstellen: Offizier vom Dienst.«

Das ist eine verdammte *Maschine?*, fragte er sich. Ich war zu einer *Maschine* höflich? »Tut hier niemand Dienst?« Als keine Antwort kam, formulierte er seine Frage anders: »Offizier vom Dienst, tut hier niemand Dienst?«

»Ich bin immer im Dienst, Oberst Mace. Sie können mich jederzeit und immer erreichen – über Ihr Komlink, über die taktischen VHF- und UHF-Frequenzen des Stützpunkts oder indem Sie die Telefonnummer der Staffel wählen.«

Er machte einen Rundgang durchs Erdgeschoss des Staffelgebäudes, ohne viel zu entdecken. Einige Dienstzimmer, alle abgesperrt; ein Raum für Einsatzbesprechungen, der ebenfalls unbenützt wirkte; ein Fernsehraum – der erste Raum in diesem Gebäude, das fiel ihm auf, der Fenster hatte. Auf dem großen HDTV-Gerät lief ein Nachrichtenprogramm. Möbliert war der Fernsehraum im nüchternen Stil einer Cafeteria, aber an der Rückwand standen wenigstens einige Sofas.

Daren kam es lächerlich vor, eine Maschine mit »Offizier vom Dienst« anzureden. »Wo ist mein Dienstzimmer?«, fragte er ungeduldig. Als das System nicht antwortete, rief er aufgebracht: »Offizier vom Dienst, wo ist mein *gottverdammtes* Dienstzimmer?«

»Rechts den Korridor entlang, vierte Tür rechts, Oberst Mace«, antwortete die Stimme.

»Okay«, sagte er. Als er sich der Tür näherte, hörte er das Schloss leise klickend aufspringen. Hinter der Tür lag ein anscheinend unbenutztes Vorzimmer mit Schreibtisch, Computer und Aktenschränken; dann kam die Tür zu seinem Dienstzimmer, deren Schloss ebenfalls aufsprang, als er sich ihr näherte. Erstaunlich, sagte er sich. Hier wird man offenbar auf Schritt und Tritt überwacht. Der elektronische Offizier vom Dienst wusste immer, wo er sich gerade aufhielt, sah seine Bedürfnisse wie das Aufsperren einer Tür voraus, und nahm ihm die Arbeit ab. Er konnte es kaum erwarten, weitere Beispiele für die Vielseitigkeit dieser Maschine zu erleben.

Und dann sah er, dass sein Dienstzimmer nicht leer war. An seinem Schreibtisch saß Rebecca Furness.

Er beobachtete, wie sie aufstand und die Lippen öffnete, als wollte sie etwas sagen; dann schwieg sie aber doch, und er nutzte diesen Augenblick, um sie genauer zu betrachten.

Rebecca war natürlich älter geworden – genau wie er. Sie war groß, noch immer sportlich schlank und mit weiblichen Rundungen, die keine Fliegerkombi – wie McLanahans war ihre verknittert und abgetragen – verbergen konnte. Ihr braunes Haar, das früher reichlich schulterlang gewesen war, trug sie jetzt kürzer; es war dunkler, als er es in Erinnerung hatte, und von einzelnen Silberfäden durchzogen, aber aus ihren mandelförmigen Augen blitzte noch immer die alte Energie.

»Hallo, Oberst«, sagte sie einfach. Ihre Aussprache war präzise, ihr Tonfall, mit dem sie ihn siezte, nüchtern und unpersönlich. Im Dienst war Rebecca Furness immer streng sachlich gewesen, würde es vermutlich immer sein. »Hoffentlich stört es Sie nicht, dass ich Ihr Dienstzimmer benutze. Unser hiesiges Raumangebot ist nicht gerade überwältigend.«

»Hallo, Rebecca. Das nenne ich eine Überraschung.« Daren streckte ihr die Hand hin, die sie mit kräftigem Druck ergriff. Auch dieser Händedruck blieb sachlich. Früher hatte sie den Spitznamen »Eiserne Jungfrau« gehabt – vielleicht hatte sie ihn noch, das wusste er nicht –, weil sie gegenüber allem und jedermann kühle Sachlichkeit an den Tag legte. Trotzdem kannten sie sich gut, hatten sogar eine »Affäre« gehabt, wenn man so wollte. Aber er konnte sich aus der kurzen Zeit, in der sie zusammen gewesen waren, nur an einige wenige zärtliche Augenblicke erinnern.

Mace überraschte sich selbst, indem er sie leicht zu sich heranzog und den Händedruck in eine freundschaftliche Umarmung verwandelte. Auf dem Fußboden zwischen ihnen stand eine Helmtasche oder etwas in dieser Art, sodass er sich unbeholfen nach vorn beugen musste, um Rebecca umarmen zu können. Er hatte nur eine lässige Umarmung zweier alter Freunde im Sinn, bei der es nicht darauf ankam, ob etwas auf dem Boden zwischen ihnen stand …

… aber dieser Gedanke verblasste rasch, als aus der lässigen eine innige Umarmung wurde, die zu einem leidenschaftlichen Kuss führte, wie Daren ihn schon lange nicht mehr genossen hatte.

Alles endete jedoch so schnell, wie es begonnen hatte. Daren spürte, wie ihr Körper und ihre Lippen sich versteiften, und wusste, dass ihre private kleine Wiedersehensfeier vorüber war. Er trat zwei Schritte zurück und betrachtete ihr Gesicht. Es trug wieder seinen geschäftsmäßigen Ausdruck, aber auch als er genau hinsah, konnte er keine Spur von Verärgerung entdecken – leichte Verwirrtheit, bestimmt keine Freude, aber auch keine Zurückweisung. Sie schien die reine Spontaneität dieses Kusses zu akzeptieren, gestattete sich, ihn einen Augenblick lang zu genießen, und verdrängte ihn dann aus ihrem Bewusstsein.

»Willkommen in Battle Mountain, Daren«, sagte sie, als falle ihr nichts anderes ein, um die verlegene Pause zu überbrücken. Sie deutete auf das Sofa an der Rückwand des Raums; er nahm darauf Platz und nickte dankend, als sie ihm eine Flasche Mineralwasser hinstellte, die sie aus dem kleinen Kühlschrank holte, bevor sie sich in einen der Sessel auf der anderen Seite des Couchtischs setzte. »Hast du dich schon ein bisschen eingewöhnt?«

»Rebecca, dieser Besuch im Donatella's …«

»Schon in Ordnung. Du bist erwachsen – zumindest nach Lebensjahren –, und der Laden ist nicht off limits.«

»Ich war vorher noch nie in einem Bordell.«

»Hat's Spaß gemacht?«

»Ich hab nichts gemacht.«

»Schon gut, Daren.«

»Ich hab *nichts* gemacht!«

»Okay, okay«, sagte Rebecca. Seine Verlegenheit brachte sie unwillkürlich zum Lächeln, und sie spürten beide, wie die Spannung zwischen ihnen allmählich schwand. »Du siehst gut aus, Daren. Echt großartig. Klasse, finde ich.«

»Danke.«

»Du hängst wohl nicht mehr in Biker Bars herum?«

»Ab und zu fahre ich mal zu einer«, sagte er. »Du weißt schon, die Midlife-Crisis – da muss man einfach eine Harley haben. Aber Bier und Pizza sind gestrichen. Meine Cholesterin- und Blutdruckwerte haben sich ein Wettrennen geliefert, um zu sehen, wer mich zuerst umbringen kann.« Rebecca nickte lächelnd. »Und du siehst wie immer wundervoll aus. Die kürzere Frisur gefällt mir auch.« Darauf folgte die nächste von zahlreichen verlegenen Pausen. »Glückwunsch zu deinem ersten Stern«, fügte Daren rasch hinzu. »Du hast ihn verdient, das steht fest.«

»Danke.«

Die verlegene Pause Nummer drei. Ein Glück, dass man zwischendurch einen Schluck aus der Wasserflasche nehmen kann, dachte er. »Und jetzt bist du hier Geschwaderkommodore. Auch dazu meinen Glückwunsch.« Er musterte sie ernsthaft. »Meine Versetzung hierher verdanke ich wohl dir?«

»Deine Laufbahn war Empfehlung genug.«

»Meine Laufbahn sieht beschissen aus, das wissen wir beide, Rebecca«, widersprach Mace. »Mein letztes Aufgabengebiet als frisch beförderter Oberst war die Leitung der Bildstelle, die audiovisuelle Präsentationen fürs Pentagon produziert. Als ich in meiner Schulzeit Spätschichtmanager bei McDonald's war, hatte ich mehr Verantwortung zu tragen.«

»Wir müssen alle irgendwann auch einen Schreibtischjob übernehmen.«

»Welcher war denn deiner – das Bombergeschwader in Reno oder der Posten als erste Beraterin für Luftangriffe beim Oberbefehlshaber im Pazifik?«

»Das klingt nach Verbitterung. Der Air Force gegenüber? Dafür bist du eigentlich nicht der Typ.«

»Immerhin hast du dich auf deinem Weg nach oben an einen alten Freund erinnert – neun Jahre später.«

»Wir verlegen uns jetzt auf Sarkasmus und Ressentiments *mir* gegenüber, was? Ich rate Ihnen dringend, von dieser Haltung sofort abzurücken, Oberst.« Daren verstummte und senkte kurz den Blick – sein einziges Zugeständnis an ihren Dienstgrad und ihre Autorität. »Brauchst du einen Seelendoktor, der dir hilft, diese Ressentiments und das Gefühl, nicht anerkannt zu werden, zu überwinden, Daren, dann finden wir einen für dich. Aber wir haben ein Geschwader zu führen. Willst du deinen Nabel betrachten und analysieren, welche Gefühle du deinem Vater gegenüber empfindest, oder willst du mitkommen und dich hier umsehen?«

Er stand auf, ging aber nicht zur Tür. Auch sie stand auf und musterte ihn prüfend. »Rebecca, du weißt, dass ich dir für alles dankbar bin, was du für mich ...«

»Ich habe nur deinen Namen ins Spiel gebracht – den Rest haben General McLanahan und die Air Force erledigt«, unterbrach sie ihn. »Auch wenn du in letzter Zeit vielleicht ein paar langweilige Jobs gehabt hast, musst du trotzdem irgendwas richtig gemacht haben, sonst wärst du nicht hierher versetzt worden. General McLanahan nimmt jeden persönlich unter die Lupe, der diesen Stützpunkt betritt. Und über dich weiß ich nur, was du sagst und was du tust, Daren. Ich frage mich manchmal, ob ich dich je richtig gekannt habe.«

»Wahrscheinlich hast du Recht«, stimmte Mace zu. Er bedachte sie mit einem viel sagenden Grinsen. »Aber meiner Erinnerung nach hatte keiner von uns große Lust, die Gefühle des anderen zu erforschen. Ich glaube, wir haben beide nur an *eines* gedacht.«

Rebecca lächelte, obwohl es ihr widerstrebte, sich von ihm an die damalige Zeit erinnern zu lassen. Sie mochte sich nicht eingestehen, dass sie manchmal einen Mann *brauchte* – Männer waren für so viele Kopfschmerzen, Kummer, Blockaden und Niederlagen in ihrer Laufbahn verantwortlich gewesen. Aber damals, als ihre Karriere, ihr Selbstwertgefühl und die gesamte Welt gleichzeitig aus den Fugen zu gehen drohten, hatte sie das Bedürfnis gehabt, von einem Mann gebraucht zu werden, der keine Ansprüche an sie stellte. Daren war für sie da gewesen, und er hatte sie nicht enttäuscht. Er war liebevoll, ohne sich an sie zu klammern oder sie einzuengen, stark, ohne ein Macho zu sein, und sensibel, ohne ein Waschlappen zu sein.

Und Mace hatte nie etwas verlangt. Folglich hatte er nie etwas bekommen. Wie wäre er wohl, fragte sie sich, wenn er anfinge, Respekt einzufordern, statt ihn sich mühsam zu verdienen – wie Rinc Seaver?

Rinc war ihr unbedachtes romantisches Abenteuer gewesen, das eine Lücke in ihrem Leben ausgefüllt hatte, als sie Daren Mace durch Beförderungen überholt hatte. Beide Männer waren starke Persönlichkeiten, sahen gut aus und waren hochintelligent. Leider war Rinc Seaver sich dessen sehr bewusst gewesen und hatte dafür gesorgt, dass seine Umgebung darüber nie im Zweifel war. Er hatte einen Minderwertigkeitskomplex vom Format der Golden Gate Bridge mit sich herumgeschleppt, von dem ihn nur eine Atombombe hätte befreien können.

Leider war er genau dadurch zu Tode gekommen.

»Daren, ich freue mich, dich hier zu haben«, sagte Rebecca ernsthaft. »Und ich freue mich, dich wiederzusehen. Aber mir fehlt die Zeit, mir über deine Gefühle gegenüber der Air Force oder mir gegenüber Gedanken zu machen. Ich bin hier, um ein fliegendes Geschwader aufzustellen, und habe dich zu meiner Unterstützung angefordert. Ich habe dich empfohlen, weil ich weiß, dass du dieser Aufgabe gewachsen bist. In Plattsburg warst du der De-facto-Kommodore, als außer dir niemand auf dem gesamten Stützpunkt eine Ahnung davon hatte, wie man ein Geschwader mit Kernwaffenträgern aufstellt. Das hast du glänzend bewältigt. In Beale hast du Erstaunliches bei der Aufstellung des Global-Hawk-Geschwaders geleistet. Jetzt brauche ich dich, damit du die Einundfünfzigste Staffel durch die Aufstellungs- und Ausbildungsphase führst. Ich zähle auf dich.»

»Du weißt, dass du dich auf mich verlassen kannst, Rebecca«, sagte Daren. Wieder ein seltsamer Kommentar. Was war so schwierig daran, eine Einheit mit KC-135 aufzustellen? Der Stratotanker flog schon seit vierzig Jahren und würde vermutlich noch mindestens zehn bis zwanzig Jahre lang fliegen. Was geht hier vor?, fragte Mace sich. Er sagte jedoch: »Dieses Wiedersehen mit dir … nun, es hat ein paar alte Wunden aufgerissen, das ist alles. Aber darüber bin ich hinweg.« Er nickte und fügte lächelnd hinzu: »Der Kuss hat nicht gerade geholfen – aber geschadet hat er auch nicht.«

»Freut mich, beides zu hören.« Sie ging zur Tür. »Komm, ich mache eine kleine Rundfahrt mit dir. Du wirst deinen Augen nicht trauen.«

»Auf diesem Stützpunkt«, sagte Rebecca, als Daren zu ihr in den Fernsehraum kam, »soll die modernste Militäreinrichtung der Welt entstehen: mit höchster Sicherheitsstufe, so geheim, wie man einen Flugplatz nur machen kann, und bei jedem Wetter, in jeder taktischen Situation einsatzbereit. Die Battle Mountain Air Reserve Base ist seit über fünfzig Jahren der erste USAF-Stützpunkt, der von Grund auf neu entsteht.«

»Soviel ich bisher gesehen habe, ist er topmodern ausgerüstet«, bemerkte Daren. Was zum Teufel gab es hier viel zu loben? Auf dem gesamten Stützpunkt standen nicht mehr als ein Dutzend Gebäude, und außer den Sensoren und Datennetzen, die es hier offenbar gab, waren keinerlei Sicherheitsvorkehrungen zu erkennen. Der größte Teil des Stützpunkts sah wie nicht eingezäuntes Weideland aus. Die Shelter hatten nicht einmal Tore... und Daren wusste, wie kalt und schneereich die hiesigen Winter waren.

Rebecca warf Daren einen listigen Blick zu, der ihm auffiel. Warum sah sie ihn an, als ginge der Spaß auf seine Kosten? »Auf dem Papier sind wir weiterhin ein Stützpunkt der Nevada Air National Guard«, fuhr sie fort, »deshalb haben wir kaum Geld für Unterkünfte auf dem Platz oder Freizeiteinrichtungen – diesen Bedarf muss die örtliche Wirtschaft decken. Aber wir bekommen viel Unterstützung von der Air Force, mit deren Hilfe wir allmählich solche Einrichtungen schaffen wollen.« Sie sah auf ihre Uhr. »In einer Viertelstunde startet ein Tanker, und da wir als Einzige unterwegs sind, führen wir die letzte Sichtkontrolle durch. Komm, wir fahren raus.«

»Okay«, sagte Daren. Eine letzte Sichtkontrolle bei einem Tanker KC-135? Solche Kontrollen fanden normalerweise nur bei Flugzeugen statt, die Zeug wie Bomben oder Lenkwaffen verlieren oder versehentlich abwerfen konnten. Aber so waren sie wenigstens beschäftigt. Sie stiegen in einen Suburban, der mit Funkgeräten und einem Beschleunigungsmesser zur Bestimmung des Bremskoeffizienten der Runway voll gestopft war, und rasten einen Rollweg entlang. Am Abflugpunkt der Startbahn blieb Rebecca mit eingeschalteten Blinkleuchten an der Haltelinie stehen.

»Wann rechnest du mit der Fertigstellung eures Kontrollturms?«, fragte Daren sie.

»Wir bekommen keinen«, antwortete Rebecca. »Wir kontrollieren den Platz durch Sensoren im Boden sowie Kameras und Radar für Oberfläche und Himmel.«

»Macht dir nicht Sorgen, dass ihr euch ganz auf all diese Sensoren und Prozessoren verlasst?«, fragte Daren. »Würdest du dich nicht sicherer fühlen, wenn hier draußen zusätzlich einige Augenpaare aufpassen würden?«

»Ich zeige dir anschließend die Sicherheits- und Überwachungsabteilung – du wirst nicht glauben, was wir alles sehen können«, sagte Rebecca. Sie bekam grünes Licht, überzeugte sich mit einem Blick nach beiden Seiten, dass keine Maschine landete, und fuhr zum anderen Ende der Bahn weiter. »Trotzdem beschäftigen wir für viele Aufgaben – zum Beispiel fürs Absuchen der Bahn – noch Menschen. Unsere Sensoren können erbsengroße Metallstücke auf der Runway entdecken, aber wir lassen sie weiter von Menschen absuchen. Manche Gewohnheiten lassen sich nicht einfach abschaffen, denke ich.«

»Wo hat General McLanahan sein Dienstzimmer, Rebecca?«, fragte Daren.

»Du hast den General schon kennen gelernt?«

»Letzte Nacht, als er drüben auf der anderen Seite der Runway in einem virtuellen Cockpit in einem Trailer gearbeitet hat.«

»Hmmm. Er hat hier eigentlich gar kein Dienstzimmer. Er ist viel unterwegs, meistens auf der TTR oder in Dreamland.« Die TTR oder Tonopah Test Range war ein geheimes Flug- und Waffenerprobungsgebiet, das vom 99. Geschwader auf der Nellis Air Force Base bei Las Vegas verwaltet wurde. Auf der TTR wurden hochwertige Waffensysteme vor ihrer Einführung in umfangreichen Versuchsreihen erprobt.

»Darf er die hier stationierten Maschinen fliegen?«

»Der General hat die Musterberechtigung für alle hier stationierten Flugzeuge. Tatsächlich gehört er mit mir zu den *wenigen* Leuten, die entsprechend qualifiziert sind«, bestätigte Rebecca. »Du wirst's nicht glauben, Daren, aber ich weiß selbst nicht genau, was der General hier macht. Ich weiß, dass er versucht, hier in Battle Mountain eine Art High-Tech-Kommandozentrale für gemeinsame Operationen einzurichten …«

»*Hier?* Ihr habt nicht mal Platz für eine Tankerstaffel, von einer Kommandozentrale ganz zu schweigen. Und von welchen ›gemeinsamen Operationen‹ redest du? Ich sehe hier nur ein paar Tanker. Oder soll hier in den kommenden fünf Jahren noch etwas anderes aufgestellt werden?«

»Wart's nur ab.«

Einige Minuten später rollte ein KC-135R-Stratotanker die Bahn entlang, hielt aber weit vor der Wendefläche, auf der letzte Sichtkontrollen normalerweise durchgeführt wurden. »Kommt schon, Jungs, rollt hierher, wir beißen nicht«, murmelte Daren. Er sah, dass Rebecca ein weiteres Lächeln unterdrückte. »Warum rollt er nicht bis zur Wendefläche?«

»Dort steht er vorläufig gut«, sagte Rebecca. Sie sprach in ihr Komlink: »Bobcat vier-eins, Alpha, bitte um Freigabe zur Sichtkontrolle.«

»Verstanden, Alpha, Radare aus, Bremsen fest, frei zur Kontrolle.«

»Alpha kommt.« Sie fuhren langsam eine Runde um den Stratotanker, überzeugten sich davon, dass alle Luken geschlossen, die roten Warnbänder abgenommen, die Schlüssel der Fahrwerksverriegelung herausgezogen und die Reifen in gutem Zustand waren; außerdem kontrollierten sie, ob die Klappen in Startstellung ausgefahren waren, die Tanksonde eingefahren und die Heckstütze abgenommen war. Die KC-135R stellte eine mit stärkeren Triebwerken nachgerüstete Version der ehrwürdigen KC-135 dar, einer Boeing 707 mit einer Anbaugondel für den Sondenoperator, einem rückwärtigen Beobachtungsfenster, einer Lichtsignalanlage für anfliegende Maschinen, einer Betankungssonde und Treibstoffpumpen; alternativ konnte sie auch als mittlerer Transporter für mittlere Entfernungen eingesetzt werden. Daren fiel auf, dass diese KC-135 auch mit Schlauch-und-Trichter-Sonden an den Flügelenden ausgerüstet waren, damit sie auch Flugzeuge der U.S. Navy, des Marine Corps, der NATO und anderer Staaten, die dieses System eingeführt hatten, betanken konnten. Die Kennung auf dem Seitenleitwerk begann mit *BA* – für Battle Mountain.

»Sieht alles gut aus, finde ich«, sagte Daren.

»Das finde ich auch«, bestätigte Rebecca. Sie sprach wieder in ihr Komlink: »Bobcat vier-eins, hier Alpha, Sichtkontrolle abgeschlossen. Sie scheinen in Startkonfiguration zu sein. Guten Flug!« Daren erklärte sie: »›Bobcat‹ ist das Rufzeichen unserer Einheit; die Tanker beginnen mit ›vier‹.«

»Vier-eins verstanden, danke«, antwortete der Pilot.

»Benützt du immer das Komlink, auch um mit Flugzeugen zu sprechen?«, fragte Daren.

»Das Komlink ist mehr als nur ein Handy; es kann sich in viele Funkfrequenzen, in Satellitenkommunikation und Computernetzwerke – ungefähr ein Dutzend Systeme – einklinken«, sagte Rebecca. »Es ist abhörsicher, und seine Tonqualität ist ziemlich gut, deshalb benützen wir es dauernd. Eine noch kleinere Ausführung wird bereits entwickelt.«

Rebecca begann um die KC-135 herumzufahren – und zwar auf der linken Seite, damit der Pilot ihren Suburban gut sehen konnte. »Bekommen unsere Tanker die üblichen Aufträge von allen Teilstreitkräften«, wollte Daren wissen, »oder nur von …?« Er schwieg verblüfft und brachte vor Staunen den Mund nicht mehr zu.

Direkt vor der KC-135R, auf der für letzte Sichtkontrollen benutzten Wendefläche, standen zwei überschallschnelle Bomber B-1B Lancer. Sie schienen aus dem Nichts aufgetaucht zu sein! »Was … zum … *Teufel …?*«

»Was?«

»Du weißt genau, was ich meine! *Wo sind diese Bomber hergekommen?*«

»Soll das heißen, dass du sie beim Herfahren nicht bemerkt hast?«, fragte Rebecca völlig ernst.

»Erzähl mir keinen Scheiß, Rebecca!«

»Okay, okay«, sagte sie beschwichtigend. »Wir kontrollieren sie rasch, danach erkläre ich dir alles.«

Mace war fast sprachlos, aber hier erwarteten ihn weitere Überraschungen. Als Erstes fiel ihm auf, dass die Schwenkflügel der B-1 nicht maximal gespreizt waren. »Sie sehen nicht so aus, als wären sie in der Startkonfiguration«, sagte er.

»Diese Flugzeuge schon«, erklärte Rebecca ihm. »Im Allgemeinen lassen unsere Bomber ihre Tragflächen in allen Flugphasen gepfeilt.«

»Aber wie können sie das?«

»Durch Beplankungstechnologie, die sich den Einsatzbedingungen anpasst«, antwortete sie. »Der gesamte Rumpf ist ein Auftrieb erzeugender Körper und zugleich Steuerorgan. Komm, wir führen die Kontrollen durch, danach erkläre ich dir alles.« Sie nahmen die letzte Sichtkontrolle bei den Bombern vor. Sobald sie fertig waren, starteten die beiden B-1, und der Tanker hob kurz nach ihnen ab. Keine fünf Minuten später herrschte wieder Stille auf dem Flugplatz. Rebecca fuhr zur Wendefläche hinüber.

»Rebecca, wo sind diese Bomber hergekommen?«, fragte Daren aufgeregt. »Und wie... wann... Scheiße, Rebecca, was geht hier vor?«

»Das wirst du gleich sehen.« In diesem Augenblick spürte Daren ein leichtes Rumpeln unter ihrem Fahrzeug.

Und dann sank der Teil der Wendefläche, auf dem sie standen, langsam in die Tiefe!

»Ihr habt tatsächlich einen *unterirdischen Stützpunkt angelegt?«*, fragte Mace ungläubig. Zwei riesige Abschnitte der Wendefläche waren in Wirklichkeit Flugzeugaufzüge – wie auf einem Flugzeugträger, aber drei- bis viermal größer. Er beobachtete erstaunt, wie der Aufzug an meterdicken Schichten aus Stahlbeton, gewachsenem Fels und Panzerstahl vorbei in die Tiefe sank, bis sie eine von Bogenlampen erhellte unterirdische Ebene erreichten. Sechs Stockwerke unter dem Erdboden herrschte reger Verkehr: jede Menge Soldaten und alle möglichen Transportmittel. »Unglaublich!«

»Ein Wunderwerk der Technik«, bestätigte Rebecca. »Insgesamt gibt's acht dieser Aufzüge, je zwei an beiden Enden der Runway und vier auf der Abstellfläche. Wir haben ein mit Solarstrom arbeitendes Reservesystem, mit dem Aufzüge und Lüftungsanlage betrieben werden können, falls die Stromversorgung von außen ausfällt. Der Stützpunkt lässt sich gegen Angriffe mit biologischen oder chemischen Kampfstoffen abdichten und könnte nur durch einen Kernwaffenvolltreffer lahm gelegt werden. Hier unten ist Platz für zweitausend Männer und Frauen plus zwanzig Flugzeuge. Im Augenblick sind hier zwölf stationiert.«

Als der riesige Aufzug, der Daren wie ein sich bewegender Straßenblock erschien, ganz unten zum Stehen gekommen war, fuhren sie auf einen Parkplatz und stiegen aus, damit er die Anlage zu Fuß besichtigen konnte. Der Komplex war wahrhaft eindrucksvoll. Sah man von den unvermeidlichen Echos ab, erinnerte er an das nachts von Strahlern beleuchtete Vorfeld irgendeines Militärflugplatzes. Das Bunkergeschoss schien sich nach allen Seiten ins Unendliche zu erstrecken. »Ich … ich kann's nicht glauben!«, sagte Daren, dem der Atem stockte. »Man hat überhaupt nicht das Gefühl, unter der Erde zu sein, aber wenn man sich daran erinnert, erscheint einem alles unwirklich. Wie ist es überhaupt möglich, den Komplex so gut zu belüften?«

»Die Luftzirkulation funktioniert ausschließlich passiv«, erklärte Rebecca ihm. »Die von außen zugeführte Luft steigt durch natürliche Risse und Spalten im gewachsenen Fels über uns auf. Wir mussten kein einziges Loch bohren, um den Luftkreislauf in Gang zu bringen. Die hier entstehende erwärmte Luft wird gekühlt und entweicht in den Bergen, damit die Abgase nicht von Satelliten entdeckt werden können und den bösen Kerlen keinen Hinweis darauf liefern, wie viele Flugzeuge wir hier startklar machen. In dem Komplex herrschen ständig fünfzehn Grad bei fünfundfünfzig Prozent relativer Luftfeuchtigkeit – fast ideale Werte zum Leben und Arbeiten –, und diese natürliche Belüftung verbraucht lediglich ungefähr so viel Strom wie ein fünfstöckiges Bürogebäude.«

»Nett – wenn man gern wie ein Maulwurf lebt«, meinte Daren trocken.

»Daran wirst du dich gewöhnen müssen. Deine Staffel ist hier unten stationiert«, sagte Rebecca.

»Hier unten? Das verstehe ich nicht. Habt ihr hier unten weitere Tanker stehen?«

»Ja, das ist notfalls auch möglich.« Sie standen vor einem der B-1-Bomber, der anscheinend erst vor kurzem von einem Einsatz zurückgekehrt war. »Aber du gehörst nicht zur Tankerstaffel. Du bist Staffelchef im Hundertelften Kampfgeschwader.«

Daren Mace grinste übers ganze Gesicht. »Eine B-1-Staffel!«, rief er begeistert. »Echt cool!«

»Das Geschwader besteht nicht nur aus B-1-Bombern«, sagte Rebecca. Sie bestiegen einen elektrischen Golfwagen und fuhren damit den Rollweg entlang. Obwohl die Flugzeuge von oben hell angestrahlt wurden, schienen sie in dem riesigen unterirdischen Komplex wie Urweltungeheuer aus dichtem Nebel vor ihnen aufzutauchen.

»Unglaublich, einfach unglaublich«, murmelte Daren und schüttelte nochmals den Kopf. »Du hast mich zu einem sehr glücklichen Mann gemacht, Rebecca.«

»Als Chef einer Tankerstaffel wärst du unglücklich gewesen?«

»Nichts gegen die Tanker, die unersetzlich sind, aber ich habe früher schnelle Maschinen geflogen und freue mich darauf, es wieder tun zu dürfen«, gab Daren zu. »Die Lancer war immer mein Lieblingsflugzeug.«

»Dann wird dir die Vampire erst recht gefallen«, versicherte Rebecca ihm.

»Vampire? Ihr nennt eure modifizierten B-1 ›Vampire‹ wie die RF-111G?«

»Sie sind, was die RF-111 zu sein *versucht* hat«, sagte Rebecca. »Du wirst nicht glauben, was sie alles können.«

»Dann würde ich sie mir gern aus der Nähe ansehen. Das darf ich doch?«

»Du bist hier gemeldet, und deine Berechtigungen sind gespeichert. Sollte es ein Problem geben, halten die Sky Cops dich an«, sagte Rebecca.

Mace fühlte sich wie ein kleiner Junge in einem Spielzeuggeschäft, als er auf das elegante, lang gestreckte Flugzeug zuging. Der Militärpolizist, der es bewachte, kontrollierte seinen Vorfeldausweis, und Daren nahm sich die Zeit, ein paar Worte mit dem jungen Mann zu wechseln.

Rebecca nickte Daren zu, als sie das Flugzeug erreichten. »Der Sicherheitsdienst gehört ebenfalls zu deiner Staffel«, erklärte sie ihm. »Ich freue mich, dass du kurz mit dem jungen Mann gesprochen hast. Besatzungsmitglieder sind meistens zu beschäftigt, um mit einfachen Soldaten zu reden.«

»So geht's mir häufig auch«, gab Daren zu. »Aber heute mache ich nur eine Besichtigungstour – und er tut Dienst.« Er begutachtete den B-1-Bomber. »Einige Veränderungen fallen sofort auf: ein viel kleineres Seitenleitwerk, kein Höhenleitwerk und keine Böendämpferflächen.«

»Sehr gut beobachtet«, sagte Rebecca lächelnd. »Die EB-1C benutzt im vorderen und hinteren Rumpfbereich und in den Tragflächen eine Beplankungstechnologie, die sich den Einsatzbedingungen anpasst. Das Verbundmaterial wird durch computergesteuerte winzige Stellmotoren verformt, wobei je nach Bedarf Auftrieb oder Widerstand entsteht, sodass Steuerflächen überflüssig sind. Diese Flugzeuge haben keine Spoiler zur Dämpfung von Rollbewegungen oder Klappen zur Regulierung des Anstellwinkels. Wir fliegen meistens mit vollen zweiundsiebzig Grad Pfeilung, weil der Anstellwinkel sich mit der verformbaren Beplankung besser regulieren lässt als mit jeder anderen Vorrichtung. Sollten die Steuercomputer ausfallen, müssten wir zur Landung die Schwenkflügel spreizen und wieder die Klappenruder benützen, aber das System ist ziemlich zuverlässig.«

Als Daren durch die Bodenluke in die Maschine kletterte, fiel ihm ein gewaltiger Unterschied auf. Die Arbeitsplätze der beiden Systemoffiziere im Besatzungsraum hinter dem Cockpit waren durch Gestelle mit aufgestapelten schwarzen Computerboxen ersetzt worden. »Mein Gott, das ist unglaublich«, sagte er ungefähr zum zwanzigsten Mal. »Im Vergleich zu früher richtig geräumig!«

»Ja, wir mussten hier einen Zusatztank für vierzehnhundert Kilogramm Treibstoff einbauen, um das Gewicht der ausgebauten Geräte zu kompensieren«, sagte Rebecca. »Den Rest übernimmt die neue Beplankungstechnologie. Durch den Wegfall dieser beiden Arbeitsplätze haben wir Leistung und Reichweite um weitere fünfundzwanzig Prozent gesteigert.«

Sie krochen durch die Röhre, die Besatzungsraum und Cockpit miteinander verband. Rebecca sah, dass Daren vor Staunen sprachlos war, als er die praktisch leeren Instrumententafeln sah. Fast alle Bandanzeigen, Rundinstrumente, Knöpfe und Schalter waren durch Multifunktionsdisplays ersetzt worden, und die wenigen unerlässlichen Reserveinstrumente waren an den unteren Rand der Instrumententafeln verbannt.

»Willkommen im elektronischen Bomber, Daren. Die B-1 war schon immer ein hochgradig automatisiertes, systemgesteuertes Flugzeug, aber jetzt haben die Menschen eine völlig neue Rolle erhalten. Dieses Ding fliegt man nicht mehr – man *managt* es.« Ohne Daren aus den Augen zu lassen, sagte Rebecca: »Bobcat zwo-null-drei, Batterie ein, Innenbeleuchtung an.« Im nächsten Augenblick flammten die Leuchten im Cockpit auf.

»*Spricht* man etwa mit dem Flugzeug, wie man mit dem Offizier vom Dienst redet?«

»Genau«, bestätigte Rebecca. »Tatsächlich braucht man vor den meisten Einsätzen nicht einmal zu reden – das Flugzeug nimmt die Vorflugkontrollen laut Einsatzplan vor.« Sie zuckte mit den Schultern. »Die Computer sind klüger, schneller und zuverlässiger als menschliche Besatzungen. Wozu soll man das Kämpfen und Sterben nicht ihnen überlassen? Dem Flugzeug macht das nichts aus. Wahrscheinlich ist es sogar froh, wenn es keine Menschen mit ihrem Wärmebedürfnis und ihren schweren Lebenserhaltungssystemen herumschleppen muss. Wir sind ein langsames, ineffizientes, unwirtschaftlich redundantes Subsystem, das für erfolgreiche Einsätze völlig überflüssig ist.«

»Jesus, Rebecca, du klingst wie irgendein von Isaac Asimov erfundener Roboter.«

»Nein, ich zitiere nur General McLanahan, General Luger, Oberst Cheshire, Oberst Long und die übrigen Mitglieder des Brain-Trusts hier in Battle Mountain«, antwortete sie. »Ganz im Vertrauen gesagt, Daren: Die Kerle, die hier Verantwortung tragen, sind die größten Technikfreaks, die du dir vorstellen kannst. Sie kommen alle aus Dreamland, wo sie solches Zeug schon vor fünfzehn Jahren entwickelt haben, und denken völlig abgehoben. Vom Telefonsystem bis zur Latrine besteht alles aus computerisierten High-Tech-Geräten. Man könnte glauben, die ganze Bande sei gerade vom Raumschiff *Enterprise* auf die Erde gebeamt worden.«

»Dann sind du und ich die letzten Vertreter der alten Schule, stimmt's?«

»Die HAWC-Leute haben schon einiges geleistet«, stellte Rebecca fest. »Ich behaupte keineswegs, dass sie blutige Anfänger sind. Seit ich sie kenne, haben sie schon mehrere haarsträubende Einsätze geflogen, und ich vermute, dass sie in Dutzende von Abenteuer verwickelt waren, von denen ich lieber nichts wissen will. Bei manchen Einsätzen, auf die wir uns hier vorbereiten, werden sich dir die Nackenhaare sträuben. Aber diese Leute glauben, alles mit Spitzentechnologie lösen zu können. Alles muss über Satellit oder Computer laufen. Die gute alte Zeit, in der man sich mit Landkarten und dem Einsatzbefehl an einen Tisch gesetzt und den Einsatz selbst geplant hat, ist eindeutig vorbei.«

»Mir nur recht. Ich habe nichts dagegen, einen Computer Flugpläne ausarbeiten und die Maschine fliegen zu lassen«, sagte Daren. »Wozu brauchen sie uns dann überhaupt?«

»Weil McLanahan und seine Kumpel aus dem HAWC zwar brillante Techniker sind, aber nicht viel von der Führung einer fliegenden Einheit verstehen«, antwortete Rebecca. »McLanahan hat Kinder angeworben – ich meine wirklich *Kinder* –, um sie hier arbeiten zu lassen.

Ich denke, dass es unsere Aufgabe ist, die Staffel aufzustellen und McLanahan und seine Eierköpfe die Maschinen entwickeln zu lassen. Heutzutage kennen Kinder sich mit Computern aus. Sobald sie allein auf einem Stuhl sitzen können, wissen sie, wie man einen Computer bedient. Wovon sie nichts verstehen, sind Organisation, Disziplin, Korpsgeist, Teamwork und gegenseitige Unterstützung. Diese Dinge müssen wir ihnen beibringen.«

»Gott, Rebecca, wenn du so redest, komme ich mir verdammt alt vor«, meinte Daren trocken. Aber dann zuckte er mit den Schultern und tätschelte den Blendschutz über der Instrumententafel. »Ich denke, ich schließe einen Handel mit ihnen ab: Bringen sie mir bei, mit der B-1 zu reden, lehre ich sie, als Team zu denken.«

»Genau das wollte ich hören«, sagte sie. »Pass auf, in den kommenden Tagen wird's hier von Bonzen wimmeln. Angeblich kommen der Präsident und der Verteidigungsminister her, um eine Führung mitzumachen.«

»Cool. Sie werden jedenfalls staunen.«

»Der General plant ein großes Projekt, für das er Haushaltsmittel braucht.«

»Er hat's mir schon erklärt«, sagte Daren. »Es ist umwerfend, erfordert aber noch viel Arbeit. Willst du, dass ich mich nicht blicken lasse, Rebecca?«

Sie sah kurz zu Boden, dann erwiderte sie Darens Blick und antwortete: »Sagen wir einfach, dass wir auf kreative Buchführung zurückgegriffen haben, um einige der Lieblingsprojekte des Generals zu finanzieren.«

»Und ich soll nun mitspielen und so tun, als wüsste ich von eurer ›kreativen Buchführung‹ und sei damit einverstanden?«

»Irgendwas in dieser Art.«

Daren zuckte mit den Schultern. »Ich bin ein Teamspieler. Von mir hast du nichts zu befürchten.« Er lächelte sie an. »Es ist schön, wieder mit dir in einem Cockpit zu sein, Rebecca«, sagte er. »Macht wirklich Spaß. Das hat mir echt gefehlt.«

Sie drückte seine Hand. »Mir auch, Partner«, sagte sie ebenfalls lächelnd. »Mir auch.«

Battle Mountain Air Reserve Base
Früh am nächsten Morgen

Einige Minuten vor halb sieben Uhr kam ein Luftwaffenoberst mit raschem Schritt in den Aufenthaltsraum der Staffel marschiert, den Daren Mace als inoffizielles Dienstzimmer benützte, baute sich vor ihm auf und nahm Haltung an. »Oberst Mace?« Er streckte ihm die Rechte hin; Daren stand auf, ergriff sie und unterdrückte ein Lächeln über den aufdringlichen Diensteifer des anderen. »Willkommen in Battle Mountain, Sir. Ich bin Oberst John Long.«

»Freut mich, Sie kennen zu lernen«, sagte Daren. Er zog fragend die Augenbrauen hoch. »Ist dieser Zweisternegeneral wieder hier?«

»General McLanahan? Nein, Sir.«

Darens Bemerkung war halb scherzhaft, halb spöttisch gemeint gewesen, aber Long blieb streng dienstlich. »Dann wollen wir auf das ›Sir‹ verzichten, okay, John?« Im Gegensatz zu seinem Namen war Long klein, drahtig und ein zäher Bursche mit dunkelbraunem Haar, glänzenden Knopfaugen und spitzer Nase. Er sah wie ein Bantamgewichtler aus: bösartig und nervös, Augen, Hände, Füße und Mund in ständiger hektischer Bewegung. »Schließlich haben wir denselben Dienstgrad.«

»Aber Sie *sind* dienstälter«, stellte Long mit eigenartigem Lächeln fest. Er blinzelte Daren mit Verschwörermiene zu und schlug vor: »Aber wir könnten auf Formalitäten verzichten, wenn kein Boss in der Nähe ist, einverstanden?« Er entspannte sich etwas und tat nicht mehr so, als sei er auf der Militärakademie.

Leicht überrascht erkannte Daren endlich, welches Spiel dieser Hundesohn hier trieb: Long erinnerte ihn daran, dass *er* hier der Boss war, auch wenn Mace dienstälter war. Daren lächelte weiter, aber innerlich sagte er sich: Du kleiner Scheißkerl! Obwohl wir uns erst sechzig Sekunden kennen, hast du schon bewiesen, was für ein Blödmann du sein kannst.

»Wie Sie vielleicht wissen«, fuhr Long fort, indem er auf alle falsche Freundlichkeit verzichtete, »gibt es kein Einführungsprogramm für die EB-1C Vampire, daher habe ich Ausbildungsprogramme für Piloten und Mission Commanders – die ehemaligen ›Navigatoren‹ – zusammengestellt. Dieses Programm ist ziemlich anspruchsvoll. Ein gut qualifizierter Offizier braucht normalerweise ungefähr vier Monate, um es zu absolvieren. Ich hoffe, dass Sie sich schon mit dem Betriebshandbüchern beschäftigt haben, Oberst.« Sie nahmen Platz. »Wir haben eine ziemlich steile Lernkurve für Sie vorgesehen.«

»Ich lerne schnell«, sagte Daren.

»Das hoffe ich. McLanahan ist ein ziemlicher Sklaventreiber.«

»Er scheint ein netter Kerl zu sein.«

»Das glauben nur Leute, die ihn nicht kennen«, stellte Long fest. »Kennt man ihn erst mal so gut wie ich, erweist er sich als absolute Primadonna. Halbwegs erträglich wird er nur, weil er die Schwingen eines Navigators trägt. Wäre er ein Pilot, wäre er der König aller Arschlöcher.«

Du solltest dich an die eigene Nase fassen, dachte Mace, ohne diesen Gedanken allerdings auszusprechen.

»Also, erzählen Sie mir ein bisschen über sich selbst«, sagte Long.

Aber seine Aufforderung war so wenig ernst gemeint, dass er sofort in irgendwelchen Papieren zu blättern begann und kaum zuhörte.

»Da gibt's nicht viel zu erzählen, John«, antwortete Daren. »Ich bin nur sehr glücklich, hier gelandet zu sein.«

»Wo haben Sie zuletzt Dienst getan?«

»Im Büro des Verteidigungsministers«, antwortete Daren.

Long nickte sichtlich beeindruckt. »Alle Achtung«, sagte er. »In welcher Abteilung? Planung? Operationen?«

»Protokoll. Ich war dafür zuständig, Diashows vorzubereiten, Kaffee zu kochen und Papierkörbe zu leeren.«

Long grinste amüsiert. »Nun, auch diese Arbeit muss *irgendjemand* machen, vermute ich. Und davor?«

»Beale Air Force Base, wo ich das unbemannte Aufklärungsgeschwader mit RQ-4A Global Hawks aufgestellt habe; davor war ich im Forschungslabor der Air Force auf der Wright-Patterson AFB in der UCAV-Entwicklung tätig. Davor stellvertretender Kommodore des Neununddreißigsten Geschwaders im türkischen Incirlik – und davor habe ich das Air War College absolviert.«

»Nicht viel operative Erfahrung«, stellte Long von oben herab fest.

Hätte er keine Schulen besucht, hätte Long ihn *dafür* kritisiert, das stand für Daren fest, und so fragte er sich unwillkürlich, wie Longs Background aussehen mochte.

»Global Hawks, was? Dieses ganze Gerede über unbemannte Flugzeuge macht mir Angst«, meinte Long. »Hört man die hiesigen Bonzen reden, könnte man glauben, in ein paar Jahren gäb's in der ganzen Air Force keine Piloten mehr.«

Das kommt schneller, als du denkst, sagte Daren sich.

»Das Neununddreißigste sollte in die Türkei und den Nahen Osten verlegte Einheiten unterstützen?«

»Genau.«

»Haben Sie überhaupt irgendwelche operative Erfahrung als Kommandeur?«

»Nicht mehr, seit ich DCM beim Dreihundertvierundneunzigsten Geschwader in Plattsburgh war – bis der Stützpunkt geschlossen wurde.«

»Stellvertretender Kommandeur der Wartungsgruppe bei einer *Reserveeinheit?*«, rief Long aus. »Sind Sie dort auch geflogen?«

»Ich habe beim Neununddreißigsten die RF-111 und KC-135 geflogen…«

»Weil Sie mussten. Ihre Einheit wurde in die Türkei verlegt und hat dort schwer was abgekriegt«, sagte Long. »Ich kenne ihre Geschichte aus General Furness' Erzählungen. Ein echtes Fiasko! Wir können alle von Glück sagen, dass damals kein Atomkrieg ausgebrochen ist.«

Das stimmte nicht ganz, aber Mace korrigierte seine Aussagen nicht.

»Bei welcher fliegenden Einheit waren Sie zuletzt?«

»Siebenundfünfzigste Bomberstaffel.«

»Die B-2-Stealthbomberstaffel in Whiteman?«

»Nein, ich habe die FB-111A geflogen. Pease Air Force Base, New Hampshire.«

»Die Aardvarks? Aber die FB-111 ist… *1992* außer Dienst gestellt worden!«, stellte Long verblüfft fest. »Das war Ihr letzter Einsatzverband? *Vor über elf Jahren?*«

Daren zuckte mit den Schultern.

»Wann sind Sie zuletzt geflogen?«

»Ich bin auf dem Laufenden geblieben.«

»Womit – auf Piper Cubs?«

»Mit allem, was mir in Andrews und Maxwell in die Finger gekommen ist – von der C-37 bis zur T-37 und T-38, auch ein paar Mitflüge in der F-15B.«

»Sie haben also seit über elf Jahren keine Einsätze mehr geflogen und besitzen keine Erfahrung als Kommandeur eines Einsatzverbands. Nicht gerade der ideale Kandidat für den Posten des Chefs einer Bomberstaffel, finde ich. Und Sie sind wahrscheinlich der älteste Kerl auf dem ganzen verdammten Stützpunkt.«

Arschloch. »Da fragt man sich natürlich, warum nicht Sie diesen Posten bekommen haben, John.«

Long starrte Mace mit zusammengekniffenen Augen an, ließ seinen Kommentar aber von sich abtropfen. »Ich war Chef der Operationsabteilung des Hundertelften Bombergeschwaders«, stellte er fest. »Ich habe die B-1 lange genug geflogen. Meine Fähigkeiten kann ich in der Geschwaderführung besser einsetzen.«

»Beim Hundertelften? Tut mir Leid, dass Ihre letzte Einsatzüberprüfung so danebengegangen ist. Das Geschwader hat sich anscheinend davon erholt, dass es die einzige Einheit der Air National Guard war, die jemals in Friedenszeiten als ›nicht einsatzbereit‹ beurteilt wurde.«

Long blähte zornig die Nüstern. »Wo haben Sie diesen Unsinn gehört?«

»Wollen Sie das leugnen, John? Wollen Sie behaupten, das sei nicht passiert?« Long entschied sich klugerweise dafür, nichts zu sagen. »Ich habe im Büro des Verteidigungsministers gearbeitet, vergessen Sie das nicht, John. Ich habe dem Minister jede Woche über die Einsatzbereitschaft aller Einheiten berichtet. Deshalb weiß ich genau, was damals in Reno passiert ist.«

»Was meinem Geschwader bei dieser Alarmübung passiert ist, hatte nichts mit meinen Fliegern und alles mit General McLanahan zu tun«, stellte Long fest. »Wir sind aufs Kreuz gelegt worden – wir sollten vom ersten Tag an durchfallen, damit er so tun konnte, als sei er unser Retter, der große Held. In Wirklichkeit wollte er uns bloß nach Dreamland abschleppen, wo wir seine großartigen, verrückten Ideen verwirklichen sollten. Bevor er aufgekreuzt ist, war bei uns alles in bester Ordnung.«

»Natürlich. Es war ein Fehler von mir, alles zu glauben, was ich im Büro des Verteidigungsministers über euch Jungs gehört habe«, sagte Daren maliziös lächelnd. »Die riskante Fliegerei, die Unfälle, die Verfahrensverstöße… lauter Bagatellen, denn ihr Jungs wart immer in Bestform. Es erleichtert mich wirklich, das zu hören.«

Long wurde blass. Die Vorstellung, sein Name könnte bei Gesprächen im Büro des Verteidigungsministers erwähnt worden sein, gefiel ihm nicht.

»Nur gut, dass das Geschwader Sie hatte, John.«

Long machte ein finsteres Gesicht, äußerte sich jedoch nicht zu dieser Bemerkung. »*Dieses* Geschwader wird voll einsatzbereit sein, Oberst – dafür sorge ich persönlich«, sagte er. »Ich hege gewisse Zweifel, welchen Beitrag *Sie* dazu werden leisten können, aber ich bin nicht konsultiert worden, als die Staffelchefs ausgesucht wurden.«

»Sie hatten in der Geschwaderführung bestimmt andere Entscheidungen zu treffen.«

Long beschloss, dieses Wortgefecht, bei dem er noch keinen Punkt gemacht hatte, rasch zu beenden. »Also gut, fangen wir mit allgemeinen Informationen an.

Die Einundfünfzigste Bomberstaffel hat den Auftrag, den Bomber EB-1C Vampire auszurüsten und für interkontinentale Einsätze, bei der Abwehr von ballistischen Raketen, zur Bekämpfung von Satelliten und zur Langstreckenaufklärung einzusetzen«, begann Long. »Ihre Staffel hat zwölf EB-1C in der Grube stehen.« Fast alle bezeichneten den unterirdischen Hangarkomplex als »Drachenhöhle«, was nach Darens Ansicht viel cooler als »Grube« klang, aber es sah Long ähnlich, einen weniger schmeichelhaften Spitznamen zu gebrauchen. »Normalerweise schaffen wir's, neun bis zehn Maschinen einsatzbereit und eine nur für Ausbildungsflüge verfügbar zu haben, aber, ehrlich gesagt, unsere Wartungsleute brauchen manchmal einen kräftigen Tritt in den Hintern, damit sie nicht trödeln.«

»Ich war mal Kommandeur einer Wartungsgruppe«, erinnerte Daren ihn. »Und ich weiß, dass niemand gut auf ›einen kräftigen Tritt in den Hintern‹ reagiert, vor allem Wartungstechniker nicht.«

»Sie können die Truppe motivieren, wie Sie's für richtig halten, Oberst«, stellte Long fest. »Hauptsache, die Arbeit wird gemacht.«

»Ja, Sir«, sagte Daren. »Ich sehe keinen Grund, weshalb die Ausbildungsmaschinen nicht auch einsatzbereit gehalten werden sollen. Wir werden uns etwas einfallen lassen.«

»Ein Grund könnten die Revolvermagazine sein«, antwortete Long. »Da die Magazine wartungsintensiv sind, lassen wir sie bei Ausbildungsflügen meistens am Boden.«

»Ich sorge dafür, dass jede Vampire ständig ihre Revolvermagazine an Bord hat – auch bei Ausbildungsflügen, auch wenn sie nicht beladen sind«, sagte Daren. »Die Magazine müssen benutzt werden. Die Kugellager dieser Dinger sind dafür ausgelegt, mit neuntausend Kilogramm Waffen bei minus fünfzig Grad und bis zu neun g mit zehn Umdrehungen in der Minute zu rotieren. Sie müssen häufig benützt werden, sonst entwickeln sie Macken.«

»Für die Staffel wär's sehr nachteilig, wenn ein Revolvermagazin defekt würde«, sagte Long zusehends irritiert. »Wir riskieren, wieder als nicht einsatzbereit eingestuft zu werden, wenn ein Einsatz daran scheitert, dass ein Revolvermagazin defekt ist. Deshalb benutzen wir sie nur, wenn's unbedingt nötig ist.«

»Genau deshalb werden sie defekt, John«, wiederholte Daren. Er merkte, dass Long ungehalten reagierte, als er ihn erneut mit dem Vornamen ansprach, aber das war ihm egal – ein ungeschriebenes Gesetz bestimmte, dass man einen gleichrangigen Offizier nicht mit »Sir« ansprach, auch wenn der andere der Boss war. »Wollen Sie, dass die Revolvermagazine funktionieren, müssen Sie sie in die Flugzeuge einbauen, an Strom, Hydraulik und Druckluft anschließen, mit ihnen fliegen und sie regelmäßig benutzen. Bei jedem Flug. Ohne Ausnahme. Ab sofort.«

»Hey, Oberst, was halten Sie davon, wenn wir bei *meiner* Methode bleiben, bis Sie sich eingearbeitet haben?«, fragte Long demonstrativ.

»Wie Sie meinen, John«, antwortete Mace.

Long funkelte ihn warnend an, bemühte sich dann aber, die Spannungen zwischen ihnen zu entschärfen, indem er sagte: »Meiner Erfahrung nach ist's schwierig, Leute zu motivieren, die fünfundzwanzig Meter unter der Erde arbeiten. Wieso McLanahan beschlossen hat, die Shelter unterirdisch anzulegen, werde ich nie kapieren. Für das Geld, das er für den Komplex ausgegeben hat, hätten wir weitere fünf Bomber beschaffen können.«

»Ich habe mich für die Vorgeschichte dieser Anlage interessiert, John«, sagte Daren. »McLanahan hat sie nicht errichtet.«

»Was? Natürlich hat er das. Hier wird seit drei Jahren gebaut…«

»An der langen Runway und all den High-Tech-Spielsachen, ja«, bestätigte Mace. »Aber der unterirdische Komplex wurde tatsächlich vor ungefähr *fünfzig* Jahren errichtet. Er sollte ursprünglich als Atomkriegsbunker für fast zweitausend Zivilisten und eine Jagdbomberstaffel mit F-101 dienen. Seither ist er für alle möglichen Zwecke genutzt worden: als geheimes Waffenentwicklungslabor, als

Atomwaffenlager und sogar zur Lagerung eines Teils unserer strategischen Erdölreserve. Bevor McLanahan die Geldmittel für den Umbau in einen Luftwaffenstützpunkt losgeeist hat, war der Komplex die zivile Kommandozentrale der Federal Emergency Management Agency für den Westen der Vereinigten Staaten …«

»*Was auch immer*«, unterbrach Long ihn. »Für einen Stützpunkt ist er jedenfalls ungeeignet. Das ist mein Fazit. Machen wir also weiter. Wir haben die EB-1C sehr erfolgreich eingesetzt und möchten natürlich an diese Erfolge anknüpfen. Leider hat General McLanahans kürzliches Missgeschick unsere Erfolgsbilanz ziemlich getrübt.«

»Sie meinen die Notlandung auf Diego Garcia?«, fragte Daren. »Ich erinnere mich, eine kurze Meldung darüber gelesen zu haben.«

»Der Einsatz war ein Fiasko; er hat uns in eine peinliche Lage gebracht. Wir haben zwei Drohnen und beinahe einen B-1-Bomber verloren und wissen noch immer nicht genau, was eigentlich passiert ist«, sagte Long aufgebracht. »Aber statt einen gewaltigen Anschiss verpasst zu bekommen, ist General McLanahan wieder mal als siegreicher Held empfangen worden. Dabei hat er unseren wichtigsten Luftwaffenstützpunkt in Asien beinahe stillgelegt und Befehle direkt aus dem Pentagon missachtet.«

»Er hat seine Maschine und seine Besatzung gerettet«, stellte Daren fest. »Dazu war er berechtigt – man tut, was nötig ist, um Besatzung und Flugzeug zu retten. Wen kümmert's, ob das den Flugbetrieb auf Diego Garcia beeinträchtigt hat?«

»General Furness hat den Bomber gerettet. McLanahan hat wahrscheinlich darauf bestanden, den Einsatz unter allen Umständen fortzuführen.«

»Auch ein Versuchseinsatz ist ein Einsatz – er bedeutet nur, dass das betreffende System noch nicht für den Einsatz zertifiziert ist«, unterstrich Daren. »Ich bin sicher, dass die *Besatzung* es geschafft hat, das Flugzeug halbwegs heil zurückzubringen.«

»So hat das Pentagon die Sache anscheinend auch gesehen«, knurrte Long. Er drückte Mace ein Blatt Papier in die Hand.

»Was ist das?«, fragte Daren.

»Wonach sieht es aus, Oberst? Ein handschriftlich auszufüllender Testbogen über das Verhalten bei Störungen und in Notfällen. Vor jedem Flug abzulegen. Allein und ohne Unterlagen auszufüllen. Er muss hundertprozentig richtig sein, Wort für Wort, sonst dürfen Sie nicht fliegen. Liefern Sie ihn ab, bevor Sie an Bord gehen.«

»Ich wusste nicht, dass man zuerst einen Test bestehen muss«, sagte Daren leise. Er sah sich den Bogen an, der doppelt so lang war wie jeder vergleichbare Test, den er bisher abgelegt hatte. »Ich hatte noch nicht viel Zeit, dieses Zeug zu lernen, John.«

Long musterte den neuen Staffelchef angewidert. »Dann sollten Sie vielleicht nicht gleich fliegen, Mace«, sagte er. »Vielleicht sollten Sie Ihre Nase noch etwas länger in die Bücher stecken.«

Daren gab keine Antwort. Er wusste, dass er die Betriebshandbücher studieren musste, vor allem die der EB-1C, aber er wollte unbedingt bald wieder in die Luft. Er wollte nicht ein Vierteljahr lang lernen und in dieser Zeit nur zusehen, wie der Rest seiner Staffel flog.

Long schüttelte den Kopf, dann zuckte er mit den Schultern. »Aber der Boss will, dass Sie möglichst bald fliegen, deshalb werden Sie wohl ins Cockpit kommen«, sagte er. »Setzen Sie sich mit Ihrem Fluglehrer zusammen und füllen Sie den Test aus, bevor sie an Bord gehen.«

»Wird gemacht.«

»Ich habe einen Qualifikationslehrgang für Sie und die anderen Neulinge in Ihrer Staffel vorbereitet. Die Flugphase dieses Lehrgangs beginnt heute.«

»Das weiß ich zu würdigen, John, aber ich denke, dass die Zeit *aller* vergeudet wird, wenn *ich* diese Maschinen fliegen lerne«, sagte Daren. »Ich glaube aus anderen Gründen angefordert worden zu sein, nicht um hier den fliegenden Staffelchef zu spielen. Ich muss wissen, wie sie funktionieren, aber nicht, wie sie geflogen werden. General McLanahan hat mir gegenüber schon Andeutungen über spezielle technische Modifizierungen der Flotte gemacht. Ich glaube, ich sollte mich lieber …«

»Oberst, wollen wir nicht auch das nach *meiner* Methode machen, bis Sie sich eingearbeitet haben?«, fragte Long gereizt. »Wir haben mehrere Besprechungstermine mit den Leuten von Sky Masters Inc. und den Ingenieuren der Tonopah Test Range für Sie vereinbart. Sie erhalten ausführliche Informationen über den gegenwärtigen Stand des Projekts und die Fertigstellungstermine. Ihr Job ist es dann, dafür zu sorgen, dass die Termine eingehalten werden – oder mir verdammt gute Gründe für ihre Nichteinhaltung zu liefern.«

»Der General hat mir eine Aufstellung der Terminvorgaben überlassen. Ich bin zuversichtlich, dass wir die Termine sogar unterschreiten können«, sagte Daren. »Wir sollten darüber nachdenken, wie die TTR-Ingenieure sich hier unterbringen lassen.«

»Wie Sie sicher schon bemerkt haben, haben wir hier keinen Platz für ein hundert Mann starkes Ingenieurteam«, wehrte Long ab. »Es ist einfacher, die Flugzeuge auf die TTR zu bringen, als das gesamte Team herzukarren.«

»Kaum. In Incirlik habe ich dauernd Generale und Spitzenpolitiker in Zelten und Wohncontainern untergebracht – die sind auch für Ingenieure von Sky Masters und der TTR gut genug. Wir sind der Kunde, und sie müssen sich nach uns richten. Ich sollte die Einsatzprofile und Waffencharakteristiken studieren, um …«

»Bevor Sie nicht vollständig als Mission Commander qualifiziert sind, dürfen Sie sich meine Flugzeuge nicht mal *ansehen,* Mace«, sagte Long scharf. »So einfach ist das. Ich lasse keine unqualifizierten Leute an meine Flugzeuge heran. Und da wir als einzige Einheit die EB-1C fliegen und es keinen Vorbereitungslehrgang gibt, habe ich ein Ausbildungsprogramm erstellt, das die Air Force genehmigt hat. Sie befolgen es genau oder *verlassen* mein Geschwader. Ich lasse nicht zu, dass wir als nicht einsatzbereit abqualifiziert werden, nur weil jemandem die Grundkenntnisse fehlen.«

»Ich übernehme die Verantwortung dafür, dass ich, meine Besatzungen und meine Flugzeuge einsatzbereit sind«, sagte Mace nachdrücklich. »Glauben Sie mir, ich weiß, wovon ich rede.«

Dann gab er Long ein Blatt Papier: den ausgefüllten Testbogen über das Verhalten bei Störungen und in Notfällen. Er hatte die Eintragungen so schnell gemacht, dass Long nicht mal bemerkt hatte, dass er das während ihres Gesprächs getan hatte. Long las die Antworten sorgfältig, brauchte aber nur wenige Sekunden, um zu erkennen, dass sie bis zum letzten Satzzeichen hundertprozentig richtig waren.

»Mir fehlt vielleicht Kommandoerfahrung, Oberst«, fuhr Daren fort, indem er Long ins Gesicht sah, »aber eines kann ich Ihnen garantieren: Ich kenne Systeme. Ich denke ständig nur an Systeme, ich träume sogar von ihnen. Sogar auf dem verdammten Klo lese ich Betriebshandbücher.«

Long hielt seinem Blick stand – aber nur einige Sekunden lang. Dann sah er weg und knurrte: »Na, das möchte ich mir lieber nicht vorstellen.« Er knüllte den Testbogen zusammen und warf ihn zielsicher in einen Papierkorb. »Ihr Fluglehrer müsste gleich kommen.« Er sah auf seine Uhr. »Grey soll bloß nicht zu spät kommen«, murmelte er halblaut.

»Tut mir Leid, wenn ich mich verspätet habe, Sirs«, hörte Daren eine Stimme sagen. Als er sich umdrehte, stand dort in einer Fliegerkombi das jüngste Besatzungsmitglied, das er je gesehen hatte. Der Kerl – noch ein Kind, dachte Daren, bis er genauer hinsah – stellte seine Dokumententasche aufs Musikpodium und nahm rasch einige Unterlagen heraus.

»Lassen Sie uns noch mal warten, Grey, dann schieben Sie wieder eine Woche Dienst auf dem Vorfeld«, sagte Long warnend. Zu einer Besprechung zehn Minuten zu früh zu kommen, sagte Daren sich, gilt hier offenbar als Verspätung. »Oberst, das hier ist Oberleutnant Dean Grey. Grey, Oberst Mace, Ihr neuer Staffelchef.«

Grey, ein großer, schlaksiger Junge mit hoher Stirn, sehr kurzem blonden Borstenhaar und – ausgerechnet – einem Loch für einen Ohrring im linken Ohrläppchen schüttelte Mace begeistert die Hand. »Freut mich, Sie kennen zu lernen, Sir«, sagte er dabei.

»Dean Grey? ›Zane‹ Grey – unser Mann, der die Air Force Academy zur NCAA-Volleyballmeisterschaft geführt hat? Der auf dem Titel von *Sports Illustrated* war? Dem Affären mit Anna Kournikowa und Gabrielle Reece angedichtet wurden …?«

»Derselbe, Sir«, sagte Grey. Wenn er lächelte, wirkte er noch fünf Jahre jünger.

»Nichts für ungut, Zane, aber … *wann* haben Sie eigentlich Ihre Schwingen bekommen?«, fragte Daren. »Haben Sie all die Interviews im *Playboy* und in *Sports Illustrated* nicht erst letztes Jahr gegeben?«

»Ja, Sir«, sagte Grey mit jungenhaftem Grinsen. »Meine Schwingen habe ich letzten Monat bekommen.«

»Letzten *Monat?*«

»General McLanahan nimmt gern junge Leute, wie Sie bald merken werden«, warf Long kopfschüttelnd ein. »Das Durchschnittsalter Ihrer Staffel liegt kaum über dem eines College-Footballteams. Das Gleiche gilt für alle Staffeln, die wir hier aufstellen. Aber können wir jetzt aufhören, in Erinnerungen an alte Zeiten zu schwelgen?«

»Klar, John.«

»Legen Sie los, Grey«, befahl Long ihm.

»Ja, Sir.« Er wandte sich an Mace. »Willkommen in Battle Mountain und bei der Einundfünfzigsten, Sir. Ich bin Ihr stellvertretender Exekutivoffizier. Brauchen oder möchten Sie etwas, wenden Sie sich bitte an mich, und ich kümmere mich darum.« Er legte ihm ein vorgelochtes Blatt aus dünnem Karton hin. »Ich habe mir erlaubt, Ihnen eine Liste aller Staffelangehörigen mit ihren Berechtigungen, ihrer Ausbildung und ihrer Erfahrung auszudrucken ...«

»Die habe ich schon«, sagte Daren und schlug sein »Plastikgehirn«, sein persönliches Notizbuch auf. »Die Daten habe ich mir von General Furness besorgt. Ich habe die gesamte Namensliste durchgearbeitet – wir haben hier wirklich ein paar Klasseleute, das steht fest. Und ich habe einen Statusbericht über alle unsere gegenwärtigen und zukünftigen Flugzeuge und ihre Einsatzbereitschaft.«

»Ausgezeichnet, Sir«, sagte Grey. »Unser heutiger Flugauftrag sieht eine Einweisung für Mission Commanders ins Verhalten der EB-1C im Normalflug vor. Wie Sie wissen, Sir, fliegen auf dem rechten Sitz der Vampire als Piloten ausgebildete Navigatoren, deshalb müssen MCs mit allen auftretenden Flugzuständen gut vertraut sein. Eigentlich sind Sie beim ersten Flug nur Zuschauer, aber wir beschleunigen das Programm gern etwas und übertragen Ihnen so viele Aufgaben, wie Sie bewältigen können. Sie bekommen alles einmal vorgeführt, dann müssen Sie's selbst versuchen.«

»Gehen wir heute nicht tief runter?«, fragte Daren.

»Wo haben Sie die letzten fünf Jahre gesteckt, Oberst?«, erkundigte Long sich spöttisch lächelnd.

»Wir… wir gehen nicht mehr tief runter, Sir«, antwortete Grey.

»Sie machen mit der B-1 keinen Tiefflug mehr?«, fragte Daren ungläubig. »Warum zum Teufel nicht?«

»Nun, aus mehreren Gründen«, sagte Grey. »Der Hauptgrund ist, dass Abwurflenkwaffen weiter fliegen, wenn sie in großer Höhe gestartet werden; die Reichweite der Longhorn ist dann dreißig Prozent größer, die der Lancelot sogar fünfzig Prozent. Zweitens haben wir heutzutage bessere Stealth-Eigenschaften und sind schneller – selbst bei starken Jagdverbänden oder modernen SAM-Systemen brauchen wir nicht mehr runterzugehen. Drittens benutzen wir häufig kleine Angriffs- und Aufklärungsdrohnen, die das Angriffsgebiet ziemlich gut erkunden, bevor wir dort reinfliegen. Was wir an Gefahren nicht ausschalten können, umfliegen wir. Und Flüge in größeren Höhen sind natürlich sicherer…«

»Brr! Entschuldigt, Jungs, mit dem ersten Grund war ich einverstanden, aber mit den beiden anderen nicht«, sagte Daren. »Ihr verlasst euch bereits auf einen Haufen High-Tech-Zeug, das euch die Arbeit erleichtert. Wozu das Risiko unnötig erhöhen, indem ihr in einem schwer verteidigten Gebiet hoch bleibt? Wir sollten bei jeder sich bietenden Gelegenheit Tiefflug üben. Wir können sogar ein Zertifizierungsprogramm dafür ausarbeiten. Bestimmte technische Voraussetzungen und der entsprechende Ausbildungsstand befähigen eine Besatzung dazu, in stärker verteidigten Gebieten runterzugehen; andere, weniger qualifizierte Kerle bleiben hoch und setzen Marschflugkörper ein. Und ›Sicherheit‹ scheint mir ein seltsames Argument zu sein, wenn wir von einem Krieg reden, bei dem solche Waffen eingesetzt werden. Wir sollten…«

»Konzentrieren wir uns lieber auf die fliegerische Grundausbildung, die Sie durchlaufen sollen, Oberst«, unterbrach Long ihn. »Bei den ersten paar Flügen geht's um Flugeigenschaften, dann um Notfallverfahren und zuletzt um Luftbetankung.«

»Wir üben heute auch *keine* Luftbetankung?«

»Ist Englisch nicht Ihre Muttersprache, Oberst?«, fragte Long scheinbar besorgt. »Sie müssen die Grundlagen beherrschen, bevor Sie sich an die Aufgaben für Fortgeschrittene wagen dürfen. Ich habe dieses Übungsprogramm ausgearbeitet, um Besatzungsmitglieder, die wenig oder keine B-1-Erfahrung haben, in kürzester Zeit auf bestmöglichen Ausbildungsstand zu bringen. Nach der Luftbetankung kommen Sicht- und Instrumentenflug, und zuletzt folgt die Angriffstaktik.« Er stand auf. »Sie waren seit vielen Jahren nicht mehr im Einsatz, Oberst, und selbst als Sie's waren, waren Sie ... weniger als zuverlässig.« Er zögerte, sah zu Grey hinüber und machte eine wortlose Show daraus, nicht zu verraten, was er dachte. »Halten Sie sich an meine Methode, Oberst. Ist das klar?«

»Klar, John«, antwortete Daren. Long funkelte ihn an, als hätte er *wirklich* gute Lust, ihn dafür zusammenzustauchen, dass er ihn vor dem jüngeren Offizier mit seinem Vornamen angesprochen hatte. Aber er beschloss anscheinend, sich das für später aufzuheben.

Als die lange, unbehagliche Pause zu Ende war, warf Grey einen Blick auf den zusammengeknüllten Testbogen im Papierkorb. »Wie ich sehe, haben Sie den Test über das Verhalten bei Störungen und in Notfällen bestanden«, sagte er. »Ausgezeichnet.« Daren fragte sich unwillkürlich, was Long mit Testbogen machte, die Fehler enthielten – wahrscheinlich hob er sie auf, um sie bei passender Gelegenheit gegen Besatzungsmitglieder verwenden zu können. »Wir haben ungefähr eine Stunde Zeit, bevor wir an Bord gehen, deshalb schlage ich vor, dass wir über hiesige Verfahren reden, bevor wir uns kurz mit Überziehen, Trudeln und Notlandungen beschäftigen.« Grey gab Flugpläne, Kniebrettkarten, Wetterkarten und Wettervorhersagen für Zielgebiete aus, die alle ordentlich zusammengeheftet waren. »Ich habe schon mal unseren Flugplan aufgegeben, das Wetter eingeholt ...«

»Augenblick! Das alles machen wir als *Besatzung*, Oberleutnant.«

»Ja, Sir, aber da wir überall sehr gutes Wetter haben, nicht im Terrainfolgemodus fliegen und das Übungsgebiet und die Ziele für uns allein haben, dachte ich, wir könnten ein bisschen länger über das Flugzeug reden, Sie gründlicher damit bekannt machen ...«

»Sie spielen hier nicht im Nebenjob Fluglehrer, Oberleutnant«, unterbrach Long ihn aufgebracht. »Sie haben kein Rendezvous mit einem russischen Tennisstar, sondern sollen einen zweihundert Millionen Dollar teuren Überschallbomber fliegen.« Er blätterte die Flugunterlagen durch – sie waren vollständig, gut lesbar und perfekt organisiert. Grey hatte Recht: Das Wetter westlich der Rockies und auf jedem Ausweichflugplatz in tausend Meilen Umkreis war wolkenlos klar, sodass es keinerlei Beschränkungen gab. »Aber nachdem Sie die Reihenfolge nun mal gründlich durcheinander gebracht haben, können Sie ebenso gut weitermachen. Also los! Sie haben nicht den ganzen Tag Zeit.«

»Ja, Sir.« Grey gab Mace mehrere Checklisten. »Hier sind eine Liste der Platzfrequenzen, die Vorflugkontrollen, die Roll- und Startverfahren, Telefonnummern für den Fall, dass der Offizier vom Dienst mal nicht funktioniert...«

»Hab ich bereits«, sagte Daren. »Ich habe mir auch dieses ganze Zeug von General Furness geben lassen und mich gestern Abend damit beschäftigt, aber kontrollieren Sie mich trotzdem für den Fall, dass ich irgendwas versiebe.«

Grey nickte beeindruckt. Mace fiel auf, dass selbst Long anerkennend nickte. Darüber freute er sich – bis Long hinzufügte: »Wie ich höre, waren Rebecca und Sie mal *sehr* eng befreundet, Oberst.«

Dieser Mistkerl, dachte Mace, was fällt ihm ein, das vor einem jüngeren Offizier zu sagen? »Ich will Ihnen was von Rebecca erzählen, John«, sagte er mit Verschwörermiene. Er machte ihm ein Zeichen, sich zu ihm herüberzubeugen. Als Long das tat, brachte Daren sein Gesicht nahe an seines heran und flüsterte so laut, dass Grey es mitbekommen musste: »Das geht Sie einen *Scheißdreck* an, Oberst.«

Long fuhr zurück, als habe Mace ihm einen Kopfstoß versetzt. Er kniff die Augen zusammen und öffnete den Mund, als wollte er Mace anbrüllen, dann machte er ihn verlegen zu, öffnete ihn wieder, als wollte er doch losbrüllen, und blinzelte verwirrt. Daren wartete nicht ab, wofür er sich entscheiden würde. »Bitte weiter, Zane«, sagte er, während er Long noch immer anfunkelte.

»Ja, *Sir*«, sagte Grey, der Mühe hatte, ein sehr amüsiertes und zufriedenes Lächeln zu verbergen. Wurde allmählich Zeit, dass jemand Long die Meinung sagt. »Schlagen Sie die Liste mit den Vorflugkontrollen auf, dann können wir weitermachen.«

Als Grey begann, die Checkliste abzuarbeiten, sah Long demonstrativ auf seine Uhr, stand dann auf und verließ den Fernsehraum.

»Tut mir Leid, dass Sie das mitbekommen haben, Zane«, sagte Daren, nachdem Long den Raum verlassen hatte. »Aber das war überfällig.«

»Ich habe nichts gehört, Sir«, versicherte Grey ihm lächelnd.

»Warum war er heute Morgen so schlecht drauf?«

»Ich sag's nicht gern, Sir«, antwortete Grey, »aber er ist mir vorgekommen wie immer.«

»Oh, Scheiße.«

»Genau.«

»Wie war's, um die amerikanische Meisterschaft im Volleyball zu spielen, Zane?«, fragte Daren gespannt. »Mann, das Endspiel war echt aufregend. Wie Sie bis zur Tribüne zurückgerannt sind, um diesen letzten Ball zu erwischen, und *von der Tribüne aus* den entscheidenden Punkt gemacht haben… echt cool! Das erste Volleyballspiel, das ich mir im Fernsehen angesehen habe.«

»Ich bin mir vorgekommen wie in einem Traum, Sir«, sagte Grey. »Ich sehe mir die Pokale und die gerahmten Fotos an und kann noch immer nicht glauben, dass wir das geschafft haben.«

»Nun die Frage, die alle Männer interessiert: Anna oder Gabrielle? Oder etwa beide?«

»Das fällt unter die *höchste* Geheimhaltungsstufe, Sir«, wehrte Grey ab. Aber sein spitzbübisches Lächeln war Antwort genug.

»Und wie ist's, hier zu arbeiten?«

Grey lächelte noch breiter. »Auch das ist ein in Erfüllung gegangener Traum«, sagte er aufrichtig. »In vieler Beziehung ist das Leben hier eher spartanisch – nicht mit dem während der Pilotenausbildung zu vergleichen. Aber was wir hier machen, ist allem, was ich zuvor gesehen habe, mindestens eine Generation voraus. Man hat wirklich das Gefühl, auf einer Welle in die Zukunft zu reiten.«

»Klingt nicht schlecht. Und wie sind die Vorgesetzten?«

»Die sind in Ordnung. Auch Oberst Long ist okay – und das sage ich nicht nur, damit man mir nichts anhängen kann.« Der junge Offizier lächelte viel sagend. »Man kann nicht in der Drachenhöhle oder der Kommandozentrale arbeiten, ohne sich bewusst zu sein, was für atemberaubende Dinge sich hier tun. Ich glaube, dass dieses Gefühl alle haben – von General McLanahan angefangen bis zum letzten kleinen Gefreiten. Dieser Stützpunkt ist etwas Besonderes, das weiß jeder, aber er ist so … so *unwirklich*, dass niemand sich gestattet, Allüren zu haben. Ich denke, jeder weiß: Diese Anlage ist so hoch technisiert und futuristisch, dass wir alle sekundenschnell abserviert werden können, jeder bemüht sich, keinen Scheiß zu machen.«

»Ich glaube, das verstehe ich«, sagte Daren. »Ich weiß nicht recht, weshalb ich hier bin – aber ich bin dankbar dafür.«

Sie unterhielten sich noch eine Zeit lang. Jetzt stellte Grey die Fragen, und Daren wusste, dass er den neuen Boss ein wenig aushorchen wollte, um seinen Staffelkameraden von ihm erzählen zu können.

»Wir müssen bald an Bord«, sagte Grey schließlich. »Wir sollten allmählich aufbrechen.«

»Augenblick, Zane«, sagte Daren. »Soll das heißen, dass Sie dieses Einweisungsprogramm für mich wirklich durchziehen wollen?«

»So lautet mein Auftrag, Sir.«

»Nennen Sie mich ›Daren‹, wenn kein Vorgesetzter in der Nähe ist, oder ›Skipper‹, aber nicht dauernd ›Sir‹, einverstanden, Zane?«, fragte Mace. »Sonst fühle ich mich verdammt alt.«

»Oberst Long hat für Sie ein Einweisungsprogramm ausgearbeitet, Skipper. Woran denken Sie?«

»Nun, das will ich Ihnen sagen«, antwortete Daren. »Mein Vater war Kommandant eines Kutters der Küstenwache, eines großen Schiffs der Bear-Klasse, und hat immer gesagt, für einen Boss gebe es nichts Wichtigeres, als alle seine Spielsachen zu benutzen.«

»Sir?«

»Hat man Kanonen, soll man damit schießen; hat man einen Hubschrauber, soll man ihn fliegen lassen; hat der Kapitän eine Pinasse, soll er damit herumfahren. Ich habe hier eine Staffel B-1-Bomber – mit denen will ich fliegen. Ich habe Waffen, nehme ich an – ich will ein paar einsetzen. Ich will nicht nur Löcher in den Himmel bohren; ich will Waffen einsetzen und ein paar Ziele in die Luft jagen. Kommen Sie, wir wollen *fliegen* gehen!«

»Was ist mit Oberst Longs Einweisungsprogramm, Sir?«

»Zum Teufel damit! Ich habe von General McLanahan den Auftrag, diese Staffel aufzustellen, und das tue ich – aber nach meiner Art. Machen Sie mit?«

»Unbedingt, Sir.«

»Ausgezeichnet.« Mace berührte seinen Ohrhörer und sagte: »Offizier vom Dienst, lassen Sie eine Tiefflugroute, eine Luftbetankung und Übungszeit mit scharfen Jagdraketen und Abwurflenkwaffen festlegen. Nähere Angaben zu den Übungswaffen folgen.«

»Ja, Oberst Mace«, antwortete der Computer. »Warte nähere Angaben ab.«

»Äh… haben Sie vergessen, dass wir nicht mehr tief fliegen, Sir?«

»Scheiße, anscheinend oute ich mich bei jedem Wort, das ich hier sage, als alter Sack«, meinte Daren. »Aber wir wollen sehen, wie's läuft. Wer weiß, vielleicht beherrsche ich ein paar Tricks, die ihr Jungen lernen solltet.«

»Verstanden, Sir«, sagte Grey eifrig.

»Oberst Mace, hier ist der Offizier vom Dienst«, kam aus seinem Ohrhörer.

»Offizier vom Dienst, bitte weiter«, antwortete Mace. Er gewöhnte sich immer besser an dieses Computersystem – das unheimliche Gefühl, mit einer Maschine zu sprechen, verschwand rasch, als er merkte, wie gut dieses Ding funktionierte und wie nützlich es sein konnte.

»Oberst Mace, ich habe erfahren, dass heute Nachmittag im Tonopah-Komplex Schießgebiete für scharfe Luft-Boden-Waffen verfügbar sind. Auch ein Bobcat-Tanker stünde heute Nachmittag zur Verfügung. Bitte um weitere Anweisungen.«

»Offizier vom Dienst, planen Sie den Tanker für uns ein«, wies Daren ihn an. Zu Grey sagte er: »Die Tonopah Range gehört heute Nachmittag uns.«

»Fragen Sie den Offizier vom Dienst, ob sich auch der Start einer ballistischen Rakete organisieren lässt«, schlug der junge Oberleutnant vor.

»Offizier vom Dienst, fragen Sie beim Range Director an, ob in unserer Übungszeit auch eine ballistische Rakete gestartet werden kann«, sagte Daren.

»Bitte warten, Oberst Mace… Oberst Mace, ich erfahre gerade, dass im Tonopah-Komplex keine ballistischen Raketen als Übungsziele eingesetzt werden können. Dort stehen nur Bodenziele zur Verfügung.«

»Keine Raketen, nur Bodenziele«, sagte Daren zu Grey.

»Kein Problem. Wenn Oberst Long keinen Anfall bekommt, weil wir sein Programm umgestoßen haben, können wir unsere eigenen Luftziele mitbringen«, sagte Grey aufgeregt. Er sprach plötzlich mit dem Akzent eines südkalifornischen Surfers. Dieser Junge, das sah Daren ihm an, hätte bei jeder Pokerpartie sein Hemd verspielt. »Wir können ein paar Abwurflenkwaffen Wolverine als schnelle Ziele für größere Entfernungen und vielleicht einen FlightHawk als langsames Luftziel mitnehmen.«

»Gut«, meinte Daren. »Wir nehmen also zwei Wolverines in der vorderen Bombenkammer mit.«

»Lieber gleich vier«, schlug Grey vor.

»Okay, vier«, entschied Daren. »Einen FlightHawk in der hinteren Bombenkammer und ein Revolvermagazin mit zwei Scorpions, zwei Anacondas und… wofür ist das dritte Ziel?«

»Lancelots«, sagte Grey. »Zwei Lancelots. Sie *sind* doch berechtigt, Lancelots einzusetzen, Sir?«

»Das lässt sich feststellen«, antwortete Mace. Er berührte seinen Ohrhörer erneut. »Offizier vom Dienst, bin ich berechtigt, Abwurflenkwaffen Lancelot zu verschießen?«

»Bitte warten, Oberst Mace… Positiv, Sir. Sie sind berechtigt, alle für Ihre Staffel vorgesehenen Waffen einzusetzen.«

»Cool«, sagte Daren. »Kann's kaum erwarten, eines dieser Babys loszujagen. Welche Luft-Boden-Lenkwaffe setzt die B-1 heutzutage ein, Zane?«

»Für Präzisionsangriffe auf Ziele in mittleren Entfernungen setzen wir die programmierbare AGM-165B Longhorn ein«, antwortete Grey.

»Ausgezeichnet. Offizier vom Dienst, lassen Sie meine Maschine sofort mit einem unbewaffneten FlightHawk zur Zieldarstellung mit Telemetrie, vier unbewaffneten Marschflugkörpern zur Zieldarstellung mit Telemetrie, zwei Jagdraketen Scorpion mit Telemetrie-Gefechtsköpfen, zwei Jagdraketen Anaconda mit Telemetrie, zwei Abwurflenkwaffen mit Gefechtsköpfen zur Zielmarkierung und zwei ABM Lancelot mit Telemetrie-Gefechtsköpfen beladen«, befahl er dem Computer. »Fordern Sie zwei Bodenziele auf der Tonopah Range an ...«

»Ein festes und ein bewegliches Ziel«, warf Grey ein, der aufmerksam zugehört hatte.

»Ein festes Ziel, ein bewegliches Ziel.«

»Ja, Oberst Mace. Bitte warten Sie einen Augenblick, ich hole die Genehmigung ein.« Das dauerte nicht lange. »Oberst Mace, Oberst Long hat Ihre Bitte um Übungswaffen für Ihren Flug abgelehnt.«

»Offizier vom Dienst, legen Sie meine Bitte General Furness vor«, ordnete Daren an.

»Ja, Oberst Mace. Bitte warten Sie.«

»Scheiße«, murmelte Grey. »Jetzt geht's bestimmt gleich rund, Sir.«

Er behielt Recht. Keine Minute später kam John Long mit vor Wut funkelnden Augen hereingestürmt. »Sie Hundesohn!«, brüllte er. »Was soll dieser Scheiß, dass Sie Waffen einladen und sich Übungsgebiete reservieren lassen? Sie machen heute einen Einweisungsflug, um ...«

»Damit kann ich meine Zeit nicht vergeuden, John.«

»Doch, das tun Sie, *weil ich es sage!*«, donnerte Long. »Ich habe Ihren Ausbildungsplan aufgestellt, und Sie halten sich gefälligst *genau* daran! Ist das klar?«

»John, ich bin ein Bombenschütze«, sagte Mace. »Ich brauche Übungszeit, ich muss den Jet fliegen, ich muss ein paar Ziele in die Luft jagen.«

»Das alles können Sie in den Simulatoren üben«, stellte Long fest. »Vergessen Sie die Tonopah Range und konzentrieren Sie sich auf ...«

»Ich habe meine Bitte General Furness vorlegen lassen.«

»Sie haben ... *was?*«, keuchte Long fast sprachlos. »Sie haben mich übergangen? *Was fällt Ihnen ein,* Sie Hundesohn? Das ist eine Disziplinlosigkeit, Oberst!«

»John, ich habe Ihnen gesagt, dass ich Ihre Vampires einsatzbereit mache – und das verdammt viel schneller, als Sie in Ihrem Zeitplan vorgesehen haben«, sagte Mace, indem er aufstand und sich vor dem Chef der Operationsabteilung aufbaute. »Aber ich kann mich nicht damit aufhalten, Überziehen und Landeanflüge zu üben. Ich bin ein Navigator, ein Bombenschütze, ein Systemoffizier …«

»Sie halten sich an meine Vorgaben, Oberst, sonst bleiben Sie am Borden!«, blaffte Long.

»Ich muss mich möglichst schnell einarbeiten, um diese Staffel einsatzbereit zu machen«, sagte Daren. »Ich vermute, dass alle anderen Staffelchefs viel Erfahrung mit ihren Waffensystemen haben.«

»Alle anderen Staffelchefs haben offenbar erfolgreicher Karriere gemacht, das ist der Grund.«

Mace steckte diesen Schlag weg. »Außerdem vermute ich, dass auf diesem Stützpunkt Sie nach den Generalen McLanahan und Furness die meiste Erfahrung mit der EB-1C haben.«

Das stimmt nicht ganz, dachte Long, aber er widersprach auch nicht.

»Deshalb muss ich schnellstens alles über die Vampire lernen, und das bedeutet, dass ich keine Zeit mit Pilotenscheiß vergeuden darf. Lassen Sie mich auf meine Weise arbeiten, John. Ich verspreche Ihnen, diese Staffel in jeder Beziehung voll einsatzbereit zu machen. Aber das muss ich mit meiner Methode erreichen.«

»Oberst Mace, hier ist der Offizier vom Dienst«, meldete sich die weibliche Computerstimme. »General Furness hat Ihre Bitte um Tiefflugübungen, Luftbetankung und Mitführung von scharfen Waffen genehmigt. Ich werde Ihre Anforderung mit dem Waffenoffizier Ihrer Staffel koordinieren … Oberst Mace, Ihr Waffenoffizier teilt mit, dass die angeforderten Waffen sofort bereitgestellt werden.«

»Offizier vom Dienst, lassen Sie sich von Hauptmann Weathers sagen, wann die Beladung voraussichtlich abgeschlossen ist, und teilen Sie mir und Oberleutnant Grey unsere neue Startzeit mit.« Hauptmann Weathers war der Waffenoffizier der Staffel.

»Ja, Oberst Mace.« Eine halbe Minute später: »Oberst Mace, mir liegt eine Schätzung der Beladungsdauer vor, und ich habe den Zeitplan für Ihren Einsatz berechnet. Sie gehen jetzt um achtzehn Uhr Zulu an Bord.«

Verdammt gut, dachte Mace. Einen B-1-Bomber ohne Vorwarnung in weniger als sechs Stunden mit Jagdraketen, Abwurflenkwaffen und einer unbewaffneten Drohne zu beladen, war für jede Einheit eine hervorragende Leistung – erst recht für eine noch im Aufbau befindliche Staffel. »Offizier vom Dienst, ich lasse Hauptmann Weathers bitten, sich während der Vorflugkontrollen mit uns an der Maschine zu treffen und mich in die Waffen einzuweisen.«

»Ja, Oberst Mace. Ihre auf den neuesten Stand gebrachten Flugplanungsunterlagen erhalten Sie nach Eingabe Ihres Kennworts an jedem Terminal. Achtung, durch die Verschiebung der Startzeit kann die im Frieden zulässige maximale Dienstzeit für fliegende Besatzungen überschritten werden.«

»Offizier vom Dienst, bitten Sie um eine Ausnahmegenehmigung zur Überschreitung der maximalen Dienstzeit.«

»Ja, Oberst Mace.« Im nächsten Augenblick hörte John Long die Computerstimme in seinem Ohrhörer.

»Genehmigen Sie das, John?«, fragte Daren. »Oder soll ich mich wieder an General Furness wenden?«

»Sie glauben wohl, Sie können hier machen, was Sie wollen?«, knurrte Long mit vor Wut bebender Stimme. »Kein Wunder, dass man Sie im Fegefeuer hat schmoren lassen, seit Sie damals im Sandkasten Mist gebaut haben, was?« Er ließ die beiden Offiziere stehen und stürmte hinaus.

Im nächsten Augenblick meldete der Offizier vom Dienst: »Oberst Mace, Oberst Long hat die Verlängerung Ihrer Dienstzeit auf sechzehn Stunden genehmigt.«

»Danke«, antwortete Daren höflich, obwohl er nur mit einer Maschine sprach.

Dean Grey starrte Mace sekundenlang an, als hoffe er, der Skipper werde von sich aus mehr erzählen; als er das nicht tat, konnte er seine Neugier nicht länger beherrschen. »Sie waren im Golfkrieg, Sir?«, fragte er.

»Ja.« Mace erkannte leicht schockiert, dass Grey kaum ein Teenager gewesen war, als dieser Krieg ausgebrochen war.

»Was haben Sie dort geflogen?«

»Die Aardvark in der SAC-Version.«

»Die FB-111? Ich wusste nicht, dass wir im Golfkrieg Hundertelfer vom Strategic Air Command eingesetzt haben.«

»Doch, das haben wir, und ich rate Ihnen dringend, keine weiteren Fragen dazu zu stellen«, sagte Daren ernst. Als er Greys besorgten Gesichtsausdruck sah, fügte er rasch hinzu: »Die Sache ist noch immer geheim und würde Ihnen Alpträume bescheren. Ich schlage vor, dass wir uns an die Einsatzplanung machen.«

»Ja, *Sir!*«, sagte Grey erleichtert. »Ich zeige Ihnen, wie Sie den Offizier vom Dienst und die Planungscomputer benutzen können. Sie werden staunen, wie schnell wir einen Einsatz wie diesen planen können.« Er machte eine Pause, musterte Daren prüfend und fragte dann: »Haben Sie ein Rufzeichen, das wir verwenden können, Sir?«

»Ich bin ein Mann der alten Schule, Zane – ich war schon dabei, als es das Strategic Air Command gab, und beim SAC hatten wir keine persönlichen Rufzeichen. Ich denke, dass die Staffel eines für mich erfinden muss.«

»Das lässt sich machen, Skipper«, sagte Grey boshaft lächelnd. «Und wir werden versuchen, Ihnen nicht ›Pappy‹ oder ›Granddad‹ anzuhängen.«

»Dafür wäre ich Ihnen dankbar. Also los!«

Selbst mit der Unterstützung durch den elektronischen Offizier vom Dienst reichten sechs Stunden kaum aus, um die gesamte Einsatzplanung zu bewältigen, aber als im Lauf des Vormittags weitere Besatzungsmitglieder im Staffelgebäude erschienen, bekam Daren mehr und mehr Hilfe. Seine Staffel war mit insgesamt zweiundsiebzig Mann klein und in der Tat jung: hauptsächlich Oberleutnants, nur zwei oder drei Hauptleute. Auch die Unteroffiziere und Mannschaften waren jung. Aber alle wollten ihren neuen Boss beeindrucken und ihm zeigen, was sie leisten konnten. Nach weniger als drei Stunden saß Mace mit Long, Grey und der Besatzung einer anderen Vampire, die sie in den ersten Stunden begleiten würde, im Besprechungsraum und hakte die einzelnen Punkte ihres sechsstündigen Marathoneinsatzes ab. Dann fuhren sie mit dem Lift in die Drachenhöhle hinunter, um mit den Vorflugkontrollen zu beginnen.

Sie besprachen sich zuerst mit dem Crew Chief, einem weiteren ungewöhnlich jungen Sergeant der Air National Guard, und machten dann einen Rundgang um die Maschine, bei dem sie auch die an Bord gebrachten Waffen inspizierten. Dabei begegneten sie Hauptmann William »Wonka« Weathers, dem Waffenoffizier der Staffel. »Freut mich, Sie kennen zu lernen, Wonka«, sagte Mace und schüttelte ihm die Hand. »Danke, dass Sie und Ihre Jungs sich für mich beeilt haben.«

»War uns ein Vergnügen, Sir«, antwortete Weathers breit grinsend. »Tatsächlich war das der erste eilige Auftrag, den wir hier unten in der Drachenhöhle hatten. Wir waren so mit Wartungsarbeiten und Tests ausgelastet, dass wir fast vergessen haben, dass wir eine Kampfeinheit sind, die für den Ernstfall üben muss. Ich bin Ihnen für die Gelegenheit dankbar, meine Waffenwarte mal wieder in Aktion treten zu lassen. Jeder Auftrag ohne Vorwarnung ist uns willkommen.«

»Das höre ich gern«, sagte Daren. »Ich halte viel davon, Übungen ohne Vorwarnung anzusetzen.«

»Ausgezeichnet, Sir«, stimmte Weathers zu. Er deutete auf die vordere Bombenkammer. »Gestatten Sie mir, Sie kurz über unsere Babys hier zu informieren, Sir. Sie sehen diese Waffen zum ersten Mal?«

»Ich habe die Beschreibungen gelesen und auch Einsätze mit diesen Waffen geplant – nur mit der Lancelot nicht«, antwortete Daren. »Ich weiß, dass sie im Koreakonflikt eingesetzt wurde, kenne aber keine Details.«

»Nun, ich will mich möglichst kurz fassen. Wir haben eine ganze Vortragsreihe für Sie geplant, aber am besten lernt man diese Babys kennen, indem man sie anfasst und einsetzt«, sagte Weathers. »Zum Glück greifen auch General McLanahan und General Furness lieber Übungsziele an, als nur Löcher in den Himmel zu bohren.«

Weathers begann mit der vorderen Bombenkammer. »Marschflugkörper AGM-177 Wolverine, heute mit Telemetriegeräten und Lastenfallschirmen ausgerüstet«, sagte er. »Ungefähr dreizehnhundertfünfzig Kilo schwer, Düsentriebwerk, Marschgeschwindigkeit etwa vierhundert Knoten, kann nach hundert Meilen Tiefflug noch dreißig Minuten im Zielgebiet kreisen. Steuerung durch Veränderung der Rumpfform, dadurch sehr wendig. IIR- und MMW-Radar, Datenübertragung via Satellit. Nutzlast ungefähr hundertfünfzehn Kilogramm in drei Waffenkammern, dazu ein separates Abteil für einen Gefechtskopf, mit dem die Wolverine sich aufs letzte Ziel stürzt, oder eine beliebige Mischung aus Waffen, Sensoren, Kameras, Relaissendern und so weiter. Sie lässt sich so programmieren, dass sie sich wie ein Tiefflieger, ein Jäger in großer Höhe oder eine ballistische Rakete verhält. Bitte stellen Sie unbedingt sicher, dass Ihr Angriffscomputer auf einen vorzeitigen Übungsabbruch programmiert ist, denn diese Babys kosten ohne Nutzlast 1,6 Millionen Dollar pro Stück.«

»Verstanden.«

»Wir haben Ihre Wolverines diesmal in der vorderen Bombenkammer aufgehängt. Normalerweise befinden sie sich in Revolvermagazinen, die wir aber für Übungsflüge nicht benutzen dürfen.«

»Die Revolvermagazine sind dafür ausgelegt, mit neuntausend Kilogramm Waffen bei minus fünfzig Grad und bis zu neun g mit zehn Umdrehungen in der Minute zu rotieren«, stellte Daren fest. Die umstehenden Waffenwarte begannen zu grinsen und anerkennend zu nicken, als sie hörten, dass ihr neuer Boss offenbar viel von ihren Systemen verstand. »Wir dürfen sie nicht herumliegen lassen. Man muss sie benutzen, sonst sind sie bald nutzlos. Ab sofort fliegen sie jedes Mal mit – mit Übungswaffen bestückt, im äußersten Notfall auch leer. Bekommen wir nicht genügend Übungszeiten, legen wir uns hier auf dem Stützpunkt eine eigene Range an.«

»Ausgezeichnet. Sie müssen regelmäßig an Hydrauliksysteme und Klimaanlagen angeschlossen werden, damit die Abdichtungen und Kugellager dicht bleiben. Jedenfalls können wir vier Wolverines in Einbauaufhängungen oder sechs in einem Revolvermagazin unterbringen.«

Sie gingen zur mittleren Bombenkammer weiter. »Revolvermagazin mit Longhorn, Anaconda, Scorpion und Lancelot – die absolut beste Nutzlast für Luftangriffe und -kämpfe«, sagte Weathers stolz. »Jagdrakete AIM-120 Scorpion für mittlere Entfernungen, aktives Dreifachmodus-Radar, passives Radar und Infrarotsteuerung, Gefechtskopf mit zweiundzwanzigeinhalb Kilogramm als Hohlladung,

Reichweite bis zu fünfundfünfzig Kilometer. Luft-Boden-Lenkwaffe AGM-165 Longhorn, die verbesserte Langstreckenversion der Maverick, Gefechtskopf mit neunzig Kilogramm Thermium-Nitrat, Reichweite bis zu hundert Kilometer, MWR-Autopilot oder IIR-Steuerung. Unsere Version der Longhorn ist besser imstande, Zieldaten vom Laserradar der Vampire zu übernehmen – man gibt die Zielkoordinaten ein, lässt die Lenkwaffe starten und kann die Angaben noch ergänzen, während sie ihr Ziel ansteuert.

Hier die überschallschnelle Jagdrakete AIM-152 Anaconda für große Entfernungen, Staustrahltriebwerk, Reichweite bis zu zweihundertvierzig Kilometer. Trotz ihrer Größe hat auch sie nur einen zweiundzwanzigeinhalb Kilogramm schweren Gefechtskopf, aber wenn dieses Ding einen mit Mach fünf trifft, bringt allein die Aufprallwucht das größte Flugzeug zum Absturz.

Und hier die ABM-3 Lancelot zur Bekämpfung ballistischer Raketen«, sagte Weathers mit unüberhörbarem Stolz in der Stimme. »Im Prinzip eine bordgestützte Lenkwaffe vom Typ Patriot, Dreifachmodus-Steuerung, Reichweite unter Idealbedingungen bis zu fünfhundert Kilometer. Die Kampfkraft der Lancelot basiert auf ihrem Plasmafeld-Gefechtskopf. In der Erdatmosphäre besitzt er eine Sprengkraft von zwanzig Kilotonnen TNT, aber in hundert Kilometer Höhe pulverisiert er in zehn bis fünfzehn Kilometer Umkreis alles: ohne Strahlung, ohne Hitzeentwicklung, sogar ohne Knall, das Ziel verschwindet einfach nur. Sie sollten versuchen, sich so schnell wie möglich eine Plasmafeld-Detonation vorführen zu lassen – die wird Ihnen unvergesslich bleiben. Heute trägt sie natürlich nur Telemetrie-Nutzlasten.«

Sie gingen zur hinteren Bombenkammer der EB-1C Vampire weiter. »*Last, but not least:* der U/MF-3 FlightHawk«, sagte Weathers. »Bewaffnete Drohne mit Stealth-Eigenschaften, großer Reichweite und langer Flugdauer, für alle nur denkbaren Aufgaben einsetzbar: angreifen, aufklären, ködern, täuschen, stören, die feindliche Luftabwehr bekämpfen und vieles mehr. Es gibt auch eine StealthHawk genannte Version mit größerer Reichweite und besseren Stealth-Eigenschaften, die gegenwärtig in Dienst gestellt wird. Von beiden Hawk-Versionen passen je vier in ein Revolvermagazin.« Weathers nickte Mace zu. »Das war's vorerst, Sir. Sie haben einen Marathoneinsatz geplant. Ich bin dann im virtuellen Cockpit, um Ihnen notfalls zu helfen, aber wenn Sie sich Zeit lassen und tun, was der Angriffscomputer vorschlägt, dürfte es keine Probleme geben. Sonst noch etwas, Sir?«

»Nur eine Sache«, sagte Daren. »Falls zwei von Ihren Männern mitfliegen möchten, nehmen wir sie gern mit.«

»Ist das Ihr *Ernst?*«, fragte Weathers verblüfft. »Zwei meiner Jungs dürfen bei diesem Einsatz mitfliegen?« Daren merkte, dass der Hauptmann sich am liebsten selbst gemeldet hätte, aber als guter Offizier und Führer drehte er sich um und winkte zwei seiner Techniker heran, die herübergetrabt kamen. »Oberst Mace, es ist mir ein Vergnügen, Ihnen Staff Sergeant Marty Banyan und Senior Airman Todd Meadows vorzustellen, die weitaus besten Waffenwarte der gesamten Air National Guard. Sie waren heute Morgen schon vor sechs Uhr als Erste im Dienst; sie haben dafür gesorgt, dass Ihre Waffen in Rekordzeit an Bord gebracht wurden. Sergeant Banyan, Airman Meadows: Oberst Mace, unser neuer Staffelchef.«

Daren schüttelte den Waffenwarten die Hand. »Hauptmann Weathers hat euch ausgesucht, heute Nachmittag mit uns zu fliegen, Jungs, wenn ihr Lust dazu habt.«

Banyan und Meadows bekamen Augen so groß wie Untertassen.

»Klar hab ich das, Sir!«, rief Meadows begeistert.

»Ich arbeite seit fast fünf Jahren an der B-1«, stellte Banyan fest, »aber ich bin noch nie mitgeflogen. Auf diese Gelegenheit warte ich seit Jahren!«

»Ausgezeichnet. In ungefähr einer Stunde lassen wir die Triebwerke an. Hauptmann, ich schlage vor, dass Sie in der Abteilung Lebenserhaltungssysteme anrufen, damit diese Jungs eine Ausrüstung bekommen.« Daren nickte den Waffenwarten zu. »Melden Sie sich schnellstens zurück.«

»Ja, *Sir!*«, riefen die beiden Techniker im Chor und hasteten davon, um ihr Werkzeug aufzuräumen.

»Das war großartig von Ihnen, Sir«, sagte Weathers, nachdem er den Offizier vom Dienst benachrichtigt hatte, damit Meadows und Banyan eine Ausrüstung und die nötige Einweisung erhielten. »Wir suchen immer nach Möglichkeiten, unsere Leute zu motivieren. Ich bin dann wie gesagt im virtuellen Cockpit, um Ihren Waffeneinsatz und die Treffergebnisse zu überwachen. Alles gute und viel Erfolg, Sir!« Er schüttelte seinem Staffelchef die Hand, salutierte und fuhr dann davon, um die Beladung anderer Bomber, die ebenfalls startbereit gemacht wurden, zu überwachen.

»Klasse gemacht, Sir«, sagte Grey stolz. »Sie haben heute echt gepunktet, glaub ich.«

»Dabei habe ich eigentlich gar nichts gemacht«, sagte Daren mit schiefem Lächeln. »Scheiße, wenn ich gewusst hätte, dass man als Staffelchef nicht mehr zu tun braucht, als seine Leute wie Profis zu behandeln, wäre ich längst einer geworden.«

Grey stieg mit Daren ins Cockpit hinauf, wo sie die Kontrollen vor dem Einschalten der Stromversorgung vornahmen, und dann wieder die hohe Leiter hinunter, um die Maschine bei einem langsamen Rundgang von außen zu inspizieren. Für Mace war das ein höchst bizarres Erlebnis: sich unter der Erde darauf vorzubereiten, einen Bomber zu fliegen. Als die beiden Waffenwarte sich mit der empfangenen Ausrüstung zurückmeldeten, besprach der Oberleutnant mit Besatzung und Bodenpersonal das Startverfahren. Dann stiegen sie zu viert in die EB-1C hinauf.

Während Grey sich davon überzeugte, dass Banyan und Meadows richtig angeschnallt waren, und ihnen die Schleudersitze und die Notfallausrüstung erklärte – alles Dinge, mit denen die beiden B-1-Veteranen sich bestens auszukennen schienen –, ging Daren nach vorn und begann »sein Nest zu bauen«: Er verstaute seine Checklisten, Karten und sonstigen Utensilien genau dort, wo er sie haben wollte. Grey erklärte ihm kurz, was er auf dem rechten Sitz an Schaltern vor sich hatte – kurz, weil es nicht viel zu erklären gab. Das System war so automatisiert, dass nur noch wenige Schalter von Hand zu betätigen waren. »Wir überwachen und kontrollieren alles«, sagte Zane, »und lassen die Computer ihre Arbeit tun. Zwei Minuten bis zum Einschalten der Stromversorgung. Der Computer macht dann einen Selbsttest laut Flugplan. Stellen Sie sicher, dass Sie bereit sind, denn nach dem Einschalten passiert alles verdammt schnell. Melden Sie sofort, wenn Sie irgendwelche Anomalien sehen. Ansonsten können Sie sich zurücklehnen und den Flug genießen.«

Unmittelbar bevor die Stromversorgung eingeschaltet wurde, sprach Daren im Stillen das alte Fliegergebet: *Lieber Gott, bitte lass mich keinen Scheiß machen.* »O-kay«, sagte er nervös.

»*Besatzung, hier Bobcat zwo-zwo*«, sagte der Computer wenige Sekunden später. »Melden Sie, ob Sie zum Einschalten der Stromversorgung bereit sind.«

»Bobcat zwo-zwo, AC ist bereit.«

»Ein ›Bitte‹ wäre nett gewesen«, witzelte Mace. Er drückte seine Sprechtaste. »Bobcat zwo-zwo, MC ist bereit.«

»Stromversorgung wird eingeschaltet«, bestätigte der Computer. Im nächsten Augenblick leuchteten die Monitore in der Rückwand des Cockpits auf, und eine Meldung nach der anderen lief über die Bildschirme, während der Computer seinen Selbsttest durchführte. Daren beobachtete völlig fasziniert, wie die Systemchecks bei eingeschalteter Stromversorgung abliefen. Die weiteren Kontrollen vor dem Anlassen der Triebwerke wurden ähnlich rasch abgespult. Nach weniger als fünf Minuten meldete der Computer, er sei bereit zum Anlassen der Triebwerke.

»So weit, so gut, Jungs«, meinte Grey, nachdem der Computer seinen Selbsttest beendet hatte. »Klar zum Schleppen an die Oberfläche.« Das Anlassen von Triebwerken, um mit eigener Kraft zu rollen, war hier unten in der Drachenhöhle nur im äußersten Notfall gestattet. Nachdem Grey die Führermaschine gerufen und ihre Startbereitschaft gemeldet hatte, kuppelte die Bodenmannschaft eine Schleppstange ans Bugfahrwerk des Bombers und zog ihn mit einem niedrigen Schlepper aus seiner Parkposition.

Das Rollen in der Drachenhöhle, fand Daren, war so ähnlich, als fahre man mit einem großen Geländewagen durch eine Tiefgarage mit sehr geringer Deckenhöhe: Man hatte das Gefühl, jeder Träger und jedes Stück Beton über ihnen müsse das Seitenleitwerk abreißen, und obwohl die Tragflächen maximal gepfeilt waren, schienen ihre Enden die abgestellten Bomber fast zu streifen. Als sie zu einem Knotenpunkt der Deckenkonstruktion kamen, zog er unwillkürlich den Kopf ein.

Im Vorbeirollen sah er mehrere B-52-Bomber, darunter zwei mit riesigen runden Kinntürmen. »Das müssen Dragons sein«, sagte er. »Laserkanonen an Bord von B-52. Unglaublich!«

»Stimmt«, bestätigte Grey. »Fantastische Maschinen. Wenn ihr Laser loslegt, läuft mir noch immer ein kalter Schauder über den Rücken.«

»Wer ist der Staffelchef?«

»Oberst Nancy Cheshire«, antwortete Zane. »Früher Testpilotin bei General McLanahan in Dreamland. Die Zweiundfünfzigste Staffel ist offiziell noch nicht aktiviert, sie ist aber wie alle fliegenden Einheiten organisiert und wird auch so geführt. Nur zwei Maschinen, deren Erprobung noch mindestens ein Jahr läuft, aber sie haben schon mehrere Einsätze geflogen und sich gut bewährt. Ich hätte gern bei jedem Flug über Indianergebiet eine der beiden neben mir.«

Die EB-1C Vampire wurde neben die Führungsmaschine gezogen, dann wurden die Schleppstangen abgekuppelt. »Okay, wir fahren zur ersten Ebene hinauf und lassen dort die Triebwerke an«, sagte Zane. Auf der ersten Ebene gab es spezielle Absaugvorrichtungen, die ihre Triebwerksabgase wirksamer abführten, als es das passive Lüftungssystem des Hauptkomplexes vermocht hätte. »Danach führt der Computer die Vorflugkontrollen durch, dann fahren wir zur Runway hinauf, werden zum letzten Mal von außen inspiziert und starten anschließend.« Es war unheimlich, mit laufenden Triebwerken direkt vor einer Felswand zu stehen, und Mace war dankbar, als die letzten Vorflugkontrollen durchgeführt waren und der Aufzug sie zur Oberfläche brachte.

Im Freien war es nur leicht bewölkt, aber so windig, dass immer wieder Staubwolken an der Windschutzscheibe vorbeizogen. »Wunderschöner Tag in Battle Mountain, Jungs«, stellte Grey fest. Sie sahen, dass Rebecca Furness und John Long die letzte Kontrolle vor dem Start selbst durchführten, und Daren bildete sich ein, Long starre ihn aus dem Wagen heraus mit finsterer Miene an.

»Rotte Bobcat.«

»Zwo startklar«, meldete Grey. Über die Bordsprechanlage fragte er: »Seit ihr bereit, Jungs?«

»MC ist bereit«, antwortete Daren.

»Banyan bereit.«

»Meadows bereit. Kann's kaum noch erwarten!«

»MC, Sie haben das Flugzeug«, kündigte Zane an.

»Ich? Soll das ein Witz sein?«

»So lernen Sie's am schnellsten, Sir«, erklärte Grey ihm. »Auch wenn Sie Ihr Ausbildungsprogramm selbst gestalten wollen, müssen Sie als MC einen Überprüfungsflug machen, zu dem Start, Landung, stabile Vorkontaktposition hinter einem Tanker, Instrumentenanflug und Anflug bei Sichtwetterbedingungen gehören. Deshalb sollten Sie jede Gelegenheit nutzen, selbst zu fliegen.«

»Nur schade, dass Starts nicht wie alles andere automatisiert sind«, meinte Daren.

»Das sind sie«, sagte Grey. »Das System beherrscht einen sehr guten Formationsstart. Aber wir machen keine Autostarts mehr und fliegen kaum noch im Verband. Außerdem fliege ich den Jet bei jedem Einsatz gern mal selbst, und dafür bietet sich der Start an. Beim Start bekommt man am schnellsten ein Gefühl für die Maschine. Und das verringert die Unfallgefahr, falls es den Triebwerken einfällt, sich beim Start zu verschlucken.«

»Okay, was halten Sie davon, wenn ich beim ersten Mal nur zusehe?«

»Ich behalte Ihre Instrumente im Auge«, versicherte Grey ihm. »Sie starten mit dreißig Sekunden Abstand zu Bobcat eins, fliegen nach dem Abheben eine Rechtskurve mit zwanzig Grad, kurven ein, wenn er einkurvt und setzen sich hinter ihn. Ich bin da, falls Sie mich brauchen, Sir. Wir lassen das System eingeschaltet, das Rumpfform und Tragflächenprofil automatisch verändert – Sie werden staunen, wie glatt und einfach alles geht.«

»Mein letzter Start liegt schon verdammt lange zurück«, murmelte Daren.

»Die Sache ist ganz einfach: Sie brauchen nur zu spüren, wann die Vampire abheben will«, sagte Grey aufmunternd. »Wir wissen, wie das Betriebshandbuch den Start beschreibt, und das alles trifft auch ziemlich genau zu, aber die Vampire gleicht einem Vollblutrennpferd – man muss spüren, wann sie zögert, wann man das Tempo verschärfen kann und wann man die Zügel schießen lassen darf. Sie heben bei ungefähr hundertfünfzig ab, steigen mit dem Bodeneffekt auf hundert bis zweihundert Fuß, fahren das Fahrwerk ein und drücken etwas nach, bis dreihundert Knoten erreicht sind. Bei dreihundert ziehen Sie und halten dreihundertfünfzig. Steigen wir konstant mit mindestens zehn Sekundenmetern, was bei unserem Abfluggewicht kein Problem sein dürfte, kommen wir leicht über die Berge weg. Ich kontrolliere Ihren Kurs und behalte die Führungsmaschine im Auge. Fertig?«

»Fertig, hoffe ich«, sagte Daren.

»Sie haben das Flugzeug«, kündigte Zane an und rüttelte an seinem Seitengriffsteuer.

Oh, Scheiße, dachte Mace. Jetzt geht's los! »Ich habe das Flugzeug«, bestätigte er und rüttelte dabei an seinem Steuergriff.

Der Pilot des führenden Bombers EB-1C Vampire erhielt die Startfreigabe, rollte vom Aufzug auf die Startbahn, hielt an der Mittellinie, verriegelte die Bremsen, zündete die Nachbrenner, löste die Bremsen und schoss die Startbahn hinunter davon.

Wenige Sekunden nach dem Start der Führungsmaschine verriegelte Daren die Bremsen und schob die Leistungshebel zügig nach vorn. Nach einer kurzen Pause an der ersten Sperre drückte er die Leistungshebel weiter nach vorn in die Nachbrennerzone. »Gute Flamme... Stufe fünf... Bremsen los.«

Die Vampire machte einen Satz, als würde sie von einem Katapult geschleudert. Daren wurde tief in seinen Sitz gedrückt. Der Andruck war überraschend hoch, viel stärker als in der überschallschnellen FB-111. Kaum zu glauben, dass ein so großes Flugzeug so schnell beschleunigen konnte. Scheinbar nur wenige Sekunden später kündigte Zane an: »Kurz vor Rotationsgeschwindigkeit... jetzt abheben.« Der Bomber löste sich vom Erdboden und stieg pfeilschnell in den Himmel. »Steigen positiv... Höhenmesser positiv... Fahrwerk wird eingefahren.« Mace kontrollierte, ob alle Fahrwerksleuchten erloschen waren, und bis er damit fertig war, war die Vampire schon fast dreihundert Knoten schnell.

»Achten Sie auf Ihre Fahrt – die tatsächliche Eigengeschwindigkeit wird hier angezeigt«, sagte Grey. »Und ziehen Sie ruhig kräftig. Je schneller wir unsere Flughöhe erreichen, desto besser.«

»Ich bin wohl ein bisschen eingerostet«, meinte Daren. Er zog das Seitengriffsteuer weiter zurück und trimmte nach, musste dann aber etwa alle zehn Sekunden mehr ziehen und nachtrimmen, um den Bomber bei dreihundertfünfzig zu halten. Sie stiegen jetzt mit weit über vierzig Sekundenmetern. »Jesus, wie eine Rakete«, murmelte Daren.

»Da haben Sie Recht, Sir«, bestätigte Grey. »Das liegt an der je nach Einsatzart veränderbaren Technologie. Der gesamte Rumpf erzeugt Auftrieb, bis wir dreihundert Knoten erreichen, und dann verändert der Computer ihn allmählich, bis Rumpf und Tragflächen weniger Auftrieb liefern. So gibt's keinen induzierten Widerstand durch viele Auftrieb erzeugende Flächen. Klingt verrückt, ist aber wahr. Je schneller wir sind, desto schneller können wir *werden.* Bei über vierhundert Knoten wird der gesamte Auftrieb durch einen kleinen Teil des Rumpfes erzeugt – der ganze Rest durchschneidet die Luft mit einem Anstellwinkel von null Grad.«

Kurze Zeit später legte Zane die rechte Hand aufs Seitengriffsteuer. »Gut gemacht, Sir«, sagte er, indem er am Seitengriffsteuer rüttelte. »Ich habe das Flugzeug. Ich schließe zur Führungsmaschine auf, inspiziere sie und lasse Sie dann etwas Fliegen im Verband üben. Das ist eine gute Vorbereitung für das Rendezvous mit dem Tanker.«

»Sie haben das Flugzeug«, bestätigte Mace. Die Handflächen in seinen Handschuhen waren feucht, das spürte er. Verdammt, in diesem Vogel passierte alles so *schnell!*

Das Aufschließen zur Führungsmaschine dauerte nicht lange, und Zane brachte seinen Bomber in Marschformation: fünfhundert Meter rechts, hundert Meter hinter und hundert Meter über der anderen Vampire. Dann meldete er sich auf der Einsatzfrequenz. »Eins, hier Zwo, bitte um Freigabe zum Herangehen«, funkte er.

»Frei zum Herangehen«, bestätigte der andere Pilot.

Grey schloss näher auf, bis sie ungefähr einen halben Kilometer von der rechten Tragflächenspitze der Führungsmaschine entfernt waren. »Im Einsatz ist das ist ein ziemlich guter Abstand«, sagte er. Dann bewegte er das Seitengriffsteuer fast unmerklich und näherte sich der Führermaschine langsam an, bis die beiden Bomber weniger als dreißig Meter voneinander entfernt waren. Sie inspizierten die andere Vampire von rechts; anschließend tauchte Grey unter ihr hindurch und setzte sich links neben sie. »Wollen Sie's auch mal versuchen, Sir?«

»Glauben Sie, dass ich's kann, Zane?«

»Das stellt sich gleich heraus, Sir.«

»Was ist der Trick beim Herangehen mit der Vampire, Zane?«

»Die Computer zur Veränderung der Rumpfform dämpfen die Bugwelle ziemlich gut, aber sie verstärken die Wirbelzöpfe an den Tragflächenenden, deshalb halten wir etwas mehr Abstand als sonst. Wir können nicht so dicht aufschließen wie zwei T-38 Talon und oder T-1 Jayhawk. Ganz locker, nichts überhasten, das ist der Schlüssel. Mit ihrer einsatzabhängig veränderbaren Technologie lässt die Vampire sich beim Herangehen besser steuern als jedes andere Flugzeug. Ganz kleine Steuerausschläge genügen.«

Daren spannte die Halsmuskeln an, veränderte seine Sitzhaltung etwas und schien tief Luft zu holen – aber sie hatten sich noch keine Handbreit bewegt. »Wann immer Sie wollen, Sir«, sagte Grey leicht drängend. Aber als er ihm gerade ein paar Hinweise für die beste Annäherungsmethode geben wollte, flogen die beiden Maschinen plötzlich mit so geringem Abstand nebeneinander her, dass ihre Tragflächen sich überlappten. *»Ich hab das Flugzeug! Ich hab das Flugzeug!«*, rief Grey aufgeregt.

»Nein«, sagte Daren gelassen. »Hände weg.«

»Zwo, ihr seid ein bisschen dicht dran, Leute«, sagte der MC der Führungsmaschine über Funk.

»Kein Problem«, antwortete Daren nur. Grey merkte rasch, dass Mace nicht etwa zu viel korrigiert oder einen Fehler gemacht hatte, sondern absichtlich so dicht herangegangen war, dass die linke Tragfläche der Führungsmaschine einen Schatten über ihre Vampire warf. Mace klebte so dicht an dem anderen Bomber, dass die beiden Flugzeuge wie ein einziges wirkten.

»Ich sehe, was Sie mit den Wirbelzöpfen meinen. Der Trick wäre zu verhindern, dass die Wirbel die Steuerflächen erreichen. Okay, ich gehe etwas weiter weg. Nehmen Sie Ihren Steuerknüppel.« Als Grey den kleinen Knüppel leicht berührte, vergrößerte Daren den

Abstand um ungefähr einen halben Meter. »Haben Sie was gemerkt?«

»Nein.«

»Schalten Sie den Computer für die einsatzabhängig veränderbare Technologie kurz aus.«

»Was?«

»Sie sollen den EVT-Computer ausschalten, Zane.«

»Wollen Sie nicht erst den Abstand vergrößern?«

»Nein.« Zu Greys Entsetzen drückte Mace seine Taste für Sprachbefehle und sagte: »EVT in Stand-by-Betrieb.« Daraufhin ging ein leichtes Rütteln durch die Maschine, das Grey einen kalten Schauder über den Rücken jagte, aber ihre Position veränderte sich nicht im Geringsten. »Sehen Sie? Das EVT-System verschleiert diesen Effekt. Passen Sie auf, gleich ist er weg.« Er ging eineinviertel Meter näher heran – so nahe, dass Grey das Weiße in den Augen des anderen Piloten sehen konnte. »Merken Sie's? Er ist verschwunden. Man muss wirklich sehr nahe herangehen, aber dann gleiten die Wirbel einfach über unseren Rumpf hinweg.«

Daren drückte die Sprechtaste und sagte auf der Einsatzfrequenz: »Eins, fliegen Sie eine Standard-Blindflugkurve. Links oder rechts.«

Danach folgte eine *lange* Pause, bis der Pilot sich meldete: »Verstanden. Linkskurve.«

Die führende EB-1C flog eine ultravorsichtige Linkskurve mit viel weniger als drei Grad Richtungsänderung pro Sekunde, und die zweite Vampire klebte weiter förmlich an ihr. »Sehen Sie, Zane?«, fragte Daren. »Ist man so nahe dran, dass die Wirbel über den Rumpf hinweggehen, helfen sie einem sogar, Position zu halten.« Er lockerte seinen Griff, bis er den kleinen Steuerknüppel nur noch zwischen Daumen und Zeigefinger hielt. »So fliegt die Maschine praktisch von alleine. Ich würde nicht zum Pinkeln rausgehen wollen, aber das verschafft einem eine Atempause, um die Augen auszuruhen, sich um eine Warnmeldung zu kümmern oder einen Defekt zu beseitigen.« Sie kehrten in einer Rechtskurve auf ihren Kurs zurück, und Maces Vampire klebte weiter an der Führungsmaschine. »Okay, testen wir mal, wie's auf der anderen Seite klappt.«

Auf der Einsatzfrequenz sagte er: »Eins, Zwo wechselt unterhalb auf die andere Seite.«

»Bist du's, der da fliegt, Zane?«

»Negativ. Das ist der Neue.«

»Bitte wiederholen.«

»Das ist der neue MC«, berichtete Zane stolz. »Statt Blut hat er Nitrogenium – flüssigen Stickstoff – in den Adern.«

Noch in der Kurve wechselte Daren unter der EB-1C auf die andere Seite – so nahe, dass sie die Nähte der Rumpfbeplanung aus Faserstahl-Verbundmaterial erkennen konnten. »Wow! Das müssen Sie ausprobieren, Zane. Ich bin genau zwischen den Wirbelzöpfen, und hier liegt die Maschine wie ein Brett.« Grey konnte nur daran denken, ob sie die Führungsmaschine, der sie näher waren als jedem Tanker, demnächst von unten rammen würden. Aber er übernahm das Steuer und stellte fest, dass die Fluglage unglaublich stabil war. Keine Spur von Turbulenzen oder sich überlagernden Steuerwirkungen. Als Daren probeweise das EVT-System zuschaltete, flog die Vampire noch stabiler.

Dann vergrößerte er den Abstand wieder auf eine vernünftigere Entfernung. »Klasse gemacht, Nitro«, sagte der Pilot der Führungsmaschine anerkennend.

»Ich denke, Sie haben jetzt Ihren Spitznamen weg, Sir«, meinte Grey grinsend.

»›Nitro‹, was? Verdammt viel besser als ›Pappy‹«, stellte Daren fest. Er kehrte in Marschformation zurück und überließ das Steuer wieder dem Autopiloten.

»Echt Klasse gemacht, Sir«, sagte Grey. »Dabei hatte ich den Eindruck, Sie fliegen nicht gern.«

»Nö«, sagte Daren. »Nur weil ich nicht glaube, Mission Commanders müssten den Jet so gut wie jeder Pilot fliegen können, oder weil ich es für Zeitverschwendung halte, Flugeigenschaften zu büffeln, heißt das nicht, dass ich nicht fliegen *kann*. Aber ich werfe lieber Bomben, mein Freund. Ich hole unsere Freigabe fürs Übungsgebiet ein, und dann fliegen wir rein und amüsieren uns *richtig!*«

Battle Mountain Air Reserve Base

Später an diesem Tag

Daren hatte Mühe, mit der Staffel Schritt zu halten, als sie über die Abstellfläche auf die Ziellinie zutrabte. Dies war ihre neueste gemeinsame Veranstaltung: Freitags bekamen alle um 16 Uhr frei und machten auf der Runway einen Fünftausend-Meter-Lauf, nach dem es dann Bier, Mineralwasser und Cola gab, die jede Woche von einer anderen Besatzung spendiert wurden. Er freute sich, als er sah, dass alle, die keinen wichtigen Dienst hatten, und sogar einige, die Bereitschaft hatten, an diesem Lauf teilnahmen. Eine angenehme Überraschung war auch, dass Patrick McLanahan, David Luger und weitere Typen von der Air Battle Force sich ebenso daran beteiligten wie Rebecca Furness, John Long und weitere Geschwaderangehörige, die er zum Teil noch gar nicht kannte.

Der Nachmittag war kalt und trocken, ganz anders als die hohe Luftfeuchtigkeit im District of Columbia und in Alabama, aber sein Körper gewöhnte sich allmählich an die Höhe und die Trockenheit, und Daren hatte das Gefühl, sich gut gehalten zu haben, obwohl er unverkennbar der alte Mann der Gruppe war. Andererseits entging ihm nicht, dass viele Leute sich zurückhalten mussten, um ihren Staffelchef nicht völlig stehen zu lassen. So bildete sich ein großes Feld, das gemeinsam mit Daren und Rebecca über die Ziellinie lief. John Long, der täglich drei Zigarren rauchte, gab nach dreitausend Metern auf, hatte damit jedoch die Mindestentfernung für den zweimal im Jahr zu absolvierenden Fitnesstest der Air Force geschafft; außer ihm schied fast niemand aus, aber einige Läufer mussten Pausen einlegen, um tief durchzuatmen und ihre schmerzenden Beine auszuruhen.

Im Ziel griff Daren erst nach einer eisgekühlten Flasche Mineralwasser, aber dann sah er die enttäuschten Gesichter seiner Leute, stellte sie zurück, nahm sich stattdessen ein Bier und drückte auch Rebecca eine Flasche in die Hand. Nun konnten sich alle ein Bier holen, was die Stimmung merklich hob. »Geschickter Schachzug, Daren«, sagte Rebecca, als sie neben dem Gebäude des Sicherheitsdiensts auf und ab gingen. »Du hast gesehen, dass alle ein Bier wollten – aber niemand hätte eines getrunken, wenn du keines trinkst. Anständig von dir, dass du das Mineralwasser weggestellt hast.«

»Danke.«

»Du scheinst dich sehr gut mit deinen Leuten zu verstehen. Du spielt Basketball mit den Mannschaften und isst in der Kantine mit ihnen, spielst Karten mit den Unteroffizieren, ziehst mit den Wartungsleuten Schrauben fest und gehst mit dem Sicherheitsdienst zum Gewehr- und Pistolenschießen auf den Schießstand. Ich weiß, dass sie sich freuen, dich überall zu sehen.« Sie machte eine Pause, dann fügte sie hinzu: »Aber *ich* bekomme dich heutzutage kaum noch zu sehen. Das große Projekt des Generals?«

»Er lässt mich Tag und Nacht für sich schuften.« Auf dem Stützpunkt gab es mehr als einen General, aber jeder wusste, dass »der General« Patrick McLanahan war. »Viele Besprechungen und Flüge zur TTR.« Die Tonopah Test Range war das Flugerprobungs- und Forschungszentrum im Südwesten Nevadas, das mit mittlerer Geheimhaltungsstufe zwischen der nicht geheimen Flugerprobung auf der Edwards Air Force Base in Südkalifornien und der supergeheimen Forschungsarbeit im High Technology Aerospace Weapons Center (HAWC) in der Nähe von Las Vegas stand.

»Kommt ihr gut voran?«

»Ich denke, wir haben's bald geschafft«, antwortete Mace. »Der General ist ein richtiger Sklaventreiber.«

»Ein guter Kandidat für einen Nervenzusammenbruch.«

»Dazu ist er zu vernünftig, glaube ich«, sagte Daren. »Er verbringt jetzt mehr Zeit mit seinem Jungen. Und heute ist er sogar bei uns mitgelaufen.«

»Ich hab's selbst nicht glauben können.«

»Mich hat das nicht überrascht. Er arbeitet schwer, aber ich glaube, dass er anfängt, manches aus einer anderen Perspektive zu sehen.«

»Das wäre mal was Neues.«

Sie schwiegen wieder, tranken einen Schluck Bier. Dann fragte Daren: »Wie wär's, wenn wir heute Abend zum Essen ausgehen würden? Ich habe gehört, dass im Owl Club Cowboygedichte vorgetragen werden. Wird bestimmt ein toller Abend in der alten Stadt.« Das war reiner Sarkasmus. In Battle Mountain war abends so wenig los, dass schon Cowboygedichte etwas Besonderes waren.

»Ich … nein, lieber nicht, Daren«, sagte Rebecca unbehaglich.

»Du darfst nach Dienstschluss mit deinen Staffelchefs zusammen sein.«

»Das weiß ich. Ich denke nur …«

»Dies ist das erste Mal, dass ich außerhalb dienstlicher Besprechungen mit dir rede, Becky, und wir sind weiterhin von mehreren hundert Soldaten umgeben«, stellte Daren fest. »Eine entspanntere, etwas privatere Umgebung wäre nett, findest du nicht auch?«

»Ich bin noch nicht wieder so weit, dass ich mit dir ausgehen möchte, Daren.«

»Nicht mal zu einem Abendessen mit etwas Wein?«

»Wann sind wir *jemals* ›nur zum Abendessen‹ ausgegangen?«

Er lächelte unwillkürlich. »Nun, ich hatte nie etwas dagegen, wenn die Dinge sich so entwickelt haben.«

»Und deshalb sage ich nein, Daren. Unsere private Beziehung drehte sich nur um Sex, fürchte ich. Und dazu bin ich noch nicht wieder bereit.«

»Der Abend muss nicht damit enden, dass wir miteinander ins Bett gehen, Becky.«

»Ich will's nur nicht riskieren«, sagte Rebecca. Sie deutete auf die große Gruppe von Läufern, die einige Dutzend Meter von ihnen entfernt stand. »In Gesellschaft anderer fühle ich mich neben dir wohler.«

»Nicht gerade ein Vertrauensbeweis für mich.«

»Ich entschuldige mich dafür – wenn du mir sagst, dass du nicht daran gedacht hast, als du mich zum Ausgehen eingeladen hast.« Mace lächelte nur. »Siehst du? Das habe ich mir gedacht.«

»Hey, das heißt nicht, dass ich dich nach dem Abendessen in ein Hotelzimmer schleppen und aufs Bett werfen wollte«, protestierte er. »Wär's dazu gekommen, wäre ich sehr glücklich gewesen. Und wenn nicht …«

»Dann würdest du's wieder versuchen«, ergänzte Rebecca für ihn. »Das Problem ist nur, dass ich nicht weiß, ob ich mich darauf einlassen soll ... und nicht weiß, was ich empfinden würde, wenn ich ja sagen würde.« Sie sah weg. »Und wenn ich dir irgendwas bedeute, würdest du das respektieren.«

»Das tue ich«, sagte Daren ernsthaft. »Aber es wird mich nicht daran hindern, darüber nachzudenken ... oder es erneut zu versuchen.« Rebecca äußerte sich nicht dazu. Er konnte nicht beurteilen, ob das »Spar dir die Mühe« oder »Das würde mir gefallen« heißen sollte. Er blickte übers Vorfeld hinweg und kämpfte gegen den plötzlichen Impuls an, seine Bierflasche mit voller Kraft wegzuschleudern. »Erzählst du mir jemals von Rinc Seaver und dir?«, fragte er scharf.

»Nein. Und ich rate dir, *dieses* Thema nicht wieder anzuschneiden«, sagte sie und ging rasch davon.

Während er ihr nachsah, dachte er kurz an Amber im Donatella's, aber dann schüttelte er den Kopf, trank sein Bier aus und ging los, um sich noch eines zu holen.

Am Lastwagen traf er mit Patrick McLanahan zusammen. »Gute Idee, gemeinsam zu laufen«, meinte der General. Daren stellte amüsiert fest, dass McLanahans Sweatshirt durchgeschwitzt war. »Und ein Bier zum Abschluss macht alles noch besser.«

»Danke, dass Sie gekommen sind, General«, sagte Daren. »Sie sind wohl schon lange nicht mehr gelaufen?«

»Ich bin von den Fitnesstests befreit.«

»Ja, ich verstehe.«

»Ich habe mir bereits den Bericht über Ihren Einweisungsflug mit Oberleutnant Grey angesehen. Die Treffergebnisse waren ausgezeichnet«, sagte Patrick.

»Danke, Sir. Mit Präzisionslenkwaffen und den Systemen, die Sie an Bord Ihrer B-1 haben, bräuchte man eine ziemlich gute Ausrede, um nicht zu treffen.«

»Jugend. Neue Systeme. Nicht intuitiv genug. Das sind nur einige der Ausreden, die ich schon gehört habe«, sagte Patrick. »Man muss verdammt gut sein, um einfach an Bord einer Vampire zu gehen, das Flugzeug zu managen, die Systeme zu managen und dann noch gut zu schießen. Sie sind auch ein guter Pilot. Mit Ihrem engen Formationsflug haben Sie den Rottenflieger schwer beeindruckt.«

»Danke.«

McLanahan zog Mace von den anderen weg, die sich um die Bierkisten drängten. »Sie leisten auch Hervorragendes, um das virtuelle Cockpit noch besser an die Vampire anzupassen«, fuhr Patrick fort, als sie außer Hörweite der anderen waren. »Ihre Fortschritte sind sehr ermutigend.«

»Ich denke, dass wir lange vor dem von Ihnen gesetzten Termin fertig werden, Sir.«

»Leider müssen wir unsere Arbeit für ein paar Tage unterbrechen. Wir haben einen Spezialauftrag – und ich möchte Sie als Mission Commander haben.«

»Wird gemacht, Sir. Wohin fliegen wir?«

McLanahan überzeugte sich davon, dass niemand in Hörweite war, und sagte dann: »Turkmenistan.«

Daren wirkte keineswegs überrascht. »Ich hatte das Gefühl, dass sich dort etwas zusammenbraut«, sagte er. »Wann findet die Einsatzbesprechung statt?«

»Den Auftrag besprechen wir unterwegs an Bord«, antwortete Patrick. »Ihre Ruhezeit als Besatzungsmitglied beginnt, sobald Sie dieses Bier ausgetrunken haben. Seien Sie um zwei Uhr in der Drachenhöhle, damit wir um drei Uhr starten können.«

Daren trank sein Bier aus. »Cool«, sagte er einfach. »Ich bin pünktlich da. Wer ist mein Flugzeugkommandant?«

»Sie haben heute Vormittag gut mit Oberleutnant Grey zusammengearbeitet«, sagte Patrick, »aber diesmal brauchen wir jemanden mit etwas mehr Erfahrung.«

»Erzählen Sie's mir nicht – ich weiß es bereits.«

Patrick sah zu Rebecca hinüber, die zu ihrem Yukon auf dem Parkplatz ging, und wandte sich dann wieder an Daren. »Kommt ihr beiden miteinander aus?«

»Ja, Sir. Falls nicht, haben wir unterwegs viel Zeit, um alles auszudiskutieren.«

»Allerdings. Wir sehen uns in der Drachenhöhle.«

»Darf ich einen Vorschlag machen, Sir?«

»Natürlich.«

»Ich schlage vor, diesen Auftrag als Testflug unter Einsatzbedingungen zu nutzen«, sagte Daren. »Wir sollten alles nutzen, was wir entwickelt haben. Es funktioniert, das weiß ich bestimmt.«

Patrick dachte einen Augenblick darüber nach – aber wirklich nur einen Augenblick. »Gute Idee«, sagte er. »Wir haben sicherheitshalber eine Besatzung an Bord, aber wir tun so, als wärt ihr nicht an Bord. Das bedeutet allerdings, dass wir das Hundertelfte einweihen müssen…«

»Das System funktioniert«, sagte Daren. »Hundertprozentig.«

Patrick schwieg erneut nachdenklich, dann sagte er: »Gut. Aber ich fliege selbst als Mission Commander.«

»Sir…«

»Keine Diskussion. Dieser Einsatz und dieses System sind streng geheim. Niemand fliegt ein experimentelles Flugzeug, bevor ich es nicht selbst erprobt habe. Ich würde vielleicht nicht einmal Rebecca gestatten, es zu fliegen, aber sie würde so lange und so laut protestieren, dass ich lieber den Weg des geringsten Widerstands gehe.«

»Sir, die ursprüngliche Idee bei diesem Projekt war, damit zu erreichen, dass Sie keine Einsätze dieser Art mehr fliegen *müssen.*«

»Das ist nicht der Grund, weshalb ich dieses Projekt in Angriff genommen habe!«

»Ich wollte Ihnen kein egoistisches Motiv unterstellen – ich weiß natürlich, dass Sie so was nicht nur zu Ihrem eigenen Vorteil entwickeln lassen würden«, sagte Daren hastig. »Aber das ganze Projekt wurde doch mit der Zielsetzung begonnen, ein Waffensystem zu schaffen, das im Einsatz nicht auf menschliche Faktoren angewiesen ist. Sie haben zu viel in dieses Projekt investiert – nicht nur emotional, sondern auch karrieremäßig –, um hundertprozentig effektiv zu sein.«

»Das reicht, Oberst«, knurrte Patrick. »Ich fliege diesen Einsatz als Mission Commander, und damit Punktum! Sie sind der virtuelle Mission Commander, und wir setzen Oberst Long und Oberleutnant Grey als virtuelle Flugzeugkommandanten ein. Dr. Jon Masters wird bestimmt auch dabei sein wollen; Hauptmann Weathers ziehen wir als Waffenoffizier und Berater hinzu.«

»Sie wollen mir keine Chance geben, den Helden zu spielen, was, Sir?«

»Sind Sie sich so sicher, dass es nach diesem Einsatz einen Helden geben wird, Oberst?«, fragte Patrick.

»Todsicher, Sir.«

Patrick schlug Daren auf die Schulter. »Ihre Zuversicht ist ansteckend, Mace. Also gut, wir machen's.«

3

Heeresfliegerstützpunkt Kerki, Turkmenistan
Früh am nächsten Morgen

»Es ist wahr, Oberstleutnant – sie sind fort«, meldete der Führer des Aufklärungszugs, ein junger Leutnant. »Die Lastwagen und Panzerfahrzeuge stehen alle verlassen da. Wir haben ein paar Versprengte gesehen, die einige Kilometer von hier ein Lager aufgeschlagen hatten, aber bei unserer Annäherung sind sie geflüchtet und haben ihre Verwundeten mitgenommen. Da sie unbewaffnet zu sein schienen, haben wir sie laufen lassen.«

Der Kommandeur des Heeresfliegerstützpunkts Kerki wandte sich an den Chef der Hubschrauberstaffel. »Was haben Sie gesehen?«, fragte er.

»Das Gleiche, Oberstleutnant«, bestätigte der Pilot. »Ungefähr ein Dutzend leichte gepanzerte Fahrzeuge, vier kleine Panzer, zwei große Kampfpanzer, zwei Dutzend LKWs, die beiden Flakgeschütze … irgendwo entlang der Straße stehen gelassen. Bei manchen scheint versucht worden zu sein, sie in Brand zu setzen.«

»Wir haben Anzeichen für feindliche Spähtrupps entdeckt, Oberstleutnant«, fügte der für die Sicherheit des Stützpunkts verantwortliche Major hinzu. »Vielleicht haben sie unsere Vorbereitungen für einen Gegenangriff beobachtet und sind deshalb geflüchtet.«

»Und was ist mit ihren Pick-ups?«

»Wir sind auf einige gestoßen, die defekt und verlassen waren, aber die übrigen sind verschwunden«, berichtete der Zugführer. »Sie sind schneller und leichter zu warten als gepanzerte Fahrzeuge – bessere Fluchtfahrzeuge.«

»Das weiß ich selbst, Leutnant«, sagte der Kommandeur gereizt. »Aber ich glaube keine Sekunde lang, dass sie nur deshalb geflüchtet sind, weil ihre Späher beobachtet haben, dass wir ein paar Hubschrauber einsatzbereit machen. Dieser afghanische Terrorist, der sich ›General‹ Zarazi nennt, ist ein Berserker, aber auch gerissen und unkonventionell. Er hat keine zwanzig Kilometer von hier mit mehreren hundert Mann gestanden – sie müssen noch in der Nähe sein. Ich bestehe darauf, dass sofort Spähtrupps losgeschickt werden, um sie aufzuspüren.«

»Wir verschieben unseren Gegenangriff also, Oberstleutnant?«

»Selbstverständlich. Wozu sollen wir ihre Fahrzeuge angreifen, wenn sie verlassen sind?« Was er nicht erwähnte, war die Tatsache, dass ein Angriff zu kostspielig gewesen wäre und ihre Hubschrauber übermäßig strapaziert hätte; er musste die Maschinen, den Treibstoff und die Munition für eindeutige Bedrohungen aufsparen. »Lassen Sie Ihre Männer die unmittelbare Umgebung des Stützpunkts absuchen – Zarazi und seine Leute müssen noch in der Nähe sein. Fallen Ihnen welche in die Hände, quetschen Sie sie aus, bis sie reden. Statuieren Sie an einigen von ihnen ein Exempel.« Die Offiziere nickten begeistert und hasteten davon.

Der Anruf kam nur wenige Minuten später. »Oberstleutnant, wir haben mehrere Terroristen gefangen genommen – darunter ihren Anführer Zarazi!« Der Kommandeur beeilte sich, zum Wachlokal hinauszufahren. Tatsächlich knieten auf dem Fußboden aus festgestampfter Erde mehrere abgerissen aussehende Männer mit auf dem Rücken gefesselten Händen. Alle bluteten, als seien sie misshandelt worden. »Gut gemacht, Major«, sagte der Kommandeur anerkennend. »Haben Sie schon was aus ihnen rausbekommen?«

»Wir hatten noch keine Zeit, sie zu verhören, Oberstleutnant«, antwortete der Chef des Sicherheitsdienstes. »Sie sind in diesem Zustand hier aufgetaucht, haben sich ans Tor geschleppt. Anscheinend sind sie von den eigenen Leuten verprügelt worden.«

»So viel zur Ganovenehre«, sagte der Kommandeur höhnisch. »Welcher ist Zarazi?« Der Major zeigte auf einen der Männer. »Woher wissen Sie das?«

»Wir haben gehört, wie einer der anderen ihn als ›General‹ angesprochen hat. Er ist etwas besser gekleidet als die anderen und trägt als Einziger eine Pistole am Koppel. Wir haben ihm die Fingerabdrücke abgenommen und rechnen damit, dass das Innenministerium uns bald mitteilt, was die Überprüfung seiner Identität ergeben hat.«

»Melden Sie mir sofort das Ergebnis.« Der Oberstleutnant ging zu Zarazi hinüber. »Sie sind General Zarazi?«, fragte er auf Russisch. Keine Antwort. Der Kommandeur holte aus und traf den Hinterkopf des Gefangenen mit einem Faustschlag, der ihn nach vorn auf die festgestampfte Erde warf. »Versuchen Sie nicht, den Tapferen zu spielen, Abschaum. Sie haben die Wahl: reden oder sterben.« Zarazi rappelte sich kniend auf, schwieg aber weiter.

Der Oberstleutnant zerrte einen der anderen Mann an den Haaren vor Zarazi. »Sie! Wie heißt dieser Mann?« Der Gefangene gab keine Antwort. Der Kommandeur zog seine Pistole, setzte die Mündung an den Kopf des Mannes und drückte ab. Zarazi wurde mit Knochensplittern, Haaren, Blut und Gehirnmasse bespritzt. Zum Glück bohrte die Kugel sich in die Erde, statt als Querschläger durch den kleinen Raum zu surren. »Ich erschieße einen Ihrer Leute nach dem anderen vor Ihren Augen, bis Sie reden.«

»Mörderischer Eselficker!«, brüllte Zarazi, während er heftig blinzelte, um die blutige Masse aus den Augen zu bekommen.

»Hören Sie mir endlich zu? Sind Sie Zarazi?«

»Ja. Der Teufel soll Sie holen!«

Der Kommandeur befahl, die anderen Gefangenen in den Arrest zu bringen; so blieben nur er und der Chef des Sicherheitsdiensts mit Zarazi zurück, der weiter von zwei Soldaten bewacht wurde.

»Sie sind ein kühner Mann, Zarazi – oft dumm, aber kühn«, sagte der Oberstleutnant. »Sie haben Dutzende von loyalen turkmenischen Soldaten getötet, weitere Dutzende zum Dienst in Ihrer Truppe gezwungen, Unmengen von Militärmaterial erbeutet und Versorgungsgüter für hunderte von Millionen Manat gestohlen. Was bezwecken Sie mit Ihrem zügellosen Wüten? Welches Ziel verfolgen Sie damit?«

»Sobald ich Ihnen eine Kugel in den Kopf gejagt habe, wie Sie's vorhin bei dem armen Achmed gemacht haben? Die Zerstörung Ihres jämmerlich feigen Staats.«

»Zerstörung? Weshalb? Was haben wir Ihnen getan?«

»Sie und Ihre korrupte Regierung haben untätig zugesehen, wie die Vereinigten Staaten, die Ungläubigen und die Zionisten mein Land vergewaltigt haben«, sagte Zarazi. »Die Ungläubigen haben mein Volk aus seiner Heimat vertrieben, und Sie haben ihm nicht geholfen. Meine Leute haben versucht, in Ihrem Land Schutz und Hilfe zu finden, und Sie haben weniger als nichts getan – Sie haben sie wie wilde Tiere eingesperrt. Sie verdienen einen langsamen und qualvollen Tod, und Allah hat mich dafür bestimmt, diesen Auftrag auszuführen.«

»Leider haben Sie dabei versagt, mein verrückter Freund«, sagte der Kommandeur. »Sie werden ins Oberkommando in Aschchabad gebracht, verhört und dann erschossen.« Er nickte dem Chef des Sicherheitsdiensts zu. »Abführen!«

»Wollen Sie nicht wissen, was passiert, wenn ich fortgebracht werde, Oberstleutnant?«

»Dann greifen Ihre Männer meinen Stützpunkt an? Das sollen sie nur versuchen!«

»Nein, was mit Ihrer *Familie* passiert, wenn ich fortgebracht werde, meine ich.«

Das Gesicht des Kommandeurs war wie versteinert, und er schnappte unwillkürlich nach Luft. Aber im nächsten Augenblick klang seine Stimme wieder so unnachgiebig wie zuvor. Er hob seine Pistole und zielte damit auf Zarazis rechte Schläfe. »Haben Sie geglaubt, so Zeit schinden zu können, haben Sie sich geirrt, Arschloch«, knurrte er. »Damit haben Sie nur erreicht, dass ich Sie gleich hier in Kerki an die Wand stellen lasse.«

»Ich habe mein Leben längst in Allahs Hände gelegt und bin zuversichtlich, dass er mich in sein Paradies aufnehmen wird«, antwortete Zarazi gelassen. »Dort werde ich Ihren vier Söhnen, Ihrer Frau, Ihren beiden Schwestern und Ihrer *Minetka* – sie heißt Kaliali, glaube ich – begegnen. Und auch Sie werden sich bald zu ihnen gesellen.«

»Gottverdammter Hundesohn!«, brüllte der Kommandeur. Er packte Zarazi an den Haaren und riss ihn hoch, bis er vor ihm stand. »Was zum Teufel haben Sie gemacht?«

»Während Ihre Männer die Wüste nach mir abgesucht haben, waren meine Leute in Kerki, Chatab und Kisyl-Arwat und haben Ihre Angehörigen entführt«, sagte Zarazi. »Ihre Männer sind nicht sehr zufrieden mit Ihnen, Oberstleutnant, vor allem die Wehrpflichtigen nicht. Nachdem sie mir Treue geschworen hatten und in meine Brigade eingetreten waren, haben sie mir bereitwillig alles über Ihre Familie erzählt.«

Der Oberstleutnant stieß Zarazi zu Boden, dann trat er an das Wandtelefon und wählte eine Nummer. Sekunden später sahen seine Männer, das die Augen des Kommandeurs vor Entsetzen aus ihren Höhlen zu quellen drohten. Seine Hand zitterte, als er langsam den Hörer auflegte. Als er nickte, wurde Zarazi von seinen Bewachern hochgerissen.

»Damit kommen Sie niemals durch, Bandit!«, fuhr der Kommandeur ihn an. »Armee und Polizei werden Ihre Männer aufspüren und liquidieren.«

»Dann werden sie Ihre Angehörigen tot neben ihnen finden«, stellte Zarazi fest. »Glauben Sie mir, Oberstleutnant, wir alle sind zu sterben bereit, um unseren Auftrag auszuführen und unsere Bestimmung zu finden. Sie können uns nicht durch Schmerzen oder Todesdrohungen einschüchtern, denn wir wissen, dass darauf ewiger Friede und ewiges Glück an Allahs Seite folgen. Aber Ihre Söhne – sind sie nicht noch viel zu jung, um zu sterben? Der älteste ist gerade erst zweiundzwanzig, der jüngste kaum ein Teenager ... ihr ganzes Leben liegt noch vor ihnen. Und Ihre kleine Freundin könnte recht gut Ihre Tochter sein.«

Der Oberstleutnant schlug ihm ins Gesicht, so kräftig es seine krampfartig zitternden Muskeln zuließen. Zarazi lächelte nur. Der schwache Schlag bewies ihm, dass der Kampfgeist des turkmenischen Offiziers gebrochen war.

»Verdammtes Schwein ...«, murmelte der Kommandeur.

»Das gleiche Schicksal erwartet auch die Angehörigen Ihrer Offiziere«, erklärte Zarazi ihm. »Wir haben über zwei Dutzend Haushalte von Offizieren und Unteroffizieren überfallen. Tun Sie nicht, was ich sage, werden alle diese Familien abgeschlachtet.«

»Was zum Teufel wollen Sie?«

»Ganz einfach: Sie und Ihre Männer räumen den Stützpunkt und ziehen unbewaffnet ab«, sagte Zarazi. »Sobald ich davon überzeugt bin, dass Sie alle weit genug entfernt sind und uns nicht mehr gefährlich werden können, befehle ich meinen Leuten, Ihre Familien freizulassen.«

»Woher weiß ich, dass Sie das wirklich tun?«

»Das wissen Sie nicht«, antwortete Zarazi. »Das ist meine Rückversicherung. Ich gebe Ihnen mein Wort, dass ich sie abschlachten lasse, wenn Sie nicht gehorchen – darauf können Sie sich verlassen.«

»Erwarten Sie im Ernst, dass meine Männer und ich diesen Stützpunkt räumen und ihn Ihnen und Ihren Aasgeiern kampflos überlassen? Leiden Sie an Wahnvorstellungen?«

»Ich erwarte, dass sie wie Männer handeln«, sagte Zarazi. »Sie müssen mich entweder an die Wand stellen lassen, weil ich es gewagt habe, mich an Ihren Familien zu vergreifen, und dann bereit sein, den Verlust Ihrer Lieben zu betrauern, oder mir gehorchen, diesen Stützpunkt räumen und Ihre Familien retten. Unsinnige Fragen zu stellen, ist Zeitverschwendung. Die Entscheidung liegt bei Ihnen. Sie haben bis Tagesanbruch Zeit. Hören meine Männer bis dahin nichts von mir, nehmen sie an, dass ich nicht mehr am Leben bin, und führen meinen letzten Befehl aus: Sie töten die Gefangenen und setzen sich in kleinen Gruppen ab.«

»Sie … widerliches … Schwein. Ich hoffe, dass Sie dafür in der Hölle verfaulen.« Aber der Kommandeur nickte den Wachen zu, die hinter Zarazi traten und ihm die Handschellen abnahmen.

»Machen Sie sich keine Sorgen um mein Leben nach dem Tod, Oberstleutnant. Ich bin zuversichtlich, dass Allah mir das Paradies zugedacht hat«, antwortete Zarazi. »Aber Sie müssen mir noch eine Bitte erfüllen.«

»Wir räumen den Stützpunkt, um unsere Familien zu retten. Was verlangen Sie noch?«

Zarazi sah zu seinen Bewachern hinüber. Als gehorche er einem stummen Befehl, gab einer der beiden Soldaten ihm sein Sturmgewehr AK-74.

»Korporal, was fällt Ihnen ein?«, fuhr der Chef des Sicherheitsdienstes ihn an.

»Er tut, was vermutlich die meisten Ihrer Männer tun werden – sich meiner Brigade anschließen, statt sich mit Ihnen fortzustehlen«, warf Zarazi ein. »Nun zu meiner letzten Bitte, Oberstleutnant. Ich ersuche Sie, sich zur Sühne für den Mord an meinem Kameraden selbst zu opfern.«

»*Was?*« Der Kommandeur riss ängstlich die Augen auf, dann sah er zu den anderen hinüber, als hoffe er auf ein Zeichen der Unterstützung. Aber er bekam keines – nicht vom Chef des Sicherheitsdienstes und erst recht nicht von den beiden Wehrpflichtigen. Sie schienen sehr damit einverstanden zu sein, dass ihr Kommandeur sterben sollte. »Verdammter Hundesohn! Erschießen Sie mich meinetwegen. Aber wenn Sie jemandem aus meiner Familie auch nur ein Haar krümmen, stehe ich aus dem Grab auf und verfolge Sie bis in alle Ewigkeit, das schwöre ich Ihnen.« Während er das sagte, ergriff der Kommandeur die Mündung des Sturmgewehrs und zog sie unter sein Kinn. »Bringen wir's hinter uns, Hundesohn«, knurrte er mit zitternden Lippen, während er Zarazi mit blankem Hass in den Augen anstarrte.

»Dies ist Ihre erste tapfere Tat, Oberstleutnant – nur leider auch die letzte«, sagte Zarazi, bevor er abdrückte. Dann hängte er sich das Sturmgewehr über die Schulter, während der Schussknall verhallte, der stechende Pulverdampf in ihre Nasen stieg und der Leichnam des Kommandeurs, dem der größte Teil des Kopfes fehlte, mit einem entsetzlichen dumpfen Geräusch auf dem Fußboden aufschlug. Er wandte sich an den Chef des Sicherheitsdienstes und sagte: »Mir scheint, Sie führen jetzt den Befehl, Major. Ich schlage vor, dass Sie die Kompanie- und Staffelchefs zusammenrufen, damit sie ihre Männer vor dem Tor antreten lassen, um dann zügig abzumarschieren.«

Als der Morgenhimmel über dem Ayrybaba, dem Dreitausender an der Grenze zwischen Turkmenistan und Usbekistan, allmählich heller zu werden begann, war die Besatzung des Heeresfliegerstützpunkts Kerki vor dem Tor angetreten. Zu General Zarazis freudiger Überraschung entschlossen sich vier Fünftel der turkmenischen Soldaten, darunter nicht wenige Hubschrauberpiloten, zum Übertritt in seine Brigade. Die turkmenischen Wehrpflichtigen waren sehr unglücklich über ihre Behandlung durch die elitär denkenden Offiziere, und die jüngeren Berufssoldaten, die nichts mit dem quasi-russischen Regime in Aschchabad am Hut hatten, entschlossen sich ebenfalls zum Bleiben.

Jalaluddin Turabi, der kurz nach Ablauf des Ultimatums mit Zarazi zusammengetroffen war, vereidigte fast zweitausend vor dem Stabsgebäude angetretene turkmenische Soldaten, wozu er einen Handlautsprecher benützte. Sie hatten bereits Kompanien gebildet, neue Kompaniechefs gewählt und die turkmenischen Aufnäher von ihren Uniformen abgetrennt. Zarazi, der noch die Spuren der Misshandlung durch den toten Kommandeur trug, führte die versammelte Truppe im Gebet an. Dann befahl er den Männern, in ihre Unterkünfte zurückzukehren, und rief die neu gewählten Kompaniechefs und Unteroffiziere zu einer Besprechung im Stabsgebäude zusammen.

»Allah war uns gnädig und hat unsere Gebete erhört, meine Freunde«, begann er. »Unser Feldzug zur Schaffung eines sicheren Zufluchtsorts für islamische Krieger beginnt hier, er beginnt in diesem Augenblick. Es ist unsere Pflicht, dieses Gebiet zu sichern, uns darauf vorzubereiten, jeden Angriff auf unsere Befehlsgewalt abzuwehren, und unermüdlich daran zu arbeiten, das Wort des Propheten im gesamten Land zu verbreiten.«

Turabi, der die Neuen aufmerksam beobachtete, stellte zu seiner Verblüffung fest, dass viele der neuen Offiziere und Unteroffiziere wie gebannt zuhörten und Zarazi anstarrten, als sei er eine Art Halbgott. Was ist nur mit diesen Kerlen los?, fragte er sich. Kann ihr Leben hier draußen in der Wüste so jämmerlich gewesen sein, dass sie bereit sind, ihr Land so leichtfertig und schnell zu verraten und sich mit einem Ausländer zusammenzutun?

Zarazi stand jetzt vor einer großen Wandkarte, die Ostturkmenistan zeigte. »Unser erstes Ziel muss die Besetzung des Staudamms bei Kisyl-Arwat sein. Dieses Wasserkraftwerk beliefert den gesamten Osten Turkmenistans und den Süden Usbekistans mit elektrischer Energie. Ist es in unserer Hand, kontrollieren wir nicht nur die turkmenische Öl- und Erdgaspipeline nach Afghanistan und Pakistan, sondern auch mehrere große Pumpstationen, die Trinkwasser und Wasser für Bewässerungszwecke fördern. Die Ölfördereinrichtungen werden sofort zerstört.«

»Zerstört?«, fragte Turabi. Das kam lauter heraus als beabsichtigt. Er wollte nicht, dass die Versammelten irgendein Anzeichen für Konflikte oder Meinungsverschiedenheiten in der Führungsspitze bemerkten, aber dieser Schritt war nicht mit ihm abgesprochen. »Wakil, wir können die Bohrtürme und Pipelines als Druckmittel benutzen. Die Turkmenen – oder wer immer sie gebaut hat –, werden uns gut dafür bezahlen, dass wir sie in Betrieb lassen.«

Zarazi funkelte Turabi an, als habe der Mann ihm auf die Stiefel gepisst. »Und wenn sie's nicht tun, Oberst?«

»*Dann* zerstören wir sie«, sagte Turabi. »Aber ich bin davon überzeugt, dass sie zahlen werden, damit ihr kostbares Öl weiter fließt. Das bedeutet zusätzliche Einnahmen, mit denen wir unsere Clans unterstützen können. Wir sollten es zumindest versuchen.«

Zarazi hätte ihm offenbar am liebsten befohlen, den Mund zu halten – er wirkte zornig genug, um sogar handgreiflich zu werden –, aber er beherrschte sich mühsam und nickte. »Ausgezeichnet, Oberst. Diese Aufgabe übertrage ich gleich Ihnen. Sie nehmen Verbindung mit dem turkmenischen Ölministerium und seinen westlichen Drahtziehern auf und teilen ihnen mit, dass sie zahlen müssen, wenn ihr Öl weiterhin fließen soll.«

»Ja, General«, sagte Turabi überlaut, um allen deutlich zu zeigen, dass Zarazi unumstritten den Befehl führte. »Ich werde sie bis aufs Blut auspressen.«

»Die größte Gefahr für uns geht von dem Armeestützpunkt Gaurdak aus«, fuhr Zarazi fort, nachdem er Turabi einen abschließenden warnenden Blick zugeworfen hatte. »Dort steht eine volle Brigade, nicht wahr?«

Einer der turkmenischen Offiziere schoss hoch. »Herr, die Stationierung einer Brigade ist bewilligt, aber Ausrüstung und Versorgung haben nie für die Aufstellung einer vollen Brigade gereicht«, meldete der Mann in strammer Haltung. »Die meisten Soldaten haben seit Wochen keinen Sold mehr bekommen, die Offiziere haben – wie wir auch – seit Monaten keinen mehr erhalten. Es hat zahlreiche Fälle von Fahnenflucht und Verbrechen gegen die dortige

Bevölkerung gegeben. Aus Not haben viele Soldaten sich darauf verlegt, Lebensmittel von den Einheimischen zu stehlen oder Treibstoff und Militärgerät an Schmuggler zu verkaufen. Deshalb ist der Kampfwert dieser Brigade sehr gering.«

»Menschen zu bestehlen, die wir zu befreien und zu schützen geschworen haben, wird in meiner Armee nicht geduldet, ist das klar?«, sagte Zarazi streng. »Hiermit ordne ich jedoch auch an, dass in unserem Machtbereich und unter unserem Schutz niemand, der sich nicht als wahrer Diener Allahs erklärt, Grund und Boden, Vermögenswerte oder Ressourcen besitzen darf. Dazu gehören das Wasser, das Öl und Erdgas in den Pipelines und der Strom aus dem Wasserkraftwerk – alles. Stehen solche Dinge unter unserem Schutz, müssen Außenstehende uns und unserer Sache Treue schwören oder für diese Ressourcen bezahlen.«

Jetzt hörten ihm *alle* mit gespannter Aufmerksamkeit zu, stellte Turabi fest. Viele der Anwesenden hielten Zarazi für eine Art heiligen Krieger, aber die meisten waren nur mit dem ehemaligen Kommandeur unzufrieden gewesen und wollten endlich ihren ausstehenden Sold. Den versprach Zarazi ihnen. Damit hatte er alle auf seiner Seite.

Zarazi erteilte seine Weisungen in Bezug auf Patrouillendienst, Bewachung des Stützpunkts und Meldungen an ihn persönlich, dann entließ er die Kompaniechefs und ihre Unteroffiziere. Der Offizier, der vorhin gesprochen hatte, Leutnant Aman Orasow aus einer Versorgungseinheit, blieb mit Turabi zurück. Orasow war ein großer, schwerer Mann, bartlos, mit langem, strähnigem Haar, schmutziger Uniform und ungeputzten Stiefeln – Turabi befürchtete, er könnte Läuse haben. »Es ist eine große Ehre, Ihnen zu dienen, Herr«, sagte Orasow in fließendem Paschtu. »Ich bin stolz darauf, jetzt Ihrer Armee anzugehören.«

»Sie sind ein treuer und tapferer Diener… *Hauptmann* Orasow«, antwortete Zarazi. Der schmuddelige Versorgungsoffizier schien Zarazi dafür die Hand küssen zu wollen – und dann tat er's auf Abscheu erregende Weise tatsächlich. »Ich will nur hoffen, dass Sie die Lage in Gaurdak richtig beurteilen.«

»Das tue ich, Herr«, versicherte Orasow ihm. »Ich glaube nicht, dass diese Soldaten uns gefährlich werden können. Sie sind noch isolierter als wir hier in Kerki; sie machen viele Schwarzmarktgeschäfte mit Dorfbewohnern und Schmugglern aus Usbekistan und Afghanistan. Ich denke, dass viele den Wunsch haben werden, sich Ihnen anzuschließen.«

»Nun, wir werden sehen«, sagte Zarazi.

»Sorgen machen mir dagegen der Major und die ehemaligen Kompaniechefs, denen Sie freien Abzug gewährt haben, Herr«, fuhr Orasow fort. »Ich fürchte, dass sie Lügen und wilde Geschichten über Sie verbreiten werden. Wir sollten nicht zulassen, dass sie Tschardschu erreichen.« Tschardschu, ungefähr hundertachtzig Kilometer flussaufwärts, war der größte Militärstützpunkt Ostturkmenistans. Die Augen des turkmenischen Zeloten leuchteten, und er trat vor Vorfreude von einem Fuß auf den anderen. »Ich erledige sie für Sie, Herr. Lassen Sie mich einen Angriff organisieren. Wir sind ihnen überlegen. Es wäre mir eine große Ehre, Ihre loyalen turkmenischen Soldaten zum Angriff gegen die Unterdrücker zu führen, von denen Sie uns befreit haben.«

Jalaluddin Turabi wollte seinen Ohren nicht trauen, aber Wakil Zarazi quittierte das psychotische Geschwätz dieses Bauernlümmels tatsächlich mit nachdenklichem Nicken. »Nein, Hauptmann«, antwortete er dann zum Glück. »Ihre Begeisterung und Ihr Schwung sind anerkennenswert, aber diese Männer sind noch nicht unsere Feinde, nur unsere Gegner. Gruppieren sie sich neu und kehren zurück, um zu kämpfen, sollen Sie unsere Truppe ins Gefecht führen.«

Zarazi sah rasch zu Turabi hinüber. Suchte er Zustimmung oder fürchtete er, sein Stellvertreter könnte dagegen protestieren, dass er einem Turkmenen das Kommando über ihre Truppe übertragen wollte? Turabi zuckte gleichmütig mit den Schultern.

»Ich habe ihnen mein Wort gegeben, dass ihnen nichts geschieht, wenn sie sich ergeben – und dabei bleibt es. Gehen Sie jetzt. Organisieren Sie Ihre Männer und melden Sie mir, wenn sie zur Besichtigung bereitstehen.«

Der Kerl konnte nicht aufhören, sich tief zu verbeugen, während er rückwärts gehend den Raum verließ.

Als sie allein waren, betrachtete Turabi seinen Führer und langjährigen Vorgesetzen mit einer Mischung aus Vorsicht und Bewunderung. Zarazi stand auf dem Podium und starrte auf die im Sonnenlicht liegende Fläche vor dem Stabsgebäude. »Mir gefällt der Plan, Gaurdak einzunehmen«, sagte Turabi. »Auch die Besatzung des Wasserkraftwerks Kisyl-Arwat ist eine gute Idee. Für den Fall, dass wir angegriffen werden, können wir mit seiner Sprengung drohen. Hoffentlich hat dieser Orasow Recht, was den Kampfwert der Brigade betrifft. Wir werden jeden Vorteil brauchen, wenn wir unsere Truppe teilen, um das Wasserkraftwerk zu besetzen und gleichzeitig Gaurdak anzugreifen.«

Zarazi schwieg. Es war, als habe er ihn überhaupt nicht gehört. Das erboste Turabi.

»Entschuldigung, *General*«, knurrte er in einem Tonfall, der Zarazis selbst verliehenen Dienstgrad unüberhörbar verspottete, »aber was bezwecken Sie damit? Was hoffen Sie damit zu erreichen?«

»Was wollen *Sie* hier erreichen, Oberst?«, fragte Zarazi, ohne sich nach ihm umzudrehen.

»Wakil, wir haben von unseren Stammesführern den Auftrag, Geld, Waffen und Ausrüstung zu beschaffen, die sich verkaufen lassen, um die Al-Qaida-Kräfte in Nordafghanistan zu unterstützen«, sagte Turabi. »Damit haben die Stammesältesten dich beauftragt, und du hast ausdrücklich Anweisung, loszuziehen und diese Dinge zu erbeuten. Das war der einzige Zweck unseres Überfalls auf die UN-Fahrzeugkolonne. Das ist der einzige Grund, weshalb diese Männer bereit waren, ihre Heimat, ihre Frauen und Kinder zu verlassen und für dich zu kämpfen – unsere Clanführer haben uns befohlen, Geld für die Al-Qaida zu beschaffen.

Du warst weit erfolgreicher, als irgendjemand es sich hätte vorstellen können: Du hast einen ganzen turkmenischen Heeresfliegerstützpunkt erobert«, fuhr Turabi fort. »Du hast Waffen und Ausrüstung von ungeheurem Wert erbeutet. Ist dir das nicht klar, Wakil? Kehrst du auch nur mit einem Bruchteil dieser Geschütze, Panzer und Waffen nach Jarghan heim, wirst du in den Stammesrat aufgenommen. Gelingt es dir, auch nur einen dieser Hubschrauber mitzubringen, wirst du unweigerlich zum Clanführer ernannt. Damit stehst du gleichberechtigt mit allen anderen Scheichs und *Schuras* an der Spitze unseres Stammes.

Aber jetzt redest du davon, weitere turkmenische Militärstützpunkte und Kraftwerke anzugreifen. Ich stimme dir zu, dass Gaurdak ausgeschaltet werden sollte – die dortige Brigade kann uns gefährlich werden, wenn wir den Rückmarsch antreten –, aber wozu vergeuden wir Zeit und Energie, um Staudämme, Kraftwerke und Pipelines zu besetzen? Vielleicht können wir den Einheimischen ein paar Manat abpressen, aber dafür riskieren wir, im Inneren Turkmenistans abgeschnitten zu werden, während ihre ganze verdammte Armee, auch wenn sie nicht viel taugt, gegen uns vorgeht. Werden wir hier eingekesselt, kommt niemand, um uns herauszuhauen.«

»Unsere Mission hat sich geändert, Oberst«, sagte Zarazi feierlich.

»Oh?«

»Wir werden Turkmenistan nicht verlassen«, erklärte Zarazi ihm. »Wir sind hier, um dieses Land und dieses Volk zu befreien, nicht um es auszuplündern.«

»Der Stammesrat hat uns befohlen …«

»Ich habe meine Befehle von Allah«, unterbrach Zarazi ihn hitzig. »Allah hat mir befohlen, dieses Land einzunehmen. Er hat bewiesen, dass er über mich wacht, indem er mich bei dem amerikanischen Luftangriff beschützt hat, und er lenkt meine Hand und meine Zunge, während ich seine Gläubigen durch die Wüste zum Sieg führe. Unsere Erfolge beweisen, dass er unsere Sache und uns liebt.«

»Wakil …«

»Keine unangebrachte Vertraulichkeit, Oberst«, unterbrach Zarazi ihn finster.

»General, wir sind vor allem erfolgreich, weil die turkmenischen Streitkräfte in diesem Gebiet schwach sind«, sagte Turabi. »Hier draußen gibt's nichts als Wüste. Diese Heeresflieger haben zehn Jahre lang untätig auf ihrem Hintern gesessen. Sie spüren ab und zu ein paar Schmuggler auf, lassen sich von Einheiten der Nordallianz oder der Taliban bestechen – je nachdem, wer gerade über die Grenze will, um dem anderen zu entkommen –, überwachen einen Fluss und ein paar Ölpipelines und faulenzen dann weiter. Gegen die wirkliche turkmenische Armee haben wir noch nie gekämpft.«

»Oberst haben Sie *Angst?*«, fragte Zarazi scharf. »Fürchten Sie den Kampf?«

»Erstens bin ich kein Oberst, Wakil, und du bist kein General«, knurrte Turabi, der seinem Zorn darüber, ein Feigling genannt zu werden, freien Lauf ließ, obwohl eine innere Stimme ihn davor warnte. »Diese militärischen Dienstgrade haben wir uns nur aus Spaß verliehen, hast du das vergessen? Hatten wir mit Offizieren zu tun, haben wir immer einen etwas höheren Dienstgrad als sie angenommen. Und aus irgendeinem verdammten Grund sind wir jetzt hohe Offiziere! Wir könnten ebenso gut prächtige Ordensschnallen, Lederhandschuhe und Reithosen tragen.

Über eines musst du dir im Klaren sein, Wakil: Wir sind keine Soldaten«, fuhr Turabi erregt fort. »Wir sind *Dschihadi*. Wir kämpfen für unsere Stämme und für unsere Mullahs, nicht für einen Staat. Und wir marschieren in kein anderes Land ein, erobern keine Militärstützpunkte und besetzen keine Staudämme und Kraftwerke, verdammt noch mal! Und was deine Frage betrifft – ja, ich *habe* Angst! Ich habe Angst vor jedem Unternehmen, das kein klar umrissenes Ziel hat. Ich habe Angst vor jedem Unternehmen, das allem zuwiderläuft, dessen Verteidigung wir unser Leben und unsere Zukunft weihen wollten! Ich habe …«

»Kein Wort mehr, Oberst!«, befahl Zarazi scharf. »Meine Absichten sind klar: Ich werde dieses Gebiet im Namen Allahs besetzen und zu einem Zufluchtsort für treue Gotteskrieger machen, wie es Afghanistan einst war, bevor die Amerikaner und die Zionisten dort einmarschiert sind. Sie führen entweder meine Befehle aus oder verschwinden von hier. Ich lasse nicht zu, dass jemand meine Vision in Frage stellt oder sich widerrechtlich Befehlsgewalt anmaßt.«

»Dann gehe ich nach Jarghan zurück, Wakil«, sagte Turabi. »Ich habe meine Frau und meine Kinder nicht verlassen und bin fünfhundert Kilometer weit durch dieses beschissene Land marschiert, um Kindermädchen für eine Bande prahlerischer Wüstenratten wie deinen neuen Freund Orasow zu spielen.« Er suchte Zarazis Gesicht nach Gefahrenzeichen ab – und fand ganz entschieden welche.

Turabi senkte wie um Verzeihung bittend kurz den Blick – es war nicht gut, seinen Führer tief im Feindesland im Stich zu lassen, das wusste er, selbst wenn man ihn für verrückt hielt – und fügte hinzu: »Ich will das Gebiet absuchen, in dem unsere Späher heute Morgen Rauch gesehen haben. Vielleicht ist dort ein turkmenischer Patrouillenhubschrauber aus Tschardschu oder Mary abgestürzt, oder wir finden das Flugzeug, auf das die turkmenische Luftabwehr letzte Nacht Fla-Raketen abgeschossen hat. Ich bin bei Tagesanbruch zurück, stelle dann eine Nachhut in Kompaniestärke zusammen und marschiere nach Jarghan zurück.« Er machte kehrt und verließ den Raum, ohne eine Antwort abzuwarten.

Zarazi blieb lange Augenblicke auf dem Podium stehen und dachte darüber nach, was Turabi soeben gesagt hatte. Dann wandte er sich aus seinem Tagtraum hochschreckend halb nach rechts. »Was gibt's, Hauptmann?«, fragte er den Mann, der fast lautlos von hinten herankam.

Aman Orasow blieb stehen, räusperte sich verlegen. »Ich ... ich bitte um Verzeihung, Herr«, stammelte er. »Ich ... ich habe zufällig mitbekommen, was ...«

»Reden Sie!«, forderte Zarazi ihn auf. Als der Mann weiter schwieg, drehte Zarazi sich um und stellte fest, dass der turkmenische Offizier jetzt eine Pistole trug, die in einem Halfter mit offener Verschlussklappe steckte. Außerdem hatte er irgendwo Hauptmannssterne »organisiert«, die auf seinen Schultern glänzten. »Sie wollen mir mitteilen, dass Oberst Turabi untreu ist und es nicht verdient, an unserer Mission teilzunehmen«, sagte Zarazi.

»Er ist ein Feigling und eine Schande vor Allah«, stellte Orasow fest. »Wie kann er's wagen, Ihre Entscheidungen zu kritisieren? Wie kann er's wagen, Sie wie ein unartiges Kind anzufahren?«

»Die Gefahr und unsere raschen Erfolge im Kampf haben ihn zum Zweifler werden lassen.«

»Er ist ein *Feigling*, Herr«, stieß Orasow hervor. »Er hat Strafe verdient.«

»Strafe?« Zarazi musterte erst Orasow, dann seine Pistole dann wieder den Turkmenen. »Vielleicht…«

»Lassen Sie mir freie Hand, Herr«, drängte Orasow. »Ich lasse den Oberst für das büßen, was er zu Ihnen gesagt hat.«

Zarazi nickte lächelnd. »Und das sollen Sie, Hauptmann – nur nicht schon jetzt. Ich brauche den Oberst und seine Männer, damit sie mir helfen, Gaurdak einzunehmen und unseren Vorstoß nach Westen zu beginnen. Danach sollen er und andere Ungläubige ihrer Strafe nicht entgehen.«

»Ja, Herr«, sagte Orasow. »Ich werde den Oberst scharf im Auge behalten. Sobald Sie's befehlen, schlage ich zu.«

»Er wird Sie seinerseits scharf beobachten, Hauptmann«, warnte Zarazi ihn. »Seine Männer und er verstehen sich aufs Töten. Sie misstrauen Ihnen und allen Turkmenen.«

Orasow lächelte zuversichtlich. »Keine Sorge, Herr. Er hat allen Grund, uns zu fürchten. Ich werde ständig wachsam und bereit sein.« Er verbeugte sich nochmals und verließ den Raum.

Wakil Mohammad Zarazi sah Orasow nach, dann trat er an die große Wandkarte von Ostturkmenistan und den angrenzenden Regionen. Kerki: ein leichter Erfolg. Gaurdak: wieder ein leichter Sieg. Tschardschu: keineswegs leicht, das erste Zusammentreffen mit regulären Einheiten der turkmenischen Armee unter Führung russischer Offiziere. Aber sobald Tschardschu eingenommen war, konnte er mit einer Streitmacht, die fast so groß wie die turkmenische Armee war, durch die Karakum-Wüste bis zu den Vororten von Mary, der größten Stadt Ostturkmenistans, vorstoßen. Auch wenn die Turkmenen die Stadt verteidigten – Zarazi bildete sich nicht ein, stark genug zu sein, um dieses von Turkmenen und Russen gehaltene Bollwerk einnehmen zu können –, würde er dann fast die Hälfte der Öl- und Erdgasreserven Turkmenistans kontrollieren.

Noch wichtiger war, dass er eines der fruchtbarsten Gebiete Zentralasiens kontrollieren würde: die in Turkmenistan gelegenen Ebenen am Fluss Amudarja, den Karakum-Kanal, der zwischen Kerki und Mary durch die Karakum-Wüste führte, und die Ebenen um Gaurdak, die dank intensiver Bewässerung Weizen, Obst und vor allem Baumwolle trugen. Selbst wenn er sich ins Gebiet östlich des

36. Längengrads zurückzuziehen musste, konnte er von Tschardschu aus noch immer mühelos das östliche Drittel des Landes kontrollieren.

Aufregung durchpulste Zarazis Körper wie elektrischer Strom. Dies alles konnte er erreichen, das wusste er. Blieb er ein treuer Diener Allahs und führte er seine Brigade mit Leidenschaft und eiserner Hand, konnte er der unbestrittene Kriegsherr Ostturkmenistans und so mächtig wie der Präsident dieses Landes werden. Er konnte ein afghanisches Bollwerk errichten, das ein sicherer Zufluchtsort für die Taliban und ihre Sympathisanten aus der gesamten muslimischen Welt war.

Dazu brauchte er nur dafür zu sorgen, dass seine Männer gehorchten – oder tot waren –, beginnend mit seinem ehemaligen Freund und Stammesgenossen Jalaluddin Turabi.

Zentrale der TransCal Petroleum Corporation, West Sacramento, Kalifornien

Zur gleichen Zeit

»Meine Damen und Herrn, hier ist er, von seiner sehr erfolgreichen Weltreise zurückgekehrt! Bitte begrüßen Sie Kevin Martindale, den nächsten Präsidenten der Vereinigten Staaten, sehr herzlich in West Sacramento!« Die Männer und Frauen an dem langen Tisch standen auf und applaudierten, als der amerikanische Expräsident Kevin Martindale den Sitzungssaal in Begleitung zweier Secret-Service-Agenten betrat. Der große, reich geschmückte Saal hallte von Beifall und Hochrufen wider, als Martindale ans Kopfende des Konferenztischs aus massiver Eiche ging und auf dem Weg dorthin einigen Vorstandsmitgliedern, die er kannte – ehemaligen Politikern und Offizieren –, die Hand schüttelte. Hinter ihnen gewährten wandhohe Fenster einen herrlichen Blick auf die an diesem klaren, sonnigen Winternachmittag glitzernde Stadt Sacramento; die Tower Bridge, der Discovery Park und der Zusammenfluss von American River und Sacramento River bildeten einen idealen Hintergrund für diese sehr spezielle Versammlung.

William O. Hitchcock, der Präsident und CEO von TransCal Petroleum, stimmte in den Applaus der übrigen Vorstandsmitglieder ein, nachdem er dem ehemaligen Präsidenten herzlich die Hand geschüttelt hatte. Er ließ den Beifall noch fast eine halbe Minute gewähren, bevor er die Anwesenden aufforderte, wieder Platz zu nehmen. »Meine Damen und Herrn Vorstandsmitglieder, ich brauche Sie nicht daran zu erinnern, dass der Feind in unserer Branche OPEC heißt. Aber für jeden Drachen, der ein Königreich terrorisiert, gibt es einen Drachentöter – und ich bin stolz, sagen zu können, dass Amerikas Drachentöter dieser Mann ist: Kevin Martindale, der ehemalige und zukünftige Präsident der Vereinigten Staaten.« Auch diesmal ließ Hitchcock den Applaus fast eine halbe Minute lang gewähren, bis Martindale endlich die Hände hob, als ergebe er sich.

»Während die Ölminister der OPEC öffentlich gedroht haben, ihre Förderung auf ein absolutes Minimum zu drosseln, hat Präsident Martindale sie einzeln besucht und spezielle Lieferungs- und Lagerverträge abgeschlossen, die TransCal über Jahre hinweg Versorgungssicherheit garantieren«, fuhr Hitchcock fort. »Dank seiner Unterstützung haben wir wirksame Zusicherungen erhalten, dass der Ölpreis stabil bleiben wird, dass kein OPEC-Mitglied, und sei es noch so groß und mächtig, die Fördergrenzen überschreiten und dass es für alle unabhängig von einer OPEC-Mitgliedschaft genügend Märkte und Gewinne geben wird. Wir sind glücklich und stolz, ihn auf unserer Seite zu haben, und empfinden es als Ehre, seinen Wahlkampf mit dem Ziel zu unterstützen, als erst zweiter Mann in unserer Geschichte nach seiner Abwahl wieder zum Präsidenten der Vereinigten Staaten gewählt zu werden. Meine Freunde, ich bitte Sie, sich mir noch einmal anzuschließen, wenn ich unseren guten Freund Kevin Martindale in der Heimat willkommen heiße und ihm für seine Arbeit danke.«

Nachdem die dritte Beifallsrunde abgeklungen war und Martindale vor dem versammelten Vorstand kurz das Wort ergriffen hatte, führte Hitchcock den Expräsidenten in sein Büro, das nur wenig kleiner als der Sitzungssaal war. Alle Wände, die nicht aus Glas bestanden, um die spektakuläre Aussicht auf die Stadt zu zeigen, hingen voller kostbarer Gemälde. Der riesige offene Kamin, der jedoch keine Funktion hatte, war aus italienischem Marmor, die Einrichtung bestand aus kalifornischem Mammutbaumholz und die gepolsterten Sitzmöbel waren mit spanischem Leder überzogen. Martindale nahm mit einem Glas Orangensaft auf einem der luxuriösen Sofas Platz; Hitchcock bot dem Expräsidenten eine Zigarre an und bediente sich selbst mit Eiswasser und einer Davidoff. »Freut mich, Sie wieder heil in der Heimat zu sehen, Kevin«, sagte Hitchcock, während er ihm Feuer gab. »Ihre Reise war erfolgreicher, als wir je zu hoffen gewagt hätten.«

»Danke, Bill«, sagte Martindale. »Ich habe sie gern unternommen. Ich reise gern, und es macht mit Spaß, mit diesen großen Tieren aus der Dritten Welt zu verhandeln. Sie bilden sich ein, die ganze Welt fürchte den Namen ›OPEC‹, und ich sehe es gern, wenn sie sich vor den Mitgliedern ihrer Verhandlungsdelegation vor Verlegenheit winden.«

»Zehn Staaten in weniger als einer Woche. Sie müssen erledigt sein.«

»Ich hatte ganz vergessen, wie sehr Reisen meine Batterien auflädt«, sagte Martindale. Das stimmte. Er sah durchaus nicht wie jemand aus, der ein Jahrespensum an Vielfliegermeilen in weniger als einer Woche absolviert hatte. »Ich bin jederzeit zu weiteren Reisen bereit – solange ich meine kalifornischen und nationalen Verpflichtungen der Partei gegenüber nicht vernachlässige.«

»Wegen der kalifornischen Delegierten brauchen Sie sich keine Sorgen zu machen. Wir koordinieren alle Ihre Auftritte und Veranstaltungen, bei denen um Wahlkampfspenden geworben wird«, sagte Hitchcock. »Alle wissen, dass sie gute Vorarbeit leisten und sich echt reinhängen müssen, bevor Sie auch nur daran denken, ihren Wahlbezirk zu besuchen, und das motiviert Kandidaten und Parteiausschüsse zu besonders fleißiger Arbeit, um uns mit vorbildlicher Wählerwerbung und hohem Spendenaufkommen beeindrucken zu können. Sie kommen gut voran, sind aber erst zum Parteitag im Sommer wirklich organisiert. Deshalb bleiben Ihnen einige Monate Zeit, sich in der Außenpolitik zu profilieren, und die Medien nehmen sich dieses neuen Themas dankbar an. Thorn ist weiterhin nicht auf dem Radarschirm zu sehen, also haben Sie das Feld der Außenpolitik für sich allein.«

»Ich werde einfach nicht schlau aus diesem Kerl«, sagte Martindale und nahm einen kleinen Schluck. »Er ist intelligent, durchsetzungsfähig, energisch ...«

»Richtig, das ist er alles – aber nur auf dem Planeten, von dem er in Wirklichkeit stammt«, meinte Hitchcock. »Auf diesem Planeten ist er eine Null. Machen Sie sich seinetwegen keine Sorgen. Wir haben Wichtigeres zu tun.«

William Hitchcock war jung, sah blendend aus und war ungeheuer reich, weil er ein ererbtes Millionenvermögen durch erfolgreiche Transaktionen im Ölgeschäft vervielfacht hatte. In der Politik war er ein Neuling, aber er betrieb sie mit demselben Schwung und der unerbittlichen Konsequenz, mit der er geschäftliche Probleme löste: Er nutzte stets sämtliche Waffen in seinem Arsenal, um zu siegen.

Der ehemalige Präsident war seine neueste und bei weitem wirkungsvollste Waffe. Kevin Martindale wollte unbedingt in die Politik zurückkehren. Aber das Fiasko mit seiner nicht wirklich geheimen Söldnertruppe hatte dafür gesorgt, dass die großen Wahlkampfspenden ausblieben. Laut Gerüchten, die in Washington die Runde machten, finanzierte und befehligte der Expräsident die ›Night Stalkers‹, eine Söldnertruppe aus ehemaligen Kommandosoldaten, die zur Verteidigung amerikanischer Interessen weltweit im Einsatz war. Aber anders als Robin Hood und seine fröhliche Diebesschar galten Martindale und die Night Stalkers als amerikanische Terroristen. Dann erschien William Hitchcock auf der Bildfläche. Als Partner in einem afrikanischen Ölkartell hatte Hitchcock die Night Stalkers angeheuert, damit sie einen drohenden Einmarsch Libyens in Ägypten verhinderten. Dabei hatte er sich selbst davon überzeugen können, wie viel Energie, Charisma und Durchsetzungsvermögen Kevin Martindale besaß. Ihre Ziele ergänzten sich ideal: William Hitchcock wollte politischen Einfluss, und Kevin Martindale brauchte finanzielle Unterstützung bei seinem Versuch, das Weiße Haus zurückzuerobern.

»Was liegt an?«, fragte Martindale.

»Eine potenzielle Krise in Turkmenistan«, erwiderte Hitchcock.

»Lassen Sie mich raten. Die Russen beschweren sich darüber, dass Sie zu ungestüm vorgehen, und verlangen, dass Sie einige Ihrer Ölfelder aufgeben. Kein Problem. Nachdem meine Night Stalkers Senkows Pläne auf dem Balkan vereitelt haben, brauchen wir keinen Ärger von den Russen zu befürchten.«

»Ich wollte, es *wären* die Russen! Die Bestechungssummen für sie habe ich schon eingeplant«, sagte Hitchcock. »Nein, wir haben Taliban-Probleme.«

»Verdammt, das ist nicht gut!«, rief Martindale aus. »Sie bedrohen unsere Pipelines?«

»Eine kleine Bande von Guerillas aus Afghanistan kämpft sehr erfolgreich in Turkmenistan. Sie erobert turkmenische Militärstützpunkte, erbeutet Waffen und ist bei der Anwerbung neuer Gefolgsleute erfolgreicher als der Rattenfänger von Hameln«, berichtete Hitchcock. »Das Problem ist, dass die turkmenische Regierung nichts unternimmt, um diese Leute zu stoppen. Ich vermute sogar, dass die Regierung sie heimlich unterstützt.«

»Und die Russen würden sich freuen, wenn die Taliban einige Ihrer Einrichtungen in die Luft jagen würden.«

»Genau. Wir müssen die turkmenische Regierung dazu bringen, gegen diese Hundesöhne von Taliban vorzugehen – aber ohne Mitwirkung der russischen Streitkräfte. Ich weiß, dass Ihre Regierung die ursprüngliche Vereinbarung mit Nijasow über die Erschließung der Öllagerstätten ausgehandelt hat. Könnten Sie für uns nach Aschchabad fliegen und versuchen, die Regierung dazu zu bringen, diese Taliban-Arschlöcher zum Teufel zu jagen?«

»Das wäre kein Problem«, sagte Martindale sofort. »Aber Ihnen ist wohl klar, dass es in unserem ureigenen Interesse liegen könnte, Verbindung mit den Führern dieser Guerillas aufzunehmen – ihnen Schmiergeld zu zahlen, damit sie unsere Pipelines nicht einfach anzünden?«

»Ich hatte gehofft, das ließe sich vermeiden, aber … ja, ich würde es notfalls tun«, antwortete Hitchcock. »Die Turkmenen glauben, dass die Taliban es nicht riskieren werden, Tschardschu, einen Stützpunkt der regulären Armee, anzugreifen – dass sie nur ein paar

Pumpstationen im Osten des Landes besetzen, damit Geld erpressen und wieder abhauen werden. Aber diese Kerle stoßen nach Westen vor und verstärken sich zugleich immer mehr. Wenn sie Tschardschu erobern, würden sie fast die Hälfte unserer Einrichtungen in Turkmenistan kontrollieren.«

»Kein Problem«, sagte Martindale zuversichtlich. »Ich rede mit Gurisow und lasse mir erklären, was er vorhat. Wie ich ihn kenne, wird er die Russen anflehen, den Vormarsch der Taliban zum Stehen zu bringen, aber ich weiß, dass er Unterstützung – und Geld – auch von anderer Seite gern annehmen wird. Doch wenn ich mich nicht irre, brauchen wir uns nicht auf die Turkmenen zu verlassen. Die meisten Räuberbanden der Taliban sind nur lange genug unterwegs, um Geld für ihre Stämme zu erbeuten. Zahlen wir ihnen genug, lösen sie sich wie ein Rauchwölkchen auf und verschwinden wieder in den Höhlen, aus denen sie gekommen sind.«

»Sie wären also bereit, nach Turkmenistan zu reisen?«

Martindale wirkte leicht besorgt. »Ich weiß nicht, ob ich dort etwas ausrichten könnte«, wandte er ein. »Die Turkmenen misstrauen Ausländern, vor allem solchen aus dem Westen, und achten bei ihren heimlichen Geschäften immer auf gebührende Distanz. Außerdem ist mir das Land nicht recht geheuer. Ich würde es lieber hinter einem ziemlich starken bewaffneten Vorauskommando betreten.«

»Keine Chance, dass Thorn Ihnen irgendwas in dieser Art zur Verfügung stellt«, erklärte Hitchcock ihm. »Was ist mit Ihren Night Stalkers?«

Martindale trank nachdenklich einen Schluck. »Aufgelöst. Bevor sie Zuwayy erledigen konnten, hatten sie in Libyen ziemlich hohe Verluste. Thorn hat ihnen angeboten, sie wieder in ihre früheren Dienstgrade einzusetzen, und sie haben sein Angebot angenommen. Aber das sind genau die Leute, die ich am liebsten mitnehmen würde.« Er nickte Hitchcock zuversichtlich zu, ohne sich seine Befürchtungen anmerken zu lassen. »Keine Sorge. Ich bringe die Sache von hier aus ins Rollen – die Androhung, dass ich sonst selbst nach Turkmenistan komme, sollte genügen, um Gurisow zur Kooperation zu bewegen. Notfalls reise ich nach Aschchabad und erkläre ihm persönlich, wie die Dinge stehen. Was die Taliban betrifft, müssen Sie nur darauf vorbereitet sein, ihnen etwas ›Schutzgeld‹ dafür anzubieten, dass sie unsere Pipelines unbeschädigt lassen. Dass wir zu diesen Schutzgeldzahlungen ›gezwungen‹ sind, ist natürlich ein weiterer Minuspunkt in Thorns Bilanz. Was für ein US-Präsident ist Thomas Thorn schließlich, wenn er keine Truppen entsendet, um amerikanische wirtschaftliche Interessen im Ausland zu schützen?«

»Sie glauben nicht, dass er intervenieren würde?«

»Ich sehe keinen Hinweis darauf, dass er Anstalten dazu macht«, antwortete Martindale. »Aber er hat einige energische Berater und hohe Militärs um sich, die ihn umstimmen könnten. Er ist so unberechenbar, dass kein Mensch voraussagen kann, wozu er sich entschließen wird. Aber ich würde mich nicht darauf verlassen, dass Thorn etwas unternimmt. Können wir Gurisow dazu überreden, Truppen zu entsenden, und zahlen den Taliban-Guerillas gleichzeitig Schutzgeld, dürften unsere Pipelines sicher sein.«

»Ausgezeichnet.« Hitchcocks Stimme klang hörbar erleichtert. »Danke, Kevin. Ich wusste, dass auf Sie Verlass ist.«

»Sorgen Sie nur weiter dafür, dass meine Kriegskasse für den Wahlkampf gefüllt bleibt«, ermahnte Martindale ihn.

»Mit Vergnügen ... Mr. President«, versicherte Hitchcock ihm. »Solange Sie dort draußen für TransCal unterwegs sind, brauchen Sie sich keine Sorgen um Geld zu machen.«

»Gut«, sagte Martindale. Er leerte sein Glas und stand auf. »Ich mache mich gleich an die Arbeit. Stocken Sie den Aktionsfonds um drei Millionen Dollar auf – das müsste genügen.«

»Wird gemacht. Ich veranlasse auch, dass ihr Wahlkampffonds als Anerkennung für Ihre ›Beratertätigkeit‹ um einige Millionen aufgestockt wird«, sagte Hitchcock. Er schüttelte dem Expräsidenten herzlich die Hand. »Die Zusammenarbeit mit Ihnen ist immer ein Vergnügen, Mr. President.« Während dieses Händedrucks fügte Hitchcock hinzu: »Ich stehe weiterhin bereit, Ihre Wiederwahlkampagne zu leiten, Kevin, und danach Stabschef im Weißen Haus zu werden.«

»Ich weiß, Bill«, antwortete Martindale, »aber Sie kennen das Schlachtfeld, das sich Weißes Haus nennt, noch nicht gut genug.«

»TransCal hat hundertmal mehr Angestellte als das Weiße Haus, und ich überwache alle Firmenbereiche persönlich«, erklärte Hitchcock ihm. »Ich fühle mich der Aufgabe gewachsen. Sie müssen mir diese Chance geben.«

»Ich weiß, dass Sie sie wollen, Bill, aber glauben Sie mir, Sie sind noch nicht reif fürs politische Rampenlicht«, sagte Martindale ernsthaft. »Das Weiße Haus können Sie nicht wie eine Fortune-500-Firma führen – die Bürokraten, die politischen Schreiberlinge und die Washingtoner Medien würden Sie binnen kurzem zum Mörder werden lassen. Sie helfen mir gegenwärtig mehr, als Sie ahnen. Sind wir erst wieder in der Pennsylvania Avenue etabliert, sollen Sie an allem teilhaben. Aber vorerst sind Sie hinter den Kulissen effektiver.«

»Okay … zumindest vorerst, Kevin«, stimmte Hitchcock hörbar enttäuscht zu. »Aber ich versichere Ihnen, ich kann mehr als nur großzügig spenden. Lassen Sie's mich Ihnen beweisen. Sie werden's nicht bereuen.«

»Danke, William. Sie stehen eindeutig auf der Liste meiner Favoriten. Aber unabhängig davon, wie viel Geld Sie haben, sind wir auf die Unterstützung der Partei angewiesen, und das bedeutet, dass wir eine Politik formulieren müssen, mit der sie in ganz Amerika einen wirkungsvollen Wahlkampf führen kann – und ohne Input aus der Partei können wir keinen Stab und kein vom Präsidenten ernanntes Führungspersonal bestimmen. Konzentrieren wir uns also auf den Plan und den vorgesehenen zeitlichen Ablauf. Unsere Schwerpunkte bleiben Außenpolitik, Energiepolitik und das Militär; wir bleiben im Rampenlicht der Öffentlichkeit, und bevor Sie's ahnen, küsst die Partei uns die Stiefel und stimmt allem zu, was wir vorschlagen. Sie wird uns anbetteln, Sie zum Stabschef des Weißen Hauses zu machen.«

»Das klingt gut, Kevin. Das klingt sehr gut.«

Sie schüttelten sich nochmals die Hand. »Machen Sie sich wegen Turkmenistan keine Sorgen, Bill. Die Sache ist in ein paar Tagen vorbei, und dann sind wir aller Sorgen ledig. Thorn sitzt wieder mal konfus und ahnungslos im Lotossitz da, während wir vor seiner Nase eine weitere im Entstehen begriffene außenpolitische Krise entschärfen.«

»Was ist, wenn er oder seine Regierung bereits etwas wegen Turkmenistan unternehmen?«, fragte Hitchcock. »Wer sagt uns, dass wir auf diesem Sektor in Führung liegen?«

Martindale zuckte mit den Schultern und lächelte. »Ich frage ihn danach. Als ehemaliger Präsident der Vereinigten Staaten habe ich Anspruch darauf, vom Stab des Weißen Hauses einige Fragen beantwortet zu bekommen. Außerdem hält Thorn fiel von transparenter Regierungsarbeit. Er oder seine Mitarbeiter werden mir alles erzählen. Und funktioniert das nicht, entsende ich einfach meine Spione ins Weiße Haus und bekomme so alles heraus, was ich wissen will.«

Battle Mountain Air Reserve Base, Nevada

Früh am selben Morgen

»Bei allem Respekt, Rebecca, dies ist der dämlichste Stunt, von dem ich je gehört habe«, knurrte Oberst John Long, der Kommandeur der Operationsabteilung des 111. Kampfgeschwaders. Er stand mit Rebecca Furness, Patrick McLanahan, Dean Grey und der Bodenmannschaft auf dem unterirdischen Vorfeld der Battle Mountain Air Reserve Base, um die Bodenmannschaft in ihre Aufgaben vor dem Start einzuweisen. Damit der Einsatz auf jeden Fall ein Erfolg wurde, sollten Long und Major Samuel »Flamer« Pogue die neben Rebeccas Maschine stehende zweite EB-1C als Reservemaschine fliegen.

»Sie haben Ihre Ansicht oft genug geäußert, Long Dong«, sagte Rebecca ruhig. »Behalten Sie sie für sich.«

»Es ist meine Pflicht, auf potenzielle Fehlentscheidungen von Vorgesetzten aufmerksam zu machen«, antwortete Long mit erhobener Stimme, damit alle ihn hören konnten, und ohne ihre Aufforderung zu beachten, »und dies ist ein ausgezeichnetes Beispiel für eine. Völlig unerprobt, nicht verifiziert, eine lauernde Katastrophe.«

»Das haben wir alle verstanden, Oberst«, warf Patrick McLanahan ein. Er hätte den Kerl am liebsten zusammengestaucht, weil er seine

Meinung vor dem gesamten Bodenpersonal hinausposaunte, aber er wollte keine Debatte abwürgen, so unprofessionell sie auch begonnen worden war. »John, wir diskutieren jetzt schon seit zwei Tagen über diese Entscheidung. Unser Stab hat sie von allen Seiten beleuchtet.«

»General, uns ist nichts anderes übrig geblieben, als Ihren willkürlichen Termin einzuhalten«, sagte Long erregt. »Mir macht Sorgen, dass es *Ihnen* offenbar wichtiger ist, Ihren Freunden im Pentagon zu imponieren und irgendeinen Termin einzuhalten, als sich um die Sicherheit Ihrer Besatzungen zu kümmern, und ich fürchte, dass dies mit einer wirklichen Katastrophe enden wird.«

»Sie haben Ihre Überzeugung sehr klar ausgedrückt«, sagte Patrick. »Ich übernehme die volle Verantwortung für diesen Test. Sollte er fehlschlagen, wird Ihre Karriere nicht darunter leiden.«

»Ich mache mir Sorgen um dieses Geschwader, nicht um meine Karriere.«

»Das wäre das *erste* Mal«, sagte Patrick scharf. »Ich rate Ihnen jetzt *dringend,* Ihre Meinung für sich zu behalten, außer Sie werden ausdrücklich danach gefragt. Haben Sie das verstanden, Oberst?«

»Ja, *Sir*«, bestätigte Long.

Rebecca und Patrick schlossen die Logbuchüberprüfung nach Vordruck 781 und die Einweisung der Bodenmannschaft ab und machten dann einen Rundgang um ihr Flugzeug. Seine vordere Bombenkammer enthielt ein Revolvermagazin mit vier radargelenkten Jagdraketen AIM-150 Anaconda mit großer Reichweite sowie vier radargelenkte Jagdraketen AIM-120 Scorpion für mittlere Entfernungen. Das Revolvermagazin in der hinteren Bombenkammer enthielt acht Luft-Boden-Lenkwaffen AGM-165 Longhorn mit Fernseh- und Infrarotsteuerung. In der mittleren Bombenkammer waren zwei Abwurflenkwaffen AGM-177 Wolverine in Käfigen zur Wiederaufnahme untergebracht. Patrick wusste, dass jede Wolverine in den Bombenkammern vier Luft-Boden-Lenkwaffen AGM-211 »Mini-Maverick« trug.

»Ich sag's nicht gern, General, aber Long hat Recht – dieser Einsatz ist verrückt«, sagte Rebecca, sobald Patrick und sie außer Hörweite der Bodenmannschaft waren.

»Es wird alles tadellos klappen«, behauptete Patrick.

»In Edwards gibt es ein Heer von Ingenieuren und Testpiloten mit dem Auftrag, solches Zeug zu erproben, Patrick«, wandte sie ein. »Warum lassen wir sie nicht ihre verdammte Arbeit tun?«

»Rebecca, weshalb machen Sie mit, wenn das Ihre ehrliche Meinung ist?«

»Aus demselben Grund wie Sie – weil dies *unser* Plan und *unser* Programm ist, und weil wir bereit sein müssen, zu führen und uns selbst der Gefahr auszusetzen«, antwortete Rebecca. »Aber dies sind *meine* Flugzeuge, und wenn Sie mit einem davon Bruch machen, bin ich dran. Wir haben ein paar gute Piloten in unserer Einheit, aber im Vergleich zu uns sind sie Babys. Sie waren noch nie in einer B-1. Aber in Edwards oder Dreamland gibt's ein Dutzend Besatzungen, die einen Monatssold dafür zahlen würden, ein paar Testflüge für uns machen zu dürfen. Warum überlassen wir ihnen den Vogel nicht einfach, damit sie das ganze Zeug erproben können?«

»Das wissen Sie genau – weil in Edwards und anderswo niemand ohne ein genehmigtes Budget auch nur einen Liter Treibstoff oder eine einzige Stunde für dieses Projekt aufwenden würde.«

»Außer mir. Mein Budget und ich sind entbehrlich, nicht wahr?«

»Ich habe Ihnen wiederholt die Chance gegeben, aus diesem Projekt auszusteigen, Rebecca«, sagte Patrick. Er blieb stehen und sah sie ernst an. »John Long und Sie scheint es besonderen Spaß zu machen, mich zu kritisieren und als den Bösewicht hinzustellen, der gegen alle Regeln verstößt und jedes Mal damit durchkommt. Gut, diese Kritik akzeptiere ich. Aber jeder von Ihnen kann dieses Projekt sofort stoppen, indem er zum Hörer greift und General Magness von der Eighth Air Force oder General Craig im Air Reserve Forces Command anruft. Das haben Sie noch nicht getan. Sie haben mich vor jedem Offizier des Stützpunkts zusammengestaucht. Long riskiert fast eine Befehlsverweigerung, ohne auch nur zu blinzeln. Er hat schon alles getan, außer eine Anzeige im *Reno Gazette-Journal* aufzugeben.

Aber bisher hat keiner von Ihnen telefoniert, und ich glaube, den Grund dafür zu kennen. Sie hoffen beide, dass diese Sache funktioniert. Jeder neue Geschwaderkommodore wünscht sich zwei Dinge:

dass kein Untergebener Mist baut und dass er oder sie sich einen Namen machen kann, um sich über alle anderen Geschwaderführer zu erheben. In relativ friedlichen Zeiten ist es noch wichtiger zu glänzen. Long giert so nach seinem ersten Stern, dass er kaum noch schlafen kann, und Sie können mit Ihrem Ruf, die erste amerikanische Kampfpilotin gewesen zu sein, nicht mehr endlos lange hausieren gehen.«

»Das stimmt nicht, General«, widersprach Rebecca, aber in ihrer Stimme lag keine Kraft, keine Überzeugung. Sie wusste, dass er Recht hatte.

»Darüber könnten wir bis heute Abend diskutieren, aber das würde keinen Unterschied machen«, fuhr Patrick fort. »Wir besitzen die Erfahrung und das Wissen, um dieses Projekt zum Erfolg zu führen. Aber Sie sind der Flugzeugkommandant, der die letzte Entscheidung trifft. Sind Sie nicht einverstanden, können Sie den Einsatz abblasen.« Er wartete mit in die Hüften gestemmten Armen. Als sie ihre Stablampe auf die Manometer der Pressluftflaschen richtete, die bei einem Hydraulikdefekt das Fahrgestell ausfahren würden, und so die Inspektion der Maschine fortsetzte, nickte er und sagte: »Also gut, machen wir's.«

Nach ihrem Rundgang um den Bomber stiegen sie die steile Leiter hinter der hohen Strebe des Bugfahrwerks hinauf und gelangten ins Cockpit. Nachdem Patrick seinen Schleudersitz überprüft und sich angeschnallt hatte, baute er sich rasch sein »Nest« und wartete darauf, dass die Action beginnen würde.

Rebecca folgte ihm nur wenig später. Nachdem sie sich angeschnallt hatte, zog sie die Checkliste heraus, klemmte sie aufs Kniebrett am rechten Oberschenkel, schlug die Seite VOR APU-START auf, begann mit der Kontrolle der Punkte vor dem Anlassen des Hilfstriebwerks ... und hörte wieder auf. Sie ignorierte die Klarliste, lehnte sich zurück und verschränkte mit einer Geste, aus der Verärgerung – und vielleicht etwas Angst – sprach, die Arme vor der Brust.

»Ziemlich bizarre Art und Weise, Krieg zu führen«, murmelte sie.

»Ziemlich bizarre Art und Weise, Krieg zu führen«, murmelte Dean »Zane« Grey. Er saß in dem Container mit dem virtuellen Cockpit an einem Stahlschreibtisch und starrte zwei vorläufig noch leere Flachbildschirme an. Im Inneren des Trailers war es sehr eng. In seiner Mitte standen zwei Stühle vor dem Schreibtisch; rechts und links von ihnen waren zwei weitere Arbeitsplätze mit Computertastaturen, Trackballs und großen TFT-Flachbildschirmen angeordnet. Auf Daren Maces Seite gab es ein »Supercockpit«-Display, einen zwölf mal zwanzig Zoll großen Plasma-Farbbildschirm, auf dem er von Triebwerksanzeigen über Laserradarbilder bis zu Satellitenbildern tausende von Daten aufrufen und in Windows- oder Mac-ähnlichen Fenstern auf dem Display darstellen lassen konnte. Den gesamten restlichen Innenraum des Containers nahmen Computer, Klimageräte, Stromaggregate und Kabel ein. Er war schlecht belüftet und eng, viel schlimmer als es eine richtige EB-1C jemals war. Das alles machte Grey etwas besorgt – nein, *sehr* besorgt.

»Nun, das ist alles ziemlich cool«, sagte Zane, »aber ich würde gern anfangen. Wo ist alles? Seitengriffsteuer, Ruderpedale, Bordinstrumente …?«

»Hier«, antwortete Daren Mace. Er hielt Grey einen leichten Helm hin, der an einen Schutzhelm für Radfahrer erinnerte, aber durch integrierte Kopfhörer und ein halb transparentes Panoramavisier ergänzt wurde. Außerdem gab er ihm ein Paar dünne Handschuhe. Dann nahmen sie ihre Plätze ein. Die aufgesetzten Helme dämpften das Arbeitsgeräusch der Computerlüfter und der Klimaanlagen.

»Echt cool!«, rief Zane aus, als er wenige Sekunden nach dem Einschalten des Systems ein dreidimensionales elektronisches Bild des ultramodernen Cockpits eines B-1-Bombers sah. Hier gab es keine herkömmliche Instrumentierung mehr – alles wurde durch Sprachbefehle gesteuert und auf großen multifunktionalen Farbdisplays überwacht. Grey konnte die MFDs »berühren« und das Seitengriffsteuer bewegen. »Mann, das ist unglaublich!«

»Sie können alles aufrufen, was Sie sehen möchten – Karten, Satellitenbilder, Betriebshandbücher, Sensorinformationen … einfach alles«, erklärte Daren ihm. »Mit dem Flugzeug zu ›reden‹, ist ganz einfach: Sie brauchen jede Frage und jeden Befehl nur mit ›Vampire‹ zu beginnen. Sprachbefehle sind an keine bestimmte Form gebunden. Wir haben einen Katalog mit Kurzbefehlen, aber in den meisten Fällen genügt eine knapp formulierte Anweisung. Sie sollten nur darauf achten, möglichst ruhig und gleichmäßig zu sprechen. Aber daran gewöhnt man sich rasch.«

»Große Klasse!«, rief Zane aus, während er sich im Cockpit umsah. »Wie ein tolles Videospiel, nur viel lauter. Fast so laut wie im richtigen Cockpit, glaube ich.«

»General McLanahan will in Battle Mountain ein moderneres Kontrollzentrum bauen«, sagte Daren, »aber wir müssen zuerst beweisen, dass dieses System hier funktioniert.« Er nahm sich einige Minuten Zeit, dem jungen Piloten zu demonstrieren, wie man Befehle eingab – als gesprochene Befehle oder indem man mit virtuellen Fingern Knöpfe drückte oder Menüs auf dem Bildschirm berührte.

»Man braucht fast keine Arme und Beine, um dieses Ding zu fliegen«, stellte Zane fest.

»Es ist in Dreamland von jemandem entwickelt worden, der nach einem Flugunfall querschnittsgelähmt war«, erklärte Daren ihm. »Von Zen Stockard, meinem alten Freund. Er hat damals alles auf virtuelle Realität abgestellt, weil das die beste Methode war, um Querschnittsgelähmte zu vollwertigen Piloten zu machen. Eigentlich braucht man nicht mal Pilot zu sein, um dieses Ding fliegen zu können – die Computer erledigen alles, sogar die Luftbetankung. Die Global Hawks werden häufig von Wartungstechnikern und Angehörigen des Bodenpersonals geflogen. Aber jetzt wollen wir uns melden, damit es losgehen kann.«

»Von mir aus jederzeit, Boss«, sagte Zane aufgeregt. »VAC bereit«, meldete er als »virtueller Aircraft Commander« über die Bordsprechanlage.

»VMC bereit«, fügte Daren als »Virtueller Mission Commander« hinzu.

»Die Versuchskaninchen sind bereit«, antwortete Rebecca. »AC bereit, wollte ich sagen.«

»MC bereit«, bestätigte Patrick knapp.

»VI bereit«, meldete Jon Masters, der als »virtueller Ingenieur« mit im Trailer saß. Dr. Jonathan Masters, ein jungenhaft wirkender

Mittdreißiger, der in einem Alter, in dem andere Jugendliche noch in die Schule gingen, bereits hunderte von Patenten angemeldet hatte, war Chefingenieur und CEO von Sky Masters Inc., einer kleinen High-Tech-Firma, die hochmoderne Kommunikations-, Waffen- und Satellitentechnik entwickelte und auch das virtuelle Cockpit gebaut hatte. Patrick McLanahan, der Jon Masters seit vielen Jahren kannte, war nach seinem unfreiwilligen Ausscheiden aus der U.S. Air Force vorübergehend einer der Vizepräsidenten von Sky Masters Inc. gewesen.

»Okay, Leute, es geht los«, sagte Daren. »VAC, Sie haben das Flugzeug.«

»Oh, verdammt, jetzt geht's los«, murmelte Zane. Dann befahl er mit lauter Stimme: »Vampire, Batterie ein.« Sofort flammte die Cockpitbeleuchtung der EB-1C Vampire auf. Grey schaltete die Funkgeräte ein, holte die Freigabe zum Anlassen des Hilfstriebwerks ein und sagte dann: »Vampire, Checkliste *Vor APU-Start.*«

Im Cockpit nahm Rebecca kaum eine Reaktion wahr. Sämtliche elf Punkte der Checkliste, deren Überprüfung normalerweise ungefähr eine Minute dauerte, wurden mit einem kurzen Aufflackern von Kontroll- und Warnleuchten abgehakt. Nach drei Sekunden meldete der Computer: »*Vampire zu APU-Start bereit.*«

»Wow!«, konnte Rebecca nur sagen.

»Klasse!«, rief Zane aus. »Vampire, ich hätte gern einen doppelten Cheeseburger, aber ohne Gurken.«

»*Möchten Sie auch Fritten dazu?*«, fragte der Computer.

»Was?«

»Ihr Youngsters seid so berechenbar. Das war eine der ersten Antworten, die ich bei beim Erstellen der Stimmerkennungs-Software programmiert habe«, sagte Jon Masters vergnügt. Jon war nur wenige Jahre älter als die »Youngsters«, deshalb kannte er sie sehr gut.

»Können wir weitermachen?«, fragte Rebecca. »Dieses Ding ist mir unheimlich.«

»Verstanden«, sagte Zane zufrieden. »Vampire, APU-Start.«

Die Checklisten wurden rasch und effizient abgehakt, und in einem Bruchteil der Zeit, die sonst dafür erforderlich gewesen wäre, war die EB-1C zum Anlassen der Triebwerke bereit. Aber sie mussten noch auf Long und Pogue in der zweiten Vampire warten, die ihre Klarlisten auf herkömmliche Weise abarbeiteten. Dann wurden die Bomber zu einem Aufzug geschleppt, der sie auf die zweite Ebene hob, wo die Triebwerke angelassen und die Checklisten *Nach dem Anlassen* abgehakt wurden. Wenig später brachte der Aufzug die beiden Maschinen zur Oberfläche hinauf, wo die letzte Sichtkontrolle vor dem Start stattfand.

»Wie rolle ich mit diesem Ding, Boss?«, erkundigte Zane sich.

»Das macht der Computer für Sie«, antwortete Daren.

»O-kay. Vampire, zur Startlinie rollen«, befahl Zane.

»Laserradar eingeschaltet, sehr niedrige Leistung, geringe Reichweite«, meldete Patrick. Im selben Augenblick bewegten die Leitungshebel sich etwas nach vorn, und das Flugzeug rollte langsam an.

Die Rollgeschwindigkeit war sehr gering, aber irgendwann verließ der Bomber doch die Wendefläche und erreichte die Startlinie. *»Vampire in Startposition, verbleibende Startbahnlänge dreitausendvierhundertsiebzig Meter«*, meldete der Computer. *»Start mit verringerter Nachbrennerleistung möglich.«*

»Das LADAR vermisst die Startbahn, bringt Sie automatisch auf die Mittellinie und misst dann die Entfernung zum nächsten Hindernis – in diesem Fall zum Rand der Stoppfläche«, erklärte Jon Masters dem jungen VAC. »Das Laserradar vermisst auch das umliegende Gelände, analysiert die atmosphärischen Verhältnisse und übermittelt diese Informationen dem Luftdatencomputer für die Startberechnung.«

»Und was tue *ich* dabei?«, fragte Zane.

»Sie dürfen die Startart wählen«, sagte Patrick McLanahan.

»Kann ich nicht selbst starten?«

»Der Computer beherrscht etwa ein Dutzend verschiedener Startarten: Höchstleistung, kürzeste Startstrecke, unbefestigte Startbahn, schnellstes Steigen, mit verringerter Nachbrennerleistung, Lärmschutz … was immer Sie wollen«, antwortete Masters. »Sie brauchen ihm nur zu sagen, wie er starten soll, dann tut er's.«

»Das kann ich auch, Doc, das kann ich auch«, sagte Zane. »Wie arbeitet man mit diesem Ding?«

»Legen Sie Ihre Arme auf die Armlehnen«, forderte Daren ihn auf. Als Grey das getan hatte, sagte er: »Vampire, Cockpit anpassen.« Im nächsten Augenblick gruppierten die Bedienungselemente sich so um, dass sie für Grey leicht erreichbar waren. »Im virtuellen Cockpit kommen die Steuerorgane zu *Ihnen* – nicht anders herum.«

»Großartig!«, rief Zane begeistert aus. Die Ruderpedale passten sich ebenfalls an, und wenn er einen Knopf drücken oder einen Schalter betätigen wollte, brauchte er nur einen Finger danach auszustrecken. Das Instrumentenbrett kam seinem Finger entgegen, wich dann wieder zurück, damit er das MFD deutlich vor Augen hatte, oder klappte weg, damit er aus dem Fenster »blicken« oder andere Instrumente »sehen« konnte. Zane »rührte im Topf« – bewegte den Steuerknüppel versuchsweise im Kreis, um die Steuerflächen zu kontrollieren – und beobachtete, wie die Anzeigen wechselten.

»Nicht so heftig«, protestierte Rebecca sofort. »Nicht so mit den Steuerflächen herumknallen.«

»Denken Sie daran, dass Sie kein Gefühl im Steuerknüppel haben«, sagte Mace. »Um zu wissen, was passiert, müssen Sie auf die Anzeigen und die Bordinstrumente achten – ein ›Fliegen mit dem Hosenboden‹ gibt's hier nicht. Zum Start benützen Sie am besten die Kameras, aber sobald sie in die Wolken kommen, müssen Sie blitzschnell auf die Instrumente überwechseln.« Daren holte die Startfreigabe vom automatisierten Kontrollturm des Stützpunkts ein. »Frei zum Start, VAC.«

»Jetzt geht's los, Leute«, sagte Zane. Er legte eine Hand auf die »Leistungshebel« und schob sie nach vorn – anfangs zu schnell. Er bewegte sie langsamer, machte am Beginn der Stufe eins Halt, löste dann die Bremsen und schob die Leistungshebel weiter nach vorn, bis zu Stufe fünf.

Er hatte nicht das Gefühl, als ereigne sich irgendetwas, aber dann meldete der Computer plötzlich: »*Vampire, Rotationsgeschwindigkeit, Achtung, Achtung, jetzt.*« Darauf war Zane vorbereitet. Er zog den Steuerknüppel etwas weiter zurück... noch immer nichts... und im nächsten Augenblick schoss der Flugzeugbug steil nach oben.

»Runter mit dem Bug, Zane«, warnte Rebecca ihn. »Sie haben überzogen.«

»Sorry, sorry«, sagte Zane. Er drückte den Steuerknüppel wieder etwas nach vorn.

»Zu viel!«, rief Rebecca. »Bug rauf!« Sie waren noch keine fünfzehn Meter hoch. Zane zog den Steuerknüppel nach hinten und leitete damit eine weitere vom Piloten verursachte Schwingung ein. »Ich hab das Flugzeug!«, rief Rebecca laut.

»Zane soll es ausbügeln, Rebecca«, sagte Daren gelassen. »Keine übermäßigen Steuerausschläge, Zane«, forderte er ihn ruhig auf. »Durch die Datenübertragung entsteht eine kleine Verzögerung – die müssen Sie berücksichtigen. Was Sie angezeigt sehen, hinkt den tatsächlichen Bewegungen der Maschine leicht hinterher. Achten Sie auf Ihre Anzeigen, aber seien Sie sich der Verzögerung bewusst.«

»*Vampire, Konfigurationswarnung*«, meldete der Computer.

»Sie wollten den Start durchführen, Zane. Sie müssen daran denken, die Startkonfiguration aufzuheben«, stellte Daren fest.

»Scheiße, yeah«, murmelte Zane. »Vampire, Checkliste *Nach dem Start.*« Sofort wurde das Fahrgestell eingefahren, die Landescheinwerfer erloschen, der Transponder wurde aktiviert und die je nach Einsatzart veränderbaren Steuerorgane wechselten aus der Stellung Start in Steigflug über.

»*Check nach dem Start abgeschlossen*«, meldete der Computer Sekunden später.

»Echt cool«, meinte Zane. Er ließ die EB-1C versuchsweise leichte Schräglagen einnehmen. »Hat man sich an die Verzögerung gewöhnt, funktioniert alles ganz gut.«

»Das behaupten *Sie*«, sagte Rebecca nervös, während ihre Maschine scheinbar willkürliche Schräglagen einnahm. »Aber euch jungen Leuten gefällt so was natürlich – es kommt Ihnen wie ein großes Videospiel vor, nicht wahr, Zane?«

»Ja, Ma'am. Sollen wir mal ausprobieren, ob eine Rolle klappt?«

»Tun Sie das, bringe ich Sie vors Kriegsgericht – und anschließend drehe ich Ihnen den Hals um.«

»Schluss mit lustig. Fliegen wir dieses Ding, wie's geflogen werden soll«, schlug Daren vor. »Vampire, Flugplan eins aktivieren, mit Standardsteiggeschwindigkeit auf Reiseflughöhe steigen.«

»*Vampire, Flugplan eins aktiviert*«, bestätigte der Computer.

Zane ließ den Steuerknüppel los. Der Autopilot löste ihn ab, nahm die Leistungshebel sofort aus der Nachbrennerstellung zurück, verringerte die Steiggeschwindigkeit und steuerte den ersten Wegpunkt an.

»Zwo ist gestartet, hat Radarkontakt«, meldete John Long.

Grey schüttelte verwundert den Kopf. »Ich kann's einfach nicht glauben«, sagte er. »Ich sitze hier und fliege einen zweihundert Tonnen schweren Bomber von einem Container aus, der irgendwo in Nordnevada in der Wüste steht. Echt unglaublich!«

»Wirklich cool«, bestätigte Jon Masters. »Und viel besser als jedes Videospiel. Kaum zu glauben, dass dort draußen ein richtiger Bomber unterwegs ist. Wir sollten ...« In diesem Augenblick bemerkte er ein Warnsignal, das auf einem der Bildschirme aufblinkte. »Wir haben einen Fehler im Hauptcomputer«, berichtete Masters.

»Was ist passiert?«, fragte Patrick.

»Der Hauptcomputer ist ausgefallen. Er hat seine Aufgaben automatisch an einen Sekundärcomputer übergeben«, antwortete Jon. »Jetzt wird der Primärcomputer neu gestartet. Das dauert ein paar Minuten.«

»Wollen wir nicht lieber umkehren und landen, Jungs?«, fragte Rebecca. »Ich schlage vor, unseren Auftrag der zweiten Maschine zu überlassen.«

»Für Datenübertragung und Steuerung haben wir vier redundante, unabhängig voneinander arbeitende Computer sowie ein Notfallsystem, das den Bomber unabhängig davon, wie viele Systeme ausgefallen sind, direkt zum Ausgangspunkt zurückbringt«, sagte Masters. »Das System hat genau wie vorgesehen reagiert – es hat die Steuerung an einen funktionierenden Computer übergeben, startet sich selbst neu, überprüft seine Funktionsfähigkeit und reiht sich dann in die Warteschlange ein, um auf eine weitere Übergabe zu warten.«

»Eine *weitere* Übergabe? Soll das heißen, dass *noch mehr* Computerausfälle zu erwarten sind?«

»Wir planen fürs Schlimmste und hoffen auf das Beste, General«, sagte Masters gelassen. »Aha ... der erste Computer ist neu gestartet, also haben wir wieder vier funktionierende Computer. Wir sind wieder im Geschäft.«

»Doktor, Sie flößen mir nicht gerade Vertrauen ein«, sagte Rebecca. »Zur allgemeinen Information: Dieser Vogel gehört zu meinem Geschwader. Ich muss für ihn geradestehen, und ich entscheide, wann dieser Erprobungseinsatz beendet wird.«

»Verstanden, Ma'am«, sagte Zane. »Lehnen Sie sich jetzt zurück, entspannen Sie sich und genießen Sie den Flug.«

Karakum, Ostturkmenistan
Am selben Abend

Nur seine Kettenfahrzeuge konnten quer durch die Wüste vorstoßen, deshalb blieb Jalaluddin Turabi keine andere Wahl, als seinen Verband aufzuteilen. Er bildete drei Gruppen: zwei würden in fünfzehn Kilometer Abstand entlang der Fernstraße Kisyl-Tabadkan ein Nachtlager beziehen und sich bereithalten, einander zu unterstützen, falls sie angegriffen wurden; die dritte Gruppe würde unter Turabis Führung durch die Wüste zur Absturzstelle marschieren. Wegen des Wetters und der bevorstehenden Kämpfe um Gaurdak konnte Turabi erst bei Tagesanbruch mit Hubschrauberunterstützung rechnen – bis dahin war er effektiv auf sich allein gestellt. Da seine Leute einige funktionierende Nachtsichtbrillen hatten und das Wetter besser zu werden schien, beschloss er, die Kühle und Deckung der Nacht auszunützen und einzig von einem Kompass und seinen Gebeten geführt zur Absturzstelle zu marschieren.

Für die ersten zwanzig Kilometer mit einem noch aus Sowjetzeiten stammenden gepanzerten Mannschaftstransportwagen MT-LB, den sie in Kerki erbeutet hatten, brauchten sie gut eine Stunde. Turabi schickte ein noch älteres Kettenfahrzeug GSch-575 – tatsächlich ein Flakpanzer ZSU-23/4, dessen vier Fla-MKs längst unbrauchbar und deaktiviert waren – mit dreihundert Meter Abstand zu seinem MT-LB als Spähfahrzeug voraus; dieser Panzer schaffte es, alle acht bis zehn Kilometer eine Kette abzuwerfen, wodurch sie noch langsamer vorankamen. Turabi befahl seinen Leuten mehrmals, abzusitzen und in Deckung zu gehen, weil die Späher irgendwo in der Nähe ein Düsenflugzeug hörten, aber es gelang ihnen nie, seine Position genau zu bestimmen, nachdem das Echo ihrer röhrenden Panzermotoren verhallt war. So war es kein Wunder, dass die Männer zunehmend nervös wurden.

Ungefähr drei Stunden vor Tagesanbruch erreichten sie die Stelle, an der Turabi eine Rauchsäule gesehen zu haben glaubte, aber von einem Flugzeugabsturz gab es keine Spur. So blieb ihnen nichts anderes übrig, als das Gebiet systematisch abzusuchen. Dazu setzten sie beide Kettenfahrzeuge ein, die einen Geländestreifen nach dem anderen abfuhren, während Soldaten zu Fuß ständig neue Suchstreifen festlegten, die sich leicht überlappten.

Nach einer Stunde hatten sie noch immer keine Wrackteile gefunden. »Das ist verrückt«, murmelte Turabi, als er die letzte Meldung erhalten hatte. Ich kann beschwören, dass ich hier draußen einen Absturz gesehen habe. Ich bin mein Leben lang in der Wüste unterwegs gewesen – ich bilde mir solche Dinge nicht ein.« Er wandte sich an seinen Sergeanten Abdul Dendara, einen erfahrenen Soldaten. »Was übersehe ich hier, Abdul?«

»Wenn Sie hier Rauch gesehen haben, Oberst, müssen Wrackteile zu finden sein. Von Flugzeugen oder Lenkwaffen, die sich in den Sand bohren, steigt keine aus der Ferne sichtbare Rauchsäule auf«, antwortete Dendara. »Ich habe darauf geachtet, dass die Männer auch unter dem Sand suchen. Hier draußen hat's gestern einen kurzen, aber ziemlich heftigen Sturm gegeben – also könnten die Wrackteile dicht unter der Oberfläche liegen.« Er sah sich um. Bei Nacht war natürlich nicht viel zu sehen. »Keine markanten Geländepunkte, keine genaue Position – vielleicht ist dies nicht die richtige Stelle, Oberst.«

Turabi fluchte halblaut, breitete seine Landkarte aus und ließ das rote Licht seiner abgeblendeten Stablampe darüber huschen. »Also gut. Wir marschieren fünf Kilometer weiter nach Süden und suchen dort systematisch weiter. Haben wir nach einer Stunde nichts gefunden, brechen wir die Suche ab und marschieren zur Kompanie zurück.«

Turabi forderte über Funk den MT-LB an, der ihn einige Minuten später aufnahm. Mithilfe seines Kompasses dirigierte er den Fahrer nach Süden in das neue Gebiet, das ebenfalls systematisch abgesucht werden sollte. Da seine Soldaten mehrere Minuten brauchen würden, um ihre Ausgangspositionen zu erreichen, entschloss Turabi sich dazu, selbst mitzusuchen – sonst hatte er keine Chance, das Wrack zu finden und bis Tagesanbruch wieder in Kerki zu sein. Er pflanzte das Bajonett auf sein AK-47 und begann den Sand im roten Licht der Stablampe nach Wrackteilen abzusuchen.

Er merkte bald, wie schwierig diese Suche in Wirklichkeit war: Er konnte ein wichtiges Beweisstück um Zentimeter verfehlen; er konnte auf eine Schützenmine treten und sekundenschnell ohne Beine oder tot sein. Ihm war klar, dass er alle seine Fähigkeiten aufwenden und vielleicht sogar eine Art extrasensorischer Wahrnehmung entwickeln musste, um hier Erfolg zu haben. Deshalb schickte er den MT-LB weiter weg, um nicht durch den Motorenlärm, den Dieselqualm und die lauten Rufe der Männer an Bord abgelenkt zu werden.

Endlich war es relativ ruhig. Turabis Nachtsichtfähigkeit verbesserte sich, und er konnte bald Gegenstände im Sand erkennen, die außerhalb des roten Lichtkegels seiner Stablampe lagen. Aber der Auspuffqualm des gepanzerten Mannschaftstransportwagens war weiterhin lästig, deshalb griff er nach dem Funkgerät, um den Fahrer anzuweisen, den Abstand zu vergrößern.

Dann erstarrte er mit seinem Handfunkgerät vor den Lippen und dem Daumen auf der Sprechtaste. Ja, er konnte noch Auspuffgestank riechen – aber der Wind blies jetzt in Richtung des MT-LB. Er hätte ihn gar nicht riechen dürfen. Dies musste etwas anderes sein. Er benutzte seine Nase wie einen Radiokompass, der ein Funkfeuer anpeilt, um sich zur Quelle dieses Geruchs führen zu lassen.

Wenige Minuten später stieß Turabi darauf: eine brandgeschwärzte klumpige Metallmasse, die eindeutig ein Flugzeugtriebwerk war. Das Düsentriebwerk eines Marschflugkörpers, nicht schwerer als vierzig bis fünfzig Kilogramm. Er hatte etwas gefunden! Mit seiner

Stablampe suchte er aufgeregt die Umgebung ab. In der näheren Umgebung lagen weitere Wrackteile – darunter ein großes Stück des Flugzeugrumpfs. Dies war die Absturzstelle! Er schulterte das AK-47, hob sein Handfunkgerät an die Lippen und drückte die Sprechtaste. »Dahab zwo, hier Eins. Ich habe Wrackteile eines Kleinflugzeugs oder eines Marschflugkörpers gefunden. Ich stehe einen halben Kilometer südlich des Ausgangspunkts der letzten Suche. Alle sofort zu mir, damit wir …«

In diesem Augenblick hörte er ein leises Zischen. Er sank auf ein Knie nieder, vertauschte das Funkgerät in der linken Hand mit der Taschenlampe und hielt seine Tokarow TT-33 in der rechten Hand schussbereit. Die Pistolenmündung folgte dem Lichtstrahl der Stablampe, als Turabi sich in die Richtung drehte, aus der das Geräusch gekommen war. Nichts. Kein Geräusch von Schritten im Wüstensand, keine Fahrzeuggeräusche. Er knipste rasch die Stablampe aus und hob sein Funkgerät wieder an die Lippen: »Dahab, Dahab, Alarm! Hier draußen ist jemand!«

Plötzlich nahm ein Wasserfall aus gleißend hellen Sternen ihm die Sicht, und er wusste nicht mehr, wo oben und unten war. Je verzweifelter er sich aufzurappeln versuchte, desto schneller fand er sich im Sand liegend wieder. Er hatte das Gefühl, sich noch in aufrechter Hockstellung zu befinden, aber dann spürte er den hart gebrannten Sand im Gesicht und wusste, dass er auf dem Boden lag. Er war hellwach und atmete weiter, aber es gelang ihm nicht, seine Gliedmaßen zu bewegen – und er hörte Stimmen. Maschinenähnliche Stimmen, die trotzdem eindeutig von Menschen kamen. Stimmen, die *Englisch* sprachen!

»Einer k.o., alles klar«, berichtete Oberst Hal Briggs. »Er hat den StealthHawk entdeckt. Vermutlich hat er die anderen noch alarmieren können.« Briggs schaltete die Darstellung in seinem elektronischen Visier rasch auf den Infrarotbildsensor der Drohne StealthHawk eins um, die hoch über ihm kreiste. »Wir bekommen Besuch. Der gepanzerte Mannschaftstransportwagen ist zu uns unterwegs. Geben Sie mir die Kontrolle über Hawk eins.«

»Verstanden«, sagte Daren Mace im virtuellen Cockpit in dem

Trailer auf der Battle Mountain Air Reserve Base. Er drückte auf einen Knopf seiner Konsole und befahl: »Hawk eins, Kontrolle auf Zinnsoldat eins übertragen.«

»*Kontrolle über StealthHawk auf Zinnsoldat eins übertragen, Übertragung stoppen*«, antwortete der Computer. Wenige Sekunden später: »*Kontrolle über StealthHawk auf Zinnsoldat eins übertragen, wartet auf Befehle.*«

»Hawk eins, Lagebericht«, befahl Briggs.

Die Meldung kam sofort: »*Warnung, nicht identifiziertes rollendes gepanzertes Fahrzeug, Peilung null-sechs-zwo Grad, Entfernung 1,3 Meilen, Kurs zwo-sieben-drei Grad, Geschwindigkeit zwo-eins Knoten, Benennung Tango eins. Warnung, nicht identifiziertes stationäres gepanzertes Fahrzeug, Peilung null-eins-vier Grad, 3,1 Meilen, Benennung Tango zwo... Tango zwo dreht nach Süden ab, beschleunigt, Geschwindigkeit jetzt eins-fünf Knoten. Warnung, zahlreiche Infanterieziele, Peilung null-eins-sechs, langsam näher kommend, Entfernung drei Meilen.*«

Briggs benützte die Blicksteuerung in seinem elektronischen Visier, um das nächste Ziel, das der StealthHawk ihm zeigte – den MT-LB –, mit einem Zielcursor zu überlagern, wählte die Funktion *Sprachbefehle* aus und sagte: »Hawk eins, dieses Ziel angreifen.«

»*Tango eins angreifen, Angriff stoppen*«, antwortete der StealthHawk. Sekunden später verließ er seine Patrouillenhöhe und stieß auf das Ziel herab. Der Angriff des StealthHawk verlief fehlerlos. Er erfasste das Ziel mit seinen Sensoren und schoss eine AGM Mini-Maverick darauf ab, die die schwach gepanzerte Oberseite des Mannschaftstransportwagens an der heißesten Stelle durchschlug – über dem Motorenraum. Der Motor explodierte in einem blendend hellen Feuerball. Drei Männer konnten noch flüchten, bevor die Flammen das Fahrzeug ganz einhüllten.

»Volltreffer!«, rief Hal Briggs. »Gut gemacht! Mann, mir gefallen diese Dinger, die Sie bauen, immer besser, Doc.«

»Wir suchen zu gefallen«, erwiderte Jon Masters in Battle Mountain.

»Hawk eins, Lagebericht.

»*Tango eins außer Gefecht gesetzt*«, meldete die Drohne. »*Tango zwo dreht nach Westen ab, Peilung drei-fünf-null, 2,8 Meilen. Zahlreiche Infanterieziele weiter nach Süden unterwegs, Peilung null-eins-sechs.«*

»Das zweite gepanzerte Fahrzeug will anscheinend Abstand halten und sich uns erst ansehen, bevor es angreift«, vermutete Briggs. »Hawk eins, wieder Patrouillenkreis mit zehn Meilen Durchmesser in fünfzehntausend Fuß.«

»*Hawk eins, wieder Patrouillenkreis mit zehn Meilen Durchmesser.*« Der StealthHawk begann Briggs zu umkreisen, wobei er den Kreismittelpunkt bei jeder Runde um einige hundert Meter verlegte, um Briggs' Position nicht zu verraten.

Daren nickte befriedigt. »Der StealthHawk hat alle Ziele entdeckt und eines auf Befehl erfolgreich angegriffen!«, stellte er fest. »Ausgezeichnet!«

»Okay, Sarge, das zweite Ziel ist für Sie«, sagte Briggs.

»Ja, Sir.« Sergeant Major Chris Wohl senkte die elektromagnetische Rail Gun, brachte das zweite gepanzerte Fahrzeug ins Fadenkreuz und schoss. Ein würstchengroßes Projektil aus Wolframstahl verließ die Waffe mit der unglaublichen Mündungsgeschwindigkeit von dreitausend Metern in der Sekunde. Das Projektil trug keine Sprengladung – es brauchte keine. Bei dieser Geschwindigkeit durchschlug es mühelos die Panzerung des GSch-575, ging durch einen Talibankämpfer im Fahrzeuginneren hindurch, als sei er dünn wie eine Seifenblase, bohrte sich durch den Motorblock, trat durch ein Kettenrad aus und grub sich sechzig Meter tief in den Wüstensand, bevor seine Energie erschöpft war. Der Panzermotor zerplatzte wie ein überpraller Ballon.

»Ziel außer Gefecht«, meldete Wohl nüchtern.

»*Tango zwo neutralisiert*«, bestätigte der StealthHawk im nächsten Augenblick.

»Ohne Scheiß?«, kommentierte Wohl ironisch. Er trat auf den im Sand liegenden Talibankämpfer zu. »Ich denke, er ist bei Bewusstsein, Sir. Er hat wahrscheinlich alles gesehen. Sollen wir ihn mitnehmen?«

»Augenblick. Drei, hier ist Eins. Wie viel Zeug habt ihr bisher geborgen?«

»Ungefähr hundert Kilogramm Bauteile, Eins«, antwortete USAF-Oberleutnant Mark Bastian, einer der ersten Offiziere, die zu Hal Briggs' Operationsabteilung der First Air Battle Force versetzt worden waren. Mit einem Meter dreiundneunzig gehörte Bastian zu den größten Männern, die jemals einen elektronischen Ganzkörperpanzer des Typs Zinnsoldat getragen hatten. »Ich muss noch etwa hundertfünfzig Kilogramm aussortieren.«

»Verstanden. Zwo, an Bord der Dasher ist kein Platz für einen Gefangenen. Sie verhören ihn, versuchen möglichst viel aus ihm rauszukriegen und sorgen dafür, dass er in der Nähe seines zerschossenen Fahrzeugs zurückbleibt. Und dann müssen wir zusehen, dass wir von hier wegkommen.«

Im Wüstensand liegend beobachtete Jalaluddin Turabi das Ende seines ersten gepanzerten Fahrzeugs, anschließend hörte er das Ende des zweiten. Er konnte Arme und Beine endlich wieder bewegen, aber sein Körper schien plötzlich tausende von Kilogramm zu wiegen – sämtliche Muskeln waren völlig kraftlos.

Die beiden seltsamen Gestalten in dunklen Anzügen und mit Vollhelmen, die sie insektenhaft wirken ließen, tauchten vor ihm auf. Während der Mann mit dem großen, futuristisch aussehenden Gewehr Wache hielt, bückte der andere sich, um die Wrackteile zu untersuchen. Turabi war verblüfft, als er das Düsentriebwerk so mühelos aufhob wie einen Kieselstein. Wer waren diese Männer? Sie mussten Amerikaner sein – nur denen war diese Art Technologie zuzutrauen. Amerikaner oder Marsmenschen.

Die Gestalt mit dem großen Gewehr trat auf ihn zu. »Wie heißen Sie?«, fragte er auf Paschtu.

»Ich sage nichts«, antwortete Turabi trotzig. »Wer sind Sie? Warum greifen Sie uns an?« Im nächsten Augenblick spürte er zwischen den Schläfen einen Stromstoß, von dem ihm die Augen aus den Höhlen zu quellen drohten. Er schrie laut auf.

»Wie heißen Sie?«, wiederholte die Stimme.

»Turabi. Jalaluddin Turabi.«

Der Elektroschock klang ab. »Sind Sie ein Taliban?«

Turabi sagte nichts – aber als wieder ein Stromstoß kam, konnte er nicht anders, als seine Antwort hervorzustoßen: »Ja, hol Sie der Teufel! Ich bin ein Taliban!«

»Wie heißt Ihr Vorgesetzter?«

»General.«

»General was?«

»Nur ›General‹.«

Der nächste Stromstoß war nicht ganz so stark, aber Turabi wusste, wie schlimm er werden konnte. »Sein Name?«

Turabi schwieg, bis er glaubte, wieder vor Schmerzen aufschreien zu müssen. »Wakil Mohammad Zarazi.« Der Elektroschock klang sofort ab. Turabi wünschte sich, er würde ohnmächtig werden, aber die seltsame Gestalt verstand sich offenbar darauf, die Stromstöße so zu dosieren, dass die Opfer bei Bewusstsein blieben.

»Welchen Dienstgrad haben Sie?«

»Ich habe keinen. Ich bin ein *Dschihadi.*«

»Aber Ihr Vorgesetzter ist ein General?«

»Er nennt sich General, ja. Aber wir sind Gotteskrieger. Wir sind Taliban. Wir sind Diener Allahs und treue Angehörige unseres Clans.«

»Dieses ganze Unternehmen ist ein Dschihad?« Trotz der elektronisch verzerrten Stimme konnte Turabi die Überraschung im Tonfall des Unbekannten hören. »Ihr seid in Turkmenistan eingefallen, weil ihr auf einem Dschihad seid?«

»Wir mussten unsere Häuser und Dörfer in Afghanistan verlassen und nach Turkmenistan ziehen, um euch Amerikanern und euren Roboterkillern zu entgehen!«, rief Turabi zornig. »Wir sind in Turkmenistan geblieben, weil wir hier loyale Soldaten und Sympathisanten gefunden haben. Es war gefahrloser, weiter nach Westen zu ziehen, als in unsere Heimat zurückzukehren.«

Die Gestalt schwieg, und Turabi hatte den Eindruck, dass der Unbekannte über ein Mikro im Helm mit seinen Kameraden sprach. Dann fragte der Mann: »Wie viele Kämpfer hat eure *Dschihadi*-Armee?«

»Wir stellen keine Gefahr für euch dar.«

»Wie viele Kämpfer?«, wiederholte der andere drohend.

»Mehrere tausend. Die genaue Zahl weiß ich nicht. Bei uns melden sich täglich mehr Überläufer. Die Turkmenen kämpfen für den, der sie am besten bezahlt.«

»Was ist nach der Einnahme von Kerki euer nächstes Ziel?«

»Das entscheidet der General. Er sagt, dass Allah ihm Anweisungen erteilt und ihn zum Sieg führt.«

Der Unbekannte machte erneut eine Pause. »Verschwinde!«, forderte er Turabi dann mit monotoner, maschinenähnlicher elektronischer Stimme auf.

»Wohin soll ich gehen, Mr. Robot?«, fragte Turabi aufgebracht. »Ihr habt meine beiden Fahrzeuge zerstört und meine Truppe zersprengt. Der Rest meiner Armee steht hundert Kilometer von hier.«

Aber die bedrohliche Gestalt hatte sich bereits abgewandt und stiefelte mit großen Schritten davon. Turabi hob ein Metallteil auf, das von dem abgestürzten Flugzeug stammte, und warf es nach dem Unbekannten. Der Mann drehte sich nicht einmal um, aber aus Elektroden auf seinen Schultern schoss ein scharf gebündelter Energiestrahl, der das Metallteil in der Luft traf und wie eine überreife Melone zerplatzen ließ. Wer in Allahs heiligem Namen waren diese Männer?

Das Schwenkrotorflugzeug MV-32 Pave Dasher mit Düsenantrieb kam aus seinem einige Meilen vom Absturzort entfernten Versteck herangeschwebt, lud die Zinnsoldaten mitsamt den wichtigsten Komponenten des abgeschossenen StealthHawk ein und startete wieder. Gleichzeitig ließ Patrick das Laserradar der EB-1C Vampire das Gebiet um den Startort weiträumig absuchen. *»Zwei nicht identifizierte Luftziele, sieben Uhr, einunddreißig Meilen, in tausend Fuß über Grund im Horizontalflug, Eigengeschwindigkeit hundertdreißig Knoten«*, meldete der Angriffscomputer. *»Bezeichnung Ziel eins und zwo.«*

»Habt ihr diese neuen Ziele, Daren?«, fragte Patrick.

»Ja, Sir, ich sehe sie«, bestätigte Mace. »Vampire, IFF-Check, Ziele eins und zwo.«

»IFF negativ«, meldete der Computer. Die Vampire konnte eine kodierte »Freund-Feind-Kennung« senden, auf die ein eigenes Flugzeug mit einem Erkennungssignal geantwortet hätte. Blieb die Ant-

wort aus, wurde das andere Flugzeug als feindlich betrachtet. »*Neue Bezeichnung Bandit eins und zwo.*«

»Bandit eins angreifen«, befahl Daren. Er wartete, dann sagte er drängender: »Bandit eins angreifen, Vampire. Ich wiederhole, Bandit eins angreifen, Vampire.«

Zane starrte ihn überrascht an. »Äh… Sir?«

Mace machte eine abwehrende Handbewegung, aber Grey ließ nicht locker.

»Sie haben vergessen, das Zauberwort zu sagen, Boss.«

»Ich weiß, ich weiß… ich wollte nur sehen, ob der Computer selbständig angreifen würde«, erklärte Daren ihm.

»Schluss jetzt mit diesem Scheiß, Leute«, sagte Rebecca warnend. »Euer Zeug könnt ihr testen, wenn unsere Jungs aus dem Indianergebiet raus sind.«

»Das war nur ein Test, Rebecca«, sagte Daren. »Vampire, Bandit eins angreifen. Besatzung, haltet euch fest.«

»*Greife Bandit eins an*«, bestätigte der Computer. Die Vampire kurvte sofort steil rechts weg und beschleunigte mit Nachbrennerstufe fünf.

»Waffen werden scharf gemacht«, berichtete Patrick, der die Anzeigen auf seinem Multifunktionsdisplay beobachtete. Er hatte seine Körperhaltung seit dem Start kaum verändert: Hände auf den Armlehnen seines Schleudersitzes, Füße parallel nebeneinander, als halte er sich bereit, den Schleudersitz zu aktivieren. »Lenkwaffe Scorpion geht in Betrieb… Einschaltdiagnose läuft… Durchgang und Verbindungsaufbau bei allen Waffen in Ordnung.«

»*Dreißig Sekunden bis zum Angriff*«, meldete der Computer. Dann: »*Angriff abgebrochen.*« Die Vampire ging in den Horizontalflug über und hielt ihre gegenwärtige Höhe.

»Waffen sind wieder gesichert«, stellte Patrick nüchtern fest. »Jon…?«

»Der zweite Computer ist ausgestiegen«, antwortete Masters sofort. »Der dritte Computer konnte die Kontrolle nicht übernehmen, solange die Waffen scharf waren. Aber er müsste sie jetzt sofort übernehmen.«

»Vampire, Bandit eins verfolgen, in Flugfläche eins-fünf-null auf zehn Meilen aufschließen«, befahl Daren. Keine erkennbare Reaktion. »Vampire, Bandit eins verfolgen, in Flugfläche eins-fünf-null auf zehn Meilen aufschließen … Er befolgt keine Befehle, Jungs.«

»Wir müssen warten, bis der dritte Computer die Kontrolle übernimmt«, sagte Jon.

»›Warten‹? Was meinen Sie mit ›warten‹?«, fragte Rebecca scharf.

»Computertransfer abgeschlossen«, sagte Masters. »Jetzt müsste wieder alles funktionieren.«

»Vampire, Bandit eins verfolgen, in Flugfläche eins-fünf-null auf zehn Meilen aufschließen«, befahl Daren. Der Bomber ging sofort in einen steilen Sturzflug über und durchbrach Sekunden später die Schallmauer. »Achtung, Lenkwaffenstart … fertig … die Bombenklappen müssten sich öffnen …«

»Diesmal nicht«, stellte Patrick fest. »Sie haben den Angriffsbefehl nicht wiederholt.«

»Schon *wieder* eine Panne?«, ächzte Rebecca.

»Keine Panne«, erklärte Masters ihr. »Für den Fall einer Fehlfunktion ist der Computer so programmiert, dass er sich nicht an Angriffsbefehle erinnert. Sie müssen neu erteilt werden, damit sichergestellt ist, dass er keinen falschen Angriffsbefehl ausführt.«

»Augenblick mal!«, sagte Rebecca. »Ich denke, wir lassen das lieber, bis wir …«

Im selben Augenblick sprach Daren jedoch bereits mit dem Computer: »Vampire, Bandit eins angreifen«, befahl er.

»*Augenblick mal,* habe ich gesagt!«, rief Rebecca laut. Sie ergriff den Steuerknüppel, betätigte den Kippschalter und spürte sofort den Druck der Steuerorgane. »Ich habe das Flugzeug!«

»Rebecca, lassen Sie den VC die Maschine fliegen«, forderte Daren sie auf.

»Hey, für Sie bin ich ›*General*‹, Mister!«, fauchte sie ihn an. »Und niemand schreibt mir vor, was ich mit meinem Flugzeug mache – vor allem kein unzureichend qualifizierter Navigator, der auf dem Boden sitzt!

Nur für den Fall, dass ihr das nicht gemerkt habt, Jungs, weil ihr zu sehr an euren Bildschirmen klebt: Wir befinden uns bei gesenktem Bug mit fünf Grad im Sinkflug, machen Mach 1,2 und sind ungefähr zehn Sekunden von der Sicherheitsmindesthöhe für dieses Gebiet entfernt – und etwa fünfzehn Sekunden davon, in einem rauchenden Aufschlagkrater zu sterben. *Das Flugzeug versucht uns zu killen,* und ihr diskutiert über Computerlogik!«

»Rebecca, dies ist unser erster Test«, stellte Patrick fest. »Ich schlage vor, das System arbeiten zu lassen, damit wir die Fehler ausmerzen können. Es soll …«

»›Die Fehler ausmerzen‹? Wie viele Menschenleben sind Sie zu riskieren bereit, um ›die Fehler auszumerzen‹?«, fragte Rebecca. »*Das ist nicht mein Job,* General! Vielleicht haben Sie die letzten Jahre am See damit verbracht, bei neuen, unerprobten und potenziell gefährlichen Flugzeugen ›die Fehler auszumerzen‹, aber damit habe ich keine Erfahrung!« Auch im Zorn hütete sie sich davor, McLanahans vorigen Posten genau zu bezeichnen: stellvertretender Kommandeur des High Technology Aerospace Weapons Center am Groom Lake, heute als Elliott Air Force Base bekannt. »Ich halte mich in Übung, damit ich Einsatzflugzeuge so effektiv und effizient wie möglich bedienen kann.«

»Sie beenden den Testflug also, General?«, fragte Daren Mace.

Rebeccas Antwort bestand darin, dass sie die Leistungshebel auf achtzig Prozent zurücknahm und zwei Schalter auf ihrer linken Konsole in AUS-Stellung kippte – die Schalter FERNSTEUERUNG WAFFEN und DATENÜBERTRAGUNG AKTIV. »Ich habe das Flugzeug. Dieser Test ist beendet. Schießen Sie die anfliegenden Banditen ab, General.«

»Verstanden, AC«, antwortete Patrick. Er machte sich sofort daran, den führenden Hubschrauber mit seinem Zielsuchradar zu erfassen – und stellte Sekunden später fest, dass die Helikopter nicht die Pave Dasher verfolgten, sondern zu ihren Kameraden an der Absturzstelle des StealthHawks unterwegs waren. »Die Banditen sind ungefährlich«, meldete er. »Waffen gesichert.« Dann rief er sofort ihren Rückflugplan auf und gab Rebecca den Steuerkurs für den Autopiloten an. Sie flog den Bomber jedoch selbst, bis sie weit über dem Arabischen Meer waren.

Der von Furness und McLanahan eingesetzte StealthHawk blieb in der Nähe der Pave Dasher, bis das Schwenkrotorflugzeug wieder sicher über dem Arabischen Meer war und offensichtlich nicht verfolgt wurde. Unterdessen hatten Pogue und Long mit der zweiten EB-1C auf Diego Garcia getankt und flogen wieder Patrouille zum Schutz des Bergungsschiffs, das der Pave Dasher als vorgeschobener Stützpunkt diente. Die Pave Dasher landete sicher auf dem Schiff, wurde betankt und flog nach Diego Garcia weiter.

Unterdessen flogen Rebecca und Patrick langsam nach Diego Garcia weiter – etwas langsamer als gewöhnlich, weil sie den StealthHawk in ihrer Nähe behalten wollten. Sie waren seit fast zwei Tagen in der Luft und freuten sich auf ihre Ruhezeit auf der einsamen tropischen Insel im Indischen Ozean. Aber zuvor gab es noch einiges zu tun.

»Rebecca, wollen wir testen, ob das virtuelle Cockpit den StealthHawk in Andockposition bringen kann?« fragte Patrick über die Bordsprechanlage.

»Ich weiß nicht recht, Patrick. Mit voller Waffenlast an Bord würde ich ihn lieber allein landen lassen.«

»Aber wir sollen auf Diego Garcia keine Waffen von Bord geben. Wir landen nur, um unsere Ruhezeiten einzuhalten, werden betankt und starten dann wieder«, stellte Patrick fest. »Dies wäre ein guter Zeitpunkt für einen Praxistest.«

»Lieber nicht, Sir.«

Patrick hatte das Gefühl, Rebecca sei nur müde und nicht wirklich gegen diesen Test. Sie schien im Grunde genommen auch sehen zu wollen, was dieses System noch konnte. »Nur die Annäherung vor dem Andocken, nicht bis in die Schlinge«, drängte Patrick. »Wir sollten's mal versuchen.«

»Sie lassen einfach nie locker, nicht wahr, Sir?«, fragte Rebecca spöttisch. Auch das klang in Patricks Ohren nicht ablehnend. »Also gut, also gut, versuchen Sie's meinetwegen. Aber holen Sie uns dabei nicht vom Himmel, okay?«

»Okay, wir setzen den Test fort«, kündigte Patrick auf der Einsatzfrequenz an. »Holen Sie ihn ein, Daren.«

»Verstanden«, antwortete Daren Mace aus dem virtuellen Cockpit. »Hawk eins, zu Vampire eins aufschließen, Fingerspitzenformation links.«

»*Hawk eins beginnt zu Vampire eins aufzuschließen, Aufschlie-*

ßen stoppen.« Sekunden später begann der StealthHawk steil zu steigen und raste auf die EB-1C Vampire zu.

»Das ist der Teil, vor dem mir gruselt«, sagte Rebecca.

»Die Sache funktioniert«, versicherte Patrick ihr. Er musste leichte Zweifel in seiner Stimme unterdrücken, aber er schaffte es, zu wiederholen: »Sie funktioniert.«

Sie funktionierte sogar besser als erwartet. Der StealthHawk beschleunigte und stieg, bis er fast die Flughöhe der EB-1C Vampire erreicht hatte und glitt dann rasch in Position, bis er genau sechzig Meter neben Rebeccas Seitenfenster und fünfzig Fuß tiefer als der Bomber flog. »StealthHawk in Sicht«, meldete sie. Vor dem im Osten schon hellen Morgenhimmel sah das UCAV völlig normal aus, als es unbeirrbar in Position blieb. »Bei ihm scheint alles im grünen Bereich zu sein.«

»Hintere Bombenklappen werden geöffnet, Andocknetz wird ausgefahren«, sagte Daren. Nachdem die Bombenklappen sich ferngesteuert geöffnet hatten, befahl er: »Hawk eins, hinter Vampire eins wechseln und in Position vor dem Andocken gehen.«

»Hawk eins wechselt hinter Vampire eins und geht in Position vor dem Andocken, Wechsel stoppen«, antwortete das UCAV. Während alle auf ihren Bildschirmen zusahen, ließ der StealthHawk sich zurückfallen und glitt langsam unter den Rumpf der EB-1C.

»Scheiße, ich kann das Ding praktisch unter uns fühlen«, flüsterte Rebecca.

»Nur ruhig, Becky«, sagte Patrick, aber auch seine Stimme vibrierte.

Der StealthHawk schob sich unter der Vampire nach vorn, bis er sich genau auf der Längsachse der mittleren Bombenkammer befand, und begann dann quälend langsam zu steigen. Sie konnten gut sehen, wie das UCAV in den Wirbeln unter dem Flugzeugrumpf bockte und schwankte. Aber die »intelligente« Beplankung der beiden Luftfahrzeuge und ihre automatischen Flugregler konnten diese Wirbel zwischen den beiden Rümpfen dämpfen und glätten. Der StealthHawk schob sich auf das Andocknetz zu – eine große halbkreisförmige Gitterkonstruktion aus Verbundmaterial, die aus der Bombenkammer ausgefahren worden war. Dieser Vorgang schien endlos lange zu dauern, aber schließlich meldete der StealthHawk: »*Hawk eins in Position vor dem Andocken stabilisiert.*«

»Yeah, Baby!«, rief Jon Masters begeistert. »Klasse gemacht!«

»Sieht gut aus«, bestätigte Rebecca. »Jetzt wieder dorthin zurück, wo ich ihn sehen kann.«

»Verstanden. Hawk eins, in linke Fingerspitzenposition zurückwechseln«, befahl Daren.

»*Hawk eins wechselt in linke Fingerspitzenposition zurück, Wechsel stoppen.*« Der StealthHawk führte diesen Befehl aus und erschien Sekunden später wieder auf Rebeccas Seite des Bombers.

»Das war sehr gut, Dr. Masters«, sagte Rebecca. Sie atmete erstmals seit einer kleinen Ewigkeit wieder richtig tief durch. »Und jetzt lassen Sie ihn auf Diego Garcia landen.«

»Rebecca, ich finde, wir sollten ein Andockmanöver versuchen«, sagte Daren.

»Das war bei diesem Testflug nicht vorgesehen.«

»Die Vampire und das UCAV funktionieren viel besser als erwartet«, stellte Daren fest. »Ich bin dafür, dass wir's versuchen.«

»Ich bin dafür, beim ursprünglichen Programm zu bleiben, Jungs«, wehrte Rebecca ab. »Wir haben noch oft Gelegenheit, das Andocken zu erproben, wenn wir keine scharfen Waffen an Bord haben. Werden wir dabei beschädigt und können die Waffen nicht abwerfen, lassen sie uns nie auf Diego Garcia landen. Dann müssen wir die Vampire aufgeben.«

»Versuchen wir's, Rebecca«, drängte Patrick. »Das Andocknetz ist ausgefahren, und die Annäherung ist glatt und stetig abgelaufen. Die Sache funktioniert bestimmt.«

Rebecca dachte kurz darüber nach. Für Patrick McLanahan war ihr Zögern Aufforderung genug.

»Klar zum Andocken, Daren«, sagte er.

»Verstanden«, antwortete Daren begeistert. »Hawk eins, bei Vampire eins andocken, mittlere Bombenkammer.«

»*Hawk eins dockt bei Vampire eins an, mittlere Bombenkammer, Andocken stoppen*«, antwortete der StealthHawk. Rebecca starrte dem UCAV nach, als es sich zurückfallen ließ, und hatte wenig später wieder das seltsame, unangenehme Gefühl, die kleine Drohne umkreise ihren eigenen Körper.

Der StealthHawk schob sich wieder unter die mittlere Bombenkammer der Vampire, stabilisierte sich einige Sekunden lang in der Position vor dem Andocken und begann dann langsam zu steigen. Diesmal spürten Patrick und Rebecca beide ein leichtes Zittern im Rumpf der EB-1C, ganz leichte Vibrationen, die auch der Flugregler nicht mehr dämpfen konnte. »Jetzt kommt er«, sagte Patrick heiser. »Jetzt kommt er …«

Das UCAV stieg langsam, ganz langsam weiter, bis es im halbkreisförmigen Gitterwerk des Andocknetzes saß. Ein starker Elektromagnet wurde eingeschaltet und zog seinen Bug in Halteklauen hoch, die den StealthHawk nicht mehr losließen; dann schoben sich weiche Kunststoffgreifer unter den Flugkörper, den sie völlig umschlossen. Die hinter dem Gitterwerk entstehenden Turbulenzen ließen den StealthHawk bocken und schwanken, aber als sie so stark wurden, dass sein Flugregler sie nicht mehr ausgleichen konnte, hatte das Netz die Drohne schon sicher gefangen; ihr Düsentriebwerk war abgestellt, und der StealthHawk wurde in die mittlere Bombenkammer gezogen, deren Klappen sich sofort wieder schlossen.

»Wir haben ihn eingefangen!«, rief Jon Masters. »Es hat geklappt! Wir haben ihn!«

»Ich kann's nicht glauben«, murmelte Rebecca, als sie auf ihrem Bildschirm sah, dass der Flugkörper wieder sicher in der Bombenkammer war. »Wir haben ihn wieder an Bord geholt.« Sie streckte die Rechte aus und schüttelte Patrick McLanahan die Hand. »General, ich weiß, dass dieser Vorgang später zur Routine werden wird«, sagte sie dabei, »aber ich schwöre Ihnen, dass ich selten etwas Aufregenderes erlebt habe.«

»Ein schöner Erfolg. Danke, dass Sie diesem Versuch zugestimmt haben«, sagte Patrick. »Können wir jetzt das Testprogramm fortsetzen?«

»Ich kann Sie vermutlich nicht dazu überreden, die Erprobung abzubrechen und einfach nach Diego Garcia weiterzufliegen?«, fragte sie.

»Bisher läuft alles sehr gut, Rebecca«, antwortete Patrick. »Sie sind der Flugzeugkommandant, also liegt die Entscheidung bei Ihnen, aber ich plädiere dafür, den Test nicht vorzeitig abzubrechen.«

Rebecca nickte, dann holte sie erneut tief Luft und sagte: »Okay, Jungs, wir machen mit dem nächsten Punkt weiter – bevor mir das Adrenalin ausgeht.«

»Verstanden, Boss«, bestätigte Zane zufrieden. »VAC hat die Maschine, fliegt zur Luftbetankung weiter.«

Zane steuerte die EB-1C Vampire nach Süden zu einem Übungsgebiet östlich der Insel Diego Garcia. Das Träger- und Tankflugzeug von Sky Masters Inc., eine umgebaute DC-10, erwartete sie dort mit ausgefahrener Tanksonde.

»Jetzt kommt der große Test, Leute«, kündigte Daren an. Dem Computer befahl er: »Vampire, Vorkontaktposition hinter dem Tanker einnehmen.«

»*Vampire nimmt Vorkontaktposition hinter dem Tanker ein, Annäherung stoppen.*« Der Bomber begann sofort zu steigen, bis er fünfhundert Fuß unter dem Tanker war, beschleunigte, bis er dreihundert Meter hinter der DC-10 war, und wurde leicht steigend etwas langsamer, bis er drei Meter unter und drei Meter hinter der Tanksonde hing. »*Stabiler Vorkontakt*«, meldete der Computer.

»Wie schafft er das?«, fragte Grey.

»Das Laserradar stellt den ganzen Tanker mitsamt der Sonde genau dar«, erklärte Patrick ihm, »und misst gleichzeitig seine Entfernung, Fahrt und Höhe.«

»Ist's nicht gefährlich, die Tanksonde mit Laserstrahlen zu beleuchten?«

»Ungefähr so gefährlich wie ein Blick in die Fernbedienung eines Fernsehers«, warf Daren ein. »Das Laserradar verringert bei abnehmender Entfernung seine Leistung, daher ist die Sache ungefährlich. Jetzt zur Checkliste, Zane.«

»Verstanden. Vampire, Vorkontakt-Checkliste.«

Die Abdeckklappe über dem Tankstutzen öffnete sich, und auf der Instrumententafel über Rebecca flammten einige Lämpchen auf. »*Vorkontaktcheckliste abgehakt*«, meldete der Computer Sekunden später.

»Vampire, Kontakt herstellen«, wies Zane ihn an.

»*Vampire stellt Kontakt her, Annäherung stoppen.*« Die Maschine begann sehr langsam zu steigen und beschleunigte dabei kaum merklich. Patrick und Rebecca beobachteten, wie die Signalleuchten der DC-10 – zwei Reihen von Lichtern unter dem Tankerrumpf, die dem Piloten signalisierten, wo er sich im Betankungsbereich befand – aufflammten, das zu betankende Flugzeug mit einem grünen Licht am unteren Rand des Leuchtfelds aufforderten, zu steigen und näher heranzukommen. Als der Bomber näher rückte, bewegte das grüne Licht sich in die Mitte der Anzeige, und ein weiteres grünes Blinklicht kroch vom unteren HÖHER-Rand in Richtung Mitte. Rebecca hielt das Seitengriffsteuer mit der Rechten umfasst, und ihr kleiner Finger lag auf dem vorn angeordneten Kippschalter, der ihr augenblicklich die Kontrolle über die Maschine zurückgeben würde.

»Kurz vor Kontaktposition«, sagte Daren.

Die Mündung der Sonde glich der einer auf ihre Stirn gerichteten Kanone. »Das ist verrückt«, flüsterte Rebecca. »Völlig verrückt …«

»Ganz ruhig, Rebecca«, sagte Patrick über die Bordsprechanlage. »Alles klappt wunderbar.«

Die Sonde schwenkte gefährlich nahe an das Radom des Bombers heran, verfehlte es nur um Handbreite. Der Sondenoperator zog sie gerade noch rechtzeitig weg. »Das war nahe«, stellte Rebecca fest.

»Wir nähern uns weiter an«, sagte Daren. »Gleich sind wir da …«

Patrick wusste nicht, ob der Tanker oder die Vampire dafür verantwortlich war, aber die DC-10 schien sich abrupt zu entfernen. Der Bomber folgte ihm mit jäher Beschleunigung und stieg gleichzeitig stark. Der Sondenoperator, für den diese ruckartige Bewegung überraschend kam, musste die Sonde hastig wegreißen. Furness und McLanahan hatten den Eindruck, sie sei ihnen so nahe, dass sie die Kratzer um die Mündung herum deutlich sehen konnten.

Als Patrick eben aufatmen wollte, weil die Sonde frei zu sein schien, hörte er Rebecca rufen: »*Sondenberührung!*«

»Vampire, *abbrechen!*«, befahl Daren sofort. Der Bomber wurde augenblicklich langsamer und war sekundenschnell dreihundert

Meter hinter und fünfhundert Fuß unter dem Tanker. Gleichzeitig betätigte Rebecca den Kippschalter, übernahm wieder die Kontrolle über die EB-1C und schaltete die Datenübertragung zum virtuellen Cockpit aus.

Patrick sah zu Rebecca hinüber. »Sind Sie sicher, dass die Sonde uns getroffen hat, Rebecca?«, fragte er.

»Verdammt sicher«, antwortete sie aufgeregt.

»Meine Sonde ist offenbar unbeschädigt«, meldete der Sondenoperator aus dem Heckstand der DC-10. »Auch Ihr Füllstutzen scheint unbeschädigt zu sein. Augenblick, ich starte das System neu … System rückgesetzt. Vampire, frei zur Vorkontaktposition.«

Patrick löste die Schultergurte, damit er sich nach vorn beugen und aufmerksam durch die Windschutzscheibe blicken konnte. »Ich sehe keine Beschädigung«, sagte er. »Versuchen wir's also noch mal.«

»Ich habe eine bessere Idee – wir lassen's bleiben«, widersprach Rebecca aufgebracht. »Wir haben eine Sondenberührung gehabt. Keine weiteren Betankungsversuche, bevor wir den Füllstutzen am Boden überprüft haben.«

»Rebecca …«, begann Daren.

»Für Sie immer noch ›General‹, Oberst Mace!«, fauchte Rebecca ihn an. Nach einer kurzen Pause fuhr sie etwas ruhiger fort: »Für alle, die kein Englisch sprechen oder zweckmäßigerweise die Vorschriften vergessen haben: Eine Sondenberührung heißt, dass die Betankung – außer im Notfall oder wenn kein Ausweichflugplatz verfügbar ist – abgebrochen wird. Für heute sind wir fertig. Sofort die Checkliste *Nach dem Tanken.*« Patrick blieb nichts anderes übrig, als zu gehorchen. Wenige Minuten später erteilte der Sondenoperator, der dabei nochmals bestätigte, dass kein Schaden zu erkennen war, der Vampire die Freigabe zum Verlassen ihrer Position hinter dem Tanker.

Dearborn, Michigan

Am nächsten Morgen

Thomas Thorn, der Präsident der Vereinigten Staaten, griff in das Bodenfach im Laderaum eines wuchtigen Geländewagens und hob einen grauen Kasten vom Format eines großen Werkzeugkastens heraus. Während Fotografen wie verrückt knipsten, stellte der Präsident den Kasten ab, nahm von Verteidigungsminister Robert Goff einen zweiten entgegen, stellte ihn ins Bodenfach, klappte den Deckel zu, schloss die Heckklappe des Fahrzeugs und schlug leicht mit der flachen Hand darauf. Im nächsten Augenblick sprang der Motor des Geländewagens an. Der Präsident ging neben dem Auspuff in die Hocke, fasste das Rohr an, brachte sogar sein Gesicht unbehaglich nah an die Öffnung und lächelte dabei ständig. Die Pressefotografen veranstalteten ein neuerliches Blitzlichtgewitter.

Thorn zog seine Arbeitshandschuhe aus, als er aufs Podium trat. »So leicht und schnell, meine Damen und Herrn, lässt sich eine Brennstoffzelle von Sky Masters austauschen«, sagte er. »Bei Einhaltung der gesetzlichen Höchstgeschwindigkeit auf Highways kann dieser Wagen jetzt wieder siebenhundert Meilen weit fahren – ungefähr doppelt so weit wie ein Fahrzeug mit Benzinmotor und vollem Tank. Und seine Auspuffgase sind völlig sauber, weil sie aus nichts als Wasserdampf bestehen. Verabschiedet der Kongress mein Beschaffungsgesetz für Fahrzeuge, die mit alternativen Treibstoffen fahren, werden in Zukunft alle neu beschafften staatlichen Fahrzeuge mit von Erdöl unabhängigen Energiequellen wie Brennstoffzellen fahren.« Er wandte sich dem Geländewagen zu, der inzwischen auf der Teststrecke unterwegs war. »Dort fährt das Auto der Zukunft, meine Damen und Herrn.«

Wie auf ein Stichwort hin begann der Motor des Fahrzeugs in diesem Augenblick zu stottern und setzte dann aus, sodass der Wagen nach einigen Dutzend Metern ausrollte. Ein kleines Heer von Ingenieuren und Technikern, von denen einige Brennstoffzellen trugen, hastete darauf zu. Wenig später fuhr der Geländewagen mit einer neuen Brennstoffzelle weiter … bis der Motor erneut stotterte und wieder aussetzte. Dieses Mal schoben die Techniker und Ingenieure ihn an den Rand der Strecke.

»Nun, ich denke, das illustriert den gegenwärtigen Stand meiner Gesetzesvorlage: startet flott und berechtigt zu großen Hoffnungen, bis ihm die Puste ausgeht und es neuen Schub braucht«, sagte der Präsident geistesgegenwärtig. »Aber ich bin entschlossen, dieses Gesetz nicht wegen ein paar Rückschlägen scheitern zu lassen. Die Erschließung alternativer Energiequellen für Amerika gehört zu den Prioritäten meiner Regierung, und ich werde in diesem Punkt nicht lockerlassen.« Der Präsident deutete auf einen der Journalisten, die das Podium umringten, und signalisierte damit, er sei bereit, Fragen zu beantworten.

»Mr. President, gilt Ihre Gesetzesvorlage zur Unterstützung und Förderung vom Erdöl unabhängiger Energiequellen auch für Atomkraft und Kohle, die potenziell erheblich zur Umweltverschmutzung beitragen können?«

»Das tut sie«, antwortete der Präsident. »Ich bin zuversichtlich, dass wir die Technologie besitzen, um gefährliche Abfall- und Nebenprodukte beider Energiearten sicher zu entsorgen, und will erreichen, dass die Bundesregierung diese Entwicklung durch vermehrte Abschreibungsmöglichkeiten und Steuervergünstigungen für die Energieerzeugung aus alternativen Quellen fördert.«

»Mr. President, selbst wenn dieses Gesetz verabschiedet wird, wird es mehrere Jahre, vielleicht sogar Jahrzehnte dauern, bis die wirtschaftlichen Vorteile einiger dieser Technologien sich bemerkbar machen«, sagte ein anderer Journalist. »Was wollen Sie bis dahin tun, um die Versorgung Amerikas mit aus Erdöl erzeugter Energie sicherzustellen?«

»Was ich schon immer getan habe: Ich werde die einheimische Ölförderung, Energiesparmaßnahmen und die vermehrte Nutzung erneuerbarer Energiequellen wie Solar- und Windenergie, aber auch Erdwärme-, Wasserkraft- und Gezeitenkraftwerke fördern«, sagte der Präsident. »Meine Regierung hat bereits zwei Dutzend Gesetze zur Förderung solcher Initiativen auf den Weg gebracht.« Thorn wusste recht gut, worauf diese Fragen abzielten.

»Sie scheinen die einheimische Ölförderung und all diese alternativen und erneuerbaren Energiequellen zu fördern, Mr. President«, fasste der Journalist nach, »weil Ihre Außenpolitik ein Scherbenhaufen ist und Sie nicht imstande sind, die zukünftige Versorgung Amerikas mit fossilen Brennstoffen aus dem Ausland sicherzustellen. Ihr Kommentar dazu?«

»Ich möchte Ihre Darstellung ganz energisch zurückweisen«, antwortete Thorn. »Meine Außenpolitik in Bezug auf eine ausreichende Versorgung Amerikas mit Erdölprodukten ist simpel: Wir behandeln jeden Staat fair, der uns fair behandelt. Aber wir lassen es nicht zu, dass ein Staat uns erpresst, weil wir Öl von ihm importieren.«

»Sir, Ihr Vorgänger Kevin Martindale ist mit den Ölministern der meisten OPEC-Staaten – darunter Saudi-Arabien, Russland, dem Iran und die meisten zentralasiatischen Staaten –, die diese Woche in Caracas, Venezuela, zu einer Konferenz versammelt sind, zusammengetroffen«, sagte ein weiterer Journalist. »Präsident Martindale scheint um Unterstützung für eine Erhöhung der Ölfördermenge und vertraglich abgesicherte Lieferungen geworben zu haben. In auffälligem Gegensatz dazu, Sir, ist Ihr Handelsbeauftragter in Washington geblieben, und von Außenminister Kercheval ist seit Tagen nichts zu sehen oder zu hören. Können Sie uns das erklären?«

»Ich glaube nicht, dass es hier etwas zu erklären gibt. Niemand aus meiner Regierung hat eine Einladung zur OPEC-Konferenz erhalten, und Außenminister Kercheval ist mit anderen Projekten beschäftigt«, antwortete Thorn. »Ich sehe keine Notwendigkeit, Handelsbeauftragte nach Caracas zu entsenden, damit sie sich dort wie Groupies in Hotelhallen und vor Konferenzsälen herumtreiben. Wünscht irgendein Ölminister mich zu sprechen, weiß er, wie er mich erreichen kann.«

»Soll das etwa heißen, dass Sie Präsident Martindale wegen seines Aufenthalts in Caracas mit einem *Groupie* vergleichen?«, rief ein anderer Journalist ungläubig.

»Was den ehemaligen Präsidenten betrifft: Als Privatmann kann er reisen, wohin er will, und zusammentreffen, mit wem er will«, fuhr Thorn fort, ohne auf die letzte Frage einzugehen. »Jeder, davon bin ich überzeugt, ist sich darüber im Klaren, dass er nicht für die US-Regierung spricht.«

»Mr. President, seit dem Abzug der US-Truppen aus Stützpunkten in Übersee und dem amerikanischen Rückzug aus den meisten Verteidigungsbündnissen sind die Beliebtheit der Vereinigten Staaten und das Vertrauen in sie auf einen historischen Tiefstand gesunken«, sagte der nächste Reporter. »Vor kurzem hat TransCal Petroleum in einer Pressemitteilung erklärt, dass Talibankämpfer aus Afghanistan ins benachbarte Turkmenistan eingedrungen sind und nun drohen, von TransCal für die dortige Regierung gebaute Ölförderanlagen und Pipelines zu zerstören.« Der Präsident nickte. »Die Firmenleitung von TransCal behauptet, die turkmenische Regierung sei außerstande, die Eindringlinge zu vertreiben, und weil Ihre Regierung sich nicht einmischen wolle, müsse TransCal wahrscheinlich ›Schutzgeld‹ an die Taliban zahlen, um die Ölförderung zu gewährleisten. Was sagen Sie dazu?«

»Ich habe mich über die Lage in Turkmenistan informieren lassen«, antwortete der Präsident. »Die dortige Situation ist äußerst unübersichtlich. Diese Talibankämpfer marschieren fast mühelos und praktisch ohne Gegenwehr durch weite Gebiete Ostturkmenistans und finden immer mehr Zulauf. Meine Frage lautet: Wieso passiert das? Bevor wir die Antwort darauf wissen, hat es keinen Zweck, US-Truppen zu entsenden, um Pipelines zu schützen.«

»Aber TransCal Petroleum, eine amerikanische Firma, verliert täglich mehrere Millionen Dollar …«

»Ich entsende keine Kampftruppen in irgendeinen souveränen Staat, außer um das Volk und die Nation der Vereinigten Staaten von Amerika zu schützen«, sagte Thorn resolut. »Die Gründerväter haben Streitkräfte aufgestellt, die nur einen einzigen Auftrag hatten: die Verteidigung der Vereinigten Staaten. Nach meinem bisherigen Kenntnisstand bin ich noch nicht überzeugt, dass diese Talibankämpfer eine Gefahr für Amerikaner im In- oder Ausland darstellen.«

Nun wurden ihm mehrere Fragen gleichzeitig zugerufen – so viele, dass er darauf nicht mehr eingehen konnte. Er sah, dass Robert Goff nervös und zappelig wurde. Die Pressekonferenz geriet außer Kontrolle, der Fototermin war geplatzt, und es wurde Zeit, das Feld zu räumen. »Lassen Sie mich zuletzt noch sagen, meine Damen und Herrn, dass Innovationen wie das Brennstoffzellenprojekt von Sky Masters dafür sorgen werden, dass Amerika auf dem Energiesektor unabhängig bleibt und sich aus dubiosen und riskanten Konflikten in Übersee heraushalten kann. Mit der richtigen Kombination aus kreativem Denken, Erfindergeist und Unterstützung durch Volk und Regierung kann Amerika stark und auf dem Energiesektor autark sein. Ich bitte um Unterstützung für mein Beschaffungsgesetz für Fahrzeuge, die mit alternativen Energien fahren, und für meine weiteren Initiativen mit dem Ziel, die Entwicklung zuverlässiger, erneuerbarer Energiequellen zu fördern. Vielen Dank und Gott segne Sie.« Er ignorierte eine laute Salve ihm zugerufener Fragen, von denen die meisten jetzt fast drohend oder herausfordernd klangen.

Der Präsident nahm sich mehrere Minuten Zeit, um Journalisten die Hand zu schütteln – so konnten Fernsehsender, die seinen Auftritt live übertragen hatten, ihre Sendung beenden, statt Thorns Abgang zu zeigen –, und wurde dann zu einer bereitstehenden Limousine begleitet, die ihn zum Flughafen bringen würde. Als der Wagen anfuhr, herrschte zunächst Schweigen. Schließlich sagte Robert Goff: »Ich muss mich für die Panne mit der Brennstoffzelle entschuldigen, Mr. President. Wir haben den Austausch allein heute fünf- oder sechsmal geprobt, und er hat immer tadellos geklappt.«

»Solche Dinge passieren eben, Robert«, antwortete Thorn lächelnd. »Machen Sie sich keine Gedanken darüber.«

Er wandte sich ab, um die Fernsehberichterstattung über seinen Auftritt zu verfolgen. In der via Satellit übertragenen Sendung wurde ein Video gezeigt, in dem Thorn sein Gesicht sehr nah an den Auspuff des Geländewagens heranbrachte, und ein Kommentator bemerkte dazu boshaft, die Energiepolitik des Präsidenten bestünde »aus heißer Luft« und sei »im Bereich hoher Ozonwerte angesiedelt«.

»Ich wollte, mir wäre eine bessere Methode eingefallen, die Unschädlichkeit der Emissionen einer Brennstoffzelle zu beweisen, als praktisch den Kopf in den Auspuff zu stecken«, sagte Thorn schief lächelnd.

»Wir achten darauf, allen Medien zu erklären, was Sie damit demonstrieren wollten«, versicherte Goff ihm. »Speziell dieser Kommentator hat's ohnehin auf Sie abgesehen.«

»Mit seinem Abstecher nach Caracas macht Martindale also Punkte, was?«

»Sir, Martindale bezieht von TransCal Petroleum allein in diesem Jahr mehrere Millionen Dollar. Er müsste sich wahrscheinlich als Lobbyist für TransCal registrieren lassen«, sagte Goff angewidert. »Mit diesem Geld bezahlt er seine Reisen nach Venezuela, auf den Balkan, in den Nahen Osten und nach Zentralasien und wirbt überall um Unterstützung für Vertragsabschlüsse mit TransCal. Die meisten dieser Staaten glauben, er sei noch immer Boss der Night Stalkers und werde sie angreifen lassen, wenn er keinen Termin bei ihrem Ölminister bekommt.«

»Würde mich nicht wundern, wenn er dort noch immer die Finger drinhätte««, meinte Thorn. Kevin Martindales Führerschaft einer Gruppe von High-Tech-Söldnern gehörte zu den größten Nichtskandalen der letzten Jahre. Sie hatte ihm in Amerika das Image eines kämpferischen Rebellen verschafft und seinen Chancen, wieder gewählt zu werden, bestimmt nicht geschadet.

»Nun, diese Einschüchterungstaktik zahlt sich jedenfalls aus. Die meisten dieser Staaten tragen zur Finanzierung seiner Wiederwahlkampagne bei.« Thorn wollte etwas sagen, aber Goff kam seinem Einwand zuvor. »Ich kann's nicht beweisen, aber ich weiß, dass es so ist. Er hofft, dass immer mehr Staaten sich für ihn erwärmen werden, damit es aussieht, als finde er im Ausland mehr Unterstützung. Mehr Unterstützung im Ausland bedeutet, dass es mehr amerikanischen Firmen geraten scheint, sich um Martindale zu scharen, weil er einen stärkeren Dollar und mehr amerikanischen Einfluss im Ausland verspricht, was sich dann in Form von höheren Wahlkampfspenden und größerer Unterstützung in der Heimat auszahlen dürfte.«

»Klingt ziemlich logisch.«

Goff musterte Thorn fragend. »Sir, für Kandidaten ist es leicht, mit Geld um sich zu werfen, um sich die Unterstützung von Konzernen und ausländischen Regierungen zu sichern. Sie stehen nicht jeden Tag an der politischen Front«, erinnerte er den Präsidenten. »Aber Martindales Plan wird fehlschlagen, weil jeder weiß, wer dieser Kerl wirklich ist. Er redet von Frieden und Harmonie und Freundschaft … und dann schickt er die Marineinfanterie oder die Stealthbomber los und lässt alle, die ihm in die Quere kommen, in Grund und Boden bomben. Er ist ein hinterlistiger Kerl, Sir, das weiß wirklich jeder.«

Thomas Thorn starrte ausdruckslos den kleinen Bildschirm an. »Würde das auch in Turkmenistan funktionieren?«, fragte er schließlich.

»Was? Die Marineinfanterie gegen diese Talibanarmee einsetzen?«

»Ich habe an die Bomber gedacht«, sagte Thorn. Er drückte eine Taste auf einer Computertastatur, damit der Bildschirm den aktuellen militärischen Lagebericht anzeigte. »Hier ein Kurzbericht über McLanahans Bergungsunternehmen in Turkmenistan: vollständiger Erfolg, Marschflugkörper komplett geborgen, alle Beteiligten zurückgeholt, keine Verluste.«

»Der Kerl ist gut, das steht fest«, sagte Goff. Er wartete, ob der Präsident noch etwas sagen würde; als er jedoch schwieg, fragte Goff: »Woran denken Sie, Thomas?«

Thorn schwieg lange. Zuletzt sagte er: »An nichts.«

»Überlegen Sie vielleicht, ob wir uns doch in Zentralasien engagieren sollten?«

»Nein«, antwortete der Präsident rasch – zu schnell, fand Goff. Als Thorn merkte, dass sein Freund, Berater und Verteidigungsminister ihn fragend ansah, fügte er hinzu: »Martindale hat Unrecht, Robert. Die gegenwärtigen Probleme in Turkmenistan lassen sich nicht mit Militärgewalt lösen.«

»Da bin ich zufällig Ihrer Meinung – vorerst«, antwortete Goff. »Trotzdem bleibt das Hauptproblem: Martindale ist politisch in der Offensive. Er ist in Venezuela, redet mit den versammelten Ölministern, macht Schlagzeilen und stellt sich als Führer dar. Wie man hört, fliegt er demnächst nach Kuwait City, um dort vor dem Sicherheitsrat der Golfstaaten zu sprechen – als erster Amerikaner seit dem Golfkrieg. Wahrscheinlich spricht er bei diesem Anlass *nicht* über Zentralasien. Das wäre eine gute Gelegenheit.«

Thorn musterte Goff prüfend, dann fragte er: »Um in Turkmenistan diplomatisch aktiv zu werden?« Robert Goff nickte. »Dazu müssten wir eine hochrangige Delegation entsenden.«

»Eigentlich unter Kerchevals Führung. Aber das verdient er nicht mehr, nicht wahr?« Thorn schloss kurz die Augen – die Antwort auf diese Frage kannten sie beide. »Maureen Hershel ist eine gute Wahl. Turkmenistan ist ein muslimisches Land, aber es wird größtenteils von Bürokraten aus der Sowjetära verwaltet, die genau wissen, dass man heutzutage in aller Welt auf Frauen in hohen Positionen trifft. Sie ist intelligent und durchsetzungsfähig und weiß vor allem, wann sie den Mund halten muss.«

»Viel Zeit bleibt nicht mehr. Kann die Talibanarmee sich weiter verstärken und rückt sie gegen die Hauptstadt vor, könnte Turkmenistan rasch fallen.«

»Dann sollten wir Hershel gleich grünes Licht geben«, schlug Goff vor. »Ihr Stab soll anfangen, die Vorbereitungen für ihren Besuch und Gespräche auf Regierungsebene zu treffen.« Als Thorn zustimmend nickte, fügte Goff hinzu: »Sie könnten sogar daran denken, ihre Delegation durch einen Verbindungsoffizier zu ergänzen. Turkmenistan hat nur eine sehr kleine Armee, die von russischen Offizieren geführt wird.«

Thorn wandte sich ihm zu und lächelte. »Sie denken an McLanahan?«

»Warum nicht? McLanahan ist in Amerika ziemlich bekannt und geachtet, aber zugleich kennt ihn im Ausland praktisch niemand. Er würde den Luxus relativer Anonymität genießen. Er könnte sich dort umsehen und mit allen möglichen Leuten reden, ohne großes Aufsehen zu erregen. Ich weiß, dass Sie auf solche Dinge keinen Wert legen, aber Tatsache ist, dass McLanahan recht gute Umfragewerte erzielt – ungefähr so gute wie Colin Powell, als er Reagans nationaler Sicherheitsberater war.«

»Ich will nicht wieder darüber diskutieren, ob ich McLanahan zu meinem Sicherheitsberater ernennen soll«, wehrte Thorn ab. »Mir genügt's schon, wenn *Sie* mir erzählen, wo ich Mist gebaut habe.« Der Präsident dachte kurz darüber nach, dann schüttelte er den Kopf. »Beim Militär gibt's eine alte Redensart: ›Mist bauen fördert die Karriere.‹ McLanahan hat in letzter Zeit einige falsche Entscheidungen getroffen. Ich weiß wirklich nicht, ob er eine Beförderung auf diesen hohen Posten verdient.«

Goff zuckte mit den Schultern. In diesem Punkt hatte der Präsident Recht. »Ich stelle eine Kandidatenliste auf, lege sie Ihnen zur Genehmigung vor und schicke sie dann ins Außenministerium«, schlug er vor.

»Miss Hershel soll ihre Delegation selbst aus den Leuten von Ihrer Liste zusammenstellen.«

Robert Goff nickte. Das war Thorns Arbeitsweise: Er suchte sich gute Leute, denen er Verantwortung übertrug. Das war schneller, weniger stressreich für ihn, und gab seinen Mitarbeitern das Gefühl, an allen Entscheidungsprozessen beteiligt zu sein. »Ich schlage vor, dass wir mit McLanahan reden und uns von ihm erzählen lassen, was er von der Situation dort drüben hält.«

»Wieso gerade mit ihm?«

»Weil er intelligent ist und eine Einheit kommandiert, die vermutlich die Speerspitze wäre, wenn wir in Turkmenistan eingreifen wollten«, antwortete Goff. »Außerdem liegt sein Stützpunkt praktisch auf dem Weg. Wir sind zum Umweltgipfel am Lake Tahoe unterwegs und haben reichlich Zeit, unser Begleitteam nach Battle Mountain umzudirigieren. Ich veranlasse, dass General Venti eine operative Lagebeurteilung von McLanahan anfordert. Wir sollten auch Miss Hershel mitnehmen. Sie könnten McLanahans Einheit besichtigen und sich direkt von ihm informieren lassen.«

»Sie halten viel von diesem Kerl, nicht wahr, Robert?«, fragte Thorn. »Weshalb?«

Goff zuckte mit den Schultern. »Aus dem selben Grund, aus dem ich viel von Ihnen halte, mein Freund«, antwortete er unbehaglich lächelnd. »Sie haben beide feste Überzeugungen. Sie glauben beide, genau zu wissen, was Recht ist, und sind bereit, dafür zu kämpfen.« Sein Blick wirkte belustigt, als er hinzufügte: »Außerdem habe ich das Gefühl, dass die unaufhaltsame Kraft auf das unbewegliche Objekt treffen wird, wenn Sie beide zusammenkommen. Patrick McLanahan in seinem eigenen Revier gegen den Oberbefehlshaber. Ich weiß bereits, wer Sieger bleiben wird – aber es wird sicher Spaß machen, Ihnen beiden zuzusehen, wie Sie sich in die Haare geraten.«

4

Battle Mountain Air Reserve Base

Einige Tage später

Die riesige Air Force One tauchte einem gigantisches Fabelwesen gleich aus dem Schneesturm auf und setzte in einer aufstiebenden Schneewolke auf der langen Landebahn in Battle Mountain auf. Sicherheitskräfte des 111. Kampfgeschwaders, teils in gepanzerten Mannschaftstransportwagen, waren an den Rollwegen postiert, um die Präsidentenmaschine zu ihrer Abstellposition zu geleiten. Der Wind wehte genau die Runway entlang, erreichte in Böen bis zu zwanzig Knoten, trieb den Schnee fast horizontal vor sich her und häufte hinter jeder Bodenerhebung große Schneewehen an. Trotz schlechter Sicht rollte die Boeing VC-25 rasch zu der angewiesenen Stelle, die mehrere hundert Meter vom Gebäude der Flugleitung entfernt war, und stellte ihre Triebwerke ab.

Eine überdachte Gangway wurde an die Tür gerollt, und kurze Zeit später kamen Präsident Thomas Thorn, Verteidigungsminister Robert Goff und die stellvertretende Außenministerin Maureen Hershel aus der Maschine. Patrick empfing sie am Fuß der Treppe, salutierte und schüttelte ihnen nacheinander die Hand. »Willkommen in Battle Mountain, Mr. President, Mr. Secretary, Miss Deputy Secretary«, sagte er.

»Richtiges Hundewetter haben Sie hier, General«, nörgelte Robert Goff.

»Wir bauen keine Militärstützpunkte in Kalifornien mehr, Sir«, sagte Patrick. »Solches Wetter ist uns gerade recht.«

Goff wirkte unbeeindruckt, als er den Mantelkragen hochschlug und auf einen in der Nähe stehenden gepanzerten Suburban des Secret Service zeigte. »Danke, dass Sie uns einen so weit von der Flugleitung entfernten Abstellplatz zugewiesen haben, General«, beschwerte er sich. »Ist das unser Wagen? Also los, wir wollen zusehen, dass wir aus dem Schneesturm rauskommen.«

»Nicht nötig, Sir«, antwortete Patrick. Er hob leicht den Kopf, als wolle er Gott um etwas bitten, und sagte: »Aufzug drei, Oberfläche zu Ebene zwo, Ausführung.«

»Was haben Sie gesagt, Gen…« Goff verstummte mitten im Wort, als er spürte, wie sich der Boden unter seinen Füßen bewegte. »*Was zum Teufel war das?* Ein Erdbeben…?« Dann erkannte er, dass die ganze Abstellfläche mitsamt der VC-25 lautlos in die Tiefe sank.

Die Secret-Service-Agenten schienen einer Panik nahe zu sein, aber der Präsident hob die Hände, als er McLanahans Gesichtsausdruck sah. »Sehr interessant, General.«

»Deshalb macht es uns nicht viel aus, hier im Wüstenhochland im Norden Nevadas in einem Schneesturm zu arbeiten, Sir«, erklärte Patrick ihm. Goff und Hershel beobachteten staunend, wie eine zwei Meter starke Abdeckung aus Stahlbeton und Panzerstahl sich über ihren Köpfen schloss und Wind und Schnee aussperrte.

»Die Mittel für *dies hier* vom Kongress bewilligt zu bekommen, war sicher verdammt schwierig«, sagte Hershel.

»Zum Glück ist die Anlage schon unter Präsident Eisenhower gebaut worden. Ich glaube nicht, dass wir eine Chance gehabt hätten.«

»Ohne Frage«, murmelte Goff.

Thorn, Goff, Hershel und ihre Begleitung wurden in Elektromobile gesetzt, die mit ihnen eine Rundfahrt über die weitläufigen unterirdischen Abstellflächen machten. Dabei konnten sie alle Flugzeugtypen besichtigen. Besonders beeindruckt waren sie von den beiden AL-52 Dragon mit Flugzeuglasern. »Unglaublich«, sagte Thorn. »Laserwaffen in Kampfflugzeugen. Der *Krieg der Sterne* ist Realität geworden.«

»Sie sind noch nicht offiziell einsatzbereit«, erklärte Patrick ihnen, »aber die erste ist schon erfolgreich über Libyen eingesetzt worden. Beide werden im Augenblick mit Festkörperlasern modifiziert, die mit einem Plasmafeld gepumpt werden. Sie bringen fünfzig Prozent mehr Leistung als die ursprünglichen chemischen Sauerstoff-Jod-Laser, fast zwei Megawatt – genug, um ein Ziel von der Größe einer Sidewinder in der Erdatmosphäre oder im Weltraum aus fünfhundert Kilometern Entfernung oder Erdziele aus bis zu hundertfünfzig Kilometern zu vernichten.«

»Was kostet einer, General?«, fragte Maureen Hershel.

»Fast eine Milliarde Dollar, Ma'am«, antwortete Patrick, »plus zehntausend Dollar pro Flugstunde, um sie in die Luft zu bringen, und ungefähr fünfzigtausend Dollar pro Schuss.«

»Auf einem typischen Patrouillenflug also ...«

»Zwölf Stunden Flug, zweihundert Schüsse ... über zehn Millionen Dollar pro Einsatz ohne die Kosten für die Luftbetankung.«

»Autsch!«

»Das ist preiswert im Vergleich dazu, was es kosten würde, genügend Flugzeuge einzusetzen, die alle diese Aufgaben übernehmen könnten«, stellte Patrick fest.

Er nutzte die Gelegenheit, um sich ein Bild von Maureen Hershel zu machen. Er hatte sie natürlich schon oft im Fernsehen gesehen und war vom ersten Augenblick an von ihr und ihrem Background beeindruckt gewesen. Schulterlanges brünettes Haar, blaue Augen hinter einer randlosen Brille, Mitte bis Ende vierzig, etwas größer als der Durchschnitt, sportlich schlank in Freizeithose, Daunenjacke und Trekkingstiefeln – im Gegensatz zu Präsident und Verteidigungsminister sah sie so aus, als sei sie gekommen, um einen Militärstützpunkt zu besichtigen.

»Zur optimalen Überwachung eines Kampfgebiets«, erklärte Patrick ihr, »würden wir drei bis vier dieser Flugzeuge einsetzen: zwei Maschinen, die ungefähr hundertfünfzig Kilometer außerhalb der Kampfzone kreisen, und ein bis zwei Flugzeuge, die die beiden ablösen – das eine auf dem Hin- oder Rückflug, das andere zur Wartung und damit ihre Besatzung sich am Boden erholen kann.«

»Sie müssen sich etwas einfallen lassen, damit Sie mit weniger zurechtkommen«, warf Thorn ein. »Diese beiden Vögel sind wahrscheinlich alles, was Sie je bekommen – falls überhaupt.«

»Wir kämen mit zwei Maschinen aus, Sir, aber damit wäre keine lückenlose Überwachung gewährleistet«, sagte Patrick. »Eine Zwischenlösung könnte beispielsweise so aussehen, dass wir ein paar fliegende Schlachtschiffe EB-1C Vampire einsetzen, die mit Lenkwaffen Lancelot zur Bekämpfung ballistischer Raketen und Jagdraketen AIM-154 Anaconda mit großer Reichweite bewaffnet wären.«

»Jetzt reden wir also von etwa zwei Staffeln nur zur Abwehr ballistischer Raketen«, fasste Goff zusammen.

»Mit Abwurflenkwaffen kann die EB-52 Megafortress Punktziele aus großer Entfernung angreifen, und die EB-1C Vampire lässt sich ebenfalls als Langstreckenbomber einsetzen. Wir können schnell und mit viel Feuerkraft in der Luft sein und leicht von einem Auftrag zum anderen überwechseln.«

»Es ist nur unwahrscheinlich, dass wir Ausgaben in solcher Höhe jemals werden rechtfertigen können, Patrick.«

»Vielleicht mit ein paar Zahlen, Sir: Bei einem einzigen Einsatz könnten eine IBCM mit Mehrfach-Gefechtskopf vernichtet und dadurch bis zu zwölf Großstädte oder Militärstützpunkte vor der Zerstörung bewahrt werden«, antwortete Patrick. »Ein einziger Laserschuss könnte einen Bomber für fünfzig Millionen Dollar oder einen Satelliten für zweihundert Millionen vernichten. Ich betone die Kostenseite nicht gern, Sir, weil sie eben nur eine Seite der Geschichte ist, aber diese Zahlen beweisen, dass die Dragon ein im Verhältnis zum Aufwand höchst effektives Waffensystem ist.«

»Die meisten Kongressabgeordneten denken nicht über den Anschaffungspreis hinaus, von den Kosten pro Einsatz ganz zu schweigen«, sagte Verteidigungsminister Goff. »Und wenn sie hören, dass sie eine Milliarde Dollar für ein Flugzeug bewilligen sollen, das vermutlich älter ist als die meisten von ihnen … nun, das lässt sich verdammt schwer verkaufen.«

»Dabei wäre ich Ihnen gern behilflich«, bot Patrick ihm an. »Wir können sie beeindrucken.«

»Beeindrucken Sie erst *uns*, bevor Sie versuchen, es mit dem Kongress aufzunehmen«, sagte Goff.

»Ja, Sir«, sagte Patrick begeistert.

In einer Ecke der unterirdischen Abstellfläche stand eine seltsame Ansammlung von anderen Flugzeugen: ein Transporter C-130 Hercules mit eigenartig flügelähnlichen Spionageantennen an verschiedenen Stellen des Rumpfs, der Tragflächen und des Seitenleitwerks, riesige Hubschrauber mit unterschiedlichen Radoms und Sensortürmen am Bug sowie zwei Transporter mit Düsentriebwerken an den Enden ihrer kurzen, stummelförmigen Tragflächen. »Okay, stopp«, sagte Robert Goff. »Ich erkenne die C-130 Commando Solo für psychologische Kriegführung und den Hubschrauber MH-53 Pave Low für Kommandounternehmen, aber was zum Teufel sind *diese* Flugzeuge?«

»Wir nennen sie MV-32 Pave Dasher – unsere Modifikation des Schwenkrotorflugzeugs CV-22 Osprey«, erklärte Patrick ihm. »In der Standardausführung hat die MV-22 Propellerturbinen. Diese hier ist mit Strahltriebwerken ausgerüstet, die sich für Senkrechtstart und Horizontalflug an den Tragflächenenden drehen lassen. Die Strahltriebwerke liefern weit mehr Senkrechtschub und machen die Maschine mehr als doppelt so schnell wie die Osprey. Die MV-32 Pave Dasher kann sechs Battle-Force-Teams – vierundzwanzig schwer bewaffnete Kommandosoldaten – über dreitausend Kilometer weit transportieren, mit Luftbetankung noch weiter.«

»Ich kann mich nicht daran erinnern, diese Umbauten bewilligt oder bezahlt zu haben«, stellte Goff fest. Er musterte Patrick prüfend. »Ah, ich verstehe – auch eine Ihrer inoffiziellen, kostenlosen Beschaffungen. Von Sky Masters Inc., richtig?«

»Ja, Sir, von einem ihrer Entwicklungspartner.«

»Wieder McLanahans private kleine Luftwaffe, was, General?«, fragte Prasident Thorn.

Sie fuhren durch aus dem Fels gesprengte breite Korridore weiter und hielten vor einer zweiflügligen Stahltür mit riesigen Angeln, die an die gigantischen, tresorähnlichen Türen erinnerte, hinter denen das unterirdische Befehlszentrum des North American Aerospace Defense Command im Cheyenne Mountain lag. Die Stahltür sah alt und grau aus – sie war ganz entschieden alt –, aber der große Raum hinter ihr war wie ein neuer Theater- oder Hörsaal modern eingerichtet und gut beleuchtet.

Brigadegeneral David Luger, Brigadegeneral Rebecca Furness, Oberst John Long, Oberst Daren Mace, Oberstleutnant Nancy Cheshire, Oberst Hal Briggs und Sergeant Major Chris Wohl waren, von Secret-Service-Agenten umgeben, vor dem Podium an der Rückwand des Raums aufgereiht. »Mr. President, Miss Secretary, Mr. Secretary, ich möchte Ihnen den Rest des hiesigen Stabes vorstellen.« Thorn, Hershel und Goff gingen nach vorn zu den Wartenden. »Dies ist Brigadegeneral David Luger, mein Stellvertreter.«

Die VIPs schüttelten Luger die Hand. »Es ist mir eine Ehre, Sie kennen zu lernen, General«, sagte Robert Goff. Er betrachtete Luger nachdenklich, sah dann zu Patrick hinüber und fügte hinzu: »Die beiden letzten Überlebenden der Besatzung der ›Old Dog‹. Zwei lebende Legenden. Freut mich, Sie beide an Bord zu haben.«

David Luger, schlaksig und einen Kopf größer als Goff, wirkte betroffen, als er merkte, dass das stimmte: Nur zwei der ursprünglich sechs Besatzungsmitglieder des ersten Einsatzes der Old Dog lebten noch. »Die Arbeit hier macht mir Spaß, Sir«, sagte er.

»Das sind Brigadegeneral Rebecca Furness, Kommodore des Hundertelften Kampfgeschwaders, Oberst John Long, Chef der Operationsabteilung, Oberst Daren Mace, Chef der Einundfünfzigsten Kampfstaffel mit der EB-1C Vampire, und Oberst Nancy Cheshire, Chef der Zweiundfünfzigsten Kampfstaffel mit der EB-52 Megafortress und der AL-52 Dragon.«

»Die erste Kampfpilotin – eine weitere lebende Legende. Freut mich sehr, Sie kennen zu lernen, Rebecca«, sagte Goff und schüttelte ihr begeistert die Hand. Auch Long schüttelte er die Hand, ohne ihn jedoch anzusprechen – offenbar ein guter Menschenkenner, dachte Patrick. »Freut mich, Sie wiederzusehen, Daren«, sagte Goff, indem er Mace herzlich die Hand schüttelte. »Was Sie draußen in Beale geleistet haben, hat mir sehr gefallen.«

»Danke, Sir«, antwortete Mace.

»Ich hoffe, dass Sie hier eine neue Heimat finden …« Goff machte eine Pause, sah kurz zu McLanahan hinüber und fügte dann hinzu: »Falls sie Ihnen nicht schon zu viel Angst eingejagt haben.«

»Das wäre denkbar, Sir, aber vorerst noch nicht.«

»Oberst, ich freue mich auf eine Vorführung der Fähigkeiten Ihrer Flugzeuglaser«, sagte Goff, als er Cheshire die Hand schüttelte. Nancy Cheshire war groß, ausgesprochen athletisch, hatte rotblondes Haar und leuchtend grüne Augen und lächelte gern. Nachdem sie in Dreamland als leitende Testpilotin für die Erprobung der versuchsweise umgebauten B-52-Bomber verantwortlich gewesen war, hatte sie ihr erstes Kommando übernommen, um weiter die Super-B-52 fliegen und mit Patrick McLanahan zusammenarbeiten zu können.

»Und zuletzt«, fuhr Patrick fort, »Oberst Hal Briggs und Sergeant Chris Wohl, Operationsabteilung Boden der First Air Battle Force.«

Maureen Hershel starrte Chris Wohl verwundert an. Briggs stand in seinem blauen USAF-Dienstanzug vor ihr, aber Wohl trug ein seltsames schwarzes Outfit, das an einen High-Tech-Taucheranzug erinnerte – mit schmalem Tornister, klobigen Stiefeln und Röhren entlang den Armen und Beinen. »Was um Himmels willen ist das?«, fragte sie und berührte das eigenartige Material des Anzugs.

»Es heißt BERP, das ist die Abkürzung für ›ballistischer elektroreaktiver Prozess‹, Ma'am«, erklärte Hal Briggs ihr. »Ein elektronischer Ganzkörperpanzer. Das Material reagiert auf einen kräftigen Schlag, indem es sich augenblicklich zu einem fast undurchdringlichen Schutzschild verhärtet, der sogar Beschuss mit 37-mm-Geschossen widersteht. Die Röhren außerhalb des Panzers sind Bestandteile des Exoskeletts, das mit mikrohydraulischen Stellmotoren die Panzerung aktiviert und die Muskelkraft des Trägers vervielfacht. Die Elektroden auf den Schultern senden gezielte Stromstöße aus, die einen Angreifer aus bis zu fünfzehn Metern Entfernung lähmen können. Die Stiefel enthalten mit Gas betriebene Schubdüsen, die dem Träger gut hundert Meter weite Sprünge ermöglichen. In dem Tornister befinden sich das Lebenserhaltungssystem mit wiederaufladbaren Akkus, die Funkausrüstung für weltweite Kommunikation und eine Vielzahl von Sensoren. Dies ist, was der gut gekleidete Kommandosoldat im einundzwanzigsten Jahrhundert tragen wird.«

»Sie nennen sich Zinnsoldaten, Maureen«, sagte Goff, indem er Briggs und Wohl die Hand schüttelte. Sein Tonfall klang nervös und ernst, aber sein Blick und sein Händedruck waren freundlich. »Sie haben sich bei allen möglichen Gelegenheiten als außerordentlich effektiv erwiesen, uns aber auch oft Kopfschmerzen gemacht, seit wir im Amt sind. Nicht wahr, Gentlemen?«

»Das gehört zu unseren Spezialitäten, Sir«, erwiderte Hal Briggs. »Wir suchen zu gefallen.«

»*Ich* finde das keineswegs witzig, Oberst«, stellte Präsident Thorn fest. »Sie haben es geschafft, die Vereinigten Staaten in kriegerische Auseinandersetzungen mit Russland zu verwickeln, und uns fast in einen Krieg mit Libyen hineingezogen. Hätte General McLanahan sich nicht für Sie eingesetzt, säßen Sie jetzt im Gefängnis.« Briggs und Wohl blieben schweigend in strammer Haltung stehen und sahen angestrengt geradeaus. »Nun? Was haben Sie zu Ihrer Entlastung vorzubringen?«

»Ich freue mich, Gelegenheit zu haben, jetzt einige Verwüstungen für *Sie* anzurichten, Sir«, antwortete Briggs.

»Ebenfalls, Sir«, stimmte Wohl zu.

Thorn musterte Wohl von oben bis unten. »Ich war selbst Kommandosoldat, Sergeant Major«, sagte er. »Vor und im Golfkrieg habe ich einen Monat damit verbracht, mit nichts als einem Laser zur Zielmarkierung und meiner Wut im Bauch durch die irakische Wüste zu kriechen. Aber während aller Kämpfe und aller beschissenen Situationen, in die wir geraten sind, habe ich keinen Augenblick daran gedacht, meinem Land oder der Army den Rücken zu kehren.«

Er starrte Wohl und Briggs in die Augen, reckte dabei das Kinn vor und biss die Zähne zusammen. »Sie haben das Marine Corps verlassen, um für eine illegale Organisation zu kämpfen«, fuhr er zornig fort. »Sie haben beide Ihren Diensteid gebrochen und für eine Organisation gekämpft, die ich für verbrecherisch halte – eine Bande, die Geld gestohlen, Morde verübt, ein Chaos verursacht und sich mit Staatseigentum davongemacht hat. Mit Ihren Mätzchen hätten Sie beinahe einen Weltkrieg ausgelöst. Sie haben's nicht verdient, ins *Land* zurückkommen zu dürfen, von einer Rückkehr in unsere Streitkräfte und einer Beförderung ganz zu schweigen.«

»Sie haben meinen Männern und mir Straffreiheit und Wiedereinsetzung in den früheren Dienstgrad zugesichert, Sir«, warf Patrick ein.

»Richtig – ich habe allen ihre Dienstgrade zurückgegeben«, bestätigte Thorn hitzig. »Das habe ich nur getan, weil Sie sich in Libyen tapfer geschlagen haben. Aber das gibt Ihnen noch längst nicht das Recht, sich jetzt als wilde Krieger zu fühlen.« Thorn merkte, dass Wohl ihn von der Seite beobachtete. Er wandte sich ihm zu und trat dicht vor den bulligen Marineinfanteristen. »Haben Sie mir etwas zu sagen, Sergeant Major?«

»Ja, Sir«, antwortete Wohl. Er sah weiter angestrengt geradeaus. »Aber ich ziehe es vor, den Mund zu halten.«

»Heraus damit, Sergeant Major!«, drängte Thorn. »Sie haben meine Erlaubnis, offen zu sprechen. Erzählen Sie uns, warum Sie Ihren Posten verlassen haben, ohne vorschriftsmäßig abgelöst worden zu sein, und warum Sie glauben, ein Anrecht auf Rückkehr in unsere Streitkräfte zu haben, statt den Rest Ihres Lebens hinter Gittern zu verbringen.«

Wohl starrte den Präsidenten aufgebracht an. Das war die Reaktion, auf die Thorn gewartet hatte.

»Also los, Sergeant Major, sagen Sie's schon«, verlangte Thorn. »Geben Sie mir einen Grund, Sie nach Leavenworth zu verfrachten, wo Sie hingehören.«

Wohl hielt klugerweise den Mund.

»Sie haben Pawel Kasakow auf Island ermordet, nicht wahr, Sie mörderischer Schweinehund?«, fragte Thorn drohend leise.

»Entschuldigung, Sir …«, warf Hal Briggs ein.

»Klappe halten, Oberst«, befahl Thorn ihm. »Mit *Ihnen* habe ich noch gar nicht angefangen.« Er wandte sich erneut dem Sergeant zu. »Sie sind ein gefährliches Raubtier, Wohl.« Er stieß mit dem Zeigefinger gegen die Brust des Zinnsoldaten und war verblüfft, als das Anzugmaterial, das er für ein Gewebe gehalten hatte, sich als hart wie Titan erwies. Auch wenn du *alle* deine Secret-Service-Agenten um dich hättest, sagte er sich betroffen, könnten sie dich nicht vor diesem Kerl schützen. Das machte ihn etwas nervös – nein, es jagte ihm verdammte *Angst* ein –, aber das durfte er sich nicht anmerken lassen, deshalb sprach er weiter. »Interpol fahndet wegen des Mordes an Kasakow mit internationalem Haftbefehl nach Ihnen, wissen Sie das? Er hat unter dem Schutz des Internationalen Gerichtshofs gestanden. Sie haben ihm den Kopf abgeschnitten, stimmt's? Wer ist auf die Idee gekommen, Kasakow zu ermorden? Sie oder Briggs?« Noch immer keine Erwiderung. »*Antworten Sie gefälligst!*«

»Meine Männer antworten lieber auf dem Gefechtsfeld, Mr. President«, sagte Patrick McLanahan nachdrücklich, um zu intervenieren – er konnte den von Wohl ausgehenden Zorn förmlich spüren. Niemand, nicht einmal der Präsident der Vereinigten Staaten, konnte Chris Wohl sehr lange ungestraft provozieren. »Sergeant Major Wohl ist keiner, der gern diskutiert. Er befolgt Befehle, führt Männer in den Kampf und tötet außergewöhnlich effizient.«

Thorn sah Wohl in die Augen und glaubte sofort, was McLanahan über ihn sagte.

»Falls Sie eine Erläuterung unserer früheren Aktivitäten und der Gründe dafür wünschen, Sir, stehe ich Ihnen jederzeit gern zur Verfügung.«

»Märchenstunden interessieren mich nicht – und faule Ausreden erst recht nicht«, sagte Thorn. »Nehmen Sie zur Kenntnis: Ich bin weiterhin nicht davon überzeugt, dass Sie für die Vereinigten Staaten von Amerika kämpfen. Sie müssen sich noch lange bewähren, bevor ich Ihnen das glaube.«

»Sir, wir sind bereit, unser Können – und unsere Loyalität – jederzeit und überall zu beweisen.«

»Deswegen sind wir hier, General«, sagte Goff. Er wartete ab, ob der Präsident noch etwas hinzufügen würde; als Thorn schwieg, nickte er McLanahan zu. »Okay, Patrick, erklären Sie uns, was wir hier sehen.«

»Ja, Sir. Wir sind hier im BATMAN oder Battle Management Center«, sagte Patrick. Sie standen in einem riesigen Raum, der an ein Amphitheater erinnerte: mit ansteigenden Sitzreihen, einem Podium und sogar drei verglasten Balkonsektoren. An der Querwand über der Bühne hingen sechzehn Plasma-Farbbildschirme im Format 90 mal 120 Zentimeter nahtlos nebeneinander; einige waren außer Betrieb, aber das Panoramabild, das sie zeigten, war trotzdem überwältigend. »Hier in der Mitte stehen Konsolen für die Kommandeure und die Führungsspitze. Hinter den Kommandeuren sitzen die ihnen zuarbeitenden Stäbe, die durch ein Glasfasernetz miteinander verbunden sind – Nachrichtendienst, Operationen, Fernmeldedienst, Logistik, Wetter und Einsatzstärke. Hinter den Sitzreihen befindet sich das Kommandozentrum mit virtuellen

Cockpits, in denen Teams bis zu sechs Langstreckenbomber und ein Dutzend Drohnen steuern oder den automatisierten Einsatz von Dutzenden von UCAVs überwachen können. Darüber liegt der Bereich des Gefechtsstabs mit Nebenbereichen für andere Teilstreitkräfte oder zivile Kommandostellen; auf beiden Seiten von BATMAN liegen Beobachterbereiche, die im Bedarfsfall abgetrennt werden können.«

»Wann wird das alles fertig, General?«, fragte Hershel.

»Wir sind praktisch einsatzbereit, Ma'am«, antwortete Patrick. »Wir verfügen schon jetzt über weltweite Nachrichtenverbindungen: HF-Führungsfunk, Internet, abhörsichere Glasfaserkabel und sichere Satellitenverbindungen. Die Vernetzung ist noch nicht vollständig abgeschlossen, aber die Hardware ist weitgehend installiert, sodass wir sie nur noch vernetzen müssen. Gegenwärtig befinden wir uns etwa auf dem Stand, auf dem Kommandozentralen in den achtziger Jahren waren. In zwei Monaten sind wir up to date. In drei bis sechs Monaten – wenn wir die entsprechenden Mittel bewilligt bekommen – sind wir auf dem neuesten Stand der Technik und können ganze Staffeln von unbemannten Flugzeugen einsetzen und in Echtzeit übermittelte Aufklärungs- und Nachrichtendienstmeldungen aus aller Welt analysieren.«

»Ich habe schon Besseres gesehen, General – das hier imponiert mir nicht«, sagte Thorn. »Wenn ich mich recht erinnere, hatten Sie lediglich den Auftrag, als Entscheidungsgrundlage zu ermitteln, wie Ihre experimentellen Flugzeuge und Waffen mit den heutigen taktischen Staffeln zusammenwirken könnten. Wir haben Ihnen alle Ihre Spielsachen unter der Annahme zurückgegeben, dass sie bei Bedarf in die existierenden Kampfverbände eingebunden würden. Ich habe den Eindruck, Sie sind im Begriff, hier einen eigenen Verband aufzustellen – vor allem mit General Furness' Flugzeugen.«

»Das trifft nicht zu, Sir«, sagte Patrick. »Ich kontrolliere keines dieser Flugzeuge. Die B-1 und KC-135 gehören General Furness; die B-52 gehören dem High Technology Aerospace Center.

Wie ich meinen Auftrag verstanden habe, Sir, sollte ich Möglichkeiten finden, die EB-52 Megafortress, EB-1C Vampire, AL-52 Dragon und weitere im HAWC entwickelte Waffen, Flugzeuge, Satelliten und Sensoren in die existierenden Verbände zu integrieren«, fuhr Patrick fort. Er wusste, dass er damit seinen Auftrag wortwörtlich zitierte. »Außerdem hatte ich den Auftrag, diese Einrichtung zu einem alternativen Kommandozentrum für militärische Zwecke und zivile Notfälle sowie zu einem sicheren Zufluchtsort für die National Command Authority auszubauen. Ich stehe jederzeit zur Verfügung, um der NCA darüber Bericht zu erstatten, wie die Waffensysteme und diese Einrichtung sich in die Gesamtstruktur der Streitkräfte integrieren lassen. Ich habe aus eigener Autorität und mit eigenen Haushaltsmitteln ein Team von Fachleuten für die Entwicklung unbemannter Flugzeuge zusammengestellt...«

»Was Sie als Ihre ›eigene Autorität‹ bezeichnen, halte ich für höchst dubios, General«, unterbrach Thorn ihn. »Um Ihr Vorhaben zu finanzieren, müssen Sie Gelder von anderen Projekten und Programmen abgezweigt haben – vielleicht haben Sie sogar Geld von General Furness hier bekommen. Was tun Sie hier, General McLanahan? Führen Sie Versuchsflüge mit General Furness' unbemannten B-1-Bombern durch? Wollen Sie ein ganzes Geschwader von Roboterflugzeugen aufstellen, die alle von hier aus kontrolliert werden sollen?«

McLanahan sah zu John Long hinüber, der seinen Blick mit einem Grinsen auf dem Gesicht erwiderte. Du hättest dir denken können, dass dieser Scheißkerl versuchen würde, dich anzuschwärzen, sagte Patrick sich. »Ja, Sir«, bestätigte er. »Das tue ich hier.«

Rebecca mischte sich rasch ein. »Sir, ich habe General McLanahan ausdrücklich genehmigt, die Ressourcen meines Geschwaders für seine Zwecke zu nutzen und...«

»Das bezweifle ich sehr, General Furness«, unterbrach der Präsident sie. »Aber damit werde ich mich noch selbst befassen.« McLanahan und er starrten sich kurz an, dann fragte Thorn: »Und hat die Sache funktioniert, General?«

»Nein, Sir«, antwortete Patrick, »leider nicht.«

David, Rebecca, Daren und selbst John Long sahen McLanahan überrascht an. »Sie hat *nicht* funktioniert?«, wiederholte Thorn. »Überhaupt nicht? Oder wenigstens teilweise?«

»Die Erprobung hat bestätigt, was wir bereits über das UCAV

StealthHawk wussten – es ist ein äußerst effektives und zuverlässiges Waffensystem«, führte Patrik aus. »Leider waren unsere Versuche mit einem unbemannten Bomber, der als Träger- und Angriffsplattform dienen sollte, nicht erfolgreich. Obwohl es gelang, einen StealthHawk ferngesteuert zu starten und wieder an Bord zu nehmen, konnten wir die vorgesehene Luftbetankung, die unser Hauptziel war, nicht durchführen.«

Thorn betrachtete die überraschten Gesichter der vor ihm stehenden Offiziere. Irgendetwas passte hier nicht recht zusammen. Er ließ ihnen einige Sekunden Zeit, etwas zu sagen, vielleicht McLanahan zu Hilfe zu kommen, aber das tat keiner von ihnen.

»Schade, General«, sagte er schließlich. Er hatte nicht die Absicht, weitere Fragen zu stellen. Wollten sie aus irgendwelchen Gründen nicht sprechen – waren sie also nicht genug von diesem Projekt überzeugt, um sich hinter den Boss zu stellen –, hatte er keine Lust, sie zum Reden zu bringen. »Hoffentlich haben Sie nur etwas Treibstoff vergeudet.«

»Ich möchte alle Ergebnisse Ihrer Testflüge sehen«, warf Robert Goff ein.

»Verteidigungsminister Goff hat Ihnen vor kurzem einen Auftrag erteilt, General«, fuhr der Präsident fort. »Haben Sie etwas für uns?«

»Ja, Sir«, sagte Patrick. »General Luger, mein Stellvertreter, hat die angeforderten Informationen für Sie.«

»Fangen wir also an.« Sie nahmen alle Platz, und Patrick nickte David Luger zu.

»Guten Morgen, Mr. President, Mr. Secretary, Miss Deputy Secretary«, begann Luger. »Auf einen Befehl hin, den die First Battle Force vom stellvertretenden Chef der Operationsabteilung der Vereinten Stabschefs erhalten hatte, hat General McLanahan mich letzte Woche angewiesen, die Lage in Ostturkmenistan aus der Sicht der Air Force zu analysieren – unter besonderer Berücksichtigung der kürzlichen Vorstöße einer Guerillagruppe, die nach Erkenntnissen der CIA aus denselben Talibankämpfern besteht, gegen die wir vor einigen Wochen beim Unternehmen Berggipfel vorgegangen sind. Bei einer Analyse dieser Art identifizieren und klassifizieren wir die Gefahren in einem bestimmten Gebiet auf der Grundlage eigener Aufklärungsergebnisse, die mit nationalen und internationalen Quellen kombiniert werden, und stellen dann einen Aktionsplan zu ihrer Bekämpfung auf. Ich habe alle von den Guerillas ausgehenden Gefahren untersucht, mich aber vorrangig auf die Gefährdung amerikanischer – ziviler und militärischer – Interessen in Zentralasien konzentriert.

Allgemein gesagt, Sir, sehen wir in Zentralasien keine ernsthafte Gefährdung der amerikanischen militärischen Interessen; diese sind auch in den umliegenden Gebieten am Persischen Golf, im Indischen Ozean und am Schwarzen Meer nur wenig bedroht. Wir haben jedoch eine akute und ernsthafte Gefahr für amerikanische Handelsinteressen in Turkmenistan identifiziert, die ernste Auswirkungen auf die gesamte Region und die umliegenden Regionen haben könnte.«

»Sie meinen diese Guerillas und die Gefährdung der TransCal-Pipelines«, warf Maureen Hershel ein.

»Ja, Ma'am«, bestätigte Luger. »Kurz gesagt befinden *alle* TransCal-Pipelines sich gegenwärtig in der Hand der Guerillas, die sie vollständig kontrollieren. Sie können sie sperren, in die Luft jagen, als Druckmittel benutzen, sie weiterbetreiben – was ihnen gerade einfällt. Die turkmenische Armee ist praktisch außerstande, noch ernsthaften Widerstand zu leisten.«

»Dann steht's schlimmer, als wir dachten«, sagte Goff.

»Die Guerillas kontrollieren schon die Hälfte aller Pipelines in Turkmenistan, fast neunzig Prozent der Leitungen, die *nicht* russischen Ölgesellschaften gehören«, fuhr Luger fort. »Offizier vom Dienst, Dia Nummer eins.« Auf mehreren Bildschirmen vor ihnen erschien eine Karte von Turkmenistan, auf der das Grenzgebiet zu Usbekistan farbig hervorgehoben war. »Hier sehen Sie alle TransCal-Pipelines – fünf Milliarden Dollar wert, ein Gemeinschaftsunternehmen von TransCal und der staatlichen turkmenischen Ölgesellschaft. Sie transportieren Rohöl und Erdgas aus den riesigen Öl- und Erdgaslagerstätten des Landes zu einigen wenigen Raffinerien, aber hauptsächlich zu Kunden in zwölf benachbarten Staaten und zu Verladestellen in pakistanischen Häfen. Turkmenistan selbst verbraucht nur etwa drei Prozent der eigenen Förderung. Die Pipelines sind modern, im Allgemeinen überirdisch verlegt, sturm- und erdbebensicher und überwiegend fernüberwacht mit vierteljährlichen Sichtkontrollen.

Die größten Pipelines für Rohöl und Erdgas verlaufen entlang der turkmenisch-usbekischen Grenze. Wie Sie sehen, kontrollieren die Guerillas die meisten dieser Leitungen zwischen der Grenze nach Tadschikistan und Tschardschu. TransCal besitzt auch Pipelines, die von eigenen Ölquellen in Usbekistan nach Süden zur Stadt Mary und weiter durch Afghanistan zu pakistanischen Häfen am Golf von Oman führen; die Teilstücke zwischen Tschardschu und Mary befinden sich unter Kontrolle der Guerillas, sodass sie auch die nach Süden führenden Pipelines kontrollieren.

Darüber hinaus kontrollieren die Guerillas auch die dem Karakum-Kanal folgenden Pipelines, die in Ost-West-Richtung von der iranischen zur usbekischen Grenze führen. Der Kanal spielt eine wichtige Rolle für Bewässerung, Hochwasserschutz und Binnenschifffahrt in weiten Teilen Südturkmenistans. Somit können die Guerillas jetzt alle nach Osten und Süden gehenden Lieferungen stoppen, vor allem Öl- und Erdgastransporte nach Zentralasien und auf den indischen Subkontinent – nach unseren Schätzungen fast zweihunderttausend Barrel Rohöl und eineinhalb Millionen Kubikmeter Erdgas pro Tag.

TransCal hat auf diese Gefährdung mit Zahlungen an die Guerillas reagiert, die auf ›Schutzgeldzahlungen‹ hinauslaufen«, fuhr Luger fort. »Wir haben an jeder Kontroll- und Pumpstation östlich des zweiundsechzigsten Längengrads größere Kontingente von Taliban, aber auch von turkmenischen Söldnern oder turkmenischen Überläufern entdeckt – an über hundert Verzweigungen, Pumpstationen, Absperrventilen, Umspannstationen und Kontrollstellen, die über ein hunderttausend Quadratkilometer großes Gebiet verteilt sind. Nach unseren Schätzungen stehen dort mindestens fünfzehn- bis achtzehntausend Taliban – über ein Drittel der Größe der turkmenischen Armee.«

»Sie sagen also, dass es schwierig sein wird, diese Taliban zu erledigen? Wollen Sie mir das erzählen, General?«, fragte Thorn gereizt.

»Das Problem ist nicht, sie zu erledigen – das Problem ist, was sie tun werden, wenn sie merken, dass sie angegriffen werden«, antwortete Dave Luger. »Ihre Truppen halten fünfhundert Kilometer Pipelines besetzt. Wird Bataillon A angegriffen, kann Bataillon C in hundertfünfzig Kilometern Entfernung Befehl haben, eine Pumpstation oder die Pipeline selbst zu sprengen.«

»Sie sollen mir keine Probleme vortragen, General«, sagte Thorn. »Ich will Lösungen von Ihnen hören.«

»Die Lösung, Sir: Wir müssen unsere Kräfte auf die wichtigsten Stellen jedes Pipelinesektors konzentrieren«, fuhr Luger fort. »Wir haben die sechs wichtigsten stromaufwärts gelegenen Punkte identifiziert. Wir können unsere Analyse noch von TransCal verifizieren lassen, aber ich halte sie für zutreffend. Offizier vom Dienst, nächstes Dia.« Auf der Karte von Turkmenistan erschienen sechs rote Dreiecke. »Der wichtigste Punkt ist Tschardschu. Dort werden Pipelines kontrolliert, die in Ost-West-Richtung entlang des Flusses Amudarja verlaufen und in Nord-Süd-Richtung aus Usbekistan kommen. Besetzen wir diese sechs Punkte und vor allem die Schaltzentrale in Tschardschu, können die Guerillas fast jeden Meter der Pipelines sprengen, ohne dass es zu größeren Öl- und Gasverlusten kommt. Die zweitwichtigste Schaltzentrale steht in Bayramaly östlich der Stadt Mary. Sie steuert den Öl- und Erdgasfluss in Nord-Süd-Richtung durch Afghanistan nach Pakistan, aber auch in Ost-West-Richtung.«

»Lassen Sie mich raten – Sie haben sechs Teams abrufbereit«, warf Thorn ein.

»Ja, Sir«, bestätigte Luger. Er machte Hal Briggs ein Zeichen. »Oberst?«

»Danke, Sir«, sagte Hal Briggs, als er nach vorn trat. »Mr. President, Mr. Secretary, Miss Deputy Secretary, ich bin Oberst Hal Briggs, Kommandeur der Bodentruppen der First Air Battle Force. Im Rahmen des Air-Battle-Force-Konzepts operieren starke Luftstreitkräfte gemeinsam mit kleinen, gut ausgerüsteten und sehr mobilen Teams aus Bodentruppen. Wir glauben – und können das auch demonstrieren –, dass diese Einsatzart bei vielen zukünftigen Konflikten die optimale Kampfweise sein wird. Das Air-Battle-Force-

Konzept betont Geschwindigkeit, die Fähigkeit zu Präzisionsangriffen und Anpassungsfähigkeit an ein breites Spektrum von Konflikten, die von kleinen Verteidigungsaufträgen wie dem Schutz einer Botschaft im Krisenfall, Einsätzen gegen Terroristen oder Militäroperationen in Städten bis hin zu Land-, See-, Luft- und Weltraumschlachten reichen.

In Turkmenistan planen wir den Einsatz von zehn Kommandoteams«, fuhr Briggs fort. »Sechs Teams werden die von General Luger angesprochenen Pipelinestationen besetzen; zwei Teams werden den Flughafen Tschardschu sichern, den wir als Operationsbasis benutzen wollen; zwei weitere Teams werden mit dem Versorgungsflugzeug über dem Einsatzgebiet unterwegs sein und die anderen Teams je nach Bedarf unterstützen.«

»Zehn Teams? Meinen Sie zehn *Bataillone?* Zehn Brigaden?«, fragte Verteidigungsminister Goff überrascht. »Was haben Sie vor? Wollen Sie die gesamte Hunderterste Luftlandedivision nach Turkmenistan verlegen?«

»Nein, Sir. Ich habe vor, zehn Battle-Force-Teams einzusetzen – hundert Männer und Frauen«, antwortete Hal Briggs.

»Nur *hundert?* Wollen Sie mich auf den Arm nehmen?«, fragte Thorn ungläubig. »Sie wollen alle diese Positionen mit nur hundert…« Dann sah er Chris Wohl in dem elektronischen Ganzkörperpanzer mit dem mikrohydraulischen Exoskelett neben Hal Briggs treten und verstand, was der Oberst meinte. Wohl hatte seinen Helm aufgesetzt, um den Besuchern einen Zinnsoldaten in voller Ausrüstung vorzuführen. »Sie haben *hundert Soldaten* in dieser Montur?«

»Nicht ganz, Sir«, antwortete Briggs. »Jedes Battle-Force-Team besteht aus fünf Männern mit elektronischen Ganzkörperpanzern vom Typ Zinnsoldat, drei Männern mit dem Advanced Combat-Armor System oder ACAS und zwei herkömmlich ausgerüsteten Kommandosoldaten. Das ACAS bietet besseren Schutz gegen Waffeneinwirkung und die gleiche Funk- und Sensorausstattung – ein großer Fortschritt gegenüber der Standardausrüstung unserer Infanterie –, ist aber weniger vielseitig als das System Zinnsoldat. Irgendwann werden alle Teamangehörigen mit elektronischen Ganzkörperpanzern ausgerüstet sein, aber diesen Stand haben wir noch nicht erreicht.

Die Hauptmerkmale eines Air Battle Teams sind hohe Beweglichkeit, präzise High-Tech-Waffen und fortschrittlichste Sensoren«, sagte Briggs. »Die Zinnsoldaten-Systeme sind auf Mobilität und Kampfkraft ausgerichtet, und wir vertrauen darauf, dass ihre Träger die Stellungen mit Unterstützung ihrer ACAS-Kameraden halten können.«

»Trotzdem klingt es unwahrscheinlich, dass sie die gesamte Pipeline mit nur hundert Leuten halten können, Oberst«, stellte Hershel fest.

»In Zusammenarbeit mit den Flugzeugen der Air Battle Force können wir das, Ma'am«, versicherte Briggs ihr. »Die Bodentruppen erhalten den Auftrag, die Taliban aus den sechs wichtigsten Kontrollstationen der Pipeline zu vertreiben und den Flughafen Tschardschu zu besetzen. Die Flugzeuge kreisen über uns, um Truppenkonzentrationen der Taliban zu bekämpfen, aber wir müssen darauf achten, das keine Bomben in unmittelbarer Nähe der Pipeline fallen, sonst könnten wir genau die Katastrophe auslösen, die wir verhindern wollen.«

»Die eingesetzten Luftstreitkräfte bestehen anfangs aus unbemannten StealthHawks, die Tag und Nacht über Ostturkmenistan patrouillieren«, sagte David Luger. »Gestartet werden die StealthHawks von EB-52-Bombern, EB-1C-Bombern und weiteren Unterstützungsflugzeugen. Die UCAVs dienen als Aufklärungs- und Angriffsplattformen zum Schutz der Bodentruppen. Verstärkt werden die Patrouillen bei Bedarf durch Angriffe bemannter EB-52 Megafortress und EB-1C Vampire auf turkmenische Luftverteidigungsstellungen, bei denen als Geleitschutz AL-52 Dragon mit Flugzeuglasern mitfliegen. Sobald wir die Lufthoheit über dem Osten Turkmenistans erkämpft haben, können wir die bemannten Flugzeuge abziehen.«

»Na, das klingt ja, als hätten Sie schon alles genau geplant«, sagte Präsident Thorn missmutig. »Aber ich weiß verdammt genau, dass Pläne, die zu simpel klingen, immer irgendeinen Haken haben.« Er wandte sich an Patrick McLanahan und fragte pointiert: »Wo ist hier der Haken, General?«

»Der Haken besteht darin, Sir, dass die Air Battle Force den Auftrag hat, schnell anzugreifen und hart zuzuschlagen – wir sind nicht darauf vorbereitet, ein Gebiet auf Dauer zu verteidigen«, antwortete Patrick. »Wir können diese Stellungen nur für gewisse Zeit halten. Irgendwann müssen Sie Marineinfanteristen oder Einheiten der Army entsenden, bis die turkmenischen Streitkräfte reorganisiert sind.«

»Falls es überhaupt eine turkmenische Regierung gibt, die den Oberbefehl hat«, fügte die stellvertretende Außenministerin hinzu.

»Will die turkmenische Regierung nicht mitspielen, Miss Hershel, sollten wir offen gesagt keine Leben von Amerikanern aufs Spiel setzen, um sie – oder TransCals Öl – zu verteidigen«, sagte Thorn. »TransCal kann weiter Schutzgeld zahlen – oder sich von dort zurückziehen. Wir greifen dort ein, wenn wir die jeweilige Regierung hinter uns haben, oder wir lassen es ganz bleiben.«

»Verstanden, Sir«, bestätigte Patrick McLanahan. »Allerdings ist das Regime Gurisow unerschütterlich prorussisch.«

»Ja, aber wer spricht für das turkmenische Volk?«, fragte Maureen Hershel. »Hier war viel von TransCal und den Russen die Rede, aber was ist mit der Bevölkerung?«

»Die Bevölkerung scheint sich mehr und mehr auf die Seite der Guerillas zu schlagen«, berichtete David Luger. »Im Allgemeinen behandeln die Taliban alle Einheimischen, auch die Wehrpflichtigen, freundlich und großzügig, während sie andererseits im Kampf mit turkmenischen Berufssoldaten oder Russen bewiesen haben, wie brutal sie sein können.«

»Ich habe den Eindruck, dass hier zwei Männer den Ton angeben«, sagte Hershel. »Vielleicht ist der Führer der Taliban ein brutaler Typ, während der militärische Befehlshaber es sich nicht mit den Leuten verderben will, deren Land er besetzt hält.«

»Ich glaube, Sie haben Recht, Miss Hershel«, stimmte Patrick zu. »Bei unserem letzten Einsatz in Turkmenistan hat Sergeant Major Wohl einen der Talibankommandeure vernommen, und seine Beobachtungen decken sich mit Ihren Vermutungen.«

»Oh? Wollen Sie uns das nicht erzählen, Sergeant Major?«, fragte Goff.

Chris Wohl nahm den Zinnsoldatenhelm ab, bevor er antwortete.

»Ich habe einen Mann verhört, der sich Jalaluddin Turabi nannte, Sir. Er hat ausgesagt, sein Kommandeur heiße Wakil Mohammad Zarazi. Wir haben ihre Namen durch die Geheimdienstcomputer laufen lassen. Beide Männer sind im Ausland militärisch und für Terroranschläge ausgebildet worden, aber Zarazi wurde als religiöser Eiferer identifiziert und erhielt eine Zusatzausbildung. Ansonsten wissen wir nur wenig über sie, aber als ich Turabi verhört habe, hat er sich als *Dschihadi,* als Gotteskrieger bezeichnet. Er hat erwähnt, Zarazi sei ein General, aber behauptet, er selbst habe keinen Dienstgrad, obwohl er eindeutig der Führer der Abteilung war, auf die wir gestoßen sind. Turabi wollte offenbar andeuten, Zarazi erfülle irgendeine Mission, führe jedoch keinen heiligen Krieg – zumindest nicht den Dschihad, in den *er* gezogen sei.«

»Das betrachten wir als verhältnismäßig bedeutenden ideologischen Bruch«, sagte Patrick. »Taliban, die sich in einem heiligen Krieg befinden, sollen im Allgemeinen die feindlichen Nachrichtenverbindungen stören und Geld und Nahrungsmittel für ihre Clans erbeuten. Das scheint Turabis Auftrag zu sein. Aber Zarazi strebt offenbar nach weit mehr. Könnten wir Politiker wie Gurisow und Kämpfer wie Turabi dazu bewegen, mit dem Westen gemeinsame Sache zu machen, um größere Gewinne aus dem Ölgeschäft und mehr politisches Mitspracherecht zu erhalten, ließen sie sich vielleicht dazu überreden, mit amerikanischer Militär- und Wirtschaftshilfe eine parlamentarische Regierungsform einzuführen.«

Jetzt verstehe ich, weshalb dieser Mann als nationaler Sicherheitsberater des Präsidenten im Gespräch ist, dachte Maureen Hershel. Das ist genau der halb militärische, halb politisch-strategische Rat, den Thorn braucht, aber zu selten bekommt, weil er sich mit dem Alltagskram der von ihm geschaffenen Regierungsform befassen muss. Thomas Thorn war entschieden dagegen, dass die Vereinigten Staaten sich in die Probleme anderer Staaten einmischten – deshalb studierte niemand in seiner Führungsriege diese Probleme und dachte darüber nach, wie es den Vereinigten Staaten nützen könnte, zu ihrer Lösung beizutragen.

»General McLanahan, Sie haben mir noch nichts erzählt, was eine Änderung unserer Position in Bezug auf Zentralasien erfordern würde«, sagte Thorn. »Ich sehe keine Notwendigkeit für eine militärische Option.«

»Wir würden andere Optionen vorschlagen: Gurisows Regierung, die alle Verträge mit TransCal Petroleum geschlossen hat, zu unterstützen oder durch eine andere zu ersetzen.«

»Durch wen ersetzen?«, fragte Hershel. »Gurisow ist wenig mehr als ein Diktator.«

»Weshalb nicht durch Jalaluddin Turabi?«, fragte Patrick.

»Turabi ... Sie meinen, *wir sollten einen Taliban als neuen Präsidenten Turkmenistans unterstützen?*«, rief Robert Goff aus. »Wir haben über Jahre hinweg Milliarden Dollar ausgegeben, um die Taliban als politische Kraft zu eliminieren. Sie erwarten doch nicht etwa, dass wir mithelfen, einen Talibanterroristen zum Präsidenten zu machen?«

»Auf der Grundlage der Beobachtungen, die Sergeant Major Wohl gemacht hat, vermute ich, dass Turabi ein hoher Kommandeur dieser Talibanarmee ist – vielleicht sogar der Stellvertreter des Oberbefehlshabers«, antwortete Patrick. »Vielleicht ist er auch der eigentliche Planer des ganzen Unternehmens. Dann nimmt er an diesem Feldzug nur teil, weil er seinem Führer Zarazi, der im Auftrag des Clans handelt, Gehorsam schuldet. Zarazi drängt vorwärts, aber dann ist's Turabi, der die Truppe zum Erfolg führt. Zarazi ist als heimtückisch und rachsüchtig verschrien; Turabi wird als freundlich, großzügig und mitfühlend gelobt. Zarazi ist ein religiöser Eiferer, ein verbohrter Ideologe – mit ihm könnte man wahrscheinlich nicht verhandeln. Turabi hat sich einen klaren Kopf bewahrt. Ist er ansprechbar und interessiert, sollten wir versuchen, zu einer Vereinbarung mit ihm zu gelangen.«

Der Verteidigungsminister schüttelte unwillig den Kopf und murmelte etwas, das wie »Völlig plemplem!« klang, aber Hershel nickte McLanahan nachdenklich zu. »Eine interessante Idee«, sagte sie. »Ich glaube, der Versuch, mit ihm ins Gespräch zu kommen, wäre eine Reise nach Turkmenistan wert.«

»Wie ich Präsident Martindale kenne, wird er bald dorthin unterwegs sein, um genau das zu tun«, stellte Patrick fest. »Er wird versuchen, Gurisow zu härterem Durchgreifen gegen die Guerillas zu bewegen, aber er wird möglichst auch Kontakt zu den Taliban aufnehmen – in erster Linie, um sie zu bestechen, damit sie die Pipelines unbeschädigt lassen, und anschließend, um zu erkunden, ob sie Gurisows Regime ablösen könnten.«

»Interessante Idee«, sagte Thorn bissig. »Hat Ihr Kumpel Kevin Martindale Ihnen das selbst erzählt?« Patrick McLanahan machte ein grimmiges Gesicht. Die Aktivitäten des ehemaligen Präsidenten der Vereinigten Staaten waren für sie alle ein sehr unangenehmes Thema.

Vor drei Jahren, als Sky Masters Inc. die Entwicklung des elektronischen Ganzkörperpanzers vom Typ Zinnsoldat abgeschlossen hatte, hatte der damalige Präsident Martindale die erste Air Battle Force aufzustellen versucht: kleine Teams von High-Tech-Kommandos, die von Stealth-Flugzeugen unterstützt den Feind durch hohe Mobilität und mit modernster Bewaffnung vernichtend schlagen konnten. In Zukunft würde es überflüssig sein, über Monate hinweg tausende von Soldaten für Auslandseinsätze zu mobilisieren, weil ein paar Dutzend Zinnsoldaten ihren Auftrag ebenso gut erledigen konnten.

Kevin Martindale wurde nicht wieder ins Weiße Haus gewählt – aber das Air-Battle-Force-Konzept überlebte trotzdem. Als Expräsident stellte Martindale ein Team mit dem Decknamen »Night Stalkers« auf: ehemalige Kommandosoldaten unter Führung von Paul McLanahan, Patricks Bruder, in elektronischen Ganzkörperpanzern vom Typ Zinnsoldat. Sie agierten als High-Tech-Söldner, die Jagd auf die schlimmsten Verbrecher und Terroristen der Welt machten.

Durch ihre Kühnheit und ihre Missachtung bestehender Gesetze machten die Night Stalkers sich viele Feinde, darunter auch Präsident Thorn und seine Berater, aber ihre Organisation arbeitete äußerst erfolgreich. Dass Patrick und seine Kameraden sie öffentlich unterstützten, wurde dem Weißen Haus so peinlich, dass sie alle gegen ihren Willen aus dem aktiven Dienst ausscheiden mussten. Patrick, David, Hal und Chris schlossen sich wenig später den Night Stalkers an, die auch von Sky Masters Inc., Jon Masters' High-Tech-Firma, die von Rüstungsaufträgen lebte, unterstützt wurden. Die Gruppe wurde bald zur »Feuerwehr« bei weltweiten Krisen: Sie übernahm die schlimmen, unerfreulichen Liquidierungsaufträge, die kein Staat – auch nicht die Vereinigten Staaten unter Thomas Thorns Führung – übernehmen konnte oder wollte. Das war doppelt peinlich für Männer wie Lester Busick, Edward Kercheval und Robert Goff, die zwar der Regierung Thorn angehörten, aber offen für ein stärkeres Engagement der Vereinigten Staaten in Krisengebieten eintraten.

Trotzdem zeichnete sich bald ab, dass die Night Stalkers nicht überleben würden. Um ihre weltweiten Einsätze finanzieren zu können, mussten sie ihre Opfer oft berauben. Patrick McLanahan selbst hatte den russischen Terroristen Pawel Kasakow gefoltert und mit dem Tod bedroht, damit dieser eine halbe Milliarde Dollar zahlte. Obwohl die Staatengemeinschaft froh war, wenn Killer wie Kasakow im Gefängnis landeten, hatten solche Erpressermethoden den guten Ruf der Night Stalkers beschädigt.

Später verlegte sich die Gruppe auf reines Söldnerhandwerk und ließ sich von Großkonzernen dafür bezahlen, dass sie ausländische Regierungen bespitzelte und militärische Einrichtungen im Ausland überfiel, wenn sie die Interessen ihrer Auftraggeber gefährdeten. Das war der Tropfen, der das Fass zum Überlaufen brachte. Nun musste jedes Land befürchten, von den Night Stalkers überfallen zu werden. Die Gruppe kämpfte nicht mehr für Gerechtigkeit oder Vergeltung – sie kämpfte für Geld. Die US-Regierung ging entschlossen gegen sie vor, ließ mehrere Night Stalkers verhaften und schloß vorübergehend auch die Firma Sky Masters. Wenig später löste Martindale das gesamte Team auf. McLanahan, Luger, Briggs und Wohl erhielten die Erlaubnis, in den aktiven Dienst zurückzukehren.

»Nein, Sir – aber er hätte's bestimmt getan«, sagte Patrick jetzt, um die Frage des Präsidenten zu beantworten.

»Wie zum Teufel können Sie noch zu diesem Scheißkerl halten, General?«, fragte Thorn. »Dass Sie Ihre Frau und Ihren Bruder in Libyen verloren haben, verdanken Sie nur diesem Hundesohn Martindale.« Maureen Hershel starrte erst Thorn, dann McLanahan sichtlich schockiert an. Das hatte sie offenbar zum ersten Mal gehört.

»Sir, ich erkenne an, dass Präsident Martindale den Mut besitzt, seinen Überzeugungen entsprechend zu handeln«, antwortete Patrick. »Wir haben getan, was wir für richtig hielten. Wir hatten die Möglichkeit, etwas zu unternehmen, also haben wir's getan. Wir haben nicht darauf gewartet, dass irgendein Staat uns die Arbeit abnimmt.«

»Wunderbar. Sie haben die Wüsten Libyens und Ägyptens sicher gemacht, damit Ölmultis mit der Ausbeutung der dortigen Lagerstätten Riesengewinne erzielen können«, sagte Thorn. »War das den Tod Ihrer Angehörigen wert, General?«

»Ich dachte, Sie wollten sich hier informieren lassen, Mr. President«, sagte Patrick. »Wozu haben Sie sich die Mühe gemacht, herzukommen und sich hier einen Vortrag anzuhören, wenn Sie nicht in Turkmenistan intervenieren wollen? Ist es respektlos, falsch oder sogar hochverräterisch, einen Plan auszuarbeiten und Vorbereitungen für einen Einsatz zu treffen, selbst wenn der eigene Boss, der so genannte Führer der freien Welt, sich nicht engagieren will?«

»Sie sprechen von Ihrem Oberbefehlshaber, General«, sagte Robert Goff pointiert. Er konnte McLanahan nicht wirklich böse sein – schließlich war er weitgehend seiner Meinung –, aber er durfte ihm solche Bemerkungen auch nicht durchgehen lassen. »Wechseln wir das Thema, ja?«

Thorn funkelte McLanahan an, ließ es aber dabei bewenden.

»Die CIA hat das Weiße Haus gestern darüber informiert, dass Russland voraussichtlich bald in Turkmenistan eingreifen wird«, teilte Goff den anderen mit. »Kurban Gurisow ist entschieden prorussisch, antiwestlich und antimuslimisch eingestellt. Nach Ansicht der CIA könnten die russischen Streitkräfte intervenieren, wenn die Guerillas den Ölexport Turkmenistans gefährden – und Gurisow würde ihr Eingreifen *begrüßen,* weil das seine Herrschaft zementieren würde.«

»Und wenn die Talibanarmee weiter gegen die Überreste der turkmenischen Streitkräfte siegreich bleibt, dürfte eine Verwicklung Russlands in den Konflikt unvermeidlich sein«, sagte Patrick. Er überlegte kurz. »Russland hat in Turkmenistan einige Jagdgeschwader stationiert, betreibt dort mehrere Übungsgebiete und hat bei Mary ein großes Luftkampfzentrum eingerichtet. Es entspricht dem

Strike and Air Warfare Center der Navy auf der Naval Air Station Fallon oder dem Air Warfare Center der Air Force auf der Nellis Air Force Base. Teile der russischen Flottille im Kaspischen Meer mit einer Brigade Marineinfanterie und einem Bataillon Sondertruppen sind weiterhin in Turkmenistan stationiert, und viele turkmenische Einheiten werden von russischen Offizieren mit Arbeitsverträgen geführt.«

»Aber offiziell ist das russische Militär vollständig aus Turkmenistan abgezogen«, sagte Goff, »und es gibt praktisch keinerlei Verbindung zwischen russischen und turkmenischen Verbänden. Wo sehen Sie eine Gefahr, Patrick?«

»Hier geht's um eine potenzielle Gefahr, Sir, nicht um eine reale«, antwortete Patrick. »Turkmenistan war eine wichtige Sowjetrepublik und ist weiterhin ein Großlieferant von billigem Erdöl, das Russland teils selbst verbraucht, teils sogar exportiert. Ginge Turkmenistan an eine Horde muslimischer Guerillas verloren, obwohl russische Offiziere die turkmenischen Streitkräfte kommandieren und dort in Wirklichkeit noch russische Einheiten stationiert sind, wäre das für Russland äußerst peinlich.«

Thorn und Goff schwiegen nachdenklich.

»Eine interessante Analyse, Gentlemen«, sagte Präsident Thorn schließlich. »Ihre Schlussfolgerungen passen sehr gut zu denen der CIA.« An Hershel gewandt fügte er hinzu: »Ein baldiger Außenministerbesuch in Turkmenistan dürfte zweckmäßig sein.« Er nickte Luger, Briggs und Wohl zu. »Ich danke Ihnen, Gentlemen. Ich möchte noch kurz mit General McLanahan sprechen.« Er verabschiedete sich von allen dreien mit Handschlag und schüttelte sogar Chris Wohls gepanzerte Hand, als sie gingen.

Thorn, Hershel und Goff steckten die Köpfe zusammen; Patrick begleitete die anderen zur Tür, um respektvoll außer Hörweite zu bleiben. »Wie geht's deiner Ansicht nach weiter, Muck?«, fragte David Luger.

»Ich glaube, wir haben Eindruck gemacht«, antwortete Patrick, »und werden in den kommenden Wochen sehr beschäftigt sein. Ich möchte, dass du um dreizehn Uhr eine Stabsbesprechung ansetzt. Wir müssen darüber reden, was wir haben und was nicht.«

»Wird gemacht.«

»General McLanahan!«, rief Verteidigungsminister Goff. Patrick, Rebecca und dann auch John Long gesellten sich zu Thorn, Hershel und Goff. »Danke für die Besichtigung, General«, sagte der Minister. »Wir müssen weiter.«

»Ja, Sir. Ich veranlasse, dass Ihr Flugzeug nach oben gebracht und flugfertig gemacht wird.«

»General Furness«, fragte Präsident Thorn, »was halten Sie von General McLanahans hiesigem Programm?«

»Was ich davon halte, Sir?«

»Wie *denken* Sie darüber, General?«, fragte Thorn unmissverständlich. »Glauben Sie, dass hier etwas Brauchbares entsteht, oder sind seine Ideen so abgehoben, dass nichts praktisch Verwertbares herauskommen kann?«

Rebecca schwieg einen Augenblick lang unbehaglich, dann antwortete sie: »Sir, General McLanahan war schon immer ein unkonventioneller Denker. Seit er auf meinem Stützpunkt in Reno aufgekreuzt ist, verblüfft, irritiert und frustriert er mich mit seinen Ideen und den technischen Lösungen, die er findet, um sie zu verwirklichen. Ich nenne das unkonventionell; andere würden es vielleicht innovativ nennen. Ich weiß nicht, wie er's macht, aber letztlich ist er damit erfolgreich.«

»Werten Sie seine Methoden durch kühles Lob ab?«, fragte Goff. »Ich verstehe Sie nicht, General. Ist diese ganze Idee etwas, mit dem man sich weiter beschäftigen sollte, oder wollen Sie nur Ihren Stützpunkt, Ihr Geschwader und Ihre Flugzeuge zurückhaben, um Ihre Einheit so führen zu können, wie Sie's für richtig halten?«

»Sir, ich weiß nicht recht, was ich von der Idee, Kampfflugzeuge unbemannt einzusetzen, halten soll«, antwortete sie. »Ich bilde seit zwölf Jahren fliegende Besatzungen aus und führe sie bei Kampfeinsätzen. Meiner Überzeugung nach ist ein Mensch als Pilot immer besser als eine Maschine. Hätten nicht wir diese EB-1 geflogen, das weiß ich ziemlich sicher – nicht hundertprozentig, aber ziemlich sicher –, hätten wir ein Flugzeug für zweihundert Millionen Dollar verloren.«

Rebecca zögerte kurz, dann fügte sie hinzu: »Und ja, ich gestehe ein, dass mir sehr bewusst war, dass dies *mein* Flugzeug war – eine der wenigen Maschinen *meines* Geschwaders. Dies ist der Posten, den ich mir schon immer gewünscht habe, und es gefällt mir offen gesagt nicht sehr, mir das Rampenlicht mit Patrick McLanahan teilen zu müssen. General McLanahan versteht es empörend gut, auch nach absoluten Katastrophen als strahlender Held dazustehen. Entschuldigung, Sir, aber damit meine ich, dass ...«

»Wir wissen, was Sie meinen, General. Wir haben's selbst erlebt«, sagte Thorn mit schwachem Lächeln.

»Bis vor wenigen Jahren hat die Ansicht vorgeherrscht, Sir, Frauen seien nicht als Pilotinnen von Kampfflugzeugen geeignet«, fuhr Rebecca fort. »Es hat geheißen, Frauen seien zu beschützend, nicht stark genug, nicht aggressiv genug, zu emotional und zu sehr auf Kinderkriegen und Nestbauen fixiert, um als Zerstörer effektiv zu sein. Ich freue mich, feststellen zu können, dass wir unsere Kritiker widerlegt haben.«

»Was *wollen* Sie also sagen, General?«

»Ich will sagen, dass General McLanahans Projekt weiter untersucht und weiter erprobt werden muss«, antwortete sie. »Ein einziger Testflug reicht nicht aus, um seine Theorien zu beweisen oder zu widerlegen. Und ... es wäre nur zweckmäßig, zur Fortsetzung dieser Versuche die Flugzeuge, Einrichtungen und Haushaltsmittel meines Geschwaders zu verwenden. General McLanahan und General Luger arbeiten seit Jahren mit den Flugzeugen meines Geschwaders. Wir sind noch dabei, für die EB-1C Vampire ein Ausbildungsprogramm für Fluglehrer zusammenzustellen. Und es dauert noch mindestens ein halbes Jahr, bis der Ausbildungsplan steht, sodass wir anfangen können, Piloten auf die Vampire umzuschulen. Unsere Flugzeuge und Einrichtungen werden im Augenblick nicht genug genutzt.«

»Was empfehlen Sie also?«, fragte Goff.

»Ich empfehle, die für mein Geschwader bewilligten Haushaltsmittel umzuschichten und den Auftrag zu erteilen, General McLanahans Air-Battle-Force-Konzept so rasch wie möglich einsatzfähig zu machen«, antwortete Rebecca. »Funktioniert es, brauchen wir vielleicht nie wieder einen Amerikaner in lebensgefährliche Situationen zu schicken. Die Flieger, die ich kenne, halten es für ihre Pflicht, sich in lebensgefährliche Situationen zu begeben, und solange sie Auftrag und Einsatzzweck kennen und verstehen, werden sie's immer wieder tun. Aber das ist die Auffassung der alten Schule, die ich hier vertrete. Liegt die Zukunft der Luftkriegsführung in ferngesteuerten Flugzeugen und satellitengeführten bewaffneten Drohnen, wäre ich stolz darauf, wenn mein Geschwader ihr den Weg bahnen würde.«

Robert Goff nickte zustimmend – aber Thomas Thorn wirkte erst verwirrt, dann zornig.

»Hören Sie, ich bin sicher, dass ich hier nicht die ganze Geschichte erfahre«, sagte er, »aber ich habe gesehen, was ich sehen wollte. Ich werde trotzdem untersuchen lassen, ob Sie Haushaltsmittel zweckentfremdet haben, General McLanahan, und ob Ihre Verwendung privater Versuchsflugzeuge für uns riskant ist.« Er musterte sie alle drei, dann fügte er hinzu: »Mir gefällt Ihre Analyse der Lage in Zentralasien, und ich denke, dass Sie hier ein Waffensystem haben, das nützlich sein kann, wenn der dortige Vorfall sich ernstlich ausweitet. Minister Goff, Sie treffen in diesem Zusammenhang alle Maßnahmen, die Sie für richtig halten.«

»Sehr wohl, Sir.«

Thorn nickte, dann sah er den drei Offizieren wieder ins Gesicht. »Vielleicht seid ihr Leute doch nicht so verlogen, hinterhältig, heimtückisch und ahnungslos, wie man euch mir geschildert hat.« Er machte eine Pause, wandte sich John Long zu und starrte ihn lange genug an, sodass jeder wusste, wer alles das behauptet hatte. Long wand sich förmlich, aber er konnte sich nirgendwo verstecken.

»Ich weiß nicht, was ich von all dem halten soll, aber ich weiß eines: Ich mag keine Intriganten. Ich kämpfe lieber offen. Das war's, Oberst.« Long salutierte; Thorn erwiderte seinen Gruß nicht. »Im Augenblick komme ich mir wie ein verdammtes Erdhörnchen vor. Kann mir jemand zeigen, wie man hier am schnellsten an die Oberfläche kommt?« David Luger und der Leiter des Sicherheitsteams des Präsidenten zeigten zu den bereitstehenden Elektrowagen hinüber. »Robert, Maureen, auf ein Wort, bitte.«

Rebecca Furness ging zu Patrick hinüber, als Goff, Hershel und der Präsident die Köpfe zusammensteckten, um sich zu beraten. »Wissen Sie, manchmal werde ich wirklich nicht aus Ihnen schlau, McLanahan«, sagte sie.

»Wie meinen Sie das?«

»Warum haben Sie ihnen nicht erzählt, was Sie denken, Patrick?« fragte sie. »Ich weiß, dass Sie nicht geglaubt haben, das Flugzeug sei in Gefahr. Ich weiß *verdammt* sicher, dass Sie nicht glauben, es habe eine Sondenberührung gegeben. Tatsächlich haben die Wartungsmannschaften weder auf Diego Garcia noch hier die geringste Spur einer Sondenberührung gefunden.«

»Was ich ihnen erzähle, spielt keine Rolle.«

»Spielt keine Rolle? Sie wissen so gut wie ich, dass sie Ihnen vielleicht eine weitere Chance gegeben hätten, Ihr virtuelles Cockpit zu erproben, wenn Sie den Verlauf aus Ihrer Sicht geschildert hätten …«

»Rebecca, genau das hatten sie von mir erwartet. Sie hatten erwartet, dass ich mein Projekt unter allen Umständen und unabhängig vom Inhalt des Flugberichts verteidige«, sagte Patrick. »Aber ich kann meine höheren Offiziere nicht ignorieren. Auch wenn ich Ihre Beobachtungen nicht teile, Rebecca, werde ich der National Command Authority nicht erklären, dass Sie Unrecht hatten, dass Sie sich getäuscht haben und ich Recht habe, nur weil ich zwei Sterne habe. Dazu habe ich zu viel Respekt vor Ihnen und Ihrer jahrelangen Erfahrung. Kann ich auf Ihr Urteil, der Test sei fehlgeschlagen, nur mit der Feststellung ›Ich bin anderer Meinung‹ antworten, fällt es mir nicht ein, diese schwache Position zu verteidigen. Bei der nächsten Gelegenheit kann alles wieder anders aussehen.«

Wenig später stieg Thorn in einen der Elektrowagen, während Robert Goff und Maureen Hershel zu Patrick zurückgingen. »Der Präsident überlässt die Entscheidung mir«, sagte Goff. »Ich will, dass dieses Geschwader möglichst rasch einsatzbereit gemacht wird. Wie bald können Sie Ihren Auftrag definieren, einen Zeitplan aufstellen und einen Finanzierungsvorschlag machen, Patrick?«

»Diese Dinge können wir dem Vorsitzenden der Vereinten Stabschefs in zwei Tagen vorlegen«, antwortete McLanahan.

»Sehen Sie zu, dass Sie's in einem Tag schaffen, Patrick, dann setze ich mich mit General Venti zusammen und bringe alles auf den Weg«, sagte Goff. »Und für den Fall, dass der Präsident intervenieren will, möchte ich Ihren detaillierten Plan für Turkmenistan sehen. Ich verspreche Ihnen nicht mehr Geld oder allzu viel Unterstützung, aber jeder Erfolg versprechende Plan, der nicht erfordert, dass wir starke Truppenkontingente entsenden oder riesige Mengen Kriegsmaterial liefern, verdient ganz entschieden die Aufmerksamkeit des Präsidenten.«

»Ich veranlasse sofort, dass General Lugers Vortrag an Ihre Dienststelle geht, Sir.«

»Sein Vortrag hat uns offen gestanden verdammt Angst gemacht, General«, fuhr Goff fort. »Die CIA hat in ihrem Bericht natürlich alles heruntergespielt. Sie lässt sich nicht auf Schlussfolgerungen ein, oder wenn sie's doch tut, nimmt sie jeden nur möglichen Schluss – und sei er noch so unwahrscheinlich – in ihre Zusammenfassung auf. Dagegen haben Sie und Ihre Leute klare Beobachtungen, logische Schlussfolgerungen, einen Aktionsplan, realistische Bedrohungsszenarien und sogar einige übers rein Militärische hinausgehende politische Hinweise vorgelegt. Das gefällt mir.

Und ich glaube, dass Ihre Freimütigkeit und Ihre Offenheit im Umgang miteinander den Präsidenten beeindruckt haben«, fuhr Goff fort. »Sie und ihn verbindet eine gemeinsame Geschichte, die nicht immer erfreulich war. Sie verfolgen beide unterschiedliche und meistens entgegengesetzte Ziele, erkennen aber irgendwann, dass Sie zusammenarbeiten müssen, um sie verwirklichen zu können. Dass Sie sich noch nicht gegenseitig umgebracht haben, muss wohl bedeuten, dass Sie gewisse Achtung voreinander haben. Das ist, als ob man Sauerstoff und Wasserstoff mischt: Macht man's falsch, fliegt einem alles um die Ohren, macht man's richtig, erhält man lebenserhaltendes Wasser. Immer wenn man fürchtet, Sie und er könnten hochgehen, tun Sie sich zusammen und bewirken, dass irgendwas geschieht.« Er schüttelte den Kopf und sagte:. »Verdammt, Ihr Maulwurfsloch hier geht mir allmählich auf den Geist, McLanahan. Ich fange schon an, wie Mark Twains dämlicher Bruder zu reden. Kommen Sie, Maureen, wir sehen zu, dass wir aus dieser

Fledermaushöhle rauskommen, damit diese Leute weiterarbeiten können.«

Maureen Hershel verabschiedete sich als Letzte. Sie gab Patrick McLanahan die Hand. »Ich verstehe nicht viel von den Flugzeugen und Waffensystemen, die Sie hier haben, General«, sagte sie, »aber mich fasziniert der elektronische Ganzkörperpanzer. Die ungeheure Kraft, die das System seinem Träger verleiht! Jeder Zinnsoldat mit dem Kampfwert von zwölf oder mehr Soldaten …«

»Das war die Idee dahinter: Technologie als Kraftmultiplikator zu verwenden«, sagte Patrick. »Man braucht keinen riesigen Sicherheitsapparat, wenn ein richtig ausgerüsteter einzelner Mann das Gleiche leistet.«

»Sehr interessant«, sagte sie. »Vielleicht bitte ich Sie gelegentlich um Ihre Hilfe.«

»Wir helfen gern, wo wir können.«

»Und …« Sie sah ihm in die Augen, als sei sie unsicher, und sprach dann weiter. »… ich will nicht neugierig sein, aber …«

»Schon in Ordnung«, sagte Patrick. »Fragen Sie mich, was Sie wollen, Ma'am.«

»Bitte nicht so förmlich. Für Sie bin ich Maureen«, sagte sie rasch.

»Danke … Maureen.« Und zum ersten Mal, seit sie ihn kannte, lächelte McLanahan. Es war nur ein müdes, abgekämpftes Lächeln, aber es schien die Atmosphäre dieser unterirdischen Einrichtung so dramatisch zu verändern, als habe eine Riesenhand die Stahlbetondecke aufgerissen und Sonnenlicht hereinströmen lassen.

»Ich weiß nicht, was mit Ihnen und Ihren Angehörigen und Präsident Martindale passiert ist«, fuhr Hershel fort. »Ich kenne die Gerüchte über verschiedene Aktivitäten des Expräsidenten nach seinem Ausscheiden aus dem Amt, aber ich habe sie immer nur für Gerüchte gehalten. Ich möchte Sie meines Mitgefühls versichern, auch wenn ich die näheren Umstände nicht kenne. Könnten Sie sie mir bei Gelegenheit schildern, würde ich gern hören, was damals passiert ist. *Ihre* Version der Ereignisse.«

»Das ist nichts, worüber ich sprechen möchte, Ma'am.«

»Maureen. Bitte.«

»Das ist keine Geschichte, die ich erzählen möchte, Maureen.

Aber wenn sie dazu beitragen würde zu erklären, was wir machen und wie wir die Air Battle Force bei zukünftigen Konflikten einsetzen wollen… dann könnte ich Ihnen erzählen, was passiert ist.«

»Danke, General«, sagte sie und legte ihm kurz eine Hand auf den Arm. »Glauben Sie mir, ich frage nicht aus bloßer Neugier. Widerstrebt es Ihnen, darüber zu reden, werde ich nicht weiter darauf bestehen.«

»Danke, Maureen«, sagte Patrick. »Ich hoffe, dass sich bald eine Gelegenheit ergibt, Ihnen alles zu erzählen.«

»Nochmals vielen Dank.« Sie machte eine Pause, dann fügte sie hinzu: »Und die Anhörungen zur Bestätigung Ihrer Nominierung als Präsident Thorns erster nationaler Sicherheitsberater dürften wohl bald beginnen?«

»Ich bin noch nicht gefragt worden und bezweifle, dass es dazu kommen wird«, antwortete Patrick.

»Ihr Name ist auf dem Kapitol weiter im Gespräch. Ich denke, dass die Mehrheit der Abgeordneten und Senatoren bereit wäre, Sie zu unterstützen. Obwohl Präsident Thorn selbst Offizier war, gilt er nicht als jemand, der viel Verständnis für militärische Fragen aufbringt. Sie dagegen können auf eine sehr eindrucksvolle – und reizvoll geheimnisumwobene – Karriere zurückblicken. Geben Sie das Rennen nicht vorzeitig auf.«

»Ich bin gar nicht im Rennen, Miss Hershel. Mein Job hier ist mir zu wichtig.«

»Das kann ich mir vorstellen«, stimmte sie zu. »Trotzdem rechne ich damit, Sie in Washington wiederzusehen. Alles Gute, General.«

Hotel Fairmont, San Francisco
Einige Tage später

Die Gerüchte stimmen also, sagte sich Kevin Martindale, als er die luxuriöse Hotelsuite betrat. Es hat personelle Veränderungen gegeben. Kercheval ist nicht mehr im Amt.

Maureen Hershel erhob sich, setzte ihr freundlichstes Lächeln auf und ging dem Besucher mit ausgestreckter Hand entgegen. »Präsident Martindale, willkommen«, sagte sie. »Ich bin Maureen Hershel. Minister Kercheval ist leider verhindert, aber er hat veranlasst, dass Ihnen alle gewünschten Informationen zur Verfügung gestellt werden, und mich gebeten, Ihre Fragen persönlich zu beantworten.«

»Danke.«

Kevin Martindale hatte Hershel genau beobachtet, als sie die opulente Sherwood-Suite durchquerte, um ihn zu begrüßen. In ihrem konservativ geschnittenen, teuren Kostüm, dessen Rock knapp über den Knien endete, einer beigen Seidenbluse mit tiefem Ausschnitt und italienischen Pumps sah sie nicht wie eine Beamtin des Außenministeriums, sondern wie die Juniorpartnerin einer angesehen Anwaltskanzlei aus. Ihr Händedruck war kurz, aber kräftig.

»Ich bin sicher, bei Ihnen in guten Händen zu sein, Miss Hershel. Wie geht's Ihnen heute?«

»Danke, gut«, antwortete sie mit freundlicher, nur halb amtlich klingender Stimme. »Nehmen Sie bitte Platz. Wie ich höre, wollten Sie diesmal keine Pressefotos.«

»Ich hoffe, das stört Sie nicht«, sagte Martindale in einem Tonfall, der deutlich erkennen ließ, dass es ihm egal war, ob sie das störte oder nicht.

»Durchaus nicht.« Sie machte eine kurze Pause, dann fragte sie: »Aber würden Sie mir sagen, weshalb Sie darauf verzichten wollten, Mr. President?«

Ihre Frage verblüffte ihn im ersten Augenblick, aber er sah ihr offen ins Gesicht und antwortete: »Ich erwarte ehrlich gesagt nicht, von Ihnen die Antworten zu bekommen, die ich gern hätte. Und da dies ansonsten kein gesellschaftlicher Besuch ist, habe ich's für besser gehalten, auf die üblichen lächelnden Gesichter und den Händedruck vor den Kameras zu verzichten.«

»Ja, ich verstehe.« Nun konnte sie ihrerseits Kevin Martindale in Augenschein nehmen. Der noch immer jungenhaft wirkende Expräsident hatte im politischen Leben Amerikas viele Jahre lang eine wichtige Rolle gespielt. Ihm wurden alle Eigenschaften zugeschrieben, die Präsident Thomas Thorn nicht unbedingt besaß: aggressiv, eigensinnig, rechthaberisch, impulsiv und durchsetzungsfähig. Man hätte glauben können, das wegen Thorns Laisser-faire-Außenpolitik beunruhigte oder sogar verängstigte amerikanische Volk erinnere sich wehmütig an den Respekt und die Macht, wie sie die Regierung in Martindales Amtszeit verkörpert hatte.

Wirklich prominent geworden war Kevin Martindale jedoch erst in neuerer Zeit. Dazu hatte beigetragen, dass er noch jung war, blendend aussah, reich und unverheiratet war und einmal der mächtigste Mann der Welt gewesen war. Seine Aufsehen erregende Scheidung in seiner Amtszeit als Vizepräsident und die vielen Starlets, die während seiner einzigen Amtszeit im Weißen Haus seine Freundinnen gewesen waren, hatten lediglich dazu beigetragen, dass die Öffentlichkeit ihn beachtete. Aber seit er nun in die Politik zurückgekehrt war, erschienen sein Name und sein Gesicht in sämtlichen Medien, nicht nur in der Regenbogenpresse.

Hershel begleitete Martindale zur Sitzgruppe der Suite und überließ es ihm, sich einen Platz auszusuchen. Sie hatte erwartet, er werde den Sessel ihr gegenüber wählen, aber er entschied sich für die entfernteste Ecke des langen Sofas. Sie entließ den offiziellen Fotografen des Außenministeriums mit einem höflichen Nicken und deutete dann als Gastgeberin auf den Servierwagen neben ihr. »Kaffee? Tee?«

»Nein danke.«

»Ich trinke einen Kaffee«, sagte sie und ließ sich dann in einem der bequemen Sessel der Sitzgruppe am Kamin nieder. Sie schlug die Beine übereinander, hielt die Tasse zwischen beiden Händen und nahm einen kleinen Schluck Kaffee, während ihr Gast es sich bequem machte.

Martindale griff in die Innentasche seines Jacketts und zog eine Davidoff Double R Churchill heraus. »Stört es Sie, wenn ich rauche, Miss Deputy Secretary? Ich weiß, dass im Fairmont heutzutage Rauchverbot herrscht, aber ich weiß auch, dass Mr. Kercheval eine gute Zigarre schätzt, deshalb habe ich meine und ein paar für ihn mitgebracht.«

»Durchaus nicht«, sagte sie rasch und in neutralem Tonfall.

Er schnitt die Spitze seiner Zigarre ab, dann schien ihm einzufallen, dass er unhöflich gewesen war, und er zog eine weitere Davidoff heraus. »Darf ich Ihnen eine anbieten?«

»Nein«, sagte sie kühl.

Aus seinem leisen Lachen sprach das deutliche Bewusstsein männlicher Überlegenheit. »Ich wollte nur mal fragen. Gleichberechtigung für Frauen sollte sich auch auf gute Zigarren erstrecken, finden Sie nicht auch?«

»Das hat nichts mit Gleichberechtigung zu tun – nur mit Geschmack«, antwortete sie.

Martindale zuckte mit den Schultern, weil er nicht recht wusste, was sie damit meinte, und steckte die zweite Zigarre wieder ein. Er holte ein silbernes Feuerzug heraus, wollte gerade seine Davidoff anzünden… und hielt dann verblüfft inne, als Hershel ebenfalls eine Zigarre aus der Innentasche ihres Jacketts zog.

»Aber das liegt nicht daran, dass ich keine Zigarren mag. Ich mag nur *diese* Zigarren nicht. Lars Tetens sind mir lieber als Davidoffs.« Sie holte Zigarrenabschneider und Feuerzeug heraus. »Die Tesshu Deluxe Robusto ist meine Lieblingszigarre. In New York hergestellt. Kennen gelernt habe ich sie durch einen deutschen Vizeadmiral. Man hätte glauben können, er habe die Neue Welt entdeckt, so hat er von ihnen geschwärmt. Man muss sich erst an sie gewöhnen, aber die Mühe lohnt sich wirklich.« Der starke Duft der Lars Teten setzte sich rasch gegen den zarteren der Davidoff durch. Martindale konnte nur staunen, als er eine Frau mit sichtlichem Genuss diese Männerzigarre paffen sah.

»Ich hoffe, Sie hatten eine angenehme Reise hierher an die Westküste, Miss Hershel.«

»Sehr angenehm, danke, Mr. President.«

»Kevin. Bitte. Thorn ist jetzt ›Mr. President‹.«

»Danke, Kevin. Und ich bin Maureen.«

Martindale nickte. »Ich bin Ihnen dankbar, dass Sie sich Zeit für ein Gespräch mit mir genommen haben.«

»Nichts zu danken.« Sie lehnte sich in den Sessel zurück und überraschte ihn erneut, indem sie ihren linken Ellbogen aufstützte und den Daumen unters Kinn legte, während sie ihre Zigarre zwischen Zeige- und Mittelfinger der selben Hand hielt.

»Ich wollte über eine sehr wichtige Sache sprechen, mit der die Vereinigten Staaten konfrontiert sind, Maureen.«

»Die Situation in Turkmenistan.«

»Genau«, bestätigt er. »Sie wissen natürlich von dieser Invasion der Talibankämpfer.«

»Natürlich.« Sie zog erneut an ihrer Zigarre und atmete den Rauch aus, während sie sprach. »Die Taliban werden offensichtlich von Tag zu Tag stärker und rücken anscheinend unaufhaltsam weiter vor. Ich würde die Situation als sehr unübersichtlich charakterisieren.«

»›Unübersichtlich‹? Miss Hershel, die Situation dort drüben ist kritisch!«, erwiderte Martindale. »Die Taliban kontrollieren jetzt drei Viertel der von amerikanischen Firmen gebauten Öl- und Gaspipelines in Turkmenistan!«

»Sie kontrollieren drei Viertel der Pipelines in der Osthälfte des Landes, insgesamt rund dreizehntausend Kilometer, sowie acht Verteilerstationen, sechzehn Pumpstationen und zwei Kraftwerke«, sagte Hershel, ohne Martindale anzusehen, als lese sie diese Informationen in der Wolke aus Zigarrenrauch, die ihren Kopf umgab. »Sie kontrollieren nicht nur die gesamte Ausfuhr nach Pakistan und Usbekistan, sondern auch gut die Hälfte der Öl- und Erdgasexporte nach Afghanistan, in den Iran und nach Kasachstan.«

»Das ist eine sehr ernste Entwicklung, Maureen.« Martindale klatschte seine Davidoff zornig in den Aschenbecher auf dem Beistelltischchen neben ihm; wegen des starken Dufts der Lars Teten schmeckte er sie ohnehin kaum. »Viele Leute in aller Welt halten diesen Konflikt für die erste außenpolitische Krise, mit der Präsident Thorn konfrontiert wird – eine mit direkten Auswirkungen auf amerikanische Geschäftsinteressen. Ich bin beeindruckt, dass Sie die Zahlen so im Kopf haben, Maureen, aber mich interessiert etwas anderes: Was genau will der Präsident in dieser Sache unternehmen?«

Hershel wandte sich wieder ihrem Besucher zu. Sie stützte das Kinn nicht mehr auf den Daumen, blieb aber zurückgelehnt sitzen. »Der Präsident hat seine Ansicht unmissverständlich zum Ausdruck gebacht, Mr. Martindale«, sagte sie. »Die turkmenische Regierung hat die Vereinigten Staaten nicht um Unterstützung gebeten.« Martindale wollte etwas sagen, aber Hershel fuhr rasch fort: »Wir wissen von den Erfolgen der Taliban, die es offenbar auf Kraftwerke und Pipelines abgesehen haben. Trotzdem ist der Präsident nicht der Meinung, dass diese Guerillabewegung unsere nationalen Interessen gefährden oder …«

»Nicht gefährden?«, rief Martindale aus. »Gilt *das* nicht als Gefährdung, möchte ich sehen, was sonst dafür in Frage kommt!«

»Die Guerillas haben bisher nichts enteignet«, stellte Hershel gelassen fest. »TransCal bezahlt den Führer der Taliban dafür, dass sie die Pipelines in Ruhe und funktionsfähig lassen – Schutzgeld –, und genau das tun sie auch. Öl und Erdgas werden transportiert; TransCal verdient weiter Geld. Da der Ölpreis im Augenblick steil in die Höhe geht, ohne dass die Produktion gesunken wäre, würde ich sogar sagen, dass TransCal beträchtliche unerwartete Gewinne einstreicht. Wenn ich mich nicht irre, ist die TransCal-Aktie im vergangenen Monat um siebzehn Prozent gestiegen – obwohl rätselhaft bleibt, weshalb die Firma ihre Gewinnprognose so drastisch gesenkt hat. Eine Dividende von weniger als einem Dollar pro Aktie einer Firma, die Rekordgewinne einfährt und in den letzten zehn Jahren nie weniger als einen Dollar ausgeschüttet hat?«

»Ich vermute, dass TransCal Rücklagen für den Fall bildet, dass diese Pipelines enteignet oder zerstört werden.«

Maureen äußerte sich nicht dazu. Sie studierte Martindale nur über ihre Zigarre hinweg, nickte unverbindlich und fragte sich, ob er diese Informationen direkt aus der Chefetage hatte. Vielleicht hatte TransCal Martindale schon finanzielle Unterstützung für seinen Wahlkampf zugesichert, wenn er sich im Gegenzug dazu verpflichtete, amerikanische Auslandsinvestitionen stärker zu schützen.

»Der springende Punkt ist, Maureen, dass unsere Regierung mehr tun sollte, um amerikanische Interessen – auch amerikanische Geschäftsinteressen – im Ausland besser zu schützen«, sagte Martindale. »Wir sollten kein ›Schutzgeld‹ zahlen müssen, sondern unsere Regierung sollte dafür sorgen, dass ausländische Firmen und Staaten ihren vertraglichen Verpflichtungen nachkommen.«

»Mr. Martindale«, antwortete Hershel, indem sie den duftenden Rauch langsam und verführerisch zwischen ihren Lippen hervorquellen ließ, »der Präsident fürchtet – und ich stimme ihm darin zu –, die Guerillas könnten die Pipelines sprengen, wenn wir militärisch eingreifen – wie es die Iraker getan haben, als sie Kuwait räumen mussten.« Nach einem weiteren langen Zug legte sie die Zigarre vorläufig weg. »Aber auch wenn es den Vereinigten Staaten gelänge, die Guerillas zu vernichten, ohne dabei die Pipelines zu beschädigen, was dann? Die turkmenische Regierung ist offenbar nicht stark genug, um die Pipelines schützen zu können. Stießen weitere Taliban über die Grenze vor, stünden wir vor demselben Dilemma. Sollen die Vereinigten Staaten zum Schutz der Pipelines etwa ständig Truppen in Turkmenistan stationieren?«

»Wenn's nicht anders geht, *ja!*«

»Mr. President ... Kevin, Sie wissen selbst, dass das unmöglich ist«, sagte Hershel gelassen. Je mehr Martindale sich erregte, desto ruhiger und nachdenklicher wirkte sie. »Die Vereinigten Staaten können keine Söldner zum Schutz der Geschäftsinteressen von Privatfirmen entsenden.«

»Niemand verlangt, dass die Vereinigten Staaten Söldner entsenden«, stellte Martindale fest. »Aber die Vereinigten Staaten sollten ihre militärische Macht und ihren Einfluss nutzen, um Guerillas daran zu hindern, sich in die Geschäfte legitimer Regierungen einzumischen. Wir hatten einen *Deal* mit Präsident Nijasow. TransCal hat fast acht Milliarden Dollar für den Bau dieser Pipelines und die erforderliche Infrastruktur ausgegeben ...«

»Jetzt ist Kurban Gurisow an der Macht.«

»Gurisow ist eine Marionette der Russen«, sagte Martindale scharf. »Er war von Anfang an gegen den Deal mit TransCal. Er will seinen Reichtum und sein Prestige vermehren, indem er die Russen nach Turkmenistan zurückholt, damit sie ihn als Präsidenten stützen. Dann wird TransCal den Vertrag mit der turkmenischen Regierung neu aushandeln müssen.«

»Sehr wahrscheinlich«, bestätigte Hershel nüchtern.

Martindale starrte die stellvertretende Außenministerin entgeistert an. »Freut mich, dass Sie meiner Analyse zustimmen«, sagte er sarkastisch. »Aber erscheint Ihnen das fair, Maureen?«

»Aus der Sicht von TransCal vermutlich nicht«, antwortete sie.

»Aus Gurisows Perspektive dürfte das eine völlig logische, vernünftige Idee sein.« Sie merkte, dass Martindale mit jeder Minute zorniger wurde. »Kevin, ich bin sicher, dass TransCal sich der Risiken bei diesem Vertragsabschluss bewusst gewesen ist. Ich bin sicher, die Firmenspitze war sich darüber im Klaren, dass Turkmenistan praktisch eine Diktatur war und noch heute eine ist. TransCal hat von Gurisow und seinen engen Bindungen zur russischen Regierung, von den riesigen Öl- und Erdgasmengen, die weiterhin nach Russland gehen, und der fortgesetzten Stationierung russischer Truppen in Turkmenistan gewusst. TransCal hat die Risiken gekannt – ebenso gut wie Ihre Regierung, Sir. Trotzdem sind Sie mit Präsident Nijasow zusammengetroffen und haben diesen Deal für TransCal eingefädelt.«

Hershels Stab hatte vor diesem Gespräch ganz entschieden seine Hausaufgaben gemacht. Martindale fragte sich sogar, ob Maureen Hershel schon vor der Festsetzung des Gesprächstermins Zigarrenraucherin gewesen war.

»Warum informiert die CIA Sie nicht besser darüber, was dort draußen passiert?«, fragte er, weil er hoffte, rasch das Thema wechseln zu können.

»Wie Sie wissen, haben wir überall Quellen«, sagte Hershel, »aber die können auch nicht alles sehen. Trotzdem bin ich mir sicher, dass TransCal unterrichtet wurde und die Risiken genau gekannt hat, als der Vertrag mit Präsident Nijasow unterzeichnet wurde.«

»Offen gesagt, Maureen, konnten wir den Vertrag damals unterzeichnen, weil meine Regierung zugesichert hatte, Recht und Gesetz weltweit Geltung zu verschaffen«, stellte Martindale fest. »Hätte Thorn auch nur einen Bruchteil des Rückgrats bewiesen, das meine Regierung hatte, säßen wir wahrscheinlich nicht in der Patsche.«

»Das möchte ich nicht kommentieren.«

»Nun, ich darf es, und so sehe ich die Sache.« Martindale machte eine Pause, dann lehnte er sich zurück, griff nach seiner Zigarre und entlockte ihr neue Rauchschwaden. »Sagen Sie, Miss Hershel«, fuhr er fort, »was ist eigentlich Minister Kercheval passiert?«

»Minister Kercheval ist nichts passiert«, antwortete sie.

»Gerüchteweise hört man, dass er Medikamente gegen die Parkinsonsche Krankheit nimmt.«

»Bei seiner letzten gründlichen Untersuchung ist er für kerngesund erklärt worden. Von der Parkinsonschen Krankheit war keine Rede.«

»Weitere Gerüchte behaupten, er sei mit Präsident Thorns Außenpolitik sehr unzufrieden und wolle lieber zurücktreten, als dieser Regierung weiter anzugehören.«

»Ich habe nichts dergleichen gehört.«

»In letzter Zeit scheinen plötzlich alle möglichen hässlichen Gerüchte zu kursieren, Miss Hershel – und sie korrespondieren exakt mit Ihren in letzter Zeit auffällig häufigen Besuchen im Weißen Haus. Wie entstehen alle diese Gerüchte, Maureen?«

»Das müssten Sie am besten wissen, Kevin«, antwortete sie mit leicht amüsierter Miene. »Sie haben erst letzte Woche in *Crossfire* darüber gesprochen, haben Sie das vergessen?«

»Wird Außenminister Kercheval wegen Meinungsverschiedenheiten in der Turkmenistanfrage zurücktreten?«

Hershel griff wieder nach ihrer Zigarre und lehnte sich in den Sessel zurück, ohne Martindale aus den Augen zu lassen. Sie wusste, dass er sie auszufragen versuchte, und ließ deshalb Zigarrenrauch als Nebelwand zwischen ihnen aufsteigen. »Nein«, sagte sie.

»Sollen Sie Kerchevals Nachfolgerin werden, wie in der Presse spekuliert wird?«

»Ich habe den Auftrag, für Außenminister Kercheval ein Positionspapier unseres Hauses zur Lage in Zentralasien zu erarbeiten«, antwortete Hershel. »Ich behalte meine Position als stellvertretende Außenministerin. Mr. Kercheval ist weiterhin Chef des Außenministeriums, ein geschätztes Mitglied dieser Regierung und ein bewährter Freund und Berater des Präsidenten. Das ist alles.«

»Das klingt wie ein sorgfältig ausgearbeitetes Statement – als hätten Sie sich für die Talkshows am Sonntag vorbereitet«, sagte Martindale.

Hershel äußerte sich nicht dazu, sondern beobachtete ihn nur durch eine Wolke aus Zigarrenrauch.

»Sie sind seit sieben Jahren im Außenministerium, aber davor waren Sie zwölf Jahre beim FBI in der Abteilung Spionageabwehr. Warum sind Sie von dort weggegangen?«

»Spionageabwehr ist – wie meiner Überzeugung nach auch das Militär – ein Werkzeug der Diplomatie«, antwortete Hershel. »Statt auf der operativen wollte ich lieber auf der politischen Seite der Diplomatie sein.«

»Aber Sie waren auf der Jagd nach Spionen erfolgreich, Maureen – meinen Informationen nach waren Sie eine der Besten«, sagte Martindale.

Hershels einzige Antwort bestand aus einem merkwürdig anmutenden Blick. In ihre leuchtend blauen Augen trat plötzlich das »Tausendmeterstarren«, wie Soldaten es nannten, als erlebe sie, durch seine Frage angestoßen, irgendein Ereignis noch mal und sehe es auf die Rückwand von Martindales Schädel projiziert vor sich ablaufen, indem sie durch ihn hindurchsah. Die Zigarrenrauchwolke, mit der sie sich umgab, trug nur dazu bei, den Eindruck von Rätselhaftigkeit und Gefahr zu verstärken.

»Sie trauern Ihrer Arbeit beim FBI nach, nicht wahr, Maureen?«, fragte er mit leiser, fast verführerischer Stimme.

Auch diesmal schwieg sie, aber er sah die Antwort in ihrem Blick.

»Maureen«, fuhr er fort, »welche Aufträge hat der Präsident dem Außenministerium in Bezug auf die Turkmenistanfrage erteilt?«

»Meine Studie gehört mit dazu«, sagte Hershel. »Aber der Präsident erteilt normalerweise keine bestimmten Aufträge. Er sagt den Ministern, was er zu unterstützen bereit ist und was er erwartet, und sie veranlassen dann alles Nötige.«

»Der Stabschef ist nicht als Koordinator zwischen den Kabinettsmitgliedern tätig ...?«

»Der Vizepräsident fungiert als Stabschef; er lädt zu Besprechungen ein und koordiniert durch E-Mails, aber die Minister handeln selbständig und erstatten dem Präsidenten anschließend direkt Bericht.«

»Das interessiert mich, Maureen: Woher wissen die Kabinettsmitglieder, ob sie wirklich das tun, was der Präsident erreichen wollte?«

»Diese Regierung ist anders organisiert, Kevin. Der Präsident lässt die Minister selbständig arbeiten. Sie hören ihm zu, er sagt ihnen, was er denkt, und… sie fahren in ihre Ministerien zurück und veranlassen, was sie für erforderlich halten.«

»Wie kommen Sie mit diesem System zurecht?«

»Für mich ist's noch neu, aber in der Praxis scheint es gut zu funktionieren.«

»Aber im Augenblick klappt es anscheinend nicht so gut«, bemerkte Martindale. »Und es hat schon in Bezug auf Ägypten, Libyen, den Kosovo und Russland nicht funktioniert. Thorns Außenpolitik scheint hoffnungslos verfahren zu sein.«

»Das ist eine völlig unzutreffende Charakterisierung.«

»Ich will meine Frage anders formulieren, Maureen: Was tun *Sie* in Bezug auf die Situation in Turkmenistan?«

»Ich stehe in ständigem Kontakt mit dem turkmenischen Außenminister und dem Generalsekretär der Vereinten Nationen«, antwortete sie. »Außerdem halten wir Verbindung zu allen übrigen Beteiligten – auch zu den Taliban, die von der saudi-arabischen Botschaft vertreten werden.«

»Und?«

»Und wir versuchen, uns ein Bild von den Absichten der einzelnen Parteien zu machen, bevor wir zur Information der amerikanischen Bevölkerung eine offizielle Verlautbarung herausgeben«, sagte Hershel. »Der Präsident will die Lage sorgfältig analysieren, offizielle, inoffizielle und Geheimdienstquellen auswerten und seine Position mit seinen Beratern abstimmen, bevor er eine Entscheidung trifft.«

»Das klingt wie eine euphemistische Verbrämung der Tatsache, dass Thorn nicht recht weiß, was er will, und Zeit zu schinden versucht.«

»Auch mit dieser Charakterisierung bin ich nicht einverstanden.« Sie machte eine Pause, dann fügte sie hinzu: »Darf ich fragen, Sir, welche Ansicht *Sie* in dieser Sache vertreten?«

»Meiner Überzeugung nach sind die Vereinigten Staaten die großartigste Nation auf Erden und die Verteidiger von Freiheit, Gerechtigkeit und Demokratie für den Rest der Welt«, antwortete Martindale. »Außerdem halte ich viel von einfachen Wahrheiten wie ›Vertrag ist Vertrag‹. Bildet Gurisow sich ein, er könnte Förderanlagen und Pipelines, für die *Amerikaner* über acht Milliarden Dollar bezahlt haben, den Russen zuschanzen, oder glauben die Talibanguerillas, sie könnten ihren Einmarsch in Turkmenistan als Freiheitskampf tarnen und *amerikanische* Pipelines besetzen, dann täuschen sie sich *gewaltig.*«

»Erstens gehören diese Pipelines nicht Amerikanern, Kevin – sie gehören dem turkmenischen Volk«, sagte Hershel. Sie hielt ein Dossier hoch, das auf dem Beistelltisch neben ihr gelegen hatte. »Als Gegenleistung für Bau und Unterhalt dieses Systems erhält TransCal fünfzig Jahre lang vierzig Prozent aller Einnahmen aus der Öl- und Erdgasförderung Turkmenistans. Ein ziemlich gutes Geschäft, finde ich. Nach Schätzungen des Finanzministeriums hat die Firma in nur drei Jahren bereits die Hälfte ihrer Investitionen in Turkmenistan hereingeholt und dürfte voraussichtlich in weniger als zwei Jahren schwarze Zahlen schreiben.«

»Und ich möchte sicherstellen, dass sie eine Chance bekommt, das zu schaffen.«

»Mithilfe des amerikanischen Militärs«, sagte Hershel.

»Wie Sie selbst gesagt haben, Maureen, ist das Militär ein wichtiges Werkzeug der Außenpolitik.«

»Darf ich Sie fragen, Kevin, ob William Hitchcock, der Präsident von TransCal Petroleum, sich entschlossen hat, die Kampagne für Ihre Wiederwahl zu leiten?«

»Bill Hitchcock und ich sind alte Freunde. Er ist ein erfolgreicher Geschäftsmann und Stratege, der mich und die Partei seit vielen Jahren unterstützt«, antwortete Martindale. »Hätte er mir seine Dienste angeboten, wäre ich froh, ihn in einer Vielzahl von Funktionen in meiner Ringecke zu wissen. Aber ich spreche hier nicht über Turkmenistan, weil TransCals Pipelines in großer Gefahr sind – obwohl sie das *sind*. Ich bin hier, weil es mir *richtig* erscheint, zugunsten der Firma zu intervenieren. Schließlich hat das Militär den Auftrag, das amerikanische Volk zu schützen.«

»Das Volk, ja – nicht seine Bankkonten.«

Martindale starrte Hershel nur an, ohne ihre Antwort zu kommentieren.

»Aus meiner Sicht, Kevin, gibt es keine allzu großen Unterschiede zwischen Präsident Thorns Position und der Ihren. Auch der Präsident will Freiheit und Gerechtigkeit, aber er hält nichts davon, bei jedem Konflikt unser Militär einzusetzen. Was würden Sie in der augenblicklichen Situation an seiner Stelle tun?«

»Darüber kann und will ich nicht spekulieren, weil mir die Informationen fehlen, die Ihnen zur Verfügung stehen.« Er sah Hershel lächeln. Schließlich wusste ganz Washington, dass er sich auch als Expräsident weiter lebhaft für Außenpolitik interessierte. »Aber ich denke, ich würde eine sehr viel aktivere Führungsrolle übernehmen – mich eng mit unseren Verbündeten abstimmen, eine hochrangige Delegation zu Gesprächen mit der dortigen Staatsführung nach Turkmenistan entsenden und das amerikanische Volk bei jeder sich bietenden Gelegenheit über die wahren Hintergründe aufklären. Meiner Ansicht nach wird Präsident Thorn Mühe haben, wenigstens einige Verbündete *zurückzugewinnen*. Er hat praktisch alles Menschenmögliche getan, um unsere gewachsene Bündnisstruktur zu zerstören.«

»Sie finden also, ich sollte in diesem Augenblick auf dem Flug nach Turkmenistan sein?«

»Würde Präsident Thorn sich auch nur im Geringsten für das Wohl amerikanischer Firmen und das Prestige Amerikas im Ausland interessieren – vom Vertrauen des amerikanischen Volkes in ihn und seine Regierung ganz zu schweigen –, hätte er Sie schon letzten Monat in ein Flugzeug nach Turkmenistan setzen müssen.«

Maureen nickte, dann drehte sie den Kopf zur Seite und rief: »Isadora?«

Sekunden später trat eine große schwarzhaarige Frau in einem Nadelstreifenkostüm ein, das ebenso elegant wie Hershels Kostüm war. Martindale schoss förmlich hoch – er war von der Schwarzhaarigen auf den ersten Blick so fasziniert, dass er sie nicht mehr aus den Augen ließ.

»Mr. Martindale, ich möchte Ihnen meine Assistentin Isadora Meiling vorstellen. Izzy, dies ist Kevin H. Martindale.« Er bedachte sie mit einem Lächeln, das auf die Titelseite der Zeitschrift *People* gepasst hätte, und sah tief in ihre unergründlichen schwarzen Augen.

»Holen Sie bitte sofort die Genehmigungen und Freigaben für unseren Flug in die turkmenische Hauptstadt Aschchabad ein.«

»Ja, Ma'am.« Sie bedachte Martindale mit einem betörenden Lächeln und hastete wieder hinaus.

Obwohl Martindale wie hypnotisiert zurückblieb, war der Schock, den Hershels Anordnung bei ihm auslöste, doch stärker. »Sie... Sie reisen nach Turkmenistan? *Jetzt?*«

»Gleich jetzt.«

»Was ist mit Ihren Vorbereitungen? Müssen Sie nicht Sicherheitsvorkehrungen treffen, Besprechungen organisieren, sich mit leitenden Beamten des Außenministeriums beraten, Mitteilungen an Botschaften verschicken, Positionspapiere und ein Abschlusskommuniqué vorbereiten...?«

»Die Planung für diese Reise läuft schon lange«, erklärte Hershel ihm lächelnd. »Wir werden in Washington übernachten und vielleicht mit dem CIA-Direktor zusammentreffen, um die letzten Lageberichte zu erhalten. So hat mein Stab noch ein, zwei Tage Zeit für letzte Vorbereitungen. Und der Flug nach Turkmenistan ist ziemlich lang. Ich denke, wir werden unterwegs sehr beschäftigt sein.«

»Was ist mit Ihren Terminen hier an der Westküste?«

»Diese Sache ist viel wichtiger, finden Sie nicht auch?«, fragte Hershel ernsthaft, während sie Martindale aufmerksam beobachtete.

Martindale gab keine Antwort, *konnte* darauf nicht antworten. Er selbst hätte niemals auf publikumswirksame Auftritte verzichtet – vor allem nicht, wenn die Medien der Westküste über sie berichteten –, um ein beschissenes Land wie Turkmenistan zu besuchen, in dem es nur staatlich gelenkte Medien gab und ausländischen Besuchern Gefahr für Leib und Leben drohte. Hätte er jetzt jedoch behauptet, das Land sei unwichtig, hätte er sich selbst widersprochen.

Er brauchte nicht zu antworten. Maureen Hershel sah den Zwiespalt auf seinem Gesicht. Statt zu antworten, stellte er eine Gegenfrage: »Woher wissen Sie, dass die turkmenische Regierung Sie überhaupt ins Land lassen wird?«

»Da haben Sie Recht. Vielleicht passt es ihr nicht, dass jemand aus dem Außenministerium seine Nase in ihre dubiosen Geschäfte steckt.« Sie sah Martindale an. »Aber es gibt eine Möglichkeit, sie dazu zu bewegen, uns zu empfangen.«

»Welche? Ihr finanzielle Unterstützung anzubieten?«

»Noch besser ... ich könnte *Sie* mitbringen. Möchten Sie uns begleiten, Kevin?«

»*Ich?* Sie nach Turkmenistan begleiten? Sofort?«

»Ich habe hier in San Francisco noch einen Termin wahrzunehmen, aber unmittelbar danach fliegen wir nach Washington zurück«, antwortete Hershel. »In ungefähr drei Stunden, denke ich. Also, was sagen Sie dazu?« Martindale zögerte. »Miss Meiling ist bestimmt sehr beschäftigt, aber ich bin sicher, dass sie sich über Ihr Mitkommen freuen würde.«

Ihm fielen ein Dutzend Termine ein, die er unmöglich absagen konnte, und ohne gründliche Vorbereitung und festgelegte Gesprächspunkte würde diese Reise wahrscheinlich ein völliger Misserfolg werden. Es gab nicht einmal eine Garantie dafür, dass die Hauptakteure Hershel zu Gesprächen empfangen würden. Andererseits durfte er die Chance, einen Einblick in Thorns Außenpolitik zu bekommen, auf keinen Fall versäumen. Und die erfreuliche Aussicht, länger mit Isadora Meiling zusammen sein zu können, gab natürlich den Ausschlag. »Wie Sie wünschen, Miss Deputy Secretary. Ich begleite Sie gern.«

»Gut. Ich sage ihr gleich, dass Sie mitkommen. Darüber wird sie sich sehr freuen.«

»Ich habe noch eine Frage«, sagte Martindale.

»Ja, Kevin?«

»Welche Bestimmungen gelten für die Wiedergabe der unterwegs geführten Gespräche?«

»Sie meinen, ob Sie vor Medienvertretern darüber sprechen dürfen, was Sie auf dieser Reise gesehen und gehört haben?«

Martindale sagte nichts, aber Hershel wusste, dass sein Schweigen Zustimmung bedeutete.

»Präsident Thorn besteht auf völliger Offenheit und Ehrlichkeit gegenüber allen Mitbürgern – auch gegenüber potenziellen politischen Gegnern. Wir schließen Sie vielleicht zeitweilig von unseren

Diskussionen aus, aber über alles, was Sie unterwegs sehen oder hören, können Sie sprechen, mit wem es Ihnen gefällt.«

»Danke, Maureen. Ich weiß diese Haltung des Präsidenten zu schätzen.« Ich würde dergleichen nie gestatten, dachte er, aber wenn Thorn seine Karten offen auf den Tisch legen will, umso besser. »Gleichzeitig vermute ich, dass der Präsident meine Teilnahme an dieser Reise politisch ausschlachten wird.«

»Das wäre denkbar – bis zu dem Umfang, in dem der Präsident überhaupt irgendetwas politisch ausschlachtet«, sagte Hershel. »Aber wer weiß? Vielleicht sehen Sie in dieser Regierung etwas, das Ihnen gefällt, und wir können Sie dazu überreden, die Wiederwahlkampagne des Präsidenten zu unterstützen?«

»Hätte der Präsident meine Hilfe gewollt, hätte er mich fragen können.«

»Der Präsident bittet nicht oft um Hilfe, vor allem keine Leute, die er als politische Rivalen betrachtet«, erklärte Hershel ihm. »Hat er in diesem Fall vielleicht Unrecht?«

»Das klingt, als würden *Sie* die Kampagne für Thorns Wiederwahl leiten.«

»Würde der Präsident mich darum bitten, würde ich mich geehrt fühlen.« Hershel nickte ihm lächelnd zu. »Also gut. Ich schlage vor, dass Sie jetzt nach Hause fahren, um zu packen. Ein Wagen holt Sie dann ab.« Sie erhob sich und schüttelte ihm die Hand. »Ich denke, das wird für uns beide eine Bildungsreise.«

Martindale zögerte kurz, als sie ihn zur Tür ihrer Hotelsuite begleitete. »Miss Hershel, im Augenblick ist Turkmenistan … ein ziemlich gefährliches Pflaster. Halten Sie es für klug, ausgerechnet jetzt dorthin zu reisen?«

»Fliegen wir hin und kommen heil zurück, werden die Leute vermutlich sagen, das sei eine erfolgreiche und lohnende Reise gewesen – werden wir jedoch verletzt oder kommen um, werden sie sagen, das sei bodenloser Leichtsinn gewesen«, antwortete Maureen. Sie zuckte mit den Schultern. »Ich kann Ihre Frage nicht wirklich beantworten, Kevin. Ich weiß, dass es dort draußen Arbeit für uns gibt, und ich denke, dass ein persönlicher Besuch notwendig ist. Diplomatische Missionen dieser Art können wir nicht immer nur unternehmen, wenn unsere Sicherheit garantiert ist, nicht wahr?« Sie schüttelte ihm nochmals die Hand. »Machen Sie sich keine Sorgen, Kevin. Wir sehen uns im Flugzeug.« Sie eilte davon und ließ ihn in betäubendem Schweigen stehen.

Verdammt, worauf hast du dich hier eingelassen?, fragte er sich grimmig.

»Aufgeblasener Affe«, sagte Maureen Hershel zu Isadora Meiling, als sie in ihr provisorisches Büro im Zimmer nebenan zurückkehrte. »Trotzdem muss ich zugeben, dass der Hundesohn Mut hat. Er kommt nach Turkmenistan mit, obwohl er weiß, wie gefährlich diese Reise ist.«

»Ich frage mich, ob *Sie* sich darüber im Klaren sind, wie gefährlich sie ist, Ma'am«, sagte Meiling. Sie hielt einen roten Ordner mit dem Aufdruck GEHEIM hoch. »Nach neuesten Geheimdienstberichten landen in Aschchabad russische Transportflugzeuge, die Fernmeldegerät und viele russische Offiziere bringen. Die CIA vermutet, dass die Russen dort eine kriegstaugliche Kommandostruktur aufbauen. Und im Iran werden offenbar Truppen an die turkmenische Grenze verlegt, was auf einen möglichen Militärschlag hindeutet.«

»Izzy, ich habe mich in diese Sache hineinziehen lassen. Jetzt kann ich nicht mehr kneifen«, wehrte Hershel ab.

»Trotzdem stehen Ihnen noch viele Möglichkeiten offen – zum Beispiel könnten Sie die Reise absagen. Täten Sie das, würde Martindale innerlich aufatmen. Dann bräuchte *er* nicht seinen knackigen Hintern zu riskieren.«

»Und anschließend würde er öffentlich kritisieren, dass ich angesichts eines drohenden Kriegs kneife und nicht genug getan habe, um die Lage zu stabilisieren«, stellte Hershel fest. »Nein, ich muss dorthin.«

»Dann nehmen Sie bitte eine Leibwache mit«, drängte Meiling. »Wenigstens eine Gruppe Marineinfanteristen als Verstärkung des Sicherheitspersonals der Botschaft. Am besten fordern wir sie gleich an.«

Hershel überlegte einen Augenblick, dann lächelte sie. »Nein, ich habe eine bessere Idee. Verbinden Sie mich mit General McLanahan auf der Battle Mountain Air Reserve Base. Sagen Sie ihm, dass ich sofort etwas Sicherheitsunterstützung brauche.«

»Battle Mountain ist nur ein Reservestützpunkt. Dort sind keine Truppen stationiert. Sie meinen Quantico oder Cherry Point…«

»Nein. McLanahan kommandiert die Leute, die ich haben will«, sagte Hershel. »Und er braucht auch keinen weiteren Logistikflug, um sie nach Washington zu bringen. Sie werden sehen, dass sie bei unserer Ankunft bereitstehen. Aber wir müssen sie noch akkreditieren lassen. Sorgen Sie dafür, dass das schnellstens erledigt wird.«

»Das dauert seine Zeit. Turkmenistan bearbeitet solche Gesuche nur sehr schleppend – das tun alle Staaten Zentralasiens.«

»Aber ich wette, dass Mr. Martindale sofort ein Visum erhält«, meinte Hershel nachdenklich. »Melden Sie McLanahans Leute als Sicherheitspersonal der Botschaft an.«

»Damit wäre unser Kontingent für kurzfristigen Personalaustausch für dieses Jahr erschöpft.« Um zu verhindern, dass Spione eingeschleust wurden, und um es seiner Sicherheitsbehörde zu erleichtern, Ausländer zu beschatten, gestattete Turkmenistan nur einmal im Jahr einen Austausch, der mindestens dreißig Tage zuvor angekündigt werden musste.

»Das lässt sich nicht ändern«, entschied Hershel. »Turkmenistan dürfte in naher Zukunft ohnehin kein gemütlicher Aufenthaltsort mehr sein. Vielleicht ziehen wir schon bald alles Botschaftspersonal ab. Und können wir dem Land letztlich doch helfen, bewilligt es uns so viel Personal, wie wir wollen.«

»Sie wollen diese zusätzlichen Sicherheitsleute in Ihrem Flugzeug nach Turkmenistan mitnehmen? Das ist unmöglich. Für Botschaften bestimmte Verstärkungen fliegen normalerweise mit ihrer eigenen C-141 oder C-17…«

»Doch, sie fliegen mit«, sagte Hershel lächelnd, »und sie sehen ganz gewöhnlich aus – bis sie in der Botschaft sind. Holen Sie mir jetzt Patrick – ich meine General McLanahan – an den Apparat.«

»›Patrick‹, was?«, fragte Izzy Meiling mit wissendem Lächeln, während sie auf dem abhörsicheren Telefon die Nummer der Nachrichtenzentrale im Federal Building in San Francisco eintippte. »Wie ich sehe, hat jemand dort draußen in Nevada Sie beeindruckt.«

»Er ist absolut off limits, bis ich herausbekomme, was ihm in den letzten Monaten zugestoßen ist – etwas sehr Tragisches und Schreckliches«, sagte Hershel. »Vielleicht hat er statt eines Herzens nur Narbengewebe in der Brust – und das wäre das *Letzte*, was ich brauchen kann.«

»Aber er interessiert Sie genug, dass Sie's herausbekommen möchten?«

»Ich will's von *ihm* erfahren, nicht von irgendeinem Geheimdienstmenschen im Pentagon«, antwortete Maureen. »Aber … ja, ich glaube, dass er's wert ist. Wer dem Präsidenten der Vereinigten Staaten Kontra geben kann, wenn Thorn auf dem Kriegspfad ist, muss Nerven wie Drahtseile haben.«

»Und verdammt viel Mut«, fügte Izzy hinzu.

»Verbinden Sie mich mit ihm und wischen Sie dieses Grinsen von Ihrem Gesicht, Schwester, sonst setze ich noch mal Kevin Martindale auf Sie an.«

»Hey, für das Geld, das dieser Kerl hat, könnte ich viel Blödsinn ertragen«, sagte Meiling. »Sogar *jede* Menge.«

5

Mittelturkmenistan

Zur gleichen Zeit

Zum hundersten Mal in den letzten paar Tagen fragte Jalaluddin Turabi sich, was er hier zu suchen hatte, warum er sich dazu entschlossen hatte, mit Zarazis Armee ins Herz dieses gottverlassenen Landes vorzustoßen. Warum zum Teufel stand er auf diesem Mannschaftstransportwagen, während die gesamte turkmenische Armee auf ihn zuzumarschieren schien? Wakil Mohammad Zarazis Feldzug mit dem Ziel, auch die Westhälfte Turkmenistans zu erobern und in ein Ausbildungslager für muslimische Gotteskrieger zu verwandeln, schien in der Tat den Segen Allahs zu haben. Nur würde dieser Segen jetzt auf eine harte Probe gestellt werden.

Bis zum heutigen Morgen war ihr Feldzug nicht nur gesegnet, sondern geradezu wundersam erschienen. Sie hatten Gaurdak erobert, ohne mehr als ein paar Schüsse abgeben zu müssen. Nach ihrem Sieg in Kerki hatten die turkmenischen Soldaten in Gaurdak sich ihnen praktisch in die Arme geworfen. Ihre Streitmacht hatte sich über Nacht fast verdoppelt. Sie verfügten nun über sechstausend Kämpfer, mehrere Dutzend Kampf-, Transport- und Aufklärungshubschrauber, Waffen aller Art, von Pistolen bis zu Geschützen auf Selbstfahrlafetten, und Fahrzeuge von Motorrädern bis zu Kampfpanzern.

Turabi hatte sich dem emotionalen Sog ihrer Siege nicht entziehen können. Als die Armee am Fluss Amudarja entlang weitermarschierte, hatte er einfach mitmarschieren müssen. Ursprünglich hatte er als Führer ihrer »Nachhut« in Gaurdak zurückbleiben und beim ersten Anzeichen eines turkmenischen Gegenangriffs abhauen wollen. Aber sie hatten hier nicht nur Stützpunkte erobert, sondern auch die Herzen und Seelen der Menschen gewonnen, sodass eine Nachhut offensichtlich überflüssig war. Als Zarazis Armee dann ihren Marsch nach Westen begann, konnte Turabi nur mitmarschieren.

Als Zarazis Truppen noch einen Tagesmarsch vor Tschardschu standen, der größten Stadt am Fluss Amudarja und dem Knotenpunkt für Öl- und Erdgastransporte durch Zentralasien, kam ein Mannschaftstransportwagen, dessen 57-mm-Kanone ausgebaut und durch eine am Turm wehende weiße Flagge ersetzt worden war, ihnen auf der Fernstraße entgegengerasselt. Im Turm des MTW stand ein junger Mann, der zu einem schwarzen Overall eine Lederjacke und einen Panzerfahrerhelm mit Kopfhörer trug. Zarazi, Turabi und Orasow – der russisch-turkmenische Überläufer wich jetzt nicht mehr von Zarazis Seite – fuhren ihm mit einem MTW entgegen, dessen Kanone nicht ausgebaut war.

»Ich bin Hauptmann Risow«, sagte der junge russische Parlamentär. Orosow dolmetschte für Zarazi. »Ich bin der Adjutant von Oberst Juri Borokow, dem Kommandeur der turkmenischen Siebzehnten mechanisierten Infanteriebrigade.«

»Warum ist der Kommandeur nicht selbst hergekommen?«

»Oberst Borokow verhandelt nicht mit Terroristen«, antwortete Risow. Turabi fiel auf, wie bemerkenswert ruhig er wirkte – die Selbstsicherheit und Furchtlosigkeit der Jugend, ganz ohne Zweifel. Risow, der vermutlich noch kein Gefecht erlebt hatte, kam sich in seinem kleinen MTW unbesiegbar vor. »Er ist damit beschäftigt, den Großangriff zu planen, der Ihre kleine Räuberbande ausradieren wird. Ich habe mich erboten, im Auftrag von Oberst Borokow und den Einwohnern von Tschardschu mit Ihnen zu verhandeln.«

»Dann ist Ihr Oberst ein Feigling, der einen jungen Offizier vorschickt, um ihn die Schmutzarbeit für sich erledigen zu lassen«, stellte Zarazi fest. »Sie haben großen Mut bewiesen, indem Sie allein und unbewaffnet hergekommen sind. Das bewundere ich. Sie haben es nicht verdient zu sterben. Sie dürfen den Rückzug antreten; ich garantiere für Ihre Sicherheit.«

»Danke für das Kompliment, General, aber ich brauche Ihre Garantien nicht. Was ich brauche, ist Ihre Kooperation, um Blutvergießen zu vermeiden«, sagte Risow. »Marschieren Ihre Truppen noch weiter nach Westen, greift Oberst Borokow ohne Vorwarnung an. Dafür garantiere *ich.*«

»Einen jungen, couragierten Offizier wie Sie könnte ich in meiner Truppe brauchen«, erklärte Zarazi ihm. »Sie könnten eine meiner Panzerkompanien führen.«

»Dann würde ich eine Kompanie von Toten befehligen«, sagte Risow abwehrend. »Sie können nicht hoffen, gegen reguläre turkmenische Truppen zu bestehen. Die Siebzehnte besteht aus insgesamt achttausend Soldaten in sieben Kampfbataillonen, die …«

»Mein Nachrichtendienst meldet, dass die Siebzehnte aus insgesamt *dreizehn*tausend Mann in *elf* Kampf- und drei Versorgungsbataillonen besteht, Hauptmann«, unterbrach Zarazi ihn. »Gestern sind nicht nur Teile der Zweiundzwanzigsten Infanteriebrigade aus Mary, sondern auch drei Reservebataillone zu Ihnen gestoßen – alte Männer und Jugendliche, kaum richtige Soldaten, aber für ein Land, das praktisch keine Streitkräfte hat, doch eine ziemlich erfolgreiche Mobilisierung von Reservisten. Außerdem wird mir gemeldet, das Vierte Kampfgeschwader mit je einer Staffel Jagdbomber MiG-23 und Su-25 sei aus Aschchabad nach Mary verlegt worden und könne ab morgen Erdkampfunterstützung fliegen. Wie ich höre, haben Sie mehrere Batterien Artillerie nach Chodschajli verlegt, aber sogar mein ausgezeichneter Nachrichtendienst kann nicht feststellen, ob sie kampfbereit ist oder ihre Geschütze etwa nur Attrappen sind. Ich gratuliere Ihnen zu dem Versuch, Ihre Truppenstärke zu verschleiern, aber ich bin sehr gut über die turkmenischen Truppenbewegungen informiert. Habe ich etwas ausgelassen, Hauptmann?«

Der Russe schwieg einen Augenblick. Zarazi hatte tatsächlich einiges ausgelassen, aber Risow staunte darüber, *wie viel* der Talibankommandeur wusste. »Was wollen Sie in Tschardschu, General?«

»Treten Sie in meine Armee ein, Hauptmann, dann erfahren Sie alles«, antwortete Zarazi. »Wegen Ihres Muts dürfen Sie trotzdem ungefährdet den Rückzug antreten, auch wenn Sie sich weigern, sich mir anzuschließen. Aber ich warne Sie: Treten Sie nicht in meine Armee ein, sind Sie bei unserem nächsten Zusammentreffen ein toter Mann.«

»General, ich bin nicht hergekommen, um mir Drohungen anzuhören«, wehrte Risow ab. »Ich bin als Parlamentär hier, um zu erfahren, was Sie beabsichtigen. Wir wissen, dass TransCal-Vertreter bereit sind, Ihnen hohe Beträge dafür zu zahlen, dass sie ihre Pipelines unbeschädigt lassen. Das ist aus ihrer Sicht verständlich. Die Firma macht nur Gewinn, wenn die Leitungen intakt bleiben und weiterhin Öl und Erdgas transportieren. Offen gesagt glaube ich, dass die turkmenische Regierung ähnlich denkt. Verpflichten Sie sich, die Pipelines unbeschädigt zu lassen und den Rückzug anzutreten, sorgt die turkmenische Regierung dafür, dass Sie prompt und großzügig bezahlt werden.«

»Ihr Kommandeur will mich also dafür *bezahlen,* dass ich nicht kämpfe? Was für eine Art Soldat ist er, Hauptmann?«

»Er denkt nur praktisch, General«, sagte Risow. »Sind Sie des Geldes wegen in Turkmenistan, bieten wir Ihnen welches an. Ich habe einen größeren Betrag mitgebracht. Ziehen Sie Ihre Truppen sofort ab, habe ich den Auftrag, Ihnen das Geld an der afghanischen Grenze zu übergeben.«

»Wie viel haben Sie dabei?«, rief Jalaluddin Turabi.

»Still, Idiot, sonst lasse ich Sie erschießen!«, knurrte Zarazi halblaut, ohne sich Turabi zuzuwenden und so zu verraten, dass sie unterschiedlicher Meinung waren.

»Wir sind hier, um Geld für unseren Stamm und die von uns unterstützten Al-Qaida-Zellen einzutreiben«, sagte Turabi ebenso leise. »Bietet er uns Geld, sollten wir's annehmen.«

»Sie halten die Klappe, Oberst. *Sofort!*«, befahl Zarazi ihm.

»Ich bin ermächtigt, Ihnen hunderttausend US-Dollar in Form von Goldbarren auszuzahlen, wenn Sie sich verpflichten, nicht weiter nach Westen vorzustoßen«, fuhr Risow fort. Er trug weiter seinen Panzerfahrerhelm, aber seine Miene und sein Tonfall verrieten Turabi, dass er Zarazis aufgebrachte Kommentare sehr wohl gehört hatte und ihren Streit im Stillen genoss. »Ein Hubschrauber aus Aschchabad bringt weitere zweihunderttausend Dollar in Gold in die Kleinstadt Mukry an der afghanischen Grenze südlich von Gaurdak. Zum Abtransport des Goldes dürfen Sie sogar den Hubschrauber behalten.«

»Hunderttausend Dollar, bloß damit *wir die Stellung halten?*«, rief Turabi an seinen Kommandeur gewandt aus. »Verlangen Sie fünfhunderttausend dafür, General, und schlagen Sie ein.«

»Still, hab ich gesagt«, knurrte Zarazi.

»Wir nehmen zweihunderttausend jetzt und dreihunderttausend, wenn wir Mukry erreichen!«, rief Turabi dem Russen zu. »Alles in Gold. Sehen wir jemanden außer Ihnen, ist die Vereinbarung hinfällig, und wir belagern Tschardschu.«

»Ich habe Sie gewarnt, Turabi ...«

»Abgemacht!«, antwortete Risow laut. »Ich habe fünfzehn Kilogramm Goldbarren hier bei mir im Fahrzeug. Warten Sie, ich lasse es gleich ausladen.« Er machte jemandem im Inneren des Mannschaftstransportwagens ein Zeichen, und wenig später stieg ein junger Soldat, der eine große Stahlkassette trug, aus dem MTW und kam auf Zarazis Fahrzeug zu.

Orasow zitterte vor Erregung. »General, lassen Sie mich das Gold holen«, drängte er. »Wenn ich's habe, können wir diesen Hundesohn erschießen und uns seinen MTW schnappen.« Er sprang vom Fahrzeug, um dem Soldaten mit der Stahlkassette entgegenzugehen.

»Hier geblieben, Orasow«, befahl Turabi ihm leise. »Merken Sie nicht, dass das eine Falle ist?«

»Eine Falle?«

»Glauben Sie wirklich, dass die Turkmenen hier draußen mit fünfzehn Kilogramm Gold herumfahren, Sie gottverdammter Idiot?«, fragte Turabi. »Nein, das ist eine Falle.«

Der turkmenische Soldat stellte die Stahlkassette zwanzig Meter vor seinem MTW auf die Straße, öffnete sie, klappte den Deckel hoch und richtete sich auf. In der Kassette sah Turabi etwas glitzern, das Gold sein konnte. »Das ist Ihre Anzahlung«, rief Risow, »und zugleich die Linie, die Sie nicht überschreiten dürfen. Rücken Sie darüber hinaus vor, ist unsere Vereinbarung hinfällig.« Auf seinen Befehl hin machte der Soldat sich auf den Rückweg.

»Danke, Hauptmann«, sagte Turabi laut. »Könnte Ihr Mann jetzt noch so freundlich sein, den Inhalt der Kassette auf die Straße zu kippen?«

»Wie bitte?«, fragte Risow. Als er einen weiteren Befehl blaffte, begann der Soldat, im Laufschritt zu seinem Fahrzeug zurückzutraben.

Turabi richtete die 23-mm-Maschinenkanone vor sich, entsicherte sie und jagte einen kurzen Feuerstoß hinaus. Die Stahlkassette hüpfte und tanzte auf dem Asphalt – und dann begannen dichte weiße Gasschwaden aus der zerschossenen Kassette zu quellen.

»*Gas!*«, kreischte Orasow. »Die Kassette war präpariert!«

»Los, weg von hier!«, befahl Zarazi. Während Turabi den turkmenischen MTW mit MG-Feuer bestrich, legte ihr Fahrer den Rückwärtsgang ein und raste mit aufheulendem Motor rückwärts davon. Das Gas breitete sich so schnell aus, dass es mit irgendeinem Aerosol als Treibmittel versetzt sein musste, das die Ausbreitung beschleunigte.

Der turkmenische Soldat wurde durch Turabis MG-Feuer von den Beinen geholt und schlug mit einem Aufschrei der Länge nach hin. Auch Risows MTW raste jetzt rückwärts davon. Das weiße Gas erreichte den Soldaten, der sich binnen Sekunden wie ein Fisch auf dem Trockenen zu winden und herumzuwerfen begann. Als Turabi schon glaubte, bei diesen Krämpfen müsste er sich das Genick brechen, lag er plötzlich still. »Allah sei ihm gnädig …!«

»Ich glaube nicht, dass wir's noch mal mit schlecht ausgebildeten turkmenischen Grenzwachen oder Wehrpflichtigen zu tun bekommen werden«, sagte Zarazi, als ihr MTW davonrasselte. »Die Russen spielen, um zu gewinnen.«

Dass die auf dem Flughafen Chodschajli südlich von Tschardschu aufgefahrenen Geschütze echt waren, merkten sie, als kurz nach Mitternacht die Beschießung begann. Eröffnet wurde der Angriff mit Leuchtgranaten, die über ihren Stellungen detonierten; dann folgten Sprenggranaten, die sie anscheinend sehr weit verfehlten. »Nur gut, dass die Turkmenen so schlecht schießen«, bemerkte Orasow.

»Das ist wohl Ihr erster Artillerieangriff?«, fragte Zarazi. »Die Leuchtgranaten haben genau im Ziel gelegen. Hätten sie gewöhnliche Granaten verschossen, hätten wir schwere Verluste erlitten. Die Granaten, die vor uns einschlagen, sind keine Sprenggranaten – sie legen vor uns einen Minengürtel.«

»Minen?«

»Schützen- und Panzerminen«, bestätigte Zarazi. »Damit umgeben sie sogar unsere rückwärtigen Stellungen. Geraten wir in Panik und gehen zurück, ohne Minengassen zu räumen, jagen wir uns selbst in die Luft. Die eigentliche Beschießung beginnt in wenigen Minuten, und ich fürchte, dass sie sehr gut zielen werden.«

»Hoffentlich ist Turabi bald in Position«, murmelte Aman Orasow. Er hatte sich freiwillig für das Unternehmen gemeldet, das Turabi jetzt anführte. Der Schock darüber, dass er sich von den Turkmenen so leicht hatte hereinlegen lassen, wirkte noch nach, und nun war er in seinem Stolz verletzt, weil nicht er diesen Überfall anführen durfte. »Wird er zurückgeschlagen, steht uns eine verdammt lange Nacht bevor.«

Turabis unmittelbar nach dem fehlgeschlagenen russischen Nervengasangriff gebildete Kampfgruppe aus drei Zügen Infanterie marschierte mit ihren leichten Fahrzeugen beiderseits der Überlandstraße nach Tschardschu durch felsigen Sand.

Als Erstes erreichten sie den kleinen Flugplatz bei Tschauder, den die Turkmenen jedoch geräumt hatten, um auf eine Linie zurückzugehen, die sich besser verteidigen ließ. Turabi forderte eine Sicherungskompanie an, die vorrücken, den Platz besetzen und ihn nach Minen und Sprengfallen absuchen sollte.

Das erste Feuergefecht lieferten sie sich mit der Einheit, die das Umspannwerk nordöstlich von Sayat bewachte, und hier lernten die Taliban erstmals den Kampfwert der regulären turkmenischen Armee kennen. Obwohl die Turkmenen gegen eine dreifache Überzahl kämpften, verteidigten sie das nur zwei Hektar große Umspannwerk, als sei es der Geburtsort des Propheten Mohammed. Das Gefecht dauerte fast eine halbe Stunde. Turabi verlor fünf Mann, während drei weitere verwundet wurden, darunter auch er selbst: ein zum Glück schon matter Querschläger riss ihm die Wange auf, sodass er mit dem linken Auge einige Zeit nichts mehr sehen konnte.

Solche Verluste kannst du dir in dieser Nacht keine mehr leisten, sagte Turabi sich betroffen. Er ließ eine dezimierte Gruppe zur Versorgung der Verwundeten zurück, forderte Verstärkung an, ließ sich frisch verbinden und marschierte weiter.

Sie stießen rasch zum Flughafen Chodschajli vor, umgingen das Dorf Sakar und bezogen ihre Ausgangsstellungen. Östlich und westlich des Platzes ließ Turabi Granatwerfergruppen in Stellung gehen, während die Infanteriezüge südwestlich davon einen Halbkreis bildeten. Der Plan sah vor, dass die Granatwerfergruppen sich auf die feindlichen Stellungen einschießen sollten, während die Schützen- und MG-Gruppen sich auf Sicherheitstruppen und Gelegenheitsziele konzentrieren würden. Da Turabi wusste, dass er in der Unterzahl war, hatte er nicht vor, die Bedeckung der Batterien anzugreifen; er musste nur verhindern, dass Sicherungstruppen seine Granatwerfergruppen erreichten, deren Feuer irgendwann die Batterien zum Schweigen bringen würde, und anschließend ihren Rückzug decken.

Wie die meisten Pläne überlebten auch die von Oberst Turabi den ersten Schusswechsel nicht.

Die östliche Werfergruppe brachte es fertig, nur wenige Dutzend Meter vor einem turkmenischen MG-Nest, dessen Besatzung schlief oder nicht aufpasste, in Stellung zu gehen. Dort geriet sie ab der ersten Granate unter Beschuss. So brachte Turabi plötzlich nur noch die Hälfte der Werfergranaten, die er für erforderlich gehalten hatte, ins Ziel, und die Kampfgruppe wurde angegriffen. Seine Männer gingen sofort zum Gegenangriff über, und die östlichen Granatwerfer konnten bald weiterschießen, aber nur dreißig Sekunden nach Angriffsbeginn sahen sie sich fast hoffnungslos in der Defensive. Die turkmenischen Verteidiger steckten weiträumig verteilt in Schützenlöchern, und sobald ein Soldat Feindberührung meldete, eröffnete das nächste MG-Nest hinter ihm das Feuer. Steckte der Soldat nicht mehr als Kopf, Schultern und Gewehr aus dem Loch, blieb er ungefährdet.

»Rauchkörper einsetzen! Setzt eure Rauchkörper ein!«, befahl

Turabi über Funk. Ihre Rauchkörper erwiesen sich als sehr effektiv – der Rauch hing dicht über dem Boden und nahm den Turkmenen die Sicht. Die Schützenlöcher zu finden, war verhältnismäßig leicht: Die Turkmenen hatten sie fast genau kreisförmig angeordnet, sodass Turabis Männer nur rechts und links ausschwärmen mussten, um die anderen Schützenlöcher zu finden. Aber das MG-Feuer, das zwar nicht präzise war – der MG-Schütze konnte seine Ziele nicht sehen, wusste aber, dass sie irgendwo dort draußen sein mussten –, war vernichtend. Einer nach dem anderen gingen seine Männer zu Boden, meistens in Brust- oder Taillenhöhe von schweren 12,7-mm-Geschossen durchsiebt. Die Schreie seiner eigenen Männer, die sterbend oder verwundet zusammenbrachen, begannen über ihn hinwegzubranden. Turabi, der von Rauch, Sand, Steinen und toten Kameraden umgeben war, fühlte sich desorganisiert, desorientiert und hilflos – aber er ging trotzdem weiter vor.

Turabi fiel geradewegs in ein Schützenloch, plumpste auf den kopflosen Leichnam eines turkmenischen Soldaten. Er rappelte sich von der blutigen Masse auf, blieb aber unter dem Rand des Schützenlochs, während um ihn herum MGs hämmerten. Dann lud er nach und kontrollierte seine Munition: nur noch vier Magazine, dazu seine Pistole mit zwei Reservemagazinen. Er hatte schon über die Hälfte seiner Munition verschossen, ohne irgendwas auf dem Flughafen getroffen zu haben. Da er mit Munition sparsam umging, musste er annehmen, dass seine Männer noch viel weniger hatten. Sobald das nächste Magazin verschossen war, würde Turabi den Rückzug befehlen. Dieser Angriff war aussichtslos geworden.

Dann sah er etwas: einen Feldfernsprecher, einen altmodischen Kasten mit seitlich angeordneter Kurbel. Die turkmenischen Soldaten hatten nicht einmal Funkgeräte! Turabi fand den Kopfhörer des Gefallenen, wischte in an seinem Kampfanzug sauber und setzte ihn auf.

In seiner Verzweiflung fiel ihm nur noch eine Möglichkeit ein. Er drehte die Kurbel, drückte die Sprechtaste des Handapparats und bot seine gesamten russischen Sprachkenntnisse auf. »Astanawliwatsja! Eta wasmotetelno?«, brüllte er, indem er einen zornigen russischen Offizier imitierte. »Stehen bleiben! Auf wen schießt Ihr, verdammt noch mal?«

Jemand antwortete in noch miserablerem Russisch.

»Ich verstehe dich nicht!«

»Wir haben Eindringlinge entdeckt!«, meldete der turkmenische Soldat in schaurigem Russisch.

»Ich will bloß hoffen, dass ihr nicht meine zurückkommenden Spähtrupps angegriffen habt!«, rief Turabi. »Ihr kommt jetzt sofort ohne Waffen aus euren verdammten Löchern und macht euch auf die Suche nach Verwundeten! Ich schicke Lastwagen, die sie abholen. Wer eine Waffe trägt, riskiert, von meinen Männern erschossen zu werden – oder von den eigenen Kameraden! Und jetzt Bewegung!«

»*Da, Towarischtsch*«, bestätigte der Soldat. Aus Turabis Kopfhörer drangen aufgeregte turkmenische Stimmen. Ein Blick über den Rand des Schützenlochs zeigte ihm, dass die turkmenischen Soldaten tatsächlich aufstanden und das Gelände vor sich mit klobigen Handscheinwerfern abzuleuchten begannen. Nicht schießen, verdammt noch mal, befahl Turabi seinen Männern stumm, während er seine Pistole zog, nicht schießen …

Sie schossen nicht. Und dann fielen wie auf einen nochmaligen wortlosen Befehl überall um ihn herum Schüsse, und die turkmenischen Soldaten brachen zusammen.

»Viperteams, Alpha, Meldung«, sagte Turabi über Funk.

»Östliches sicher, drei Gefallene.«

»Mittleres sicher, vier Gefallene.«

»Westliches sicher, drei Gefallene.«

So meldete sich ein Zug nach dem anderen. Die östliche Werfergruppe, die unmittelbar nach der Feuereröffnung in MG-Feuer geraten war, hatte die schwersten Verluste erlitten. Von den zwölf Mann der Gruppe lebten nur noch zwei, die ihre Rohre und Werfergranaten verloren hatten. Von den fast hundert Mann, die den Flughafen angegriffen hatten, waren einunddreißig gefallen – aber die Verteidiger hatten über hundert Mann verloren.

»Was machen wir jetzt, Oberst?«, fragte Turabis Stellvertreter. »Turkmenische Verstärkung kann jeden Augenblick eintreffen.«

»Auf die warten wir nicht«, entschied Turabi. Einige seiner Soldaten ließen die Köpfe hängen – aus Erschöpfung oder Scham, das war schwer zu erkennen. »Wir nehmen diese turkmenischen Batterien. Jeder soll sich eine turkmenische Uniform und Munition besorgen und sich zum Angriff bereithalten.«

Etwa eine halbe Stunde vor Sonnenaufgang kam General Zarazi in die Nachrichtenzentrale gestapft. Hauptmann Aman Orasow setzte seinen Kopfhörer ab, stand auf und kam ihm entgegen. »Nun?«, fragte Zarazi.

»Weiter keine Verbindung zu Oberst Turabi«, meldete Orasow. »Die dritte Kompanie hat nichts mehr von ihm gehört, seit sie in dem Umspannwerk nordöstlich von Sayat in Stellung gegangen ist.«

»Die letzte Meldung war, dass die Kampfgruppe Turabi bei Chodschajli Feindberührung gehabt hat?«

»Ja, General«, bestätigte Orasow. »Sie ist am Flughafen auf eingegrabene Sicherungstruppen in Kompaniestärke gestoßen. Sieht so aus, als wäre der Oberst geradewegs in einen Hinterhalt marschiert. Angreifer und Verteidiger waren etwa gleich stark, aber Turabi hat an der Umspannstation Verluste gehabt, deshalb war er unterbesetzt.« Er machte eine Pause, dann sagte er: »Diese Kampfgruppe hätte *ich* führen sollen, General. Ich kenne die Taktik des hiesigen Militärs. Eine Verteidigungsstellung mit Schützenlöchern hätte ich einfach umgangen. Und dass er auf dem Gelände eines Umspannwerks von einem verstärkten Spähtrupp überrascht wurde – wie konnte er das geschehen lassen? Wie war's möglich, eine so große Truppe auf so überschaubarem Raum *nicht* zu sehen?«

»Das war nicht Turabis bester Tag«, musste Zurabi eingestehen.

»Als Draufgänger ist der Oberst sehr gut, wenn's um primitive Guerillataktik gegen paramilitärische Einheiten geht, General, aber einen Angriff in Kompaniestärke gegen reguläre Truppen zu führen, ist etwas ganz anderes«, sagte Orasow. »Unter Umständen ist Turabis Kampfgruppe völlig aufgerieben worden. Wir sollten unbedingt damit rechnen, dass einige unserer Männer, vielleicht sogar der Oberst selbst, in Gefangenschaft geraten sind. Ist das der Fall, werden ungeheuerliche Methoden angewandt, um sie zum Sprechen zu bringen. Also müssen wir davon ausgehen, dass die Russen und Turkmenen unsere jetzigen Stellungen, unsere Truppenstärke und unseren Schlachtplan kennen.«

Zarazi wandte sich ab und starrte in eine Ecke des Nachrichtenzelts. »Wir... wir müssen eine Truppenverlagerung vorbereiten... vorrücken, vielleicht nach Tschauder...«

»Wir müssen unsere Truppen verlagern, das stimmt, General, aber wir sollten nicht weiter vorrücken – wir müssen uns zurückziehen«, sagte Orasow. »Unsere Männer im Umspannwerk und in Tschauder sind tot, sobald die Turkmenen ihren Gegenangriff beginnen. Wir sollten nach Esenmengli zurückgehen...«

»*Esenmengli?* Das wären... das wären *siebzig Kilometer!*«

»Uns bleibt nicht anderes übrig, General!«, behauptete Orasow. »Turabi hat versagt, und sein Versagen hat unsere gesamte Offensive zum Stehen gebracht. Wir dürfen nicht riskieren, über den Fluss nach Imeni Kalinina zurückzugehen. Werden wir beim Übergang aus der Luft angegriffen, sind wir erledigt. Der einzige befestigte Ort diesseits des Flusses, in den wir uns zurückziehen können, ist Esenmengli.«

Zarazi drehte sich um, nahm die Schultern zurück. »Also gut... *Major*«, sagte er. »Schicken Sie zwei Züge den Fluss entlang, damit sie den Rückzug unserer Männer aus Tschauder decken. Dann lassen Sie die Truppe im Eilmarsch nach Esenmengli abrücken.«

»Ja, General«, sagte Orasow stolz. »Sobald wir in sicherer Stellung sind, Sir, ist es mir eine Ehre, die Männer bei einer neuen Offensive zu führen. Die brauchen Sie nur zu befehlen, General.«

»Ich bin von Turabi enttäuscht«, murmelte Zarazi. »Früher war er immer ein guter Kämpfer, aber ich hätte merken müssen, dass er bei diesem Feldzug nicht mit dem Herzen dabei ist. Meine alte Freundschaft zu ihm hat mich für die Realität blind gemacht.«

»Das Defizit war auf Turabis Seite, General, nicht auf Ihrer«, versicherte Orasow ihm. »Aber noch ist die Schlacht nicht verloren. Wir können noch immer...«

In diesem Augenblick hörten sie in der Ferne einen lauten Abschussknall, dem rasch weitere Explosionen folgten.

»*Artillerie!*«, kreischte Orasow. »Die turkmenischen Batterien in Chodschajli – sie schießen wieder! Das kann nur der Auftakt eines Großangriffs auf unsere Stellungen sein! Wir müssen schleunigst abhauen!«

»Die Kampfhubschrauber sollen sofort starten! Ihr Auftrag: diese Artilleriestellungen und gegen uns vorrückende Panzer mit allen verfügbaren Mittel bekämpfen!«, befahl Zarazi laut. »Sämtliche Bataillone alarmieren! Sie sollen...« Er machte eine Pause und horchte. In der Ferne war weiterhin Geschützdonner zu hören – aber bisher war nicht eine Granate eingeschlagen. »Was hat das zu bedeuten? Wessen Artillerie *ist* das?«

Orasow stülpte sich wieder seinen Kopfhörer über, um die Meldungen ihrer Aufklärer und Spähtrupps mitzuhören. Schon nach wenigen Sekunden wurden seine Augen vor Überraschung groß und größer.

»Was gibt's, Major?«

»Der Aufklärungshubschrauber meldet, dass die Artillerie in Chodschajli... *dass sie Tschardschu beschießt!*«, rief Orasow aus. »Die Spähtrupps melden, dass zahlreiche Flugzeuge und auf dem Flugplatzgelände bereitgestellte Panzer zerstört sind. Und sie melden...« Er machte eine Pause, lauschte angestrengt. »General, Einheiten der turkmenischen Infanterie sind auf der Flucht! Ganze Kompanien... nein, *Bataillone!*... ziehen sich nach Norden in Richtung Faryab und Imeni Stalina zurück... einige scheinen sogar die Grenze nach Usbekistan zu überschreiten!«

Orasow hörte weiter zu, dann verzog er angewidert das Gesicht. Er nahm seinen Kopfhörer ab und hielt ihn Zarazi hin. »Oberst Turabi, General. Er verlangt, dass wir alle verfügbaren Kräfte sofort vorrücken lassen – nach *Chodschajli.* Er ist jetzt am Flugplatz und hat ihn unter Kontrolle. Bis wir Chodschajli erreichen, will er den Flughafen Tschardschu besetzt haben. Abgesandte der Stadtverwaltung, Vertreter von TransCal und Oberst Borokow, der russische Garnisonskommandeur, haben schon Verbindung mit ihm aufgenommen, um wegen der Übergabe der Stadt mit ihm zu verhandeln.«

Zarazi stürmte aus dem Nachrichtenzelt, um seinen Truppen Befehle zu erteilen, und ließ Orasow zurück. Die anderen Männer im Zelt starrten den turkmenischen Überläufer an, und er konnte die Anklage in ihren Blicken sehen: Du bist hier der Feigling, Orasow, nicht Turabi. Jalaluddin Turabi hatte neuerlich bewiesen, dass er Respekt und Bewunderung verdiente. Für Orasow hatten sie nur Verachtung übrig.

Es gibt nur eine Möglichkeit, General Zarazis Vertrauen zurückzugewinnen, sagte Orasow sich: Du musst Jalaluddin Turabi beseitigen.

Im Kreml, Moskau

An diesem Morgen

»Die Meldungen sind bestätigt, Herr Präsident«, berichtete Armeegeneral Nikolai Stepaschin, der Chef des Ministeriums für Staatssicherheit der Russischen Föderation und der Gemeinschaft Unabhängiger Staaten, als er das Präsidentenbüro betrat.

Der Präsident, der sein Telefon mit Freisprecheinrichtung benützte, quittierte diese Aussage seines Geheimdienstchefs mit finsterer Miene. »Die Stadt Tschardschu befindet sich in diesem Augenblick in der Hand der Guerillas.«

»Endlich bestätigen Sie, was ich Ihnen schon seit Tagen erzähle, Herr Präsident!«, rief die Stimme am anderen Ende der Leitung, die dem turkmenischen Präsidenten Kurban Gurisow gehörte. »Und ich sage Ihnen jetzt, dass sie weiter auf die Stadt Mary vorstoßen. In weniger als drei Tagen sind sie hier! Ich brauche Hilfe, um diese Taliban-Hundesöhne zu vernichten, und ich brauche sie *sofort!*«

Walentin Gennadijewitsch Senkow, der Präsident der Russischen Föderation, schnaubte angewidert, was seinem Außenminister Iwan Iwanowitsch Filippow galt. »›Keine Bedrohung‹ – haben Sie das nicht behauptet, Iwan Iwanowitsch?«, fragte Senkow hämisch. »Diese Taliban sind bloß eine Räuberbande? Strauchdiebe? Wüstenratten? Haben Sie uns das nicht erst vor zwei Tagen erzählt?«

»Herr Präsident, das Verteidigungsministerium und das Ministerium für Staatsicherheit haben meiner Einschätzung zugestimmt, diese Taliban seien nur eine kleine, isolierte Gruppe, die von amerikanischen und UN-Truppen aus Afghanistan vertrieben worden ist«, sagte Filippow. »Die turkmenische Armee hätte sie schon vor Tagen...«

»*Die turkmenische Armee schließt sich ihnen an!*«, explodierte Senkow. »Scheiße, ich wollte, *unsere* Armee hätte so viele Freiwilligenmeldungen! Sie haben schon drei turkmenische Militärstützpunkte – einen davon unter dem Befehl *russischer Offiziere* – so mühelos eingenommen, als ließen sie sich am Ostankinoprospekt für fünfzig Rubel einen blasen. Inzwischen sind sie fast so stark wie die *gesamte turkmenische Armee!* Was zum Teufel geht dort draußen vor?«

»Die Schlüsselrolle spielt offenbar der Feldkommandeur, ein gewisser Turabi«, berichtete Stepaschin. »Er ist jung, tapfer und bei den Einheimischen sehr beliebt. Der nominelle Anführer der Taliban, ein religiöser Spinner namens Zarazi, ist der idealistische Heißsporn – Turabi ist der Kopf des gesamten Unternehmens.«

»Das ist mir alles scheißegal!«, sagte Gurisows Stimme aus dem Lautsprecher. »Herr Präsident, diese Taliban sind dabei, mein Land in ein zweites Tschetschenien, in ein zweites Afghanistan zu verwandeln! Soll der Rest der Welt sehen, wie eine Hand voll halb verhungerter Talibanbanditen eine weitere ehemalige Sowjetrepublik besetzt? So machen wir uns zum Gespött der ganzen Welt!«

»Herr Präsident, die Sache ist keineswegs beunruhigend«, sagte Außenminister Filippow gelassen, ohne auf Gurisow einzugehen. »Diese Taliban wollen Turkmenistan nicht erobern. Sie wollen nur Geld oder Sachwerte, die sie zu Geld machen können. Sobald sie genug zusammengerafft haben, um sich in der Heimat in die Stammesführung einkaufen zu können, verschwinden sie wieder.«

»Haben Sie das im Afghanistankrieg auch geglaubt, Minister Filippow?«, fragte Gurisow.

»Das lässt sich überhaupt nicht vergleichen«, wehrte Filippow ab. »Diese Taliban sind Räuber, keine Invasoren. In achtundvierzig Stunden ist der ganze Spuk vorbei, das garantiere ich Ihnen. Verausgaben sie sich beim Marsch durch die Karakum-Wüste nicht völlig, kassieren sie noch etwas mehr Schutzgeld von den Amerikanern und verschwinden dann.«

»Was haben die Amerikaner mit dieser Sache zu tun?«

»Damit das Öl weiter fließt, sind die Amerikaner bereit, die Taliban großzügig dafür zu bezahlen, dass sie die Pipelines offen lassen«, antwortete Filippow. »Die Taliban wollen kein Land – sie wollen nur Bargeld, das sie zur Finanzierung irgendwelcher krimineller Machenschaften, in die sie verwickelt sind, mit nach Hause nehmen können.«

»Ich sage Ihnen, Herr Präsident, die Taliban wollen das *Land* besetzen, genau wie sie Afghanistan besetzt haben«, beteuerte Gurisow. »Wären sie nur auf Geld aus, hätten sie in Kisyl-Arwat Halt gemacht. Ich sage Ihnen, sie wollen Mary besetzen und dann auf Aschchabad marschieren.«

»Schluss mit dem Gejammer, Gurisow«, wies Senkow ihn zurecht. »*Das* werden wir keinesfalls zulassen.« Er sah fragend zu seinem Generalstabschef hinüber. »Was denken Sie, General?«

»Ich stimme Präsident Gurisow zu, Herr Präsident. Wir sollten unsere in Mary stationierten Truppen sofort verstärken«, antwortete General Anatolij Grislow. Sein persönliches Verhältnis zu Senkow war nicht so gut, wie es das zwischen Schurbenko und dem Präsidenten gewesen war. Der Berufsoffizier Grislow ließ offen erkennen, wie sehr er Politik verabscheute – besonders Walentin Senkows halsabschneiderische Politik. »Präsident Gurisow hat Recht – wir können es uns nicht leisten, diese Taliban zu unterschätzen. Jeder weitere Vorstoß von ihrer Seite in Richtung Hauptstadt würde sofort als Schwäche Russlands gedeutet. Und wenn sie Mary bedrohen oder die Stadt sogar einnehmen, können wir gleich das ganze Land räumen – das wäre dann eine noch schlimmere Katastrophe als Afghanistan.«

»Sie übertreiben, General.«

»Herr Präsident, ich schlage vor, nichts zu riskieren«, sagte Grislow. »Wir können unauffällig Kampfverbände in unser Übungsgelände bei Mary verlegen, ohne dass die Amerikaner oder sonst jemand etwas davon merkt.«

»Kampfverbände? Dieselben ›Kampfverbände‹, die Wedeno angegriffen haben?«

»Mein Einsatz war vom Verteidigungsministerium und Präsidentenbüro genehmigt …«

»In Ihrer Vorlage hat kein Wort davon gestanden, dass Sie eine Ortschaft mit schweren Bombern angreifen und mit Flammölbomben einäschern wollten!«, sagte Verteidigungsminister Bukajow. »Scheiße, nächstes Mal bitten Sie um Erlaubnis, ein Gewehr benützen zu dürfen, und werfen stattdessen eine Atombombe!«

»Wenn's notwendig ist«, meinte Grislow schulterzuckend. »Herr Präsident, diese neue Gefahr in Turkmenistan ist eine direkte Bedrohung der Turkmenen und eine indirekte, aber sehr reale Bedrohung Russlands. Wir haben einen Beistands- und Verteidigungspakt mit Turkmenistan – den ersten dieser Art, den wir mit einer früheren Sowjetrepublik abgeschlossen haben. Den müssen wir erfüllen. Dazu müssen wir *sofort* tatkräftig und entschlossen handeln.«

»Dass wir ein paar durch die Wüste ziehende Turbanträger mit Flammölbomben angreifen, kommt nicht in Frage«, stellte Bukajow fest.

»Wann wäre die Gelegenheit günstiger?«, fragte Grislow. »Leicht zu entdeckende Ziele, kaum Gefahr von Kollateralschäden, eine reine Verteidigungsmaßnahme zum Schutz eines Nachbarn und Verbündeten – und wir würden damit sogar den Amerikanern helfen!«

»Versuchen Sie nicht, sich hier politisch zu betätigen, General – davon verstehen Sie nichts«, sagte Senkow abwehrend. »Ich schlage vor, dass Sie Patrouillen losschicken, um die Taliban beobachten und vielleicht auf dem Marsch überfallen zu lassen. Irgendwann haben sie's dann satt, einzeln abgeknipst zu werden, und ziehen sich in ihr Stammesgebiet zurück.«

»Ich will nicht, dass unsere Streitkräfte in einen Guerillakrieg mit einer Bande von Wüstenratten verwickelt werden, Herr Präsident«, sagte Grislow. »In Afghanistan sind wir nicht deshalb ins Hintertreffen geraten, weil wir auf Luftangriffe gesetzt haben, sondern weil wir *nicht genügend* Angriffe geflogen haben. Greifen wir ein, müssen wir nicht nur mit ausreichenden, sondern mit *überwältigenden* Kräften eingreifen.«

»Wir brauchen keine Invasionsstreitmacht, um eine Hand voll Turbanträger in deckungslosem Wüstengelände zu erledigen.«

»Wir dürfen kein Risiko eingehen, Herr Präsident«, sagte Grislow nachdrücklich. »Ich schlage vor, starke Verbände nach Turkmenistan zu verlegen. Wir dürfen die Fehler, die wir in Afghanistan und Tschetschenien gemacht haben, nicht wiederholen. Ich kann die Guerillas binnen zwölf Stunden von drei Geschwadern schwerer Bomber angreifen lassen, die ihre Panzer, Artillerie und Luftabwehr in einer einzigen Nacht vernichten. Ich kann binnen zwei Wochen dreißigtausend Mann Bodentruppen nach Turkmenistan verlegen, die reichlich genügen müssten, um die restlichen Taliban zu erledigen. In zwei Monaten können dort weitere fünfzigtausend Mann stationiert sein. Wir können jeden Tropfen Öl schützen, den wir dort aus dem Boden pumpen.«

»Und die ganze Welt soll auf CNN zusehen, wie zerlumpte Turbanträger im Hagel unserer Bomben untergehen?«, fragte Senkow scharf. »Ausgeschlossen! Sie können Kommandoteams losschicken, die sie beobachten und durch Störangriffe belästigen, aber ich will sie nicht abschlachten, wenn es nicht unbedingt sein muss.«

»Herr Präsident, sie haben bereits turkmenische und sogar russische Soldaten getötet«, wandte Grislow ein. »Es ist unser gutes Recht, Truppen zu entsenden, um sie zu vernichten. Wir sollten ...«

»*Abgelehnt!*«, entschied Senkow. »Ich will, dass unsere Truppenbewegungen unauffällig stattfinden. Niemand soll mir vorwerfen können, ich wollte einen Ausrottungsfeldzug wie in Tschetschenien beginnen. Ist das klar?«

»Ja, Herr Präsident.« Senkow nickte zur Tür hinüber, und Grislow machte, dass er hinauskam.

»Herr Präsident, Sie müssen alles tun, um Turkmenistan zu verteidigen«, sagte Kurban Gurisow. »Russland hat dieses Land mit aufgebaut, und der russische Bevölkerungsanteil ist hier noch immer beachtlich hoch. Um die Amerikaner und ihre verdammten Pipelines brauchen Sie nicht auf Zehenspitzen herumzuschleichen. Sie plündern unser Land aus – das weiß die ganze Welt.«

»Niemand scheint sich daran gestört zu haben, dass Nijasow dieses Ölprojekt mit den Amerikanern ausgehandelt und dabei Russland völlig ausgebootet hat.«

»Die Einzelheiten des Vertrags mit TransCal kennen nur wenige Leute«, sagte Gurisow. »Russland zahlt wenigstens für unser Öl, statt von jedem Liter, der bei uns gefördert wird, einen Anteil zu kassieren. Ich bin in diesem Land geboren, Herr Präsident, aber meine Loyalität gehört Mütterchen Russland – solange Sie bereit sind, mich zu unterstützen. Andererseits habe ich kein Problem damit, das Geld der amerikanischen Ölgesellschaften anzunehmen.«

»Versuchen Sie hier nicht, auf beiden Schultern Wasser zu tragen, Gurisow«, warnte Senkow ihn. »Wir unterstützen Sie gegen diese Taliban, aber wir wollen nicht hören, dass Sie heimlich irgendwelche Sondervereinbarungen mit den Amerikanern treffen. Ihre Zukunft heißt Russland. Das wollten Sie, und das haben wir für den Zeitpunkt vereinbart, an dem russische Ölgesellschaften die von den Amerikanern erschlossenen neuen Öl- und Erdgasfelder übernehmen können. Spielen Sie Ihre Rolle einfach genau wie geplant, dann bekommen Sie Ihre Belohnung – einen Rückflug erster Klasse nach Russland einschließlich der Millionen, die Sie aus dem Ölgeschäft für sich abgezweigt haben.«

Gurisow wechselte hastig das Thema. Er war entsetzt, dass die Russen von den vermeintlich geschickt verschleierten Transaktionen wussten, mit denen er sich persönlich bereichert hatte. »Die Amerikaner wollen eine Delegation entsenden und haben ein Treffen mit mir, dem russischen Botschafter und sogar dem Führer der Taliban vorgeschlagen«, berichtete er. »Ich denke, dass es unklug wäre, sie nicht zu empfangen – vielleicht kann ein Gespräch die hiesige Situation entschärfen. Was soll ich ihnen antworten?«

»Teilen Sie ihnen mit, dass die Situation äußerst gefährlich ist und die Regierung nicht für ihre Sicherheit garantieren kann«, sagte Senkow. »Wollen sie trotzdem kommen, müssen Sie gute Miene zum bösen Spiel machen – aber tun Sie, was Sie können, um sie davon abzubringen.«

»Ich soll zulassen, dass die Amerikaner sich mit den Taliban treffen?«

»Verdammt, ich will doch hoffen, dass Sie diese Schweinehunde lange vor der Ankunft der Amerikaner erledigt haben!«, rief Senkow wütend.

»Ich weiß nicht, was ich einer amerikanischen Delegation erzählen soll…«

»Gurisow, Sie erzählen ihr einfach, dass Sie Ihrem Land dienen«, sagte Senkow. »Sie lassen sich mit dem Delegationsleiter fotografieren und überlassen den Rest Ihren Untergebenen. Ihre wichtigste Aufgabe ist jetzt, Ihre so genannten Streitkräfte zu mobilisieren und die Taliban *sofort* zu erledigen.« Er beendete das Telefongespräch, indem er zornig eine Taste drückte. »Er soll bloß zusehen, dass er seinen Hintern hochkriegt und etwas unternimmt, sonst müssen wir ihn ersetzen – lieber früher als später.«

»Herr Präsident, General Grislow hat nachdrücklich dafür plädiert, einen Großverband zu entsenden, um die Taliban vor Mary zum Stehen zu bringen«, sagte Verteidigungsminister Bukajow. »Vielleicht sollten wir ihn einen kampfstarken Verband mobilisieren lassen. Kein Mensch kann etwas dagegen haben, wenn wir mehrere Staffeln nach Mary entsenden. Schließlich betreiben wir in Turkmenistan noch mehrere Ausbildungseinrichtungen.«

»Der General braucht einen Tritt in seinen unbotmäßigen Hintern!«, brüllte Senkow los. »Seinetwegen bezeichnen die Medien in aller Welt mich als ›Feuerteufel von Tschetschenien‹! Und jetzt bildet er sich ein, ich würde ein ähnliches Unternehmen in Turkmenistan genehmigen? Er spinnt wohl? Kann er den Taliban nicht mit ein paar Kompanien Spezialtruppen beikommen, ist er als Generalstabschef vielleicht eine Fehlbesetzung.«

Außerhalb von Mary, Turkmenistan

Einige Tage später

Jalaluddin Turabi musste sich eingestehen, dass die Serie von immer größeren Siegen unwiderstehlich, sogar süchtig machend war. Wakil Mohammad Zarazis kleine Räuberbande war zu einer richtigen Armee herangewachsen, die mit über zwölftausend Kämpfern und weiteren zweitausend Mann Versorgungstruppen große Teile Ostturkmenistans besetzt hielt. In Tschardschu hatten sie eine tausend Mann starke Garnison zurückgelassen, die diese wichtige Stadt gegen die über die Grenze nach Usbekistan geflüchteten russischen und turkmenischen Einheiten verteidigen sollte, aber das wäre vermutlich gar nicht nötig gewesen – in Tschardschu hatten sie einen vollständigen Sieg errungen.

Dass die Einwohner der Stadt wie ein Mann hinter Zarazi standen, hatte einen sehr einfachen Grund: Er hatte Geld, viel Geld. Er hatte mit Vertretern der amerikanischen TransCal Petroleum vereinbart, die Pipelines und Pumpstationen unbeschädigt zu lassen, und war dafür gut bezahlt worden. Einen Teil des Geldes hatte Zarazi klugerweise in Tschardschu an die dortigen Sicherheitskräfte verteilt, um sich ihre Loyalität zu sichern, und seine Rechnung war aufgegangen. Zarazi konnte die Bewachung der Pipelines unbesorgt Polizisten und Milizionären aus Tschardschu überlassen, während die eher symbolische Garnison aus ihm treu ergebenen Soldaten für Ruhe und Ordnung sorgte und Wache hielt, um etwa aus Norden kommende Eindringlinge abzuwehren. Auch die übrige Einwohnerschaft hatte Zarazi mit reichlichen Geldgeschenken bedacht. So waren seine Flanken sicher.

Für Turabi wäre dies die ideale Gelegenheit gewesen, Zarazi zu verlassen und den Befehl über die Garnison Tschardschu zu übernehmen. Nach seinem Überfall auf den Flugplatz Chodschajli, bei dem fast hundert Russen und Turkmenen gefallen waren, hatte er die turkmenischen Truppen beim Einmarsch in Tschardschu deutlich geschont, und die einheimische Bevölkerung schien ihm dafür dankbar zu sein. Er hätte sich damit begnügen können, Zarazi ohne sonderliche Anstrengung den Rücken freizuhalten, während der General mit seiner stetig wachsenden Armee auf der Überlandstraße nach Mary marschierte, wo offenbar die Entscheidungsschlacht bevorstand. Warum hatte er Zarazi nicht gebeten, in Tschardschu zurückbleiben zu dürfen?

Dafür gab es zwei Gründe: Angst und Neugier. Ja, er hatte Angst vor Wakil Mohammad Zarazi. Erteilte sein alter Freund und Führer ihm einen Befehl, führte er ihn prompt aus. Dahinter steckte mehr als nur Stammesloyalität: Turabi fürchtete tatsächlich, Zarazi könnte seine wachsende Macht zu Kopf steigen, ihn sogar überschnappen lassen. Ihm graute bei dem Gedanken daran, was Zarazi tun würde, wenn er bei einem seiner hohen Offiziere ein Anzeichen von Schwäche oder Verrat zu entdecken glaubte.

Große Angst hatte Turabi auch vor dem russisch-turkmenischen Überläufer Aman Orasow, der es geschafft hatte, zu Zarazis Vertrautem und Berater aufzusteigen und nun fast auf gleicher Stufe mit Jalaluddin Turabi stand. Seit der Einnahme von Tschardschu, nach der fast alle Turabi für einen genialen Feldherrn zu halten schienen, hatte Orasow ihn interesselos, abweisend und sogar feindselig behandelt. Lag das daran, dass Turabi es mit regulären turkmenischen Truppen aufgenommen und sie besiegt hatte – oder dass er bei den Turkmenen, selbst bei denen, die er besiegt hatte, weit beliebter war, als Orasow es jemals sein würde?

Unabhängig davon, was er dachte und was zum Teufel hier vorging, stand eines fest: Wakil Mohammad Zarazi marschierte auf Mary, die größte und wichtigste Stadt Ostturkmenistans, wo sich ihr Schicksal entscheiden würde.

Zarazis etwa zehntausend Mann starke Armee hatte die Außenbezirke der Stadt Bayramaly, rund dreißig Kilometer östlich von Mary, erreicht. Dieses Gebiet war Teil der weitläufigen Oase Merw, einer der größten Oasen Zentralasiens, die einst eine wichtige Station auf der alten Seidenstraße von Konstantinopel nach Schanghai gewesen war. Die Stadt selbst lag mitten in der Oase und bezog ihr Wasser aus natürlichen Wasserläufen und künstlichen Wassergräben, die den Karakum-Kanal, ein von den Sowjets fertig gestelltes wichtiges Bewässerungsprojekt, mit dem nach Süden fließenden Fluss Murgab verbanden.

Eine Landschaft wie diese hatte Turabi noch nie gesehen: überall Baumwolle, so weit das Auge reichte. Vor ihnen waren tausende und abertausende von Hektar beiderseits der Fernstraße mit weißen Wattebauschpflanzen bestanden, so dass man glauben konnte, über den Wüstenboden sei hier eine flauschige weiße Decke gebreitet worden. »Verdammt, auf diesen Feldern kann man ein ganzes Korps verstecken«, meinte Turabi, während er das Gelände durchs Fernglas studierte. »Außerdem scheint's in diesem Zeug kaum ein Durchkommen zu geben. Wir sind es zu sehr gewohnt, in der Wüste zu manövrieren.«

»Allah wird uns den Weg zum Sieg weisen«, sagte Zarazi hölzern.

Turabi betrachtete seinen ehemaligen Freund und Stammesführer mit erboster Miene. Dann fühlte er sich beobachtet, drehte sich um und sah, dass Aman Orasow ihn anstarrte. War der Oberst mit Zarazi zusammen, trieb dieser Scheißkerl sich ständig in der Nähe herum, beobachtete und horchte und berichtete dem General anschließend bestimmt haarklein, mit welcher Miene und welcher Betonung Turabi dieses oder jenes gesagt hatte.

»Glauben Sie etwa nicht, dass es Allahs Wille ist, dass wir siegen, Oberst?«, fragte Orasow misstrauisch.

Turabi ignorierte ihn. »Trotzdem habe ich die Fünfte und Neunte Schützenkompanie und die Zweite Luftlandekompanie zur Erkundung dieser Baumwollfelder im Norden und Süden eingesetzt. Ich habe einen Bericht über die Bodenverhältnisse und etwaige Probleme bei der Fahrt über die Felder angefordert. Wir wollen auf keinen Fall, dass eine Tonne ungepflückter Baumwolle unsere Panzerketten blockiert.«

»Sehr gut, Jala«, stimmte Zarazi zu. »Alles vernünftige Vorsichtsmaßnahmen.«

Turabi sah Zarazi leicht verblüfft an. »Danke, General«, sagte er. Er zögerte, bevor er aussprach, was ihn bewegte: »Das war das erste Mal seit Wochen, dass du mich wieder mit dem Vornamen angesprochen hast, Wakil. Ein schönes Gefühl. Genau wie in unserer Jugend.«

»Ah, unsere Jugend«, wiederholte Zarazi schmunzelnd. »Mir kommt's vor, als seien Jahrhunderte vergangen, seit wir auf den Weiden und Feldern unserer Jugend gespielt haben.«

»Mir kommt's vor, als seien Jahrhunderte vergangen, seit wir die Grenze zu diesem von Gott verlassenen Land überschritten haben«, sagte Turabi.

Zarazi betrachtete ihn mit ernster Miene. Turabi machte sich schon darauf gefasst, zusammengestaucht zu werden, weil er den Namen Gottes respektlos benützt hatte, aber stattdessen sagte Zarazi: »Ich weiß, was du meinst, Jalaluddin.«

Nun, das ist ein bemerkenswerter Sinneswandel, dachte Turabi. »Hier ist's beschissen, Wakil. Wir sind weit von der Heimat, weit von unseren Frauen und Kindern entfernt.«

»Ich habe das Gefühl, als ändere mein Leben sich hier, Jalaluddin«, sagte Zarazi. »Ich … ich weiß nicht, was das bedeutet. Zuvor habe ich die Hand Allahs auf meiner Schulter gespürt – aber jetzt fühle ich sie nicht mehr. Ich glaube nicht, dass er mich verlassen hat, aber … ich kann seine Stimme im Augenblick nicht hören. Wir stehen hier, fast im Angesicht des Feindes, und ich kann ihn nicht hören. Ich weiß nicht, ob er meinen Glauben auf die Probe stellen will oder nur findet, wir müssten diese Aufgabe auch mit unseren kümmerlichen sterblichen Gehirnen lösen können.«

»Nervosität am Vorabend der Schlacht ist ganz normal, Wakil«, sagte Turabi. Dies war überraschend, erleichternd, *wundervoll* – erstmals seit langer Zeit redete Zarazi nicht wie ein religiöser Eiferer. Er redete wie ein vernünftiger Kerl, wie jeder andere Kommandeur, der kurz davor ist, dem Feind auf dem Schlachtfeld entgegenzutreten. Das war eine willkommene und ermutigende Veränderung. »Wir haben alles Erforderliche getan. Wir haben Aufklärer vorgeschickt, lassen unsere Flanken gegen Umgehungsmanöver sichern, haben die beste Rückzugsroute erkundet und halten Reserven in Bereitschaft. Unser Nachrichtendienst arbeitet ziemlich gut, und wir bekommen noch immer jeden Tag Zulauf von Freiwilligen, obwohl wir schon kurz vor Mary stehen. Wir haben alles getan, was zu veranlassen war.«

»Aber wird es reichen?«

»Das ist eine Frage, die ich nicht beantworten kann, Wakil«, gab Turabi zu. Er machte eine kurze Pause, dann fuhr er fort: »Wakil … mein Freund … bitte hör mir zu. Warum gehen wir nicht nach Tschardschu zurück? Hast du das Gefühl, nicht optimal vorbereitet zu sein, sollten wir zurückgehen, uns umgruppieren, weitere Informationen einholen, uns noch etwas mehr verstärken und den Angriff neu planen.«

»Du … sprichst von *Rückzug?*«

»Wakil, disziplinlos und in wilder Flucht wegzulaufen, ist ein Rückzug. Sich gut geordnet mit drei Kompanien als Nachhut abzusetzen, ist keiner«, stellte Turabi fest. »Tschardschu ist unser, Wakil – daran gibt's nichts zu deuteln. Dort kontrollieren wir den Durchfluss von fünfzigtausend Barrel Rohöl und fünf Millionen

Kubikmeter Erdgas *pro Tag.* Die zwölftgrößte amerikanische Firma zahlt uns jeden Tag tausende von Dollar, damit wir ihre Pipelines ›bewachen‹. In Tschardschu haben wir alles unter Kontrolle, Wakil. Hier draußen haben wir nichts unter Kontrolle, nicht mal das weiße Zeug, das an unseren Panzerketten klebt. Aus der Besorgnis, die du empfindest, spricht der sechste Sinn eines Soldaten. Er warnt dich, wenn Gefahr droht. Hör auf ihn!«

Wakil starrte Turabi an – und dann sah er sich zu Turabis Freude kurz nach Nordosten um, wo Tschardschu lag. Das war nur eine leichte, fast beiläufige Kopfbewegung, aber für Turabi sprach sie Bände.

Sie waren von Tschardschu aus in weniger als einer Woche fast zweihundert Kilometer weit durch die wasserlose Gluthölle der Karakum-Wüste marschiert, um hierher zu gelangen, und hatten Flankenangriffe turkmenischer Freischärler abgewehrt, feindliche Spähtrupps verjagt, ihre Toten begraben, Gefangene gemacht, Spione erschossen und ihren Großangriff geplant – und in dieser ganzen Zeit hatte Wakil Mohammad Zarazi kein einziges Mal zurückgeblickt. Seit sie im Norden Afghanistans von amerikanischen Bombern angegriffen worden waren und er erstmals die Stimme Allahs gehört hatte, die ihm seinen Auftrag erteilte, hatte er nie mehr zurückgeblickt.

»Wir könnten die Nachhut in Raynina stationieren. Dort gibt's reichlich Wasser, das Gelände liegt etwas höher, und sie wäre so weit vom Kanal entfernt, dass sie das Vorfeld nicht eigens zu überwachen brauchte«, sagte Turabi aufgeregt. Die Einzelheiten hatte er sich seit Tagen in Gedanken zurechtgelegt – aber für eine Flucht, nicht für einen geordneten Rückzug. Die Sache lief besser, als er je zu hoffen gewagt hätte. »Wir lassen das Zweite Bataillon und die Zweite Luftlandekompanie dort zurück und setzen uns in Etappen ab, damit die Turkmenen nicht mitbekommen, was hier läuft. Die beiden Einheiten gehen östlich und westlich der Ölfelder bei Halatsch zurück – wir wissen genau, dass sich zwischen den vielen Bohrtürmen eine ganze Brigade verstecken könnte. In drei Tagen können wir wieder in Tschardschu sein, und dort befestigen wir die Zehnkilometerlinie, die ich nach der Räumung von Tschauder etabliert habe. Während wir zurückgehen, holen wir die Nachhut nach. Sie erreicht eine sichere, befestigte Verteidigungslinie und wird abgelöst. Sobald sie ausgeruht und neu bewaffnet ist, schieben wir unsere Linie auf zwanzig Kilometer hinaus. Damit kontrollieren wir alles, was östlich des dreiundsechzigsten Längengrads liegt. Felsenfest.«

Zarazi schwieg lange und nachdenklich. Turabi sah zu Orasow hinüber und sah in seinem Blick nichts als Hass und Abscheu. Halt die Klappe, Arschloch!, forderte Turabi ihn im Stillen auf. Halt die Klappe, sonst bring ich dich um.

»Wir brauchen nicht zurückzugehen, General«, behauptete Orasow. »Der Flugplatz Mary liegt keine dreißig Kilometer vor uns. Seit wir hier in Stellung gegangen sind, haben wir nur ein paar Aufklärungshubschrauber gesehen. Wir können Mary so leicht einnehmen, General, wie wir Tschardschu eingenommen haben.«

»Nicht *wir* haben Tschardschu eingenommen, Orasow – *ich* hab's eingenommen«, knurrte Turabi. »Und das war keineswegs leicht. Ich habe viele gute Männer verloren – jeden Fünften meiner Leute. Aber Tschardschu war nichts im Vergleich zu der Schlacht, die uns in Mary erwartet. Dort stehen die Russen mit ihren Jagdbombern bereit und …«

»Mit welchen Jagdbombern? Ich habe seit Tschardschu kein feindliches Flugzeug mehr gesehen.«

»Sie sind dort, Orasow, das wissen wir.«

»Sie waren auch in Tschardschu – sogar viele. Aber kein einziges ist gestartet, um uns anzugreifen.«

»Sie sind nach Tschardschu verlegt worden, um uns Angst zu machen, aber die Piloten wurden sofort wieder abgeholt«, sagte Turabi. »Diese Flugzeuge waren ohnehin wertlos – eine Hand voll Jagdbomber Suchoi Su-17, über dreißig Jahre alt und nicht besonders gut gewartet. Sie hätten uns nie gefährlich werden können.«

»Bei der Planung des Angriffs auf Tschardschu haben wir sie als sehr gefährlich eingeschätzt.«

»Unser Nachrichtendienst hat gemeldet, dass die Turkmenen die Russen aufgefordert haben, ihre *in Mary stationierten* MiG-27 und Su-24 nach Tschardschu zu verlegen«, stellte Turabi fest. »Stattdessen haben sie diese Klapperkisten hingeflogen. Das bedeutet, dass die Bomber und Jagdbomber der ersten Garnitur noch in Mary stehen. Und wir wissen *noch immer* nicht genau, was die Amerikaner hier in Turkmenistan machen.«

»Ah, richtig, Ihre geisterhaften Amerikaner«, sagte Orasow verächtlich. »Sie behaupten, nur zwei Männer gesehen zu haben, die aber zwei Panzerfahrzeuge zerstört und ein halbes Dutzend Männer getötet, Sie aber nur verhört haben.«

»Maul halten, verdammt noch mal!«, knurrte Turabi. »Die Amerikaner waren da, um ein abgestürztes Flugzeug, einen Marschflugkörper oder eine Spionagedrohne zu bergen – was immer dort abgeschossen worden war.«

»Das behaupten Sie«, stellte Orasow trocken fest. »Oder haben Sie Ihre Männer tatsächlich in ein Minenfeld geführt, wie unsere Hubschrauberbesatzung vermutet hat …?«

»Zum Teufel mit Ihnen, Orasow.«

»Jedenfalls haben wir keinen Beweis für die Anwesenheit amerikanischer Soldaten in Turkmenistan gefunden – falls es sie überhaupt gegeben hat«, sagte Orasow zu Zarazi. »Wahrscheinlich waren sie nur hier, um ihren Marschflugkörper zu bergen. Kein Grund zur Beunruhigung.«

»*Kein Grund zur Beunruhigung?* Vor uns im Westen stehen fünf- bis zehntausend russische und turkmenische Soldaten, und im Osten haben wir möglicherweise diese amerikanischen Supersoldaten hinter uns – oder zumindest ihre Spionageflugzeuge und Satelliten über unseren Köpfen.« Turabi wandte sich an Zarazi. »Ich rücke mit meinem Aufklärungszug auf Mary vor und stelle fest, was dort genau passiert, Wakil. Aber falls du daran denkst, dich auf eine Stellung zurückzuziehen, die sich besser verteidigen lässt, sollten wir sofort aufbrechen. Wir müssen die Nachhut in Abwehrposition bringen und die Masse unserer Truppen vierzig Kilometer weit nach Norden verlegen, um den Karakum-Kanal zu überschreiten. Das ist ein strammer Tagesmarsch.«

»Was ist mit Ihnen los, Oberst?«, fragte Orasow. »Warum wollen Sie plötzlich unbedingt zurückgehen?«

»Weil jeder Idiot sehen kann, dass unsere Versorgungslinien angesichts eines in ausgebauten Stellungen liegenden Gegners viel zu lang sind«, antwortete Turabi. »Wir führen kaum genug Treibstoff, Munition und Verpflegung für drei Marschtage mit. Müssen wir kämpfen, sind der Treibstoff und die Munition in weniger als einem Tag aufgebraucht.«

»Wollen Sie den General einen Idioten nennen, Turabi?«

»Ich bin kein Experte für Bewegungskrieg«, fuhr Turabi fort, ohne auf Orasows Bemerkung einzugehen, »aber ich weiß, dass hunderte von siegreich begonnenen Feldzügen verloren gegangen sind, weil Armeen über sichere Versorgungslinien hinaus vorgestoßen sind. Wir haben diesen Punkt schon *jetzt* überschritten, Wakil. Es dauert über einen Tag, genügend Treibstoff für unsere Hubschrauber, Panzer und Lastwagen ranzuschaffen. Werden unsere Versorgungslinien auch nur einmal unterbrochen, müssen wir eilig zurückgehen – und *dabei* brechen unweigerlich Chaos und Verwirrung aus.«

Erstmals seit der Schlacht um Tschardschu wirkte Zarazi verwirrt und … ja, ein wenig ängstlich. Eine erstaunliche Veränderung, fand Turabi. Er wusste es noch nicht bestimmt, aber vielleicht war dies der Anfang des langen Marsches zurück in die Heimat.

»General, wir müssen angreifen, *sofort* angreifen«, drängte Orasow. »Wir dürfen nicht länger warten. Wir sollten so schnell wie möglich auf Artillerieschussweite zum Flugplatz vorrücken und den Angriff beginnen.«

»Das wäre Selbstmord!«, widersprach Turabi. »Wakil, die Aufklärungsergebnisse sind unvollständig, unsere Luftabwehr ist nicht in Stellung, und wie ich dir schon mehrmals gesagt habe, sind unsere Versorgungslinien bis zum Zerreißen gespannt …«

»Sprechen Sie ihn gefälligst mit ›General‹ an, Oberst«, unterbrach Orasow ihn aufgebracht.

»Maul halten, Hundesohn!«, explodierte Turabi. »Sie haben keine Ahnung, was …«

In diesem Augenblick heulte im Bereich der Stabskompanie eine Sirene los – Fliegeralarm! Turabi stockte das Blut in den Adern. Nun war's zu spät. Er war der festen Überzeugung gewesen, ihnen bliebe noch ein Tag Zeit. Sie befanden sich am äußersten Rand der effektiven Einsatzreichweite der in Mary stationierten Kampfhubschrauber Mil Mi-24. Turabi hatte angenommen, die Russen würden zuwarten, bis sie versuchten, die Pumpstation in Bayramaly zu besetzen. Dann hätten die großen Hind-D mehr Waffen tragen und länger über dem Zielgebiet bleiben können. Aber in der Schlacht war Überraschung alles – und den Russen war sie soeben geglückt.

»*Kampfhubschrauber!* Hubschrauber von Süden im Anflug!«, meldete der Kompanieoffizier laut. »General, unsere Späher haben ungefähr fünfzehn Kilometer von hier zwei Dreierformationen entdeckt.«

»Nicht mal eine ganze Staffel. Das könnte ein Täuschungsmanöver sein«, sagte Turabi. Er ließ sich das Handfunkgerät geben und rief hinein: »Hier spricht Oberst Turabi. Ab sofort Funkstille einhalten! Ich wiederhole: *Ab sofort Funkstille einhalten!*« Er wartete einige Augenblicke, bis die aufgeregten Stimmen verstummt waren, dann befahl er: »Fünfte Kompanie, Kompanie Echo, alarmiert eure Aufklärer und sorgt dafür, dass sie bereit sind, es mit der Hauptmasse aufzunehmen. Kommt sie, wird sie von Norden anrollen.

Trennung. Alle Fla-Trupps, alle Fla-Trupps, mal herhören. Geratet nicht in Panik, wenn ihr die verdammten Hinds seht. Bewahrt ihr kaltes Blut, habt ihr gute Chancen. Setzt eure Leute mit Einmannraketen ab, geht in jedem Riss und jeder Spalte, die ihr finden könnt, in Deckung und stellt eure Flak auf Fernbedienung um. Die Hinds mögen große Ziele in freiem Gelände – gebt ihnen also keine. Wartet ab, bis sie dicht herankommen, und zielt gut.

Trennung. Panzeraufklärer, löst eure Formation nicht auf, bevor ihr seht, dass der Gegner seine auflöst, und gebt keine Zielkoordinaten durch, bevor seine Angriffsrichtung feststeht. Ich will, dass unsere Artillerie dorthin schießt, wo die feindlichen Panzer *sind,* nicht dorthin, wo sie *waren.*« Turabi nahm den Daumen von der Sprechtaste und funkelte Orasow an. »Sie wollten einen Kampf, Orasow, jetzt haben Sie einen.« Dann rannte er zum Befehlswagen hinüber, ohne abzuwarten, ob Zarazi oder Orasow ihm folgen würden.

Sie taten es nicht.

Turabi warf sich in den Kommandeurssessel vor der großen Plexiglastafel mit Gitternetz, auf der die Positionen aller ihrer Einheiten eingezeichnet waren. Hinter der durchsichtigen Tafel saßen Fernmelder, die Meldungen von Aufklärern und Kommandeuren bis hinunter zu Kompaniechefs oder Zugführern erhielten; ein weiterer Fernmelder zeichnete rasch neue Symbole auf die Tafel, wischte andere weg und schrieb alle Erklärungen rückwärts, damit Turabi, der auf der anderen Seite saß, sie lesen konnte, während das Gefecht sich entwickelte. Rechts und links des Kommandeurssessels waren Sitze für seinen Stellvertreter, den Operationsoffizier und weitere Berater und Spezialisten angeordnet. Turabi konnte mit jedem Offizier und Unterführer – von Bataillonskommandeuren bis hinunter zum Führer eines Schützenzugs – sprechen, indem er den betreffenden Schalter umlegte.

Alles lief genauso ab, wie er's es sich vorgestellt hatte: als Umfassungsangriff im klassischen Sowjetstil. Zwei Dreierrotten von Kampfhubschraubern kamen aus Süden heran; eine kleine Abteilung leichter Panzer, anscheinend nur etwa ein Dutzend, rasselte die Straße entlang auf sie zu. Aber das waren nur Ablenkungsmanöver – die Hauptstreitmacht des Gegners war noch nicht gesichtet worden. »Echo drei, hier Grün eins, was seht ihr?«, fragte Turabi den am weitesten im Nordwesten stehenden Aufklärungszug. »Ihr müsstet sie direkt vor euch haben.«

»Bisher kein Kontakt, Grün eins«, meldete der Führer der aus drei Spähpanzern bestehenden Einheit.

Dann steht der Zug nicht dort, wo seine Position eingetragen ist, sagte Turabi sich, oder die turkmenischen Panzer schlagen einen weiteren Bogen nach Norden, als ich dachte. »Echo, hier Grün eins, schickt einen Zug nach Norden, genau nach Norden bis zu der bei Hotel eins-sieben abzweigenden Straße. Sie müssen aus Norden kommen – eure Spähpanzer sind nicht weit genug vorgeschoben und stehen zu weit westlich.«

»Echo verstanden«, bestätigte der Chef der Aufklärungskompanie über Funk.

Turabi begutachtete die Verteilung seiner Kräfte auf der Plexiglastafel, dann schaltete er auf eine andere Frequenz um: »Staffel zwo, hier Grün eins, ich sehe keine eurer Einheiten in der Luft. Wo liegt das Problem?«

»Grün eins, die Dieselpumpe für die Flexitanks ist ausgefallen«, meldete der Chef der Hubschrauberstaffel. Die Hubschrauber wurden aus riesigen Textiltanks mit zwanzigtausend Liter Inhalt betankt, die an eine leistungsfähige Dieselpumpe angeschlossen waren. Treibstoff war genügend vorhanden, aber wenn die Pumpe ausfiel, war die Betankung mit Handpumpen eine langwierige, mühsame Angelegenheit. »Unsere erste Maschine startet in fünf bis zehn Minuten.«

»Zwo, wenn Sie noch mal versäumen, eine schwere Panne dieser Art rechtzeitig zu melden, lasse ich mir Ihre Augen zum Frühstück servieren!«, rief Turabi wütend. »Trennung. Staffel drei, wie schnell können Sie das Planquadrat Charlie drei-zwo überwachen lassen?«

»Grün eins, bitte warten«, antwortete der Chef der anderen Hubschrauberstaffel. Als Turabi schon ungeduldig nachfragen wollte, meldete er: »Grün eins, ich schicke jetzt eine Maschine los. Sie ist in drei Minuten da und kann ungefähr fünf Minuten über Charlie drei-zwo bleiben, bevor sie zum Tanken zurückfliegen muss.«

»Verstanden, Staffel drei. Trennung. Staffel zwo, seht zu, dass ihr eure Maschinen schnellstens in die Luft kriegt, sonst...«

Eine gewaltige Detonation rüttelte den Befehlswagen so stark durch, dass Turabi beinahe aus dem Sitz gekippt wäre. »*Verdammt, was war das?*«, brüllte er, während er sich wieder aufsetzte.

»Eine Bombe!«, rief jemand laut. »Mindestens zweihundert Kilo schwer! Sie hat den Radarwagen getroffen!«

Eine Lenkwaffe zur Radaransteuerung, dachte Turabi, oder eine mit Fernsehsteuerung. Viel zu groß für eine kleine, von einem Hubschrauber abgeschossene Lenkwaffe – sie musste von einem Flugzeug eingesetzt worden sein. Und mit Fernsehsteuerung hätte sie ebenso leicht den Befehlswagen treffen können, der ein lohnenderes Ziel gewesen wäre. Da keine tief anfliegenden Bomber gemeldet worden waren, musste das ein Marschflugkörper gewesen sein – oder eine aus großer Höhe eingesetzte Abwurflenkwaffe. »Aufs zweite Radar umschalten und neu kalibrieren«, befahl Turabi. »Danach auf intermittierenden Betrieb umschalten.« Bis die Radarschirme im Befehlswagen endlich wieder zum Leben erwachten, verging einige Zeit. Sie konnten weiterkämpfen, hatten aber nur noch dieses eine Radargerät zur Verfügung.

»Sollen wir nicht den Rückzug befehlen, Oberst?«, fragte der Operationsoffizier nervös. Obwohl er fast neben Turabi saß, sprach er schreiend laut. »Ich denke, wir sollten *sofort* abhauen!«

»Hier geht niemand zurück, Major – noch nicht«, antwortete Turabi rasch. Nein, dachte er, wir hätten uns schon vor *Tagen* zurückziehen sollen – jetzt ist's viel zu spät. »Beruhigen Sie sich. Holen Sie einen Schadensbericht ein. Lassen Sie jemanden die Luft auf biologische und chemische Kampfstoffe prüfen. Setzen Sie unsere Kabine unter Überdruck.« Turabi musste schlucken, als der Innendruck im Befehlswagen rasch anstieg. Falls die Lenkwaffe, die das Radar zerstört hatte, auch biologische oder chemische Kampfstoffe verbreitet hatte, würde der Überdruck verhindern, dass sie ins Innere des Befehlswagens gelangten. Auf der Kommandofrequenz funkte Turabi: »An alle, ich denke, das war eine Lenkwaffe zur Radaransteuerung. Die Luft auf biologische und chemische Kampfstoffe prüfen und Ergebnis melden. Bravo drei, Bravo drei, in Richtung Hotel eins-sieben nach Norden einschwenken und erkannte Ziele bekämpfen.«

»Wir sehen noch keine Ziele, Grün eins.«

»Sie müssen jeden Augenblick in Sicht kommen!«, sagte Turabi nachdrücklich. »Bravo vier, ihr unterstützt den Vorstoß von Bravo drei nach Norden. Bravo sechs, ihr rückt vor und übernehmt *sofort* die Position von Fünf in der Nachhut. Haltet euch bereit, nach Westen vorzustoßen und die linke Flanke des Feindes anzugreifen, wenn er aus Norden auftaucht. Bestätigen.«

Eine weitere lange Pause, wieder Stimmengewirr im Funk. Turabi fürchtete schon, die Reserveeinheit habe sich bereits abgesetzt, aber dann hörte er: »Verstanden, Grün eins. Bravo sechs ist auf dem Marsch.«

»Ausgezeichnet. Stoßt so schnell wie möglich vor. Trennung. Bravo fünf, übernehmt die Position von Bravo zwo an der linken Flanke und stoßt *schnell* vor. Staffel eins, ihr übernehmt die Spitze. Staffel zwo, seht zu, dass ihr eure Maschinen in die Luft bekommt, damit sie Bravo drei und vier Feuerschutz geben können. Ich verlange, dass sie binnen zehn Minuten in der Luft sind, sonst reiße ich euch die Köpfe ab! Staffel drei, greift die Hinds nicht an – umfliegt sie und versucht, sie wegzulocken. Sie können nicht mehr viel Sprit haben. Und fordert dringend Treibstoff aus Tschardschu an!«

Turabi machte eine Pause und überlegte. Die Nachschublinien hinter ihnen waren unterbrochen, das wusste er. Entweder erreichten sie Bayramaly und ihr dortiges Ziel – die Pumpstation am Stadtrand – oder sie wurden hier draußen zerschmettert. Ging ihnen der Sprit aus, würde aus Tschardschu nicht rechtzeitig Nachschub kommen. Das in Reserve gehaltene Bataillon sechs musste in den Kampf geworfen werden. Wurde es nicht energisch angetrieben, würde es beim ersten Feindkontakt umkehren und in Richtung Tschardschu flüchten.

»Bravo eins und zwo, ausschwärmen und die Führungsfahrzeuge angreifen. Blast sie von der Straße und haltet euch nicht zu lange mit ihnen auf – die Hinds werden bald hinter euch her sein. Eins und Zwo, ihr müsst in einer Stunde am Angriffsziel sein, sonst werden wir in Stücke gehauen. Los jetzt, bevor wir hier in der Wüste sterben!«

Turabi schaltete die Bordsprechanlage ein, um seinen Fahrern einen kurzen Befehl zu erteilen. Er hielt sich an den Armlehnen seines Sessels fest, als das geländegängige Fahrzeug sich schwerfällig in Bewegung setzte, nach links abkippend die Straße verließ und etwa zweihundert Meter weit in das Baumwollfeld hineinfuhr. Sekunden später ließ eine weitere Detonation den Befehlswagen erzittern: Eine Lenkbombe war nordöstlich von ihnen mitten auf der Straße eingeschlagen – genau dort, wo sie gewesen wären, wenn sie auf der Straße zurückgefahren wären. Scheiße, jetzt wurde es ungemütlich. Turabi hatte das Gefühl, praktisch sehen zu können, wie eine weitere fernseh- oder lasergesteuerte Lenkbombe auf den Befehlswagen herabstürzte.

»*Schnelle Flugzeuge!*«, meldete der Wachoffizier. »Su-24, mindestens zwei im Anflug!«

»Tiefflieger greifen an!«, sagte Turabi über Funk. »Radar aus! Alles einnebeln!« Die Panzer und Mannschaftstransportwagen konnten sich nicht nur mit Rauch aus ihren Auspuffen tarnen, sondern aus Werfern am Turm auch Nebelgranaten einige Dutzend Meter weit verschießen. Er wusste nicht, ob empfindliche Sensoren sich dadurch täuschen lassen würden, aber künstlicher Nebel war der einzige passive Schutz, über den die Truppe verfügte.

»SAM-12, Bravo eins«, meldete der Operationsoffizier. Die Luftabwehr des führenden Bataillons hatte eine Fla-Lenkwaffe, eine ihrer mobilen 2K-12 »Cub« abgefeuert. »Noch eine SAM-12, Bravo eins... SAM-12, drei Lenkwaffen, Bravo eins.« Ein typischer Fall für die Cubs, das wusste Turabi, aber er hatte befohlen, immer nur eine Fla-Rakete einzusetzen, um die kostbaren SAM-12 zu sparen. Jedes Bataillon verfügte über nur sechs Systeme – insgesamt neun Lenkwaffen – zur Abwehr der vielen in Mary stationierten modernen Jagdbomber. »Treffer!«, jubelte der Operationsoffizier. »SAM-33, Bravo eins im Einsatz« Die SAM-33, auch 9K33 Osa oder »Wespe«, war eine Kurzstreckenrakete gegen Tiefflieger – ihr Einsatz bedeutete, dass die Jagdbomber die Cub-Abwehrkette durchbrochen hatten und mit SAM-33 bekämpft werden mussten. »Fla-Panzer, Bravo eins, Feuereröffnung mit Radar.« Nun griffen die Fla-Geschütze auf Selbstfahrlafetten in den Kampf ein. Die feindlichen Flugzeuge kam rasch näher.

»Wie viele Maschinen, verdammt noch mal?«, fragte Turabi laut. »Wo sind sie?«

»Wieder einer abgeschossen!«, krähte der Operationsoffizier. »Su-24 greifen im Tiefflug an! Sie...«

Die folgenden Geräusche verschwammen fast ineinander: das Donnern eines ganz in der Nähe vorbeirasenden Jagdbombers, zwei Überschallknalle, die alles klappern ließen, was nicht angeschweißt war, und eine Kette ohrenbetäubend lauter Detonationen. Eine oder zwei Bomben detonierten fast unmittelbar neben dem Befehlswagen, warfen das schwere Fahrzeug einen Meter in die Höhe und schüttelten es so durch, dass Turabi nicht mehr wusste, wo oben und unten war – sie konnten umgekippt auf der Seite liegen oder zum Teufel gegangen sein, er wusste es nicht. In der Kabine ging das Licht aus, und aus seinem Kopfhörer kam nur mehr ein lautes Pfeifen. Irgendwo schmorten nach einem Kurzschluss Kabel durch, was die Kabine mit beißendem Rauch füllte.

»*Strom!*«, rief Turabi. »Bringt die Stromversorgung wieder in Gang!« In der Dunkelheit versuchte jemand, sich an ihm vorbeizudrängen – einer der Techniker, die hinter der Plexiglastafel saßen, war in Panik geraten und wollte aus der Kabine flüchten. Aber Turabi stieß ihn durch die in der Mitte geteilte schwenkbare Tafel zurück. »Keiner verlässt seinen Posten!«, befahl er laut. »Notbeleuchtung einschalten und das Stromaggregat wieder in Gang bringen! *Beeilung!*«

»Sie sind tot!«, jammerte der Techniker. Als die batteriebetriebene Notbeleuchtung endlich aufflammte, konnte Turabi das Weiße in den ängstlich aufgerissenen Augen des Mannes sehen. Der Techniker hatte die Schiebeklappe zum Fahrerhaus einen Spalt weit geöffnet, durch den dichter Rauch hereinquoll. Das war die Ursache des stechenden Geruchs. »Dort vorn ... Allah sei uns gnädig, sie sind beide *tot!*«

Vermutlich hatte nur die Panzerplatte zwischen Kabine und Fahrerhaus sie vor dem Schicksal der beiden Fahrer bewahrt. »Schließt die Klappe und *bringt die Stromversorgung wieder in Gang!*«, befahl Turabi energisch. Dass er selbst im Befehlswagen blieb, schien seinen Männern so viel Mut zu machen, dass sie schon nach kurzer Zeit wieder als Team zusammenarbeiteten. Das Stromaggregat schnurrte bald wieder los, die Funkgeräte erwachten zum Leben, und die verängstigten Techniker schrieben und zeichneten hastig mit ihren Fettstiften, um die Darstellung auf der Plexiglastafel auf den neusten Stand zu bringen.

»Grün eins, Grün eins, hier Bravo drei, wie hören Sie mich?«

»Jetzt wieder laut und klar, Bravo drei«, antwortete Turabi. »Wir waren kurz außer Gefecht. Habt ihr Feindkontakt?«

»Positiv! Mindestens zehn bis zwölf schwere Panzer rollen in gestaffelter W-Formation aus Nordnordwest an. Wir greifen an!«

»Verstanden, Bravo drei. Feuer frei! Müsst ihr zurückgehen, weicht ihr nach Süden aus. Bravo vier und Staffel eins müssten euch jeden Augenblick aus Osten unterstützen, und Bravo sechs müsste aus Norden kommen. Lasst sie nicht durchbrechen – behaltet sie vor euch. Bestätigen.« Keine Antwort. »Bravo drei, bestätigen.«

Plötzlich durchbrachen ein gellender Schrei, schmetternde Detonationen und das Brausen mächtiger Flammen das Stimmengewirr auf der Befehlsfrequenz. Scheiße... der Chef von Bravo drei oder einer der anderen Kompaniechefs war getroffen worden und hatte noch im Tod seine Sprechtaste gedrückt; so hatte jedermann seinen Todesschrei über Funk mithören können. Das war schlecht. »Staffel drei, hier Grün eins, was seht ihr?«

»Wir greifen die feindlichen Panzer im Nordwestsektor an«, meldete der Chef der Hubschrauberstaffel. »Bravo drei scheint mehrere Volltreffer abbekommen zu haben. Die Turkmenen kommen mit T-72, vielleicht sogar T-80 – sie schießen im Fahren.« Die größten Panzer in Zarazis Armee waren T-64, die wie der T-72 eine 125-mm-Glattrohrkanone mit Autolader, aber nicht dessen modernes Laservisier hatte, sodass sie anhalten mussten, um schießen zu können; die restlichen Panzer waren viel ältere T-54 und T-55, deren 100-mm-Kanone vermutlich nicht einmal eine Delle in der zwölf Zentimeter starken Stirnpanzerung des T-72 erzeugen konnte.

»Verstanden, Staffel drei.«

»Ich sehe einen Zug von Bravo vier, der rasch von Norden herankommt, wo der Rest von Vier bleibt, weiß ich nicht, und von Sechs war bisher überhaupt nichts zu sehen. Ich werde... Scheiße... oh, Scheiße...« Dann verstummte auch die Stimme aus dem Hubschrauber.

»Staffel drei, kommen.«

»Hier Staffel drei-zwo«, meldete sich eine andere Stimme. Ein Rottenflieger hatte es übernommen, Turabi auf dem Laufenden zu halten. »Drei-eins ist getroffen. Der von Norden kommende Panzerverband scheint Fla-Raketen mitzuführen. Wir greifen jetzt an. Ich sehe nur vier Panzer von Bravo vier, die Bravo drei zur Hilfe kommen. Kommt nicht bald noch mehr Unterstützung, sind sie in ungefähr einer Viertelstunde erledigt.«

»Verstanden, Staffel drei. Trennung. Habt ihr alles mitgehört, Bravo vier? Beeilt euch, damit ihr *sofort* aushelfen könnt!«

»Grün eins, hier Bravo eins, wir haben den Panzerverband auf der Straße zersprengt. Die Straße ist frei. Sollen wir nach Norden fahren, um Bravo drei zu unterstützen? Kommen.«

»Ist Bravo zwo noch bei euch?«

»Zwo steht südlich von uns im Gefecht mit den Hinds, aber ich glaube, dass die Hinds nach Südwesten abdrehen. Im Süden scheint alles frei zu sein. Ich habe keine Meldung von Bravo zwo, aber ich denke, dass Zwo beim Angriff der Hinds nur einen Panzer verloren hat.«

»Verstanden. Wartet noch einen Augenblick. Trennung. Bravo zwo, hier Grün eins, wie hören Sie mich?«

»Laut und deutlich, Grün eins. Die Hinds hatten nur ihre Kanonen, ein paar Raketen zur Zielmarkierung und einige Lenkwaffen. Sie sind hergeflogen, haben ein paar Schüsse abgegeben und sind wieder abgehauen.«

»Verstanden. Bravo zwo, ihr benutzt die Straße und stoßt mit Höchstgeschwindigkeit weiter zum Angriffsziel vor. Haltet nicht an, um zu kämpfen, sondern seht zu, dass ihr die Pumpstation erreicht und besetzt. Nehmt möglichst viel Flak mit. Behaltet den Südsektor im Auge – vielleicht kommt von dort ein weiterer Angriff, sobald die Hinds weg sind. Bestätigen.«

»Verstanden, Grün eins. Wir sind unterwegs. Unsere Flak muss zusehen, wie sie mitkommt. Sie kann uns jedenfalls den Rücken freihalten.«

»Verstanden. Trennung. Bravo eins, ihr macht nach Norden kehrt und greift die rechte Flanke des Gegners an. Achtet auf eindeutige Identifizierung, bevor ihr schießt – Teile von Bravo vier greifen den feindlichen Verband von schräg hinten an. Ihr steht euch dann gegenüber.« Das hoffte er zumindest.

»Verstanden. Wir sind auf dem Marsch.«

Turabi nahm sich einen Augenblick Zeit, um sich das Bild des Gefechtsfelds einzuprägen. Es sah nicht gut aus. »Staffel drei, wie sieht's bei Bravo drei aus?«

Eine kurze Pause, dann antwortete eine Stimme: »Tut mir Leid, die ist nicht mehr da, Oberst.«

Turabi fluchte laut. Eine ganze Panzerkompanie in weniger als einer Viertelstunde vernichtet! Jetzt war ihre gesamte Nordflanke exponiert.

»Staffel drei bricht ab, um Munition zu fassen«, kam die nächste Meldung. »Teile von Staffel zwo lösen uns ab. Jetzt kämpft ein weiterer Zug von Bravo vier mit, denke ich, aber der Rest ist nirgends zu sehen – und Bravo sechs erst recht nicht.«

»Bravo sechs, euer Standort? Habt ihr den feindlichen Verband in Sicht? Er müsste ungefähr zehn Kilometer vor euch stehen.« Keine Antwort. Verdammt, fluchte Turabi, diesmal stumm. Sie sind abgehauen, wahrscheinlich auf der Straße zurück zu unserem befestigten Munitions- und Nachschublager in Ravnina. Das sollen sie mir büßen! »Bravo vier, habt ihr …«

»SAM-12, Bravo zwo … SAM-12, Bravo zwo, Südwest!«

»Grün eins, viele schnelle Flugzeuge von Südwesten, alle sehr tief!« Die Russen hatten gewartet, bis ihre Kampfhubschrauber Mi-24 Hind das Gefechtsfeld verlassen hatten und die linke Flanke des Gegners ungeschützt war. Jetzt griffen sie mit starken Jagdbomberkräften an.

»Einnebeln! Einnebeln!« Turabi wollte den Fahrern einen Stellungswechsel befehlen, aber dann fiel ihm ein, dass die Fahrer tot, dass Motorraum und Fahrerkabine des Befehlswagens zerfetzt waren. Sie saßen hier fest – ein leichtes Ziel für einen Jagdbomber. Er hämmerte mit der Faust an die Plexiglastafel. »Das Fahrzeug räumen! Los, los, raus hier!« Die Techniker hinter der Tafel brauchten keine weitere Aufforderung. Sie stießen die Luke auf und sprangen hinaus, bevor die Stahlleiter angelegt war. Turabi dachte noch daran, ein Tornisterfunkgerät und seine Kartentasche mitzunehmen, bevor er ihnen folgte.

Der künstliche Nebel schmeckte widerlich ölig und war so dicht, dass Turabi zuerst nicht wusste, in welche Richtung er flüchten sollte. Aber dann kamen wieder Detonationen, und er rannte von ihnen weg, bis eine Detonation ihn von den Beinen holte, als sei der hart gebackene Wüstenboden ein Teppich, der ihm ruckartig unter den Füßen weggezogen worden war. Er spürte, wie weiß glühende Metallsplitter seine Uniform zerfetzten und von seinem Stahlhelm abprallten, während die Sohlen seiner Stiefel so heiß wurden, als wollten sie schmelzen. Die nächste Detonation fühlte sich an, als treffe ihn ein hundert Kilogramm schwerer Sandsack, und er konnte nichts anderes mehr tun, als die Augen zu schließen und zu kreischen.

Sobald das Ohrensausen etwas abgeklungen war, zwang er seine

Beine dazu, sich wieder zu bewegen, und schaffte es, zu seinem Befehlswagen hinüberzukriechen. Der Zwölftonner lag nach einem Volltreffer mit geplatzten Reifen auf der linken Seite. Motorraum und Fahrerkabine schienen tatsächlich von einer kleinen Lenkwaffe zerstört worden zu sein. Da der ziemlich tiefe Bombentrichter nicht mehr rauchte, kroch Turabi hinein. Die Höhe der Trichterwände war ideal – nur sein Stahlhelm ragte noch über sie hinaus. Seinen Gefechtsstand in einem feindlichen Bombentrichter einzurichten, kam ihm etwas seltsam vor, aber damit konnte er sich jetzt nicht aufhalten. Er stellte das Funkgerät so auf, dass die Antenne über den Trichterrand ragte, breitete eine Karte der näheren Umgebung aus und beschwerte ihre Ränder mit Bombensplittern.

Auf der Befehlsfrequenz herrschte unheimliche Stille. Das war ein schlimmes Vorzeichen. »Bravo eins, hier Grün eins.«

»Grün eins, hier Bravo eins.« Schon wieder eine andere Stimme, diesmal viel jünger und hörbar in Panik – der Kompaniechef und vermutlich einige der Zugführer waren offenbar bereits gefallen.

Plötzlich herrschte auf der Befehlsfrequenz wieder Stimmengewirr, als hätten alle Einheiten darauf gewartet, dass jemand wieder den Befehl übernahm. Das konnte er seinen Männern nicht verübeln. Noch vor einem Monat waren seine besten und kampferprobtesten Kommandanten kaum mehr als halb verhungerte Banditen gewesen, die mit Toyota Pick-ups durch die Wüste fuhren. Sie hatten lernen müssen, Panzerkommandanten zu sein, indem sie beobachteten, zuhörten, Befehle ausführten und den Mut hatten, den Kampf in die Reihen des Feindes zu tragen. »Der Gefechtsstand ist nach einem Treffer ausgefallen, die Besatzung ist auseinander gelaufen«, sagte Turabi, nachdem er wieder Funkstille durchgesetzt hatte. »Wie ist die Lage bei euch?«

»Wir greifen weiter die rechte Flanke der Turkmenen an«, berichtete die junge Stimme. »Die verdammte Bravo vier ist endlich auch da und greift von links an. Die Staffeln zwo und drei versuchen, einen Durchbruch in der Mitte zu verhindern. Bisher keine Meldung von Bravo drei und Bravo sechs.«

Sie kämpften also weiter – gut. Das bewies, dass erfahrene Soldaten auch effektiv kämpfen konnten, wenn sie nicht alle fünf Minuten aus dem Gefechtsstand angetrieben wurden. Turabi rief erneut Bravo sechs, ihre Nachhut. Wieder erfolglos. *Haramsadeh!* Hundesöhne!

»*Volle Deckung!*«, brüllte jemand. Turabi drehte sich nach einem lauten Zischen um – gerade rechtzeitig, um etwas, das wie ein riesiger Pfeil oder ein kleiner Jäger aussah, nur wenige hundert Meter entfernt abstürzen zu sehen. Er wusste, dass er sich auf den Boden des Bombentrichters hätte werfen müssen, aber der Anblick eines so großen Gegenstands, der sich so schnell bewegte und so nahe bei ihm einschlagen würde, war auf unheimliche Weise faszinierend. Er wusste nicht, ob dies ein abgeschossener russischer Jabo oder ein Marschflugkörper war, aber das spielte bald keine Rolle mehr. Es gab eine weitere gewaltige Detonation, aber diesmal spürte er nichts davon. Dunkelheit hüllte ihn ein, als sei in seinem Gehirn ein AUS-Schalter betätigt worden.

Turabi kam auf dem harten Wüstenboden liegend wieder zu Bewusstsein. Anfangs bekam er die Augen nicht auf, und als er's dann endlich doch schaffte, brannten sie von den Rauchschwaden, die über ihn hinwegtrieben. Irgendjemand kippte ihm Wasser über seinen unbedeckten Kopf. Sein ganzer Körper schmerzte, und sein Gesicht fühlte sich abgeschmirgelt und verbrannt an. Auch als der Rauch in eine andere Richtung davontrieb, blieben Rachen und Lunge so schmerzhaft wund, dass er weder befreiend husten noch tief durchatmen konnte, um vielleicht besser husten zu können.

Seine Hände berührten etwas Sprödes, das sich trotzdem leicht zusammendrücken ließ. Turabi erinnerte sich undeutlich, dass der Bombentrichter rechts von ihm liegen musste, deshalb tastete er nach links, um ihn so zu umgehen. Dort lag noch mehr von diesem spröden Material. Er tastete weiter – und stieß auf einen menschlichen Arm. Seine Finger bewegten sich jetzt selbständig. Er ertastete bald einen Rumpf, dann einen Brustkorb. Der Gefallene trug keine Uniform – er trug ein langes Obergewand aus Baumwolle. Dies war einer seiner Männer, ein Taliban. Jetzt wurde ihm auch klar, dass er als Erstes einen zerschmetterten und verbrannten Schädel ertastet hatte.

Turabi wälzte sich rasch auf die andere Seite, aber im nächsten Augenblick ertastete er einen weiteren Toten, der noch schlimmer verstümmelt und verbrannt war als der erste Gefallene. Er brauchte eine gewisse Zeit, um schockiert zu erkennen, dass jemand ihn absichtlich in eine Reihe mit gefallenen Taliban gelegt hatte.

»Nicht so viel bewegen, Oberst«, hörte er eine vertraute Stimme sagen. Turabi sah in die Richtung, aus der sie gekommen war, und erkannte Abdul Dendara, seinen ersten Sergeanten und Adjutanten, der in seiner Nähe hockte. Sein Gesicht war von Rauch und Brandwunden geschwärzt, und seine Kleidung hing in Fetzen herunter.

»Was ist passiert?«, murmelte Turabi. »Sind wir überrannt worden?«

»Überrannt?« Dendara wirkte sekundenlang verwirrt, dann hellte seine besorgte Miene sich schlagartig auf. »Das wissen Sie nicht, Oberst?«, fragte er ungläubig. »Nein, natürlich nicht – Sie waren fast den ganzen Tag lang bewusstlos, haben vielleicht sogar im Koma gelegen. Ihre Truppen haben gesiegt, Oberst!«

»*Was?*«

»Sie haben die Turkmenen in die Flucht geschlagen. Zum Glück haben Ihre Panzerabwehrhubschrauber das Blatt gewendet. Sie waren anfangs unterlegen, aber Sie haben Ihre Truppen taktisch glänzend eingesetzt und die Oberhand gewonnen. Die Turkmenen sind wie verängstigte Mäuse weggelaufen, und die Russen haben den Rückzug angeführt. Die Stadt Mary ist in Ihrer Hand, Oberst. Meinen Glückwunsch!«

6

Battle Mountain Air Reserve Base, Battle Management Center (BATMAN)

Zur gleichen Zeit

Vier der sechzehn riesigen Farbbildschirme an der Rückwand des Battle Management Center der Battle Mountain Air Reserve Base zeigten Luftwaffengeneral Richard Venti, den Vorsitzenden der Vereinten Stabschefs, der an dieser abhörsicheren Videokonferenz von seinem Dienstzimmer aus teilnahm. Uniformjacke und Krawatte hatte Venti längst abgelegt, und auf seinem Schreibtisch stand ein hohes Glas, in dem Eiswürfel schwammen; Patrick konnte nicht erkennen, ob es nur Wasser oder zur Entspannung nach Dienstschluss einen Drink enthielt. Venti spielte geistesabwesend mit seinem Montblanc-Füller – eine Angewohnheit aus jungen Jahren, als er während des Kalten Kriegs als Jagdflieger in Europa unendlich viele Einsatzbesprechungen über sich hatte ergehen lassen müssen. »Okay, wir können anfangen, Leute«, sagte er. »Ich sehe Sie jetzt gut. Minister Goff hat mich beauftragt, Ihre Anfrage zu bearbeiten. Er kann sich jederzeit zuschalten, falls wir ihn brauchen.«

Patrick McLanahan beugte sich an der Kommandokonsole sitzend leicht nach vorn. Hinter ihm hatten sich David Luger, Rebecca Furness, Daren Mace und John Long gruppiert. »Sir, Miss Maureen Hershel, die stellvertretende Außenministerin, hat bei mir wegen zusätzlicher Sicherheitsmaßnahmen auf ihrer bevorstehenden Reise nach Bahrain und Turkmenistan angefragt.«

»Bei uns ist diese Anfrage ebenfalls eingegangen«, sagte Venti. »Ich habe sie vom Minister genehmigen lassen. Gibt's Ihrerseits irgendwelche Probleme?«

»Nur eines, Sir: Ich glaube nicht, dass die vorgeschlagenen Maßnahmen ausreichen«, sagte Patrick.

»Weshalb nicht?«

»Sir, im Rahmen unserer operativen Analyse der Lage in Turkmenistan haben wir eine Konstellation aus Aufklärungs- und Abhörsatelliten gestartet, um die dortige Situation zu überwachen«, führte Patrick aus. »Wir haben vor kurzem eine Schlacht zwischen den Taliban und Einheiten der regulären turkmenischen Armee um die Stadt Mary beobachtet und vermuten, dass die Guerillas die Stadt innerhalb der nächsten Stunden unter ihre Kontrolle bringen werden – und das bedeutet, dass Russland sich direkt bedroht fühlen muss.«

»Ich habe Ihren Bericht von der Air Force erhalten, Patrick«, sagte Venti, »aber wie ich in meiner Antwort festgestellt habe, sehe ich hier keine größeren Risiken als die, die Deputy Secretary Hershel bereits akzeptiert hat. Die turkmenische Hauptstadt scheint gegenwärtig nicht gefährdet zu sein. Dies wäre ein günstiger Zeitpunkt für eine diplomatische Mission. Sollten die Kämpfe sich weiter nach Westen ausbreiten, zieht das Außenministerium bestimmt unser Botschaftspersonal ab.«

»Aber ich glaube, dass die Lage sich in den vergangenen zwei Tagen erheblich verschlechtert hat«, wandte Patrick ein. »In diplomatischer Mission nach Turkmenistan zu fliegen, um zu versuchen, die Invasion der Taliban und die möglichen Auswirkungen einer russischen Gegenoffensive in den Griff zu bekommen, kann gerade jetzt sehr wichtig sein, aber es bringt Deputy Secretary Hershel und Präsident Martindale trotzdem in ernste Gefahr.«

»Das gehört zu ihrem Job«, sagte Venti. »Hielten sie oder der Präsident sich für ernstlich gefährdet, würden sie wahrscheinlich jemand anders hinschicken. Mit Gefahren dieser Art geht das Außenministerium täglich um.« Sein Tonfall verriet deutlich, dass er diese Diskussion beenden wollte – oder dass er vielleicht selbst nicht recht glaubte, was er sagte. »Danke, dass Sie sich Gedanken darüber gemacht haben, Patrick. Ich leite Ihren Bericht ans Außenministerium weiter. Sonst noch etwas?«

»Nein, Sir.«

Venti machte eine Pause und starrte Patrick lange prüfend an.

»Nur zu meiner Information, General: Was würden Sie für den Fall vorschlagen, dass die Lage sich zwischen jetzt und dem Augenblick, in dem Deputy Hershels Flugzeug Turkmenistan erreicht, weiter verschlechtert?« Er drehte sich zur Seite, tippte einen Computerbefehl ein und überflog das aufgerufene Dokument. »Ich habe einen von General Luger übermittelten gesamten Einsatzplan vor mir. Ist das der Plan, von dem Sie reden?«

»Sir, das Bodenteam der Air Battle Force ist bereits mobilisiert. Ich würde nur den Rest des Gesamtverbands einplanen«, erklärte Patrick ihm. »Die Air Battle Force fliegt und kämpft als Team, nicht als Einzelkämpfer. Ich habe mich bereit erklärt, meine Leute zum Schutz von Deputy Secretary Hershel abzustellen, weil ich demonstrieren möchte, was unser Bodenteam kann, aber eigentlich sollten wir als gesamtes Team ins Einsatzgebiet verlegt werden, auch wenn die anderen Elemente vielleicht nicht genutzt werden.«

»Sie schlagen also vor, dass …?«

»Dass ich die Genehmigung erhalte, den Rest der Air Battle Force einzusetzen«, sagte Patrick. »Ein Air Battle Team ist bereit zum Eingreifen im Land selbst, der Rest der Air Battle Force wird nach Diego Garcia verlegt oder wartet hier in Alarmbereitschaft, um das erste Team notfalls schnell unterstützen zu können.«

McLanahan sah, wie General Venti sich müde die Schläfen rieb und sich dann auf seinem Stuhl zurücklehnte. »Ich muss mir Ihren Einsatzplan erst genauer ansehen, bevor ich Ihren Vorschlag weiterleite.«

»Sir, Hershel ist bereits nach Bahrain unterwegs, wo sie Zwischenstation machen wird. In weniger als achtundvierzig Stunden fliegt sie nach Turkmenistan weiter«, sagte Patrick. »Also haben wir weniger als einen Tag Zeit, bevor wir unsere Teams verlegen müssen, damit sie …«

»Ich weiß, ich weiß, Patrick«, wehrte Venti gereizt ab. »Aber wir haben einfach nicht genug Zeit gehabt, uns gründlich damit zu befassen. Wir haben uns Gedanken darüber gemacht, wie wir den weiteren Aufbau Ihrer Einheit *finanzieren* können – aber nicht, wie wir sie schon nach so kurzer Zeit *einsetzen* sollen.«

»Sir …«

»Immer mit der Ruhe, Patrick«, unterbrach Venti ihn. »Ich rufe meinen Stab zusammen, und wir arbeiten sofort eine Vorlage für den Minister aus, die auch Ihren Bericht und Ihre Empfehlungen enthält. Aber wir können nicht alles sofort erledigen. Notfalls können wir empfehlen, dass Hershels Besuch um einige Tage verschoben wird. Aber wahrscheinlich läuft alles genau nach Plan ab. Hershel und Martindale werden mit der turkmenischen Regierung und den Botschaftern der wichtigsten betroffenen Staaten konferieren und dann schleunigst wieder abhauen. Die Turkmenen und die Russen sind nicht verrückt – sie würden eine amerikanische diplomatische Mission nie bedrohen oder gefährden.«

»Ja, Sir«, konnte Patrick nur sagen.

Venti schüttelte den Kopf. »Sie haben hier sehr gute Arbeit geleistet, Patrick. Klar und übersichtlich – genau die Informationen, die ich von meinen Kommandeuren brauche. Aber die zivile Seite, vor allem die diplomatische Seite, ist eine völlig andere Welt. Manchmal ist alles, was wir tun, einfach nicht genug. Unsere Aufgabe ist es, ihnen Informationen zu geben und unsere Empfehlungen auszusprechen. *Sie* treffen die Entscheidungen.«

»Ja, Sir«, bestätigte Patrick ausdruckslos.

Patricks Tonfall ließ bei Richard Venti sämtliche Alarmglocken schrillen, und er konzentrierte sich sofort wieder auf seinen Bildschirm. »General, ich rate Ihnen, gut nachzudenken, bevor Sie Ihre nächsten Schritte planen«, sagte er streng. Furness und Long konnten den Ernst und das Gewicht seines Blicks sogar auf den Bildschirmen spüren. »Ich weiß, dass Sie helfen wollen, und das tun Sie jetzt. Aber denken Sie daran, was Sie in letzter Zeit erlebt haben. Mir gefällt, was Sie und Ihr Stab planen, und ich bin bereit, Sie darin weiter zu unterstützen. Aber jedes Mal, wenn Sie sich zu irgendwelchen ungenehmigten Aktivitäten entschließen, zieht letztlich jemand den Kürzeren – meistens Sie selbst.«

»Ich verstehe, Sir.«

»Das möchte ich Ihnen geraten haben, General. Sonst noch etwas für mich?«

»Nein, Sir. Danke, dass Sie sich die Zeit für diese Diskussion genommen haben.«

»Danke für Ihren Bericht. Ich melde mich bald wieder.«

Die Verbindung wurde beendet. McLanahan rief sofort den Bereitschaftsstand ihrer Flugzeuge und eine Karte der gegenwärtigen Standorte aller in der Luft befindlichen Maschinen der Air Battle Force und des 111. Kampfgeschwaders auf. Er ignorierte, dass Oberst Long hinter ihm stehend besorgt von einem Bein aufs andere trat. »General Luger.«

»Sir?«

»Sie mobilisieren sofort das First Air Battle Team und bereiten es auf Kampfpatrouillen über Turkmenistan vor. Danach verlegen Sie eine Versorgungs- und Wartungsgruppe nach Diego Garcia und reservieren dort Abstellplätze und Wartungseinrichtungen für Kampfeinsätze. Anschließend mobilisieren Sie das Second Air Battle Team und verlegen es nach Diego Garcia, Konfiguration Gold.«

»*Was?*«, rief John Long entgeistert aus.

»Ja, *Sir*«, antwortete Luger, indem er Long anfunkelte. Er setzte sich sofort an die Konsole des stellvertretenden Kommandeurs und fing an, Befehle einzutippen. Sekunden später wandte Rebecca sich von den anderen ab, als der Offizier vom Dienst ihr über ihren Ohrhörer mitteilte, dass die Flugzeuge ihres Geschwaders zurückgerufen wurden, um für einen Einsatz der Air Battle Force verlegt zu werden.

»Entschuldigung, General, aber haben Sie nicht gehört, was der Vorsitzende gesagt hat?«, fragte Long ungläubig. »Er hat *keine ungenehmigten Aktivitäten* gesagt. Ich habe die ganze Zeit hier gestanden und nichts davon gehört, dass er Sie ermächtigt hätte, irgendwelche Flugzeuge irgendwohin zu entsenden!«

»John …«, begann Rebecca.

»Was ist eigentlich mit Ihnen los, McLanahan?«, fasste Long nach. »Bilden Sie sich ein, dass die Air Force nur zu Ihrem persönlichen Vergnügen existiert?«

»Oberst …«

»Oder sind Sie völlig *übergeschnappt?*«

»*Oberst Long!*«, fauchte Rebecca.

Long wandte sich ihr überrascht zu.

»Die Air Battle Force hat unsere Mobilmachung angeordnet. Lassen Sie sofort einen Rückrufbefehl fürs Geschwaderpersonal und alle Flugzeuge hinausgehen…«

»Rebecca, *was tun Sie da?*«

»Anschließend lassen Sie die Flugzeuge der Gruppen Alpha und Bravo in Konfiguration Gold einsatzbereit machen«, fuhr sie fort und ließ den Kurzzeitmesser ihrer Armbanduhr anlaufen – sie wusste, dass der Offizier vom Dienst den Zeitablauf bis zur Mobilisierung ihrer Flugzeuge registrieren würde, aber erfahrene Kommandeure wie sie konnten alte Gewohnheiten schlecht ablegen. »Die Besatzungen der Alpha Force sollten in zehn Stunden zur ersten Einsatzbesprechung bereit sein; die Bravo Force müsste in achtzehn Stunden in Alarmbereitschaft stehen. Der Geschwaderstab tritt in dreißig Minuten im BATMAN zusammen. Bei dieser Mobilmachung werden auch Reserveeinheiten aktiviert, deshalb sollten Sie den Generaladjutanten von Nevada und den Gouverneur darüber informieren, dass unser Geschwader mobil macht – und sie darauf hinweisen, dass dies *keine* Übung ist.«

»Rebecca, wir… wir sind absolut nicht berechtigt, das alles zu tun«, stammelte Long. »Das ist eindeutig illegal. McLanahan ist dabei, uns *wieder* reinzulegen!«

»Oberst Long, ich habe noch nicht gehört, dass Sie den Offizier vom Dienst angewiesen haben, das Geschwaderpersonal zurückzurufen.«

»Und das werden Sie auch nicht, bevor wir in Ruhe über diese Sache gesprochen haben«, erklärte Long ihr.

»Offizier vom Dienst«, sagte Rebecca, »benachrichtigen Sie Oberst Mace, dass er jetzt der Chef der Operationsabteilung des Geschwaders ist. Oberst Long übernimmt die Aufgaben des Chefs der Einundfünfzigsten Staffel.«

»Ja, General Furness«, bestätigte der elektronische Offizier vom Dienst.

»Verdammt noch mal, Rebecca, hören Sie doch!«, rief Long. Er packte sie am Arm und zog sie von McLanahan, Luger und Mace weg.

Rebeccas Augen blitzten, aber sie ließ ihn trotzdem ausreden.

»Rebecca, das dürfen Sie auf keinen Fall machen. Sie dürfen keinen Befehl ausführen, der offensichtlich illegal ist. Sie haben sich schon mal von McLanahan reinlegen lassen und wären um ein Haar degradiert worden. Setzen Sie Ihre Karriere nicht wieder für *solche* Leute aufs Spiel.«

»Oberst Long, Sie ziehen sich um, kommen dann sofort ins BATMAN zurück und organisieren den Rückruf der Einundfünfzigsten Staffel, bis der Geschwaderstab zusammentritt…«

»Lassen Sie mich erst ausreden!«

Rebecca schloss kurz die Augen, dann wandte sie sich von ihm ab und sagte: »Offizier vom Dienst, schicken Sie sofort zwei Sicherheitsbeamte ins BATMAN, die Oberst Long in sein Dienstzimmer begleiten, Situationskode Gelb.«

»›Gelb‹? Für wen halten Sie mich, verdammt noch mal, für einen *Terroristen?«*

»Sie haben Befehle verweigert und absolute Gleichgültigkeit gegenüber Dienstgrad und Autorität bewiesen«, antwortete Rebecca. »Meiner Ansicht nach haben Sie Ihre Gefühle und Ihren Verstand nicht unter Kontrolle, und ich sehe in Ihnen eine Gefahr für das Funktionieren meines Geschwaders. Offizier vom Dienst, Oberst Long bleibt bis auf weiteres ohne Verbindung zur Außenwelt in seinem Dienstzimmer. Heben Sie meinen Befehl auf, Oberst Long zum Chef der Einundfünfzigsten Staffel zu machen, und weisen Sie ihm Verwendungskode Acht-X zu. Benachrichtigen Sie Oberstleutnant Ricardo, dass er jetzt die Einundfünfzigste Staffel führt.«

»Ja, General Furness.«

»Zum Teufel mit Ihnen, Rebecca, Sie sind völlig übergeschnappt!«, brüllte Long.

»Offizier vom Dienst, Korrektur, weisen Sie Oberst Long jetzt Verwendungskode Neun-X zu«, befahl Rebecca. Die Kodes der Achterserie waren für Offiziere zur besonderen Verwendung reserviert – meistens Offiziere, die auf irgendeinen unbedeutenden Posten abgeschoben wurden, bis sie eine neue Aufgabe erhielten oder aus dem Dienst entfernt wurden, oder für Krankenhauspatienten. Es war schlimm genug, von der Nullserie – Kommandeure und vergleichbare Dienstgrade – in die Achterserie versetzt zu werden. Aber die Neunerserie bezeichnete Offiziere, die eine Haftstrafe absaßen, gegen die wegen Straftaten ermittelt wurde oder die in psychiatrischer Behandlung waren – unverbesserlich, nicht beförderungswürdig, nirgends einsetzbar. Long war soeben in die Air-Force-Version des Fegefeuers versetzt worden.

Im nächsten Augenblick betraten zwei Sicherheitsbeamte rasch das BATMAN. Beide streiften sich Lederhandschuhe über. Der erste Beamte zog einen Elektroschocker aus seinem Halfter und hielt ihn lange genug hoch, damit Long sehen konnte, dass er ihn in der Hand hatte. Der andere Beamte fasste Long am Oberarm, um ihn abzuführen; als Long die Hand abzuschütteln versuchte, drehte der erste Beamte ihm sofort beide Arme auf den Rücken. Die beiden Beamten legten Long Handschellen an und führten ihn ab.

McLanahan und Luger erwähnten diesen Vorfall anfangs mit keinem Wort, als Rebecca sich an ihre Konsole setzte und sich einloggte. Nach einigen Minuten wandte Patrick sich ihr jedoch halb zu und fragte: »Hat die Einundfünfzigste dann überhaupt noch genügend Flugzeugkommandanten, Rebecca?«

»Was macht das schon?«, lautete ihre Gegenfrage. »Meine Flugzeuge brauchen keine Besatzungen mehr, haben Sie das vergessen?« Sie sah McLanahan ins Gesicht und erklärte ihm: »Ich führe das erste Air Battle Team nach Turkmenistan.«

»Ich brauche Sie hier.«

»Ich begleite General Furness, Sir«, sagte Daren Mace.

»Ich brauche Sie *beide* hier.«

»Sir, ich weiß, was Sie jetzt sagen wollen, aber Sie wissen, dass es leichtsinnig wäre, so zu handeln«, sagte Rebecca. »Die Virtuelle-Cockpit-Technologie ist einfach noch zu neu und unerprobt, als dass wir uns bei diesem Einsatz auf sie verlassen könnten. Ich fliege Ihre unbemannten Flugzeuge, Sir, aber ich bestehe darauf, den Rest des Geschwaders persönlich zu führen. Gefällt Ihnen das nicht, bleiben meine Flugzeuge am Boden … Sir.«

Patrick musterte Furness und Mace, dann nickte er. »Ich wollte, ich könnte mitkommen, das ist alles.«

»Sagen Sie das nicht zu oft, Sir, sonst teile ich Sie einer Besatzung zu«, sagte Rebecca. Dann fügte sie lächelnd hinzu: »Sie haben Ihren Spaß gehabt, Generalmajor McLanahan. Ich habe einen Haufen junger Leute auf diesem Stützpunkt, die endlich etwas Action erleben wollen. Sie haben diesen Raum als Ihr Befehlszentrum ausgebaut – jetzt sollten Sie's auch benützen.«

Zweihundert Kilometer nordöstlich von Mary, Turkmenistan

Später an diesem Tag

Ein Verband von sechs russischen Transporthubschraubern Mil Mi-6 flog von vier Kampfhubschraubern Mil Mi-24F eskortiert mit Höchstgeschwindigkeit in Richtung Mary. Ihre Flughöhe betrug weniger als einen Rotordurchmesser: hoch genug, um die von ihren riesigen Rotorblättern aufgewirbelte Staubwolke zu minimieren, aber niedrig genug, um von Bodenradarstationen nicht entdeckt werden zu können.

Der Transporthubschrauber Mi-6, dessen Erstflug vor fast fünfzig Jahren stattgefunden hatte, war einer der größten Hubschrauber der Welt – ein perfektes Beispiel für den alten sowjetischen Drang, immer größeres Kriegsgerät zu bauen. Die mit Tragflächen zur Auftriebsvermehrung und vielen externen Aufhängepunkten für Zusatztanks zur Reichweitenvergrößerung ausgestattete riesige Mil Mi-6 gehörte zu den wichtigsten schweren Transporthubschraubern der russischen Armee. Jede der sechs Maschinen trug vierzig voll bewaffnete Kommandosoldaten und zwei leichte BMD-Schützenpanzer für Luftlandeunternehmen. Die Kampfgruppe war auf ihrem Stützpunkt bei Wolgograd gestartet, hatte in Astrachan am Kaspischen Meer getankt und war, von anderen Hubschraubern mit riesigen Textiltanks an Bord begleitet, weitergeflogen. Sie waren in der Ödnis Zentralusbekistans gelandet, ohne von irgendjemandem gesehen zu werden, waren aus den Textiltanks nochmals betankt worden und hatten dann ihren Vorstoß in den Südwesten Turkmenistans begonnen.

Für die russischen Piloten, die bei diesem Einsatz die großen Transport- und Kampfhubschrauber flogen, war der Flug über diesen Teil der Welt eine völlig neue Erfahrung. Sie glaubten zu wissen, dass das Leben der meisten Menschen, die diese Wüsten bewohnten, sich in den letzten tausend Jahren nicht wesentlich verändert haben konnte. Ein Beweis dafür: die vielen Kamelkarawanen, die sie in Usbekistan und Turkmenistan sichteten.

Während sie über die Wüste dahinrasten, sahen sie Dutzende von über die Landschaft verteilten Nomadengruppen. Die Bordschützen der Kampfhubschrauber Mi-24F Hind zielten mit ihren Infrarotvisieren auf jede einzelne Gruppe und hielten sich bereit, sie in Stücke zu schießen – und in der Anfangsphase, in Usbekistan, wurden auch einige niedergemäht. Aber die Zoomfunktion zeigte, dass dies *wirklich* nur Kamelkarawanen waren, die durch die glutheiße Wüste zogen. Im 21. Jahrhundert kaum zu glauben, aber wahr: dort unten ritten Nomaden auf Kamelen, die hoch mit Kisten, Teppichen und anderen Waren zum Tausch oder Verkauf beladen waren. Zwecklos, kostbare Munition an sie zu vergeuden.

Fünfzig Kilometer vor Mary bildete der Verband eine Kette und ging noch tiefer hinunter, um möglichst auch vor einer Entdeckung durch Militärstreifen sicher zu sein. Auf allen Frequenzen herrschte Funkstille. Die Besatzungen der Kampfhubschrauber beobachteten von Zeit zu Zeit eine Detonation am Horizont oder hörten ihren Gefahrenwarner kurz piepsen, aber von den Taliban, die dieses Gebiet besetzt hielten, war nicht das Geringste zu sehen. Die Piloten mussten jetzt sehr aufpassen – hier gab es wieder mehr Bohrtürme, und sie flogen eindeutig tief genug, um sie rammen zu können, und die von den Rotoren aufgewirbelten Staubwolken nahmen den nachfolgenden Hubschraubern fast die Sicht.

»Zehn Minuten bis zum Absetzpunkt«, gab der Kommandeur der Kampfgruppe bekannt. »Klarmachen zum Aussteigen.«

»Ziel, Ziel, zwei Uhr!«, rief einer der Mi-6-Piloten.

Der Pilot des führenden Kampfhubschraubers schwenkte sein Teleskopvisier in diese Richtung – aber das vermeintliche Ziel erwies sich als ein Kamel. Es sah so spaßig aus, dass der Pilot unwillkürlich lachen musste. Das große Tier wirkte wahrhaft komisch, als es in verzweifelter Hast vor den anfliegenden Hubschraubern flüchtete und dabei auch den letzten Rest seiner Tragelast aus Decken und Teppichen verlor. Vor den Augen der Piloten rannte das arme Tier blindlings in einen Zaun, der eine Gruppe von Bohrtürmen umgab, und blieb in einem Gewirr aus wild um sich schlagenden Beinen im Stacheldraht hängen. »Kein Ziel«, sagte der Mi-6-Pilot. »Bloß wieder ein verdammtes Kamel.«

»Was sollen wir machen, wenn wir hier draußen einer Karawane begegnen?«, fragte der Pilot des Kampfhubschraubers. »Erschreckt der Lärm die Tiere so sehr, können sie Aufmerksamkeit erregen oder in einem dieser Bohrturmbereiche Alarm auslösen.«

»Seht ihr noch mal welche, schießt ihr sie ab«, befahl der Kommandant.

Tatsächlich entdeckte der Mi-24-Pilot kurze Zeit später mehrere Gruppen von Nomaden, die mit ihren Kamelen in der Nähe einiger aufgegebener Ölquellen lagerten. »Wie zum Teufel schaffen's diese Leute, hier zu überleben?«, fragte er seinen Bordschützen, während er das Infrarotbild heranholte und die erste Gruppe mit dem Fadenkreuz seiner 30-mm-Kanone überlagerte. »Sie sind fünfzig Kilometer von der nächsten menschlichen Behausung entfernt. Kein Wasser, keine Nahrung, kein ...«

Die Nomaden begannen sich zu bewegen. Ein Kamel kam auf die Beine und trollte sich gemächlich – und genau hinter der Stelle, an der es gelegen hatte, sah der Pilot des Kampfhubschraubers deutlich einen Mann, der etwas an die Schulter hob. Sekunden später verdeckte ein Lichtblitz das Bild, aber er wusste, was das bedeutete. »Lenkwaffenangriff!«, rief er laut. »Wir werden ...«

Die Fla-Rakete SA-14 traf den Triebwerksbereich des führenden Hubschraubers, zerfetzte in Millisekunden seine beiden Triebwerke und ließ den großen Hubschrauber steuerlos seitlich kreiselnd abstürzen. In rascher Folge zischten noch elf weitere von der Schulter abgefeuerte Fla-Raketen in den Nachthimmel hinauf, und fast alle fanden ihr Ziel. Keine dreißig Sekunden später waren alle russischen Hubschrauber abgeschossen. Nur ein Kampfhubschrauber Mi-24F und zwei der sechs Transporthubschrauber Mi-6 landeten stehend; drei der voll beladenen Mi-6 brannten lichterloh. Aus den anderen Hubschrauberwracks rannten kleine Gruppen von Soldaten, die verwundete Kameraden mitschleppten.

»Feuer auf erkannte Ziele frei!«, befahl Jalaluddin Turabi über

Funk. Die sechs über das Gebiet verteilten Luftabwehrtrupps warfen die SA-14-Startvorrichtungen weg, legten ihre getarnten 12,7-mm-MGs frei und begannen auf die Überlebenden zu schießen. Einige wenige Russen erwiderten das Feuer, aber das Gefecht dauerte nur wenige Minuten.

Turabi und seine Männer näherten sich vorsichtig den Hubschrauberwracks. Die Echos von Schüssen, das Knistern und Knacken von brennendem Metall und das Stöhnen von Verwundeten zerrissen die über der Wüste liegende Stille. Ihre grausige Arbeit – das Gelände nach über zweihundertfünfzig russischen Kommandosoldaten abzusuchen und die nicht marschfähigen Verwundeten zu erledigen – dauerte fast eine Stunde. »Drei Offiziere sowie einundzwanzig Unteroffiziere und Mannschaften gefangen, vier Schützenpanzer noch fahrbereit«, meldete Turabis erster Sergeant. »Ein Kampfhubschrauber scheint noch flugfähig zu sein. Sollen wir versuchen, einen Piloten für ihn zu finden, Oberst?«

»In Brand stecken«, entschied Turabi. »Sie schaffen die Gefangenen nach Mary und sorgen dafür, dass wir schnellstens neue Fla-Raketen und Munition geliefert bekommen. Dies war vielleicht nur die erste Angriffswelle der Russen – wir müssen für den Fall, dass eine zweite Welle folgt, wieder abwehrbereit sein.« Turabi hatte schon in den achtziger Jahren als Jugendlicher in der afghanischen Widerstandsbewegung gegen Russen gekämpft und wusste, dass sie selten in geringer Zahl auftraten. Stießen sie in ein Gebiet vor, taten sie es im Allgemeinen mit einem überwältigend großen Verband, der dem Gegner mindestens zehn zu eins überlegen war.

»Ja, Oberst«, bestätigte der Sergeant. »Das war großartig gemacht, Oberst. Ein perfekt angelegter Hinterhalt. Und eine ausgezeichnete Idee, unsere Stellungen mit Kamelen zu tarnen. Die Russen müssen uns wirklich für eine Bande von Wüstenratten gehalten haben. Sie sind geradewegs auf uns zugeflogen, als seien wir gar nicht da.«

Turabi sah sich auf dem Gefechtsfeld um. Die gewaltigen ausgebrannten Rümpfe der Mi-6-Hubschrauber sahen wie in der Wüste verstreut liegende Kadaver prähistorischer Dinosaurier aus. Der Gestank nach ausgelaufenem Treibstoff und verbranntem Fleisch war fast überwältigend, aber Turabi hatte bei diesem Feldzug schon zu viel Tod und Verderben gesehen, um davon angewidert zu sein. Er starrte den Sergeanten finster an. »Noch vor zwei Monaten, Anwar, *waren* wir nur eine Bande von Wüstenratten«, sagte er. »Aber wir hatten wenigstens ein Ziel und einen Auftrag. Was sind wir jetzt? Nur eine Bande von Invasoren und Mördern.«

»Wir sind Soldaten.«

»Soldaten kämpfen, um ihre Heimat zu verteidigen und Angreifer zurückzuschlagen«, stellte Turabi fest. »Wir tun weder das eine noch das andere. Wir greifen an und plündern und töten ohne vernünftigen Grund. Das macht uns zu Plünderern, nicht zu Helden.«

»Morgen sind wir vielleicht tot und verkohlt wie die Russen hier«, sagte der Sergeant, dem die Richtung, die ihr Gespräch genommen hatte, offensichtlich unbehaglich war. »Heute Nacht sind wir Sieger. Das genügt mir.« Er senkte kurz den Kopf, um Turabi seine Ehrerbietung zu erweisen, und ging dann, die erhaltenen Befehle auszuführen.

Jalaluddin Turabi nahm sich vor – *wieder einmal* –, sich zurückzuhalten, statt seine Zweifel und inneren Konflikte vor seinen Männern auszusprechen. Dies war ein sehr erfolgreiches Unternehmen gewesen: gut geplant und durchgeführt. Ihre Verluste waren minimal gewesen; das überzogene Selbstvertrauen der Russen war sie teuer zu stehen gekommen. Seine Männer mussten wissen, dass er stolz auf ihren Mut und ihre Disziplin war. Stattdessen hatte er seinem ersten Sergeanten vorgejammert, dass dies alles vergeudet sei. Wie sollten die Männer reagieren, wenn sie dergleichen hörten?

Dieser Krieg war noch lange nicht zu Ende, das wusste Turabi, und er war weiter denn je von der Heimat entfernt. Er musste sich auf seine Männer verlassen, und sie mussten ihm vertrauen, wenn sie die geringste Chance haben wollten, die Heimat wieder zu sehen.

Verteidigungsministerium, Frunse-Kai, Moskau

Kurze Zeit später

»Oh … mein … Gott«, sagte Generalstabschef Anatolij Grislow mit gepresster Stimme. Er knallte den Telefonhörer auf die Gabel, sprang aus dem Sessel auf und lief zu seinem privaten Aufzug, der ihn in die Kommandozentrale tief unter dem Verteidigungsministerium am Frunse-Kai brachte. »Was zum Teufel ist dort unten in Turkmenistan passiert?«, brüllte er schon vom Eingang aus.

»Ein Hinterhalt. Sie haben uns aufgelauert, General«, berichtete der Wachhabende. »Wir haben Satelliten umdirigiert, um uns das Gebiet nordöstlich von Mary genauer anzusehen, aber wir nehmen an, dass das Ganze nur ein Zufall war – unsere Truppe war einfach zur falschen Zeit am falschen Ort. Der Gegner war vermutlich nicht stärker als eine Kompanie; er war gut getarnt und mit Ein-Mann-Fla-Raketen bewaffnet.«

Grislow fluchte und schlug mit der Faust auf die Konsole. Er überlegte kurz, aber in Wirklichkeit stand sein Entschluss bereits fest. »Lassen Sie sofort den gesamten Stab zusammentreten. Er hat für Notfälle einen Plan für ein Luftlandeunternehmen ausgearbeitet – dieses Unternehmen soll sofort anlaufen. Ich will, dass der gesamte turkmenische Luftraum weiträumig blockiert wird und innerhalb von achtundvierzig Stunden zehn Luftlanderegimenter in Mary und Aschchabad am Boden sind.« Er nahm den Hörer des Telefons ab, das eine Direktverbindung zum Büro des Präsidenten im Kreml herstellte. »Ich will ihn *sofort* sprechen – mir ist egal, mit wem er sich gerade unterhält.«

»Was zum Teufel ist denn so wichtig, General?«, fragte Senkow, als er einige Minuten später an den Apparat kam. »Ich bin in einer sehr wichtigen Besprechung mit …«

»Herr Präsident, ich habe heute Nacht in Turkmenistan über zweihundertfünfzig Soldaten verloren.«

Senkow schwieg einen Augenblick, dann konnte Grislow hören, wie der Präsident seine Gesprächspartner wegschickte. »Also gut, verdammt noch mal, kommen Sie schnellstens herüber.«

»Ich erzähle Ihnen jetzt, was passiert ist und was ich dagegen unternehmen werde, Herr Präsident. Ich werde keine Zeit damit vergeuden, mir von Ihnen den üblichen Scheiß anzuhören!«

»Mäßigen Sie sich, General.«

»Ob Ihnen das gefällt oder nicht, ist mir egal«, knurrte Grislow. »Ich werde diesen Taliban-Hundesöhnen eine Lektion erteilen, damit sie nie mehr wagen, eine Waffe gegen einen russischen Soldaten zu erheben.«

»Ruhig, ganz ruhig, General. Kommen Sie erst mal herüber, damit wir ...«

»Herr Präsident, ich lasse die Talibanstellungen in Mary aus der Luft angreifen«, unterbrach Grislow ihn. »Aber als Erstes lasse ich den gesamten turkmenischen Luftraum sperren. Ohne meine ausdrückliche Erlaubnis fliegt dort niemand mehr rein oder raus.«

»Die Delegation des amerikanischen Außenministeriums soll in den nächsten vierundzwanzig Stunden eintreffen.«

»Das Außenministerium in Aschchabad sollte die Delegation vor dem Versuch warnen, nach Turkmenistan einzufliegen – vor allem was den Raum Mary angeht«, sagte Grislow. »Ich lasse nicht zu, dass auch nur irgendein altes Agrarflugzeug mein Unternehmen stört. Es liegt im besten Interesse Amerikas, sich von Turkmenistan fern zu halten. Präsident Thorn ist *berühmt* dafür, dass er sich aus gefährlichen Situationen raushält – machen Sie ihm also verständlich, dass es klug wäre, sich aus diesem Konflikt herauszuhalten.«

»Was haben Sie als Nächstes vor?«

»Ich lasse Tag und Nacht schwere Bombenangriffe fliegen, bis unsere Aufklärungssatelliten keine Bewegungen von Panzern oder Fahrzeugen der Taliban mehr feststellen«, antwortete Grislow. »Dann setze ich in Mary ein ganzes Bataillon Fallschirmjäger mit Artillerie ab, erobere den Flugplatz zurück und richte dort einen vorgeschobenen Befehlsstand ein. Der nächste Schritt besteht darin, die Stadt mit einer mechanisierten Infanteriebrigade einzunehmen. Und diesen Prozess wiederhole ich in Tschardschu, dann in Kisyl-Arwat und zuletzt in Gaurdak.«

»Um Himmels willen, welche Absicht verfolgen Sie damit, Grislow? Wollen Sie alle diese Städte platt machen? Wollen Sie das ganze *Land* besetzen?«

»Mein Ziel ist, die Taliban und alle sonstigen subversiven Kräfte in Turkmenistan auszurotten und die Ölfelder und Pipelines wieder in die Hand zu bekommen«, sagte Grislow. »Russland wird dafür kritisiert werden, dass es in Turkmenistan mit Brachialgewalt eingreift, aber das kümmert mich nicht. Ich werde die Kontrolle über das Land rasch und effizient übernehmen.« Grislow machte eine Pause, um abzuwarten, ob Senkow Einwände erheben würde. Als er das nicht tat, fuhr der General fort: »Herr Präsident, die Vorwarnung an die beteiligten Kommandostellen geht sofort hinaus, und der Einsatzbefehl liegt in einer Viertelstunde auf Ihrem Schreibtisch. Ich erwarte, dass Sie den Befehl unterzeichnen. Ich plane, die ersten Bomber in weniger als acht Stunden starten zu lassen.«

Am anderen Ende entstand eine sehr lange Pause, die fast eine Minute dauerte. Grislow wurde mit jeder Sekunde zorniger, bis er endlich hörte: »Also gut, General. Lassen Sie die Vorwarnung rausgehen und schicken Sie mir den Einsatzbefehl sofort herüber. Ich bin bereit, ihn zu unterzeichnen. Aber, General?«

»Herr Präsident?«

»Ich erwarte, dass Sie in Zukunft das Verteidigungsministerium und mich konsultieren, bevor Sie derartige Pläne ausarbeiten«, sagte Senkow warnend. »Mir gefällt Ihre Tonart nicht, und ich mag es nicht, wenn jemand mir vorzuschreiben versucht, was ich tun soll.«

»Was Sie mögen, ist mir im Augenblick ziemlich egal, Herr Präsident«, antwortete Grislow. »Sie haben mir erklärt, Sie befürchteten, Turkmenistan könnte ein zweites Afghanistan oder Tschetschenien werden, und dann haben Sie mir die Hände gebunden …«

»Mäßigen Sie sich, General!«

»Nein, das tue ich *nicht,* Herr Präsident«, antwortete Grislow scharf. «Und ich warne Sie: Das russische Militär wird keine politischen Zweideutigkeiten oder Halbherzigkeiten mehr dulden, wenn lebenswichtige Interessen Russlands oder der russischen Streitkräfte auf dem Spiel stehen! Werden meine Männer noch mal angegriffen, handle ich entschlossen – und wenn der Kreml dabei nicht hundertprozentig hinter mir steht, sorge ich dafür, dass Politiker an die Macht kommen, die das Militär unterstützen!«

»Wie können Sie wagen, mir zu drohen, Grislow?«, fragte Senkow empört. »Kein Wort mehr, sonst finden Sie sich bei Schurbenko in einem sibirischen Gefängnis wieder!«

»Drohen Sie mir nicht, Herr Präsident«, forderte Grislow ihn auf. »Solange meine Männer und Frauen den Kreml und Sie bewachen, einflussreiche Mitglieder der Duma unterstützen und ihre Telefone und Computer kontrollieren, sollten Sie mir nicht drohen! Meine Soldaten wissen, dass ich eher sterben würde, als sie ihm Stich zu lassen, und ich weiß, dass sie ihr Leben für mich opfern würden. Das ist alles, woran *Sie* sich erinnern müssen. In zehn Minuten haben Sie den Einsatzbefehl auf dem Schreibtisch. Ich erwarte ihn in spätestens zwanzig Minuten zurück, sonst ist das nächste Ziel für meine Bomber der Kreml!«

Waletin Senkow legte den Telefonhörer langsam auf. Außenminister Iwan Filippow, der einige Meter entfernt saß, starrte ihn sichtlich erstaunt an. »War das General Grislow, der da ins Telefon gebrüllt hat?«, fragte er. »Ich habe ihn bis hierher gehört!«

»Die Kommandos, die er nach Turkmenistan entsandt hat …«

»Ja, ich weiß – die Kampfgruppe, die in Mary einsickern und die Stellungen der Taliban erkunden sollte«, sagte Filippow. »Was ist mit ihr? Hat sie Erfolg gehabt?« Er schien Senkows entsetzten, ungläubigen Gesichtsausdruck erst jetzt wahrzunehmen. »Hat's Verluste gegeben?«

»Die gesamte Gruppe … alle tot«, flüsterte Senkow.

»*Was?*«, rief Filippow aus und sprang auf. »Alle tot? Wie viele …?«

»Über zweihundertfünfzig Mann.«

Filippow konnte nicht sprechen. Er fühlte sich wie vor den Kopf geschlagen.

»Grislow sperrt den Luftraum über Turkmenistan und lässt einen starken Bomberverband angreifen«, fuhr Senkow fort. »Sie müssen umgehend das US-Außenministerium und das Weiße Haus benachrichtigen, Iwan Iwanowitsch, ihnen erklären, was passiert ist, und ihnen mitteilen, dass wir zu unserem Schutz den turkmenischen Luftraum sperren.«

»Herr Präsident, davon war niemals die Rede – nicht einmal als Notfallplan«, wandte Filippow ein. »Außerdem gibt's keine legale Möglichkeit, den Luftraum eines anderen Staats zu blockieren. Ich würde empfehlen, einer Hand voll Journalisten die Kriegsverbrechen dieser Talibanguerillas vorzuführen. Dann steht die Weltöffentlichkeit bei einem Vergeltungsschlag eher auf unserer Seite.«

»General Grislow schickt gleich einen Einsatzbefehl herüber, den ich unterzeichnen soll«, berichtete Senkow. »Seine Bomberflotte hat er bereits vorgewarnt.«

»Den Einsatzbefehl kann er sich sonst wohin stecken, bis Sie entschieden haben, was *Sie* tun wollen«, sagte der Außenminister. »Er ist schließlich nicht...« Filippow verstummte und starrte Senkow erst entgeistert, dann völlig schockiert an. »Augenblick... Grislow hat *Sie* am Telefon angebrüllt? Er hat Ihnen gesagt, was Sie tun sollen, und Ihnen befohlen, seine Anweisungen auszuführen?«

»Er hat mir gedroht«, sagte Senkow.

Filippow hatte den Präsidenten noch nie so ängstlich erlebt. Tatsächlich hatte er noch nie einen so ängstlichen Menschen gesehen – auch Schurbenko nicht, als er ins Gefängnis abgeführt wurde.

»Er hat mir gedroht, mich zu ermorden, den Kreml bombardieren zu lassen... und das meint er ernst, Iwan Iwanowitsch. Er ist nicht verrückt – das ist sein Ernst.«

»Er muss verhaftet... nein, er muss aus dem Amt entfernt werden!«, rief Filippow aus. »Den Präsidenten der Russischen Föderation erpressen, Regierungsmitgliedern mit Mord drohen... für wen hält er sich eigentlich?«

»Wer soll ihn von seinem Posten entfernen, Iwan Iwanowitsch? Ich? Er droht mir, alle Männer und Frauen in Uniform gegen mich aufzuhetzen. Und nach allem, was auf dem Balkan passiert ist, glaube ich nicht, dass die Duma oder die Bürokraten sich ihm entgegenstellen würden.«

»Lassen Sie sich nicht von ihm einschüchtern, Herr Präsident«, riet Filippow ihm. »Die für innere Sicherheit zuständigen MWD-Truppen und die OMON-Sondereinheiten zu Ihrem persönlichen

Schutz unterstehen nicht ihm – sie unterstehen dem Innenministerium.«

»Aber wie viele sind das? Einige tausend Mann? Vielleicht zwanzigtausend? Er befehligt über eine *Million* Soldaten!«

»Er befehligt sie nicht – er ist Chef des Generalstabs«, stellte Filippow richtig. »Er kann nicht morgen im Rundfunk sprechen oder im Fernsehen auftreten und all diesen Soldaten *befehlen*, nur noch auf sein Kommando zu hören und …«

Aber Filippow brachte den Satz nicht zu Ende, und Senkow wusste sofort, weshalb nicht. Beiden war klar, dass General Anatolij Fedorowitsch Grislow wahrscheinlich populär genug war, um genau das tun zu können: im staatlichen Rundfunk und Fernsehen aufzutreten, eine Rede ans russische Volk zu halten, einen Staatstreich zu befehlen und seine Panzer auf dem Roten Platz auffahren zu lassen, um die Macht zu übernehmen.

Morgen. Vielleicht schon in *dieser* Nacht.

»Was sollen wir tun?«, fragte Filippow leise.

»Wir tun genau, was er von uns verlangt«, antwortete Senkow nervös. »Wir sorgen dafür, dass Gurisow die Amerikaner sofort wieder auslädt, und geben die Sperrung des turkmenischen Luftraums bekannt. Und wir lassen Grislow die Taliban ausradieren.« Der Präsident überlegte kurz, dann fügte er hinzu: »Und wir nutzen jede Gelegenheit, um uns intern und öffentlich von dieser Militäraktion zu distanzieren.«

»Aber Ihnen bleibt nichts anderes übrig, als den Einsatzbefehl zu unterzeichnen.«

»Ich habe gesagt, dass ich ihn unterzeichnen *werde*, aber der General will seine Verbände sofort mobilisieren und sie schnellstens angreifen lassen«, sagte Senkow. »Ich denke, es ließe sich arrangieren, dass Grislows Dienststelle *glaubt*, ich hätte den Befehl unterzeichnet …«

»Ist das Unternehmen ein Erfolg, können Sie behaupten, dass Sie seinen Plan unterstützt haben«, stimmte Filippow zu. »Und ist es kein Erfolg …«

»Dann beweise ich, dass ich den Einsatzbefehl nie unterzeichnet haben, was Grislow erst recht als Berserker dastehen lässt.«

»Aber was ist, wenn Grislow herausbekommt, dass Sie ihn reingelegt haben?«

»Wir müssen dafür sorgen, dass er erledigt ist, bevor das passiert«, sagte Wladimir Senkow. »Dazu lassen wir das Innenministerium und den Föderalen Sicherheitsdienst eine ›Beobachtungsakte‹ über Grislow anlegen.« Der Föderale Sicherheitsdienst (FSB) war die Nachfolgeorganisation des alten *Komitet gossudarstwennoy besopastnosti* (KGB), der Geheimpolizei der Sowjetunion zur Verteidigung gegen innere und äußere Feinde, dessen Direktor unmittelbar dem Präsidenten unterstand. »Vor allem brauche ich ein Wortprotokoll seiner Schimpfkanonade am Telefon. Die wird der Weltöffentlichkeit beweisen, dass der Mann geistesgestört ist. Dann werde ich nicht beschuldigt, einen Mord befohlen zu haben, sondern werde dafür gelobt, dass ich die Welt von einem weiteren tollwütigen Hund befreit habe.«

Über dem Mittelmeer

Kurze Zeit später

Isadora Meiling, Maureen Hershels Sekretärin, ging leise an der Schlafkoje vorbei, in der Expräsident Kevin Martindale ruhte. O Gott, dachte sie. Sie konnte an nichts anderes denken, als dort hineinzuschlüpfen und ihm einen Kuss zu geben … oder vielleicht auch mehr. Was machte diesen Kerl so unwiderstehlich attraktiv? Seine übernatürlichen Silberlocken? Sein knackiger Hintern? Oder die bloße Macht, die aus allen Poren seines Körpers zu quellen schien?

Sie klopfte zweimal an eine abgesperrte Tür, führte ihre Magnetkarte durch den Schlitz und betrat die Privatkabine im Heck des USAF-Transporters C-32A, einer modifizierten VIP-Version des Verkehrsflugzeugs Boeing 757. In diese Kabine führte ein Gang auf der linken Seite des Flugzeugs, an dem auf der rechten Seite zwei schalldichte Schlafkabinen lagen. Dahinter befand sich ein Arbeitsraum mit einem großen halbkreisförmigen Schreibtisch, einem Konferenzbereich für acht Personen mit einem Tisch und Laptop-Anschlüssen, einem weiteren Schreibtisch auf der rechten Seite und

Computern und Bürogeräten in verglasten schalldichten Regalen. Zwei Assistenten arbeiteten an ihren Computern; hinter ihnen schrieb auch Maureen Hershel etwas auf ihrem Laptop.

Sie sah auf und registrierte Meilings besorgten Gesichtsausdruck. »Was haben Sie für mich, Izzy?«

Meiling sah sich um, ob sonst noch jemand im Arbeitsbereich war.

»Martindale hat sich endlich hingelegt. Ich habe noch nie jemanden so viel telefonieren sehen wie seine Mitarbeiter und ihn – sie haben wahrscheinlich sämtliche Kommunikationssatelliten blockiert. Also, was haben Sie für mich?«

»Das Neueste aus Turkmenistan«, antwortete Meiling. Sie legte einen schmalen Ordner auf Hershels Schreibtisch. »Gestern haben turkmenische und russische Truppen die Talibanguerillas bei Mary angegriffen.«

»Wie ist der Kampf ausgegangen?«, fragte Hershel, indem sie den Ordner aufschlug und die Landkarten studierte. »Ist noch was von den Taliban übrig?«

»Die *Turkmenen* und ihre russischen Offiziere sind bös unter die Räder gekommen«, antwortete Meiling.

Hershel starrte sie überrascht an.

»Sechzig Prozent Verluste in nicht mal einem halben Tag. Die Taliban kontrollieren jetzt die Stadt Mary und die dortigen Trans-Cal-Pipelines.«

»Oh, Scheiße«, sagte Maureen. »Nun, das hat General McLanahan von Anfang an vorausgesagt. Wir können damit rechnen, dass auch seine übrigen Vorhersagen eintreffen – auch dass die Russen einen Gegenschlag führen werden. Sonst noch was?«

»Der russische Gegenschlag, Ma'am.« Sie legte Hershel ein weiteres Dossier hin. »Nach der verlorenen Schlacht bei Mary haben die Russen versucht, nordöstlich der Stadt über zweihundertfünfzig Kommandosoldaten abzusetzen.«

»›Versucht‹?«

»Die Taliban haben sie abgefangen«, berichtete Izzy. Sie tippte mit einem langen, rot lackierten Fingernagel auf das Dossier. »Offenbar sind alle Hubschrauber abgeschossen und alle russischen Soldaten tot oder gefangen. Die von Battle Mountain übermittelten Satellitenbilder zeigen das ziemlich deutlich.«

»Großer Gott!« Maureen überlegte einen Augenblick. »Bitten Sie Oberst Briggs, zu mir zu kommen.«

Zwei Minuten später kam der große, gut aussehende schwarze Offizier in die VIP-Kabine und brachte Sergeant Major Chris Wohl mit. Maureen schob Briggs das Dossier über den Schreibtisch.

»Was halten Sie davon, Oberst?«, fragte sie.

Briggs blätterte kurz in dem Dossier, dann gab er es an Chris Wohl weiter. »Irgendeine Nachricht vom turkmenischen Außenministerium?«

»Nur die Warnung, dass die Guerillas Mary eingenommen haben.«

»Hat Turkmenistan unsere Überfluggenehmigung widerrufen?«

»Nein«, sagte Isadora Meiling. Sie wandte sich an Hershel und sagte: »Der nächste Ausweichflughafen ist Athen. Dann käme Ankara, oder wir können umkehren und nach Rom fliegen.«

Hershel runzelte die Stirn. »In Europa landen? Wir haben schon die Landefreigabe für Bahrain, und wir haben die Erlaubnis in Aschchabad zu landen. Weshalb sollen wir also umkehren?«

»Weshalb? Weil in Turkmenistan gerade ein richtiger Krieg ausgebrochen ist!«

»Ich stimme Ihnen zu, Ma'am«, erklärte Briggs der stellvertretenden Außenministerin. »Respektieren alle Beteiligten unsere diplomatische Immunität, sollten wir uns nicht beirren lassen und nach Aschchabad weiterfliegen.«

»In Turkmenistan landen? *Mitten in einem Krieg?* Entschuldigen Sie, Oberst, aber das kommt mir verrückt vor«, sagte Meiling ungläubig. »gibt's denn irgendeine Garantie dafür, dass die Russen oder Taliban unsere Immunität respektieren werden? Wird irgendjemands Luft-Luft- oder Boden-Luft-Lenkwaffe unsere Immunität respektieren, bevor sie uns vom Himmel holt?«

»Gute Argumente«, meinte Chris Wohl.

Izzy Meiling nickte dem großen Marineinfanteristen lächelnd zu – und Hal Briggs wollte seinen Augen nicht trauen, als er Wohl ebenfalls nicken und sogar schwach lächeln sah. Im Einsatz war

Chris Wohl sonst immer todernst. In den elf Jahren, die Hal nun mit diesem Kerl zusammenarbeitete, bezeichnete diese Andeutung eines Lächelns das erste Mal, dass er sah, wie Wohl emotionalen Kontakt zu einer Frau herstellte – »flirten« wäre ein zu starker Ausdruck gewesen.

»Es wäre sicherer, in einem Nachbarstaat zu landen – der Stützpunkt der Vereinten Nationen in Samarkand in Usbekistan wäre meine erste Wahl – und mit Auto oder Hubschrauber weiterzureisen«, fügte Wohl hinzu. »Oder Sie könnten Ihre Gespräche telefonisch erledigen oder Ihre Gesprächspartner zu sich kommen lassen.«

»Lauter gute Vorschläge, nur reicht die Zeit dafür nicht, fürchte ich«, sagte Hershel. »Ich weiß, dass wir ein gewisses Risiko eingehen, aber ich möchte diese Reise trotzdem nicht abbrechen.«

Jemand klopfte an die Tür. Meiling sah durch den Spion. »Präsident Martindale.« In diesem Augenblick klingelte das Telefon, und Hershel nahm sofort den Hörer ab, während sie Meiling ein Zeichen machte, Martindale einzulassen. »Hershel… okay, Vermittlung, schalte auf Scrambler um.« Sie drückte auf einen Knopf an ihrem Telefon und wartete, bis das Piepsen und Zischen aufhörte. »Ja, ich habe umgeschaltet, danke, Vermittlung… ich warte.«

Kurze Zeit später: »Maureen?«

»Ja, Mr. President.«

»Vermute ich richtig, dass Sie Ihren Flug fortsetzen wollen, obwohl Sie die neuesten Meldungen bekommen haben?«

»Ich weiß von der Einnahme der Stadt Mary und dem Hinterhalt der Taliban, in den die russischen Kommandosoldaten geraten sind, Mr. President«, antwortete Hershel. »Aber wenn unsere Landeerlaubnis nicht widerrufen wird, habe ich die Absicht, diese Reise fortzusetzen.«

»Miss Hershel, Sie wissen, dass ich versuche, mich nicht in Entscheidungen meiner Mitarbeiter einzumischen, aber in diesem Fall würde ich es für klüger halten, Ihre Turkmenistanreise zu verschieben, bis die dortige Situation sich wieder beruhigt hat.«

»Ich werde mich mit meinem Stab beraten, Sir.«

»Aber Sie tendieren dazu, Ihre Reise fortzusetzen.«

»Ja, Mr. President.«

Maureen hörte den Präsidenten seufzen, aber er widersprach ihr nicht. Stattdessen sagte er: »Wie ich höre, haben Sie ein paar zusätzliche … Helfer mitgenommen.«

Kein Wort des Zweifels, keine nachträgliche Kritik, keine Ausfragerei … das gefiel Maureen. Dies war ein Präsident, der seinen Mitarbeitern wirklich vertraute. »Ich hoffe, das ist in Ordnung, Sir.«

»Eine gute Entscheidung. Wie sieht Ihr Plan aus?«

»Dürfen wir in Aschchabad landen, versuche ich, ein Gespräch mit Präsident Gurisow zu arrangieren«, antwortete Hershel. »Kommt es nicht zustande, statte ich Nijasow einen Höflichkeitsbesuch ab – vielleicht hat er nützliche Informationen. Danach spreche ich mit dem russischen Botschafter – falls er noch in der Hauptstadt ist. Und zuletzt versuche ich, mit dem Anführer der Taliban zusammenzutreffen.«

»Und was ist mit Ihren neuen ›Sicherheitsbeamten‹? Wie sehen ihre Pläne aus, sobald sie nach Turkmenistan kommen?«

»*Ihre* Pläne, Sir?«

»Angesichts der in den letzten Tagen in Turkmenistan entstandenen neuen Lage glaube ich, Miss Hershel, dass sie allein effektiver wären, als sie als Teil des Botschaftspersonals oder Ihrer Delegation sein könnten«, sagte der Präsident.

Hershel sah zu Briggs und Wohl hinüber und erkannte erst in diesem Augenblick, dass sie sich vermutlich nicht damit begnügen wollen würden, für sie Babysitter zu spielen. »Ich denke, ich weiß, was Sie meinen, Sir. Ich frage mal nach und informiere Sie dann.«

»Klingt gut, Maureen«, stimmte der Präsident zu. »Halten Sie mich auf dem Laufenden. Alles Gute.«

»Danke, Mr. President.« Und damit war das Gespräch beendet. Maureen betrachtete den Hörer, als frage sie sich, ob das wirklich schon alles gewesen war, was Thorn zu sagen gehabt hatte, und legte dann auf. »Der Präsident hat uns alles Gute gewünscht.«

»Was ist passiert, Maureen?« fragte Martindale. Er sah Briggs und Wohl und streckte ihnen die Hand hin. »Wie geht's euch, Jungs?«

»Sehr gut, Sir«, antwortete Hal Briggs.

»Mr. President«, stimmte Chris Wohl in seinem herzlichsten Tonfall ein, der nie besonders herzlich war.

»Ich habe gehört, dass Thorn euch wieder eingestellt und befördert hat. Freut mich, das zu hören.«

»Dank Ihrer Fürsprache, wie man hört, Sir«, sagte Briggs.

»Ich habe nur versucht, den Schaden wieder gutzumachen, den ich angerichtet habe, als ich mich auf diesen Deal in Afrika eingelassen habe«, antwortete Martindale. »Aber ich weiß, dass ich die Schmerzen, die ich Patrick zugefügt habe, nie wieder gutmachen kann. Wie geht's ihm?«

»Ziemlich gut, Sir.«

Maureen Hershels Miene hellte sich auf, als sie Patricks Namen hörte. »Ich wusste nicht, dass Sie sich kennen«, warf sie ein.

»Wir kennen uns schon ewig lange«, sagte Martindale. »Ich wusste nicht, dass diese beiden mitfliegen würden, aber ich bin Gott dankbar, sie an Bord zu haben.« Er legte Wohl eine Hand auf die Schulter. »Ich hoffe, Sie haben Ihre ganze Ausrüstung mitgebracht.«

»Das haben wir, Sir.«

»Und Patrick…«

»Steht bereit, Sir.«

»Ausgezeichnet.« Er wandte sich wieder Hershel zu. »Was ist passiert, Maureen?«

»Die Lage in Turkmenistan wird allmählich kritisch, Mr. President«, erklärte sie ihm. »Es hat ein Scharmützel gegeben…« Sie machte eine Pause, dann fuhr sie fort: »Nein, ich will nichts beschönigen. Die Lage ist sehr ernst, Sir. Die Talibanguerillas haben Einheiten der turkmenischen Armee besiegt und die Stadt Mary erobert.«

»Großer Gott«, sagte Martindale erschrocken. »Thorn sollte damit rechnen, dass die Russen zu einem Gegenschlag ausholen, dass sie vielleicht versuchen, Kommandosoldaten hinter den Linien der Taliban abzusetzen oder schwere Bomber einzusetzen, um die Stadt in Schutt und Asche zu legen, wie sie's in Tschetschenien praktiziert haben…«

»Die Russen haben anscheinend versucht, über zweihundertfünfzig Kommandosoldaten mit Hubschraubern in den Außenbezirken von Mary abzusetzen«, berichtete Hershel. »Aber die Taliban haben ihnen mit von der Schulter abgefeuerten Fla-Raketen aufgelauert. Alle Russen sind entweder tot oder gefangen.«

»Das bedeutet Krieg«, murmelte Martindale. »Haben wir Anweisung umzukehren? Ist unsere Überflug- und Landeerlaubnis widerrufen worden?«

»Nein, Sir.«

»Hat Thorn Ihnen *befohlen* umzukehren?«

»Der Präsident hat mir geraten, meine Reise zu verschieben«, antwortete Hershel, »aber er hat die Entscheidung mir überlassen.«

»Und?«

»Das alles hat sich über vierhundert Kilometer von der Hauptstadt entfernt ereignet, deshalb glaube ich, dass wir dort ungefährdet sind«, sagte Hershel. »Aber Ihre Sicherheit macht mir mehr Sorgen, Mr. President, als die Frage, ob wir nach Turkmenistan kommen oder nicht.«

»Ich brauche nur eines zu wissen: Ist Patrick McLanahan mit diesem Fall befasst?«, fragte Martindale.

Maureen Hershel blinzelte überrascht. »Er war zufällig der Erste, den ich angerufen habe, als ich diese Reise geplant habe.«

»Damit haben Sie genau das Richtige getan, Maureen«, versicherte Martindale ihr. Er hatte Mühe, einen Seufzer der Erleichterung zu unterdrücken. »Ich garantiere Ihnen, dass der General seit Ihrem Anruf praktisch nichts anderes mehr getan hat, als die Entwicklung der Lage in Turkmenistan zu beobachten.«

Das bewirkte, dass Maureen Hershel sich sehr gut fühlte, und sie genierte sich nicht, es sich anmerken zu lassen. »Dann schlage ich vor, dass wir unsere Reise fortsetzen«, sagte sie. »Sollte die Überflug- und Landeerlaubnis widerrufen werden, entstünde natürlich eine neue Lage.« Sie wandte sich an Briggs und Wohl. »Was braucht Ihr Jungs von mir? Satellitentelefone? Computer?«

»Zugang zu Ihren Bürogeräten«, antwortete Briggs. »Wahrscheinlich werden wir Sie bitten, in Bahrain ein paar Leute von der Passagierliste zu streichen und deswegen in Aschchabad anzurufen.«

»Einige von Ihnen kommen nicht mit nach Turkmenistan?«

»Doch, wir kommen mit, Ma'am – nur nicht als Mitglieder Ihrer

Delegation«, sagte Briggs lächelnd. »Unter Umständen müssen wir schnell eingreifen, und das können wir leichter, wenn wir nicht bei der Gruppe bleiben müssen.«

Maureen hob eine Hand. »Das habe ich nicht gehört«, wehrte sie ab. »Sie sind krank, Sie müssen sich einen Weisheitszahn ziehen lassen, Sie bekommen ein Baby – sagen Sie mir einfach, was ich der turkmenischen Regierung erzählen soll, dann tue ich's.«

»Keine Sorge, Ma'am, wir sind immer in der Nähe«, versicherte Briggs ihr. »Sie machen einfach Ihre Besuche und halten sich an den Terminplan – den Rest erledigen wir.«

»Sie sollten vor allem darauf bestehen, dass die turkmenische Regierung Ihnen gestattet, die Hauptstadt zu verlassen, um mit dem Führer der Taliban zusammenzutreffen«, fügte Wohl hinzu.

»Darauf würde ich nicht zählen.«

»Dann arrangieren wir selbst ein Treffen – nach *unserer* Art«, sagte Wohl.

Sein Tonfall ließ Maureen Herschel einen kalten Schauder über den Rücken laufen und bewirkte, dass sie eine Gänsehaut bekam. Sie stellte amüsiert fest, dass Isadora Meiling ganz ähnlich reagierte – nur schien sie ihre Gänsehaut nicht aus Angst, sondern vor Vergnügen bekommen zu haben. Izzy Meiling, die in Washington, D.C., jeden Mann haben konnte, begeisterte sich für einen Marineinfanteristen mit Boxernase, rauer Stimme und Henkelohren? Nun, warum zum Teufel nicht?

Nördlich von Mary, Turkmenistan

Zur gleichen Zeit

Die zwölf russischen schweren Bomber Tupolew Tu-160 mit der NATO-Kodebezeichnung »Blackjack« waren zu diesem Einsatz vom Luftwaffenstützpunkt Friedrich Engels gestartet. Sie trugen jeweils die Höchstlast von vierundzwanzig Langstrecken-Abwurflenkwaffen Kh-15P in Revolvermagazinen. Auf jeder Lenkwaffe saß ein Gefechtskopf mit dreihundert Kilogramm Flammöl, dessen Luftdetonation für alle Taliban tödlich sein würde, die sich nicht in schützenden Bunkern befanden. Die Russen wollten die Infrastruktur der beiden Flugplätze im Raum Mary möglichst weitgehend für die Invasionstruppen erhalten, die bald folgen würden.

Die Blackjacks griffen aus großer Entfernung und geringer Höhe an. Für die Taliban und Turkmenen, die die Frühwarnradare, Fla-Raketenstellungen und Flakbatterien bemannten, gab es praktisch keine Vorwarnzeit. Die Kh-15, die sich mit Überschallgeschwindigkeit in fast senkrechtem Sturzflug auf ihre einprogrammierten Ziele stürzten, waren fast nicht zu orten. Die Abstandszünder aller Lenkwaffen waren auf etwa dreihundert Meter über Grund eingestellt, damit die Flammölexplosionen die Start- und Landebahnen und Abstellflächen weitgehend unbeschädigt ließen, aber garantiert jeden töten würden, der das Pech hatte, sich im Freien aufzuhalten.

Die Blackjacks waren jedoch nur die erste Welle. Zwölf Überschallbomber Tupolew Tu-22M3 »Backfire«, ebenfalls vom Stützpunkt Friedrich Engels, folgten den Tu-160. An externen Pylonen unter den Triebwerkseinlässen und an Aufhängepunkten unter den Tragflächen trug jede Backfire zwölf Abwurflenkwaffen Kh-25MP mittlerer Reichweite zur Radaransteuerung; dazu kam an Aufhängepunkten in der Rumpfmitte ein Radarbehälter APK-8, der den Lenkwaffen präzise Entfernungs- und Richtungsangaben liefern würde. Die nördlich von Mary in niedriger Höhe patrouillierenden Tu-22M3 flogen »überschlagende Einsätze«: Wurde ein Bomber vom Radar einer feindlichen Flakstellung erfasst, stieß eine weitere Backfire aus anderer Richtung herab und schoss eine Kh-25MP ab. Die in vier Jagdgruppen zu drei Maschinen operierenden Tu-22M3 zerstörten in kurzer Zeit Dutzende von Luftabwehrstellungen, die mit verhältnismäßig unerfahrenen Taliban bemannt waren.

Sobald die radargesteuerte Luftabwehr im Raum Mary ausgeschaltet war, folgten die Bomber der dritten Welle: zwölf weitere Tu-22M3 Backfire mit je zwölf Schüttbombenbehältern RBK-500 mit Bomben gegen Flächenziele sowie Panzer- und Schützenminen. Diese Behälter waren so konstruiert, dass sie entweder beim Aufschlag, bei jeder Berührung oder automatisch innerhalb von sieben Tagen detonierten. Überlebten irgendwelche Taliban die beiden ersten Angriffe und suchten in Panik geraten nicht sorgfältig nach Minen, würden die Schüttbomben und Minen sie erledigen – aber alle Sprengkörper würden sich selbst zerstören, bevor die russischen Invasionstruppen landeten.

»Ich habe die wundervolle Nachricht gehört!«, rief Wakil Mohammad Zarazi aus, als er seinen Reservebefehlsstand betrat, der weit vom Flugplatz entfernt lag und die Luftangriffe unbeschädigt überstanden hatte.

Major Aman Orasow versuchte nicht aufzustehen, als sein Vorgesetzter den Raum betrat. Sein Kopf und Hals waren dick verbunden, und die schmerzhaften Splitterwunden an Nacken und Schultern ließen ihn zusammenzucken, während er tiefe Züge von einer dicken selbst gedrehten Zigarette nahm, deren Tabak er mit etwas Opium angereichert hatte, um die Schmerzen zu mildern.

»Turabi und seine Soldaten haben eine ganze Kompanie russischer Kommandos zur Hölle geschickt.« Zarazi starrte Orasow an, als nehme er ihn erst jetzt wahr. »Was ist mit Ihnen passiert, Major?«

»Mich hat's gleich beim ersten Angriff mit Flammölbomben erwischt«, berichtete Orasow. »Ich habe zusehen müssen, wie eine ganze Lastwagenladung unserer Männer verbrannt ist.« Er machte sich nicht die Mühe, zu Zarazi aufzusehen. »Wo waren Sie, General?«, fragte er.

»Natürlich im Bunker«, antwortete Zarazi. »Haben Sie dafür gesorgt, dass die mobilen Flakbatterien sich wie von mir befohlen verteilt haben?«

»Die meisten dürften ihre Stellungen erreicht haben«, berichtete Orasow. »Ich habe befohlen, dass sie ihr Radar nicht benutzen, bevor Angreifer in unmittelbarer Nähe der Flugplätze erkannt waren.«

»Sie haben befohlen, die Russen nicht anzugreifen, Major? *Warum?*«

»Weil dies nur ein Angriff mit Lenkwaffen zur Radaransteuerung war, General – die russischen Lenkwaffen können jede mit Radar ausgerüstete Flakstellung aus über dreißig Kilometern Entfernung vernichten«, sagte Orasow zornig. »Die Trägerflugzeuge wären weit außer Reichweite unserer Luftabwehr, aber unsere Radare wären leichte Ziele für ihre Lenkwaffen zur Radaransteuerung.«

»Dann haben Sie *meinen* Befehl widerrufen, Major«, stellte Zarazi fest, »denn *ich* habe den Soldaten befohlen, anzugreifen und immer wieder anzugreifen, bis diese russischen Hundesöhne vollständig erledigt sind.«

»Damit haben Sie ihr Schicksal besiegelt, Zarazi«, sagte Orasow, »denn ich vermute, dass jede Einheit, die ihr Radar eingeschaltet hat, durch einen Lenkwaffentreffer vernichtet worden ist.«

Falls Zarazi aufgefallen war, dass Orasow ihn nicht wie sonst mit »Herr« oder »General« angesprochen hatte, ließ er sich nichts anmerken. »Verteilen Sie die restlichen Flakbatterien um die Flugplätze«, befahl er, »und stellen Sie diesmal sicher, dass sie treffen – mit oder ohne Radar.«

Orasow zuckte zusammen, nicht nur vor Schmerzen, sondern auch wegen dieses völlig lachhaften Befehls. »Wo ist Oberst Turabi?«, fragte er, indem er den Befehl ignorierte.

»Oberst Turabi hat mir mitgeteilt, er wolle für den Fall, dass die Russen wiederkommen, im Nordosten auf Patrouille bleiben«, antwortete Zarazi. »Er hat Nachschub für ungefähr eine Woche angefordert und vorgeschlagen, seine Kampfgruppe in acht Tagen abzulösen.«

»Sie sollten Turabi sofort zurückbeordern, damit er mithilft, diesen Stützpunkt zu verteidigen«, knurrte Orasow. »Er sitzt sicher draußen in der Wüste und wehrt kleine russische Erkundungsvorstöße ab, während wir auf diesem Flugplatz den Kopf hinhalten müssen!«

»Ich stimme seiner Einschätzung zu, dass die Russen sehr wahrscheinlich mit Hubschraubern wiederkommen werden«, sagte Zarazi. »Ihre Luftangriffe waren nicht annähernd so erfolgreich, wie sie bestimmt erwartet haben. Turabi glaubt, dass sie dringend eine weitere Front eröffnen müssen.«

Orasow wischte sich Schweißperlen ab, die ihm wegen der starken Schmerzen auf der Stirn standen, und unterdrückte ein angewidertes Lachen. Diese afghanische Wüstenratte konnte leicht glauben, die russischen Luftangriffe seien »nicht annähernd so erfolgreich wie erwartet« gewesen – *sie* hatte sicher in einem tiefen Bunker gesessen, während Orasow und seine Männer versucht hatten, den Stützpunkt zu verteidigen, und dabei hohe Verluste erlitten hatten. Ineffektiv waren die Russen nur in der Beziehung gewesen, dass es ihnen nicht gelungen war, sie ganz auszurotten. »Steht Turabi noch immer im Raum Nischan?«

»Meines Wissens steht seine Kampfgruppe jetzt weiter im Nordwesten bei Jagtijol«, antwortete Zarazi. »Turabi vermutet, dass die Russen einfach der Pipeline aus Tschardschu gefolgt sind, um ihren Absetzpunkt zu erreichen, und diesen Fehler nicht noch mal machen werden – sie werden sich von Straßen und Pipelines fern halten.«

»Das muss ich Oberst Turabi lassen: Er ist ein sehr cleverer und findiger Kämpfer.«

»Man muss mehr als nur clever sein, um Gnade vor den Augen Allahs zu finden, Major«, sagte Zarazi. »Der Oberst ist ein guter Kämpfer, aber er muss noch lernen, wie man als guter Soldat ein wahrer Diener Allahs wird. Nur für irdische Ziele zu kämpfen, ist eine Vergeudung von Idealen und keine wirkliche Berufung.«

»Oh, tatsächlich?«, fragte Orasow verbittert.

»Sie selbst sind ein wahrer und getreuer Diener Allahs, Major – das wissen Sie recht gut«, erklärte Zarazi ihm. »Für etwas anderes als den Ruhm Allahs zu kämpfen, ist die Definition des Bösen.«

Orasow zog nochmals an der Zigarette, dann veränderte er unter Schmerzen seine Sitzhaltung, damit er Zarazi aus dem Augenwinkel heraus beobachten konnte. Zarazis Kopf steckte wie so häufig in irgendeinem transzendenten Nebel. »Turabi hat vermutlich bald kein Wasser und keine Verpflegung mehr«, sagte er. »Bestimmt rechnet er damit, noch heute Nachschub zu bekommen. Ich fliege selbst hin und sorge dafür, dass er ihn bekommt. Aber zuvor habe ich noch etwas sehr Wichtiges zu erledigen.«

»Sie gehen hinaus, überwachen die Umgruppierung unserer Luftabwehr und organisieren dann Beisetzungs- und Reparaturtrupps«, wies Zarazi ihn an. »Sollten die Russen wieder angreifen, müssen wir vorbereitet sein.«

Keine Antwort.

»Haben Sie gehört, was ich gesagt habe, Major? Führen Sie meine Befehle sofort aus.«

Noch immer keine Antwort.

Zarazi wandte sich ihm wieder zu – und sah, dass Orasow seine Pistole gezogen hatte und damit auf seinen Kopf zielte. »Was soll der Unsinn, Major?«, blaffte er wie vom Donner gerührt. »Stecken Sie sofort diese Waffe weg! Sie sind wohl verrückt?«

»Nicht verrückt, nur clever«, antwortete Orasow. »Clever genug, um zu erkennen, dass Sie hier nicht mehr das Kommando führen.«

»Ich führe nicht mehr das Kommando? Selbstverständlich führe ich hier das Kommando! Dies ist mein Unternehmen, meine Mission!«

»Jetzt nicht mehr«, sagte Orasow. »Ab sofort führe *ich* das Kommando.«

Zarazi starrte Orasow mit vor Wut aus ihren Höhlen quellenden Augen an. »Wie können Sie's wagen, mich mit der Waffe zu bedrohen, Major?«, fragte er gefährlich leise. »Ich bin hier der Führer. Sie befolgen meine Befehle, sonst werden Sie liquidiert.«

»Sie haben hier nichts mehr zu befehlen, Sie alter Narr«, erklärte Orasow ihm. »Sie sind nur ein religiöser Fanatiker, der das Glück gehabt hat, ein paar bedeutungslose Siege gegen unfähige turkmenische Truppen zu erringen. Dabei hatten Sie nur maßlosen Dusel. Wenn jetzt die Russen kommen, sind Sie nur ein wandelnder Leichnam. Es war töricht von mir, Ihnen zu folgen. Aber ich glaube, dass die Russen mir das Leben schenken werden, wenn ich ihnen Sie, Turabi und eine größere Anzahl Ihrer Talibankämpfer ausliefere – tot oder lebendig, das spielt vermutlich keine Rolle. Vielleicht machen Sie mich sogar zum Offizier ihrer Besatzungsarmee.«

»Allah hat mich auserwählt, damit ich seinen Plan für einen Zufluchtsort und ein Ausbildungszentrum für alle wahren Gläubigen verwirkliche!«, rief Zarazi aus. »Sie denken doch nicht etwa, dass Allah Ihnen ebenso gewogen sein wird?«

»Allah ist es scheißegal, ob Sie oder ich an ihn glauben«, wehrte Orasow ab. »Der Plan hat sich geändert, und für Sie ist in meinem neuen Plan kein Platz mehr.«

»Allah wird Sie dafür vernichten, dass Sie seinen Namen gelästert haben…«

»Und *ich* vernichte *Sie* gleich *jetzt* «, sagte Orasow grinsend, während er abdrückte.

Zarazis gesamter Hinterkopf klatschte an die Tür von Orasows Dienstzimmer, und der fast kopflose Leichnam des Talibanführers brach zusammen wie eine Marionette, deren Schnüre plötzlich durchgeschnitten worden sind.

Nachdem Zarazi erledigt war, blieb nur noch eines zu tun, bevor er sich schleunigst absetzte und Kontakt mit den Russen aufnahm: Er musste Jalaluddin Turabi und seine Männer liquidieren. Bis Zarazis Leichnam aufgefunden wurde, konnte Orasow ohne weiteres einen Angriff befehlen. Sobald Zarazi erschossen aufgefunden worden war, würden diese Talibankämpfer jeden Quadratzentimeter Wüste nach seinem Mörder absuchen. Aber bis dahin würden sie ihm gehorchen, selbst wenn er einen Angriff aufs Lager einer eigenen Patrouille befahl. Orasow hatte es verstanden, Wakil Zarazi so für sich einzunehmen, dass er fast so viel Autorität besaß wie Turabi selbst.

Nun würde Jalaluddin Turabi endlich sterben.

Luftkampfübungsgebiet »Tigress«,
Fallon Naval Air Station, Nevada
Zur gleichen Zeit

»Kazoo, Rotte Devil hört, Basis plus null«, meldete der Pilot der führenden F/A-18 Hornet dem Radarflugzeug E-2C Hawkeye. Die beiden Hornets vom VMFA-232 »Red Devils« der Marine Air Group 24 des Marinekorps in Kaneohe Bay, Hawaii, trainierten auf der Fallon NAS in Nevada für eine Einsatzübung, als sie eine großartige Chance erhielten: Sie sollten einen Air-Force-Bomber durchs Übungsgebiet scheuchen. Das war eine Gelegenheit, die kein amerikanischer Jagdflieger sich hätte entgehen lassen.

»Verstanden, Rotte Devil«, bestätigte der Controller an Bord der Hawkeye. Gleichzeitig übermittelte er den Angriffscomputern der

Hornets elektronisch die neuesten Zielinformationen – die beiden Jäger flogen noch mit ausgeschaltetem Radar. Ein schnelles Ziel war ungefähr fünfzig Meilen südwestlich von ihnen unterwegs: sehr tief, weniger als tausend Fuß über Grund, während es versuchte, an den Hornets vorbeizuschlüpfen, indem es durch die tiefen Felsschluchten raste, die das Übungsgebiet »Tigress« durchzogen. Indem der führende Hornet-Pilot dieses Ziel mit seinem Zielcursor auswählte, bestätigte er die Datenübertragung und den zum Ziel führenden Kurs, der in der Blickfelddarstellung der Hornets angezeigt wurde. Die beiden Jäger flogen weiter parallel zueinander und hielten ungefähr eine Meile Abstand, damit sie den Luftraum hinter der anderen Maschine beobachten konnten.

Ein entschieden unfairer Kampf, vor allem wegen der Unterstützung durch eine Hawkeye, fanden die Hornet-Piloten – die Jungs von der Air Force hatten keine Chance.

Im richtigen Augenblick drückte der führende Hornet-Pilot nach, um Fahrt aufzunehmen, wartete, bis die Entfernung nur noch etwa dreißig Meilen betrug, und schaltete dann sein Angriffsradar APG-73 ein. Unmittelbar darauf erhielt der Pilot die letzte auf Zielkonflikte überprüfte Meldung übermittelt: Das ist dein Bandit, frei zum Angriff. Gleichzeitig wählte er seine radargesteuerten Jagdraketen AIM-120 AMRAAM aus – wobei er sich davon überzeugte, dass die Lenkwaffen gesichert waren – und beobachtete dann, wie das Feuerleitsystem ihm die Wirkungsbereiche seiner Lenkwaffen und die möglichen Angriffskurse anzeigte.

Das Ziel begann nach Norden abzudrehen – seine Gefahrenwarner empfingen offenbar die Radarimpulse der Hornet, und die Besatzung reagierte endlich darauf. Die Kurve war nicht sehr eng. Der Bomber verringerte seine Höhe weiter und war jetzt nur noch etwa vierhundert Fuß über Grund. Natürlich befindet sich ihr Radar im Terrainfolgemodus, dachte der Hornet-Pilot, aber der viele Granit vor ihrer Nase muss ihnen ganz schön auf die Nerven gehen. Der Bomber ging auf Gegenkurs – wieder ein normaler, aber keineswegs aggressiver Turn. Jetzt hatte das APG-73 es wegen der Geländehindernisse schwer, das Ziel dauernd zu erfassen, aber nachdem der Pilot sich hinter den Banditen gesetzt und die Antenneneinstellung leicht korrigiert hatte, erfasste das Radar das Ziel rasch wieder. Das Rechteck des Zielindikators leuchtete wieder auf, und in der Blickfelddarstellung erschien die Anzeige IN REICHWEITE.

Eine letzte Korrektur, nur etwas Seitenruder, dann blinkte die Anzeige SCHIESSEN auf. Jetzt hab ich dich, Dicker!, sagte der Hornet-Pilot sich. Er vergewisserte sich erneut, dass seine Lenkwaffen gesichert waren – schließlich wollte er die Jungs nicht wirklich abschießen –, und legte dann den Zeigefinger auf den Abzug. »Devil Zero-one, Fox…«

»Bandit! Bandit! Überraschungsziel, ein Uhr, vier Meilen!«, rief der Jägerleitoffizier an Bord der Hawkeye auf der Einsatzfrequenz. Ein anderes Flugzeug war aus dem Nichts aufgetaucht und befand sich direkt vor ihm.

»Devil Zero-two greift an! Links wegkurven und Sturzflug, Woolly!«

Der führende Hornet-Pilot hatte keine andere Wahl: Er musste seinen Angriff abbrechen, bevor er den Abzug betätigen konnte. Während er wegkurvte, hoffte er, dass dieser zweite Bandit ihm folgen und so direkt ins Visier seines Rottenfliegers geraten würde. Wo zum Teufel war er so plötzlich hergekommen?

Aber anstatt steil rechts einzukurven, um der führenden Maschine zu folgen, änderte der neue Bandit seine Taktik: Er rollte links weg, wartete einige Sekunden und schraubte sich dann in einem spektakulären Manöver mit hoher g-Belastung nach rechts hoch und hatte so die zweite Hornet direkt vor sich. Es gab keinen Funkverkehr. Der war auch unnötig. Der zweite Hornet-Pilot sah unter seiner rechten Tragfläche eine kleine dunkle Maschine, deren Blitzlicht ihn anblinkte, als der Neuankömmling auf ihn »schoss«. Der andere hatte ihn weniger als zwei Sekunden vor sich, aber im Luftkampf war das eine Ewigkeit.

»Führer Devil, Devil Zero-two hat's erwischt«, meldete er über Funk.

»Wirklich?«, fragte der Rottenführer ungläubig. »Wer war das? Die Air Force hat nichts von Begleitjägern gesagt.«

Der zweite Hornet-Pilot versuchte, den anderen Jäger zu identifizieren, aber der war verschwunden. »Er muss verdammt klein sein. Ich kann ihn nicht mehr sehen. Steige zur Kampfpatrouille in zehntausend.«

»Verstanden. Kazoo, Zielinformationen.«

»Ihr Bandit ist bei zwei Uhr, zwanzig Meilen, tief«, meldete der Jägerleitoffizier. »Hinter Ihnen alles klar. Keine weiteren Ziele im Radar.«

Der Rest das Abfangmanövers war ein Kinderspiel. Das Angriffsradar erfasste das Ziel wieder, und diesmal konnte er es nicht verfehlen. Der Bomber kurvte während des Angriffs mehrmals steil weg, aber auch diese Turns waren nicht übermäßig aggressiv. Vielleicht war seine Besatzung noch in der Ausbildung?

Beide Parteien kehrten zu entgegengesetzten Seiten des Übungsgebiets zurück und flogen erneut an, wobei diesmal die zweite F/A-18 Hornet die Führung übernahm. Der merkwürdige kleine Bandit ließ sich nicht wieder blicken, und die zweite Hornet erzielte nur wenige Minuten später ihren Abschuss.

»Hey, Bobcat«, funkte der führende Hornet-Pilot nach Abschluss der Übung, »wie wär's mit einem Fototermin?«

»Klar«, antwortete der Bomberpilot. »Frei zum Aufschließen.« Der Jägerleitoffizier der Hawkeye gab ihnen den Kurs zum Ziel, und die beiden Hornets schlossen zu ihrer Beute auf. Der Bomber war eine B-1B Lancer der Air Force, lang und schlank, mit fast maximal gepfeilten Tragflächen.

»Wir schließen ziemlich eng auf und machen ein paar Nahaufnahmen, Bobcat.«

»Augenblick noch«, sagte der Pilot. »Wir sind gerade dabei, unseren kleinen Freund an Bord zu nehmen. Er ist direkt unter uns.«

»Bitte wiederholen.« Im nächsten Augenblick sahen sie jedoch, wovon die Rede war: Ein winziger Flugkörper, der an ein dickes Surfbrett erinnerte, tauchte plötzlich aus dem Nichts auf. Er stieg hoch, bis er sich dicht unter dem Bomber befand. Die Klappen der mittleren Bombenkammer öffneten sich, und etwas, das an einen hinten offenen Korb erinnerte, wurde ausgefahren. Der kleine Flugkörper schob sich in diesen Korb, der ihn umschloss, und war Sekunden später verschwunden – nach oben in die Bombenkammer gezogen. »Hey, das war *echt* cool!«, rief der führende Hornet-Pilot. »Hat dieses Ding meinen Rottenflieger abgeschossen?«

»Positiv.«

»Scheiße, von einem Roboter abgeschossen«, sagte der Rottenflieger angewidert. »Das kostet mich an der Bar ein Vermögen.«

»Kommt am Freitagabend um neun Uhr im Owl Club in Battle Mountain vorbei, dann geht die erste Runde auf die Bobcats«, sagte der B-1-Pilot. »Okay, Devils, ihr seid frei zum Aufschließen.«

»Rotte Devil schließt auf.«

Die Marinekorps-Piloten hatten gestaunt, als sie sahen, wie eine B-1B eine Drohne an Bord nahm, aber dieses Staunen war nichts im Vergleich zu dem, das ihre nächste Entdeckung hervorrief. Die Hornet-Piloten flogen so dicht an den Bomber heran, dass sie seine aus den Seitenfenstern blickenden Piloten fotografieren konnten...

Bis ihnen auffiel, *dass im Cockpit des Bombers keine Piloten zu sehen waren!* »Äh... Bobcat, könnt ihr vielleicht ein bisschen nach vorn rutschen, Jungs?«

»Nach vorn rutschen?«

»Yeah... damit wir eure Gesichter an den Seitenfenstern sehen können?«

»Tut mir Leid, Devils, aber ihr werdet keine Gesichter an den Fenstern sehen«, erwiderte die Stimme, »weil niemand im Cockpit sitzt.«

»Wollt ihr uns verscheißern?«, rief der erste Hornet-Pilot ungläubig aus. Er ging langsam noch etwas näher heran. Aber beide Pilotensitze waren tatsächlich leer. »Wo ist die verdammte Besatzung?«

»Hier in Battle Mountain auf dem Boden«, antwortete die Stimme. »Ihr habt die ganze Zeit mit zwei unbemannten Jets herumgespielt.«

»Ihr fliegt einen B-1-Bomber *vom Boden aus?*«

»Richtig. Und ich wollte ihn gerade meinem Mission Commander übergeben und rausgehen, um eine Pinkelpause zu machen«, sagte die Stimme. »Schönen Tag noch.«

Was die beiden Jagdflieger außerdem nicht ahnten, war die Tatsache, dass die F/A-18 Hornets des Marinekorps in einem wirklichen Luftkampf gar nicht zum Schuss auf den B-1-Bomber gekommen wären, weil eine über hundertfünfzig Meilen entfernt über einem benachbarten Übungsgebiet kreisende AL-52 Dragon mit einem Flugzeuglaser an Bord während ihrer simulierten Angriffe mit Jagdraketen auf die beiden Hornets »geschossen« hatte.

Hauptmann William »Wonka« Weathers, der Waffenoffizier des Geschwaders, hockte im Cockpit der AL-52 auf dem Notsitz zwischen Flugzeugkommandant und Mission Commander und beobachtete völlig fasziniert, was sich um ihn herum abspielte. Major Frankie »Zipper« Tarantino, der Mission Commander, hatte beide Hornets mindestens ein Dutzend Mal mit dem Teleskop der Dragon erfasst, dessen adaptive Optik das sichtbare Bild unglaublich detailliert vergrößerte. Unabhängig davon, wie die Jäger manövrierten, könnte Tarantino sein Fadenkreuz über jeden beliebigen Teil der Hornets legen.

»Na, wie finden Sie das, Wonka?« fragte Oberst Nancy Cheshire, Chef der zweiundfünfzigsten Staffel und beim heutigen Einsatz Flugzeugkommandant.

»Unglaublich«, sagte Weathers. »Einfach unglaublich. Und wie viele Male können Sie den Laser abfeuern?«

»Je nach Angriffsziel ungefähr zweihundertmal«, antwortete Tarantino stolz. »Ein Schuss durch die Atmosphäre oder auf harte Ziele wie Panzer erfordert mehr Energie, was wiederum mehr Treibstoff verbraucht und so die Zahl der möglichen Schüsse verringert.« Er tippte einige Befehle ein, nach denen sich das Bild auf seinem Supercockpit-Display veränderte. Jetzt hielt es einen Pick-up erfasst, der durch die Wüste raste. »Diesen Kerl, der abseits der Straße in einem gesperrten Bombenabwurfgebiet unterwegs ist, habe ich vor ein paar Minuten entdeckt. Jetzt könnte ich seine Position durch Knopfdruck an die Militärpolizei übermitteln, die hinter ihm her ist.« Er zeigte auf einen weiteren Softwareknopf auf seinem Display. »Und würde ich darauf drücken, würde er selbst aus dieser Entfernung mit seinem Pick-up in einem rauchenden Krater verschwinden. Wir können sogar ein Loch in einen Panzer brennen, aber dazu müssten wir ziemlich dicht herangehen – bis auf dreißig bis vierzig Meilen.«

»Erstaunlich. Stehen Sie weiter mit dem Bodenteam in Verbindung?«

»Klar doch.« Als Tarantino einen weiteren Knopf drückte, erschien auf dem Display eine Wüstenlandschaft mit zwei winzigen Gestalten. Der Major holte die linke Gestalt heran und vergrößerte sie, bis ein Kommandosoldat in einem Ganzkörperpanzer des Typs Zinnsoldat mit einer elektromagnetischen Rail Gun zu erkennen war. Sekunden später sprang der Kommandosoldat mit seinen Schubdüsen über eine leicht ein Dutzend Meter breite Schlucht. Tarantino drückte seine Sprechtaste: »Fist Two, wink doch mal!« Der Zinnsoldat hob die rechte Hand, und Tarantino konnte sie so nah heranholen, dass der hochgereckte Mittelfinger zu sehen war. »Hey, keine Unanständigkeiten – wir haben Bonzen an Bord.«

»Großer Gott! Wir sehen, dass der Kerl uns den Stinkefinger zeigt – und das aus welcher Entfernung?«

Der Mission Commander sah auf seine Anzeige. »143,193 Meilen«, antwortete er.

»Aber der Laser …?«

»Ich glaube nicht, dass der Laser energiereich genug ist, um jemandem in einem BERP-Ganzkörperpanzer aus solcher Entfernung zu schaden«, warf Nancy ein, »aber ich glaube, wir könnten dafür sorgen, dass er sich *sehr* schnell *sehr* unwohl fühlt.«

In diesem Augenblick hörten sie auf der Einsatzfrequenz: »Bobcat two-one, Einsatzleitung.«

Nancy drückte ihre Sprechtaste. »Bobcat two-one hört.«

»Kondition Gold einstellen.«

»Verstanden«,sagte Cheshire. Sie stellte die Funkfrequenzen um. »Alle Bobcat- und Fist-Frequenzen in Kondition Gold. Bestätigen.«

Weathers konnte beobachten, dass der Zinnsoldat ebenso wie sein Kamerad stehen blieb, nach Osten sah und dann mit großen Sprüngen zu einem wartenden Schwenkrotorflugzeug MV-32 Pave Dasher zurückkehrte. Auch die anderen Mitspieler bestätigten nacheinander den Anruf und kehrten zu ihren Ausgangspositionen zurück. Weathers konnte kaum stillsitzen, als Nancy Cheshire die AL-52 Dragon mit dem Flugzeuglaser in eine steile Rechtskurve legte und Kurs auf Battle Mountain nahm, während Frankie Tarantino sich aus dem Übungsgebiet abmeldete und die für den Rückflug nötigen Flugverkehrsfreigaben einholte.

So unkompliziert machte die Air Battle Force sich bereit, in den Krieg zu ziehen.

Über dem Osten Aserbeidschans

In dieser Nacht

»Baku Control, hier SAM one-eight-zero, in Flugfläche drei-neun-null im Horizontalflug.«

»Verstanden, SAM one-eight-zero«, bestätigte das ehemals sowjetische Kontrollzentrum in Baku in der Republik Aserbeidschan, das für den gesamten Flugverkehr in die und aus den ehemaligen Sowjetrepubliken in Zentralasien zuständig war. Es war schon viele, viele Jahre her, dass der Fluglotse eine amerikanische »Special Air Mission« (SAM) zu betreuen gehabt hatte – US-Diplomaten kamen nicht mehr sehr oft in diesen Teil der Welt, vor allem nicht, seit der neue US-Präsident Thomas Thorn im Amt war. »Ich mache Sie darauf aufmerksam, Sir, dass die Ausgabe null-drei der Nachrichten für Luftfahrer den Luftraum betrifft, in den Sie einfliegen wollen. Sind Sie im Besitz dieses NOTAMs?«

»Positiv«, antwortete der Captain des amerikanischen VIP-Flugzeugs C-32A. »Wir sind eine amerikanische diplomatische Mission in staatlichem Auftrag, die von der turkmenischen Regierung die Erlaubnis zum Einflug in ihren Luftraum hat. Kommen.«

»SAM one-eight-zero, ich mache darauf aufmerksam, dass das NOTAM, in dessen Besitz Sie sind, unspezifisch ist, Sir. Obwohl Ihr Diplomatenstatus verifiziert ist, begeben Sie sich wegen der kriegerischen Entwicklung in Mittelturkmenistan in große Gefahr, wenn Sie in den dortigen Luftraum einfliegen. Ich rate Ihnen dringend, auf Gegenkurs zu gehen.«

»Danke für Ihre Warnung, Baku, aber wir bleiben auf unserer im Flugplan angegebenen Route«, sagte der Captain.

»Wir sind nicht dafür verantwortlich, wenn Sie Ihren Flug in diesen gesperrten Luftraum fortsetzen, Sir«, sagte der Fluglotse in Baku warnend. »Ich überwache Sie weiterhin mit Radar, aber ich habe keine Verbindung zu russischen Flugzeugen und kann für keine sichere Staffelung garantieren. Darüber hinaus habe ich erhebliche Störungen auf meinen Radarschirmen, auf allen Funkfrequenzen und sogar im Telefonnetz festgestellt. Ich bin nicht dafür verantwortlich, wenn die Verbindung zu Ihnen aus irgendeinem Grund abreißt. Daher rate ich Ihnen erneut dringend zur Rückkehr. Ist das verstanden, Sir?«

»Verstanden, Baku«, antwortete der Captain. »Haben Sie Verbindung zu den russischen Fluglotsen oder der Dienststelle, die das NOTAM null-drei herausgegeben hat?«

»Negativ, SAM one-eight-zero«, antwortete der Fluglotse. »Wir hören auf der internationalen Wachfrequenz mit, aber sie beantworten keinen unserer Anrufe.«

»Verstanden, SAM one-eight-zero.« Der Captain wandte sich an den Ersten Offizier und fragte: »Unser nächster Ausweichflugplatz wäre …?«

»Baku, Republik Aserbaidschan, fast direkt unter uns«, sagte der Erste Offizier nach einem Blick auf die Anzeige seines GPS-Empfängers. »Ich rufe ihn mal.« Er benutzte das zweite Funkgerät um mit der Anflugkontrollstelle in Baku zu sprechen. »Okay, wir sind angemeldet, aber wir haben noch keine Landefreigabe«, berichtete er dann. »Die bekommen wir nur, wenn wir sie brauchen.«

Dies war in der Tat eine merkwürdige Situation: Das von der Russischen Föderation herausgegebene NOTAM, eine der deutlichsten Warnungen seit Jahren, forderte den internationalen Luftverkehr auf, den turkmenischen Luftraum zu meiden, und warnte weiterhin, jedes Flugzeug, das sich der Hauptstadt Aschchabad auf weniger als fünfhundert Kilometer näherte, werde ohne Warnung beschossen. Aber gleichzeitig gestattete Turkmenistan weiterhin Flüge durch seinen Luftraum; die turkmenische Regierung hatte bisher kein Verbot für Linienflüge ausgesprochen – nicht einmal nach Mary, wo die bisher heftigsten Kämpfe stattgefunden hatten. Der internationale Flughafen Aschchabad war ebenso offen wie die Flughäfen Turkmenbaschi, Nebit Dag und Tschardschu.

Obwohl die turkmenische Regierung sich nach Kräften bemühte, den Eindruck zu erwecken, alles gehe seinen normalen Gang, war offenbar das Gegenteil der Fall. Trotz aller Zusicherungen mied die SAM-Maschine mit dem ehemaligen Präsidenten der Vereinigten Staaten und der stellvertretenden US-Außenministerin den turkmenischen Luftraum möglichst. Sie besaß genug Reichweite, um notfalls bis nach Moskau fliegen zu können, bevor sie wieder nach Süden abbog, aber die Piloten entschieden sich dafür, Freigaben für den türkischen, aserbaidschanischen und kasachischen Luftraum einzuholen, bevor sie dann übers Kaspische Meer hinweg die turkmenische Küste anflogen.

Die türkischen Fluglotsen in Erzurum übergaben den Flug routinemäßig an ihre englisch sprechenden Kollegen in Baku, die ihn ebenso routinemäßig weitergaben, als er den Kaukasus überquerte und aufs Kaspische Meer hinausflog. Die Lichter von tausenden von Bohrtürmen und unzähligen Fischerbooten auf dem Kaspischen Meer erweckten den Eindruck, als liege dort unten eine Metropole – ein auffälliger Kontrast zu der fast lichtlosen Landschaft unter ihnen, als sie die scheinbar endlosen Steppen Zentralasiens erreichten. In wenigen Minuten würden sie der ATC-Stelle Aschchabad übergeben werden; in weniger als einer halben Stunde würde der Sinkflug zur Landung beginnen.

»SAM one-eight-zero, rufen Sie Aschchabad Control.« Der Fluglotse in Baku las eine Frequenz vor – eine Neuzuweisung und Zusammenlegung von Sektoren, für die dann nur ein Fluglotse zuständig war, war vor allem nachts und bei schwachem Verkehr durchaus nicht ungewöhnlich.

»Verstanden, SAM one-eight-zero, gute Nacht.« Der Erste Offizier stellte die neue Frequenz ein, dann meldete er: »Aschchabad Control, SAM one-eight-zero, Flugfläche drei-neun-null, sechs-null Kilometer östlich von Baku.«

Die Antwort wurde durch häufiges Quietschen und atmosphärische Störungen unterbrochen – auch das nicht ungewöhnlich für diese Weltgegend und ihre veralteten Funkausrüstungen. »Station, die Aschchabad Control ruft, bitte wiederholen«, antwortete der Fluglotse in stark akzentgefärbtem, aber noch verständlichem Englisch. Obwohl Englisch die internationale Luftfahrtsprache war, wurde sie in einigen der abgelegeneren Gebiete der Welt nicht immer gut verstanden – vor allem in den ehemaligen Sowjetrepubliken Zentralasiens nicht. Deshalb wiederholte der Captain die Meldung langsam und sorgfältig. »Danke, SAM one-eight-zero in drei-neun-null«, antwortete der Fluglotse mit atmosphärischen Störungen im Hintergrund. »Sind Sie im Besitz von NOTAM null-drei, Sir?«

»Ja, das sind wir«, bestätigte der Pilot. »Wir übernehmen die Verantwortung für den Fall, dass die Funkverbindung aus irgendeinem Grund abreißt.«

»Sehr gut, Sir.« Sie flogen einige Zeit schweigend weiter. Ungefähr auf halber Strecke über dem Kaspischen Meer hörten die Piloten der C-32A einen Fluglotsen – ob es sich dabei um den Lotsen von vorhin handelte, war schwer zu beurteilen – sagen: »SAM one-eight-zero, Rechtskurve dreißig Grad, direkt Turkmenbaschi, direkt Aschchabad. Erwarten Sie Freigabe zum Sinkflug in eins-null Minuten.«

»Direkt Turkmenbaschi, direkt Aschchabad, SAM one-eight-zero.« Der Erste Offizier rief die Kreuzung in seinem Flugmanagementsystem auf, und die große Verkehrsmaschine legte sich gehorsam in eine Rechtskurve. Dieser neue Kurs, das sah der Erste Offizier, würde sie über Turkmenbaschi, den russischen Hafen am Kaspischen Meer, und direkt zur Hauptstadt führen – ohne die sonst üblichen Kontrollpunkte und Einflugkorridore.

Hier passierte irgendetwas. Sie wussten nicht recht, was aus dem Ruder lief, aber irgendwas schien nicht ganz in Ordnung zu sein.

Auf der neuen Frequenz war es verhältnismäßig ruhig; die beiden einzigen anderen Maschinen waren ein Flug von Kazakhstan Airlines und ein Charterflug von Gulf Air. Der Erste Offizier hörte keine Antworten der anderen Maschinen, was darauf hindeutete, dass der Fluglotse tatsächlich mehrere Frequenzen gleichzeitig betreute.

Alles schien wie üblich zu laufen. Der Captain verlangte die Checkliste, die vor dem Sinkflug abgehakt werden musste, und kam bis zu Punkt zwölf, bevor sie plötzlich durch starkes atmosphärisches Rauschen und lautes Knacken hindurch eine Stimme hörten, die auf Englisch und Russisch sagte: »SAM one-eight-zero, hier

Aschchabad Control auf der Wachfrequenz.« Dies war die internationale Notfrequenz 121,5 Kilohertz, die alle Flugzeuge ständig abhören mussten. »Wenn Sie mich hören, rufen Sie Aschchabad auf eins-drei-sieben-Komma-sechs oder zwo-drei-vier-Komma-neun-zwo. Wenn Sie mich hören, mit *Ident* bestätigen.«

Der Erste Offizier drückte den *Ident*-Knopf des Transponders – der ihren Datenblock auf dem Radarschirm mit einem blinkenden Rahmen umgeben würde –, dann seine Sprechtaste: »Aschchabad Control, hier SAM one-eight-zero, wie hören Sie mich?«

»Laut und klar, Sir, und Sie mich?«

»Ebenfalls laut und klar. Wir sind eben auf der Wachfrequenz aufgefordert worden, Sie auf einer anderen Frequenz zu rufen. Haben Sie uns eine andere Frequenz zugewiesen?«

»Negativ. Bleiben Sie bitte auf dieser Frequenz.«

»SAM one-eight-zero, wird gemacht.«

Aber die Nachricht auf der Wachfrequenz wurde noch sehr viel dringender – und durch eine erschreckende Warnung ergänzt – wiederholt: »SAM one-eight-zero, Warnung, nicht identifizierte schnelle Flugzeuge nähern sich Ihnen aus sieben Uhr, vierzig Meilen. Sofort Rechtskurve, sechzig Grad, dann Kurs aufs Kaspische Meer, um den Luftraum laut NOTAM null-drei zu vermeiden. Diese Nachricht bitte auf der Wachfrequenz bestätigen. Kommen.«

»Aschchabad Control, hören Sie diesen Funkverkehr auf der Wachfrequenz?«

»Positiv, SAM one-eight-zero. Wir sind dabei zu ermitteln, woher er kommt. Bleiben Sie auf Ihrem jetzigen Kurs, direkt Turkmenbaschi, direkt Aschchabad. Ignorieren Sie die auf der Wachfrequenz erteilten Anweisungen. Sollte die Funkverbindung abreißen, haben Sie die Freigabe für Aschchabad International. Nach Turkmenbaschi sinken sie auf Flugfläche zwo-fünf-null, gehen ab Syrdarja auf neuntausend Fuß hinunter und sind danach frei zum ILS-Anflug auf Landebahn zwo-sieben. Sollte der Funkverkehr unterbrochen sein, halten wir den Luftraum für Sie frei. Ist das alles verstanden.«

Der Erste Offizier wiederholte die Anweisungen.

Die Warnungen auf der Wachfrequenz wurden von Sekunde zu

Sekunde drängender. »Soll ich das ausschalten?«, fragte der Erste Offizier den Captain und legte einen Finger auf den AUS-Schalter.

Der Captain wollte schon ja sagen, drückte aber stattdessen seine Sprechtaste. »Hier Sam one-eight-zero«, sagte er auf der Wachfrequenz. »Wer ist das, verdammt noch mal?«

»Endlich melden Sie sich!«, sagte ein Mann in ausgezeichnetem Englisch. Aber das Rauschen und Zischen auf der Frequenz wurde lauter, es klang jetzt bedrohlich, als würde die Frequenz absichtlich gestört. »Ich bin Oberst Okiljon Mirsafojew, Chef der Flugsicherung in Aschchabad. Sie können mich auf den im Luftfahrthandbuch angegebenen Frequenzen oder über eine Datenverbindung zu Ihrer Botschaft erreichen, aber ich muss Ihnen diese Warnung im Klartext übermitteln. Ich weiß nicht, wer das tut, und ich weiß nicht, wie oder warum es getan wird, aber Sie haben von einem Unbekannten eine nicht vergebene und völlig falsche Frequenz genannt bekommen. Baku Control hat mich vor einigen Minuten benachrichtigt, dass der Fluglotse, mit dem Sie sprechen, *nicht* zu Aschchabad Control gehört.

Ich warne Sie: In Ihrer näheren Umgebung sind russische Radarflugzeuge und Abfangjäger unterwegs. Sie müssen sofort rechts wegkurven, auf Gegenkurs gehen und von der turkmenischen Grenze wegfliegen… SAM one-eight-zero, ein überraschend aufgetauchtes Flugzeug ist schnell in Ihre Richtung unterwegs. Schalten Sie sofort die Positionslichter aus. Und verschwinden Sie *schnellstens!*«

Der Erste Offizier war leichenblass. »Was sollen wir machen?«, rief er aus.

»Wir kehren um«, entschied der Captain und betätigte den Schalter, der die Passagiere aufforderte, die Sitzgurte anzulegen. »Schalten Sie die verdammten Lichter aus – die Kabinenbeleuchtung auch. Informieren Sie Präsident Martindale und Deputy Secretary Hershel, dass wir möglicherweise angegriffen werden.« Als ob das was nützen könnte, sagte er sich grimmig.

Er legte die Maschine im Sinkflug in eine steile Rechtskurve. Sekunden später piepste die Bordsprechanlage – er wusste, dass bei seinem steilen Wegkurven im Sinkflug einige VIPs aus ihren Sesseln geflogen sein mussten und sich vielleicht sogar verletzt haben würden. Jetzt würden sie das Kabinenpersonal mit Fragen bestürmen – und zweifellos seinen Kopf auf einem Silbertablett fordern.

Das war in Ordnung. Er war gern bereit, sich zusammenstauchen zu lassen, wenn sie nur hier wieder heil herauskamen. »Sauerstoffmaske auf«, befahl er dem Ersten Offizier. »Und lesen Sie mir die Checkliste für Notabstiege und Verteidigungsmanöver vor.«

»SAM Flight one-eight-zero«, sagte die erste Stimme in stark akzentgefärbtem Englisch auf der falschen Frequenz. »Wir sehen Sie im Sinkflug rechts wegkurven. gibt's irgendein Problem? Fliegen Sie wie befohlen direkt nach Turkmenbaschi.«

»Nicht antworten!«, sagte der Captain rasch. Sein Erster Offizier fummelte noch immer an der Sauerstoffmaske herum, die sich normalerweise in weniger als zwei Sekunden anlegen ließ. Der Captain hatte noch nie einen erwachsenen Mann gesehen, der so ängstlich wirkte – und konnte nur hoffen, dass *er* nicht ebenfalls so aussah.

»Flight one-eight-zero, sofort links einkurven und in den Geradeausflug übergehen. Sie haben noch keine Freigabe zum Sinken.« Der Captain drückte stattdessen nach und erhöhte ihre Sinkgeschwindigkeit weiter. »Flight one-eight-zero, ist das verstanden? Wie hören Sie mich?«

»Transponder ausschalten«, befahl der Captain. Der Erste Offizier führte den Befehl mit zitternden Fingern aus. Auf den Radarschirmen würde jetzt nur noch ein »Primärziel«, das Radarecho ihrer Maschine, sichtbar sein.

Alle Sprechstationen des Kabinenpersonals piepsten jetzt; bei negativer Beschleunigung in steilem Sinkflug begannen kleine Gegenstände durchs Cockpit zu schweben. »Was machen wir jetzt?«, blökte der Erste Offizier. »Was sollen wir bloß machen?«

»Sie ignorieren. Wir landen in Baku. Geben Sie mir den Kurs dorthin.«

In diesem Augenblick hörten sie: »Achtung, an alle Flugzeuge, an alle Flugzeuge, soeben ist ein Luftverteidigungsnotfall erklärt worden. Alle Flugzeuge werden angewiesen, in den Horizontalflug überzugehen, ihre Geschwindigkeit zu verringern und sofort das Fahrwerk auszufahren, sonst werden sie als feindliche Eindringlinge behandelt. Ich wiederhole: Horizontalflug, Fahrt wegnehmen und sofort Fahrwerk ausfahren. Dies ist Ihre letzte Warnung.«

Das war wieder die Stimme des englisch sprechenden angeblichen Fluglotsen auf der ihnen zugewiesenen falschen Flugsicherungsfrequenz.

»Volle Abwehrmaßnahmen!«, befahl der Captain. Die C-32A war mit elektronischen Ködern und Störsendern der ersten Generation ausgerüstet, die in solchen Situationen mithelfen sollten, das Flugzeug zu verteidigen, aber er wusste, dass die Dinger nur ein allerletztes Mittel waren. Die C-32A war unbewaffnet und praktisch wehrlos.

»SAM one-eight-zero, Hochgeschwindigkeitsziel bei sieben Uhr, tief, vierzig Kilometer, Entfernung rasch abnehmend«, warnte Oberst Mirsafojew sie.

Der Captain kurvte zwanzig Grad nach links weg und versuchte, so zu verhindern, dass der Neuankömmling ihre Triebwerksauslässe vor sich hatte – konnte er die heißen Auslässe mit seinem IR-Sensor erfassen, hatten sie keine Chance mehr. Diese Scheißkerle … wer zum Teufel griff ein unbewaffnetes Verkehrsflugzeug an?

»SAM one-eight-zero, Ziel manövriert, sechs Uhr, dreißig Kilometer, weiter abnehmend, fast auf Ihrer Höhe … SAM one-eight-zero, mein Radar wird gestört. Wechsle die Frequenz … Negativ, negativ, alle Frequenzen werden durch Scheinziele gestört. Ich habe massenhaft Ziele auf dem Schirm. Ich kann Ihnen keinen Kurs mehr nennen. Ich weiß nicht mal mehr, welches das richtige Ziel ist. Tut mir Leid, Sir.«

Der Captain drückte seine Sprechtaste. »Aschchabad Control?«

»Sprechen Sie, SAM one-eight–zero.«

Der Captain sah zum Ersten Offizier hinüber, zögerte verlegen und sagte dann: »Richten Sie meiner Frau aus, dass ich sie liebe.«

»Verstanden, SAM one-eight-zero«, hörte er durch das lauter werdende Heulen und Pfeifen der feindlichen Störsender hindurch. »Das tue ich. Und Ihnen alles Gute!«

Der russische Jäger MiG-29 Fulcrum, der vor wenigen Minuten auf dem Flugplatz Turkmenbaschi gestartet war, hatte seine Startfreigabe nicht wie sonst über Funk vom Kontrollturm, sondern durch Lichtsignale aus einem Fahrzeug zur Vorfeldkontrolle erhalten. Er benutzte sein Funkgerät nicht und schaltete weder seinen Transponder noch sein IFF-Gerät ein. Sogar seine Positionslichter blieben ausgeschaltet. Da die MiG-29 keine Zusatztanks – bei russischen Abfangjägern ohnehin eher selten – und nur zwei Jagdraketen RH-73E Archer mit IR-Suchkopf trug, stieg sie schnell in den kalten Nachthimmel hinauf und erreichte in weniger als drei Minuten vierzehntausend Meter Höhe.

Die amerikanische Verkehrsmaschine flog Ausweichmanöver, aber im Vergleich zu der wendigen MiG-29 war sie ein schwerfälliges Walross, und der Jägerpilot erfasste das Ziel schon aus dreißig Kilometern Entfernung mit seinem Infrarotvisier, ohne sein Angriffsradar einschalten zu müssen. Die RH-73 waren die modernsten russischen Luft-Luft-Lenkwaffen mit Hitzesuchkopf: sehr wendig, durchs Helmvisier des Piloten steuerbar und noch aus äußerst ungünstigen Schusswinkeln einsetzbar. Ihre Reichweite war viermal größer, ihr Gefechtskopf zweimal schwerer als der jeder anderen russischen Jagdrakete mit IR-Suchkopf.

Der russische Pilot hatte einen eindeutigen Auftrag: Er sollte die C-32A abschießen, ohne sich als Angreifer zu erkennen zu geben. Da er wusste, dass Baku Control ihn verfolgen und genau registrieren würde, ob sein Zielsuchradar die andere Maschine beleuchtete, musste er seine Annäherung genau planen. Die R-73 war die ideale Waffe für diesen Auftrag.

Der MiG-29-Pilot setzte sich wie befohlen hinter das US-Flugzeug, richtete seinen Bug aber nie genau auf die C-32A, erfasste sie nicht mit seinem Radar und schaltete es nicht einmal ein. Mit seinem Helmvisier richtete der Pilot den supergekühlten IR-Suchkopf der ersten Rh-73 aufs Ziel ein, als der Amerikaner weit links von ihm und über fünfundzwanzig Kilometer entfernt war – tatsächlich *entfernte* die MiG-29 sich in diesem Augenblick von ihm. Sobald der Suchkopf sein Ziel erfasst hatte, ließ er die erste Rh-73 starten. Die Rakete schoss von ihrer Führungsschiene, flog ungefähr einen Kilometer weit geradeaus, bog dann scharf links ab und nahm die Verfolgung auf. Sekunden später startete der Pilot die zweite Rh-73, dann drehte er nach Osten ab. Der Bug seines Jägers war nie auf den Amerikaner gerichtet gewesen, und Sekunden nach den Lenkwaffenstarts war die MiG-29 schon wieder weit hinter ihm.

Da er sein Angriffsradar nicht benutzt hatte und deshalb die genaue Entfernung zum Ziel nicht kannte, konnte der Angriffscomputer keinen Countdown anzeigen, an dessen Ende die Vernichtung des Ziels stehen würde. Der MiG-29-Pilot begann selbst zu zählen, wobei er als Höchstflugdauer für die erste Rh-73 zwanzig Sekunden ansetzte. Er zog seine Leitungshebel etwas zurück, schaltete den Autopiloten ein und lockerte dann die Schultergurte, damit er sich umsehen konnte. Selbst aus über dreißig Kilometern Entfernung würde er den Treffer vermutlich gut beobachten können.

Tatsächlich sah er in der Ferne einen grellen Lichtblitz, dem Sekunden später ein weiterer folgte. Er hatte das Gefühl, die zwanzig Sekunden seien noch längst nicht um, aber wahrscheinlich hatte er sich getäuscht.

Gut getroffen.

Der MiG-29-Pilot drehte etwas nach Norden ab, um die unvermeidliche Explosion beobachten zu können. Er erwartete, einen Feuerball zu sehen, aus dem das Ziel mit einer Feuerspur abstürzen würde. Jeden Augenblick musste es so weit sein …

7

Über dem Kaspischen Meer

Zur gleichen Zeit

»Ziel eins angreifen.«

»*Ziel eins angreifen, Angriff stoppen*«, antwortete der Computer. Im nächsten Augenblick ermittelte das Laserradar der AL-52 Dragon mit dem Flugzeuglaser an Bord in Zehntelsekunden die Entfernung zum Ziel, vermaß die Größe des Ziels und legte den Visierpunkt ins hintere Drittel des Ziels, wo sich der Raketenmotor befand. Dann wurde durch die Optik des Hauptlasers ein Kohlendioxidlaser, der atmosphärisch bedingte Verzerrungen maß und durch Verwindung des Spiegels im Bug der Dragon ausglich, auf die Lenkwaffe abgefeuert.

»Laser bereit«, meldete der Angriffscomputer nur Sekunden später.

»Ziel mit Laser angreifen«, befahl Major Frankie Tarantino.

»*Angriff mit Laser, Angriff stoppen.*« Als Nächstes erwachte der große Festkörperlaser mit Plasmapumpe zum Leben. Brennstoffpellets aus Deuterium und Tritium wurden von Dutzenden von Niedrigenergielasern entzündet und erzeugten eine Kugel aus superheißem Plasma – ihrer Elektronen beraubte Atome –, die heißer als die Sonnenoberfläche war. Die eingeengte, komprimierte und dann durch Magnetfelder und Kammern aus flüssigem Lithium kanalisierte Plasmaenergie wurde in einen Lasergenerator geleitet, der einen Laserstrahl erzeugte, der mehr als doppelt so energiereich wie jeder andere bisher gebaute Flugzeuglaser war. Dieser Laserstrahl passierte einen Kollimator und wurde in der Laserröhre, die das Flugzeug der Länge nach durchlief, nochmals verstärkt, bevor der verformbare Drehspiegel im Kinnturm ihn in die Nacht hinausschoss.

Oberst Kelvin Carter, der Kommandant der AL-52, hörte und sah von alledem nichts – kein pulsierender Lichtstrahl, der in den Weltraum ausgriff, kein eigenartiges Leuchten, keine Sphärenklänge. Er spürte nur ein leichtes Rumpeln unter seinen Füßen, als der massive Kinnturm sich drehte, um den Verstellspiegel den weit entfernten Zielen nachzuführen. Als er einen Blick auf das Supercockpit-Display des Mission Commanders warf, sah er nur einen Lichtblitz, dem eine Detonation folgte.

»Das war eine Archer!«, rief Zipper Tarantino aus, indem er den Blendschutz über seinen Instrumenten tätschelte. Er hatte soeben eine von der russischen MiG-29 Fulcrum abgefeuerte überschallschnelle Luft-Luft-Lenkwaffe in weniger als zwölf Sekunden mit zwei Laserimpulsen aus über zweihundert Meilen Entfernung abgeschossen. »Gut gemacht, Dragon.«

»Gut geschossen, Zipper«, sagte sein Flugzeugkommandant anerkennend. Kelvin Carter aus Shreveport, Louisiana, hatte im High Technology Aerospace Weapons Center zu den erfahrensten Testpiloten gehört. Da er mit Patrick McLanahan und Nancy Cheshire mehr über die Bomberbaureihe Megafortress wusste als jeder andere, war er logischerweise Operationsoffizier der Zweiundfünfzigsten Kampfstaffel geworden, die mit der unglaublichen AL-52 Dragon auf der Battle Mountain Air Reserve Base stationiert war.

Obwohl Carter natürlich mit den modifizierten B-52-Bombern vertraut war, die er in Dreamland mitentwickelt hatte, staunte er noch immer über die Waffe, die ihm hier zur Verfügung stand: ein Festkörperlaser mit Plasmapumpe, der zwei Megawatt leistete – die weltweit stärkste mit gerichteter Energie arbeitende Waffe außerhalb irgendwelcher Versuchslabors. Als er vorhin einen kurzen Blick auf Tarantinos Supercockpit-Display geworfen hatte, hatte er das elektronisch optimierte Bild einer russischen Jagdrakete gesehen, die sich tatsächlich *im Flug* befand. Aber sobald dieses Bild auf dem Display erschienen war, hatte Tarantino ein Fadenkreuz über den Triebwerksteil der Lenkwaffe gelegt – und dann war sie in einem Lichtblitz verschwunden.

Auf dem Display war nun die zweite Lenkwaffe zu sehen, und Tarantino hatte mit einem einzigen Befehl – »Ziel zwo angreifen« – die Angriffssequenz eingeleitet. Sekunden später verschwand auch die zweite Lenkwaffe AA-11 Archer in einem Feuerball – noch weit vor ihrem Ziel, dem VIP-Flugzeug C-32A der U.S. Air Force, das Expräsident Kevin Martindale, die stellvertretende Außenministerin Maureen Hershel und ihre Mitarbeiter beförderte.

Danach zeigte das farbige Supercockpit-Display keine russische Jagdrakete mehr, sondern einen wirklichen, wahrhaftigen russischen Jagdflieger, der im Cockpit seiner MiG-29 Fulcrum sitzend erstaunlich detailliert abgebildet war. Zipper konnte die Riemen seiner Sauerstoffmaske und sein klobiges Helmvisier sehen, mit dem er die Lenkwaffen steuerte; er sah sogar, dass der Pilot unter seiner Fliegerkombi einen schwarzen Rollkragenpullover trug.

»Verdammt!«, rief Carter aus. »Sie haben den Russen genau im Visier, Zipper. Feuer frei!« Tarantino verschob das Zielkreuz auf die linke Flügelwurzel der MiG-29, weil er wusste, dass eine dort entstehende Explosion den Jäger sofort steuerlos abstürzen lassen würde. »Legen Sie das Zielkreuz wieder über den Piloten«, knurrte Carter.

»Was?«, fragte Tarantino.

»Sie sollen das Zielkreuz wieder über den Hundesohn legen, hab ich gesagt.«

»Sir, es spielt keine Rolle, wo …«

»Zipper, dieser Kerl sieht sich um, vermutlich nach den Lenkwaffen, die er abgeschossen hat«, stellte Carter fest. »Dieses Schwein hat gerade ein unbewaffnetes, wehrloses VIP-Flugzeug abgeschossen, glaubt er. Rösten Sie ihn!«

Tarantino benutzte einen Trackball, um das Zielkreuz wieder über den MiG-29-Piloten zu legen, und schaltete auf automatische Nachführung um. Carter befolgte die Steuerbefehle, die in seiner Blickfelddarstellung erschienen; Sekunden später sah er die Anzeige BEREIT. Er dachte, Tarantino würde vielleicht etwas zögern, aber das tat der Major nicht. Das Fadenkreuz erschien wieder, und er sah oberhalb der Bildmitte ein L blinken …

Und Sekunden später löste sich die Cockpithaube der MiG-29 vor seinen Augen auf. Sie beobachteten entsetzt und fasziniert zugleich, wie der Kopf des Piloten nach hinten flog, als der plötzlich einsetzende gewaltige Luftstrom ihm Helm, Wollmütze und Sauerstoffmaske abriss. Der Russe schaffte es noch, sich eine Sekunde lang aufzusetzen und zu versuchen, seine MiG-29 wieder unter Kontrolle zu bekommen – aber dann sahen Carter und Tarantino, wie Kopf, Schultern und Oberkörper des Piloten schwarz wurden, als sei er von einem Augenblick zum anderen verkohlt. Leichenteile begannen im Luftstrom wegzufliegen, bis Sekunden später nur noch unkenntliche Teile des Unterkörpers übrig waren. Dann verwandelte das Cockpit sich in eine Funken sprühende Wanne, aus der Flammen züngelten, bevor hinter dem Schleudersitz ein Feuerball entstand, der das Bild auslöschte. Als Tarantino einen größeren Maßstab wählte, waren nur noch brennende Trümmer der MiG-29 zu sehen, die aus dem Nachthimmel zur Erde stürzten.

»Je-sus!«, sagte Tarantino leise.

»Jetzt fühlt er sich bestimmt nicht mehr als Schurke und Meuchelmörder der Lüfte, was?«, meinte Carter. Er sah zu Tarantino hinüber, der sich nicht bewegte, sondern nur das Supercockpit-Display anstarrte. »Bloß kein Mitleid mit diesem Schweinehund, Zipper. Wer's schafft, auf ein unbewaffnetes Flugzeug voller Zivilisten zu schießen, hat's verdient, dass er gebraten wird. Und er hätte natürlich auch uns mit zwei Raketen erledigt, wenn wir ihn nahe genug hätten herankommen lassen.«

»Ich weiß, Sir«, antwortete Tarantino. »Aber das macht es nicht leichter, einen Mann zu töten.«

»Man ist kein Flieger – und erst recht kein *Mann* –, wenn man sich zu einem Einsatz kommandieren lässt, bei dem wehrlose Frauen und Männer getötet werden sollen«, sagte Carter. »Seien Sie lieber stolz darauf, die Welt von einem Mörder befreit zu haben. Tätscheln Sie jetzt Ihrem Dragon den Kopf, wie Sie's immer tun, und bedanken Sie sich bei ihm. Und dann wollen wir mal nachsehen, wie's unseren Leute geht.«

Tarantino bewegte sich noch immer nicht.

»Haben Sie mich gehört, Zipper?«

Um zu unterstreichen, was er meinte, gab Carter auf einem seiner MFDs einen kurzen Befehl ein. Das mit dem Laserstrahl gekoppelte Teleskop schwenkte und erfasste wieder das VIP-Flugzeug C-32A. Die veränderbare Optik zeigte das Flugzeug erstaunlich detailliert. Carter konnte sogar die Windschutzscheiben des Cockpits heranzoomen, hinter denen beide Piloten mit aufgesetzten Sauerstoffmasken und über Checklisten gebeugt zu sehen waren. Das Laserbild zeigte, dass die C-32A sich weiter im Sinkflug befand, um das Radar bei Aschchabad zu unterfliegen. »Sehen Sie das, Zipper? Unsere Jungs leben weiter und fliegen weiter. Sie haben Ihre Sache gut gemacht, Zipper. Sie sind ein Verteidiger, kein Killer.« Er streckte seine behandschuhte Hand aus und umfasste Tarantinos linke Schulter sanft, aber nachdrücklich. »Den Unterschied müssen Sie begreifen, Zipper. Sonst hat's keinen Zweck, dass Sie diese Uniform tragen.«

Als er schon fürchtete, Tarantino habe ihn nicht gehört, sondern sei dabei, in noch tiefere Depressionen zu versinken, hob der junge Offizier plötzlich die Hand und tätschelte den Blendschutz über seinen Instrumenten. »Gut gemacht, Dragon«, sagte er mit klarer, fester Stimme. »Gut gemacht!«

»So ist's recht, mein Junge«, sagte Carter anerkennend. Manche kamen nach ihrem ersten Abschuss nie wieder ganz auf die Beine. Aber Frankie Tarantino würde sich – nach einiger Zeit – wieder erholen, das spürte er. »So ist's recht.«

Nördlich der Stadt Mary

Am nächsten Morgen bei Tagesanbruch

Jalaluddin Turabi schob den letzten Löffel Reis in seinen Mund und stellte sich vor, er würde nicht abgestanden und wie von allerlei Insekten durchsetzt schmecken, sondern nach köstlichem Lammfleisch mit erlesenen Gewürzen. Da er wusste, dass er als letzter Mann seiner Kompanie zu essen bekommen hatte, bezeichnete dieser Löffel zugleich das Ende ihrer Vorräte. Und er brauchte seine Feldflasche nicht zu schütteln, um zu wissen, dass sie auch fast kein Wasser mehr hatten. Verdammt noch mal, wo blieb der angeforderte Versorgungsflug? Turabi wusste, dass Aman Orasow ein unfähiges Arschloch war, aber bestimmt überstieg es nicht einmal *seine* Geisteskräfte, ein paar Hubschrauber mit Verpflegung zu beladen und sie herzuschicken.

Abdul Dendara, Turabis erster Sergeant, kam wenig später zu ihm herüber und setzte zu sprechen an, aber Turabi hob eine Hand. »Ich will erst raten: Wir haben kein Diesel mehr für das Notstromaggregat?«

»Das Diesel ist seit zwei Stunden aus, Oberst, haben Sie das vergessen?«, antwortete Dendara. »Jetzt ist das Wasser zu Ende.« Er ließ sich Turabis Feldflasche geben und ersetzte sie durch eine andere, die ungefähr einen Liter Wasser enthielt. »Am besten gießen Sie die Brühe durch Ihr Hemd, um sie zu filtern. Das ist der letzte Tropfen des Notvorrats aus den Stahlfässern, die wir letzte Nacht aus Jagtijol mitgebracht haben. Rost und Sand habe ich so gut wie möglich herausgefiltert.«

»Danke. Irgendeine Möglichkeit, mehr Wasser aus der Stadt zu bekommen?«

»Es gibt noch immer keinen Strom – also können wir kein Wasser aus den Brunnen pumpen«, antwortete Dendara. Er machte eine Pause, dann fügte er hinzu: »Ich könnte Streifen in den Häusern nach Wasser suchen lassen ...«

»Dazu habe ich bereits nein gesagt, Abdul«, wehrte Turabi ab. »Die Menschen hier draußen leiden nicht weniger als wir. Sind Häuser verlassen, könnt ihr dort nach Wasser suchen – achtet darauf, dass jede Zisterne, jedes Regal, jeder Kühlschrank, sogar jeder WC-Wasserbehälter durchsucht wird –, aber von bewohnten Häusern haltet ihr euch fern. Jeden, der gegen meinen Befehl verstößt, erschieße ich persönlich. Ist das verstanden?«

»Ja, Oberst. Ich erinnere die Männer noch mal daran.«

»Tun Sie das«, befahl Turabi ihm. »Setzt man voraus, dass jeder unserer Männer eine halbe Tagesration Wasser gehortet hat, müssten wir bis ...«

»Bis morgen früh durchhalten können«, bestätigte Dendara. »Dann sind wir keine Kämpfer mehr, sondern kämpfen nur noch ums Überleben.«

Turabi sah auf seine Uhr, dann nickte er. »So lange warten wir lieber nicht. Kommt binnen vier Stunden kein Nachschub, treten wir den Rückmarsch nach Mary an.«

»Sehr wohl, Oberst«, sagte Dendara.

Als der erste Sergeant davonging, schaltete Turabi ihr Funkgerät ein. Er wusste, dass Funkstille befohlen war, aber dies war ein Notfall. Ihre Patrouille abzubrechen, bevor sie wussten, was die Russen wirklich vorhatten, konnte sehr gefährlich sein. Sie abbrechen zu müssen, weil Zarazi anscheinend nicht imstande war, sie über ein paar Kilometer hinweg mit ein paar hundert Liter Wasser und Diesel versorgen zu lassen, war noch unsinniger. Turabi drückte die Sprechtaste: »Kondor, hier Habicht, kommen.« Keine Antwort. Er versuchte es noch mehrmals – stets erfolglos.

Turabi schraubte seine Feldflasche auf, trank sie aus und verzog das Gesicht, weil das Wasser nach Rost und Bleioxid schmeckte. Scheiße, sagte er sich, wahrscheinlich sterbe ich eher an Bleivergiftung als an einer feindlichen Kugel. Er wusste, dass es keinen Zweck hatte, Wasser zu horten – in der Wüste rationierte man Schweiß, nicht Wasser –, aber er wusste auch, dass ängstliche, verzweifelte Männer immer einen oder zwei Liter Wasser in ihrem Marschgepäck versteckt mitführten.

Wenig später sah er, dass Dendara zurückgerannt kam, und ging ihm rasch entgegen. »Was gibt's diesmal, Abdul?«

»Eben kommt unser Spähtrupp zurück, der in Richtung Mary unterwegs war. Letzte Nacht haben die Russen Mary angegriffen«, berichtete der Sergeant. »Schwere Bomber mit Marschflugkörpern und Lenkwaffen zur Radaransteuerung, alle aus sicherer Entfernung.«

»Verdammt!«, sagte Turabi. »Deshalb ist kein Hubschrauber mit Nachschub gekommen – und deshalb ist das Funkgerät tot. Weiß man etwas von General Zarazi?«

»Nichts.« Dendara wirkte sorgenvoll, was bei diesem Veteranen ungewöhnlich war. »Was machen wir jetzt, Oberst?«

»Wir marschieren sofort nach Mary zurück und nehmen Verbindung mit dem General auf.«

»Aber die Russen… erwarten Sie keinen weiteren Angriff?«

»Das ist jetzt unwichtig, Abdul«, erklärte Turabi ihm. »Wakil Zarazi ist unser Führer. Lebt er, führen wir seine Befehle aus. Ist er tot, rächen wir ihn an jedem Russen, der uns in die Hände fällt, und danach übernehme ich das Kommando über die Brigade.«

»Und was dann, Oberst?«

Turabi zögerte nur einen Augenblick lang. »Und dann führe ich die Brigade heim«, sagte er.

»Heim ...?«

»Heim nach Afghanistan, heim zu unserem Stamm und unseren Familien«, sagte Turabi. »Dies ist Zarazis Kampf, nicht meiner. Lebt Zarazi noch, ist's unsere Ehrenpflicht, seine Befehle auszuführen. Ist er jedoch tot, übernehme ich das Kommando, sobald wir seinen Tod gerächt haben. In meinen Augen und meinem Herzen haben wir den Auftrag, den die Stammesältesten uns erteilt haben, längst erfüllt. Wir marschieren in die Heimat zurück, übergeben unsere gesamte Beute dem Stammesrat und kehren zu unseren Familien heim.«

»Dann ... dann ist Zarazis Mission also ... *falsch?*«

»Nicht falsch, zumindest nicht in seinem Herzen«, antwortete Turabi. »Er glaubt wirklich, nach Allahs Wünschen zu handeln, und das genügt mir, das muss uns allen genügen. Jeder Talibanführer muss mit sich zu Rate gehen und die richtige Entscheidung treffen. Meine fällt anders als Zarazis aus, aber das heißt nicht, dass eine von ihnen falsch ist.« Er schlug Dendara auf die Schulter. »Jetzt aber los! Holen Sie Ihre Männer zusammen und organisieren Sie den Rückmarsch nach Mary.«

»Habicht, hier Schlange«, meldete sich einer ihrer vorgeschobenen Ausgucke in diesem Augenblick über Funk. »Von Süden kommt ein Hubschrauber mit angehängter Last. Sieht wie ein Wassertank aus.«

Allah sei Dank!, dachte Turabi. »Verstanden«, bestätigte er. Um diese Patrouille fortführen zu können, brauchten sie Munition und Diesel, aber auf jeden Fall brauchten sie unbedingt Wasser. Einer der Hubschrauber hatte den Angriff überstanden, und sie hatten daran gedacht, ihn zur Versorgung dieser Patrouille einzusetzen. In diesem Punkt hatte Aman Orasow sich als erstaunlich tatkräftig erwiesen. »Sorgen Sie dafür, dass die Luftabwehrtrupps wachsam bleiben. Niemand darf seinen Auftrag vernachlässigen.«

»Verstanden.«

Turabi blickte über den Sand hinweg und hörte mit halbem Ohr, wie Dendara seinen Zugführern befahl, wachsam zu bleiben, während der Hubschrauber zur Landung anschwebte. Der Feind hatte schon oft angegriffen, während die Männer damit beschäftigt gewesen waren, einen lange und sehnlichst erwarteten Hubschrauber zu entladen.

Diesmal wurden seine Befehle jedoch nicht befolgt. Stattdessen rannten mehrere Dutzend Männer – hauptsächlich turkmenische Rekruten, aber auch eine größere Anzahl seiner Taliban – dem anfliegenden Hubschrauber entgegen und winkten ihm hektisch zu, er solle landen, gleich bei ihnen landen. Manche schwenkten Feldflaschen und Wasserkanister; ein Mann schwenkte sogar seine tragbare Fla-Lenkwaffe SA-14. Das muss dieser Idiot büßen, nahm Turabi sich vor – laut, schmerzhaft und vor versammelter Mannschaft. Dafür würde er persönlich sorgen.

Der Versorgungshubschrauber flog schnell und sehr hoch an – mindestens fünfhundert Meter hoch. Da nicht auszuschließen war, dass irgendwo in der Nähe Russen standen, riskierte er mit diesem hohen Anflug verdammt viel. Einzelheiten waren schlecht zu erkennen, aber seine Außenlast schien an einem sehr kurzen Seil zu hängen, was wiederum bedeutete, dass der Pilot sehr niedrig schweben musste, um seine Last abzusetzen – wobei die aufgewirbelte Sand- und Staubwolke das Abkoppeln des Wassertanks zusätzlich erschweren würde. Sehr schlechte Disziplin, fand Turabi. Sobald er wieder in Mary war, würde er einen Auffrischungskurs für ihre Hubschrauberbesatzungen organisieren müssen.

Der Pilot ließ sich anscheinend durch die heranstürmenden Soldaten verwirren – und zweifellos durch den Idioten, der eine tragbare Fla-Lenkwaffe über seinem Kopf schwenkte. Er kurvte steil nach Westen weg, wobei die Außenlast dramatisch nach rechts pendelte. Turabi wollte seinen Männern gerade einen Befehl zubrüllen … als er die unter dem Hubschrauber hängende Außenlast genauer betrachtete. Auch einige seiner Männer, die dem Hubschrauber näher waren, machten Halt und deuteten verwirrt auf seine Ladung. Das war kein Wasserbehälter, kein Textiltank mit Treibstoff und auch kein Lastennetz.

Dies war eine Bombe, eine mit der Spitze nach unten hängende Flammölbombe: ein riesiger Zylinder mit einem langen Aufschlagzünder in der Spitze und Stabilisierungsflossen am oberen Ende. Der Pilot kurvte nicht weg, um von dem Soldaten mit der Fla-Lenkwaffe fortzukommen: Er kurvte weg, um die Bombe ins Lager von Turabis Patrouille zu werfen, wobei er selbst so viel Abstand vom Nullpunkt hielt wie möglich. Und während Turabi noch den Hubschrauber anstarrte, klinkte der Pilot die Bombe aus, die mitten ins Lager seiner Patrouille segelte.

»Deckung!«, brüllte Turabi mit den entsprechenden Handzeichen. »Volle Deckung! *Fliegeralarm!*«

»*Runter!*«, hörte er eine Stimme rufen. Das war Abdul Dendara, sein erster Sergeant. Als Turabi sich umdrehte, sah er gerade noch, wie der Mann ihn mit voller Wucht rammte und in den Graben warf, der ihm als provisorischer Gefechtsstand diente. Dendara sprang nach ihm hinein und begrub Turabi unter sich.

Turabi hob den Kopf und wollte seinen Sergeanten gerade auffordern, sich zum Teufel zu scheren, als ein greller Lichtblitz das Morgengrauen augenblicklich zum helllichten Tag machte. Sekunden später hörte er mehrere laute Knalle, auf die eine ohrenbetäubend laute Explosion folgte. Turabi sah, dass Dendara wie von einem gewaltigen Vakuum zurückgezerrt wurde, das ihn aus dem Graben zu saugen schien.

Und dann verwandelte Dendaras Körper sich augenblicklich in eine Aschewolke, als der Himmel – nein, die Luft selbst – zu einem Wall aus weiß glühendem Feuer wurde.

Turabi wälzte sich auf den Bauch und vergrub sein Gesicht im Sand, als der Feuerorkan kaum eineinhalb Meter über ihn hinwegtobte. Als er spürte, wie seine Uniform und seine Haut Feuer zu fangen drohten, bedeckte er den Hinterkopf mit bloßen Händen und schrie und bat Allah, ihn hinwegzuraffen, bevor er fühlen konnte, wie er verbrannte. Die sengende Hitze kroch seine Beine hinauf, aber er konnte nicht mehr tun, als die auf seiner Uniform glosenden kleinen Brände auszuschlagen, bevor sie sich ausbreiten konnten. Wie alptraumhaft, auf diese Weise zu sterben, dachte er. Der arme Abdul hat wenigstens das Glück gehabt, sofort tot zu sein, statt allmählich zu verbrennen …

Letztlich war die gewaltige Explosion seine Rettung. Ihre gewaltige Druckwelle fegte hunderte von Kilogramm Sand in den Graben, löschte damit die spontan ausgebrochenen Brände auf Turabis Körper, denen er zu erliegen drohte, und bedeckte ihn mit einer dünnen, aber effektiven Isolierschicht.

Als Turabi wieder zu sich kam, hatte er keine Ahnung, wie viel Zeit inzwischen vergangen war. Anfangs fürchtete er, lebendig begraben zu sein, aber dann merkte er, dass er den Sand leicht beiseite schieben konnte, um tief durchatmen zu können. Der Sand war sehr warm, fast heiß, aber er schien ihn nicht zu verbrennen. Turabi experimentierte mit Hals und Gliedmaßen, bewegte systematisch einen Körperteil nach dem anderen und stellte fest, dass er sich zwar unter Schmerzen, aber doch bewegen konnte; offenbar war er nicht ernstlich verletzt. Turabi richtete sich kniend auf, wischte sich Sand aus dem Gesicht, staunte darüber, dass er noch lebte, und dachte mit Schrecken daran, was er oberhalb des Grabens vorfinden würde.

Als Erstes entdeckte er – Allah sei Dank! – eine Gruppe von Talibankämpfern, die das Gebiet um ihr ehemaliges Lager herum absuchten. Sie haben's geschafft, die russischen Angreifer zu vertreiben, sagte Turabi sich zufrieden. Als er genauer hinsah, erkannte er Aman Orasow persönlich, der auf einem gepanzerten Fahrzeug stand und sich die Meldung eines seiner Männer anhörte. Dieser Orasow war ein Arschloch, aber jetzt erfreute sein Anblick Turabi durchaus. Inzwischen musste es früher Vormittag sein – er war offenbar drei bis vier Stunden bewusstlos gewesen. Turabi befreite seine Ohren vom Sand und tastete mit der Zehenspitze nach einem Tritt in der Grabenwand.

Dabei hörte er Orasow sagen: »Gut, sehr gut! Unser Angriff scheint perfekt geklappt zu haben.«

Turabi ließ sich sofort in den Graben zurücksinken. Was zum Teufel meinte Orasow mit »unserem« Angriff?

»Nichts zu finden, Major«, hörte er einen anderen Soldaten sagen – einen weiteren turkmenischen Überläufer wie Orasow. »Nirgends eine Spur von Überlebenden. Hundert Prozent Verluste. Alles über dem Erdboden ist sofort verkohlt. Die Flammölbombe hat genau wie vorgesehen funktioniert.«

Dies war kein russischer Angriff gewesen? Dahinter hatte Orasow gesteckt? *Ihre eigenen Männer hatten sie angegriffen?* Undenkbar...!

Nein, keineswegs undenkbar. Bei Orasow war das sogar sehr wohl denkbar. Und es bedeutete natürlich, dass auch Wakil Zarazi tot war. Orasow hatte ihn offenbar verraten und dann seinen ersten selbst gestellten Auftrag ausgeführt: Turabi und die Männer seiner Patrouille zu liquidieren. Wahrscheinlich wollte er sich damit bei der turkmenischen Armee oder den Russen einschmeicheln, sobald sie das Land besetzt hatten.

Jalaluddin Turabi wusste, dass seine Mission sich nun geändert hatte. Statt Beute für seinen Stamm daheim in Afghanistan zu machen, hatte Turabi jetzt eine neue Aufgabe: Wakil Zarazis Tod zu rächen. Das war eine heilige Pflicht. Orasow musste durch Turabis Hand sterben. Nichts anderes war jetzt mehr wichtig. Zarazi mochte fehlgeleitet gewesen und durch seinen mystischen Auftrag irregeführt worden sein, aber er war ihr Führer gewesen, und Turabi hatte jetzt die Pflicht, ihn zu rächen. Anschließend konnte er die treuen Überlebenden heimführen, dem Ältestenrat Bericht erstatten und sich darauf vorbereiten, an die Spitze seines Stammes zu treten – oder die von den Ältesten verhängte Strafe zu erleiden.

Aber er konnte den Verräter nicht gleich jetzt angreifen. Das wäre Selbstmord gewesen. Ihm blieb nichts anderes übrig, als sich tot zu stellen und zu hoffen, dass Orasow und seine Leute bald abziehen würden.

Turabi grub sich langsam wieder ein, schob den Sand mit den Händen beiseite und versuchte, wieder darunter zu verschwinden. Normalerweise hätten die Gräben nach Überlebenden oder Leichen abgesucht werden müssen, aber er hoffte, dass Orasow faul oder dumm genug war, um sich hier nur umzusehen, zu dem Schluss zu gelangen, es könne keine Überlebenden geben, und nach Mary zurückzufahren. Tat er das, würde Turabi *vielleicht* mit dem Leben davonkommen; danach konnte er versuchen, sich zu ihrem Stützpunkt Tschardschu durchzuschlagen, dort die Talibankämpfer um sich zu scharen, mit ihnen heimlich nach Mary zurückzukehren und seinen neuen Auftrag auszuführen: Orasow zu liquidieren.

Er war zu drei Vierteln unter dem Sand verschwunden, als er den ersten Hund kläffen hörte. Scheiße, dachte er, vielleicht ist dieser turkmenische Schweinehund Orasow doch nicht ganz so dumm – er hat daran gedacht, Spürhunde mitzubringen. Turabi buddelte eifrig weiter, aber seine Bemühungen kamen zu spät. Sekunden später sprangen zwei magere Köter in den Graben. Einer verbiss sich in Turabis linker Hand, und der andere versuchte, ihn in den Nacken zu beißen, bevor er sich damit begnügte, ihn am rechten Ärmel festzuhalten. Wenig später kamen Männer in den teilweise mit Sand gefüllten Graben gesprungen, und Turabi wurde zu Orasows Fahrzeug hinübergeschleppt und davor auf den brandgeschwärzten Wüstenboden geworfen.

»Sieh mal an, der Oberst lebt noch!«, sagte Orasow, als er von seinem gepanzerten Fahrzeug sprang. »Was für eine angenehme Überraschung! Ich glaube, wir sollten doch alle Gräben nach Überlebenden absuchen.«

Turabi wurde von zwei turkmenischen Soldaten hochgerissen. Mehrere Talibankämpfer seiner Patrouille, die den Angriff auf den Vorposten überlebt hatten, erkannten ihn, wollten zu ihm vordringen und wurden von weiteren turkmenischen Soldaten grob zurückgestoßen. »Brillante Idee, Orasow«, murmelte Turabi.

»Spricht man so mit seinem Retter?«, fragte Orasow höhnisch.

Als er nickte, schlug einer seiner Männer Turabi mit der Faust ins Gesicht. Die Taliban protestierten lautstark, versuchten, ihm zur Hilfe zu kommen, und wurden erneut gewaltsam zurückgedrängt. Orasow schien sie nicht zu bemerken – er legte es nur darauf an, Turabi noch mehr leiden zu lassen.

Er trat vor Turabi hin und riss seinen Kopf an den Haaren hoch. »Sie werden sich noch wünschen, Sie wären bei der Detonation der Flammölbombe umgekommen, Turabi, das garantiere ich Ihnen.«

Turabi versuchte, ihm ins Gesicht zu spucken, aber sein Mund war wie ausgedörrt. »Was ist Zarazi zugestoßen?«, fragte er.

»Was auch Ihnen zustoßen wird, Turabi: Ich jage Ihnen eine Kugel durch Ihren dummen Kopf, sehe zu, wie Ihr Gehirn an die Wand hinter ihnen spritzt, und wickle Sie dann in einen Teppich, um Sie in der Wüste verscharren zu lassen«, antwortete Orasow.

»Dafür werden Sie sterben«, krächzte Turabi mit trockenen, aufgesprungenen Lippen. »Dafür schneide ich Ihnen das Herz aus dem Leib!«

»Sie haben nicht mehr an die heilige Mission des Alten geglaubt als ich, Turabi. Sie sind nur aufgrund Ihrer dämlichen Stammestreue zu sehr befangen, um das zu erkennen«, behauptete Orasow. »Vergessen Sie Ihre lächerlichen Treueschwüre und Ihre Vasallentreue. Bringen Sie Ihre letzten Augenblicke auf dieser Erde lieber damit zu, über Ihr gesamtes nutzloses Unternehmen in Turkmenistan nachzudenken und zu erkennen, wie Sie die letzten Wochen Ihres Lebens damit vergeudet haben, unter dem Befehl eines Idioten wie Zarazi, der sich eingebildet hat, in göttlichem Auftrag zu handeln, Krieg zu führen. Verbringen Sie die nächsten Augenblicke auch damit, Ihren treuen Gefolgsleuten ins Gesicht zu sehen, denn sie werden Ihnen in ein paar Minuten in die Hölle folgen.« Er wies mit dem Daumen auf einen in der Wüste ausgehobenen riesigen Graben, in den seine Männer schon Dutzende von schrecklich verstümmelten und verkohlten Leichen geworfen hatten. »Gehaben Sie sich wohl, Oberst. Und grüßen Sie General Zarazi von mir – in der Hölle!«

Turabi, der halb bewusstlos war und nicht selbst stehen konnte, wurde zum Massengrab hinübergeschleppt. Hinter sich hörte er laute Stimmen und mehrere Schüsse, dann Gelächter, dann unverständliche turkmenische Worte, wieder Schreie, weitere Schüsse und erneutes Gelächter. Seine Männer wurden bei dem Versuch ermordet, ihm zu helfen. Turabi hörte vor allem Orasows schrilles, kreischendes Lachen, das fast weibisch klang. »Sie bekommen reichlich Gesellschaft in der Hölle, Oberst!«, rief Orasow vergnügt. »Erstaunlich, wie Ihre Männer bereit sind, sich für Sie zu opfern!«

Turabi schloss die Augen, als könne er so Orasows schrille Lache ausblenden, aber das war unmöglich. Das Geräusch wurde im Gegenteil lauter und lauter, bis Turabi fürchtete, sein Kopf müsse von dem Druck explodieren.

Und dann explodierte tatsächlich die ganze Welt um ihn herum.

Keine zwanzig Meter von ihm entfernt verschwand Orasows gepanzertes Fahrzeug in einem Blitzstrahl, der eine dichte Rauchwolke aufsteigen ließ. Turabi und seine Bewacher wurden von der Druckwelle zu Boden geworfen. Sekunden später explodierte eine Planierraupe jenseits des Massengrabs, dann folgte sofort ein etwa hundert Meter entfernt abgestellter Spähpanzer.

Jetzt erkannte Turabi das schrille Geräusch, das er für Orasows Lachen gehalten hatte – genau dieses Schrillen hatte er vor scheinbar endlos langer Zeit schon einmal gehört, als amerikanische Drohnen ihre kleine Gruppe von Talibankämpfern angegriffen hatten. Aber das konnte nicht sein. Die Amerikaner waren nicht in diesen Konflikt verwickelt. Waren das etwa die Russen …?

Seine Bewacher ließen ihn liegen und rannten weg, um irgendwo Deckung zu finden. Turabi war noch immer so benommen und schwach, dass er alle Kräfte zusammennehmen musste, um auf allen vieren zum Wall des Massengrabs weiterzukriechen. Das war die einzige Deckung, die er …

»*Nein!*«, hörte er eine Stimme hinter sich kreischen. »So leicht entkommst du mir nicht!« Und plötzlich hockte Aman Orasow auf Turabis Rücken, fasste mit beiden Händen unter sein Kinn, zog seinen Kopf zurück und versuchte, ihm so das Genick oder das Rückgrat oder beides zu brechen. »Ich hab mir vorgenommen, dich zu erledigen, und das tue ich auch!«

»*Scheißkerl!*«, keuchte Turabi. Mit letzter Kraft gelang es ihm, Orasow von seinem Rücken abzuwerfen. Dann richtete er sich kniend auf, ohne auf die scharfkantigen Metallsplitter zu achten, die sich in seine Knie bohrten, und zog sein Messer.

Aber Orasow war sofort wieder über ihm und nahm ihm mühelos das Messer ab. Turabi war so entkräftet, dass er sich kaum mehr wehren konnte, als Orasow ihn jetzt auf den Rücken drehte.

»Das ist die beste Todesart, finde ich – im Kampf Mann gegen Mann, von Angesicht zu Angesicht, durchs eigene Messer.« Orasow hob das Messer …

Aber die Klinge zuckte nicht herab. Turabi blickte auf – und sah eine Gestalt in einem dunkelgrauen Ganzkörperpanzer mit Vollvisierhelm und einem Netzwerk aus kleinen Röhren, die über Arme, Beine und Rumpf verliefen. Die Gestalt hatte Orasows erhobenen Arm mit einer Hand gepackt, und obwohl er verzweifelt gegen diesen Griff ankämpfte, hielt der Unbekannte ihn mühelos fest.

Für Turabi war es ein Schock, als er merkte, dass er den Fremden *wiedererkannte.* Dies war das eigenartige Wesen, dem er südlich von Kisyl-Arwat begegnet war, als er die Absturzstelle gefunden und untersucht hatte.

»Prastitje – Verzeihung«, sagte der Fremde mit seiner unheimlich klingenden, elektronisch erzeugten Stimme. »Ich suche Jalaluddin Turabi.«

»Schto eto snatschit. – Was soll das?«, rief Orasow. »Wer zum Teufel sind Sie?«

Während Orasow auf diese Weise abgelenkt war, konnte Turabi antworten: »Ich bin Turabi. Freut mich, Sie wiederzusehen, Sir.«

Der Unbekannte nickte, dann machte er aus dem Handgelenk heraus eine lässige Schlenkerbewegung. Orasow schrie auf und wurde zurückgeschleudert, als sei er mit einem angreifenden Stier zusammengeprallt. Sein rechter Arm blieb unnatürlich verdreht. Turabi kroch mühsam durch den verbrannten Sand, griff nach einem Felsbrocken und machte sich auf den Weg zu Orasow, der sich auf dem Rücken liegend die Hand hielt. »Was haben Sie vor?«, fragte der Unbekannte auf Russisch.

»Ich muss diesen Mann töten, um meinen Führer zu rächen.«

»Sie sind kaum bei Bewusstsein, und er ist verletzt«, sagte der gepanzerte Fremde. »Lassen Sie ihn einfach in Ruhe.«

»Für mich ist's eine Frage der Ehre, meinen Führer zu rächen.«

»Wir haben wichtigere Dinge zu tun.«

»Ich kann nicht daran denken, mein eigenes Leben zu retten, während mein ermordeter Führer in der Wüste verscharrt liegt – von diesem Mann ermordet, dem er vertraut hat«, antwortete Turabi. »Ich muss ihn rächen, bevor ich daran denken kann, irgendwas anderes zu tun.«

»Unter Umständen liegt das Schicksal einer ganzen Nation in

Ihren Händen, Turabi«, sagte der Unbekannte. »Warum wollen Sie ihn sich nicht später vornehmen? Oder ich lasse ihn vorläufig festsetzen, damit Sie ihn später erledigen können.«

»Das entspräche nicht dem Gesetz«, antwortete Turabi. Er kroch weiter auf Orasow zu. Der Turkmene hatte sich inzwischen aufgerappelt, murmelte vor sich hin und steckte sein gebrochenes Handgelenk in sein Hemd, um es zu stützen. Mit der anderen Hand fand er das Messer und hielt es vor sich, um sich zu verteidigen oder selbst anzugreifen, wenn sich eine Gelegenheit bot. Dabei beobachtete Orasow misstrauisch den großen Fremden, weil er sich fragte, ob er sich in den Kampf einmischen würde; da der Unbekannte ihn jedoch nicht einmal mehr ansah, nahm Orasow an, er werde den Afghanen und den Turkmenen ihr Duell ausfechten lassen.

»Nike, hier Taurus, ich sehe Sie weiter am Abholpunkt«, sagte Oberst Hal Briggs kurze Zeit später über ihre abhörsichere Satellitenverbindung. »Was hält Sie dort auf?«

»Wir müssen hier erst noch ein kleines kulturelles Dilemma lösen, Sir«, antwortete Sergeant Major Chris Wohl.

»Im Augenblick sind mir kulturelle Dilemmas herzlich egal – ich will, dass unsere Zielperson *schnellstens* dort rausgeholt wird«, sagte Briggs. »Wir haben's eilig, Sarge. Also Beeilung!«

»Ja, Sir.« Wohl trat auf Turabi zu, hob ihn am Koppelzeug hoch und sagte: »Tut mir Leid, Sir, aber Sie müssen sofort mitkommen.«

»*Nein!*«, kreischte Turabi. »Setzen Sie mich ab!«

Orasow glaubte irrtümlicherweise, der Fremde wolle *ihm* zur Hilfe kommen. Er stieß einen Freudenschrei aus und griff mit hoch erhobenem Messer an. Turabi strampelte wie wild, um sich zu befreien, aber er konnte sich nicht aus Wohls mikrohydraulisch verstärktem Griff lösen.

»Verdammt noch mal«, murmelte Wohl. »Manche Kerle wissen einfach nicht, wann's Zeit zum Aufgeben ist.«

Während er Turabi mit einer Hand hochhielt, riss er Orasow das Messer aus der Rechten und traf den Turkmenen mit dem linken Unterarm am Kopf. Orasow ging benommen zu Boden. Wohl gab Turabi frei, der, von der Flammölexplosion noch geschwächt, auf alle viere fiel, und ließ das Messer direkt vor Turabi fallen.

»Erledigen Sie ihn, Sir«, sagte Wohl in elektronisch verfremdetem Russisch. »Und Sie sollen wissen, Sir, dass ich echt in der Scheiße sitze, wenn Sie sich von ihm umbringen lassen.«

Zunächst sah es so aus, als würde Turabi seinen Gegner rasch erledigen, sodass sie endlich abhauen konnten. Aber der turkmenische Verräter, der recht gut wusste, dass Turabi noch geschwächt war, kämpfte wie ein Stier. Turabi stürzte sich auf ihn und war dicht davor, dem Verräter sein Messer in die Brust zu stoßen, aber Orasow bekam sein Handgelenk zu fassen und konnte so die Klinge zur Seite drehen.

»Mich kannst du nicht umbringen, Turabi«, sagte Orasow lachend. Nach einem Blick zu dem gepanzerten Fremden hinüber grinste er zufrieden, weil er merkte, dass der Unbekannte diesmal nicht eingreifen würde. »Stirb wie ein Mann vor diesem Fremden. Leg dich auf den Rücken, lass dein Messer fallen. Ich verspreche dir, dich nicht lange leiden zu lassen – genau wie ich's bei Zarazi gemacht habe.«

Einem rachelüsternen Mann gegenüber war das keine glückliche Äußerung. Turabis Augen funkelten, als er einen wilden Schrei ausstieß und seinem Gegner gleichzeitig einen Kopfstoß versetzte, der Orasows Nase traf. Orasow sah Sterne vor den Augen – und dann wurde es dunkel von ihm, weil Turabi ihm sein Messer in die Brust stieß.

»Vergib mir, Allah«, sagte Turabi, indem er um Absolution bat, »und gestatte mir, ein Werkzeug der Rache für die Gläubigen zu sein.« Er stieß mit letzter Kraft noch fester zu, spürte einen warmen Blutstrom über seine Hand laufen und ließ das Messer in Orasows Brust, bis der Blutstrom versiegt war.

»Nike, was zum Teufel geht dort vor?«, fragte Briggs über Funk. Er konnte via Satellitenverbindung sehen, was Wohls elektronisches Visier ihm zeigte, aber das war im Augenblick nur Turabi, der auf Orasows blutigem Leichnam lag. »Ist das die Zielperson, die auf einem Toten liegt? Was macht Turabi da?«

»Er hat das kulturelle Dilemma gelöst, von dem ich vorhin gesprochen habe, Sir«, meldete Wohl. Er packte Turabi wieder am Koppelzeug, hob ihn wie eine Stoffpuppe hoch und nahm ihm das Messer ab. »Wir müssen los, Sir«, erklärte er ihm, bevor er mithilfe seiner Gasdüsen in Riesensätzen davonsprang.

Amtssitz des Präsidenten der Republik Turkmenistan, Aschchabad

Kurze Zeit später

»Das US-Flugzeug ist also von den Radarschirmen verschwunden und seither nicht wieder entdeckt worden?«, fragte der turkmenische Präsident Kurban Gurisow, nachdem er die Zusammenfassung des Berichts des vor ihm stehenden Luftwaffengenerals gelesen hatte. Im Gegensatz zu den meisten Turkmenen in seiner Umgebung war Gurisow klein und stämmig und hatte blaue Augen. Er war von der starken Sonneneinstrahlung braun gebrannt, besaß aber keinen von Natur aus dunklen Teint. Obwohl er in Turkmenistan geboren war und den größten Teil seines Lebens hier verbracht hatte, sprach er langsames, abgehacktes Turkmenisch mit deutlichem russischen Akzent. »Was zum Teufel ist passiert?«

»Kurz bevor der Radarkontakt abbrach, waren viele Störsender in Betrieb, die teilweise auch falsche Ziele erzeugt haben«, erläuterte der General. »Darunter hatte Baku Control ebenso zu leiden wie Aschchabad Control. Wir konnten bisher nicht feststellen, ob die Maschine ins Kaspische Meer gestürzt ist oder …«

»Himmel, wir sind alle so gut wie tot… *so gut wie tot!*«, sagte Gurisow erschrocken. »Die Amerikaner werden kommen und sich an uns rächen! Wer war das, verdammt noch mal?«

»Herr Präsident, die Russen haben im ganzen Land zahlreiche Patrouillenflüge durchgeführt. Offenbar hat einer ihrer Jäger die US-Maschine abgeschossen«, sagte der General. »Alle Flugzeuge wurden mehrmals vor den Gefahren eines Einflugs nach Turkmenistan gewarnt. Die Amerikaner haben diese Warnungen ignoriert; die Besatzung hat unerwarteter- und illegalerweise die normale Flugfunkverbindung abgebrochen und scheint auf falsche Anweisungen reagiert zu haben. Außerdem hat sie durch ungewöhnliche und provokative Manöver gegen die Anweisungen der zuständigen Flugsicherungsstelle verstoßen. Die Amerikaner haben sich im Unrecht befunden.«

»Und sie wurden von einer russischen MiG-29 angegriffen, als sie…«

»Das wissen wir nicht bestimmt, Herr Präsident«, stellte der General fest. »Tatsache scheint zu sein, dass ein russischer Jäger im betreffenden Gebiet auf Patrouillenflug war, sich der US-Maschine aber zu keinem Augenblick irgendwie genähert hat. Tatsache ist auch, dass das amerikanische Flugzeug grundlos den Kontakt mit der Flugsicherung abgebrochen und gewaltsame, unerklärliche Flugmanöver eingeleitet hat, worauf die Verbindung zu ihm abgerissen ist. Das ist *alles,* was wir wissen.«

»Die Amerikaner werden sich grausam rächen!«, jammerte Gurisow. »Am besten fangen wir schon mal an, unser eigenes Grab auszuheben.«

Eines der Telefone auf seinem Schreibtisch klingelte. Ein Assistent nahm den Hörer ab, hörte kurz zu und drückte dann die Stummschaltung. »Herr Präsident, Thomas Thorn, der Präsident der Vereinigten Staaten, ist am Apparat. Er wünscht Sie zu sprechen.«

Der kleine, stämmige turkmenische Präsident zog ein Taschentuch aus der Brusttasche seines Jacketts, tupfte sich Stirn und Lippen ab, nahm nervös einen Schluck Wasser und griff dann nach dem Telefonhörer. «Präsident Kurban Gurisow am Apparat«, meldete er sich in stark akzentgefärbtem Englisch. »Mit wem spreche ich bitte?«

»Hier ist Präsident Thomas Thorn, ich rufe aus dem Weißen Haus an, Mr. President«, lautete die Antwort. »Es geht um einen Notfall, Sir. Ich muss Sie sofort sprechen.«

»Ich versichere Ihnen, dass ich von diesem unglücklichen Vorfall erfahren habe und sofort alle meinem Land zur Verfügung stehenden Mittel einsetzen werde, um genau feststellen zu lassen, was passiert ist.«

»Danke, Mr. President«, sagte Thorn. »Aber ich kann Ihnen genau sagen, was passiert ist.«

»Das können Sie?«, fragte Gurisow erstaunt.

»Wir wissen bereits, dass das Flugzeug unserer Delegation von einer russischen MiG-29 angegriffen wurde«, sagte Präsident so ruhig, als spreche er über ein gutes Glas Wein. »Das wissen wir, weil wir gegenwärtig Aufklärungs- und Luftverteidigungsflüge über Turkmenistan durchführen; dabei hat eines der beteiligten Flugzeuge den Angriff auf unsere Diplomatenmaschine entdeckt und die MiG-29 abgeschossen.«

Gurisow verstand nicht alles, was Thorn sagte – aber er verstand »MiG-29«, und spürte, dass ihm ein kalter Schauder über den Rücken lief. Großer Gott, dachte er, so kurz nach dem Angriff wissen die Amerikaner bereits von der MiG...?

»Präsident Gurisow, sind Sie noch da? Soll mein Dolmetscher Ihnen übersetzen, was ich gesagt habe?«

»Ja ... ja, ich bin hier, Mr. Thorn ... äh ... Mr. President«, stammelte Gurisow. »Äh ... wir besitzen keinerlei Informationen darüber, dass ein Angriff stattgefunden hat.«

»Ja, ich verstehe«, sagte Thorn. »Trotzdem habe ich unwiderlegbare Beweise dafür, dass dieser Angriff stattgefunden hat, und wir werden diese Informationen bald der Weltöffentlichkeit zugänglich machen. Sie könnten Ihre Militärberater fragen, ob diese MiG ihren Heimatflugplatz wieder erreicht hat. Ich kann Ihnen sagen, Sir, dass sie's nicht getan hat. Sie ist abgeschossen worden.«

Als Gurisow auf eines der anderen Telefone zeigte, nahm der Luftwaffengeneral den Hörer ab und rief seine Dienststelle an. »Das ... das ist äußerst ungewöhnlich, Sir«, sagte Gurisow. »Aber wir werden Ihre Informationen natürlich sofort überprüfen.«

»Bitte tun Sie das«, verlangte Thorn. »Wir bedauern den Tod des Piloten, aber der Abschuss war unvermeidbar, um das Leben des ehemaligen Präsidenten Martindale, der stellvertretenden Außenministerin Hershel und ihrer Mitarbeiter an Bord unserer Maschine zu retten.«

»Wie ist der Pilot umgekommen, Sir, wenn Sie angeblich nur Aufklärungs- und Luftverteidigungsflugzeuge über Turkmenistan haben?«

»Dazu möchte ich mich vorläufig nicht äußern, Mr. President«, wehrte Thorn ab. »Aber die MiG wurde von einem amerikanischen

Militärflugzeug abgeschossen, nachdem es beobachtet hatte, dass sie das Flugzeug unserer Delegation mit zwei Jagdraketen mit Hitzesuchkopf angegriffen hat. Wir haben sogar die Lenkwaffen identifiziert: Jagdraketen AA-11 ›Archer‹ mit der russischen Bezeichnung R-72M2 – eine der modernsten Lenkwaffen Russlands.«

Gurisow sah zum Oberbefehlshaber der Luftwaffe hinüber. Als er den sprachlos verwirrten Gesichtsausdruck des Generals sah, hatte er Mühe, einen Schreckenslaut zu unterdrücken. »Bleiben Sie bitte einen Augenblick am Apparat?«

»Natürlich, Mr. President.«

Gurisow drückte mit zitternder Hand den Knopf, der Thorn in die Warteschleife verbannte. »Sorgen Sie dafür, dass dieser Hundesohn von einem russischen Verbindungsoffizier *sofort* hier antritt!« Der Luftwaffengeneral sprach ins Telefon, hörte kurz zu und ließ dann kopfschüttelnd den Hörer sinken.

»Was zum Teufel ist jetzt wieder los?«, fragte Gurisow

»Die Vermittlung kann mich nicht mit der Dienststelle von Generaloberst Kasimow verbinden. Dort meldet sich niemand.«

»*Was?*« Der Chef des turkmenischen Generalstabs riss dem Luftwaffengeneral den Hörer aus der Hand. Er blaffte Befehle in den Hörer, kam aber ebenfalls nicht weiter. »Die Dienststelle des Verbindungsoffiziers meldet sich nicht, und jetzt ist plötzlich die direkte Verbindung zu *meiner* Dienststelle unterbrochen. Was zum Teufel geht hier vor?«

»Kann das stimmen?«, fragte Gurisow plärrend laut. »Der russische Jäger ist abgeschossen worden – *von einem amerikanischen Kampfflugzeug?*«

»Die MiG müsste längst wieder in Turkmenbaschi gelandet sein«, sagte der Luftwaffengeneral mit einem Blick auf seine Uhr. »Sie hätte längst keinen Treibstoff mehr.«

»Könnte sie die von Thorn erwähnten Lenkwaffen getragen haben?«

»Gewiss, Herr Präsident.«

Gurisow fluchte laut auf Russisch. War er nervös, aufgeregt, begeistert … oder ängstlich, vergaß er oft, turkmenisch zu sprechen. »Verdammt, wie können die Amerikaner das alles wissen?«

»Sie müssen Stealth-Flugzeuge zur Begleitung der Maschine mit der Diplomatendelegation mitgeschickt haben«, vermutete der Generalstabschef, der noch immer mit dem Telefonhörer am Ohr dastand. »Wir müssen davon ausgehen, dass jetzt weitere US-Flugzeuge dieser Art über uns kreisen.«

»Großer Gott… das darf doch nicht wahr sein!«, murmelte Gurisow. »Ich kann's einfach nicht glauben.« Er betrachtete den Telefonhörer in seiner Hand, dann drückte er den blinkenden Leitungsknopf. »Präsident Thorn, bitte entschuldigen Sie, dass ich Sie habe warten lassen. Uns ist's nicht gelungen, eine unabhängige Bestätigung für Ihre Anschuldigungen zu erhalten. Sie müssen uns Zeit geben, dieser Sache in aller Ruhe nachzugehen.«

»Präsident Gurisow, Sie können Ihren russischen Verbindungsoffizier und die Dienststelle Ihres Generalstabschefs nicht erreichen, weil die Russen den Telefon- und Faxverkehr aller staatlichen Dienststellen aus und nach Aschchabad unterbrochen haben«, erklärte Thorn ihm. »Wir haben vor kurzem die Landung mehrerer Transportflugzeuge in Turkmenbaschi und Aschchabad beobachtet. Selbst wenn wir annehmen, jedes Flugzeug habe nur hundert Soldaten mit voller Ausrüstung transportiert, dürfte jetzt eine Invasionsstreitmacht in Bataillonsstärke auf Ihren Amtssitz zumarschieren.«

»Eine russische Invasionsstreitmacht? Warum?«

»Ich vermute, dass Russland die Regierungsgewalt übernehmen will, um zu verhindern, dass sie in die Hände der Taliban fällt«, sagte Thorn. »Ihnen bleiben nur noch wenige Minuten, um Ihren Amtssitz zu verlassen – wenn's dafür nicht schon zu spät ist. Mr. President, zögern Sie nicht, mich um Hilfe zu bitten. Erteilen Sie mir die Erlaubnis, Militäreinheiten in Ihr Land zu schicken, dann tue ich, was in meiner Macht steht, um Sie zu schützen.«

Diesmal machte Gurisow sich nicht erst die Mühe, Thorn in die Warteschleife zu schicken – er war zu ängstlich und verwirrt, als dass seine Finger ihm gehorcht hätten. »Wo bleibt Kasimow?«, jammerte er laut. »Warum informiert er mich nicht über den Stand unserer Luftverteidigung oder Russlands Absichten? Ich bezahle diesem Hundesohn viel Geld dafür, dass er mich berät – also soll er sich gefälligst herbemühen.«

»Er ist seit mehreren Stunden nicht mehr gesehen worden, Herr Präsident«, berichtete der Generalstabschef. »Ich rufe alle Dienststellen an, die …«

»Präsident Gurisow …«

»*Charascho,* Thorn!«, sagte Gurisow. »Also gut, ich nehme Ihr Angebot an. Ich bitte um Ihre Hilfe. Ich weiß nicht, was die Russen hier wollen. Sie haben meine Erlaubnis, so viele Truppen, wie Sie für nötig halten, um mich und meinen Stab zu schützen, nach Turkmenistan zu entsenden. Aber holen Sie uns hier raus, verdammt noch mal!«

»Erst noch ein paar Fragen«, sagte Thorn. »Wer hat den Angriff auf die Taliban vor Mary befohlen?«

»Das war ich.«

»Und das fehlgeschlagene Kommandounternehmen?«

»Präsident Senkow hat mir nur den Einsatzbefehl übermittelt – etwa fünf Stunden bevor die Truppe in den Hinterhalt geriet.«

»Wer hat den Angriff auf das Flugzeug unserer stellvertretenden Außenministerin befohlen?«, fragte Thorn weiter.

»Keine Ahnung«, sagte Gurisow. »Nachdem die Taliban seine Kommandos erledigt hatten, hat Grislow eine Warnung herausgegeben, dass unser Luftraum gesperrt sei, und Bomber losgeschickt, um sie in Grund und Boden bombardieren zu lassen.«

»Hat Senkow die Einsatzbefehle für die Blockade und den Luftangriff unterzeichnet?«

»Falls er's getan hat, habe ich sie nie zu sehen bekommen«, antwortete Gurisow. »In diesem Fall hätte ich die Delegation Ihres Außenministeriums selbstverständlich wieder ausgeladen.«

»Warum haben Sie die Einflugerlaubnis nicht nach dem Angriff der Taliban auf Mary oder spätestens dann zurückgezogen, als Sie von Senkows Einsatzbefehl für das Kommandounternehmen erfahren haben?«

»Senkow wollte, dass Sie sehen, was die Taliban getan haben«, sagte Gurisow. »Er wollte Ihnen beweisen, dass *sie* die Aggressoren sind, nicht wir.«

»Aber weshalb ist der Luftraum *nach* dem Start unserer Regierungsmaschine in Bahrain gesperrt worden?«

»Ich wusste nichts von dem Hinterhalt der Taliban in der Nähe von Mary, dem Luftangriff oder dieser Blockade – außer dem, was ich in dem Einsatzbefehl gelesen habe«, antwortete Gurisow. »Ich habe um Erläuterungen zu diesem Befehl gebeten, aber seit Tagen mit niemandem mehr in Moskau gesprochen – und auch den russischen Verbindungsoffizier, der mich über solche Einsätze auf dem Laufenden halten sollte, seit Tagen nicht mehr zu Gesicht bekommen!«

»Und Sie haben keinen Einsatzbefehl erhalten, der sich auf die Blockade und den Luftangriff bezogen hat?«

»Seit die Taliban die Kommandos in einen Hinterhalt gelockt haben, hat Moskau nichts mehr von sich hören lassen. *Sreka!* Ich wollte nur, dass die Russen diese verdammten Talibanguerillas stoppen.«

»Sehen Sie lieber zu, dass Sie schnellstens dort rauskommen, Mr. President«, riet Thorn ihm. »Nehmen Sie ein Handy mit und geben Sie sofort folgende Nummer ein.« Thorn nannte ihm eine verschlüsselte Nummer, die keine Ähnlichkeit mit einer gewöhnlichen Telefonnummer hatte.

Gurisow gab die Nummer ein. »Was mache ich jetzt?«, fragte er.

»Sie brauchen nichts zu tun. In ein paar Sekunden beginnt einer unserer Satelliten, das Signal Ihres Handys zu überwachen, und dann wissen wir ständig genau, wo Sie sind – solange Sie sich in Reichweite einer Mobilfunkstation aufhalten«, sagte Thorn. »Wir entsenden so rasch wie möglich Truppen, die Sie dort rausholen. Und jetzt müssen Sie verschwinden!«

Gurisow ließ einfach den Telefonhörer fallen, steckte das Handy ein und rief: »Habt ihr schon Verbindung mit irgendwem? Kann jemand uns sagen, wo die Russen sind?«

»Irgendwas ist hier faul… ich bekomme einfach keine Verbindung zum Lagezentrum«, stellte der Generalstabschef fest. »Die Leitung ist mausetot.« Er machte dem Luftwaffengeneral ein Zeichen, weiter am Telefon zu bleiben, und sagte dann zu Gurisow: »Herr Präsident, ich empfehle Ihnen, Aschchabad zu verlassen. Ihr Wagen sollte Sie sofort aus der Hauptstadt bringen. Sobald Sie in Sicherheit sind, können wir entscheiden, wohin Sie fahren sollten.«

»Also los, wir hauen ab!«, rief Gurisow. »Lassen Sie meine gepanzerte Limousine vorfahren!« Er nahm seinen Aktenkoffer mit und hastete damit zur Tür. Seine engsten Mitarbeiter und seine militärischen Berater blieben ihm auf den Fersen.

Plötzlich flog die Tür auf. Zehn bis zwölf russische Soldaten mit Sturmgewehren und Maschinenpistolen stürmten ins Arbeitszimmer des Präsidenten und stießen Gurisow und seinen Stab grob zurück. Alle mussten sich an eine Wand stellen und die Hände auf den Kopf legen.

»Was soll das?«, polterte Gurisow, der nur hoffen konnte, dass niemand das Zittern in seiner Stimme hören würde. Dann betrat zur allgemeinen Überraschung Generaloberst Boris Kasimow den Raum. Der russische Verbindungsoffizier beim turkmenischen Generalstab hielt ebenfalls ein kompaktes Sturmgewehr AK-74 in den Händen.

»In der Staatsführung hat es einen Wechsel gegeben, Herr Präsident«, sagte er auf Turkmenisch. »Ich stehe unter dem Befehl von General Anatoli Grislow, dem Generalstabschef der Streitkräfte der Russischen Föderation. Er hat das Kriegsrecht ausgerufen und mir befohlen, während dieser nationalen Krise die Führung Turkmenistans zu übernehmen.«

»Was zum *Teufel* reden Sie da?«, explodierte Gurisow. »Tun Sie gefälligst diese Waffe weg! Ich verlange, dass Sie meine Amtsräume sofort verlassen!«

»Sie brauchen keine Forderungen zu stellen, Herr Präsident«, sagte Kasimow. »Sie brauchen nur auf den letzten Rest Ihrer Autorität zu verzichten. Gestatten Sie mir, Ihnen dabei behilflich zu sein.« Mit diesen Worten stemmte er das AK-74 gegen die rechte Hüfte und durchsiebte Gurisow mit einem kurzen Feuerstoß. Der Präsident war tot, bevor sein Körper den Boden berührte. »Nun, legt noch jemand Wert darauf, dass ich ihm die gegenwärtige Situation erkläre?«, fragte Kasimow. Betroffenes Schweigen. »Ausgezeichnet.« Er nickte seinen Soldaten zu, die die Turkmenen mit vorgehaltenen Waffen abführten.

Kasimow griff nach dem auf der Schreibtischplatte liegenden Telefonhörer. »Präsident Thorn?«, fragte er in akzentfreiem Englisch.

»Hier ist Thomas Thorn. Mit wem spreche ich bitte?«

»Hier spricht Boris Kasimow, Generaloberst der Armee der Russischen Förderation. Ich bin Verbindungsoffizier bei der turkmenischen Regierung und deren Berater in Fragen der nationalen Sicherheit und Personalplanung.«

»Gdje rukawaditel Gurisow?«, fragte Thorn auf Russisch. »Wo ist Präsident Gurisow?«

»Ich habe den Auftrag, Ihnen mitzuteilen, dass General Anatolij Grislow, Generalstabschef der Streitkräfte der Russischen Föderation, unter Berufung auf den 1991 unterzeichneten Freundschafts-, Kooperations- und Beistandspakt zwischen der Russischen Föderation und Turkmenistan und in Übereinstimmung mit dem 1993 unterzeichneten Abkommen über gemeinsame Staatsbürgerschaften, das Russland ebenfalls eine Rolle in der Verteidigung Turkmenistans zubilligt, in der Republik Turkmenistan das Kriegsrecht erklärt hat«, fuhr Kasimow auf Englisch fort, ohne auf Thorns Frage einzugehen. »General Grislow hat bestimmt, dass ich während der Dauer des Notstands die Amtspflichten des Präsidenten und Oberkommandierenden der Streitkräfte übernehme.«

»Moshna mnje dagawajtsja rukawaditel Gurisow – Kann ich Präsident Gurisow sprechen, Generaloberst?«

»Leider darf der Präsident keine Anrufe entgegennehmen, Mr. President – jetzt nicht und auch später nicht«, sagte Kasimow nüchtern. »Ich muss Ihnen mitteilen, Mr. President, dass die Einsätze Ihrer Luftwaffe über Turkmenistan von den russischen Streitkräften verfolgt und analysiert wurden – und dass sie der Hauptgrund für die Verhängung des Kriegsrechts in Turkmenistan waren.«

»Ja nje panemajo – Ich verstehe nicht, Generaloberst.«

»Das erkläre ich Ihnen gern. Der Abschuss unserer MiG-29 war eine völlig unbegründete und irrationale Mordtat. Sie haben tödlich offensive Kriegsflugzeuge in den Luftraum der souveränen Republik Turkmenistan entsandt. Da es sich dabei um Stealth-Flugzeuge handelt, die dafür ausgelegt sind und dazu verwendet werden, Massenvernichtungswaffen zu Präventivschlägen einzusetzen, stellt die Anwesenheit dieser Flugzeuge im turkmenischen Luftraum einen bewussten kriegerischen Akt der Vereinigten Staaten gegenüber der

Republik Turkmenistan dar. Gemäss den Bestimmungen der zwischen der Russischen Föderation und Turkmenistan abgeschlossenen Verträge lassen die Aktivitäten der amerikanischen Streitkräfte über Turkmenistan uns keine andere Wahl, als den Kriegszustand zwischen der Russischen Föderation und den Vereinigten Staaten zu erklären.«

»Was soll das heißen?«

»Folgende Bestimmungen sind ab sofort in Kraft«, fuhr Kasimow fort, als deklamiere er eine auswendig gelernte Rolle auf der Bühne. »Amerikanische Staatsbürger, die keine Vertreter staatlicher Stellen sind, haben vierundzwanzig Stunden Zeit, Turkmenistan zu verlassen; nutzen sie diese Gelegenheit nicht, können sie ohne weitere Begründung oder Erklärung für unbestimmt lange Zeit an einem Ort unserer Wahl interniert werden. Das Personal der US-Botschaft in Aschchabad kann bleiben, darf aber die Hauptstadt nicht verlassen.

Alle uniformierten Amerikaner, die ohne meine schriftliche Erlaubnis Turkmenistan betreten oder sich bereits hier aufhalten, gelten von diesem Augenblick an als Kampftruppen und werden den Bestimmungen der Genfer Konvention entsprechend behandelt. Und alle Agenten amerikanischer Staatsbehörden, die nicht bei der russischen Regierung akkreditiert sind, werden als feindliche Provokateure betrachtet, verhaftet, vor ein Kriegsgericht gestellt und standrechtlich erschossen, wenn ihnen Spionage nachgewiesen werden kann. Haben Sie das alles verstanden, Mr. President? Ich will nicht, dass es zwischen uns irgendwelche Missverständnisse gibt.«

»Ja panemajo«, antwortete Thorn.

»Bitte auf Englisch, Mr. President – ich will nicht, dass Sie behaupten können, Sie hätten die falsche Antwort gegeben, weil Sie nicht gut genug Russisch sprechen.«

»Ich verstehe, Generaloberst«, wiederholte Thorn auf Englisch. »Und ich möchte, dass *Sie* verstehen, was ich jetzt sage. Hören Sie mir zu, Generaloberst? Ich möchte nicht, dass Sie später behaupten, Sie hätten meine Erwiderung nicht gehört oder nicht verstanden. Ich bin gern bereit, Ihnen einen Dolmetscher zur Verfügung zu stellen.«

»Bitte weiter, Mr. President«, antwortete Kasimow mit einem

Lachen in der Stimme. »Ich brauche keinen Dolmetscher. Und sprechen Sie bitte Englisch. Ich denke, ich beherrsche das Englische weit besser als Sie das Russische.«

»Wie Sie wünschen. Sie können Präsident Senkow und General Grislow ausrichten, dass die Vereinigten Staaten alle ihnen zur Verfügung stehenden Mittel einsetzen werden, um amerikanische Interessen in aller Welt, auch in der Republik Turkmenistan, zu schützen und zu verteidigen.«

Am anderen Ende herrschte über eine Minute lang Schweigen, bevor Kasimow schließlich fragte: »Ist das alles, Mr. President?«

»Das ist alles, Generaloberst.«

»Nun, ich werde jedenfalls nicht versäumen, meinen Vorgesetzten Ihre Warnung zu übermitteln«, sagte Kasimow, in dessen Stimme weiter ein Lachen mitschwang. »Darf ich aus Sicherheitsgründen vorschlagen, Mr. President, dass Sie mich gleich jetzt über die Aufenthaltsorte etwaiger amerikanischer Agenten oder Kampftruppen in Turkmenistan informieren? Ergeben sie sich uns und liefern friedlich ihre Waffen ab, verspreche ich Ihnen, dass sie binnen vierundzwanzig Stunden unverletzt Ihrer Botschaft in Aschchabad überstellt werden. Wäre Ihnen das recht, Sir?«

»Das ist ein sehr vernünftiges Angebot, Generaloberst.«

»Sie *haben* also Kampftruppen in Turkmenistan, Sir?«

»Allerdings.«

Kasimow machte eine Pause, als wundere er sich darüber, dass Thorn das alles zugab. »Also gut, Sir, dann glaube ich, dass wir rasch zu einer Übereinkunft gelangen können, die das Leben dieser Männer schont. Sagen Sie mir bitte, welche Kräfte Sie in Turkmenistan stehen haben, wie stark sie sind und wo sie sich ungefähr aufhalten, dann versuchen wir, mit ihnen in Verbindung zu treten. Können Ihre Kommandeure ihnen mitteilen, dass wir einen Deal zu ihrem Schutz abgeschlossen haben, braucht ihnen nichts zu geschehen.«

»Tut mir Leid, ich weiß nicht genau, welche Einheiten wir dort haben, Generaloberst«, sagte Thorn. Nach kurzer Pause fragte er: »Können Sie einen Augenblick am Apparat bleiben, Generaloberst?«

»Ich bin sehr beschäftigt, Mr. President. Ich kann wirklich nur einen Augenblick warten.«

»Danke.«

Was zum Teufel hatte Thorn vor?

Kurze Zeit später meldete sich eine andere Stimme am Telefon: »Generaloberst Kasimow?«

»Wer sind Sie?«

»Ich bin Generalmajor Patrick McLanahan, United States Air Force«, antwortete McLanahan. »Der Präsident der Vereinigten Staaten hat mich beauftragt, Ihre Fragen in Bezug auf unsere Kräfte in Turkmenistan zu beantworten.«

»Soll das etwa ein Witz sein, General?«

»Ich führe nur meinen Befehl aus, Sir.«

»Also gut. Welche Bodentruppen haben Sie gegenwärtig in Turkmenistan?«

»Wir haben dort ein Air Battle Force Team im Einsatz – außerhalb von Mary und in Tschardschu.«

»Und die Zusammensetzung dieses Teams?«

»Acht Soldaten, dazu eine zwölfköpfige Unterstützungsgruppe.«

»Acht? Ich nehme an, Sie meinen acht Züge oder vielleicht acht Kompanien …?«

»Nein, Sir. Acht Mann.«

»Eine Gruppe? Acht Soldaten?«, wiederholte Kasimow misstrauisch. Er hatte den Verdacht, dieser McLanahan versuchte ihn auf den Arm zu nehmen, aber der Mann wirkte völlig entspannt und offen. War dies eine Art Spiel? »Sonst noch irgendwelche Kampfverbände in Turkmenistan, Sir?«

»Ja, Generaloberst.«

»Wie viele? Und welcher Art?«

»Stealth-Flugzeuge«, antwortete McLanahan leichthin. »Alle defensiver Art, aber durchaus imstande, unsere Bodentruppen wirkungsvoll zu unterstützen.«

»Wie viele?«

»Ihre Zahl hängt von der Bedrohungslage ab«, sagte McLanahan. »Je mehr Truppen Sie nach Turkmenistan schicken, desto mehr Stealth-Flugzeuge setzen wir ein.«

»Zu welchem Zweck, Sir?«, fragte Kasimow. »Was bezwecken Sie damit?«

»Erstens hat die Russische Förderation soeben den Vereinigten Staaten den Krieg erklärt«, antwortete McLanahan. »Deshalb werden wir selbstredend jedes russische Fahrzeug, Flugzeug oder Kriegsschiff vernichten, auf das wir stoßen. Zum Beispiel sehe ich eine Staffel von acht Kampfhubschraubern Mil Mi-28, die auf dem Flugplatz Turkmenbaschi vor einem Hangar abgestellt ist. Die Hubschrauber werden anscheinend gerade betankt und einsatzbereit gemacht.«

»Wir haben in Turkmenbaschi keine Hubschrauber dieser Art, Sir.«

»Ah ... jetzt jedenfalls nicht mehr, Generaloberst, weil sie eben in Flammen aufgegangen sind«, erklärte McLanahan ihm gelassen.

Kasimow nickte einem Offizier aus seinem Stab zu, der sofort sein Handfunkgerät an die Lippen hob. Tatsächlich hatten sie Mi-28 in Turkmenbaschi, die gerade einsatzbereit gemacht wurden, um erst nach Aschchabad verlegt zu werden, bis die Hauptstadt vollständig besetzt war, bevor sie nach Mary abkommandiert wurden, um Jagd auf die Taliban zu machen. »Finden Sie das witzig, General McLanahan?«

»Das ist jedenfalls eine ungewöhnliche Art der Kriegführung, nicht wahr, Generaloberst?«, meinte McLanahan. »Jetzt sehe ich ein Spionageschiff, das mehrere Seemeilen vor Turkmenbaschi im Kaspischen Meer liegt. Meine Nachrichtenoffiziere sagen mir, dass dies ein Spionageschiff des Typs 394B ist und dass es wahrscheinlich versucht hat, unser Flugzeug mit der Delegation an Bord dazu zu bringen, von seinem Flugplan abzuweichen, um Ihrem Jäger einen Grund zu liefern, es abzuschießen. Das Schiff trägt einen Namen in kyrillischer Schrift und die Bugnummer fünf-neun-eins ... ja, das stimmt, das ist der Typ 394B, die *Kawkas,* wenn meine Informationen zutreffend sind.«

»Die *Kawkas* ist ein unbewaffnetes Forschungsschiff, kein Spionageschiff!«

»Ihr ›unbewaffnetes Forschungsschiff‹ hat soeben zwei Fla-Lenkwaffen mit IR-Suchköpfen auf unser Stealth-Flugzeug abgeschossen, Generaloberst«, sagte Patrick. »Und ... unsere Maschine scheint getroffen zu sein ... ja, wir haben gerade ein Flugzeug verloren.«

»Das scheint Sie nicht sehr aufzuregen, General.«

»Mich regt jeder Flugzeugverlust auf, Sir, selbst wenn es nur ein unbemanntes Flugzeug war.«

»Unbemannt ...?«

»Ja, General. Bestellen Sie Ihren Seeleuten auf der *Kawkas*, dass sie gut geschossen haben, und sagen Sie ihnen, sie sollen schleunigst von Bord gehen. Ich habe gerade zwei weiteren Stealth-Flugzeugen den Auftrag erteilt, die *Kawkas* zu versenken.«

Kasimow deckte die Sprechmuschel des Telefonhörers ab, als er die erschrockenen Gesichter seiner Offiziere sah, die die über Funk eingehenden Nachrichten verfolgten. »Nun? Was zum Teufel ist passiert?«

»Turkmenbaschi wird angegriffen, General!«, meldete einer der Stabsoffiziere.

»Was?«

»Mehrere Hubschrauber und Transporter sind zerstört, und das Kommandozentrum, das Kraftwerk und die Radarstellung sind schwer beschädigt. Alle Luftabwehrstellungen wurden mit Lenk- und Schüttbomben angegriffen.«

»Sind Sie noch da, Generaloberst?«, fragte McLanahan am Telefon.

»Ich verlange zu wissen, was hier vorgeht!«, rief Kasimow aus.

»Sie haben den Vereinigten Staaten den Krieg erklärt, Generaloberst, und die Vereinigten Staaten reagieren darauf«, sagte McLanahan. »Darf ich einen Vorschlag machen? Sie sollten Ihre Kriegserklärung zurücknehmen – am besten sofort.«

»Sind Sie übergeschnappt, General McLanahan? Was für ein Unsinn ist das?«

»Generaloberst, Sie haben versucht, Präsident Thorn durch diese lächerliche Kriegserklärung einzuschüchtern, weil sie gehofft haben, der Präsident werde daraufhin untätig bleiben, während Sie weitere Truppen und schwere Waffen nach Turkmenistan verlegen«, stellte Patrick fest. »Nun, das hat nicht geklappt. Die Vereinigten Staaten sind schon in Turkmenistan, und wir haben Stealth-Flugzeuge, die in diesem Augenblick über Ihren Militäreinrichtungen in Aschchabad und Turkmenbaschi kreisen. Widerrufen Sie diese Kriegserklärung nicht, werden wir weiterhin russische Militärziele aufspüren und angreifen, wenn wir vermuten, sie könnten amerikanische Truppen und Interessen gefährden.«

»Ich … ich muss Ihre Forderungen General Grislow und dem Generalstab vorlegen …«

»Dafür bleiben Ihnen noch sechzig Sekunden Zeit, Generaloberst«, sagte McLanahan, »bevor zwei meiner Stealth-Flugzeuge Lenkwaffen auf die *Kawkas* abschießen. Das nächste Ziel ist Ihre Dienststelle in Aschchabad. Sie sind offenbar nicht dort, aber ich an Ihrer Stelle würde meinen Stab warnen, das Gebäude binnen zwei Minuten zu räumen.«

»Was wollen Sie damit erreichen, General? Welche Absichten verfolgen Sie?«

»Die Vereinigten Staaten verfolgen keine Absichten, Generaloberst«, antwortete Patrick. »*Russland* hat den Vereinigten Staaten den Krieg erklärt, *Russland* hat das Flugzeug unserer stellvertretenden Außenministerin beschossen, *Russland* hat den turkmenischen Präsidenten Gurisow ermordet, *Russland* droht damit, Amerikaner in Turkmenistan zu inhaftieren und hinzurichten, und *Russland* marschiert in Turkmenistan unter dem Vorwand ein, das Land schützen zu wollen. Russlands Absichten sind klar: Sie wollen sich Turkmenistan einverleiben und sind bereit, jeden zu beseitigen, der sich Ihnen in den Weg stellt.«

»Das stimmt nicht, Sir! Russland will nur die innere Sicherheit und die Souveränität eines wichtigen Freundes und Verbündeten schützen. Nicht wir, sondern die Talibanguerillas gefährden den Frieden! Wir sind verpflichtet …«

»Entschuldigung, Generaloberst«, unterbrach Patrick ihn, »aber die *Kawkas* wurde gerade von vier Lenkwaffen Mini-Maverick mit Thermium-Nitrit-Gefechtsköpfen getroffen. Unsere Flugzeuge greifen gleich noch mal an, und das dürfte der *Kawkas* den Rest geben – sie krängt bereits ziemlich stark nach Steuerbord. Sie haben noch neunzig Sekunden Zeit, bevor ich das Gebäude Präsident-Nijasow-Avenue achtundzwanzig mit vier Lenkwaffen in Schutt und Asche lege – das *ist* doch Ihr Hauptquartier in Aschchabad, nicht wahr?«

Boris Kasimow knallte den Hörer mit einem halb wütenden, halb entsetzten Schrei auf die Gabel. »Verdammt noch mal, was ist mit der *Kawkas?*«, brüllte er.

»Bisher keine Verbindung zu dem Schiff, General«, meldete ein Stabsoffizier.

»Der reinste Alptraum!«, rief Kasimow restlos frustriert aus. »Das darf nicht wahr sein!«

»Sollen wir das Hauptquartier vorsichtshalber räumen lassen?«

»Ja, verdammt noch mal, *lassen Sie sofort alle ...*«

In diesem Augenblick zuckten draußen mehrere Lichtblitze auf, die an fernes Wetterleuchten erinnerten. Sekunden später ließen mehrere krachende Detonationen die Fensterscheiben klirren und das Licht flackern.

Die Stabsoffiziere liefen ans Fenster. Der Generaloberst brauchte nicht selbst hinauszusehen – die hängenden Schultern seiner Offiziere sagten ihm alles. »Unser Hauptquartier steht in Flammen!«, rief jemand. »Scheiße... wieder eine! Noch eine Explosion!« Das Klirren der Fensterscheiben und das hallende Echo der Detonationen trafen Kasimow wie Hammerschläge. »*Wir werden angegriffen!*«

Kasimow nahm den Hörer ab, aber das Telefon funktionierte nicht mehr – und Sekunden später ging im Arbeitszimmer des Präsidenten auch noch das Licht aus. »Sorgt dafür, dass die verdammte Stromversorgung wieder klappt! Und dann verbindet mich mit General Grislow in Moskau – *sofort!*«

Tschardschu, Republik Turkmenistan

Am selben Abend

»Friede allen wahren Dienern Allahs.

Meine Freunde und Nachbarn in Turkmenistan, mein Name ist Jalaluddin Turabi. Ich bin kein Turkmene. Ich bin in Afghanistan geboren und als wahrer Diener Allahs erzogen worden. Ich glaube an die Einzigartigkeit Allahs, ich glaube, dass Mohammed sein wahrer Prophet ist, und ich glaube von ganzem Herzen an den Tag des

Gerichts und die Wiederauferstehung der Gläubigen in den Armen Allahs.

Und ich bin ein Taliban. Ich weiß, dass das mich und meinen Stamm sofort als fanatische, Feuer speiende Mörder abqualifiziert. Aber ich sage euch: Wir sind, was wir sind, und das verkündet schon unser Name, der ›Wahrheitssucher‹ bedeutet. Wir sind nicht im Besitz der Wahrheit; wir behaupten nicht, sie zu besitzen, wir versuchen nicht, anderen unser Wissen oder unsere Meinung von Wahrheit aufzudrängen.

Was wir an Wissen besitzen, ist uns von einem Ältestenrat, den alle Clans einer Provinz wählen, übermittelt worden. Dieser Ältestenrat leitet die Aktivitäten jedes Clans oder jeder Gruppe von Clans. Solche Aktivitäten zerfallen in *Sijaehija,* das sind weltliche Aufgaben, oder *Dschihads,* das sind heilige Aufträge. Ich hatte den Auftrag erhalten, im Rahmen eines Dschihad Waffen, Ausrüstung und Geld für den Ältestenrat zu beschaffen. Mein Freund Wakil Mohammad Zarazi war unser Führer. Wir wurden im Iran und im Sudan als Hisbollah-Mitglieder ausgebildet und lernten Waffengebrauch und Guerillataktik, um andere an der Waffe für Guerillaeinsätze ausbilden zu können.

Unser Einsatz im Inneren Afghanistans war nicht erfolgreich. Wir verloren viele Männer, aber Wakil Zarazi überlebte einen gefährlichen Feuerüberfall und führte uns zur turkmenischen Grenze. Er war der festen Überzeugung, er verdanke sein Überleben nur der Gnade Allahs, und widmete sich ab jenem Tag der Aufgabe, Allah dadurch zu dienen, dass er die Gläubigen zu einer starken Armee zusammenführte, die allen Ungläubigen würde widerstehen können – und seien sie noch so reich und mächtig.

Wakil Zarazi verübte viele verabscheuungswürdige Untaten, weil er glaubte, Allah habe sie ihm befohlen. Dafür bitte ich Allah um Verzeihung, und ich entschuldige mich bei dem turkmenischen Volk dafür, dass ich als sein Freund und Untergebener seine Befehle ausgeführt und ihm geholfen habe, diese Dinge zu tun. Er verlernte, ein Krieger und Führer zu sein, weil er glaubte, Allahs Willen zu erfüllen. Als er mir das Kommando über seine Armee übertrug, versuchte ich, ein wahrer Krieger und zugleich ein Dschihadi zu sein.

Ich diente meinem Führer und Allah, indem ich mich daran erinnerte, dass der Erfolg eines wahren Führers nicht auf Angst und Einschüchterung, sondern auf Stärke und Führertum beruht.

Wakil Mohammad Zarazi ist tot, von einem Mann ermordet, dem er vertraute – einem turkmenischen Soldaten namens Aman Orasow, der sich uns nach der Einnahme von Kisyl-Arwat angeschlossen hatte. Er war einer von vielen tausend Turkmenen, die sich unserem Dschihad anschlossen, aber er war der Einzige, der seinen Führer verriet. Wie es bei uns nach der Ermordung eines Führers der Brauch ist, habe ich als Wakil Zarazis Stellvertreter seinen Tod gerächt, indem ich Orasow mit eigenen Händen umgebracht habe. Zarazis Armee wird jetzt von mir geführt.

Ich bin stolz darauf, an diesem Dschihad teilgenommen zu haben, und ich bin stolz auf meine Soldaten. Ebenso stolz bin ich auf unsere turkmenischen Brüder, die sich uns angeschlossen haben. Obwohl ich nach Sitte und Brauch der Taliban jetzt allein entscheide, wie dieser Dschihad am besten zum Erfolg geführt werden kann, bin ich mir darüber im Klaren, dass ich nicht nur meinen Stammesgenossen und Mitkämpfern aus Afghanistan gegenüber, sondern auch gegenüber den Turkmenen, die sich Zarazi angeschlossen habe, Verantwortung trage. Die Männer aus Turkmenistan haben nicht deshalb in unserer Armee gekämpft, weil wir ihnen gute Bezahlung oder Abenteuer versprochen haben, sondern weil sie wie wir an die Verwirklichung unseres Traums glauben: mitten in den Wüsten dieses Landes einen besonderen Ort zu schaffen. Turkmenistan ist unvorstellbar reich, aber sein Volk, vor allem die Gläubigen, scheint an diesem Reichtum kaum zu partizipieren. Mit eurer Hilfe können wir das ändern.

Die Lage ist folgende: Euer Präsident Kurban Gurisow ist von Generalmajor Boris Kasimow, dem russischen Verbindungsoffizier in Aschchabad, brutal ermordet worden. Die Russen haben bereits starke Truppenverbände in die Hauptstadt verlegt. Trotzdem wird Turkmenistan noch nicht von den Russen kontrolliert, weil die Vereinigten Staaten Bodentruppen und fliegende Verbände entsandt haben, die das bisher verhindert haben.

Meine Brüder, ich weiß, dass ihr keinen Grund habt, die Amerikaner zu lieben, genau wie ihr vermutlich auch die Russen nicht liebt. Beide Staaten haben versucht, für eure Bodenschätze weit weniger als den Marktpreis zu zahlen, und sich gleichzeitig mit skrupellosen Bürokraten in eurer Regierung zusammengetan, um sich durch Bestechung lukrative Erschließungsaufträge zu sichern. Aber die Amerikaner haben mich vor dem sicheren Tod durch die Hände Aman Orasows und der Russen bewahrt, und sie sind hier und warten auf eure Entscheidung. Unmittelbar vor seinem Tod hat Präsident Gurisow ihre Anwesenheit noch gebilligt, auch wenn jetzt die russische Armee unter dem Vorwand die Macht übernommen hat, lediglich die Bestimmungen eines Beistandspakts zwischen Turkmenistan und der Russischen Föderation zu erfüllen.

Ihr könnt euch dafür entscheiden, meinen Worten nicht zu glauben, aber was ich euch sage, ist die volle Wahrheit: Die Russen wollen uns Taliban unbedingt vernichten und jede andere muslimische Gruppierung daran hindern, in Turkmenistan Fuß zu fassen. Sie wollen jegliche Teilhabe von Muslimen an der Regierungsgewalt verhindern und die Gleichberechtigung für die muslimische Mehrheit ebenso abschaffen wie in Tschetschenien und in anderen Republiken oder Provinzen.

Ich weiß, dass ihr keinen Grund habt, mir zu glauben. Ich bin ein Fremder. Ich habe eure Dörfer und Städte angegriffen, gegen eure Soldaten gekämpft und euer Eigentum als Beute genommen. Ich weiß auch, dass die Russen über viele Generationen hinweg Turkmenistan geschützt haben – erst als Eroberer und Diktatoren im Rahmen ihres Imperiums, später jedoch als Nachbarn und Partner, auch wenn dahinter vor allem eigennützige Motive standen.

Aber ich will noch eines sagen und es dann euch überlassen, über meine Worte nachzudenken. Wakil Zarazi ist vor einigen Wochen mit genau zweihunderteinundsiebzig Mann in klapprigen Toyota Pick-ups nach Turkmenistan gekommen. Heute zählt seine Armee über siebenundzwanzigtausend Mann. Diese Armee mag mit einer Hand voll afghanischer Talibanguerillas begonnen haben, die auf der Flucht vor amerikanischen und UN-Truppen waren, aber wir haben sie in eine Streitmacht verwandelt, der Soldaten aus ganz Zentralasien angehören – hauptsächlich jedoch Turkmenen. Das war mir bisher nie klar, aber die einst von Wakil Zarazi geführte Armee, die jetzt unter meinem Kommando steht, ist in Wirklichkeit eine *turkmenische* Armee, keine afghanische Armee oder Talibanstreitmacht – die erste turkmenische Armee seit Zar Alexander II., die nicht von einem Russen kommandiert wird.

Die Wahl liegt also bei euch, meine Brüder und Schwestern in Turkmenistan und ganz Zentralasien. Weist ihr mich ab, führe ich die Überreste meiner Armee in ihre Heimat zurück. Gibt es unter euch einen anderen, der die Armee führen möchte, soll er vortreten und sich mir und der Truppe vorstellen. Aber wenn ihr dies wünscht, kämpfe ich weiter für eure Unabhängigkeit von Russland. Ihr wisst, wo ich zu finden bin – und die Russen wissen es auch.

Für diese Schlacht gibt es zwei Möglichkeiten: Sie kann zum Überlebenskampf für meine Männer und mich werden, oder zum Kampf um Freiheit und Unabhängigkeit gegen General Grislow und die russische Armee. Übermittelt mir eure Wünsche – ich werde aufmerksam zuhören. Ich danke euch, und Allah segne euch und eure Familien und schenke euch Frieden.«

Insel Diego Garcia

Zur gleichen Zeit

Nachdem diese Rundfunkansprache live über die weltweit wichtigsten Nachrichtensender gegangen war, begannen die politischen und militärischen Analysten, über ihre Inhalte zu diskutieren.

»Er hat gute Arbeit geleistet«, meinte Rebecca Furness. »Aber er ist ein gottverdammter Taliban. Die Turkmenen werden nicht zulassen, dass er ihre Streitkräfte führt. Er kann von Glück sagen, wenn er dort lebend rauskommt.«

Daren Mace und sie hatten sich die Satellitenübertragung von Turabis simultan gedolmetschter Rede auf Diego Garcia angehört. Seit ihrer Ankunft im Krisengebiet hatten sie bereits einen Patrouillenflug hinter sich – insgesamt achtzehn Stunden mit drei Luftbetankungen –, nachdem sie zuvor sechzehn Stunden und drei Luftbetankungen gebraucht hatten, um mit einer Kette EB-1C Vampire von Battle Mountain nach Turkmenistan zu fliegen.

Nach einer Betankung über dem Arabischen Meer knapp südlich von Pakistan hatten Rebecca Furness und ihr Team von der First Air Battle Force die Länder Pakistan, Afghanistan und Turkmenistan in sehr großer Höhe überflogen, um den dortigen Überwachungs- und Luftverteidigungsradaren zu entgehen. Dabei konnten sie jeweils ungefähr drei Stunden über Turkmenistan kreisen, bevor sie zurückfliegen mussten, um erneut betankt zu werden. Jede Besatzung flog drei solcher Patrouillen, insgesamt achtzehn Stunden, bevor sie auf Diego Garcia landete.

Sie waren mit Überwachungs- und Angriffsaufträgen über ganz Turkmenistan unterwegs gewesen, hatten diesmal jedoch keine Waffen eingesetzt. Für die Abwehr von Angriffen aus der Luft oder vom Boden war in erster Linie die AL-52 Dragon mit ihrem Flugzeuglaser zuständig, während die EB-1C Vampire nur in Reserve gehalten wurden. Für diesen Einsatz trugen die bemannten Bomber drei Revolvermagazine: das vordere Magazin enthielt sechzehn radargesteuerte Luft-Luft-Lenkwaffen AIM-120 Scorpion für mittlere Entfernungen, im mittleren Revolvermagazin waren zehn der Luft-Luft-Lenkwaffen AIM-154 Anaconda untergebracht, die Mach 5 erreichten, und das hintere Magazin enthielt acht Abwurflenkwaffen AGM-165 Longhorn zur Bekämpfung von Bodenzielen.

Zu jedem Air Battle Team gehörten zwei unbemannte EB-1C, die in der mittleren Bombenkammer jeweils vier Unmanned Combat Air Vehicles (UCAV) StealthHawk in einem Revolvermagazin trugen. Ihre vordere Bombenkammer enthielt zusätzliche Waffenclips für die StealthHawks, und in der hinteren Bombenkammer war ein Zusatztank untergebracht, aus dem die Drohnen betankt werden konnten; dieser Tank stand notfalls auch dem Bomber zur Verfügung. Jedes UCAV trug sechs Luft-Boden-Lenkwaffen AGM-211 Mini-Maverick mit Thermium-Nitrit-Gefechtsköpfen.

Für Betankung und Neubewaffnung der StealthHawks im Flugzeug hatte man eine Lösung gefunden, die auf in Battle Mountain bereits vorhandener Ausrüstung und Technologie basierte. Sobald das UCAV wieder an Bord genommen war, wurde es vom Revolvermagazin in der mittleren Bombenkammer der Vampire so gedreht, dass seine eigene geöffnete Bombenkammer nach oben zeigten. Dann wanderte einer der Waffenclips mit sechs Mini-Mavericks aus der vorderen Bombenkammer nach hinten und wurde in die Bombenkammer des StealthHawk versenkt und dort verriegelt; gleichzeitig wurde das UCAV automatisch betankt. Die vordere Bombenkammer enthielt vierundzwanzig Waffenclips zu je sechs Lenkwaffen. Unter idealen Bedingungen dauerten Betankung und Neubewaffnung eines StealthHawk weniger als fünf Minuten.

Im Normalfall trafen die unbemannten Vampires über ihrem Patrouillengebiet ein, setzten die StealthHawks aus, flogen zur Luftbetankung, kehrten ins Patrouillengebiet zurück, um ihre StealthHawks wieder an Bord zu nehmen und sie zu betanken und bei Bedarf neu zu bewaffnen, und wiederholten dann diesen Vorgang. Solange sie Treibstoff und Waffen an Bord hatten, ließ dieser Prozess sich beliebig oft wiederholen.

Ihre »Ruhezeit« auf Diego Garcia verbrachten Rebecca und Daren in der Einsatzzentrale ihrer Abteilung damit, die Betankungen und Bewaffnungen ihres Teams zu überwachen, nachrichtendienstliche Informationen auszuwerten und ihre nächste Patrouille zu planen. Sie machten ein Nickerchen, wenn sich Gelegenheit dazu bot, gingen abwechselnd zu Besprechungen und Inspektionen und hielten sich gegenseitig auf dem Laufenden, bevor sie sich wieder ein ruhiges Plätzchen für ein Nickerchen suchten. Ihnen blieben noch sechs Stunden, in denen sie wirklich Schlaf zu finden hofften, aber daraus würde vermutlich nichts werden.

»Alle Angehörigen der Air Battle Force, hier Bravo. Achtung, es folgen neue nachrichtendienstliche Erkenntnisse«, kündigte Brigadegeneral David Luger auf der abhörsicheren Satellitenverbindung an. »Satellitenaufklärung und nachrichtendienstliche Informationen lassen erkennen, dass die russische Luftwaffe weitere drei Bomber- und Jagdregimenter mobilisiert. Außer bei den Jägern in Saratow und den Bombern auf dem Luftwaffenstützpunkt Engels sehen wir jetzt auch Aktivitäten in Astrachan und Wolgograd. Somit sind in den letzten sechs Stunden sechs Bomber- und fünf Jagdregimenter mobilisiert worden. Turkmenistan liegt – zumindest zu großen Teilen – im Aktionsradius der Maschinen aller dieser Einheiten. Mit anderen Worten: Wir halten es für sehr wahrscheinlich, dass diese Regimenter für Einsätze über Turkmenistan mobilisiert werden.«

»Das ist schlecht«, meinte Daren. »Was wird der Boss wohl dagegen tun?«

»Ich glaube nicht, dass er groß die Wahl hat. Er muss den Rückzug befehlen«, antwortete Rebecca. »Neun Regimenter – das sind bei voller Soll-Stärke bis zu hundertzwanzig Flugzeuge. Damit stehen wir einer zwanzigfachen Übermacht gegenüber, und ich glaube nicht, dass selbst der Flugzeuglaser oder die paar Waffen, die wir dort stationiert haben, dieses Ungleichgewicht wettmachen können.« Sie zog die Augenbrauen hoch. »Und wie denkst *du* darüber?«

»Du hast wahrscheinlich Recht«, sagte Daren nach einer langen Pause. »Alles wäre besser, wenn wir etwas Unterstützung bekämen – zum Beispiel durch ein paar Staffeln Stealthbomber B-2 Spirit oder ein paar Jagdgeschwader. Sonst können wir bestenfalls durchhalten, bis unsere Jungs aus Turkmenistan heraus sind – falls überhaupt so lange. Die Russen haben im Grenzgebiet zu Turkmenistan einfach zu viele Flugzeuge stationiert. Für sie ist es leicht, zahlenmäßig überlegene Kräfte ins Feld zu führen.«

»Also muss McLanahan sich zurückziehen«, stellte Rebecca fest. Sie bedachte Daren mit einem schiefen Lächeln und fügte hinzu: »Für ihn ist das eine Premiere. Er weiß nicht mal, wie man das macht, glaube ich.«

Weißes Haus, Washington, D.C.

Zur gleichen Zeit

»Tut mir Leid, dass die Dinge so eskaliert sind, Herr Präsident«, sagte Thomas Thorn. Er saß mit Vizepräsident Lester Busick, Verteidigungsminister Robert Goff und General Richard Venti, dem Vorsitzenden der Vereinten Stabschefs, im Oval Office des Weißen Hauses. »Die Vereinigten Staaten wünschen keinen Krieg gegen Russland oder sonst jemanden.«

»Ihre Streitkräfte haben Dutzende unserer Flugzeuge zerstört, ein unbewaffnetes Forschungsschiff auf hoher See schwer beschädigt und den Tod von siebzehn Männer und Frauen verursacht – alles in einer Nacht, Sir«, warf der russische Präsident Walentin Senkow ihm vor. »Dass Sie keinen Krieg wünschen, Präsident Thorn, demonstrieren Sie auf sehr eigenartige Weise.«

»Darf ich Ihre Ausführungen so verstehen, Herr Präsident, dass Sie den Vereinigten Staaten von Amerika nicht wirklich den Krieg erklärt haben?«

»Das ist das Absurdeste, was ich je gehört habe, Präsident Thorn«, antwortete Senkow. »Meine Regierung hat niemandem den Krieg erklärt, und schon gar nicht den Vereinigten Staaten. Gewiss, ich halte die Taliban für eine Gefahr für den Frieden in Turkmenistan, aber ich habe weder ihnen noch sonst jemandem den Krieg erklärt!«

»Dann waren Generaloberst Kasimows Erklärungen und Warnungen also nicht mit der russischen Regierung abgesprochen oder von ihr gebilligt?«

»Ich *kenne* überhaupt keinen Generaloberst Kasimow!«, behauptete Senkow. »Soll das irgendein Spiel sein, Mr. President?«

»Wir haben Ihrer Botschaft in Washington eine Tonbandaufnahme und das Wortprotokoll des Gesprächs übermittelt, das ich mit einem Generaloberst Kasimow geführt habe, der sich als russischer Verbindungsoffizier beim turkmenischen Generalstab bezeichnet hat. Er hat die Verhängung des Kriegsrechts in Turkmenistan verkündet und behauptet, wegen der amerikanischen Aktivitäten in Turkmenistan und als Folge des Beistandspakts zwischen Russland und Turkmenistan befänden unsere beiden Länder sich im Kriegszustand.«

»Ich … das ist empörend! Das ist unsinnig!«, explodierte Senkow. »Ich habe nichts dergleichen autorisiert! Das muss General Grislow, mein Generalstabschef, genehmigt haben.«

»Außerdem beobachten wir in Russland eine umfangreiche Mobilmachung taktischer und strategischer Luftwaffeneinheiten«, fuhr Thorn fort, »die sich offenbar alle auf Einsätze über Turkmenistan vorbereiten.«

»Ich weiß, dass General Grislow in einem Vorwarnbefehl erhöhte Alarmbereitschaft angeordnet hat«, gab Senkow zu. »Dazu ist er berechtigt. Er war sehr besorgt wegen des Abschusses unserer MiG-29 über Turkmenistan; er fürchtete, dahinter könnten irgendwie die Taliban stecken. Und die letzten Angriffe im Kaspischen Meer und bei Turkmenbaschi haben nur dazu beigetragen, seine Befürchtungen zu bestätigen. Aber ich habe keine Angriffe auf irgendwelche Ziele genehmigt.«

»Sie haben also keinen Einsatzbefehl für Angriffe in Turkmenistan unterzeichnet?«

»Nein, das habe ich nicht«, sagte Senkow nachdrücklich. »General Grislow hat mir einen solchen Befehl zugeleitet. Er liegt noch hier auf meinem Schreibtisch, ist weiterhin nicht unterzeichnet.«

»Was bedeutet das in der Praxis?«, fragte Thorn. »Handelt General Grislow auf Ihren Befehl – oder versucht er auf eigene Faust, einen Krieg zu provozieren?«

»Ich weiß nicht, ob er Zugang zu mir unbekannten Informationen hat oder eine Weisung aus meinem Büro falsch interpretiert hat«, sagte Senkow. »Jedenfalls werde ich dem sofort nachgehen. Aber ich versichere Ihnen nachdrücklich, Mr. President: Russland befindet sich nicht im Krieg mit den Vereinigten Staaten.«

»Das glaube ich Ihnen, Herr Präsident«, antwortete Thorn. »Aber die Welt wird bald erkennen, was wir sehen: Russland bereitet sich darauf vor, jemanden anzugreifen. Wir brauchen irgendeine Art Zusicherung, dass kein Krieg bevorsteht. Der amerikanische Kongress wird lückenlose Aufklärung fordern, und unsere Streitkräfte werden auf eine höhere Alarmstufe dringen. Kommt es dazu, lässt die drohende Eskalation sich vielleicht nicht mehr aufhalten.«

»Dann schlage ich ein Treffen vor, Mr. Thorn«, sagte Senkow. »Gleich morgen Mittag in der isländischen Hauptstadt Reykjavik. Dort erklären wir gemeinsamen, dass wir uns nicht im Krieg befinden; wir verpflichten uns dazu, in Turkmenistan Frieden und Demokratie wiederherzustellen und zusammenzuarbeiten, um rassische, kulturelle, religiöse und ethnische Konflikte in aller Welt zu lösen.«

»Einverstanden. Ich komme«, entschied Thorn knapp.

»Ausgezeichnet, Mr. President. Ich freue mich schon auf unsere Gespräche in Reykjavik.«

Thorn legte auf und wandte sich an Vizepräsident Lester Busick. »Gipfeltreffen zwischen Senkow und mir, morgen Mittag in Reykjavik.«

»Nun, wenigstens hat der Hundesohn einen Ort gewählt, der ziemlich genau in der Mitte zwischen den beiden Hauptstädten liegt«, meinte Busick, während er den Hörer eines anderen Telefons abnahm, um die nötigen Vorbereitungen zu veranlassen. »Der Idiot streitet vermutlich alles ab, was?«

»Ich habe das Gefühl, dass er ebenso im Dunkeln tappt wie wir, Les.«

»Großartig! Das beruhigt mich nicht gerade.«

»Was ist mit unseren Leuten in Turkmenistan und Usbekistan, Robert?«, fragte Thorn.

»Alle stehen bereit, Sir«, antwortete Verteidigungsminister Robert Goff. »Maureen Hershel hat mit dem Talibanführer Jalaluddin Turabi gesprochen, der ihr erklärt hat, er wolle die Entscheidung des turkmenischen Volkes abwarten. Gurisow ist tot; nach unserer Auffassung ist es für Amerikaner viel zu gefährlich, nach Aschchabad zu reisen, solange die Russen die Hauptstadt kontrollieren. Damit ist ihre Mission beendet, glaube ich.«

»Das glaube ich auch«, stimmte Busick zu. »Wir müssen zusehen, dass wir sie dort rausbekommen.«

»Also gut«, sagte Thorn. »General Venti, Sie veranlassen, dass Maureen Hershels Maschine von General McLanahans Flugzeugen aus Usbekistan bis in den Luftraum eines befreundeten Staats begleitet wird. Anschließend soll er den Rest seiner Truppe aus dem Land und nach Diego Garcia bringen. Er ist berechtigt, alle verfügbaren Flugzeuge und Waffen einzusetzen, um dafür zu sorgen, dass Hershel und seine eigenen Leute sicher zurückkommen.«

»Sollen McLanahans Teams für den Fall, dass sie noch mal über Turkmenistan gebraucht werden, vorläufig auf Diego Garcia bleiben?«

Thorn überlegte kurz, dann entschied er: »Nein, General. Holen Sie sie zurück, sobald Deputy Secretary Hershel wieder auf amerikanischem Boden ist. Und vergessen Sie nicht, ihnen meine Anerkennung für gute Arbeit auszusprechen.«

»Ja, Sir«, antwortete General Venti. Er nahm einen Telefonhörer ab und begann Befehle zu erteilen.

Nur Verteidigungsminister Goff war jetzt nicht anderweitig beschäftigt. »Was wird dieser General Grislow als Nächstes tun, glauben Sie?«, fragte er Thorn. »Ist er ein Kriegstreiber, ein Opportunist oder einfach nur verrückt?«

Thomas Thorn dachte einen Augenblick über diese Fragen nach. »Ich denke, er wird sich Gehör verschaffen«, antwortete er. »Er hat offenbar etwas zu sagen, und er besitzt genügend Macht und Autorität, um andere dazu zwingen zu können, ihm zuzuhören. Wir werden noch von ihm hören – bestimmt sehr bald.«

An Bord der russischen Präsidentenmaschine

Am gleichen Abend

Sobald Walentin Senkow seinen offiziellen Amtssitz im Kreml verließ, trat sein Sicherheits- und Transportnetzwerk in Aktion. Wie bei einem Hütchenspiel verließen drei gepanzerte Limousinen, von denen eine den Präsidenten transportierte, von Sicherheitsfahrzeugen begleitet den Kreml, wobei sie jedes Mal verschiedene Routen wählten. Jede Limousine trug den Präsidentenstander, sodass unmöglich festzustellen war, in welcher Senkow tatsächlich saß.

Regierungsflüge, vor allem die des Präsidenten, starteten im Allgemeinen vom Flughafen Shukowski südöstlich von Moskau, der ein Militärflugplatz und zugleich ein staatliches Forschungszentrum war. Zwei der gepanzerten Limousinen rasten mit ihren Begleitfahrzeugen auf unterschiedlichen Routen nach Shukowski hinaus. Die dritte Gruppe trennte sich jedoch von ihnen und fuhr nach Nordenwesten zum Flughafen Scheremetjewo 1. Da dieser Platz, von dem jetzt Inlands- und GUS-Flüge starteten, früher der größte internationale Flughafen Moskaus gewesen war – diese Ehre gebührte jetzt Scheremetjewo 2 –, konnten Interkontinentalflüge noch immer problemlos von dort starten.

Die Wagenkolonne des Präsidenten rollte durch eine Nebeneinfahrt aufs Flugplatzgelände und wurde dort von der Flughafenpolizei, MWD-Sicherheitsbeamten und OMON-Sondertruppen in Empfang genommen. Sie fuhr in hohem Tempo zu einem abgesperrten Bereich weiter, in dem eine Mittelstreckenmaschine Tupolew Tu-204 in VIP-Ausführung bereitstand. Senkow und sein Stab gingen rasch über die herangerollte Gangway an Bord. Es gab keine Verabschiedung, keine militärische Zeremonie, kein festliches Gepränge. Der Präsident der Russischen Föderation wurde vom Flugkapitän und der für die Sicherheit der Tu-204 verantwortlichen OMON-Offizierin begrüßt und rasch in die allein für ihn reservierte hintere VIP-Kabine begleitet.

Sobald Senkow in seinem bequemen Sessel saß und die Lehne für den Start in senkrechte Position gebracht hatte, wandte er sich an seinen Stabschef: »General Grislows Aufenthaltsort?«, fragte er.

»Vor zehn Minuten noch in seiner Wohnung«, antwortete der Stabschef mit einem Blick auf sein Notebook. »Er hat lediglich vier Telefongespräche geführt – alle mit Mitarbeitern seiner Dienststelle, Routinegespräche. Computer oder Handy hat er nicht benützt. Seine Mitarbeiter haben viel telefoniert, aber alle Angerufenen sind ermittelt und die Gespräche überwacht worden. Nichts Ungewöhnliches.«

Wenn er einen Staatsstreich plant, dachte Senkow, bereitet er ihn sehr, sehr leise vor. »Weiß er von meinem Flug?«

»Falls er davon weiß, Herr Präsident, hat er mit niemandem geredet, den man als ungewöhnlich oder verdächtig einstufen müsste«, sagte sein Stabschef. »Verteidigungsminister Bukajow ruft General Grislow morgen um acht Uhr an und teilt ihm mit, dass der Präsident zu einem Gipfeltreffen nach Island geflogen ist.«

»Alle übrigen Minister halten sich an ihre Terminpläne?«

»Ja, Herr Präsident.«

Zum ersten Mal seit der Abfahrt aus dem Kreml konnte Walentin Senkow wieder erleichtert aufatmen. General Grislow war offenbar zu sehr mit seinen Invasionsplänen beschäftigt, um an einen Staatsstreich zu denken oder sich Sorgen wegen einer plötzlich angesetzten Reise des Präsidenten zu machen. Obwohl es vermutlich nicht ratsam war, Moskau so kurz vor dem sich anbahnenden Machtkampf mit Grislow zu verlassen, vertraute Senkow darauf, nach dem

Gipfeltreffen mit Thomas Thorn als Friedensbewahrer zu gelten, während Grislow als gefährlicher und unberechenbarer Berserker dastehen würde. War Thorn clever und gut informiert, würde er seinen russischen Gesprächspartner als gleichberechtigt behandeln; so würde Senkow die Duma und das Volk auf seine Seite ziehen können und eine Chance haben, diese Krise zu bewältigen.

Dass der Präsident an Bord des Flugzeugs war, wurde erstmals erkennbar, als mehrere Fahrzeuge mit eingeschalteten Blinkleuchten die Tu-204 zur Startbahn begleiteten. Senkow fühlte sich nervös und verwundbar – er wünschte sich, die Begleitfahrzeuge würden zurückbleiben, damit das VIP-Flugzeug eine Chance hatte, zwischen all den Verkehrsmaschinen zu verschwinden. Aber die Tu-204 war ein großes Flugzeug, von dem nur vier Exemplare existierten, die alle das Wort RUSSLAND in großen roten Lettern auf dem Rumpf und das Siegel des Präsidenten am Leitwerk trugen. Sie war an sich schon auffällig genug, auch wenn sie nicht von einem halben Dutzend Fahrzeugen mit eingeschalteten Blinkleuchten eskortiert wurde. Aber bevor er sich's versah, war die riesige zweistrahlige Maschine gestartet und flog nach Nordwesten, um auf einer Großkreisroute nach Island zu gelangen.

Nun konnte Senkow sich entspannen. Er kippte die Sessellehne nach hinten, klingelte nach dem Steward und bestellte ein Glas eiskalten Wodka und Toasthäppchen mit Kaviar, die wenige Minuten später serviert wurden. In der Zwischenzeit schaltete er sein Notebook ein, las die eingegangenen E-Mails und rief die neuesten Geheimdienstmeldungen und Tätigkeitsberichte seiner Minister auf. Die Hektik der vergangenen Tage schien sich etwas gelegt zu haben. Auch die Mobilmachung von Grislows Luftstreitkräften schien etwas ins Stocken geraten zu sein. Alles wirkte ganz normal – keine Geheimtreffen, keine Evakuierungen, kein Ansturm auf Banken.

Grislow konnte ihm noch viele Knüppel zwischen die Beine werfen, sagte Senkow sich, während er seinen Wodka schlürfte, aber im Augenblick schien in Moskau alles seinen gewohnten Trott zu gehen. Er spürte eine gewisse Spannung in der Luft, aber der Siedepunkt war offenbar noch nicht erreicht. Deshalb erschien Island ihm als umso verlockenderer Aufenthaltsort.

Senkow lockerte die Krawatte, streifte seine Schuhe ab, stellte einen via Satellit übertragenen westlichen Nachrichtensender ein und knabberte Toasthäppchen mit Kaviar – von Zuchtstören, hoffte er, nicht der Mist, der noch aus dem Kaspischen Meer geholt wurde. Er sah auf den großen Bildschirm an der Wand, der ihre Position darstellte sowie Flughöhe und -geschwindigkeit, Weltzeit und voraussichtliche Ankunftszeit anzeigte. Sie hatten jetzt Kurs auf den Finnischen Meerbusen, über dem sie den russischen Luftraum verlassen würden. Senkow war müde, musste sich aber noch etwas mehr entspannen, bevor er schlafen konnte. Er überlegte kurz, ob er die attraktive OMON-Offizierin in seine Privatkabine einladen sollte – sie hatte eindeutig Interesse an solchem Zeitvertreib signalisiert, zweifellos in der Hoffnung auf eine Beförderung –, gelangte dann jedoch zu dem Schluss, er brauche Ruhe dringender als …

In diesem Augenblick summte das Telefon neben ihm. Senkow starrte es überrascht an. Sein Telefon war auf »privat« umgestellt, weil er nicht gestört werden wollte, und falls einer seiner Assistenten etwas Dringendes für ihn hatte, konnte er einfach damit hereinkommen. Senkow ignorierte das Summen, weil er wusste, dass einer seiner Mitarbeiter oder jemand in der Nachrichtenkabine das Gespräch entgegennehmen würde – aber das tat niemand. Also nahm er irritiert den Hörer ab. »Wer ist da?«, sagte er knapp.

»Herr Präsident, Sie haben mir nicht mitgeteilt, dass Sie die Hauptstadt verlassen würden«, sagte General Anatolij Grislow.

Senkow lief ein kalter Schauder über den Rücken, als er Grislows Stimme hörte – vor allem in diesem Unheil verkündenden Tonfall. »Was gibt's, General? Bukajow sollte Sie morgen früh informieren. Ich versuche gerade, etwas zur Ruhe zu kommen.«

»Versuchen Sie's mit dieser OMON-Majorin aus der Einunddreißigsten Schützendivision. Sie hat mir erzählt, dass sie eine Beförderung und eine Versetzung nach Kaliningrad anstrebt«, sagte Grislow. »Dafür können Sie alles von ihr haben – *alles.* Glauben Sie mir, ich weiß, wovon ich rede. Sie ist auf meine Empfehlung befördert und im Kreml in die Abteilung Personenschutz aufgenommen worden.«

Grislow hat also auch gute Verbindungen zur OMON-Spitze,

sagte Senkow sich, und zur MWD-Führung ohnehin. *Scheiße...* »Rufen Sie mich nur an, um mir von einer Ihrer OMON-Schlampen zu erzählen?«

»Ich rufe Sie an, Senkow, um Ihnen zu sagen, dass Sie Russland und mich hintergangen haben, indem Sie den Einsatzbefehl nicht unterzeichnet haben«, antwortete Grislow. »Ich mag es nicht, wenn man mich belügt und meinen guten Namen gegenüber irgendwelchen Yankees in den Dreck zieht.«

»Ihr Name ist *tot,* Grislow!«, donnerte Senkow. Er klingelte sofort nach seinen Mitarbeitern im äußeren Arbeitsbereich und begann dann, auf seinem Computer einen Befehl zu formulieren, der MWD und OMON anwies, Grislow zu verhaften. »Ich lasse mir Ihren Ungehorsam nicht länger gefallen! Sie haben mir zum letzten Mal gedroht. Ich enthebe Sie hiermit Ihres Amtes, General. Ihr Stellvertreter soll sich im Verteidigungsministerium melden, um seine Anweisungen zu erhalten. Sie selbst stehen vorläufig unter Hausarrest. Reichen Sie sofort ein Entlassungsgesuch ein, bestehe ich nicht auf einer Kriegsgerichtsverhandlung.«

»Wie großzügig von Ihnen, Senkow«, sagte Grislow hämisch. »Aber das wird nicht nötig sein. Ich werde den Generalstab morgen früh verlassen – und mich dauerhaft im Kreml einquartieren.«

»Was reden Sie da?« Auf sein Klingeln reagierte niemand, und die E-Mail ließ sich nicht abschicken. Er tastete unter der Schreibtischkante nach dem »Panikknopf« und drückte ihn. Theoretisch hätten nun alle Sicherheitsbeamten an Bord in die Kabine des Präsidenten stürmen müssen – aber keiner ließ sich blicken. Senkow nahm den Hörer des Telefons zum Cockpit ab. Es klingelte, aber niemand meldete sich.

»Die Sache ist ganz einfach, Senkow: Sie sind draußen, und ich bin drin«, erklärte Grislow ihm. »Übrigens würde ich Ihnen nicht raten, die Tür Ihrer VIP-Kabine zu öffnen.«

»Was haben Sie getan, Grislow?«

»Nichts allzu Dramatisches – nur ein allmähliches Versagen des Belüftungssystems Ihrer Maschine«, antwortete der General. »Außerdem habe ich die Warnleuchten beim Abfallen des Kabinendrucks und das Sauerstoffsystem stilllegen lassen. In vier- bis fünftausend Metern Höhe haben Ihre Piloten vermutlich die ersten Anzeichen von Sauerstoffmangel gespürt, den Notfall erklärt und ihre Sauerstoffmasken aufgesetzt. Die Masken haben nicht funktioniert, aber das dürften die Piloten erst zu spät bemerkt haben. In der Hauptkabine waren sicher alle schon aufgrund des Sauerstoffmangels bewusstlos, und wenige Minuten später dürfte es auch die Cockpitbesatzung erwischt haben. Gegenwärtig fliegt der Autopilot Ihre Maschine, die sich über dem Westen Finnlands befindet und in der alle bewusstlos sind – nur Sie nicht. Denken Sie daran, dass Sie die Tür Ihrer ziemlich gut gegen Druckabfall geschützten Kabine auf keinen Fall öffnen dürfen.«

Senkow sprang auf, lief zur Kabinentür und hämmerte daran, ohne eine Antwort zu bekommen. Ein Blick durch den Spion zeigte ihm, dass seine Assistenten und die Sicherheitsbeamten fest zu schlafen schienen. *Das kann nicht sein!*, kreischte er innerlich. *Du hast einen Alptraum!*

Er sah aus einem der Fenster auf der rechten Seite der Tu-204 und stellte überrascht fest, dass dort eine MiG-29 der russischen Luftwaffe dicht neben seiner Maschine herflog. Er winkte, und der Pilot winkte zurück. Senkow kehrte erleichtert an seinen Schreibtisch zurück, wählte einen anderen Satellitenkanal und wartete darauf, dass die neue Verbindung zustande kam.

»Ich habe veranlasst, dass alle Gespräche zu und von Ihrem Flugzeug übers Präsidialamt geleitet werden, Senkow«, hörte er Grislow sagen. »Ich bin mit Offizieren des Generalstabs, dem stellvertretenden Dumapräsidenten und dem größten Teil des Kabinetts hier in Ihrem Büro. Wir machen uns alle große Sorgen um Ihre Sicherheit, aber ich fürchte, dass sich von hier aus im Augenblick nicht viel tun lässt.«

»*Grislow, Sie Scheißkerl!*«, kreischte Senkow. »Dafür werden Sie bis alle Ewigkeit in der Hölle braten!«

»Ach, das glaube ich nicht, Senkow«, sagte Grislow. »Ich weiß nur, dass Sie sterben werden, wenn Ihrem Flugzeug irgendwann der Sprit ausgeht oder Turbulenzen den Autopiloten ausschalten, sodass Sie irgendwo zwischen Schweden und dem Nordpolarmeer abstürzen. Leider wird auch aus Ihrer Kabine irgendwann die Luft entweichen, und Sie werden ebenfalls bewusstlos werden, sodass Sie vermutlich um den Nervenkitzel kommen werden, miterleben zu können, wie Ihre Maschine auf festem Land oder im Meer aufschlägt oder wie ihre Tragflächen abgerissen werden…«

»Sie sind ein geisteskrankes, perverses Schwein, Grislow! Wie können Sie's wagen, das Leben aller dieser unbeteiligten Männer und Frauen an Bord einfach auszulöschen?«

»Sie haben eine Chance, sie zu retten, und ich sage Ihnen genau, was Sie machen müssen, Herr Präsident«, fuhr Grislow fort. »Sie müssen die Luft anhalten, ins Cockpit rennen, das Flugzeug unter Ihre Kontrolle bekommen und sofort auf unter sechstausend Meter sinken, damit Sie wieder atmen können. Um rechtzeitig runterzukommen, müssten Sie mit… Augenblick… mit hundertzwanzig Metern in der Sekunde sinken. Wie Sie das schaffen können: Sie ziehen die Leistungshebel in Leerlaufstellung zurück, fahren Klappen und Fahrwerk aus, senken den Bug und fliegen mit hoher Schräglage eine Kurve. So können Sie schnell genug sinken, ohne dass die Tragflächen abbrechen. Denken Sie daran: Nach dem Ausatmen bleiben Ihnen nur etwa zwanzig Sekunden Zeit – das ist der Durchschnittswert für bewusstes Handeln in einer Kabinenhöhe von über achttausend Metern. Um der Jagdflieger willen, von denen Sie gegenwärtig begleitet werden, müssen Sie's versuchen. Stürzen Sie ab, wäre das ein schrecklicher und tragischer Unfall, dessen Augenzeugen unsere tapferen Jagdflieger wären, die fieberhaft versuchen, eine Möglichkeit zu finden, Sie sicher runterzubringen. Gott, ich hoffe, dass sie nicht ihr Leben lang darunter leiden werden. Alles Gute, Herr Präsident.«

»Ihr habt alle von Anfang an mit ihm gemeinsame Sache gemacht, was?«, fragte Senkow.

»Nicht von Anfang an, aber als Sie den Amerikanern verraten haben, wie mein Plan aussieht, waren wir uns alle einig, dass Sie dieses Land nicht länger führen können«, antwortete Grislow. »Sie sind in Korruptionsaffären verwickelt und haben Drohungen der Vereinigten Staaten nachgeben müssen, um überleben zu können. Wir dürfen und können nicht untätig zusehen, wie Sie unsere Zukunft verspielen. Darüber sind sich alle hier Anwesenden einig. Die anderen –

der Vizepräsident, der Premierminister, der Dumapräsident und einige wenige Kabinettsmitglieder – haben ihre Stimme mit ihrem letzten Atemzug abgegeben. Genau wie Sie's bald tun werden.

Jetzt wird's Zeit, nach vorn zu gehen, Herr Präsident«, fuhr Grislow fort. »Bevor Sie Ihre Tür öffnen können, müssen Sie wahrscheinlich einen Druckausgleich zwischen den Kabinen herbeiführen. Dazu brauchen Sie nur den mit einer roten Abdeckung versehenen Schalter links neben der Tür zu betätigen. Schaffen Sie's, die Maschine unter Kontrolle zu bekommen, haben Sie unseren Berechnungen nach reichlich Sprit für eine Rückkehr nach Sankt Petersburg – oder unsere Jäger begleiten Sie zu einem schwedischen oder finnischen Ausweichplatz mit sehr langer Landebahn. Sie haben noch eine Chance, sich als Held zu profilieren, Senkow. Oh, und Sie sollten sich warm anziehen – dort vorn dürfte es ziemlich kalt sein. Atmen Sie mehrmals tief durch, bevor Sie die Kabinentür öffnen. Um den Autopiloten auszuschalten, drehen Sie das Steuerhorn einfach kräftig nach links oder rechts – Sie müssen den Computer mit roher Kraft überwältigen, aber das können Sie. Danach ziehen Sie die Leistungshebel ganz zurück, leiten eine steile Kurve ein – fünfundvierzig Grad Schräglage müssten reichen –, finden den Fahrwerkshebel und fahren das Fahrwerk aus. Sie können's schaffen, Herr Präsident.«

»Wir sehen uns in der Hölle wieder, Grislow«, sagte Senkow. »Und was euch andere betrifft – ich hoffe, dass ihr nachts schlaflos liegt, wenn ihr daran denkt, was ihr hier und heute verbrochen habt. Das Blut aller unschuldigen Männer und Frauen hier an Bord komme über euer Haupt.« Er knallte den Hörer auf den Apparat.

Senkow zitterte so stark, dass er kaum imstande war, Mantel, Pelzmütze und Handschuhe anzuziehen. Dabei atmete er mehrmals tief durch, um das Kohlendioxid aus seiner Lunge zu spülen, und stellte dann fest, dass er etwa sechzig Sekunden lang die Luft anhalten konnte. Nachdem er vor Hyperventilation beinahe umgekippt wäre, fühlte er sich bemerkenswert gelassen. Vielleicht kann ich's doch schaffen, dachte er. Grislow, dieser eingebildete Affe, hat mir alles verraten, was ich dafür brauche. Und sind die Piloten erst wieder bei Bewusstsein …

Der russische Präsident trat an die Tür und versuchte sie zu öffnen. Tatsächlich hielt der höhere Innendruck in der VIP-Kabine sie geschlossen. Er fand den Schalter für den Druckausgleich unter einem roten Schutzdeckel links neben der Kabinentür, atmete erneut mehrmals tief durch, hielt die Luft an und betätigte den Schalter. Er hörte ein lautes Zischen, während sich in der Kabine sofort leichter Nebel bildete. Die Temperatur fiel augenblicklich um mindestens fünfzig Grad. Scheiße!

Er riss die Tür auf und hastete nach vorn. Die Hauptkabine glich einer Tiefkühltruhe. Alle Männer und Frauen trugen Sauerstoffmasken – und alle schliefen fest. Wie konnte irgendwer – selbst Grislow, dieser geisteskranke, wahnsinnige Mörder – den *eigenen Leuten* so etwas antun?

Senkow brauchte nur zehn Sekunden, um die Cockpittür zu erreichen, die zum Glück nicht abgesperrt war. Pilot, Kopilot, Navigator und Flugingenieur, alle mit aufgesetzten Sauerstoffmasken, waren ebenfalls bewusstlos. Er zerrte den Piloten aus seinem Sitz – und bekam einen Mordsschrecken, als der Mann laut stöhnte; er hatte vergessen, dass diese Leute alle noch lebten –, glitt rasch auf seinen Platz und begutachtete die Instrumente und Steuerhebel. Er erkannte den künstlichen Horizont und den Höhenmesser, der 11 600 Meter anzeigte, sah den roten Bereich des Fahrtenmessers und fand die beiden Leistungshebel und den Fahrwerkshebel. Er packte das Steuerhorn und versuchte es zu drehen, aber der Autopilot leistete Widerstand. Er strengte sich mehr an, aber das genügte nicht. Zuletzt riss er das Steuerhorn mit aller Kraft nach links. Die rote Warnleuchte GENERALWARNUNG flammte auf, danach begann die rote Warnleuchte AUTOPILOT AUS zu brennen. Noch vierzig Sekunden.

Er riss die beiden Leistungshebel in Leerlaufstellung zurück, packte den Fahrwerkshebel und zog ihn nach unten. Noch mehr rote Warnleuchten, die er gar nicht mehr zu identifizieren versuchte. Senkow umfasste das Steuerhorn und drückte es nach vorn. Die Nadel des Fahrtenmessers bewegte sich sofort auf den roten Bereich zu. Was hatte Grislow gesagt? Eine steile Kurve fliegen, damit die Tragflächen nicht abrissen? Er drehte das Steuerhorn bis zur ersten großen Markierung bei dreißig Grad nach links; daraufhin nahm die Fahrt nicht weiter zu, aber die Sinkgeschwindigkeit wuchs weiter. Senkow drehte das Steuerhorn bis zur nächsten großen Markierung bei sechzig Grad weiter. Nun ging die Fahrt sogar zurück, und die Sinkgeschwindigkeit stabilisierte sich bei knapp neunzig Sekundenmetern. »Großartig! Ich kann's also!«

Dann merkte er, dass er das nicht *gedacht*, sondern *gesagt* hatte. Er konnte die Luft nicht länger anhalten. Jetzt liefen die letzten Sekunden. Zu seiner Überraschung stellte er fest, dass er normal atmen konnte – er hatte angenommen, er werde nach Luft ringen. Vielleicht blieb ihm doch mehr Zeit, als er geglaubt hatte.

Senkow legte die Tu-204 in eine noch steilere Kurve. Nun ging die Höhenmessernadel wirklich rasend schnell zurück. Auch die Kursanzeige schwankte wild, aber das war ihm egal. Die Nadel des Fahrtenmessers blieb weit unterhalb des roten Bereichs – nur darauf kam es an. Er drückte sogar noch nach. Gott, es *funktionierte!* Dieser Scheißkerl Grislow hatte ihn wirklich unterschätzt! Er stellte überrascht fest, dass einer der Jäger, die ihn begleiteten, durchs rechte Cockpitfenster zu sehen war. Der Kerl fliegt verdammt gut, sagte er sich. Die Tupolew lag in einer sehr steilen Kurve, aber der MiG-Pilot klebte wie festgeschweißt an ihrer Tragflächenspitze. Die Höhenmessernadel huschte rasend schnell an achttausend, dann siebentausend, dann sechstausend Metern vorbei – nur noch ein paar Sekunden, dann war's geschafft! Er fühlte sich schon viel besser – Gott, er würde's tatsächlich schaffen!

Da! Fünftausend Meter! Senkow drehte das Steuerhorn nach rechts und wunderte sich darüber, wie leicht es sich drehen ließ. Der künstliche Horizont rotierte wie ein Kreisel, der von seinem Sockel zu fallen droht. Er konnte wieder atmen! Er hatte's geschafft! Er hatte alle an Bord gerettet! Jetzt konnte er dieses Ding unter Kontrolle bringen und sich nach Moskau zurückfliegen lassen, um sich an Grislow für diesen Mordanschlag zu rächen. Der Kopilot stöhnte laut. Senkow konnte nur hoffen, er werde bald aufwachen. *»Kopilot! Hilf mir!«*, kreischte er. »Wach auf, verdammt noch mal! *Du sollst aufwachen!«*

Viertausend Meter… dreitausend… Senkow zog die Steuersäule

zurück. Sie ließ sich leicht ziehen – vielleicht zu leicht. Das Steuer in seinen Händen fühlte sich locker und schwammig an. Er hatte Mühe, sich in seinem Sitz aufrecht zu halten. Obwohl er das Gefühl hatte, alles ziemlich gut unter Kontrolle zu haben, schien das Flugzeug weiter zu kreiseln. Der künstliche Horizont drehte sich so rasch, dass seine Anzeige zu einem grauen Etwas verschwamm – was war auf einmal mit *diesem* Ding los? Zweitausend Meter... Scheiße, wie sollte er verhindern, dass die Maschine...?

»Ja, ich verstehe. Gut, sie sollen der finnischen Flugsicherung ihren Standort melden, dann können sie zurückfliegen.« Grislow legte den Hörer auf und wandte sich an die Umstehenden. »Ich muss Ihnen leider mitteilen, dass Präsident Senkows Tupolew über Finnland abgestürzt ist. Die Piloten der sein Flugzeug begleitenden MiG-29 haben gesehen, wie er das Steuer übernommen und die Maschine mit hoher Schräglage in einen steilen Sturzflug gezwungen hat. Daraus hat sich fast zwangsläufig ein Trudeln entwickelt, das nicht mehr abzufangen war. Unsere Piloten haben den Aufschlag der Präsidentenmaschine beobachtet.«

General Grislow ließ sich von einem Offizier einen Aktenkoffer geben und nickte. Der Offizier zog einen Sicherheitsschlüssel ab, den er dem General übergab. »Durch das ungeklärte Verschwinden von Vizepräsident, Premierminister und Dumapräsident ist die Reihe der verfassungsmäßigen Präsidentenvertreter unterbrochen, sodass ich mich gezwungen sehe, das Kriegsrecht über die Russische Föderation zu verhängen.

Erster Geschäftsordnungspunkt ist die Kontrolle über die beiden Schlüssel, mit denen unsere Atomwaffen für Einsätze freigegeben werden können. Wie Sie sehen, habe jetzt ich den ersten Schlüssel; den zweiten Schlüssel hat nach wie vor Verteidigungsminister Bukajow in Verwahrung. Die Atomwaffen der Russischen Föderation sind weiterhin sicher.

Wir werden unsere Bevölkerung und die Weltöffentlichkeit über diesen tragischen Unfall, Präsident Senkows heldenhafte Anstrengungen und die glatte, friedliche Machtübergabe informieren. Polizei und Sicherheitskräfte werden sofort die Suche nach den verschwundenen Mitgliedern der Exekutive und Legislative aufnehmen. Bis ihr Schicksal geklärt ist, übernehme ich die Verantwortung für die Zentralregierung sowie für die Verteidigung unseres Vaterlands.«

Grislow trat hinter den Präsidentenschreibtisch, stützte sich leicht nach vorn gebeugt mit den Fingerspitzen auf die Schreibfläche aus Leder und fügte hinzu: »Als erste Amtshandlung befehle ich sofortige Angriffe taktischer und strategischer Bomberverbände auf die turkmenische Stadt Tschardschu an. Kein Talibansympathisant oder ausländischer Aggressor soll uns jemals wieder bedrohen können. Wir müssen die dortigen Öl- und Erdgaspipelines zurückerobern und dafür sorgen, dass sie in Zukunft sicher sind. Deshalb befehle ich auch die Bereitstellung von Bodentruppen, die sofort nach Turkmenistan verlegt werden können.«

Tschardschu, Republik Turkmenistan

Knapp zwei Stunden später

»Los, wir hauen ab«, sagte Hal Briggs. Er war mit den Schubdüsen seiner Stiefel zu der Stelle gesprungen, an der Chris Wohl mit seiner elektromagnetischen Rail Gun Wache stand. »Unsere Leute in Usbekistan sind schon in der Luft. Wir treffen kurz vor der afghanisch-turkmenischen Grenze mit ihnen zusammen.«

»Ausgezeichnet, Sir«, antwortete Wohl. »Hier möchte ich nicht länger als nötig bleiben.«

»Okay, dann gehen Sie an Bord.« Briggs wandte sich an Jalaluddin Turabi, der mit einer großen Gruppe zentralasiatischer Soldaten sprach. »Wir müssen bereits in wenigen Minuten abfliegen, Turabi«, sagte er. Damit er sich mit dem Taliban verständigen konnte, übersetzten die Computer in seinem Ganzkörperpanzer seine Worte ins Russische. »Wie lautet die Entscheidung?«

»Die Vertreter der Turkmenen haben beschlossen, mich zu ihrem Oberbefehlshaber zu wählen«, berichtete Turabi stolz. »Wir sind schon dabei, Panzersperren und Verteidigungsstellungen um Tschardschu zu planen.«

»Nun, Sie haben's verdient«, sagte Briggs. »Ich hätte nie gedacht, dass ich das mal sagen würde, aber Sie sind ein anständiger Kerl, Turabi. Und ein ausgezeichneter Führer. Die Turkmenen haben eine kluge Wahl getroffen.«

»Danke, dass Sie mir das Leben gerettet und unsere Kämpfer unterstützt haben, Taurus«, antwortete Turabi, indem er Briggs' Rufzeichen als Zinnsoldat benützte. »Dafür bin ich Ihnen ewig dankbar.«

»Ich wäre *Ihnen* dankbar, wenn Sie mithelfen würden, Turkmenistan wieder aufzubauen und in die Neuzeit zu führen«, erklärte Briggs ihm. Turabi sah ihn fragend an. »Mir wär's nicht recht, wenn dieses Land unter der Herrschaft der Taliban zu einem zweiten Afghanistan würde.«

»Ich weiß nicht, wie die Dinge sich entwickeln werden«, meinte Turabi. »Sollten die turkmenischen Führer die Taliban jedoch um Wiederaufbauhilfe bitten, wäre ich sehr glücklich darüber.«

»Sollte es dazu kommen, begegnen wir uns hoffentlich nie wieder, Turabi – vor allem nicht, wenn Sie vorhaben, weitere UN-Transporte zu überfallen«, warnte Briggs ihn. »Dann stünden wir uns vielleicht wieder als Feinde gegenüber.«

»Ich werde daran denken, Taurus. Aber ich bin ein Taliban. Ich gehorche meinem Gott und den Führern meines Clans und bemühe mich, treu zu dienen – ihnen, meiner Familie und meinem Gewissen.«

»Mein Rat für Sie, Turabi: Denken Sie zuerst an sich und Ihre Familie, bevor Sie auf Ihre Stammesführer hören. Deren Ziele brauchen nicht immer identisch mit den Ihren zu sein«, sagte Briggs. »Ich wünsche Ihnen alles Gute, Turabi – denn sollte ich Sie jemals wieder ins Visier bekommen, werde ich nicht zögern, Sie wegzublasen. Verlassen Sie sich darauf!« Er wandte sich ab und wollte zu ihrer voll beladenen MV-32 Pave Dasher gehen, die ihre Triebwerke warm laufen ließ, um gleich starten zu können.

In diesem Augenblick hörte er: »Banditen, Banditen, Banditen! Alle Air Battle Force Teams, hier Bobcat one-three. Zahlreiche Banditen im Anflug, Peilung zwo-neun-null, Entfernung genau hundertzehn Meilen, sehr tief, Geschwindigkeit sechshundert Knoten.«

Briggs zögerte keine Sekunde lang. »Alle Zinnsoldaten von Bord!«, befahl er. »*Sofort* in Verteidigungsstellungen! Alle anderen bleiben an Bord.« Er drehte sich zu dem Taliban um. »Lassen Sie Ihre Leute sofort in Deckung gehen, Turabi. Die Russen können jeden Augenblick angreifen.«

Turabi rannte los und machte seinen Männern – Turkmenen wie Afghanen – aufgeregt Zeichen, in Deckung zu gehen.

»Aber wir haben Startbefehl!«, meldete der MV-32-Pilot über Funk. »Sie sind noch mindestens zehn Minuten entfernt – bis dahin können wir weg sein.«

»Zinnsoldaten *von Bord!*«, wiederholte Briggs. »Mit voller Ausrüstung! Nach Nordwesten ausschwärmen. Dasher, Sie hauen ab, sobald meine Männer draußen sind. Verschwinden Sie über die usbekische Grenze nach Samarkand.«

»Verdammt, Briggs, wir können's *alle* schaffen!«, wandte der Pilot ein. »Warum zum Teufel wollen Sie bleiben?«

»Ihr sollt *abhauen!*«, wiederholte Briggs laut. Sobald der achte und letzte Zinnsoldat das Schwenkrotorflugzeug verlassen hatte, entfernte er sich mit weiten Sprüngen nach Nordwesten. Seine Männer folgten ihm und hielten dabei etwa zwei Meilen Abstand voneinander, um ein möglichst großes Gebiet abzudecken, ihr Feuer konzentrieren zu können und nicht Gefahr zu laufen, durch einen einzigen Volltreffer erledigt zu werden. Außer seiner elektromagnetischen Rail Gun mit einem reichlichen Vorrat an Projektilen aus Wolframstahl trug jeder Zinnsoldat eine über den Rücken geworfene Segeltuchtasche mit Wechselakkus und Ersatzteilen für den Ganzkörperpanzer und das hydraulisch betätigte Exoskelett.

Die MV-32 Pave Dasher startete in einer alles verhüllenden Wolke aus Sand und Staub und hatte eben begonnen, ihre Triebwerksgondeln aus der senkrechten Startstellung in den Flugmodus zu drehen ... als der erste russische Marschflugkörper sein Ziel fand. Mehrere Flammöldetonationen bildeten eine perfekte Gabel vor und hinter der MV-32 und wirkten wie ein riesiger Reißwolf, der das Schwenkrotorflugzeug mit Besatzung und Passagieren sekundenschnell in tausende von Stücken zerfetzte und dann alles in den Sand schmetterte.

8

Tschardschu, Republik Turkmenistan
Einige Minuten später

»Zinnsoldaten, Zinnsoldaten, Meldung!«, rief Briggs in sein Komlink. Einer der Männer nach dem anderen meldete sich. Ihre während des normalen Datenaustauschs übertragenen Körperdaten zeigten ihm bereits, dass alle noch lebten, aber er wollte auch ihre Stimmen hören – und hielt es für wichtig, dass sie seine hörten.

Als Letzter meldete Chris Wohl sich. »Mit Ihnen alles in Ordnung, Taurus?«, fragte er.

»Positiv. Aber die Leute auf dem Flugplatz sind erledigt, fürchte ich.« Eine kurze Pause, dann: »Okay, kontrolliert alle eure Ausrüstung, überprüft eure Waffen, bleibt abwehrbereit und richtet euch darauf ein, dass wir weiter vorgehen. Top, ich rechne damit, dass die Russen als Nächstes mit Fallschirmjägern kommen. Sie stellen fest, wo mögliche Absetzzonen liegen, und zeichnen einen Plan, der uns zeigt, wie wir dort hinkommen.«

»Verstanden.«

»Basis, hier Taurus. Auf dem Flugplatz hat's mehrere Dutzend Flammöldetonationen gegeben«, meldete Briggs via Satellit nach Battle Mountain. »Sie sind aus dem Nichts gekommen – wahrscheinlich Angriffe mit Marschflugkörpern. Dasher one hat's erwischt... Verdammt, Basis, ich kann nicht mal mehr Wrackteile erkennen.«

»Verstanden, Taurus«, antwortete Patrick McLanahan aus seinem Battle Management Center in Battle Mountain. Verdammt, warf er sich selbst vor, du hättest *wissen* müssen, dass sie den Angriff mit Marschflugkörpern und Flammölbomben eröffnen würden – das hat Grislow in Wedeno und Mary auch gemacht. Du hättest veranlassen sollen, dass die Bodentruppen nicht in Tschardschu bleiben, sondern über die Grenze ausweichen und dort abgeholt werden. »Die russischen Bomber der ersten Welle drehen nach Norden ab – ich glaube, dass sie ihren Auftrag ausgeführt haben. Aber wir sehen mehrere weitere Wellen im Anflug. Mindestens eine davon dürfte aus Bombern mit Abwurflenkwaffen bestehen.«

»Die Flammöldinger schaden uns nicht, wenn sie uns nicht direkt auf den Kopf fallen«, sagte Briggs. »Wir sind jetzt weit genug vom Flughafen entfernt.«

»Könnt ihr irgendwo Deckung finden, Taurus?«

»Hier draußen sind wir vermutlich sicherer als in der Nähe des Flughafens«, antwortete Briggs.

»Verstanden. Irgendwelche Vorschläge?«

»Ich denke, dass die Russen dieses ganze Gebiet in eine Mondlandschaft verwandeln und dann anfangen wollen, hier Invasionstruppen abzusetzen«, sagte Briggs. »Wir können uns auf die wahrscheinlichsten Absetzzonen verteilen und versuchen, ein paar ihrer Transporter abzuschießen. Aber sobald es ihnen gelingt, eine größere Streitmacht abzusetzen, sind wir erst mal außer Gefecht. Mit unseren Waffen können wir keinen massiven Infanterieangriff über längere Zeit hinweg abwehren.«

»Was ist mit Turabi und seiner Armee?«

»Die ist zersprengt«, antwortete Briggs. »Wer den russischen Luftangriff überlebt hat, dürfte im Begriff sein, sich in Richtung Heimat abzusetzen.«

»Verstanden. Ich schlage vor, dass Sie sich die topografischen Karten ansehen, die logischen Absetzzonen festlegen, dort Stellung beziehen und warten«, sagte Patrick. »Wir werten die Satelliten- und Radarbilder aus und halten Sie auf dem Laufenden. In Samarkand steht ein Special-Ops-Team der Air Force bereit, um euch notfalls rauszuholen. Behaltet die Fluchtwege nach Usbekistan im Auge. Verschlechtert eure Lage sich noch mehr, müsst ihr vielleicht dorthin ausweichen.«

»Glauben Sie mir, wir beobachten diese Gebiete ständig«, versicherte Briggs ihm. Die usbekische Grenze lag hier nur fünfzehn Meilen weiter nördlich, jenseits des Flusses Amudarja. »Okay, wir gruppieren uns um und warten auf weitere Anweisungen.« Er machte eine kurze Pause, dann rief er Sergeant Major Wohl: »Top!«

»Sir?«

»Haben Sie den Plan mit den wahrscheinlichen Absetzzonen schon fertig?«, fragte Briggs. »Ich will, dass wir ein paar russische Transporter runterholen.«

»Den habe ich Ihnen schon übermittelt, Sir.« Briggs sah in seinem elektronischen Visier ein Icon blinken und klickte es an. Vor ihm erschien eine Karte des Großraums Tschardschu, in dessen Nordsektor die Positionen der acht Zinnsoldaten des Kommandoteams markiert waren. Briggs war überrascht, als er sah, dass Wohl ihm den am weitesten entfernten Platz im Südosten zugewiesen hatte – fast drei Meilen entfernt auf der anderen Seite des Flughafens. »Äh, Sergeant Major, was soll *ich* dort im Südosten? Warum schlagen Sie nicht gleich vor, dass ich in Los Angeles oder sonst wo in Stellung gehen soll?«

»Entschuldigung, Sir«, knurrte Wohl. Selbst über die Satellitenverbindung war deutlich zu hören, dass Wohl sauer war. »Stellen Sie meine Verteilungstaktik in Frage?« Sein Tonfall verriet, dass er diese Möglichkeit für ganz undenkbar hielt.

»Ich stelle Ihre Taktik nicht in Frage, Top, nur die Verteilung der einzelnen Männer.«

»Meinen Sie damit speziell die Position, die ich *Ihnen* zugewiesen habe, Sir?«

»Allerdings! Ich bin am allerweitesten von der Action entfernt. Warum?«

»Aus meiner Sicht haben Sie zwei Möglichkeiten, Sir: Sie können das Ergebnis meiner langjährigen Erfahrung bei der Planung solcher Aktionen akzeptieren – oder Sie können meine Empfehlungen verwerfen und selbst einen besseren Plan zusammenbasteln.«

»Beantworten Sie meine Frage, Sergeant Major.«

»Ja, Sir. Erstens sollten Sie als Teamführer nicht mitten im vermutlichen Brennpunkt des feindlichen Angriffs festsitzen. Zweitens sind Sie der älteste Mann unseres Teams, wenn ich mal von mir absehe, aber Ihre relative Unerfahrenheit macht den Altersvorteil wieder mehr als wett.«

»Das ist Bockmist, Top …«

»Lassen Sie mich ausreden, Sir. Drittens bin ich keineswegs davon überzeugt, dass die Russen nur aus Norden angreifen werden. Ich denke, sie werden voraussehen, dass wir unsere Kräfte im Norden konzentrieren. Und ich halte es für sehr wahrscheinlich, dass sie einen Umgehungsangriff im Südosten versuchen werden, um uns so in die Zange zu nehmen und festzunageln oder über die Grenze abzudrängen. Versuchen sie das, möchte ich dort Sie in Stellung haben, damit Sie uns alarmieren können. Sonst noch irgendwelche Fragen in Bezug auf meinen Plan, Sir?«

»Nein, Sergeant Major, keine Fragen mehr«, sagte Briggs. Ihm gefiel es nach wie vor nicht, am weitesten von den anderen entfernt eingesetzt zu sein, aber Wohl hatte zumindest einige recht gute Argumente vorgebracht, die dafür sprachen. Außerdem vermutete Briggs, dass Wohl Recht hatte: Den Russen war zuzutrauen, dass sie eine Umfassungsbewegung versuchten, um die Zinnsoldaten in die Zange zu nehmen. »Gut gemacht. Setzen Sie das Team wie in Ihrem Plan vorgesehen ein.«

»Ja, Sir. Danke, Sir.« Sein »Danke, Sir« klang wie »Fuck you, Sir«, aber er war nicht wirklich sauer. Briggs wusste, dass es Wohl Spaß machte, seine Taktik erklären zu müssen, weil er dabei beweisen konnte, dass er viel schlauer war als die Offiziere, die seine Vorgesetzten waren. »Red Team, Waffen und Ausrüstung überprüfen, laden und sichern, Sprungweg überprüfen, dann zugewiesene Stellung einnehmen.«

Ein Zinnsoldat nach dem anderen machte sich daran, mit weiten Sprüngen die ihm zugewiesene Stellung zu erreichen. Hal Briggs beobachtete fasziniert, wie seine Männer aus ihren Verstecken sprangen: in nicht ganz aufrechter Körperhaltung, ihre Waffe vor der Brust haltend, die Segeltuchtasche mit Akkus und Ersatzteilen über den Rücken geworfen. Um möglichst weit zu kommen, sprangen sie nur ungefähr zehn Meter hoch. Auf dem Scheitelpunkt ihrer Bahn wechselten sie in Landehaltung über, wobei die Waffe weiter vor der Brust getragen wurde. Das erneute Zischen von Druckluft signalisierte, dass sie kurz vor dem Aufsetzen waren, wo sie ihren Fall mit kürzerer Düsenbetätigung abbremsten. Eigentlich war dieses Bremsmanöver überflüssig, weil die hydraulisch verstärkten Exoskelette den Aufprall sehr gut dämpfen konnten, aber wenn keine feindlichen Soldaten in der Nähe waren, hatten die Zinnsoldaten Anweisung, ihren Fall mit Druckluft abzubremsen, um die Exoskelette nicht übermäßig abzunutzen. Jeder Mann sprang ungefähr dreißig Meter weit. Chris Wohl, der größte Mann des Teams, kam etwas früher auf; Hal Briggs, der kleinste Mann, flog immer am weitesten.

Wäre die Lage nicht so ernst, dachte Hal, während er sie weghüpfen sah, wäre dieses Bild geradezu komisch. Sie sahen fast wie große graue Heuhüpfer aus, die über die Wüste davonsprangen. Aber sie waren unterwegs, um es mit einem weit überlegenen Gegner aufzunehmen, der zweifellos mit dem Vorsatz kam, sie zu vernichten. War ihre Gegenwehr erfolgreich, würden viele Russen sterben; war sie's nicht, würden sie gefangen genommen, nach Russland verschleppt und dort verhört werden.

Wären sie clever gewesen, wären sie jetzt nach Norden unterwegs, um ins relativ sichere Usbekistan zu gelangen.

»Meditieren Sie gerade, Sir?«, fragte Chris Wohl halb ärgerlich, halb sarkastisch über Funk. »Oder wollen Sie noch mal über meine Einteilung diskutieren, bevor Sie Ihren Hintern hochkriegen?«

»Nur keine Panik, Sergeant Major«, sagte Briggs, in dessen elektronischer Stimme ein Lachen mitschwang. »Bin schon unterwegs.«

Battle Management Center, Battle Mountain Air Reserve Base, Nevada

Kurze Zeit später

»Sir, ich glaube, Sie sollten Ihre Entscheidung nochmals überdenken.«

Verteidigungsminister Robert Goff schüttelte den Kopf. Er stand mit dem Battle Management Center über eine abhörsichere Videoschaltung in Verbindung, sodass McLanahan ihn auf einem der Bildschirme seiner Konsole vor sich hatte. »Dazu wird's nicht kommen, Patrick«, sagte Goff. »Der Entschluss des Präsidenten steht ziemlich fest: Er will, dass Maureen Hershel und Präsident Martindale dort rausgeholt und in Sicherheit gebracht werden, und besteht darauf, dass Ihre Einheiten nach Battle Mountain zurückverlegt werden. Tut mir Leid um Ihre Männer an Bord des Schwenkrotorflugzeugs, aber der Präsident will keine weiteren Kampfhandlungen in Turkmenistan mehr. Können Ihre Leute das Gebiet um Tschardschu verlassen und sich nach Usbekistan in Sicherheit bringen, steht in Samarkand ein Flugzeug bereit, um sie heimzufliegen. Bis zur Grenze sind's nur … fünfzehn bis zwanzig Meilen, nicht wahr? Die müssten Ihre Zinnsoldaten in ein paar Minuten zurücklegen können.«

»Sir, die Russen haben unsere Stellungen gerade mit Flammölbomben angegriffen«, wandte Patrick ein. »Wir beobachten mehrere weitere Wellen anfliegender Maschinen, wahrscheinlich schwere Bomber, denen mittlere Bomber folgen …«

»Das haben Sie mir bereits erzählt«, unterbrach Goff ihn irritiert.

»Es ist nur noch eine Frage der Zeit, wann die Russen Bodentruppen einsetzen«, stellte Patrick fest. »Sobald sie alles flach gemacht haben, können sie Tschardschu mühelos einnehmen.«

»Das ist nicht unser Problem.«

»Die Turkmenen haben sich für Jalaluddin Turabi als Oberbefehlshaber ihrer Streitkräfte entschieden«, sagte McLanahan. »Er kann die turkmenische Armee so organisieren, dass sie eine Invasion der Russen abwehren kann – mit *unserer* Unterstützung.«

»General …«

»Helfen wir ihnen nicht, Sir, legen die Russen Tschardschu ebenso in Trümmer, wie sie zuvor Wedeno in Tschetschenien und Mary in Turkmenistan zerstört haben«, fuhr Patrick aufgebracht fort. »Grislow schickt so lange Bomber und weitere Truppen, bis er das ganze Land unter Kontrolle hat.«

»General, jetzt *reicht's!*«, knurrte Goff. »Der Präsident hat Ihnen befohlen, von dort abzuziehen.«

»Aber, Sir …«

»Hören Sie schlecht, General? Verstehen Sie nicht, was ich sage? In Turkmenistan gibt's keine Regierung mehr, Patrick – die Regierungsgewalt haben die Russen übernommen. Die turkmenischen Streitkräfte wurden von Russen oder Taliban geführt, und jetzt haben die Russen den dortigen Präsidenten liquidiert. Für Ihre Argumentation dem Kongress, dem Präsidenten und dem amerikanischen Volk gegenüber ist's nicht gerade vorteilhaft, wenn sich herausstellt, dass das turkmenische Militär jetzt unter Führung der Taliban steht.«

Patrick verstummte. Er wusste, dass es zwecklos war, weiter mit Goff zu diskutieren.

»Sie holen Ihre Leute dort raus und veranlassen, was notwendig ist, damit Hershel heil zurückkommt, verstanden?«

»Ja, Sir«, bestätigte Patrick.

»Das mit der Besatzung Ihres Schwenkrotorflugzeugs tut mir wie gesagt Leid, Patrick. Der Präsident und ich werden den Angehörigen unser Beileid aussprechen.«

»Danke, Sir.« Nachdem Goff die Verbindung beendet hatte, warf McLanahan seinen Kopfhörer auf die Konsole und lehnte sich frustriert zurück.

»Hal hat seine Leute nordöstlich von Tschardschu umgruppiert und wartet auf das russische Luftlandeunternehmen. Er hat noch keine Feuererlaubnis«, sagte David Luger, der neben Patrick auf dem Platz des stellvertretenden Kommandeurs saß, nach einer kurzen Pause. »Die Lage ist zu unübersichtlich, als dass wir das Special-Ops-Team aus Samarkand hinschicken könnten, um sie rausholen zu lassen, aber sie können sich leicht selbst in Sicherheit bringen. Sobald sie den Amudarja nach Norden überschritten haben, liegt die usbekische Grenze vor ihnen.«

Patrick schwieg einige Sekunden lang. Dann drückte er auf einige Knöpfe seiner Konsole und forderte Statusberichte über alle Männer und Frauen, Flugzeuge, Satelliten und Waffen unter seinem Befehl an. Einige Minuten später setzte er seinen Kopfhörer wieder auf. »Rebecca? Daren?«

»Bitte weiter, Sir«, antwortete Rebecca Furness. »Wir hören beide.«

»Ich hoffe, dass ihr die vorgeschriebenen Ruhezeiten eingehalten habt.«

»Oh, Scheiße – das klingt wieder mal nicht gut«, stellte Rebecca fest.

»Wird gemacht!«, rief Daren begeistert. »Was wollen Sie zerstört haben, Sir – und wann?«

Befehlzentrale Siwkowo, Russische Föderation

Zwei Stunden später

Generalleutnant Juri Kudrin, Kommandeur der 2. Schweren Bomberdivision auf dem Luftwaffenstützpunkt Friedrich Engels, meldete sich mit einem Lachen in der Stimme. »Das war leichter, als auf zwei Finger zu pissen, Boss.«

Kudrin befehligte die Organisation, die für den Einsatz der Fernbomber- und Unterstützungsregimenter der Russischen Föderation im Gebiet westlich des Urals zuständig war: zwei Regimenter mit Bombern Tu-22M und Tu-160 und ein Tankerregiment mit Iljuschin Il-78 auf dem Stützpunkt Engels; ein Bomberregiment mit Tu-22M auf dem Stützpunkt Belaja bei Kirow; zwei Bomberregimenter mit Tu-22M und Tu-95 »Bear« auf dem Stützpunkt Rjasan südöstlich von Moskau und ein Bomberregiment mit Tu-95 auf dem Stützpunkt Mosdok in Tschetschenien. Den Angriff auf Tschardschu hatte er in Rekordzeit geplant: Er hatte seine große Bomberflotte mit einem Minimum an Vorbereitungen und Einsatzbesprechungen starten lassen und war ungeahnt erfolgreich gewesen. Jetzt hatte er seine gesamte Division auf dem Stützpunkt Engels zusammengezogen, um seine Bomber in Wellen angreifen zu lassen und damit jegliche Gegenwehr in Turkmenistan im Keim zu ersticken.

»Keine Jäger, was?«, fragte General Anatolij Grislow. Er telefonierte mit Kudrin über eine abhörsichere Satellitenverbindung aus der unterirdischen Befehlszentrale Siwkowo südwestlich von Moskau, die erst vor wenigen Jahren als Ersatz für die von litauischen Bombern zerstörte Kommandozentrale Domededowo erbaut worden war. »Und auch kein Überwachungsradar?«

»Kein einziger Piepser, General«, bestätigte Kudrin. »Alle Maschinen sind zurück, und keine ist auch nur beleuchtet worden – nicht mal von einem Überwachungsradar. Die einzigen Radare waren die unserer Truppen in Mary.«

»Hat's mit dem Jagdschutz geklappt?«

»Mit den Begleitjägern hat's keine Schwierigkeiten gegeben«, antwortete Kudrin. »Wir haben eine Staffel des Hundertachtundsechzigsten Jagdregiments in Astrachan bis zum Ausgangspunkt unserer Angriffe mitgenommen, aber die Jäger haben sich gelangweilt, weil nichts passiert ist.«

»Irgendwelche Schwierigkeiten mit Baku Radar?«

»Wir waren nie in seinem Luftraum, General. Wir sind über dem Westen Kasachstans und westlich des Aralsees geblieben und dann geradeaus über Turkmenistan hinweg nach Tschardschu geflogen. Dort gibt's praktisch keine Radarüberwachung. Wir haben unsere Störsender nie einschalten müssen.«

»Was brauchen Sie für Ihre nächsten Angriffe, Kudrin?«

»Nur zusätzlichen Jagdschutz für Engels, Boss«, antwortete Kudrin. »Am liebsten hätte ich ein weiteres Jagdregiment in der Nähe, das bevorzugt auf dem Flughafen Saratow starten sollte. Engels ist jetzt entschieden voll: Die zweite Angriffswelle ist in ungefähr zwei Stunden über Tschardschu, und die dritte Welle soll in einer Viertelstunde starten – kurz bevor die erste Welle wieder in Engels landet. Alle zehn Stunden gehen hier über hundert schwere Bomber raus.«

»Sie setzen sämtliche Bomber von Engels aus ein?«, fragte Grislow. »Ist das nicht riskant? Stellen Sie sich vor, die Amerikaner würden angreifen – wäre das nicht ein schwerer Schlag für Ihre Planung?«

»Bei einem Start von Engels aus müssen die Tu-22M auf dem Hin- und Rückflug je einmal betankt werden, General«, antwortete Kudrin. »Würden sie von Rjasan oder Belaja aus eingesetzt, bräuchten sie auf dem Hinflug zwei Betankungen. Die Koordinierung aller dieser Starts und Betankungszeiten war auf die Dauer zu lästig und zeitraubend. In Engels gibt's reichlich Treibstoff und Waffen – nur die Flugzeuge haben gefehlt.«

»Kudrin, ich habe Sie nicht an die Spitze einer Division gestellt, damit Sie sich das Leben möglichst leicht und angenehm machen«, sagte Grislow. Er wollte Kudrin, der einer seiner erfahrensten Kommandeure war, nicht richtig zusammenstauchen, aber dieser Plan klang in seinen Ohren völlig falsch. Er hatte ein sehr schlechtes Gefühl dabei. »Brauchen Sie weitere Tanker und Einsatzplaner, müssen Sie sie anfordern. Ich will nicht, dass die Kapazitäten von Engels überbeansprucht werden, und ich will erst recht nicht, dass alle unsere Bomber durch einen Angriff auf einen einzigen Stützpunkt zerstört werden können.«

»Zu Befehl, General.« Grislow hörte Papiergeraschel, dann fuhr Kudrin fort: »In diesem Fall möchte ich die Jäger und Tanker des Achtundvierzigsten Jagdregiments in Lipetsk und des Neunzigsten Jagdregiments in Morosowsk. Ich verlege das Achtundvierzigste nach Morosowsk und lasse bei Wolgograd eine weitere Betankungsmöglichkeit für die aus Belaja und Rjasan kommenden Tu-22M einrichten. Dort können dann auch die Jäger betankt werden.«

»Sehen Sie, *das* wollte ich von Ihnen hören, Kudrin«, sagte Grislow. Kudrin neigte dazu, gewisse Dinge auf die leichte Schulter zu nehmen, aber meistens genügte ein kleiner Anstoß, damit er wieder Tritt fasste. »Ihre Anforderung dieser Einheiten ist genehmigt – Sie können beide Regimenter ab sofort einsetzen. Ich bin mit Ihrer bisherigen Arbeit sehr zufrieden. Lassen Sie mich wissen, wenn Sie noch irgendetwas brauchen.« Statt einer Antwort war nur ein elektronisches Klicken und Summen zu hören. Na gut, dachte Grislow, Kudrin war schon immer eher wortkarg …

Südlich des Luftwaffenstützpunkts Friedrich Engels

Zur gleichen Zeit

Kudrin hatte eilig aufgelegt, weil er in diesem Augenblick die erste Warnung erhielt, dass sein Stützpunkt aus der Luft angegriffen wurde.

»Suchradar, SA-10, zwölf Uhr, vierzig Meilen«, meldete Daren Mace. »Wir kommen rasch in den Erfassungsbereich. Los, wir müssen runter, Rebecca!«

Rebecca drückte auf ihre Sprechtaste am Steuerknüppel des Bombers EB-1C Vampire und befahl: »Terrainfolgemodus, Mindesthöhe hundert.« Damit wies sie den Autopiloten an, bis auf hundert Fuß über Grund hinunterzugehen – weniger als die Spannweite ihrer Maschine. »Mindesthöhe hundert eingestellt. Wie sieht's aus?«

»Verdammt, diese SA-10 erwischt uns«, sagte Daren. Das Gelände vor ihnen war flach wie ein Brett und stieg nur nördlich der Wolga kaum merklich an. Daren drückte seine Sprechtaste. »Zwei TALDs starten.«

»*Zwei TALDs starten, Start stoppen*«, antwortete der Computer. Sekunden später wurden zwei Köder, die an übergroße, massive Federbälle erinnerten, aus dem Heck der Vampire ausgestoßen und segelten davon. Diese Tactical Air Launched Decoys (TALDs) waren kleine Gleiter mit Sendern an Bord, die sie nach dem Einschalten auf jedem Radarschirm wie riesige, langsam fliegende Flugzeuge aussehen ließen.

»Hält uns weiter erfasst«, berichtete Daren. »Sie hat uns *und* die TALDs. Unsere Störsender sind nicht wirksam genug.«

»Halt dich fest«, sagte Rebecca. »Terrainfolgemodus aus.« Sie drückte die Leistungshebel in Nachbrennerstellung nach vorn und zog den Steuerknüppel nach hinten. Die Vampire schoss mit fünfundsiebzig Sekundenmetern in den Himmel hinauf.

»Das ist gut… mehr brauchen wir nicht.« Sie durchstiegen fünftausend Fuß und waren damit im Erfassungsbereich einer SA-10 viel zu hoch. »Rebecca, wir müssen wieder runter, wir sind *zu hoch!*«

»*Warnung, SA-10-Höhenfinder, zwölf Uhr, fünfundzwanzig Meilen*«, meldete die samtige Frauenstimme des Gefahrenwarners. »*Warnung, Lenkwaffenstart, SA-10… Warnung, Lenkwaffenstart, SA-10!*« Der Computer kündigte insgesamt vier Lenkwaffenstarts an – eine ganze SA-10-Batterie hatte soeben das Feuer auf sie eröffnet.

»Rechts wegkurven!«, rief Daren. Rebecca zwang die Vampire in eine steile Rechtskurve. »Volle Abwehrmaßnahmen!«

»*Abwehrmaßnahmen aktiv*«, bestätigte der Computer. Aus einem Heckbehälter wurde ein Stromlinienkörper am Ende eines armierten Glasfaserkabels ausgestoßen. Der nachgeschleppte Köder ALE-50 stellte eine verlängerte Antenne für die Störsender der Vampire dar, damit ihr Abstrahlpunkt, falls feindliche Lenkwaffen ihre Störsender ansteuern konnten, möglichst weit von der EB-1C entfernt war.

Die erste Fla-Lenkwaffe steuerte direkt einen der TALDs an und erzielte einen Volltreffer. Die drei anderen SA-10 hielten unbeirrbar auf die Vampire zu. Der für Abwehrmaßnahmen zuständige Computer stieß zwei weitere TALDs aus, und eine SA-10 ließ sich von ihnen täuschen – diese Köder waren ein Ziel, das man unmöglich ignorieren konnte. Aber die mit dreifacher Schallgeschwindigkeit anfliegenden beiden letzten SA-10 würden binnen Sekunden einschlagen ...

»Links wegkurven!«, rief Daren laut. Rebecca ging sofort auf Gegenkurs und flog auf die heranrasenden Fla-Lenkwaffen zu. Dieser Turn bewirkte jedoch, dass der geschleppte Köder langsamer wurde, sich seitlich bewegte und dadurch noch größer und einladender wirkte. Beide Fla-Lenkwaffen steuerten sofort dieses riesige neue Ziel an; die erste SA-10 traf den nachgeschleppten Köder, und die zweite Lenkwaffe detonierte in den Trümmerteilen der ersten.

»Los, wir verschwinden mit einer Hundertachtziggradkurve rechts«, sagte Daren. Während Rebecca nach Süden abdrehte, holte er den zweiten nachgeschleppten Köder wieder ein. »SA-10-Radar weiter im Zielfolgemodus, sechs Uhr, dreiundzwanzig Meilen.« Das moderne Luftabwehrsystem SA-10 konnte bis zu zwölf mobile Startrampen mit je vier Fla-Lenkwaffen kontrollieren und bis zu sechs Ziele gleichzeitig mit je zwei Lenkwaffen angreifen – sie waren also noch keineswegs in Sicherheit. »Basis, habt ihr schon eine Aufnahme gemacht?«

»Kommen eben rein«, antwortete David Luger auf der Battle Mountain Air Force Base. »Die NIRTSats übertragen gerade ihre neuesten Aufnahmen. Augenblick noch.« Vor einigen Tagen hatte Patrick McLanahan veranlasst, dass eine Reihe von NIRTSats (Need It Right This Second Satellite) in niedrige Umlaufbahnen geschossen wurde, um das Gebiet zwischen dem Luftwaffenstützpunkt Friedrich Engels bei Moskau – dem größten Bomberstützpunkt Russlands, von dem die Angriffe auf Wedeno in Tschetschenien und Mary in Turkmenistan ausgegangen waren – und dem Arabischen Meer zu überwachen. Insgesamt sechzehn NIRTSats waren in Vierergruppen von Bord einer umgebauten DC-10 mit Trägerraketen ins Weltall geschossen worden. Diese fernsehergroßen Satelliten enthielten hoch auflösende Radarsensoren mit synthetischer Apertur, die aus hundertdreißig Kilometer Höhe noch Gegenstände von der Größe eines Kleinwagens erkennen und identifizieren konnten. Sechzehn Satelliten bedeuteten, dass das Überwachungsgebiet alle dreieinviertel Minuten von einem der Satelliten überflogen wurde.

Das Problem war nur, dass ihre Aufnahmen stets Radarbilder mit hoher Auflösung blieben: Sie stellten alles dar, was Radarenergie reflektierte – auch Scheinstellungen und andere Ziele, die nur gefährlich aussahen, während wirklich gefährliche Ziele sich in Gebäuden oder einfachen Schutzbauten verstecken ließen. Um Scheinstellungen von wirklichen Fla-Stellungen unterscheiden zu können, musste man ihnen etwas zu schießen geben. Die von der Vampire mitgeführten Abwurflenkwaffen – FlightHawks, StealthHawks und Wolverines – waren zu klein und zu schlecht zu orten, um eine strategische Fla-Lenkwaffenstellung zum Angriff provozieren zu können. Dazu brauchte man echte Marschflugkörper.

Die SAR-Aufnahmen wurden ins BATMAN in Battle Mountain übertragen und dort auf Großbildschirmen dargestellt. Computer identifizierten die wahrscheinlichsten Ziele und markierten sie blitzschnell. »Da haben wir sie«, meinte Luger zufrieden. Das Radarbild vor ihm zeigte eindeutig eine Fla-Lenkwaffenstellung in der auf Brigadeebene üblichen Konfiguration: ein Befehlswagen, der zugleich als mobile Startrampe fungierte, dessen vier Startröhren bereits aufgerichtet waren; zwei einfachere mobile Startrampen, davon nur eine mit aufgerichteten Startröhren, in ungefähr drei Kilometer Abstand zueinander; ein Radarwagen; ein fahrbarer Gittermast mit einem Radar zur Ortung von Tieffliegern und Marschflugkörpern; und mehrere Versorgungsfahrzeuge, darunter Sattelschlepper mit zusätzlichen SA-10 und Kräne zum Nachladen von Lenkwaffen. Weitere SAR-Aufnahmen zeigten den rund zehn Kilometer entfernt stehenden Kommandowagen, der die Aktivitäten mehrerer SA-10-Stellungen koordinierte.

»Freut mich, euch zu sehen, Jungs«, sagte Luger. Er schob ein Fadenkreuz über den Kommandowagen und drückte auf einen Knopf.

Die geografischen Koordinaten des Fahrzeugs wurden via Satellit augenblicklich an die Vampire übermittelt und in ihrem Angriffscomputer gespeichert. Diesen Vorgang wiederholte Luger mit den mobilen Startrampen und in absteigender Priorität mit den übrigen Fahrzeugen. »Ich habe meine Bilder, Jungs«, sagte er dann. »Von mir aus kann's losgehen.«

»Mindesthöhe dreihundert einstellen«, verlangte Daren. Sobald sie auf dreihundert Fuß über Grund gestiegen waren, sagte er: »Jetzt geht's los!« Die Zielkoordinaten waren für die Waffen in der hinteren Bombenkammer bestimmt. Das Revolvermagazin in dieser Kammer enthielt acht Luft-Boden-Lenkwaffen AGM-165 Longhorn. Die neunhundert Kilogramm schwere Longhorn hatte einen neunzig Kilogramm schweren Thermium-Nitrat-Gefechtskopf, ein zweistufiges Feststofftriebwerk, das ihr eine Reichweite von über hundert Kilometer verlieh, und einen IIR-Steuersensor. Sowie Daren die Zielkoordinaten einprogrammiert hatte, befahl er: »SA-10-Brigade mit Longhorn angreifen.«

»*Angriff mit Longhorn, Angriff stoppen*«, antwortete der Computer. Nach kurzer Pause öffneten sich die hinteren Bombenklappen, und drei Longhorns wurden nacheinander abgeworfen. Nachdem sie ungefähr zwanzig Meter weit gefallen waren, wurden ihre Triebwerke gezündet, und die Lenkwaffen schossen voraus, beschrieben einen Rückwärtsbogen über der Vampire und steuerten dann die SA-10-Stellung an.

Dreißig Sekunden vor dem Aufschlag begannen die Lenkwaffen via Satellit Infrarotbilder an den Bomber und das BATMAN in Battle Mountain zu übermitteln. David Luger erkannte dieselbe SA-10-Brigade wieder, die ihre NIRTSats erst vor wenigen Minuten aufgenommen hatten. Das Fadenkreuz der ersten AGM-165 Longhorn lag nur wenig neben dem Kommandowagen. Er benutzte einen Trackball, um es genau über ihr Ziel zu verschieben, und bestätigte diese Einstellung. »Ziel eins erfasst«, kündigte Luger an.

»Ich habe die Ziele zwo und drei«, sagte Daren. Er hatte die von den beiden anderen Longhorns übermittelten Bilder in Fenstern auf seinem Supercockpit-Display. Auch ihre Fadenkreuze mussten nur leicht verschoben werden, um mitten im Ziel zu liegen, und er bestätigte diese Einstellungen. Dann schaltete er auf die erste Lenkwaffe um und konnte verfolgen, wie sie dem Kommandowagen immer näher kam, bis sie ihn im nächsten Augenblick zerstörte. »Volltreffer Ziel eins! Yeah, Baby!«, krähte er. Auch die Ziele zwei und drei wurden wenig später zerstört; damit war die von dieser SA-10-Stellung ausgehende Gefahr beseitigt. In der Umgebung gab es weitere Fla-Lenkwaffenstellungen, deren Koordinaten Luger ebenfalls übermittelte, aber sie waren vorläufig weit genug entfernt, um keine Gefahr darzustellen. Die übrigen Longhorns würden sie brauchen, um Stellungen in unmittelbarer Nähe des Zielkomplexes auszuschalten.

Daren wählte auf seinem Supercockpit-Display einen Wegpunkt aus. »Die SA-10 sind erledigt. Wir greifen an, Jungs. Steuerkurs wird angezeigt, Rebecca. Mindesthöhe zwotausend.« Sie kurvte steil nach rechts zum Luftwaffenstützpunkt Friedrich Engels ein. Da die von Fla-Lenkwaffen ausgehende Gefahr jetzt verringert war, konnten sie es sich leisten, etwas höher zu steigen, um vor Flak-Stellungen mit optischen Visieren sicher zu sein.

Nach der Zerstörung der SA-10-Stellung durch die AGM-165 Longhorn war die Bahn zum Angriff auf den Stützpunkt selbst frei. Von jetzt an war die Vampire wenig mehr als eine bemannte fliegende Startrampe für Lenkwaffen aller Art. David Luger hatte bereits zwei große Flak-Stellungen an beiden Enden der langen Runway identifiziert, und Daren schoss je eine Longhorn auf sie ab und vernichtete sie Sekunden später. Eine weitere Longhorn zerstörte das Überwachungsradar des Stützpunkts, und die beiden letzten AIM-165 trafen das riesige Treibstofflager, das sofort in Flammen stand.

Aber die Hauptziele waren noch unbeschädigt: die zahlreichen hier stationierten Bomber, die für weitere Angriffe auf Turkmenistan bereitstanden.

Die mittlere Bombenkammer enthielt ein Revolvermagazin mit acht Marschflugkörpern AGM-177 Wolverine. Diese Lenkwaffen mit Düsenantrieb trugen eine Waffenlast von hundertfünfunddreißig Kilogramm in drei Bombenkammern und zusätzlich ihren Gefechtskopf mit einer Sprengladung. Die Wolverines waren bereits auf ihre Einsätze programmiert, sodass es nur darum ging, bis auf dreißig Kilometer an den Stützpunkt heranzufliegen, die mittlere Bombenkammer zu öffnen und die Marschflugkörper abzuwerfen. Auch wenn die Wolverines langsamer und weniger zielsicher waren als die Longhorns, waren sie für die Aufgaben, die sie hier erwarteten, ideal geeignet.

Eine Wolverine nach der anderen überflog die über dreieinhalb Kilometer lange Start- und Landebahn des Stützpunkts, den Rollweg Nord und die weiten Abstellflächen in etwa zweitausend Fuß über Grund. Bei ihrem Überflug warfen sie kleine Behälter an Fallschirmen ab. Diese Fallschirmbomben CBU-97R mit Sensorzündern hatten einen kleinen Radarsensor in der Spitze, der Ziele unter sich entdeckte und den Behälter entsprechend drehte. In genau berechneter Höhe detonierte der Behälter und jagte den entdeckten Zielen zehn augenblicklich geschmolzene Kupferklumpen entgegen. Diese weiß glühenden Klumpen konnten bis zu zwanzig Millimeter Panzerstahl durchschlagen. Während das Kupfer den äußeren Panzer durchdrang, kühlte es jedoch so ab, dass es nicht auch den gegenüberliegenden Panzer durchschlagen konnte. So verwandelte sich jeder geschmolzene Kupferklumpen in eine Schrotladung mit tausenden von rot glühenden Kugeln, die mit Schallgeschwindigkeit aus allem Hackfleisch machten, was sie trafen.

Auf der Start- und Landebahn, dem Rollweg Nord und den Abstellflächen des Stützpunkts war die Wirkung vernichtend. Eine Fallschirmbombe CBU-97R konnte bis zu zehn Ziele treffen – Flugzeuge, Fahrzeuge aller Größen oder Gebäude –, und jede der drei Bombenkammern der Marschflugkörper enthielt neun solcher Behälter. Jede Wolverine stieß bei jedem Überflug des Flugplatzes alle drei bis vier Sekunden einen dieser Behälter aus, sodass jeweils eine Kammer geleert wurde. Dann flog die Wolverine außerhalb des Platzes eine Schleife, kam aus anderer Richtung zurück und warf die nächsten neun Fallschirmbomben ab.

Der Zeitpunkt des Angriffs war ideal gewählt: Auf den Abstellflächen und Rollwegen drängten sich zweiunddreißig Tu-22M Backfire und Tu-160 Blackjack, die schon bald zu einem neuen Angriff starten sollten.

In den folgenden zwanzig Minuten griffen die Marschflugkörper Wolverine den Stützpunkt Friedrich Engels an, wobei sie ihre Angriffe zeitlich so versetzt flogen, dass sie sich nicht gegenseitig ins Gehege kamen und die CBU-97R nicht etwa dieselben Ziele angriffen. Die Ergebnisse waren spektakulär und schrecklich zugleich: Beim Überflug einer Wolverine schien unter ihr plötzlich ein Teppich aus Sternen aufzublitzen, als aus einem Behälter weiß glühende Kupferklumpen ausgestoßen wurden, die Explosionen und Brände auslösten; dann wiederholte dieser Vorgang sich einige Dutzend Meter weiter, als der nächste Behälter detonierte. Die Bahnen der Marschflugkörper wechselten bei jedem Angriff, sodass sie kaum Gefahr liefen, vom Boden aus abgeschossen zu werden oder Ziele anzugreifen, die schon getroffen waren. Waren ihre Bombenkammern nach dem letzten Überflug leer, stürzte der Marschflugkörper sich mit seinem Gefechtskopf auf ein vorher festgelegtes Ziel, das ein Hangar, eine Umspannstation, ein Stabsgebäude, eine wichtige Brücke in der Nähe des Platzes oder ein Munitionslager sein konnte.

Während die AGM-177 Wolverine ihre Angriffe flogen, hatten Rebecca Furness und Daren Mace selbst genug zu tun, um mit ihrer Vampire lebend aus Russland herauszukommen.

Daren aktivierte das LADAR (Laserradar) der EB-1C, das sofort ein Bild mit hoher Auflösung »zeichnete«, das die Welt um den Bomber herum in hundertfünfzig Kilometer Umkreis zeigte. Jeder LADAR-»Schnappschuss« dauerte nur zwei Sekunden, lieferte aber ein Bild, das praktisch Fotoqualität hatte – detailliert genug, dass die abgebildeten Gegenstände vermessen, mit den in einem Katalog gespeicherten Objekten verglichen und in wenigen Augenblicken identifiziert werden konnten.

»Das LADAR hat eine Viererkette MiG-29, fünf Uhr, dreiunddreißig Meilen, unsere Höhe«, berichtete Daren. »Und eine Zweierrotte MiG-25, neun Uhr, hoch, siebenundvierzig Meilen, fliegt mit Mach zwo an.« Die Vampire drehte sich automatisch leicht nach rechts, um den MiG-29 ein kleineres Profil zu zeigen und zugleich ihre heißen Schubdüsen für den Fall, dass sie eine Langstreckenrakete mit IR-Suchkopf abschossen, von ihnen wegzudrehen.

»Versucht doch, uns zu erwischen, Jungs«, sagte Rebecca. Sie drückte die Taste für Sprachbefehle. »Höchstgeschwindigkeitsprofil.«

»*Höchstgeschwindigkeitsprofil*«, bestätigte der Computer. Er brachte die Triebwerke sofort auf volle Leistung und ließ die Maschine steil steigen. Je höher der Bomber flog und je schneller er große Höhen erreichte, desto größer würde seine Durchschnittsgeschwindigkeit sein.

»MiG-29 mit Radar erfasst, fünfundzwanzig Meilen«, sagte Daren. Er drückte seine Sprechtaste. »MiG-29 mit Scorpion angreifen.«

»*MiG-29 angreifen, Angriff stoppen*«, antwortete der Computer. Er drehte die Vampire sofort weiter nach rechts, bis sie den Jägern fast entgegenflog, öffnete dann die vordere Bombenkammer und warf vier Jagdraketen AIM-120 Scorpion ab. Die Lenkwaffen fielen einige Meter weit durch, zündeten dann ihre Feststofftriebwerke, schossen voraus, erhielten ihre Steuerbefehle von der EB-1C und begannen die Jagd. Sobald die Luft-Luft-Lenkwaffen abgeschossen waren, drehte der Angriffscomputer den Bomber wieder nach links und auf den vorigen Kurs zurück.

Die Scorpions folgten den übermittelten Steuersignalen bis ungefähr zehn Sekunden vor dem Aufschlag und aktivierten dann ihr eigenes Radar. Die Piloten der russischen MiG-29 erkannten erst in diesem Augenblick, dass sie angegriffen wurden, und ihr Überleben hing von ihrer Reaktion ab. In einer Angriffsformation hatte jeder Pilot eine bestimmte Ausweichrichtung und genügend Platz für ein Ausweichmanöver. Er musste es nur ausführen, ohne länger als eine Zehntelsekunde zu zögern.

Die beiden Piloten, die überlebten, waren diejenigen, die sofort reagierten, als der Gefahrenwarner losplärrte: Sie stießen Düppel und Leuchtkörper aus und flogen so schnell wie möglich ihr Ausweichmanöver. Sobald die Scorpion in der letzten Angriffsphase auf ihr eigenes Radar umgeschaltet hatte, war sie leicht zu täuschen. Das Radar der Lenkwaffe konzentrierte sich auf das größte, hellste und langsamste Radarziel innerhalb seines schmalen Erfassungsbereichs – das im Fall zweier MiG-29 die in ihrem Kielwasser zurückgebliebene Düppelwolke aus reflektierenden Stanniolstreifen war. Aber die beiden anderen MiG-Piloten machten sich Sorgen, sie könnten die Führungsmaschine aus den Augen verlieren oder den Formationsangriff verderben, statt schnellstens zu reagieren, um sich zu retten, und wurden eine leichte Beute der Jagdraketen AIM-120 Scorpion.

Nach Ablauf der berechneten Flugzeit der Scorpions schaltete Daren das LADAR erneut kurz ein. »Zwei Fulcrums abgeschossen«, berichtete er. »Mann, wir haben ...«

»*Warnung, Lenkwaffenstart MiG-25, AA-10, acht Uhr, hoch*«, sagte die Frauenstimme des Gefahrenwarners.

Rebecca legte die Vampire sofort in eine enge Linkskurve. Gleichzeitig befahl Daren: »AA-10 und MiG-25 mit Scorpion angreifen!«

»*AA-10 und MiG-25 angreifen, Angriff stoppen*«, antwortete der Computer. Sobald der Bomber sich wieder annähernd im Geradeausflug befand, öffnete der Angriffscomputer die vorderen Bombenklappen und warf weitere vier AIM-120 Scorpion ab. Die beiden ersten Scorpions waren für die von den MiG-25 »Foxbat« abgeschossenen großen radargesteuerten Luft-Luft-Lenkwaffen AA-10 bestimmt. Nachdem die Foxbats ihre Lenkwaffen abgeschossen hatten, kurvten sie sofort weg. Die russische AA-10 hatte wie die Scorpion ein eigenes Radar, das die EB-1C Vampire etwa zehn Sekunden vor dem Aufschlag erfasste. Rebecca, die auf die anfliegenden AA-10 zuhielt, begann mit einer Serie ruckartiger Auf- und Abwärtsbewegungen, damit die russischen Raketen vielleicht zu stark korrigierten und so die Vampire verfehlten.

Der Versuch, eine Jagdrakete mit einer anderen Luft Luft-Lenkwaffe abzuschießen, hatte nicht viel Aussicht auf Erfolg – und war in diesem Fall völlig wirkungslos. Beide Scorpions detonierten weit von den schnelleren russischen Lenkwaffen entfernt, ohne irgendeinen Schaden anzurichten.

Die erste Lenkwaffe AA-10 Alamo flog nur wenige Meter unter der Vampire hindurch und traf den nachgeschleppten Köder ALE-50, dessen Störsignale sie ansteuerte. Die zweite AA-10 schien den Bomber ebenfalls zu verfehlen und dicht über ihn hinwegzufliegen, aber dann korrigierte sie im letzten Augenblick ihren Kurs und detonierte zwischen dem Rumpf und der Hinterkante der rechten Tragfläche.

»Scheiße, Triebwerk vier ist futsch, und bei Nummer drei streikt anscheinend der Kompressor«, rief Rebecca. Aber die Triebwerkscomputer hatten bereits reagiert: Sie hatten das zerstörte Triebwerk abgestellt, die Nummer drei in Leerlaufstellung gebracht und den Bomber anschließend durch Veränderung seiner variablen Beplankung wieder ausgetrimmt. Die Computer hatten auch die betroffenen Hydraulik-, Druckluft-, Treibstoff- und Elektrosysteme stillgelegt. Sekunden später versuchten sie automatisch einen Neustart. »Verdammt, Nummer drei lässt sich nicht wieder starten. Ich glaube, der Computer wird sie gleich …« In diesem Augenblick flammte die Warnleuchte FEUER NUMMER 3 kurz auf und erlosch sofort wieder, als der Computer das Triebwerk abstellte und die Treibstoffzufuhr unterbrach. »So viel zu Nummer drei.«

»Rechts gibt's anscheinend ein Problem mit dem Flugregler. Wir verlieren die Nummer zwo und das Notfall-Hydrauliksystem«, berichtete Daren. »Neustart der Waffencomputer … Bombenklappen melden Fehlfunktion … also gibt's heute keine Scorpions mehr.«

»Basis, hier Bobcat.«

»Wir sehen euch Rebecca«, sagte David Luger aus Battle Mountain. »Weiter Linkskurve bis zu Kurs zwo-neun-fünf. Eure Banditen sind dann bei zwölf Uhr, sechzehn Meilen, gleiche Höhe, zwei MiG-29. Wir sind dabei, den Ausfall von Nummer drei zu analysieren. Finden wir den Grund dafür, versuchen wir von hier aus einen Neustart.«

»Könnt ihr uns hier oben ein bisschen helfen, Basis?«, fragte Rebecca nervös. In diesem Augenblick sahen sie direkt vor sich einen grellen Lichtblitz, nach dem etwas in feurigen Spiralen in die nächtliche Tiefe stürzte. »Danke, ich hab's gesehen.« Eine südöstlich des Stützpunkts Friedrich Engels über Kasachstan kreisende unbemannte Vampire hatte aus über zweihundertdreißig Kilometern Entfernung Luft-Luft-Lenkwaffen AIM-154 Anaconda auf die MiG-29 abgeschossen. Die Mach 5 schnellen Jagdraketen waren *vor fast zwei Minuten* abgefeuert worden und fanden erst jetzt ihre Ziele.

Aber aus dieser extremen Entfernung funktionierten die Lenkwaffen trotz ihrer ultrapräzisen Führungssysteme und ihres modernen Angriffssystems mit Laserradar nicht mehr perfekt. Die von der unbemannten Vampire abgeschossenen Anacondas verfehlten die vierte MiG-29 und eine der MiG-25 Foxbat, die auf den beschädigten Bomber herabstießen, und wenige Sekunden später eröffnete die MiG-29 aus kurzer Entfernung das Feuer mit zwei Jagdraketen AA-11. Die Luft-Luft-Lenkwaffe war Russlands wendigste und zuverlässigste Jagdrakete – aber das brauchte sie gar nicht zu sein, um Rebeccas und Darens Bomber EB-1C Vampire zu treffen. Eine Lenkwaffe detonierte unmittelbar hinter den Triebwerken eins und zwo, während die andere AA-11 den größten Teil des Seitenleitwerks der Vampire wegriss.

Die Tafel mit den Warnleuchten blinkte jetzt wie die Gewinnanzeige eines Flipper-Automaten. Rebecca umklammerte den Steuerknüppel mit beiden Händen und versuchte, ihre Vampire wieder unter Kontrolle zu bekommen.

»Hast du sie, Rebecca?«, rief Daren besorgt.

»Scheiße … verdammt noch mal …« Das war keine Antwort, aber Daren wusste auch so, dass sie die Kontrolle über die EB-1C verloren hatte. »Ich werde dieses Flugzeug *nicht* verlieren …!«

»Wird Zeit, dass wir aussteigen, Rebecca«, sagte Daren. Er schaffte es, die linke Hand auszustrecken und ihre Hand zu berühren. »Das Spiel ist aus. Du hast gute Arbeit geleistet … *wir* haben gute Arbeit geleistet.« Sie ließ noch immer nicht locker, aber alle Mühe war vergebens. Der künstliche Horizont begann zu kreiseln, und dieses Kreiseln wurde durch den rasend schnell zurückgehenden Höhenmesser und das Variometer bestätigt, dessen Nadel am Anschlag klebte. Sogar der Computer, der als Flugregler fungierte, wusste nichts mehr vorzuschlagen. Rebeccas Vampire war in der Tat erledigt. »Los, wir machen, dass wir hier rauskommen.«

Rebecca fluchte, dann unternahm sie einen letzten Versuch. Sie sah den Höhenmesser die Marke von zweitausend Fuß über Grund unterschreiten – und wusste nicht einmal mehr, wo oben und unten war. »Raus mit dir!«, rief sie. »Los, los, raus jetzt!«

Daren nickte, setzte sich in seinem Sitz aufrecht und legte beide Hände auf die Armlehnen.

Er stand auf und schob seinen Stuhl zurück. Rebecca folgte seinem Beispiel. Sie zwängten sich an dem Techniker an der Konsole unmittelbar hinter dem Platz des Flugzeugkommandanten vorbei und begutachteten den auf seinem Bildschirm dargestellten Flugweg der Vampire. Die EB-1C war soeben über dem weiten Schwemmland an der Nordküste des Kaspischen Meeres abgestützt. »Aufschlag«, sagte der Techniker. »Sie sind praktisch steuerlos und mit nur zwei Triebwerken fast hundertzwanzig Kilometer weit geflogen, und die Vampire hat noch drei Lenkwaffentreffer abbekommen, bevor sie schließlich abgestürzt ist. Das Gebiet dort ist ziemlich sumpfig, und die Maschine ist fast senkrecht trudelnd abgestürzt – vermutlich hat sie sich dreißig Meter tief in den Schlamm gebohrt.«

Rebecca studierte die Anzeige, um sich davon zu überzeugen, dass die Vampire in einem unbewohnten Gebiet abgestürzt war. Das schien der Fall zu sein. Sie schraubte eine Wasserflasche auf, trank einen großen Schluck und gab sie an Daren weiter. »Mist, ich hasse es, eine Maschine zu verlieren«, sagte sie. »Auch wenn's nur ein *Roboter*flugzeug ist.«

Daren küsste sie zum Trost auf die Wange, dann öffnete er die Tür des Containers, in dem das virtuelle Cockpit untergebracht war. Das kleine Lagerhaus, in dem der VC-Container auf der Tropeninsel Diego Garcia stand, war angeblich klimatisiert, aber die schwüle Hitze, die ihnen beim Öffnen der Tür entgegenschlug, war trotzdem drückend. Gleich neben ihnen stand ein weiterer VC-Container, in dem eine zweite Besatzung die für Verteidigungsaufgaben eingesetzte unbemannte EB-1C Vampire über Kasachstan flog.

»Denk daran, Rebecca«, sagte Daren lächelnd und ergriff ihre Hand, als sie den Container verließen, »jede Landung, nach der man weggehen kann, ist eine gute Landung.«

»Ach, halt die Klappe, Daren«, wehrte Rebecca ab. Sie erwiderte sein Lächeln, merkte dann, dass er noch immer ihre Hand hielt, und drückte sie. »Bring mich einfach in mein Zimmer, mix mir einen Drink, zieh mir diese Kombi aus und geh mit mir ins Bett.«

»Müssen wir nicht erst zu einer Besprechung wegen dieses Einsatzes oder sonst was?«

Sie verdrehte ärgerlich die Augen, zog ihn an sich und küsste ihn.

»Sie haben Ihre Befehle, Mister«, sagte sie mit einladendem Lächeln. »Führen Sie sie aus.«

»Ja, *Ma'am*«, sagte er.

Außerhalb von Tschardschu, Turkmenistan

Zur gleichen Zeit

»Kontakt, zwei Transporthubschrauber im Anflug«, meldete Hal Briggs. »Und ich sehe drei weitere Kampfhubschrauber, die weiter südlich ausholen.«

»Bei uns sind's insgesamt sechs Transporthubschrauber und vier Kampfhubschrauber, die aus Nordwesten kommen«, sagte Chris Wohl. »Die Transporthubschrauber sind außerhalb der Reichweite meiner Waffe gelandet. Sie scheinen ihre Soldaten abzusetzen.«

»Drei Kampfhubschrauber im Südwesten«, berichtete einer ihrer Männer. »Sie müssen direkt über die Stadt angeflogen sein. Sie… sie schießen! Achtung, Red Team, Kampfhubschrauber eröffnen das Feuer mit Panzerabwehrraketen!«

Hal Briggs stabilisierte die elektromagnetische Rail Gun mithilfe seines Exoskeletts, brachte den ersten Hubschrauber in die Mitte des elektronischen Visiers und wollte eben den Abzug betätigen, als alle drei Kampfhubschrauber das Feuer auf ihn eröffneten. Er sprang sofort mit einem Riesensatz zur Seite, bevor ein halbes Dutzend lasergesteuerte Panzerabwehrraketen AT-16 genau den Punkt trafen, an dem er vor einer Sekunde noch gestanden hatte. »Diese Hubschrauber haben anscheinend Lenkwaffen mit größerer Reichweite an Bord – sie haben aus gut zehn Kilometern Entfernung geschossen«, sagte Hal. Er begutachtete das Taktikdisplay in seinem Helmvisier – fast alle seiner Männer hatten auf sie abgeschossenen Raketen ausweichen müssen. Welche Sensoren die russischen Kampfhubschrauber benutzten, wusste er nicht, aber sie waren jedenfalls sehr effektiv.

Hal sprang sofort in die Richtung, in der seiner Meinung nach die Transporthubschrauber gelandet waren. Er entdeckte die beiden, eine Mil Mi-6 und eine Mi-8, als sie gerade wieder starteten, nachdem sie ihre Soldaten abgesetzt hatten. Briggs hob seine Rail Gun und wollte eben auf den größeren Mi-6 schießen, als dicht vor ihm Erde aufspritzte. Einer der russischen Kampfhubschrauber Mi-24D hatte ihn entdeckt, mit einer Panzerabwehrrakete beschossen und nur knapp verfehlt. Die Druckwelle riss ihm die Rail Gun aus den Händen und ließ ihn mindestens zehn Meter weit durch die Luft fliegen.

Er rappelte sich mühsam auf. Die Rail Gun war nirgends zu sehen. Als er den Kopf hob, hörte er das unverkennbare Röhren eines schweren Kampfhubschraubers Mi-24 Hind im Anflug. Sein Ganzkörperpanzer registrierte, dass er von einem Laserstrahl getroffen wurde. Die Mi-24 nahm ihn aus weniger als drei Kilometern Entfernung mit einem Laserstrahl ins Visier. Aus dieser Nähe konnte sie ihn unmöglich verfehlen …

Plötzlich fauchten zwei kleine Raketen durch die Luft und trafen die Mi-24 von zwei Seiten. Die Triebwerke des großen Hubschraubers explodierten, und er stürzte ab, überschlug sich auf dem Erdboden noch mehrmals und blieb als rauchendes, brennendes Wrack liegen.

»Hallo, mein Freund!«, hörte er jemanden auf Russisch rufen. »Bytch w glubokoy shopi – Wir stecken wieder mal tief in der Scheiße, was, Genosse Roboter?«, fragte Jalaluddin Turabi, der die Abschussvorrichtung einer tragbaren Fla-Lenkwaffe SA-14 in den Händen hielt. Jetzt gab er die Waffe einem seiner Männer und ließ sich sein Sturmgewehr AK-74 zurückgeben. »Wer hätte gedacht, dass wir uns so schnell wieder sehen würden?«

»Was machen Sie hier, Turabi?«

»Wir sind dabei, uns abzusetzen und Tschardschu zu räumen, bevor die Russen als Nächstes eine Atombombe abwerfen«, sagte Turabi. »Aber dann haben wir Ihre kleine Party hier entdeckt und wollten mitfeiern. Sie haben doch wohl nichts dagegen?« Er zog ein Handfunkgerät und eine Landkarte heraus und erteilte einige knappe Befehle auf Paschtu. Kurze Zeit später verschwand das Wüstengelände, in dem die Russen eben gelandet waren, in den Sprengwolken von Artillerie- und Granatwerferfeuer. Gleichzeitig wurden weitere SA-14 abgeschossen, von denen zwei je einen russischen Hubschrauber vom Himmel holten.

»Ich denke, dies wäre ein guter Zeitpunkt, um von hier zu verschwinden, mein Freund«, sagte Turabi. »Leider habe ich zu wenig Männer. Wir können die Russen nicht lange aufhalten.«

Bevor Hal antworten konnte, hörte er in seinem Helm ein Piepsen. Er schaltete das elektronische Visier auf den Peilmodus um, und was er jetzt sah, ließ ihn in seinem Ganzkörperpanzer lächeln. »Nicht so eilig, Turabi«, sagte er nur. Während Turabi ihn verständnislos beobachtete, stand Briggs einfach nur da und starrte die Stelle an, wo der Transporthubschrauber die Soldaten abgesetzt hatte, bevor er sich etwas zur Seite drehte und einen Kampfhubschrauber Mi-24 Hind anstarrte, der noch sieben bis acht Kilometer entfernt war. »Wo sind Ihre Männer sonst noch auf Russen gestoßen, Turabi?«, fragte er dann.

»Sie sind überall«, sagte der Afghane. »Sie kommen aus allen Richtungen. Sie …«

In diesem Augenblick explodierte der Kampfhubschrauber, der eben zum Angriff eindrehte, in einem orangeroten Feuerball. Sekunden später verschwand das Wüstengelände, durch das die russischen Soldaten vorrückten, unter Dutzenden und Aberdutzenden von kleinen, aber starken Detonationen.

»Wir werden angegriffen!«, rief Turabi.

»Diesmal nicht wir«, sagte Briggs beruhigend. Er zeigte nach oben. Als Turabi den Kopf hob, flog eben ein kleines, dunkles UCAV StealthHawk über sie hinweg. »Unsere kleinen Freunde sind wieder da.« Während sie dem StealthHawk nachsahen, schoss er eine AGM-211 Mini-Maverick auf einen weiteren Kampfhubschrauber ab und holte ihn damit vom Himmel.

»Ich hätte nie gedacht, dass ich noch mal froh sein würde, diese Teufelsdinger zu sehen«, meinte Turabi. »Ob sie uns auch sagen können, wo unsere Freunde, die Russen, jetzt stehen?«

»Das können sie tatsächlich«, antwortete Briggs. Er ließ sich Turabis Karte und einen Fettstift geben, verglich die Karte mit der elektronischen Darstellung auf seinem Helmvisier und zeichnete die Positionen aller russischen Luftlandetruppen im Raum Tschardschu ein. »Brauchen Sie Unterstützung gegen sie, Turabi?«

»Wenn Sie so freundlich wären, mit Ihren Teufelsdingern dort oben die Kampfhubschrauber zu erledigen«, sagte Turabi, nachdem er die Landeorte der Russen an seine um Tschardschu verteilten Einheiten durchgegeben hatte, »werden meine Männer mit den Infanteristen fertig.« Er streckte seine Rechte aus und grinste breit, sodass die Zähne in seinem von der Sonne verbrannten Gesicht blitzten. »Ich glaube, damit sind wir quitt, nicht wahr, Genosse Roboter?«

Hal Briggs musste unwillkürlich ebenfalls grinsen. »Ja, wir sind quitt, Turabi … *Oberst* Turabi, meine ich.«

»Danke, mir genügt's, einfach nur Turabi zu sein«, sagte der Afghane abwehrend. »Und wenn's recht ist, haben wir jetzt eine Stadt zu verteidigen. Wenn Sie so freundlich wären, das Schlachtfeld auf dem schnellsten Weg zu verlassen, dann können meine Armee und ich uns an die Arbeit machen.«

»Wird gemacht … *General* Turabi«, versicherte Briggs ihm. Der Talibankämpfer lächelte, nickte ihm zu und hastete davon, um seine Männer erneut in den Kampf zu führen.

Epilog

Washington, D.C.
Am nächsten Morgen

»Wir haben Ihren Bomber, wir haben Ihren Luftangriff auf den Stützpunkt Friedrich Engels auf Tonband, wir haben Videoaufnahmen von den Angriffen Ihrer Bomber und Drohnen!«, brüllte General Anatolij Grislow ins Telefon. »Das ist eine Ungeheuerlichkeit! Ein unprovozierter, heimtückischer Überfall zweier amerikanischer strategischer Bomber auf eine russische Militäreinrichtung! Das ist ein kriegerischer Akt! Wir haben Ihre toten Besatzungsmitglieder als eindeutigen Beweis dafür, dass sie unser Land in einem Akt unentschuldbarer Aggression überfallen haben!«

»Sie haben unsere Besatzungsmitglieder?«, fragte Präsident Thomas Thorn. Er musste ein Lächeln unterdrücken.

»Ihre zerschmetterten Leichen sind unweit der Absturzstelle aufgefunden worden«, behauptete Grislow. »Ihre Fotos kommen auf die Titelseiten aller Zeitungen und Zeitschriften der Welt, wenn Sie diese Aggression nicht stoppen und Ihre Truppen nicht sofort zurückbeordern!«

»Wie ich Ihnen schon gesagt habe, General, habe ich unsere Truppen bereits zurückbeordert«, stellte Thorn fest. »Meine nach Turkmenistan entsandten Truppen hatten nur den Auftrag, den Rückflug unserer stellvertretenden Außenministerin zu sichern. Präsident Gurisow hatte die Verlegung von US-Truppen nach Turkmenistan genehmigt und ihnen volle Aktionsfreiheit zugesichert.«

»Gurisow war ein Lügner und ein Verräter seines Volkes«, sagte Grislow barsch. »Hätte er nicht zugelassen, dass diese Taliban-Mörderbande sich praktisch ungehindert in seinem Land bewegt, wäre das alles nicht passiert. Er hat garantiert mit ihr unter einer Decke gesteckt. Sie hätten Ihnen bestimmt bald die amerikanischen Öl- und Erdgaspipelines und Ölfelder gestohlen, aber dann wäre es zu spät gewesen, sie daran zu hindern.«

»Der neue turkmenische Präsident hat den Talibankommandeur soeben zum Oberbefehlshaber der Streitkräfte ernannt«, warf Thorn ein. »Er gilt in Turkmenistan als Held, weil er verhindert hat, dass russischen Invasionstruppen Tschardschu besetzen.«

»Das wird er noch büßen müssen«, knurrte Grislow. »Mir ist's egal, ob das turkmenische Parlament und der so genannte Übergangspräsident seine Angriffe nachträglich sanktioniert haben. Sie waren kaltblütiger Mord, sonst nichts.«

»Ich glaube, dass eine legale Entschließung vorliegt, General – vom Parlament beschlossen und vom Übergangspräsidenten unterzeichnet.«

»Der neue Präsident ist nicht vom Volk gewählt«, stellte Grislow fest, »und das Kriegsrecht besteht weiter.«

»Aber das in Usbekistan zusammengetretene turkmenische Parlament hat einen Übergangspräsidenten bestimmt«, sagte Thorn. »Die russischen Militärbehörden werden doch die neue Regierung anerkennen und dem Präsidenten und den Abgeordneten die sichere Rückkehr nach Turkmenistan ermöglichen?«

»Sie lenken vom Grund meines Anrufs ab, Thorn – von dem heimtückischen Überfall auf meinen Luftwaffenstützpunkt!«, erklärte Grislow aufgebracht. »Die Zahl der Toten dürfte zweihundert erreichen, und der Sachschaden liegt bei weit über einer Milliarde Dollar. Sie werden sich entschuldigen – bei mir, bei den Männern und Frauen auf dem Stützpunkt, beim russischen Volk und bei der ganzen Welt. Sie werden Entschädigungen zahlen, um das Leid der Familien zu lindern, die bei diesem feigen Angriff Angehörige verloren haben, und um den Wiederaufbau dessen zu finanzieren, was Sie zerstört haben. Sie werden *zahlen*, Thorn, sonst sorge ich bei Gott dafür, dass Ihr Land heißer brennt als alle Höllenfeuer zusammen. Verstehen Sie, was ich meine, Thorn? Wie lautet Ihre Antwort? Werden Sie sich entschuldigen? Werden Sie Entschädigungen zahlen? Oder befinden unsere beiden Länder sich ab sofort im Kriegszustand?«

»Augenblick, General«.« Thomas Thorn schickte Grislow in die Warteschleife, dann sah er zu den anderen hinüber, die mit ihm im Oval Office saßen: Vizepräsident Busick, Verteidigungsminister Goff, General Venti, der Vorsitzende der Vereinten Stabschefs, die stellvertretende Außenministerin Hershel, General McLanahan und Expräsident Martindale. Sie alle hatten sich Grislows Tirade schweigend, aber mit finsteren Mienen, erstauntem Gesichtsausdruck und kopfschüttelnd angehört. Alle Anwesenden staunten darüber, dass der Präsident seine ruhige Gelassenheit bewahrte, während er mit diesem verrückten Massenmörder sprach.

»Sagen Sie ihm, er soll sich ins Knie ficken, Mr. President«, riet Busick ihm. Die anderen ließen durch zustimmende Mienen oder Kopfnicken erkennen, dass sie wie er dachten. »Der Kerl ist ein verdammter Nobody – er kann dem Präsidenten der Vereinigten Staaten keine Vorschriften machen.«

Thorn sah zu Robert Goff hinüber, seinem Freund und außenpolitischen Berater. »Er ist bloß ein billiger militärischer Muskelprotz, Thomas«, sagte der Verteidigungsminister. »Irgendwann werden die Duma und das russische Volk aufstehen und ihn verjagen – das ist nur eine Frage der Zeit. Die Vereinigten Staaten müssen den Widerstand gegen ihn anführen, sonst wird er am Ende ein zweiter Stalin.«

Der Präsident wandte sich an McLanahan und Martindale. Beide trugen ausdruckslose Mienen zur Schau. Martindale deutete mit dem Finger auf Thorn und sagte: »Sie sind der Führer der freien Welt, Thorn, ob Ihnen das gefällt oder nicht. *Seien* Sie der Führer der freien Welt, verdammt noch mal.«

Thorn verzog keine Miene. Er betrachtete McLanahan ausdruckslos, aber Patrick glaubte, in seinem Gesichtsausdruck gewisse Ressentiments oder das Gefühl, verraten worden zu sein, zu entdecken. Der Präsident drückte auf den blinkenden Knopf an seinem Telefon. »General Grislow?«

»Wie lautet Ihre Antwort, Thorn?«

»Meine Antwort lautet folgendermaßen: Die Vereinigten Staaten werden Entschädigungen leisten«, sagte Thomas Thorn. Busick, Martindale und selbst sein guter Freund Robert Goff wirkten erst sprachlos verblüfft, dann sichtlich angewidert.

Sogar Anatolij Grislow war hörbar erstaunt. »Nun … freut mich, dass Sie Vernunft annehmen wollen, Thorn«, sagte er.

»Die Vereinigten Staaten zahlen der Regierung der Russischen Förderation den Betrag, den die Russische Föderation den Vereinten Nationen zum Wiederaufbau der Verwaltungs- und Infrastruktur in Turkmenistan zur Verfügung stellt«, fuhr Thorn fort. »Sollte es zwischen Russland und den Vereinigten Staaten zu Feindseligkeiten kommen, ist diese Zahlungsverpflichtung hinfällig.«

»Was? Russland soll dafür *zahlen*, dass die Vereinten Nationen Turkmenistan wieder aufbauen?«, fragte Grislow ungläubig,. »Was für eine Art Deal wäre das? Dieses Scheißland war kurz davor, von Taliban-Wüstenratten übernommen zu werden – wir haben es davor *gerettet*, ein zweites Afghanistan oder Pakistan zu werden! Wir haben schon Billionen in dieses Land investiert. Wir denken nicht daran, auch nur einen einzigen Rubel zusätzlich zu investieren! Ich dachte, Sie wollten die Verantwortung für Ihre Taten übernehmen, Thorn?«

»Ich hoffe, dass Sie sich die Sache noch anders überlegen, General«, antwortete der Präsident. »Im Vertrauen darauf, dass Russland nachzieht, stellen die Vereinigten Staaten für den Wiederaufbau Turkmenistans zweihundert Millionen Dollar bereit – und noch einmal den gleichen Betrag für die Opfer unseres Angriffs.

Und was eine Entschuldigung betrifft … ja, ich werde mich bei der Bevölkerung der Russischen Föderation und der ganzen Welt entschuldigen«, fuhr Thorn fort. »In meiner Entschuldigung, die weltweit im Rundfunk übertragen wird, werde ich darlegen, weshalb wir Ihren Bomberstützpunkt angegriffen haben: Ich werde schildern, wie Ihr Verbindungsoffizier Präsident Gurisow ermordet hat; wie Russland die Stadt Mary in Turkmenistan und zuvor schon Wedeno in Tschetschenien mit Flammölbomben angegriffen hat, um möglichst viele Muslime zu töten …«

»Das ist gelogen!«, rief Grislow wütend.

»… und ich werde berichten, wie Sie einen russischen Jäger mit dem Auftrag losgeschickt haben, das Flugzeug einer Delegation unseres Außenministeriums abzuschießen, und wie Sie eine ganze Bomberflotte entsandt haben, um eine turkmenische Kleinstadt in

Schutt und Asche legen zu lassen, damit Ihre Luftlandetruppen sie besetzen können«, sagte Thorn unbeirrt. »Ich werde erläutern, weshalb wir den Stützpunkt Friedrich Engels als Angriffsziel gewählt haben – weil Russland dort über hundert Überschallbomber zusammengezogen hatte, um Turkmenistan durch weitere Angriffe so zu zermürben, dass Sie einmarschieren und die Macht übernehmen können.«

»Nennen Sie das etwa eine Entschuldigung, Thorn?«, fragte Grislow aufgebracht.

»Ich nenne es die Wahrheit, General«, antwortete Thorn. »Ich bin bereit, die Wahrheit einzugestehen – aber sind Sie das auch?«

»Wir sind noch nicht fertig miteinander, Thorn«, sagte Grislow auf Englisch, nachdem er längere Zeit auf Russisch herumgebrüllt und geflucht hatte. »Ich lasse auf keinen Fall zu, dass Sie mutwillig einen russischen Stützpunkt angreifen – und erst recht keinen russischen *Bomber*stützpunkt. Falls Sie's nicht wissen sollten: Ich war selbst Bomberpilot – und Ihr Schlag gegen dieses Ziel war wie ein Schlag gegen meine eigenen Kinder.« Grislow machte eine kurze Pause, dann fragte er: »Kann ich bitte General McLanahan sprechen?«

Der Präsident nickte McLanahan zu, schaltete die Freisprecheinrichtung ein und sagte dann: »Bitte weiter, General. McLanahan kann Sie hören.«

Alle starrten jetzt Patrick an. »Was gibt's, General?«, fragte er.

»Ich weiß, dass Sie den Angriff auf den Stützpunkt Friedrich Engels geplant haben, McLanahan«, sagte Grislow. »Sie haben mit General Kasimow gesprochen und ihm alle russischen Ziele, die in Turkmenistan angegriffen werden würden, samt dem Angriffszeitpunkt genannt. Das alles konnten sie nur wissen, wenn Sie die Angriffe selbst geplant und befehligt haben. Sie sind der McLanahan, der vor kurzem an Luftangriffen auf russische Truppen auf dem Balkan und auf das Flugforschungszentrum N.J. Shukowski beteiligt war. Und Sie sind natürlich auch der McLanahan, der schon früher an den Angriffen auf russische Truppen in Litauen und vor einigen Jahren vermutlich auch an der Zerstörung des Großlasers zur Satellitenabwehr im sibirischen Kawasnija beteiligt war. Ich bin mir ziemlich sicher: Nach einigen Recherchen ließe sich nachweisen, dass Sie im Lauf der Jahre an vielen wichtigen verdeckten Einsätzen der US-Streitkräfte beteiligt waren – über China, Taiwan, dem Iran.«

Die überraschten Mienen verwandelten sich in schockierte Gesichter. Viele der Anwesenden wussten ein wenig über Patrick McLanahans militärische Abenteuer, aber *niemand* – nicht einmal Expräsident Martindale – wusste, dass Patrick in den vergangenen fünfzehn Jahren weltweit an praktisch *allen* größeren Konflikten beteiligt gewesen war.

»Ich könnte noch viel aus Ihrer Vergangenheit erzählen, General«, sagte Grislow. »In Russland wären Sie ein Nationalheld, vielleicht sogar Präsident. Weshalb Sie in Ihrem eigenen Land nur ein unbedeutender Luftwaffenoffizier ohne wirkliche Befehlsgewalt oder Kompetenzen sind, ist mir ein Rätsel, aber das braucht uns hier nicht zu kümmern.

Ich rede mit Ihnen, um Ihnen hier und jetzt zu erklären, dass wir in Zukunft Feinde sind, General Patrick McLanahan, Sie und ich«, fuhr Grislow mit amüsiertem, aber bedrohlichem Spott in der Stimme fort. »Sie haben Ihre Bomberverbände in all diesen Jahren meisterhaft eingesetzt und besitzen vielleicht einen gewissen technologischen Vorsprung. Aber Sie sind schwach wegen schwacher Oberbefehlshaber wie Thomas Thorn. Solange Sie von Männern wie ihm befehligt werden, können Sie mich nicht aufhalten, wenn ich gegen Sie vorgehe. Und ich werde Sie vernichten, General. Ihre Freunde, Ihre Stützpunkte, Ihre Flugzeuge – sogar Ihr geliebter Sohn Bradley – werden vor Ihren Augen zerstört, bis endlich auch Sie vernichtet werden. Sie werden zerstört, weil sie ohne nachzudenken die Befehle schwächerer Männer ausführen und es sogar für Ihre Pflicht halten, das zu tun. Ich werde Sie und alle vernichten, die Ihnen irgendwie nahe stehen.«

»Hören Sie, Sie verdammter Hundesohn, wenn Ihre eigenen Offiziere und Leute Sie nicht vorher erledigen, geben *wir* Ihnen den Rest, das garantiere ich Ihnen!«, brüllte Vizepräsident Busick los. »Sie sind nur ein billiger, selbst ernannter Generalissimus!«

»Dabei kämpfen dann meine Bomber gegen Ihre Bomber, General McLanahan«, fuhr Grislow fort, ohne auf Busick einzugehen.

»Die Schlacht findet in meinem Revier, zu meinen Bedingungen statt. Sie können sich nicht aussuchen, wo und wann sie stattfinden soll, weil Sie dazu zu schwach sind – und Sie sind schwach, weil Sie schwachen Führern folgen. Sammeln Sie also Ihre Flugzeuge und Drohnen und Lenkwaffen wie ein Kind in seinem Laufstall ein, General, und machen Sie sich auf den Showdown gefasst.«

»Nur zu, General Grislow!«, sagte Patrick, aber die Verbindung war bereits abgebrochen.

Im Oval Office herrschte zunächst sekundenlang betroffenes Schweigen. Keiner der Anwesenden hatte jemals solche offenen, unverschämten Drohungen in einem offiziellen Telefongespräch mit dem Repräsentanten eines anderen Staats gehört. Schließlich ergriff Vizepräsident Busick das Wort. »Mr. President«, sagte er, »ich denke, wir sollten noch mal darüber reden, ob wir den Russen wirklich Entschädigungen …«

»Der Luftangriff auf den Stützpunkt Friedrich Engels war nicht genehmigt«, stellte der Präsident fest. »General McLanahan könnte Weisungen von Verteidigungsminister Goff missverstanden haben, aber das glaube ich nicht. Ich denke, dass der Angriff auf Engels ein bewusst geplanter Überraschungsschlag war, der unabhängig von seinem Ergebnis nicht genehmigt war. Deshalb sind wir moralisch verpflichtet, den Russen Schadenersatz zu leisten.«

»Den *Teufel* sind wir, Mr. President!«, rief Busick erregt. »Wir sind ihnen überhaupt nichts schuldig! Sie haben selbst mit allem angefangen – wir haben es nur zu Ende gebracht. Der General hat vielleicht etwas zu früh losgeschlagen, aber er hat nicht mehr getan als das, was seiner Meinung nach zum Schutz unserer Leute dort draußen notwendig war.«

»Sehen Sie das auch so, General?«, fragte Thorn.

Patrick betrachtete erst den Präsidenten, dann Martindale und dann wieder Thomas Thorn. »Nein, Sir, das war kein Missverständnis«, antwortete er. Busick und Martindale schlossen frustriert die Augen, und auch Robert Goff schüttelte traurig den Kopf. »Verteidigungsminister Goff hat mir den direkten Befehl erteilt, meine Truppen aus Turkmenistan abzuziehen, sobald Miss Hershel und ihre Delegation in Sicherheit waren. Meine Bodentruppen waren nur fünfzehn Meilen von der usbekischen Grenze entfernt – sie hätten vor oder nach dem Angriff auf Tschardschu ohne weiteres abgezogen werden können. Stattdessen habe ich sie an Ort und Stelle gelassen und einen Luftangriff auf den Stützpunkt Engels vorbereitet.«

»Weil Sie *wussten,* dass Grislow weitere Angriffe gegen Sie plante?«

»Ja, Sir, aber vor allem, weil ich Grislow vernichtend treffen wollte«, gab Patrick zu. »Ich wollte seine Bomber am Boden zerstören. Ich wollte ins Herz von Grislows Bomberflotte treffen. Ich hatte die nötigen Waffen und die Gelegenheit dazu, deshalb habe ich sie genutzt.«

Thorn starrte seine Berater der Reihe nach aufgebracht an, dann sagte er: »Genau deswegen zahlen wir Entschädigungen an die Russen, Leute. Amerika wird gelegentlich vorgeworfen, es setze seine Interessen mit Brachialgewalt durch, aber wenn wir solchen Mist bauen, sollten wir wenigstens den Mut haben, uns dazu zu bekennen und die angerichteten Schäden zu ersetzen.« Nach einer kurzen Pause fügte er hinzu: »Danke, das war's für heute, Gentlemen.«

Kevin Martindale baute sich vor Thomas Thorn auf, sah ihm ins Gesicht, schüttelte den Kopf und meinte spöttisch: »Sie werden im Herbst leicht zu schlagen sein, Mr. President.« Er wandte sich an McLanahan und sagte so laut, dass alle es hören konnten: »Lassen Sie sich nicht von ihm entmutigen, Patrick. Grislow hat Recht – aber dabei muss es nicht bleiben. Kämpfen Sie weiter, wie nur Sie zu kämpfen verstehen.«

Schließlich blieben nur noch Thorn und McLanahan im Oval Office zurück. Thorn sah den Zweisternegeneral an. »Auch Sie können gehen, General«, sagte er. Patrick schien etwas sagen zu wollen, aber Thorn hob eine Hand. »Sagen Sie nichts, General – ich weiß, dass es ohnehin nicht Ihr Ernst wäre. Gehen Sie einfach. Fliegen Sie heim und umarmen Sie Ihren Jungen. Fahren Sie mit ihm an den Strand. Was mit Ihnen geschehen soll, entscheide ich später.«

Patrick verließ das Weiße Haus und ging zum Tor am Westflügel. Als er darauf wartete, passieren zu dürfen, hörte er hinter sich ein Auto hupen. Maureen Hershel ließ das hintere Fenster ihrer Limousine herunter. »Kann ich Sie irgendwohin mitnehmen, General?«, fragte sie.

McLanahan sah sie an, dann richtete er sich auf, blickte zum Oval Office hinüber… und stellte zu seiner Überraschung fest, dass Thorn seinen Blick durchs Fenster erwiderte. Der Präsident hatte den Telefonhörer am Ohr, aber er beobachtete ihn trotzdem aufmerksam. Patrick holte tief Luft; er war durcheinander und leicht verunsichert.

»Na los, kommen Sie, General«, sagte Maureen. »Ich könnte gerade einen Drink brauchen – und Sie sehen auch so aus, als hätten Sie einen nötig.«

Patrick McLanahan nahm Haltung an und grüßte zum Oval Office hinüber. Der Präsident erwiderte seinen Gruß, dann konzentrierte er sich wieder auf das Telefongespräch. Patrick beendete seinen Gruß zackig, dann nickte er lächelnd. »Mit Vergnügen, Maureen«, sagte er. »Mit größtem Vergnügen. Also los!«

Danksagung

Mein besonderer Dank gilt Brigadegeneral Stanley Gorenc, Kommodore des 9. Aufklärungsgeschwaders, Beale Air Force Base, für die eindrucksvolle Besichtigung seines Geschwaders mit ausführlicher Einweisung hinsichtlich der unbemannten Aufklärer Global Hawk und Predator, die bald in Beagle stationiert sein werden. Der im ehemaligen Jugoslawien geborene Stan Gorenc gehört meiner Überzeugung nach zur Spitzengruppe einer neuen Generation von Luftkriegern, die es mit Weitblick, Durchsetzungsvermögen, Energie und Stil verstehen werden, die United States Air Force kühn ins 21. Jahrhundert zu führen.

Besonderen Dank auch an Oberst David Fobian, Chef der 940. Luftbetankungsstaffel, Air Force Reserve, auf der Beale AFB. In meiner viele Jahre zurückliegenden Dienstzeit bei der USAF hatte ich auf der Mather AFB strategischen Bereitschaftsdienst mit der 940. zu leisten. Damals ärgerten wir Berufssoldaten uns über den lässiglockeren Stil der Reservisten. In völligem Gegensatz dazu konnte ich bei meinen jüngsten Recherchen feststellen, dass alle Angehörigen der 940. in Beale aufgeweckt, professionell und engagiert waren.

Mein besonderer Gruß gilt der Besatzung des Tankers »Petro Pony« der 314. Luftbetankungsstaffel, des bestgepflegten 42-jährigen Tankflugzeugs KC-135, das ich je gesehen habe und mit dem wir auf dieser unglaublichen Recherchenreise zur Air Force Plant 42, Nellis AFB, und dem USAF-Ausweichflugplatz Indian Springs flogen. Das war ein perfektes Beispiel für die vitale und professionelle Art, wie die Reservisten heutzutage fliegen und kämpfen.

Ich danke Major Bob Couse-Baker, dem PR-Direktor der 940. Luftbetankungsstaffel, und vor allem Hauptmann Mike Strickler, Leutnant Tawny Halvorson und Leutnant Brady Smith von der PR-Abteilung des 9. Aufklärungsgeschwaders.

Mein Dank gilt Oberstleutnant Celeo Wright, Kommandeur, und Master Sergeant Jim Koharik, PR-Direktor der Air Force Plant 42, für die Führung bei der Besichtigung des Spionageflugzeugs U-2 Dragon Lady, der Wartungseinrichtungen für die Stealthbomber B-2 Spirit und die Endmontage von Drohnen des Baumusters Global Hawk.

Ich danke auch Oberst Bill Percival, einem Kameraden aus B-52-Zeiten, Kommodore des 98. Range-Geschwaders, Nellis AFB, für die Einladung zu der unglaublichen Übung CAPSTONE, die mit scharfer Munition Feuerkraft aus der Luft demonstrierte, und Ms. Martine Ramos, PR-Beauftragte im Air Warfare Center, Nellis AFB, für ihre Freundlichkeit und Unterstützung.

Ebenso gilt mein Dank Oberstleutnant Paul Geier, dem Chef der 11. Aufklärungsstaffel in Indian Springs, Nevada, und Oberstleutnant Michael Hake, seinem Stellvertreter und Leiter der Operationsabteilung, für den Einweisungsvortrag und die Führung durch das Trainingszentrum für Bedienungspersonal des unbemannten Aufklärers Predator.

Meinen Dank an Chief Master Sergeant Bill Wayment, 555. RED-HORSE-Staffel, Nellis AFB, Nevada, für seinen Stolz und seine Professionalität. Ganz entschieden ein Thema für einen zukünftigen Roman!

Besonders danke ich Dean und Meredith Meiling für ihre Freundschaft und Großzügigkeit.